贵州新文学大系

1990—2019

GUIZHOUXINWENXUEDAXI

散文卷

第一卷

1990—2006

贵州省作家协会／编

贵州出版集团
贵州人民出版社

图书在版编目（CIP）数据

贵州新文学大系. 1990—2019. 散文卷. 第一卷：1990—2006 / 贵州省作家协会编. 一贵阳：贵州人民出版社，2022.12

ISBN 978-7-221-16930-3

Ⅰ. ①贵… Ⅱ. ①贵… Ⅲ. ①中国文学－当代文学－作品综合集－贵州②散文集－中国－当代 Ⅳ. ①I218.73

中国版本图书馆CIP数据核字（2021）第233776号

书　　名　贵州新文学大系1990—2019・散文卷・第一卷（1990—2006）
丛 书 名　贵州新文学大系1990—2019
编　　者　贵州省作家协会

出 版 人　朱文迅
统　　筹　黄　冰
责任编辑　张　晥
版式设计　王丹丽
出版发行　贵州出版集团　贵州人民出版社
社　　址　贵州省贵阳市观山湖区中天会展城会展东路SOHO办公区
　　　　　贵州出版集团大楼（邮编：550081）
印　　刷　深圳市新联美术印刷有限公司
开　　本　889 mm × 1194 mm　1/16
字　　数　640千字
印　　张　32
版　　次　2022年12月第1版
印　　次　2022年12月第1次印刷
书　　号　ISBN978-7-221-16930-3
定　　价　68.00元

本书获2019年贵州省出版传媒事业发展专项资金资助

概　述

编纂《贵州新文学大系1990—2019》对于贵州文学而言是一项最系统也最巨大的工程。在这三十年的时间里，贵州作家们创作了大量的优秀作品，散文在其中占据着十分重要的分量。为了客观公正地选择在此期间贵州作家们创作的、能够代表贵州散文水平的作品，充分展示1990—2019年期间贵州散文的发展脉络和大致走势，为研究贵州散文创作和促进贵州散文进一步发展提供文献资料，贵州省作家协会专门组建了《贵州新文学大系1990—2019·散文卷》编委会，并确定以下几条选编原则：一是黔籍作家在全国重点刊物上发表的作品；二是经国家级核心刊物全文转载的作品；三是获得省级以上奖项的作品；四是有成就的老作家创作的有一定影响力的作品，包括在黔工作或在贵州成名之后的作家创作的有关贵州题材的作品。

根据这个选编原则，按时间先后顺序分为三卷：1990—2006年为第一卷，2007—2012年为第二卷，2013—2019年为第三卷。我们深知，任何选本都做不到面面俱到、十全十美。但还是希望通过此书能够全面地反映1990—2019年贵州散文创作的面貌，客观地代表三十年来贵州散文创作的真实水平。

阅读这个时期的散文，总的印象是：作者多，作品多，内容、题材、风格多元化。散文和其他文学体裁一样，一直处在繁荣发展之中。

从选编的作品中不难发现，贵州的散文创作，在20世纪90年代，特别是90年代初期，与全国相比相对沉寂，能够进入大众视线的为数不多的作品，主要还是以何士光、戴明贤、卢惠龙、龙志毅、刘学洙、徐成淼等一批老作家创作的为主。这些老作家们都具有丰富的阅历，又经过时光的沉淀，他们的作品大多融入了自己的人生体验，或在心灵的震颤中体验到人类生存的沉重与悲怆，或力求传达出知识分子精神与情感的存在方式。

进入21世纪，我国散文创作的氛围更加宽松，更加自由。贵州也与全国同步，进入了不拘一格、百花争艳的散文创作新时代。与以往任何时候相比，这一时期的散文创作，在数量和质量上都有了长足的进步，呈现出民族性、多元化和开放态的审美特征。虽然一批老作家陆续离开了创作一线，但仍有不少老作家宝刀不老，笔耕不辍，依然保持着旺盛的创作势头。此时的他们视野更加宽阔，思想更自成熟，笔触更是从容，境界更为悠远。而欧阳黔森、戴冰、唐玉林、喻子涵、完班代摆、孟学祥、刘照进等一大批中青年作家，他们为贵州散文打开了更加宽广的视野，提供了更多更好的新鲜血液，增添了更强更大的创作活力。应该说，这是一股潜在的力量。这股力量经过时间的洗礼、岁月的成长，让许多作品告别了以往散文创作中过于直白的政治功利目标，以新的表现形式和抒写方式，让“人”的意识、自我意识充分觉醒。他们关注人文精神，挖掘民族文化，展示地域风貌，体察社会民情，表达自己的人生感受和对世界的审美观照。他们以笔为旗，发出自己内心的声音，自觉承担起反思历史、审度社会、关切人类命运的使命。他们思考社会与人生，呼唤人文关怀，表达出一种崭新的艺术想象空间，呈现出色彩鲜明的多样性特征。无论是那些有着深厚的人文情怀和终极追问的文化散文，还是那些用自己的生命和情感去记录故土亲情的乡土散文，也无论是那些描绘大美山河与异域风情的游记散文，还是那些审视自我、关注心灵的情感散文，都从不同维度展现了贵州独有的地域特征和民族风情，呈现出一种令人迷恋的多彩贵州景象，重铸了日渐丰盈的多彩贵州精神。

何士光用平和散淡的文字彰显人间况味，梳理、追问、思考中国文化和东方文化，寻找人的来路与归途，探索生命的终极意义。他的《日子》续篇，继续书写了一个个形形色色的个体生命,巧妙地邀请读者进入其特有的思维路径之中,与他共同游历心灵最隐秘的风景，蕴含了许多思辨和理性的色彩。他通过自身的经历,以从容不迫的叙事笔调讲述生命的真谛,表达对生命的深刻感悟和终极关怀，成就了他的长篇新作《今生——经受与寻找》《今生——吾谁与归》。

从贵州走出去的作家叶辛，凭借着对听风看雨的山乡生活的向往，对诙谐调皮的山歌的喜爱，对苗寨风情的感悟，写成了《遥念山乡》。作品表达了一种淳朴的致青春、致乡村的情感，以及对返璞归真、回归自然的渴望。

龙志毅的散文有着较为强烈的文化意识和家国情怀。《聂耳墓前》通过迁移、重建的聂耳墓，不露痕迹地表达出对人民音乐家的敬仰之情。《云烟踪痕》等散文通过对人物、地域、历史、物什的描绘与解读，展现了鲜活多彩的生活画面、社会风貌和历史场景，流露出其内心深处的忧国忧民情怀。他总以平常的心态谈古论今、侃天说地，将叙事、抒情、写景、议论有机融为一体,关注普遍意义上的人性状态和人类命运，感悟生活本真。

戴明贤的文风趋于静穆沉着，目光指向已经久远的岁月。可以说，那些逝去的人物、风物、器物，触动着他的心灵；那些亲情、友情、念想、感恩和生死离别之情，直抒他的胸臆。《一个人的安顺》以近乎白描、不动声色的叙述去刻画生动而丰富的乡土中国的贵州剪影。《物之物语》用平静温和且富有节制的叙述向读者展示，历经特殊年代、经受命运洗礼、走向不同归途的人们的那种心理跌宕和情感沉浮，直击灵魂深处。

卢惠龙的散文以历史观照现实，融入对人性的思考，探询人的生存本质。从《柔韧如水沈从文》到《萧红那孩提般的眼神》，从《忧伤之旅》到《美的毁灭》，作品充满着现代气息，语言干净、简洁、精练，与现代生活节奏合拍,契合现代阅读习惯。

徐成淼用文人笔法，以前倾的姿态和现代意识，自觉地把自己融入生命状态、生存境遇和更为辽阔的现实时空之中。他善于用历史的眼光看待文化的积淀,朝着现代意识、生命意识、宇宙意识和自然情怀、人文情怀、大爱情怀等多种元素的精神维度出发，追求文化的内在品性。在《想起来有意思得很》中，写自己与《山花》的种种情缘，具有沧海桑田之感、抚今追昔之慨。在《向时间的深处进发》中，他在触摸青岩古镇的脉搏时，看到的是历史文化的积淀。《渡口对岸是沈从文》则由沈从文的遭遇来观照一代人的命运。他总是在匠心独运地研磨每一篇作品，通过文本叙述流露出自己的心绪，揭示出或善良、坚韧，或懦弱、冷漠的人性，以此表达对生命的敬仰之情。

既是诗人又是诗评家的张劲，总在思索着对传统散文如何进行现代改造。他常把内心作为圆点，以日常思考为半径，把目光投射到历史长河之中，以丰富的想象力，用诗化的语言,挖掘表象之下的人文精神和文化内涵，让地域特征明显的黔山贵水充满灵气。他的《浙大那壶湄江茶》，字里行间充盈着现代的气息及世界之变幻风云。他的《苍茫缠在马蹄上》，用形而上的审美来概括形而下的历史事实。他的《风雪洛布惹》则努力呈现人文精神，在形而上和形而下之间自由飞翔。

21世纪以来，既是小说家、诗人又是剧作家的欧阳黔森，其散文作品以弘扬贵州地域文学与文化为己任，守望故乡、关爱故乡，具有浓郁的故乡情结和深厚的人文精神。在《故乡情结》中，他通过自己第十一次登上梵净山红云金顶的感悟，坚信是武陵山脉的灵气滋润着沈从文创作出世界文化的经典。作者貌似被晚辈叫“爷爷”而受刺激开始怀旧，念及回乡，实则是深深敬仰自己所处的地域以及这片地域上所特有的深厚文化，并为之骄傲自豪。《白层古渡》主要是反思人类为满足自身的需求和愿望对大自然进行的改造，并对那些为眼前利益和局部利益不惜牺牲环境所表现的木然感到无奈、惋惜和愤怒。《横断山中的香格里拉》则传达出对民族现状与生态环境的担忧，在他感性而又睿智的文字中传递出对生命的关注，对保护、建设绿色家园的渴望。《水的眼泪》写的是，他在祖国的最南端——云飞浪卷的南海，一夜之间到了祖国的最西端——黄沙万里的塔克拉玛干大沙漠，从中体会到人类的渺小，表达了对大自然的敬畏。

李裴的《酒文化片羽》，从酒与历史文化、社会经济、日常生活等方面的关联，梳理几千年来中国酒文化的源远流长和博大精深，并赋予酒之生命和灵性，向读者展示了酒文化的礼乐、诗性、性灵、境界，表达出作者对传统文化的理性思考。作品旁征博引，横贯古今，通俗易懂，耐人寻味，是近年来解读酒文化的一部不可多得的优秀文学作品。

小说家戴冰以自身实践探索散文新路子。他的散文取材广泛，涉及思想、宗教、哲学、情感、艺术、人物等，表达出对现实世界、生命形态的思考。他的《不存在的分界》以细节的真实与精彩，让人物、事件清晰、明朗。《声音的密纹》用虚构与纪实的边缘性探索文本，以散章断片的方式和个体的视角，让音乐与摇滚向内，与那个年代的音乐事件、音乐故事、音乐小说、音乐诗歌和音乐人物串联贯穿，盘成一张岁月的唱片，折射出一座具体的城市、一个特定的时代、一个鲜明的个人和一个特殊的群体的生活方式与生存形貌，让读者听到了光阴的流逝，看到了声音的痕迹。

喻子涵的散文创作对大自然有着特别的偏好。他喜欢在自然中寻觅心灵的净化与超脱，体味和谐宁静、古朴淡泊的人生滋味。他的《铜仁八记》（包括《武陵三题》《石潭山记》《白花浪记》），重在观察和体验铜仁景象，在山水中解读主体精神，在纯净的自然中陶冶心性，寻觅安宁、静谧、和谐的理想世界，表达对生命的关注、思考以及对人生的态度。

此外，赵剑平对黔北的山水和人事、对黔北的文学与文化的至爱，苑坪玉和黄冰独具一格的异域风情，王尧礼淡泊名利、柔中蕴刚的叙写风格，罗吉万对顶云的历史回望，安元奎对乌江流域历史文化进行的清点与盘活，孟学祥对家乡味道的独特感受，刘照进对乌江流域土家人的命运史和精神史的审美观照，王鹏翔散文中散发出的强烈的人性关怀和悲悯情怀，李天斌作品中呈现出的强烈历史感、现实感和地域感，陈丹玲充满张力的文字和她独特的女性视角，杨村对环境和生命的反思，以及魏荣钊通过行走贵州三大江河及边远地区创作的散文《独走乌江》等等，都能让读者留下深刻印象，感受到作者的真情实感和生命感怀。

诚然，真正能在全国立得住、传得开、留得下的散文精品之于贵州作家而言或许不多，但作家们一直都在努力。我们选编这本书的目的，旨在建造一道贵州散文走廊，全面展示1990—2019这三十年的散文创作成就，并与读者一起回顾、品味、思考和眺望，找到前行的动力，让贵州散文的路子越走越宽阔。我们共同期待，贵州散文的传世名篇在新的历史征程中不断涌现。

借此机会，我们要感谢全省各基层文联、作协和相关单位的大力支持，感谢作家们积极配合报送作品，感谢热心的社会各界人士从不同渠道寻找作家作品信息。正是得益于大家的理解、支持与包容，《贵州新文学大系 1990—2019 · 散文卷》才得以顺利完成。我们期望，本卷的出版能够集中展示三十年来贵州散文创作的集体风貌和辉煌成就，拓展和丰富贵州乃至中国的当代文学版图。

（执笔人：孙向阳）

目录

2002

2003

2006

1990年

徐成淼

想起来有意思得很

有些事，回想起来，真是有意思得很。

1961年秋，我从上海复旦大学新闻系分配到贵州。帽子是摘掉了的，却仍落了个“摘帽右派”的名分，当然不准许搞新闻专业工作。终于被弄到一个县的一所师范学校教书。为什么“摘帽右派”教书就可以呢？何况是培养“人类灵魂工程师”的学校？——我至今仍弄不明白！

我在复旦大学被打成“右派”，是因为写了些小说、散文诗，发表在当时的《文艺月报》《萌芽》等刊物上。打成“右派”之后，“作家梦”当然彻底吓醒，命都差点儿出脱，还敢弄文学吗！

然而世界上有些东西就硬是顽固得很，用“花岗石脑袋”形容是远远不够的。我到贵州之后不久，就旧病复发，似乎环境一变，就可以忘乎所以了：那只手痒得不能自已，不写点儿什么，就过不了日子似的。于是乎就又涂出几篇小说来。抄定之后，决定寄给当时省内唯一的一家文学月刊《山花》。说是说“忘乎所以”，但摸摸头上的伤疤，仍复有所顾忌：事到临头，还是不敢署真名，乃化名“沉淼”寄了出去。

过不多久，《山花》编辑部就给我回了一信，说是其中一篇小说“留存编辑部备用”。摩挲此函，我这个已有五年“右”龄，年纪却才二十有三的角色，竟兴奋得像被情人吻过似的，直觉得云要散了，雾要消了，好几夜睡不稳觉。

《山花》编辑部的信函，我一直当作“人生档案”妥为收藏着。“文化大革命”中，造反派几次抄家，勒令我这个“大右派”把发表在全国各大报刊上的“大毒草”统统交出来。但是，载有“沉淼”小说的那本《山花》和编辑部的那封来信，我却想尽办法隐藏不交，和另外一些珍贵资料一起，秘藏在破碗橱的一个特制的夹层里。

这事儿一晃就二十八年了，窃以为能把《山花》编辑部一封普通函件珍藏至今者，除我以外，恐别无他人。是一种什么样的心态致使我如此注重我与《山花》的一次交往？只有像我这样曾因文学写作而跌得“呜乎哀哉”的人才能体会。

小说《陈守虎》乃于1962年第9期以“春华小集”头条位置发表，并配插图二帧。我大受鼓舞，就又写了几篇陆续寄去；编辑部信中不是说“盼多给刊物写点东西，期望着你的大力支持”吗？

然而，这一回却是石沉大杳无音讯，这教人十分纳闷。这个闷葫芦一直到“文化大革命”才被打破。

那次批斗大会，我作为“明码标价”的“阶级敌人”被揪去给“走资派”陪斗。会上造反派质问党支部书记：为什么“重用”“大右派”徐成淼！书记急忙辩解说，没有重用没有重用！例子之一，是某年某月，《山花》编辑部曾致函学校党支部，表示要将“沉淼”作为重点作者予以培养，征求本单位组织上的意见。党支部即回函说明，“沉淼”者，即“徐成淼”是也，系“摘帽右派”，绝不可作培养对象云云。闻此我恍然大悟：我后来寄去的比《陈守虎》还写得好些的那几篇小说，当然只能是“石沉大海杳无音讯”了。那年头，谁能不闻“右”色变呢！

几篇作品吃了瘪之后，我蔫了，不再干舞文弄墨的傻事。况且风声是一阵紧似一阵，到后来是刀山上滚，油锅里氽，他娘的差点交了购粮证，哪还谈得上写什么小说！

1979年，我终于彻底告别了一戴二十多年的那顶断命的“金箍”，重新从阳光下站了起来。不久，《上海文学》重新发表了我当年被错误批判的旧作，中央人民广播电台又在《文学节目》中配乐广播了这组散文诗。到了这火候上，我的那档子“老毛病”，肯定是非复发不可的了。这一回不用化名，也不用担心人家来“外调”，写了稿子，大大方方地径直找编辑部去。

这样我就第一次来到了《山花》编辑部。

还以为堂堂编辑部，该是宽敞亮堂挺有气派的，不料却缩在一处旧楼内，挤得个一塌糊涂。不过编辑们个个热情，交谈之后，还送我张内部电影招待票，这在当时是挺大的面子嘞。看完电影回来，都下班了，到处关门闭户，我的旅行包被锁在办公室里面，这可糟透了！我没带钱粮在身上，住宿证件也在旅行包里，一时急得没了主意。幸好碰到当时借调在编辑部的一位熟人，才帮我安排了住宿，填饱了肚子。——这也算是我与《山花》的一段“花絮”吧。

这样，我就有作品再次在《山花》发表出来。还隔三岔五地参加编辑部的这样改稿班，那样座谈会。我算是新作者还是老交道？会有人重新记起二十年前的那个“沉淼”吗？

1982年底，我还在那所师范学校待着。忽然有客来访，是《山花》的一位编辑。一说来意，我竟鼻子发酸，差点掉下泪来。《山花》要我写一篇“文学之路”的文章，介绍自己的写作经历；还要请北京的一位同志写一篇关于我散文诗创作的评论。唉，二十年河东，二十年河西，想想当年化名投稿仍不免露馅，只做了个“一次性生意”，真叫人有恍如隔世之感。

这就是1983年第3期那本《山花》，里边有我的自述，有王光明先生的评论，还有我的散文诗，几乎成“专号”了。面对那一期刊物，我真不知道应当如何表达心中的思绪。

这一切未免太沧桑了。然而生活就是这个样子，我们又能有什么法子呢。只能如此地去回忆，并且如此从回忆中寻找已经变得有意思起来的人生轨迹。

如今，我已经成了《山花》的老作者了，前前后后，已在那上面发表了数十件小说、散文、报告文学和散文诗。编辑部的成员也换了一茬又一茬。当年给我写用稿通知的那位编者是谁，如今他（或她）又在何处，我仍一无所知，但我将那发黄的信件一直保存至今，并还将一直保存下去，作为对《山花》最诚挚的纪念。

（原载《山花》1990年第4期）

1990年

徐成淼

空中飞人

一道耀目的强光从遥远的无名星座穿透过来，刹那间照亮了你我共同的空间。

跃过冥河，漫步于崎岖的云空，如生死相依的游魂，周旋于苍茫飘忽的幻境。彩蝶双飞。

双臂虬绕而又分解，腿弯勾连，巨掌护卫我绵软的身躯。有天样的大胆，火热的爱抚，托我沿生之旋梯飞升。仗着你强劲的吻，吸附我空悬于茫茫穹顶。有了你，我方能如此泰然自若地面对死亡，敢于直视周遭浓黑的深渊；以灿然的微笑迎向险恶，听任缭乱的星空，在身旁旋成炫目的灿烂。

加速飞旋。从黑洞边沿掠过，穿越致命的流星雨。罡风追踪而至，撩拨我短促的鬓发和胸衣。彩蝶已坠地而死。

我嗅见你热汗的微醺，肩头承接男子粗壮的鼻息。

一片太虚，就在你的喘息中崩溃；你铁一般的肌体霎时化为柔若无骨的飞毯，将我紧紧环绕，向那终古的神秘裹挟而去！

灯火羞惭地逐一熄灭，最后的中子星在你我头上幽幽地放光……

（原载《散文》1990年第8期）

何士光

田野、瓦檐和雨

如果没有记错的话，“无聊才读书”，是鲁迅先生的诗句。那还是居留在县城时，在一本线装的《鲁迅诗稿》里读到的。集在一起的全是他的手书，后来是散失了，无法再查找。依稀记得是这样的几句：廿年居上海，每日见中华。有病不求药，无聊才读书。一阔脸就变，所砍头渐多。忽而又下野，南无阿弥陀。后来陈若曦女士曾赠书一本，那书名就叫《无聊才读书》，也应是取自鲁迅先生的诗意？——并非都是无聊才读书吧，但无聊才读书的时候，确乎是有的。

于是在无聊的时候也就去读书，在书架上不经意地搜寻。倏然看见一本，觉着似曾相识，却原来是自己的。一时间似乎有些诧异，心思若有所动，也就取下来掂在手里。随便一翻，第一篇叫《雨霖霖》，开头一段，就写了田野、瓦檐和雨。于是这心就迷茫起来，禁不住懊伤，触着了痛处似的：

那时候，夜雨落起来了，一阵阵雨点从暗夜里斜过来，先打着四下里的苞谷林。跟着就急促地打在瓦檐上。不久就变得缠绵起来，檐水一直淅淅作响。永远也不知道为什么，一听见雨声，人的心就禁不住彷徨。仿佛是一种亘古的诉说，有摧人肝肠的力量……

你确实不知道为什么，一听见雨声心里就禁不住彷徨。你对雨有一种说不出的依念，觉着温馨而忧伤。这就不论在什么时候，什么地方：

那时我还在梨花屯乡场，现在我已经回到了这座故乡的城市。依旧是夜晚，夜雨也还是打在瓦楞上。你说怎么样呢？一切都会改变，只有这雨声，这夜深人静，却永远是不会改变的。仿佛注定了一般，不论我在哪儿，不论在故乡还是远方，它都要追逐着人，搓揉着人的衷肠。

要是一整夜都落雨，你就宁愿一整夜都不入睡。或者就赶紧躺下来，丢掉手边的任随什么工作，觉得再没有比躺在无边无际的雨夜里更安适的。在梨花屯乡场，每逢一下雨，倘使是在白天，你就立即搬上一只椅子，坐到楼廊上去，看着田野上的雨丝，直到它停歇下来。一次又一次地，你情不自禁地赶紧拿好纸笔，尽快地记下雨从田野上掠过的情景，只要翻开笔记查找，这种记叙是随处可见的。你总觉得它包含着什么呼唤，一时难以分辨，好留待往后琢磨。你又总觉得那雨声始终在向人们诉说，径直向人的灵魂诉说，也就一直想听得更真切些，希望听清楚它都在叮嘱人们一些什么：

它沙沙地来了，在这夜深人静的时候，紧一阵，慢一阵。仿佛要轻敛下去，跟着又急切起来，依旧地诉说着，直截地诉说着，撇开人世间东零西碎的焦虑，撇开日子里光怪陆离的景象……

这几乎就和你的心灵一样，一直在纠缠和煎熬着你。你也一直想动手来写一回雨，想到这庶几是可以奉献给人们的。但可以不写，或者用不着写的东西，你倒是写了一些，而这一直萦绕在心头的心思，却又始终没有来得及。只是在字里行间带上点点滴滴，又匆匆地掠过去。这都是为什么呢？这样想着的时候，就不能不懊伤。

田野也一样，也总是于无言中透露着不绝如缕的隐秘，深深地浸透着你，也是你一直想穷究的，同样也一直没有来得及。

这是捎带在《蒿里行》里的点点滴滴：

只见远山起伏连绵，四下里雾岚浮动着，天与地正连成青色的一片。整个的山野默不作声，又仿佛在吐露着什么永远的奥秘。于是生命之谜就来到人的心头了，艰难地压在人的心里。

眼前展开来我们古老而缄默的黔北的土地。一眼望去，四处都横亘着大山青黑的山脊，烟霭沉沉，苍苍莽莽的。看不见人的踪迹，也仿佛不是人的居留之地。但你以为怎样呢？人家啦，田畴啦，就都散落在大山之中，烟缕一样地缠绵，又云絮一样地无声无息，使人一望之下就禁不住胀痛起来，对人和人的日子思量不已。

这“胀痛”确实是真情实况，实在没有渲染或夸张。但这或许有些让人不明白？《蒿里行》第一次在杂志上刊载出来的时候，这“胀痛起来”就给排成了“头痛起来”。你相信这是排错的，但错排犹如笔误，也是潜在的心理。初一读到的时候，你简直绝望一般地难受。其实又何止“胀痛”或“思量”？在田野面前，有时候你还直想哭泣。

一次你就确实禁不住哭了，尽管应该说你的情感并不脆弱，而且乍一看又完全无缘无故。这也是你后来一直寻思和难以忘怀的，因为连你自己也似乎不明白是为什么。

你已经回到城里居住了，那一次，是陪了几位客人去温泉，又才看见了田野。那是从温泉出来的时候，你们在临近的一条小街上吃午饭。不用说，是那种“年深月久”的小街和“被岁月和烟火熏黑的瓦檐”，这是你多年居住、当然熟识的那种乡场，也是你明知词穷而又摆脱不开的字眼。小小的饭馆自然很寒碜，却如家居一般。饭菜不过辣的咸的，也一如家常。老实说，你也曾叨光过那种豪华得令人生疑的饭店，和着那种已经不再是进餐的酒宴，却绝不如这小街上的一饮一啄酣畅香甜。像这样的，应该说你的心绪好极了，出得门来就相约了大家在街上走一遭。

节令是农历十月，正是小阳春的好天气。这天又正逢小街赶场，一片攒拥和熙攘。于是你又看见了你熟悉不过的景象：有整整一百条，甚至两百条大大小小的路，都通到这青灰色的乡场上来，这是从山上下来，从石板的或黄泥的小路上过来，从弯曲的田埂上过来，从核桃树下、栅栏旁边或者碾房后面过来；街上已经是比肩接踵了，而四面八方的人，还在牵连不断……

在一篇叫《赶场即事》的往事里，你正是这样记述过。这时你又看见了一街临时搭起来的摊子，看见了机器补鞋，镶牙，能治百病的药和药方，高效肥猪粉，还有叫不出名字的料子成衣。当然还看见了乡下人的背篓，用草绳拴着的小猪，男人们黧色的面孔，女人们咧着嘴唇的笑容。老的很衰老，小的很幼小。而阳光正明亮地映照，初冬的静静的阳光，在远处蒸腾着紫微微的雾岚，在近旁则照在油菜地上。深棕色的田野里，油菜的叶片一行行地青绿……你看着看着，不知怎样一来，一种迷茫的情绪来到心上，这种情绪是你非常熟悉的，跟着心就胀痛起来，泪水也来到了眼底，直想哭泣。

往常逢到这样的时候，你似乎都忍住了。这天你却没有忍住，泪水终于流了出来。你不想让别人看见，就赶紧回到车子里，并严严地关上了车门。一个人待在车厢里，你就再也不想隐忍了，让它一次流完吧，把过去、现在和将来的泪水，都流个干干净净。然后你擦干了泪水，从车厢里出来，尽量显得平平静静，像什么事情也没有发生。

你不愿意让别人看见，但那一天，你还是让同行的两位朋友发现了，并听见其中一位好心地说：别打扰他吧，他在乡里住过好久，会有许多伤心的事情。但你当然不是为了什么伤心的事情，也不是为了那些在乡村里流逝的岁月，这一点你非常清楚，哪儿会呢？但你没有分辩，不，分辩不清楚，也用不着分辩。

那以后你确乎好些了。每逢车从田野上驶过，或者天气晴朗，或者落着雨，尽管依旧是忧郁的，却不再想哭泣。或许应当说，是沉积得更深。情形似乎是这样，田野、瓦檐和雨透散出来的消息，更牵连着这“生命之谜”，和着天地的“永远的奥秘”；而这些隐秘，正是人的根本的困惑，像影子一样，始终追随着活着的人们，也追逐着你。

噢，我们是像不知道身世的孩子一样，存活在这人世上的。是谁把这样一颗心灵附在这样一副躯壳里，就打发你到这尘世上来了？一切又为什么要像这样和会是这样？这一点一直迷茫。似乎有谁把你推到这人世上之后，就一直隐藏起来了，于是你留在这尘世里的，又仅仅是一半，是显露出来的部分。至于你的另一半，那是你的根由，却一直留在天地间，留在冥冥之中，留在你的身旁，也留在你的心上，留在心灵深处的隐秘的地方。仿佛是孤零零的孩子总在寻觅自己的出身一样，你也一直在思念你的出生之地。一天寻不到你的根柢，一天不能与你的另一半相合一，你的这颗心似乎就一直浮荡着，纷乱而迷离，过尽千帆皆不是，在哪儿都仿佛是留不住的。

田野和雨透露给你的，似乎就正是你出生的消息。你看不透潜藏在冥冥之中的奥秘，但你知道，你正是从苍茫的宇宙世界里来的。如果不是这样，你最终还能从哪儿来呢？我们的生命的界限绝不仅仅终止在这躯壳边缘，世界的界限也绝不仅仅终止在我们的视野之内。一切有形有象的世界终止的地方，无形无象的世界跟着就展开来了。一切有皆生于无，这不言而喻。那么无即意味着有，有即潜藏着无，应该说也不玄秘。有与无，不过是人类的眼光，是人类的感知和区分而已。世界没有这种眼光，则是无所谓区分的。有无实为一体，两者似二而一。所以你见到的这个有形有象的世界，则不过是无形无象的世界的一种显现，一种形式，一种衍生。你也正是其中的一部分，被携带着而置身心于其间的。于是你又总是从这有形有象的世界里，感悟着无形无象的世界的消息，感悟着那呼唤着你的、也是你为之而哭泣的根柢。

这仅仅是一种感悟？也许是吧。把躯体剖开，把机体拆散，把世界也加以分剖，无疑是窥视世界和生命的一种途径。但整体地包容和把握，直接地体验和领悟，则也是一条途径，一条由东方的智慧开拓出来的途径，神奇、久远而幽深……

山野给人的印象是这样，——一次你曾经这样开头，动手来起草一些文字，——仿佛人们最早来到世上的时候，世界就是这样的景象。但不知为什么，才写了一点，你又搁置了。这种印象应该是贴切的吧。蜿蜒在田畴之间的石板小路走完之后，隐藏在草从中的沙土小路走完之后，人的踪迹就消退殆尽了，就现出来最早的世界。这庶几就是“无”与“有”相交接的地方，使你依稀看到了我们的所从由来。“念天地之悠悠，独怆然而泪下”，就恐怕在所难免，而不仅仅是诗人的情怀。至于雨声淅淅沥沥地响起来的时候，则毋宁洒落着造物的消息。你和雨丝本来情同手足，连同万物一道，都是天地化生的，也因了种种根由而连在一起。你的躯体尽管还留在夜深人静的小楼里，心灵却渐渐就被雨丝消融了，不久也就远远地驶去，也隐隐约约，也无边无际……

仅仅把我们的意识认作我们的灵魂，似乎是过于草率了。算来意识不过是思维的一种程序，一种结果，一种积存，一种依照人世的规范整理出来的积存，飘浮在我们的灵魂里，仅仅如丝似缕而已。至于灵魂本身，则是更为玄秘、博大而深邃的。它似乎不受时空的限制，不受速度的羁绊，而在更为广阔的维度里游弋。你不仅活着，而且还看见你活着，不仅剪拂不开你的思量，而且还看见你在思量，看见你在思量你的思量，在那最深处隐藏着的，是你的眼光？还是谁的眼光？万物的存在都是一种能量的存在，这不言而喻，这能量从宇宙中来，似乎也无可怀疑。如果不是这样，还能从哪儿来呢？包括你在内的万物，都是由这种能量化生的。一生二，二生三，三生出这个世界，有形有象的和无形无象的世界。这就不光你的躯壳才是一种物质，你的灵魂，如果更乐意的话，就叫它心灵或者思维吧，也正是一种物质，一种能量的聚合体；如不然的话，我们是怎样凭空地思维的呢？又怎能凭空地思维呢？正是这种灵魂的能量，使你和茫茫的宇宙相连接，和有形及无形的世界相联系。它所包含的奥秘，似乎是深不可测的，一直被寻求着，早晚会被揭示出来，那或许就会为我们打开一片更为广阔的天地，或者还原一个更为完整的世界，不仅仅是身躯的世界，更是灵魂的世界……

总在落雨是不是？但又有一次，雨已经落了好久了，你却一直没有看见那雨丝，也没有听到那雨声。到你发现在落雨的时候，你怔住了，心里不禁一震。

那是多久呢？那一次，你在一处高层的楼房里，正是那种炫人眼目的高层楼房，你几乎就住在最高一层。是深秋时分吧，窗户给关起来了，一道白色的纱窗掩映。这就不难想见，你看不见雨丝，也听不见雨声。直到你无意中走近窗棂，掀起来一角窗帘，才看见落在眼底的街市已经雨雾蒙蒙的了，雨正落个不停。窗前的雨丝是明亮而稠密的，从天穹里殷勤地落下来。那是无声的雨丝，你看见它飘洒下去，却听不见一点雨声。

你站在那窗前，不由得想到，我们离这雨，离我们的根柢，倒似乎是愈来愈远了。你看不清雨雾中的街市，却知道那正是繁华而琳琅的，同时也浮躁而焦虑。事情会不会是这样呢？尽管我们的灵魂一直游移，但我们又总是更能感触和迁就我们的形骸，而对灵魂熟视无睹、忽略不计。也许从一开始，我们就偏失地借助了造物给予我们的灵智，仅仅用它来建造了这个熙攘的世界，同时把我们的行为解释得合理，并把世界也描绘得使自己满意。而在建造出这个熙攘的世界的时候，这个熙攘的世界就反过来缠绕了我们自己，心灵也就堵塞起来，再不能分辨天宇的呼唤和消息……

但是，事情又会不会是这样呢？自然的法则诚然是自然的，那就不会有什么是不自然的。人们如果不熙攘地走上一遭，也就不会回过头去。这一遭即便是数千年，对于宇宙来说，却也是短暂的。将欲近之，必先远之，于是在那冥冥之中，上苍也就宽容地等候着，而让雨声为我们诉说着这种含义。这就直接地诉诸人的心灵，“撇开人世间东零西碎的焦虑，撇开日子里光怪陆离的景象”，“长久地、亘古地……”

你不是听不见那雨声？但渐渐地，心思浮泛起来的时候，你就想起雨天的院落来了，想起了雨中的人家和田畴，想起了你匆匆地记下来的那些雨天的情景。那田野上的人生自然不是无懈可击的，或许还更有甚者，却以其与天地的相依傍相合一，永远地牵动着人的心绪。我们不是始终在寻觅我们的另一半？那么显然，如果我们一天还把天地对象化，我们就一天还是把自己与那另一半相剥离，就还是心猿意马，还陷在怪圈里。自由并非仅仅对纪律而言，更是对灵魂而言，对生命而言，对天地而言。哪一天我们的灵魂不再执着于自己的世界，而与整个的天地融合了，我们或许才是真正自由的……

这儿说到的，只是田野、瓦檐和雨。而始终传给我们消息的，当然又还有许许多多别的，不仅仅是田野、瓦檐和雨。

但这些“无聊才读书”时写下的话，而且是关于自己的涂鸦的话，会不会也同样是无聊的呢？算来又简直不会不是。田野也好，瓦檐和雨也好，虽则传递着消息，但又何尝有什么言语？一着言语，又难免是隔膜的……

（原载《当代》1991年第5期）

谭智勇

西藏行（节选）

杯杯习酒献西藏

迷人的五月，赤水河温馨而恬谧，金灿灿的田野和一幢幢厂房给古老的二郎滩披上了盛装。两辆东风卡车奔驰在赤水河边，向成都驶去。车厢中，印有“庆祝西藏和平解放四十周年特制”字样的四百箱习酒和习水大曲，凝聚着习酒人对西藏人民的切切深情。

那是5月7日，在县城的办公室里，朋友维华喜形于色地告诉我，成都军区《西南民兵》杂志社邀请他作为记者，立即赶去成都，赴西藏参加和平解放四十周年的大庆活动。瞬时，我突然意识到这是一个千载难逢的好机会：去西藏，把习酒送去西藏，让习酒香飘世界屋脊。我马上拨通了星国厂长的电话。星国当即拍板，由我组织进藏。

要在短短的几天内，将四百箱特制习酒包装完毕，运向成都，时间实在是太紧张了。然而，县印刷厂赶制商标，厂包装车间连夜加班，运输科安排最好的车辆……大家怀着增进民族团结的挚诚之心，克服困难，想尽办法，终于按时准备就绪。可是，酒到成都后，能否立即发运拉萨？这，还是一个未知数。我们决定分两批走，先由曹维、邹德彬各乘坐一辆东风车送酒去成都；同时，维华、李渝、廷彬携带有关宣传资料坐小车去成都。他们作为先遣队，到成都后重点是请求成都军区给予支持，争取派飞机送酒进藏。我在家里协调并处理完其他事后，再赶去成都。同时，分别向西藏自治区和成都军区发去电报，告知我们将去拉萨举行“习酒献西藏”活动，请给予支持。

5月10日下午，西藏大庆办公室回电，欢迎我们前去，并对有关进藏事宜做了安排。电文虽短，字里行间却流溢着藏族同胞的真诚，给了我们极大的鼓舞。

5月11日清晨，先遣队带着习酒人的深情和酒乡五十多万人的厚意，向成都出发。

5月13日中午，我驱车离开习水，踏上了“习酒献西藏”的征程。

进藏牵动众人心

下午四时三十分，我们登上了国产的“运七”飞机前往成都。泸州到成都公路行程有三百多公里，汽车要跑一天，可飞机只需四十五分钟。

我静静地靠在座椅上，伴着飞机隆隆的轰鸣声，脑子像过电影一样，将几天来的忙碌和紧张回顾一番，无不感慨进藏牵动了多少人的心呵。为了及时反映“习酒献西藏”活动，我通过《人民日报》《经济日报》《国防日报》、国防大学、《贵州日报》等单位的电话，求得他们支持。

走出成都机场，西藏自治区人民政府驻成都办事处接待处陈双全处长和驾驶员小傅早在门口等候。热情的陈处长向我介绍说，自治区领导得知我们要进藏的消息后，专门电告成都办事处做了具体安排。成都军区的领导也对我们进藏十分关心，副司令员马秉臣中将亲自过问，管理局王树林局长精心安排，四百箱习酒将分为两架专机运抵拉萨。

日光城里欢歌飞

5月16日凌晨，成都还在甜睡之中，苍穹之间只是一片浑浊，波音707飞机像巨大的银燕腾空而起，向满天繁星奔去。

成都—拉萨航线，是世界上海拔最高的航线，素以地形复杂、气候多变而著称，曾被中外飞行家视为“空中禁区”。

飞机在贡嘎机场降落，步出机舱的第一感觉，就出乎我对高山缺氧那种可怕的想象。机场微风轻拂，空气清新。这里天是纯净的，水是纯净的，空气是纯净的。难怪有人说“西藏是世界上唯一没有被污染的地方”。踏上贡嘎机场的土地，那湛蓝的天空，那身着盛装的欢迎人群，那迎风招展的各色彩旗，无不使我们格外激动，从心底里发出欢呼声：伟大的西藏，我们献酒来了！

前来机场迎接我们的是自治区党委办公厅副秘书长金鑫、机关事务管理局副局长土登尼玛和区委组织部的青年干部洛旦。他们分别给我们献上了洁白哈达，用藏族人民隆重的礼节欢迎我们的到来，双手紧握，情意甚浓，我们没有半点高原反应，兴高采烈地坐上小车奔向拉萨。

“毛主席呀派人来，雪山点头笑啰彩云把路开，一条金色的飘带，把北京和拉萨连起来……”欢乐、动人的歌声回荡在喜马拉雅山麓，萦绕在雅鲁藏布江畔。当我们从贡嘎机场驱车前往拉萨，一路上到处可听见这首唱了四十年的歌，更加亲切感人。机场到市区有九十多公里的路程，平坦的柏油路像一条彩带沿着雅鲁藏布江飘然而去。五月的高原是一个美丽的时节，迷人而多情。庞大的山峦绵延数千里之遥，气度非凡，幽静而神秘的雅鲁藏布江时而掀起清澈碧绿的波涛。绿色的田野里，行走着遒劲的黑色牦牛，白云般的羊群，悠悠甩着尾巴在山坡上吃草，勤劳的藏族同胞在田间地头愉快地劳动，象征着吉祥如意的经幡和玛尼堆五色斑斓，在白色的藏式平顶屋上迎风飘展……一幅幅和谐、迷人的民族风情画不断跃入眼帘，我们仿佛融进了这淳朴的大自然，情不自禁地哼起了西藏民歌。我问开车的师傅，这经幡为什么是五种颜色的，他回答说，红色代表太阳，黄色代表月亮，蓝色代表土地，绿色代表庄稼，白色代表牛羊。多么美好的寄托，多么深沉的希望。正如一位艺术家所说：西藏地形最高，离太阳最近；这里人最单纯，离本性最近；这里宗教第一，离梦想最近。

拉萨，藏族人民心目中的“神佛之地”，世界著名的“日光城”。今天的拉萨，阳光明媚，绿树成荫，彩旗飞舞，笑语欢歌。西藏和平解放四十周年的大庆活动已拉开了帷幕，西藏各族人民满怀豪情地欢庆四十年来取得的巨大成就，热情洋溢地迎接国内外宾客。我们的车驶进了自治区人民政府招待所，这是中央援藏的三十六个项目之一。宽大的庭院，一幢幢白色的楼房散发出现代生活的气息。这里下榻的，全是参加大庆活动的各地来宾。稍后抵达的中央代表团艺术团与我们同住一幢楼，国内许多著名演员的到来，给大庆活动增添了新的光彩。

为了使这个活动热烈而隆重，大庆办公室专门安排了欢迎仪式，土登尼玛副局长派出了大小车五辆，披红扎彩，装上习酒，挂上“习酒献西藏”横匾，组成彩车队，又从招待所调来十二位藏族姑娘，披挂习酒绶带，手捧习酒随车而行。

17日下午四时，满载着习酒的深情，凝结着民族团结的彩车队，从自治区招待所开出，迎着金色的阳光，缓缓驶向市区，驶向布达拉宫，驶向拉萨河畔。“习酒献西藏”彩车队所到之处，人们都驻足而观，流露出一种欣喜之情。通过自治区政府大门，正好与一辆外国旅游者乘坐的面包车相遇，外国友人纷纷下车拍照。车到布达拉宫，我们下车步行，不断向游人招手问好。灿烂的阳光下，“习酒献西藏”车队与雄伟的布达拉宫汇成一体，犹如一幅绚丽的图画。彩车队回到招待所，喇叭里顿时响起“毛主席呀派人来”的歌声，大庆办的同志们在招待所门前夹道欢迎。随后，金鑫副秘书长设宴为我们全团人员洗尘。席间，金鑫用拉萨啤酒招待我们，他在祝酒词中说：“习水酒厂是这一次参加大庆活动的唯一的企业代表团，喷香的习酒象征着友谊和团结。”我按捺不住激动的心情，举起盛满习酒的杯子，说："赤水河是长江的子孙，长江发源于喜马拉雅山，习酒的源头在西藏，我们是寻源来了。"

1991年5月22日。雄伟的喜马拉雅山显得格外激动，奔腾的雅鲁藏布江显得格外欢快。西藏二百多万各族人民兴高采烈，喜气洋洋，隆重庆祝西藏和平解放四十周年这一盛大节日。

古城拉萨，晴空万里，日暖风和，彩旗飘扬，气球升空，鼓乐喧天。从街心花园到体育馆，娘热路上近两公里的路面，站满了两万多人的欢迎队伍。人们手持彩旗、鲜花和哈达，一大早就在这里等候，盼望着中央代表团的到来。街心花园北侧的路口，搭起了两座彩门，夺目耀眼。上午十时中央代表团在自治区领导的陪同下，驱车缓缓驶过彩门，汇入欢腾的海洋。我也作为贵宾，随中央代表团一同前去参加大会。

李铁映同志面带亲切的微笑，神采奕奕地向群众挥手致意，人们载歌载舞，热情奔放；一张张生动的笑脸，一曲曲发自内心的歌声，真正体现了西藏各族人民对党的深情，折射了四十年来西藏日新月异的光辉。

李铁映按照藏族的礼节，把糌粑和青稞酒弹向空中。在庄严的国歌声中，体育馆外的广场里举行了升国旗仪式。鲜艳的五星红旗徐徐升上蓝天，映红了西藏高原。

西藏体育馆里庄严隆重，"隆重庆祝西藏和平解放四十周年"的会标格外醒目。在热烈的掌声中，工作人员首先宣读了中共中央、全国人大常委会、国务院、中央军委的贺电。接着，李铁映同志发表了热情洋溢的讲话。他的讲话多次被掌声所打断。当他讲到"为了加快西藏的经济、文化建设，使西藏人民尽快富裕起来，国家将一如既往地从各个方面继续以必要的支持和帮助。凡是实践证明有利于促进西藏经济发展、有利于改善西藏人民生活的政策和措施，今后一律不变"时，全场响起了热烈的掌声，持续了一分多钟。

庆祝大会结束后，紧接着在西藏宾馆举行了"习酒献西藏"仪式。

丹增副书记、普穷副主席及自治区人大、政协的领导，各方面负责人，各阶层人士，外地宾客、新闻界的朋友来了，他们是从庆祝大会会场直接赶来的。金鑫副秘书长主持了仪式。首先，由我代表习水酒厂将四百箱价值七万多元的习酒、习水大曲礼单赠与普穷副主席，普穷向我献了哈达，馈赠了一幅绣有"习酒献西藏，藏黔心连心"字样的布达拉宫挂毯给习水酒厂。普穷副主席满怀深情地说："习水酒厂特制的美酒，给充满节日气氛的拉萨增添了几分浓意，把西藏和贵州更加紧密地联系在一起。"我在祝酒词中激动地说："在庆祝西藏和平解放四十周年的大喜日子里，习水酒厂全体职工向西藏各族人民致以崇高的敬礼！"

一时间，帐篷内习酒飘香，藏汉同胞举杯同饮欢庆酒，祝我们的祖国繁荣富强。

一条洁白的哈达，架起了黔北高原通向世界屋脊的五彩路；一杯醇香的习酒，盛满着贵州和西藏人民的兄弟情谊。拉萨十天，我们与藏族同胞结下了深厚的友谊。习酒献西藏，取得了意想不到的成功。

（选自《西藏行》，香港亚洲出版社，1991年12月；
1992年获贵州省第一届“新长征”职工文艺创作一等奖）

王 义

古老而神秘的贵州傩戏面具

地处中国西南边陲的贵州，山川秀丽，民风古朴，各兄弟民族那悠扬悦耳的芦笙和酣畅的歌声，热情奔放和优雅细腻的舞姿，历来都被人们称赞。其中，傩戏面具，就是贵州的一种独特的民族民间艺术。

傩（nu ó ）源于巫，是中国古代原始宗教的一种文化现象，也是世界性的一种泛文化现象。其意为“惊驱疫疠之鬼”或“驱邪纳吉”。以后逐渐演变成傩仪、傩舞、傩戏，因此也被称为文化的“活化石”，其准确的形成年代现已无法考证。

傩面具，是演出傩戏时所戴的面具（俗称“脸壳子），古代称之为魌头，是巫师在举行驱鬼仪式时所戴的面具。随着傩文化的演变，傩面具也逐渐地走向世俗化、民族化、艺术化，成为中国民族民间工艺美术百花苑中的一朵奇葩。而贵州的傩戏面具，作为一种奇特的民族民间文化艺术品来说，既是原始古老的，又是新奇怪诞的。它既保留着某些原始氏族的“图腾符号”，神秘不可言状，也内涵着一种与现代的抽象艺术相似的表现工艺，体现了一种原始粗犷、似与不似之美。

贵州的傩戏面具，以其呈现出处于不同发展阶段的渐进梯级形态而令人叫绝。

以简单的生存模拟动作，敷演祖先农耕情节的黔西北地区的彝族傩戏“撮特吉”，在举行驱邪纳吉仪式中演出时所戴的面具，共有五种不同造型，其形状简单而粗犷。

以对话表演传说故事的贵州布依族傩戏，其面具造型更为奇特，在民俗话的面具上有着中亚地区（新疆）现阶段的明显特征的相同造型。

颇有《九歌》遗风和搬演神灵本事的土家族和仡佬族的傩戏（本地称之为“傩堂戏”“还愿戏”，其面具在造型上比较趋向于世俗化、民族化。除了“龙王”“山王”“鬼王”等等一些神话传说中的故事人物的面具受荆楚巫文化和中原的影响外，其余都是根据当地社会生活中的不同阶层的人物类型在面具上体现出来的，特别注重角色性格的深层刻画，是研究中国民间文化艺术中的瑰宝。

以表演古代英雄征战故事，并有简单程式化动作的贵州安顺地区的“地戏”（傩戏的一种，也称为“军傩”），光是演出一台有征战情节的傩戏，其面具就有好几百面，当地人将其称为“现脸子”。在面具造型艺术上也更为繁复。面具的制作分为文官、武将、老、少、女等五种类型，有一定的模式。色彩更为斑驳，有的在雕刻精细的头盔上，还要嵌上小玻璃亮片，加上脸部的动植物花纹图案，成为这样繁缛、雕刻细致的地戏面具。

这些民间的傩戏面具，经历了千百年漫长的历史，以其顽强的生命力，在贵州高原不少的地区仍然传承着，并长期影响着、丰富着当地乡民的精神生活。上述面具大多是用木材雕刻而成，并用不同的颜料绘制。在造型上除了按一定的模式来制作外，有的面具是民间艺人根据自己的情感、想象加工制作的。

例如，集刚直、忠诚为一体的“阿布摩”（彝族傩戏人物，据说有一千七百岁），威风凛凛的“开山大将”，凶神恶煞的“山王”，狰狞恐怖的“鬼王”，笑容满面的“土地判官”，阴险狡猾的“师爷”，呵斥连天的“烟鬼”，刚直不阿的“镇山将军”……各类面具，以其独特的艺术造型和凝重神秘的实感，表现出中华民族的聪明才智，为中国文学、宗教、民俗、美术、戏剧等方面的研究留下了珍贵的资料。

去年北京举办第十一届亚运会和亚洲艺术节期间，由贵州省文化厅和中国艺术研究院、中国戏剧家协会共同举办的“中国（贵州）傩戏面具艺术展览”，深深地吸引了中外人士。台湾艺术理论家和音乐指挥家曾道雄先生在观看展览及随同展览一块进行的古傩面具艺术表演后，称这是他来北京指挥与导演《茶花女》之外的另一大收获……

英国、法国、德国、日本、丹麦等驻华使馆的文化官员观看该展览后，对贵州傩面具很是赞美。比利时驻华使馆的文化官员龙葛莉说：“在比利时也有面具，但历史也没有中国傩文化的历史那么悠久。”

（原载《人民日报》瞭望周刊1991年7月15日）

1992年

何士光

黔灵留梦记

又踏上黔灵山曲折的石级了。早就听说山上的弘福寺已经修葺一新，也早就动了念头，去看看山上的那一副对联，寻找一回留在那儿的一段旧梦；但不知为了什么，只始终怀着这样的念头罢了，又总是没有成行。或许念头也像这山下的莲花一样，自有其花开花落的时候？一念之间即判出虚实、有无、动静，却不是你能追寻和把握的。现在这念头似乎绽开来了，于是倏然间，你就已经身临其境。境由心生此之谓也？你终于又看见了如故的杂树，依旧的石级。

这就得拾级而上了，既然心生一念，就犹如箭已离弦。

不能说这是怎样的名胜。天下的城镇，似乎都有自己的景致，是近旁的一点山林，是自己分到的一份。作为一种引以为荣的建树，城市而今是俨然地伫立着了；而作为一种根源，一种见证，这留存下来的一点林子，又始终和我们的日子相印证。这山林或野地里，又总是有寺院留在其间，与街市的车水马龙相对应，始终影射着生命和人生的另一种可能，尽管历尽兴亡，却又绵延至今。终于又还是留下了这样的两个世界，让儿辈晚生依旧在其间踽踽而行。一如诗人所说，是我辈复登临。对于居住在山城贵阳的芸芸众生来说，这样的所在，就是这黔灵山和弘福寺了。兴盛以后变得破败，破败以后而今又变得兴盛。

山是这样一座，林子是这样一片，但之于人，似乎又各有各的缘分。流连于山水，那是需要一点心胸的。这一节你已经明白了，于你却不成。河山不是那样博大而长久？这就映照出你的渺小和倥偬；不是那样安详而缄默？这就诉说着你的纷扰和喧嚣。谁写过这样的句子呢？说：余观江山，余览风雨，常觉江山风雨间，有无可如何者在；这就精美得让人吃惊，仿佛穿透着人的灵魂。所以反复揣测，把你引上这黔灵山来的，当然又不是湖光山色，或者飞檐回廊，这些都不是你向往的。这牵引着你的，是连你自己也分辨不清的心迹。

说往事历历在目，不对了。心念一动，不论过去现在，十方世界的诸般景物即上心来，这是佛的慧眼，却不是凡俗而一如我辈的境界。你只能确实地知道，二十五年前，你也独自一人来过这黔灵山。从那以后，似乎就把一点念头留在了山上，始终没有忘记。之外的情形则正如梦境，依稀可见，又模糊不清。

那时候你当然还很年轻。可倏然间，却要离开这座自幼小起即生活在其间的城市，而去一处远远的叫凤冈的县城。这是你没有想到过的。怎么说呢？当我们为自己料想的时候，会有好些如意的念头，还会有许多的好梦，但却似乎很少为自己设想过厄运。可事实上，不是什么都有可能发生？谁能以为自己就一定能豁免呢？你虽然还没有为自己编织过什么前景，却也没有想到过要离开这一片街市。一时间你说不出的慌张了，一颗心软弱而又畏惧。诗人顾贞观在他的《金缕曲》里说：魑魅搏人应见惯，总输他、覆雨翻云手。后来你明白这几乎不值一哂，但当时你却有些受不住这种境遇。

你也曾经试图逃避，但很快就明白，生活有铁的面孔，鹰的指爪，绝不似痴人说梦一般地温情脉脉。于是你默然了，决定一声不吭，从此去经受你该经历的。你落在临行前的空隙里，几分疑惑，又几分失意。动身的前一天，就独自一人来过这黔灵山。当然不是为了向家乡的土地告别，这一片街市容不得你，也就犯不着什么离愁别绪。那时候踏上这些石级，是忽然地心生一念，仿佛有什么在呼唤，心血来潮似的。

这样你就看到了山上的一副对联，把一件往事留在那里，从那以后就一再推测着，一直没有忘记。那对联挂在殿宇跟前，是这样写的：

大慈大悲靠菩萨现身说法

救苦救难在众生自己求心

对联早就挂在那里，却向来没有留意。那天你荡荡悠悠地来到近前，不知怎样一来就停住了，左右上下地读下去。开始的时候当然也漫不经意，但刚一读完，心里就若有所动似的，于是再读一遍，又再读一遍，长久地停在那儿，一直看着那些字迹。那一刻，你直觉得这意思就是特地对你说的。

菩萨这一层先撇开不计，就尘世对你的谆谆教诲来说，也知道外因是变化的条件，内因是变化的依据，写在经典一般的卷帙里。先哲说不因物喜，不以己悲，也不过就是一番心意。事情若不经由心灵的承受和渲染，纵有一江春水向东流，又何须有几多愁？也许一切都不可怕，可怕的是心灵的软弱而已。既是如此，你又何必心旌摇曳呢？这样想着的时候，你觉得心里有什么渗透出来了，那是冷冷的，却也是裕如的。这就仿佛一段临别赠言，是故土的慈悲的赐予。那一天你带着它下山，第二天又带着它上路，以后就不时地显现出来，不思量而自难忘似的，在后来的那些拮据的时刻，使你一横心又捱延过去。

但你当然又并非不思量，却又不止一次地回想。不，事情不在于这副对联，它的慈悲你已经心领。但何以在那临行之际，你会见到这副对联呢？既无意于山水，临行更不会有这种闲情，你本来不会来到这对联跟前，但你竟然来到了它的跟前，是什么在支配着我们呢？有什么在差遣？我们的身后都留下一串足印，而且只有一串足印，似乎一切该发生的都发生了，一切不该发生的则不会发生，有什么在掌握着我们的命运？

事情过去之后，我们确实可以找到一些痕迹。那天你是突然记起来了，黔灵山上有一块残碑，是你更早的时候见到过的，上面刻着铭文，大抵叙述了一位住持的身世，说他曾在凤冈住过，是从那儿的双塘寺来的。凤冈？你不禁想，不就是你要去的地方？去看看那石碑怎么样？于是你就动身了，顺着这些石级上了山，找到了那块石碑。上面果然也有“凤冈”这样的字样，不过仅此而已，这你早已知道，之外便没有什么可寻找的。只一停你就离开了，却又在回廊里转悠起来，这样就来到了对联跟前。你可以把这一切看成原因，说这些都是实际的情形在你的心里的反映。但稍微一想，你就满心疑虑，发现我们一向那样依仗的因果剖析，其实是靠不住的。我们能做到的，不过是把事件依照时间顺序排列起来，把它们复述一遍而已。只有事件确实先后地发生过之后，才仿佛是因果一般的，其实却并不必然地具有因果关系。

因为你将要去那个叫凤冈的地方，所以心里便生出对凤冈的玄想；又因为你原来见过那石碑，上面有“凤冈”的字样，所以就同你的心思联系起来了；由于这些缘故，所以你来到这山上。似乎一切都很分明，事情不过这样，几乎用不着猜想。这一切当然都很好。但是即便如此，即便这一切都是确实的，你也完全可能只是在心里想想罢了，并不一定就要前来寻找。这样的情形难道还少？……要是你记不起那块石碑，就正如记起来了一样，应该说都很寻常。你又不是凡事都能一一记起来，但你竟然记起来了，把一块早已忘怀的石碑遥遥地记起来了……

这样的推溯当然还很粗略。你还完全可能没有读过那块石碑，也完全可能不是分派去凤冈，而是别的地方。这样就不会来到对联跟前，不再有什么联想。这就不难看出来，在一项原因成为原因之前，首先就是一种结果。于是我们就该明白，我们面对的是一些什么。假如真是因果，这是一串既没有边际、又没有终极的因果。一如托尔斯泰所说，结果是原因的总和。而每一个结果又都有自己的全方位的原因，所有这些原因又都是另外一组全方位的原因的结果。不要说一一地确认因果关系了，就连仅仅是复述一遍，你也没法复述。就人事来说，不会有完全相同的原因，因此也就不会有完全相同的组合。每一组排列都是唯一的，我们就很难确证其为因果。沿着因果的道路寻求，很快就前路茫茫了。它伸延到水云深际，直连着天宇，关联着宇宙、世界和生命的奥秘。回过头来，你的出生，你的存在，便是你最早的依据。作为一种起点，决断时的一念和一念之差，则无疑是至关紧要的。诚如导师所言，人是靠头脑站立着的，是不是呢？可这一念之差，我们到底又还是很难捕捉它的踪迹……

现在这山阴道上的往来络绎不绝，有愈来愈多的朝拜者。那一天呢，则是行人寥落，冷冷清清的。你可曾真踏上过这些石级？除了心存一念而外，便没有凭据。诚哉词曰：二十余年如一梦，此身虽在堪凉！

但也就到了山顶。弘福寺是增其旧制了，油漆也透出明丽。虽然也还是飞檐重阁，大同小异，也具足欣欣向荣之意。迎面一行南无阿弥陀佛，是佛开示之际的密语，持名念佛此之谓，当时净土宗倡导的。殿堂有两重，对联在哪一重呢？

第一重没有。对联倒是有的，却不是那一副。只见焚香燃鼎，一片氤氲。

第二重也没有。对联当然又是有的，却也不是那一对。添了许多的壁画了，新的饰物也在打造，四处张贴着捐赠的告示，足见丛林之昌盛。

这是怎么回事？何以竟不留下那副对联？是弃而不用，还是鲜为人知？如果这样，又怎么会呢？

那么是你错记了？有一位叫凌空的法师就说过：你有记，我无记。

但我确实还有记，念兹在兹，应该说不是虚妄的。

再找一找怎么样？或许挪动了地方？独自绕阶行，确实也没有。看来没有保留下来，很是可惜。这些年来，对这“心”可没有少想。或许没有什么像“心”这样，为我们所熟视无睹了，一旦真要寻求，却是深不可测的。若能再看一看那副对联，或许能温故而知新。但它竟没有了，或如经文所言，有形有象者，如梦如幻影，也经不住流年风雨。

但这似乎又不要紧。就留下来喝一杯茶吧。法门不仅有持名，有观象，也还有默想。应该说并不玄秘，尽可效仿，也可以遥想当年的景象。

于是从茶室敞开的窗户看出去，庭院也就全在眼里。景象似乎更真切一些了，那对联就是挂在这第二重殿堂跟前的。金粉脱落了，黑漆的底色也显得斑驳，和其时的寺院一样黯淡。那时你留在这台阶前，这世间虽然存留着一种佛对世界和生命的阐释，应该说你还一无所知。夫子说“勿意必固我”，就是说不要只是猜测，不要简单地断定，也不要固执己见和故步自封。不是说没有比较便没有鉴别？那么没有接纳和包容，也就不会有比较；只是到后来，你才试图知道，对于这“心”，佛都说了些什么，佛不就是彻悟了的人？但在当初，你之所谓“求心”，不过是寻求于储存在心里的见识。佛却是不推重受想行识的，你的领会和佛的开示是两回事。见识总是有对偶的，有正面必有负面，你只是在其中寻求一种合适的见识，用以抵制另一种见识，把事情描绘得合理，把行为也解释得使自己满意。很难说这不是自欺，而自欺亦势必欺人，就与自欺欺人无异。其实，人不了解生不也依然活着？没有那种若有所动的领会，你也还是会上路的。事情如果是这样，你拿那见识来做什么呢？

山林与寺院依旧的时候，这岁月就仿佛没有流逝。诚然岁月只是对变迁着的生命来说，才是流逝的。渐渐岁月愈是淀积，你就愈是觉着这心不可捉摸。我们怀着的这颗心，究竟是什么呢？每时每刻，我们的心思如长流水，念念相续，没有断歇，但这只是心之所思而已，应该说不是这心的本身。把我们的心思视为心似乎不对，心大抵是接纳和储存这些消息，并供它们在其间往来和组合的天地。反映论正是这样说的，是不是呢？要说唯物的话，便都是物质的。在追寻着思路在其间的踪迹的时候，我们似乎不能不首先惊叹这片天地的神奇，困惑于这片天地的根柢。它从哪儿来的呢？是什么力量怎样地造就了它呢？

现在你看见缭绕的烟缕，听见那边厢对佛的诵语，知道你置身的是一处庙宇。这是规范告诉你的。这规范就是我们一再说起的文化积累了。就其现实关系来说，诚如导师所言，人确实是社会关系的总和。但我们的见识和行为之所以能依从规范，最终又是通过输入到我们心里的消息来实现的。现在应该能看出来，这并不是心本身，这种文化规范只是对储存在心里的消息的一种组合，一种程序。一种明显的和深刻的程序，随时在终端显示出规范所指示的结果，转化为我们的行为。佛把这一切称为“识”，仅仅是见识，是心机，而不是智慧。你依从着规范，又怀疑乃至反对着这种规范；你不得不把话说得更委婉一些，而把更直截的心思留在心里；这一切都是明显的，是你能感知和捕捉到的。

但这并不是唯一的或全部的程序。

还有许多你没有感知的程序，飘浮在心这片博大而幽深的天地里。这或许是被压抑而潜化的，或许是悄然地凝结的，或许是生物本能衍生的，都还没有浮现到表面来，也一无声息地牵动着你，却不是你能明确地捕捉的。

到了梦里，所有的消息便脱离了规范的羁绊，依照自身强劲的程度自由地连接起来。同白昼的规范相比，就显得完全无序。不仅能超越时空，而且还难以追寻地怪异。应该说，人并没有什么想象力。人不能组合出超乎于他储存着的信息之外的东西。想象力的本质只是一种更为自由的组合，一种更为开阔的程序。

与梦境几乎对等的，不难看出来，就是灵感一般的程序。心随物转，触机而发，这是一种完成或获得于刹那间的组合，一种更为深刻而集中的程序。牛顿以此在苹果坠落的时候获得力学定律，仿佛神示一般的。科学和艺术的一切成就都始发于此，于是应该说，创造力的本质，也是一种心灵对信息的超凡的组合能力。

还有没有别的呢?

再有就是“走火入魔”了，我们东方文化里一再提到的情景，一个叫人生畏的字眼，为弗洛伊德所不得而知，实则是心灵的一种难能的体验。诚如诗人但丁写下来、又为马克思郑重引用的诗句，在天堂和地狱的入口处，都需要勇气。事实上这入口是同一个所在，仅一念之差，都在我们的心灵里。需要的是一种如佛所言的定慧之力。在特殊的激发下，我们的心灵里形成一种程序，这种程序被培养和呼唤出来之后，不再是潜在的或飘浮的，而是人格化的或“神”格化的。所谓“神”，就是不可思议，为规范的情理所不能企及。这就在你的心灵里成为一种图像或一种声音，为你演示缤纷的景象，对你言说种种话语。其实不难看出来，广义的或譬喻意义上的走火入魔，即一念之差，是随处可见的，心生一念之后，人便迷住了，或者说入了迷。特定的走火入魔当然更严厉。如果这人格化的、表现为声音或图像的程序强大起来，完全掩盖了你的规范化的程序，这就支配了你，这就与神经病或精神分裂为同一等级。疑神疑鬼，疑心而生暗鬼，此等“鬼神”，都不过是你心灵里原来储存着的信息，是你“烧纸引鬼”而培育出来的。夫子对此似深有领会，故曰敬鬼神而远之。老子亦知其要害，曰以道莅天下，其鬼不神。佛则说降魔，以定慧之力而求正觉，亦此之谓。

这就足以让人慨叹这颗心是怎样的幽秘。但看起来，又还不是佛所说的“求心”。由此以往，前路似乎更为幽秘。佛曰求心，禅曰开悟，道曰法道，似乎都是对心灵的奥秘而言，应该说他们都更为深远地探求和体验过心灵的奥秘。

就在那殿堂里，对了，那是大雄宝殿，佛的塑像端坐着，任香火萦绕，诵声如潮，而今也静默不语。但《智度论》里那一段关于佛的踌躇的记述，却是很牵动人的:

今是释迦文佛得道之后，五七日寂不说法。自言:“我法甚深，难解难知。一切众生缚著世法，无能解者。不如默然入涅槃乐。”是时诸菩萨……合掌敬礼，请佛为众生初转法轮。佛时默然受请。

佛在体验和领会到心灵固有的无比巨大的奥秘之后，既感到难于为人们言说，又情知难于被人们接受，看来心情反而是很沉重的。这就让人想起另一位探索者老子来了，他不仅感到了道之“非常道”，也明知还会遭到人们嘲笑。两难之处更还在于“不笑就不足以为道”。万教归一，万法同宗，他们都经历着同样的处境。于是佛开言即说:“阿难谛听，善思念之。”要听讲的人们用心听，并好好地领会。老子也说:“言语道断，强为之容。”用言语几乎是表述不出来的，但也只好勉强用言语为大家言说。这样老子留下来五千言《道德经》，佛演说的一切则由异母兄弟阿难记录下来，都成为传世经典。

佛老及诸先贤都发现了一些什么呢？原来他们均发现，构成我们这心灵的是宇宙间的一种最本质的能量，佛把它称为“真如”“实相”“实体”，道把它称为“一”“道”或“炁”。这是一的一切和一切的一。一切即是一，一即是一切。由一生出一切，而一切又归于一。一切如无一即无从化生，一如无一切则无以显现。于是我们拥有的这颗心灵，本来就和整个的宇宙万物相联系，具有宇宙固有的莫大能量，能穷究万物的存在，包容着宇宙间的所有信息。从一种意义上说，“道”也就是渠道，即与宇宙万物连通的意思。世间愈来愈多的特异功能者所表现出来的，就是其中的细枝末节，点点滴滴。

你相不相信呢？但显然，要紧的是探求，而不在于是否相信。而且不难看出来，我们是处在一个漫长的求索过程之中。很难让早先的人们相信现今的计算机。而人类的探索，也不会终止于计算机的奥秘。

但也就可以看出来，事情从来都很困难。诸先贤之所以沉吟，就在于通往这种奥秘的途径，纯然是实践的和体验的。虽能“现身说法”，归根结底又还得“众生自己求心”，得经由每一个人自己去实践和体验。或顿或渐，或渐自成顿、顿自成渐，这种体验的完成和质的飞跃，只在一瞬间。固然不能替代，更似不能依赖言传。一著言语，即成障碍；再加推论，更动心机。而这种体验恰恰相反，需要心灵处于一种没有思虑的自然状态。而我们的心灵又正好相反，处处能缘，惟独与法无缘，即随时随处都能生出思念，却惟独不能不思念。这就是佛所言说的“一切众生缚著世法，无能解者”了，足可见其隔膜。所以智慧多闻而如阿难，虽然一再声闻佛祖教诲，也还是久久不能明于心。而佛祖在灵鹫山讲说到极顶之处，也只能拈花一笑，不再借助言语。其时一座皆默然，唯一能体验者，仅止摩诃迦叶一人而已。

但眼前这大雄宝殿跟前，不是这样拥挤？更不要说诸多名山古刹了，人是比肩接踵的。似乎不能说所有的人都仅仅只是随喜，佛的心意看来又还是延传了下来，牵动着一缕心绪。佛在一时的寂不说法之后，又还是不得不借助言语来演说佛法，不得不凭借世间诸相来传达真如实体，这就难免到后来要被打上种种世法的印记。派系横生，众多歧义。沉浮在悠悠的岁月里，携带着诸多依附，竟至于乱纷纷的。于是又很难说，虽然过去了二十五年，你就能解得那副对联的深义。你还是空空地面对着世法和佛法，空空地面对着自己，空空地混杂在这里。眼看夕阳在山，又还是得归去，依旧把一个梦留在这里。

那么走吧，去看看山下的黔灵湖吧，而今又怎样了呢？

夕阳在山而人影散乱，散乱的只是人影而已，黔灵湖一片湖水，又仍是静静的。譬如说这湖水就比似这心灵，一如佛所言的真如实体？任山林映在其间，任归舟荡起涟漪，俨然一个缤纷的世界，而湖水依旧为湖水，任其自生自灭，任其来来去去，却是不曾沾染的。虽说独自莫凭栏，但又何妨眺望？风吹过来了，阴影也在散开，一泓水还是从从容容，荡荡悠悠，至刚而又至柔。

那么我们的心却不同了，为芜杂的景象填塞着，再看不见灵台故地。泰戈尔说，鸟儿愿为一朵云，云儿愿为一只鸟，这又哪里是在说云朵和鸟儿呢？说的正是我们竟日里川流不息的心意。好比黑白相间的太极图的描绘，不停地旋转着，始终停留不住，不断地向对方转移。既怀着生的留念和重累，又怀着死的畏惧和皈依。既觉着生命之短促，又深感时日的漫长。在孤寂中向往着热烈，在热烈中又渴望着孤寂。在个体中期待着群体，在群体中又寻找着个体。刚一抵达，便觉索然，于是又匆匆地离去。却也走不出诸相连接成的圈子，到不了停泊之地。或许我们只是把心灵的湖水扔在一边，而存活在倒映的心思里，就是这样靠头脑站立着的？而为了我们不断衍生出来的心意，天空已不再湛蓝，林木正在萎缩，土地也变得贫瘠，湖水也不再清澈见底。尽管我们能不断地赞美自己，但所有自己对自己的赞美又显然是靠不住的。佛说的“贤劫”，又怕不只是威胁我们而已。

噢，多久能抵达新岸呢？

（原载《收获》1992年第2期）

1992年

张 进

华初叔

矮小驼背的华初叔，脸庞瘦削，一顶帽子夏日里也不敢揭下来。华初叔在童年时与伙伴玩耍，不慎被推到井里，幸亏大人捞得及时，命是保住了，却落下这终生的哮喘病。每当发病的时候，满寨人都听得见他痛苦的咳嗽喘息和呻吟。因为有病，干不成农活，没有哪个姑娘肯嫁给他，三十多岁还是一条光棍儿。他和年迈的父母住在一起，日子过得艰难。

有这不幸的遭遇，华初叔自然很迷信，相信因果报应，相信鬼神的存在。我好几次挤到大人堆里，听他讲人鬼相遇的恐怖故事。有一回，天黑了，还不见他牵牛回家，我和寨人满山去找，最后发现他独自一人在一座坟茔周围转圈。寨人解释说，他是被鬼牵了。为了驱除病魔和野鬼，他经常悄悄请巫师来打整跳神，堂屋大门上因而总贴有神秘的黄纸，上面绘着怪异的字符。华初叔似乎带着一种对前世恶行进行赎罪的心理生活着。

病情稍轻的季节，他就坐在木楼上，编起了竹器，晒垫、茅盖、簸箕、背篼……到赶场天，他父亲便背去乡场上，卖了补贴家用。

那时，谁家需要个什么竹器，给他念一声就成，不两天，他就编好送来了，不要报酬的。他就像一个无所不会的义工，还负责给寨里的男人们剃头，从剃婴儿的胎毛到为八旬的死者修面，没人想到该给他一分一角报酬。

天气晴朗了，寨里人钻进他那满是草药腥气的屋里请他剃头。他都是偎在火边缩成一团，药罐在火塘里发出吱吱的声响。他在锅里烧热了水，将一条发硬的旧毛巾弄湿了，往老汉们脑袋上舞两下，算是洗了头。再在头皮抹上肥皂沫，随着剃刀嚓嚓的脆响，一个青皮脑袋就呈现出来，而年轻人的平头，也常常被理发推子拔了几缕头发。他的那把刀子用了多年，已不再锐利，常有脑袋划出几道血痕的时候。

华初叔并不只是吃中草药，有时也得打针剂。大队赤脚医生家隔我们寨远，不能天天来给他治疗，他照着镜子学会了朝自己屁股上扎针。后来，寨人有了病，也买了药请他打针。天摸黑，他带上自己掏钱买的酒精、注射器，点燃葵花秆，照着脚下的田坎，去给寨人打针。深夜，人家送他出门，他喘息着，一团光亮又慢慢地在田坎上移动。光亮远了，那家人才叹息一声，缓缓掩上门。

华初叔为寨人做了许多好事，从没和谁吵架红过脸，寨人对他都很敬重。汉子们夜里无事，串到他屋里玩，摆些天南海北的龙门阵。他就在火塘上煨一罐浓浓的苦茶招待大家。春耕忙碌的白天，寨人出工去了，寨子里悄无声息。他独自弯着腰，坐在晒坝中央的板凳上，任晚春的太阳照射在身上，手里有时会捧着一本只有薄薄几页的农村历书反复研读——除去孩子们的课本，这大概是山寨唯一能找到的书。

月明星稀的深夜，万籁俱寂，仿佛听得见月光洒向山寨的喳喳声响。华初叔爬到木楼上拉起二胡。“浏阳河弯过了几道弯，几十里水路到湘江，江边出了个什么人，他领导人民得解放”——一曲那个年代唱遍全国的《浏阳河》，竟也被他拉出了如水般柔顺的深情。寨里人被歌声唤醒，凝神静听，听得久了，想起这辈子所经历的那些苦难，不免都有些莫名的伤感情绪。

他终于病倒了，去世时才三十多岁。寨里人把他埋在山坳上那条赶场大路的旁边。赶场回来，就在他坟前的黄连树下站住，放下随身的背篼，然后在墓碑前的草坪坐下，如同当年在他家里的火塘边一样。

华初叔坟前的青草绿了又黄，黄了又绿。华初叔，还在被寨人时常提起。

（原载《散文》1992年第3期）

1992年

李绍珊

除夕忆郭老

今年的2月14日为农历除夕，第一次见到郭老，则是在1961年2月14日，三十年前的这一天，正好也是除夕，一个多么令人难忘的除夕之夜啊！

那时，我正在海南岛最南端的海军榆林基地任俱乐部主任。除夕下午，基地司令员袁意奋将军把我叫到他的办公室，对我说："今晚要给首长们举行舞会，你们八点钟要准时赶到鹿回头。"我接受任务后正要告退，司令员却喜形于色地对我说："小李，你知道今晚给谁举行舞会吗？"我摇摇头说不知，他望着我笑了笑，告诉我今晚是给郭沫若举行舞会，他加重语气强调说："郭老是当今最伟大的诗人，也是世界闻名的大文化人，今晚的舞会可不能有半点的马虎呀！"

我从小便喜爱郭老的诗歌和文章，念中学时读过他的《女神》《棠棣之花》，其中的一些诗句、歌曲，我至今能背能唱。接触他的文学作品，不仅使我对文艺发生了浓厚的兴趣，而且对郭老也产生了一片崇敬、景仰之情，总期待着有一天能见到郭老并亲聆教诲。所以听说要给郭老举行舞会，内心非常激动，思量着如何借此机会代表水兵向郭老拜年，并向郭老求赐墨宝。

下午五时许，匆匆吃过年饭，便赶忙从收藏多年的海贝、红豆中选取精美者用手巾包好，然后举笔草写了《赠郭老诗三首》。七时许，带领乐队、歌手、舞伴一行五十余人乘车离大东海向鹿回头驶去。

鹿回头离三亚五公里，与榆林港仅一山之隔。在一片珊瑚礁石的海滩上，一山兀立，雄伟峻峭，恰似一只金鹿在海滨回首张望，故名鹿回头。鹿回头山麓新建的招待所依山傍海，椰林环绕，庐舍连绵，宛如村落，因名"鹿回头椰庄招待所"。1959年春，叶帅巡视海南，驻足椰庄，作《朝中措·鹿回头》一首，状眼前景物，抒胸中情怀。词曰：

海滩拾贝趁朝霞，
风卷浪推沙。
境到登山临水，
伊人望断天涯。

椰浆消渴，
咖啡醒目，
南岛韶华。
撷得一枝红豆，
思量寄与谁家。

董老游海南，也留有一首咏鹿回头椰庄招待所的诗。诗曰：

海闻龙摆尾，
山见鹿回头。
椰树森森立，
渔舟渺渺浮。

车在傍山依海的珊瑚路面缓缓行驶。时近傍晚，晚霞如火，碧空无尘，与天一色的碧波，在夕阳的闪烁下，散碎而颤动的波鳞，时与天色划出道道闪光的弧线。晚潮卷来退去，使一弯银梳般的海滩，显得格外地妩媚、动人。山下椰林森森，累累硕果若金果高悬，耀人眼目，诱人齿颊。车就停在林木掩映的“椰庄”门前。院内小径曲回，亭台缀点。主建筑屋檐下，挂着四盏直径两米大小、分别写着“欢度春节”四个金字的红色宫灯，这使寂静的山庄略略增添了几分节日的气氛。

我们鱼贯进入主体建筑，穿过长廊，来到舞厅。片刻，休假度节的客人们接踵而至，在他们伴着轻盈乐曲翩翩起舞的时刻，我在招待所长的陪同下，去客厅邀请郭老出席今晚的除夕舞会。

离舞厅不远的一间客厅里，除夕宴刚刚撤席，郭老与几位首长正打牌消遣。郭老面门端坐，夫人于立群居郭老右下方，对面是邓子恢同志，左上方则是原海南区党委书记冯白驹。室内还有几位来自海南区党委、行署以及部队的领导同志，他们或品茗聊天，或观赏字画。

客厅布置得十分得体，主壁正中，悬挂着郭老几天前途经五指山后手书的《咏五指山》巨幅横额，诗为七律，字作行草。郭老的字囊括万殊，自成一体，其行草如云聚风散，龙神虎威；其绝律则情驰神纵，潇洒劲健。诗的全文如下：

果然巨掌直摩天，
应是女娲一臂传。
洲数亚非欧美澳，
年轻亿兆京垓千。
搴旗挥动红霞舞，
掷弹凭教白日旋。
开辟天地本赖手，
故将五指表真诠。

郭老身后侧壁上，挂着徐悲鸿的《鸡鸣图》条幅，画面是一只引颈高唱的雄鸡，左上角录《诗经·风雨》中的“风雨如晦，鸡鸣不已；既见君子，云胡不喜”四句，左下方乃徐氏署名与印鉴。另一侧墙上，则挂着一幅不知出自谁家手笔的工笔仕女画。

郭老虽已快步入古稀高龄，但依旧红光满面，精神矍铄，看上去好像只有五十开外年纪。

我见他们四人牌战正酣，自然不便唐突入室，可又不忍失此与郭老见面的良机，于是便一人留在室外踱步以待。半小时后，他们收兵罢战，邓老与冯白驹次第离去，郭老起立，正待与夫人离室，我壮壮胆，款步入内，走近郭老行了一个军礼，他和蔼可亲地伸出手来和我握手，这时，于立群同志对郭老介绍说：“这位是海军同志。”说完，用征询的目光望着我，好像是在探问来意。我赶忙解开手巾，桌面立即展现出几十枚闪耀着奇光异彩、形体各殊的大小彩贝，还有上百粒小巧玲珑、令人望而生爱的相思红豆，以及一株质若金石、形同蛛网般的海底铁树。郭老抚玩着这些海贝、红豆，爱不释手地连连赞叹：“真是美不胜收，美不胜收啊！”

在他玩赏这些南海珍奇的时候，我将《赠郭老诗三首》呈放郭老面前，并小声对郭老说：“今晚是除夕，我代表水兵向郭老拜年，祝郭老长寿！”原来郭老有耳疾，听话不甚真切，见我对他讲话，便赶忙取出耳机，此时，郭夫人凑近郭老耳边说道：“海军同志给你拜年来了！”待郭老戴好耳机，我接过话尾大声说道：“今晚是除夕，给郭老送些小礼物以祝吉祥，同时代表水兵给郭老拜年，祝郭老健康长寿！”这次，他听得十分真切，没待我讲完，便赶忙拱起双手，高兴地连连说道：“不敢当、不敢当！谢谢你送我这些礼物。”我笑着对郭老说：“许多水兵都想来看望郭老，给您拜年，可是没有机会，就只好由我代表他们来给您拜年了。”郭老听完，拱手相谢，并托我向水兵致意、问好。

郭老平易近人，和蔼可亲，这使我一点也不感到拘束。可是当他将我的诗拿在手上默念的时候，倒使我感到有几分紧张和不安起来。郭老是开一代诗风的伟大诗人，我的几首小诗，登得了大雅之堂吗？我怀着惴惴不安的心情对郭老说：“我不会写诗，但‘诗为心声’，这些诗，不过表达一个水兵对郭老的一片景仰之情，望您多多指点。”

《赠郭老诗三首》分别用毛笔书写在三张海军部队用笺上，诗的全文如下。

其一：
迎郭老，
春半逢岁阑，
舞影婆娑春袖暖，
歌声飘渺音绕梁，
诗人寿无疆。

其二：
迎郭老，
水兵捧海洋，
桅杆当笔天作纸，
奉与诗人写华章，
浪卷笔正酣。

其三：
盼郭老，
十年愿已偿，
权将美贝代白鹅，
莫笑小子太漫狂，
愿乞诗一行。

郭老看完诗，哈哈大笑，说道：“谢谢你、谢谢！诗写得不错，你很会作诗嘛！”说到这里，他指着诗的最后一句笑着说道：“愿乞诗一行——好、好！我一定和你一首诗！”听郭老说要和诗一首，我欣喜若狂，连连向他道谢。我知道，求郭老赐几个字、

“一行诗”已属非分之念，今日郭老竟亲许赐诗一首，这分量该有多重、多重！

辞别郭老，我快步走到舞厅。此时，舞厅里笑语欢歌、春意盎然，我连忙举起指挥棒，将胸中的欢乐，随着飘渺乐曲洒向夜空，让它去与海水同潮，与夜风同响。这是一个欢快的除夕之夜，一个与郭老在一起度过的人生最美好、最难得的除夕之夜啊！

第二天中午，袁司令员驱车来到我的办公室门前，一进门，他就高兴地对我说：“小李！今天上午去鹿回头给郭老拜年，郭老正在欣赏你送的海贝和红豆哩。你不是‘愿乞诗一行’吗，你看这是什么？”说完，他从口袋里取出郭老的题诗对我说：“这是郭老上午写好后，托我送给你的新年礼物！”接过郭老这份重有千斤的珍贵礼品，我噙着泪花，握着司令员的手，高兴得连连向郭老致谢，向司令员致谢。待司令员离去后，我骑上自行车飞回家中，立即将郭老的题诗装入镜框，端端正正地挂在墙上。

郭老的这首五言律诗，写在一张近四开大小的宣纸上，诗的后面附有一段文字。诗、文凡八十五字。诗曰：

海角逢春节，
天涯得好音。
新诗多隽句，
美贝尽奇琛。
我是诗行者，
君真公腹心。
南疆劳捍卫，
红豆满榆林。

文曰：“一九六一年二月十四日晚为农历除夕，时在榆林，李绍珊同志以海贝、红豆等惠赠，并媵以新诗，赋此报答，郭沫若。”

我捧读这些诗文，愉快地笑了；身旁的妻子分享着我的喜悦，她也笑了；刚刚出生二十天的女儿小虹玉也笑了……

（选自《淡草集》，贵州人民出版社，1992年6月；
《淡草集》获贵州省第一届“新长征”职工文艺创作一等奖）

徐成淼

望天台

望天台有一条长长的用黑砖砌成的围墙，圈住了密密的树和密树环绕的几座新式小楼，也圈住了一个颇具神秘色彩的传奇故事；而且，在这个故事的最后几页里，竟编织进一个多情少年的梦，幼稚然而美丽。

望天台高踞于北固山头，一条全由鹅卵石砌成的宽阔而平缓的石级从山脚逶迤而上，直通向它那扇窄窄的木门。总是在晚饭后，晚霞还艳艳地亮着，我便沿着青草蔓生的鹅卵石阶梯一步步登上山去，心中有一点欢喜，又有一点惶乱。到了那扇窄门面前，我会停了步，喘一口气，稳住自己。深色的木门缄默无声，它被厚厚的藤萝掩映，散发着一种古典的气息。门楣上方，是“小桃源”三个草字，真正龙飞凤舞，在静穆中平添一番流动的生机。

望天台在这古老小城中是另一世界。站在界墙外，看着叶隙间隐现的红漆檐板与廊柱，听着不时传出的风琴的乐声，市民生活的庸常程序就会远远退去，在你心头，会浮起关于幻想国，关于神秘岛屿，或关于乡间庄园的美妙联想，似乎面对一部翻译小说，那里边是普通中国百姓迥然陌生的另一天地。

窄门之内别有洞天。在这里，我第一次看到那么平整而宽大的人工草地，草地上搁着一具剪草机，实推动它，青青草叶便齐崭崭给剪了下来，像理过发似的，一坦平，草地齐整得如同绿色绒毯。在这里，我第一次看到井台上架着抽水机，按动手柄，清清水流，就汩汩从管口流出，轻松而奇妙。在这里，我看到病员穿着一尘不染的条纹衣裤，在树阴下散步憩息，他们身上，有一种淡淡的药味，叫人想起某些很远很渺茫的东西。

常常是在周末，我上望天台去。推开“小桃源”那扇窄门，跟传达室的胖女人说我找实，她就会诡秘地一笑，点头让我进去。十五岁的男孩与十五岁的女孩会见，就需要这么诡秘地一笑吗？我不敢多想，兀自沿着我熟悉的路径，向实的小小居室走去。

我进入望天台长长的围墙之内的时候，它那长长的故事已接近尾声。这儿已改为工人疗养院，原先陈姓家族的成员，已先后去各自的岗位上工作，有的正在外地大学读书，只有实还是高中生，因未成年，在望天台保留一间小室做她的住处。

望天台是一个扑朔迷离的神奇传说，我只断断续续地听到过一些关于它的背景的片断叙述。粗疏地剪接起来，约莫是这个样子：说是抗战期间，实的父亲曾参与抢救在对日空战中负伤的几名美军飞行员，这些飞行员出身富家，为了答谢实的父亲的救命之恩，便资助款项，在北固山巅修了这座当时算是十分先进的别墅式医院，还让实的大哥到美国进修医学。1949年后，实的父兄将医院献给国家，改建为工人疗养院。实的父亲不久去世，子女大多继承父业，当医生，或在医学院就读。实的理想也是从医，她说她毕业之后要报考医学院。

实的小小的住房里，有一种特别的气味。是女孩子用的百雀羚？是绿宝香皂的芬芳？抑或还羼杂了来苏水和医用橡胶的气息？种种气味织出了一片温馨，我与实在这片温馨中小声说话，亲密而又单纯。隔壁就是女护士的寝室，她们常借故到走廊上来，朝窗内看一眼，露出同那胖胖的女守门人一样诡秘的笑，弄得我和实都羞赧起来，说话会因此停下来，好久，我和她都低下头不作声。我俩亲密而又单纯，单纯有如歌曲。

十五岁少年这番别有意趣的经历是那么难忘，以至在日后我陷于长长的磨难，多少次面临绝境时，还会突然回忆起那草地，那浓荫，那甜甜的井水，那弥漫了奇异香味的小屋，回忆起我与实的周末之夜，十五岁少男少女之间的真纯情感。每当此时，我便会觉得望天台乃是我的一个梦，一个虚无缥缈的乐园；有时竟会怀疑起它是否真实来。一切都恍如隔世，其间矗立着峻峭的沧桑，叫人无从攀越。

实比我低一级。高中毕业后，像她所理想的那样，她考取了医学院。开始还有信件往返，1957年后，情势已不允许我再和她联系，我的望天台之梦至此彻底终结。

然而记忆仍不时袭上心头。刻在十五岁少年心头的印象，经历了风沙雪雹，仍会顽强地蛰居一角，冷不丁冒了出来，让你在记忆的温存与现实的粗砺的对比中，生出一丝辛酸与甜蜜。哦，人哪，有些事总是怎么也忘记不得，任凭时光之波如何汹涌，也不能将其全然抹去。

正因为这样，20世纪80年代初，我刚刚从二十多年沉重的苦难中走出来，就提笔写了一篇以望天台的传说为背景的小说；这篇小说后来经删节发表于《夜郎文学》，算是为我十五岁的一段情感经历留下一点隐约的纪念。

1990年暮春，应当地文联之邀，我于三十五年之后重返台州。昔日同窗安排我重游望天台。我想几十年风风雨雨，望天台怕早已面目全非了，不去也罢。但经不起同窗的一再撺掇，便于一个阳光极好的晴日被簇拥着向望天台进发。鹅卵石铺就的别致的登山石级没有了，长长的黑砖垒砌的围墙也早不留痕迹，窄窄的题着“小桃源”字样的小门呢，则是连旧址也无处寻觅了。入口处已是一座现代气派的大门，铁门的盘花图案简洁而明朗。门内依旧林木荫翳，那些树长得更高大了，只是枝干虬曲而龟裂，青翠中隐伏着几分苍茫。草坪则没有了，其上是几幢新建筑，方正如盒，棱角刀切般分明。这儿早改作卫生学校了，一些跟当年的实那样的青春洋溢的女孩子，三三两两，在楼屋间来来去去。蓦然回首，却见新楼的另一侧，几座灰暗的旧屋蹲伏在路边；细细辨认，在记忆驳杂的深处苦苦搜寻当年的印象，终于确认其中的一座就是当年那小楼，就是当年实的住屋之所在。于是匆匆奔过去，找到上楼的木梯口。几名八九岁的男女小学生正在阴凉处读写，见我神色匆忙，便过来盘问。我能告诉他们什么呢？我从那样一个遥远而艰难的故事深处走来，一路上全是荆棘，全是火山与冰河，我是用生命换来今天，换来我重返望天台的日子；我能向这群眼睛亮亮的孩子说这些吗？他们不可能懂我，他们将永远不会有我那样的挣扎与苦斗了。也还会有风，也还会有雨，但过去了的灾难则永远不会再降临到他们身上了。无论是老人还是孩子，大家都已变得聪明。那么我又何须向孩子们解说些什么呢？只消问一句：可以上楼看看吗？——可——以！孩子们雀跃起来，新奇的东西总是挺好玩，他们欢呼着拥着我这奇怪的陌生人上了楼。真的是那间小楼屋。木门依然，板壁依然，朝走廊开的带铁栏的小窗也还依然。好像还看见那十五岁的女孩子端了洗脸水走来，提了热水瓶走来，托着刚洗净的水蜜桃走来，还是那样微笑着，温柔然而坦然……一眨眼，这一切又都消失了。只剩下这旧木楼，显出许多破败之处来。——真是的，都快四十年了！实已接近退休的年纪，而我还在把她当十五岁的女孩看。会是我在做梦吗？我伸手摸了摸那窗框，那扶栏，还倚栏让同窗给照了相，以此证明这是实实在在的望天台，时光已实实在在流过去几十年。

这样就到了1992年。春天，偶读《新民晚报》，却在3月28日头版看到一篇题为《三十秒后五十年》的报道，说的是1942年4月18日，美国十六架B25轰炸机袭击东京（即所谓“东京上空三十秒”）后，与地面失去联系，因油料耗尽，飞行员弃机跳伞，大部分人员被浙东沿海一带百姓救起。前些年，这群平均年龄已达七十岁的飞行员，忘不了“中国的救命恩人”，写信到中国寻找，终于找到了朱学三、陈慎言、曾建培、赵小宝、刘芳桥五位当年救过他们的老人。1992年初，五位老人应邀去美国参加庆典活动，故旧重逢，不禁激动得老泪纵横。

望天台神秘的面纱在几十年后被一则报道轻松地揭去了。曾经出现过发生过存在过的所有美好的事物，归根结底都是真实的。时空之雾即或迷茫于一时，却终究遮不住“真实”巨大的穿透力量。望天台不是神秘的传说，不是依稀渺茫的梦；我与实的纯真交谊也不是错杂记忆中的自编自演的幻觉。望天台是一个实实在在的事件，尽管在流传中有增删，有渲染，甚或被局部虚构，但望天台的内核是千真万确的；报道中提到的五位老人中的陈慎言，就是我少时女友实的大哥，有名有姓，确凿无疑。

（原载《江南》1992年第6期）

徐成淼

男　人

那时候我还在一所县城学校干事，住在一栋木结构的旧房楼上；没有厨房，一个土炉子放在房门外走廊上，就那么敞着烧；墙壁和顶棚都熏得乌黑油亮，像涂上厚厚一层沥青似的。

我的错案纠正之后，妻的几位同窗故旧说要来“朝贺”一番；理当的，妻因为我的那顶帽子，那些年承受了极为沉重的压力。今天重见天日，她可以抬起头过正常人应有的生活了。应该高兴高兴。

那是一个周末的下午，四五个女客叽叽喳喳拥了进来。十多年了，老同学之间被一袭人为的屏障所隔，多少话憋在了肚子里；一旦屏障撤除，就不知有多少旧事要叙。何况是女人，三五个，就是一台戏；还有带着孩子的，更加了。屋子里一时热闹得像开了锅。

事先我和妻商定，今天这顿饭，不劳她动手，全由我包了。那帮女人在屋里闹腾得正欢的时候，我起身退出，就在门外的“厨房”里忙乎起来。

那种土炉子，牛眼大一个炉膛，应付不了急用。一下子多了五六张嘴，怕到时候火接不上。为此，我事先跟同楼的老余说好，借他的炉子用用。老余一到周末，就带着家小上老岳父家“打牙祭”，炉子空着不用。大概是有感于多少年同楼而居，可总不敢多有来往，生怕界限不清；这一回老余特别热情，听我一说，就拎出一只崭新的炉子来，非要我拿去用不可。

炉子是用一只空油漆桶改制的，衬以泥灰，搪出炉芯，制作得颇为讲究。有了它，我心里就踏实了：两个炉子一齐生火，这顿晚饭就有把握了。

我在自家的炉子上炖好肉，就动手给那只新炉子生火。放进劈柴，加上木炭，一阵烟火过去，木炭开始哔剥作响，不时有火星迸溅，啪的一声，像小小的礼花在暗中爆裂。屋内笑声正喧。怕柴烟熏人，我拉紧了房门；可女人们由衷的喜悦与欢乐，仍从门里涌出，弥散在黯黑的廊道上。我站在那儿，凝视炉内闪烁的火光，眼镜片和鼻尖上，也有光点跳跃。我感受着那番明亮，那番温热，竟浮起一阵浓浓的感伤；往事恍如隔世，赤红的炉火照见我几多年的创痛。要不是屋内欢声笑语阵阵传来，真会以为自己是在梦中。

把一壶水坐在新炉子上，我到楼下水管那儿洗菜淘米，打算回来先把饭煮上，这边就可以弄菜了。

洗完菜回来，一上楼就觉得不对，廊道上浓烟滚滚，异味刺鼻。我几大步跑到“厨房”，立即被一片大火惊住了：新炉子那儿燃起了几尺高的火焰，炉前地板上也全是火……我来不及想什么，几乎是本能地，我猛扑过去，从火中抓起水壶，揭了盖，直将一壶水从火焰上方倒将下去……

火熄了。到处是烟气，是水。

原来老余那个桶里，残留着太厚的一层漆。生了火，油漆融化，都从出灰口淌到楼板上了。终至燃了起来。是油漆哪，那火势就非同小可。要是我晚上楼一步，火烧穿楼板，引燃板壁……喔，不堪设想！

我顺手把房门锁扣给搭上，再动手找来扫帚、墩布和畚箕，清理起“火灾现场”来。

妻在房里拉门，说强强（客人的小儿子）要尿。我说让他先尿在痰盂里；刚加了柴，外面烟得很呢。屋里又是一阵笑。

直到全部收拾好，烟气散去，廊道上恢复如初，我才带着极为自然的笑容推进门去，把做好的饭菜摆到餐桌上。我不能告诉他们刚才那惊心动魄的一幕，好不容易老同学聚在一起，难得这么由衷地欢喜和高兴，别打扰，就像什么也没有发生过一样。

傍晚，女人们叽叽喳喳地走了，妻送得很远。趁这机会，我走进内间，往右臂上涂药，又找了一截纱布包了包。刚才被火舌燎了一下，这会儿痛起来，鼓出好几个水泡。

不知为什么，我换上件棉毛衫，掩住那一截创伤，好多天都不捋袖子。也不知为什么，妻送走客人回来后，我竟没有向她说起刚才那场火。她正在兴头上，何必用叫人后怕的事去冲淡她的情绪。过后，我几次想说，又咽了回去。干吗呢？事情都过去了，在飞逝的时间面前，再惊险再酷烈的事也会变得平淡，不亲身经历，是很难体会什么是惊心动魄的。如果有意绘声绘色，又会像是在表功自炫。就这样，一晃十来年，除我自己以外，谁也不知道当时那浓烟，那大火，那面临的巨大危险；谁也不知道我怎样用壶去浇，用湿菜去打，怎样把一竹箕的米合扣在火焰上；谁也不知道房内的欢笑与房外的火险，只不过隔着一扇薄薄的木门……

这就是男人！——我想。

把灾难与危险挡在门外，而把安乐留给女人；在拼搏与挣扎中负伤而不动声色，依然以微笑装点这个世界，以报告世界的平安……

这就是男人。

（原载《散文》1992年第7期）

1992年

何士光

《日子》续篇

我在《日子》里写到祖母的时候，仿佛祖母老了，而母亲和我却还年轻。其实，那时候祖母已经九十有五，可以说高寿了，而母亲已渐近古稀之岁，我也早过了不惑之年，都一样在余下来的日子里浮沉。

那时候，情知祖母不久人世，母亲就把许多事情都推到了往后。房间要不要粉糊一次？母亲说，过一阵吧。家具很陈旧了，要不要添置一些呢？母亲也说，过一阵吧。给祖母送终，是母亲的一件心事，似乎也是她牵挂着的最后一件大事。你的使命是要做一个人——记得罗曼·罗兰这样写过——那你就得去做一个人。仿佛办完了最后一件大事，母亲一生里该做的事便算是做完了，这之后的生命才属于自己，一切才可以重新开始似的。

祖母病久的时候，母亲似乎也没有余地去思量别的事情。就连母亲出门一会儿，祖母也都要叨念的。姑姑们见母亲太辛苦，或许是出于对母亲的关心，或许是出于歉疚的心情，也曾提议说，要让祖母去住一阵。但才一提起，祖母就忙不迭地拒绝了，倔犟地说，她只跟母亲在一起，母亲到哪里，她就跟到哪里。一如旧家庭的老例，祖母卫顾女儿，向来胜过儿媳，这时候去女儿家里住一阵，应该是无妨的。但祖母是直觉地聪明的，或者说是幸运的，她反正是将自己交付给母亲了，之外便哪里也不去。鲁迅先生在一首叫《桃花》的诗里喟叹说："唉，花有花的道理，我不懂。"这就不用说，人也有人的道理，往往也很难懂。这样母亲就守着祖母，来去也匆匆。

母亲当然也有心烦意乱的时候，《日子》里写到的那些，不过是细枝末节，在日复一日的朝朝暮暮之中，自然还更有甚者。逢到这样的时候，母亲禁不住也会想起当年的际遇，婆媳间的恩怨本来是旷古的，而母亲又非一味地贤良，倒是心有灵犀一点，而且又非常自尊，哪能不深味个中甘苦呢？总把一切都归在心底了，不能尽然忘情。实在烦难的时候，私心也觉着不平。但也不过就是那么一会儿，跟着就被眼前的操持淹没了。至于侍奉的周到，却是一点也不消减的。不是说平平淡淡从从容容才是真？作为歌唱，自然是美则美矣，而作为人事，却又实在了犹未了。因此到了闲下来的时候，母亲也企盼地对我说，等办完了这件事，她也就该好好地生活一阵。

噢，好好地生活，那会是什么样子呢？

那么，祖母终于去世了。在她九十六岁的时候，了却了这一世的缘分，踏上了新的途程，去了另外的世界。不是吗？我们的生命只是存在的一种状态，谁能说这就是唯一的状态？而我们为自己描绘的世界，也仅仅是以我们的官能为基础的、被我们感知到的世界。我们感知到的究竟有多少呢？尽管我们自负而执迷，也还不敢说这就是整个的或终极的世界。太阳落下去了，月亮升起来，其实太阳又何尝落下去，月亮又何尝升起来？更深层次上的存在，又只有凭借更大的功能和智慧才能打开。据说释迦牟尼开慧之后，就感知过更为深邃的存在，也就包含祖母要去的世界。那时候他不禁万分感慨，开言即说：

奇哉奇哉，一切众生，皆具如来智慧德相，但因妄想执着，不能证得；若离妄想，一切智，自然智，即得现前。

或许在那另外的维度里，我们还会和祖母相见的吧，既然那地方我们都还没去过，谁又说得定？但现在祖母确乎是先走一步了，把人间的日子留给了我们，让我们还留在这个“六道轮回”中的人间世界。

这世界，当然就是祖母刚刚离去的这些房间，这座年深月久的院子，这院子面对着的小巷，还有小巷连接着的一点街市。再就是岁月了，依旧的白天和夜晚。落雨的时候，雨花溅在窗台上；阳光照着耳门了，祖母原来就倚着门在那儿观望。

像这样的，母亲反而落在岑寂中了。

母亲有了许多的空闲，也上街，也去和当年的同事们聚会，一点不老态龙钟，心思也依旧敏锐。但窗棂上映着白色的光亮，近旁有煤烟透过来，许许多多的时候，母亲又还是留在家里。

家里没人？我转动门锁，见窗帘垂着，屋里没有一点动静。门开了，光阴在屋里滞留着，桌椅也都悄然无声。等掀起门帘，才看见母亲在里屋睡觉，深蓝的布衾印着白色的碎花，和午后的时光一样静默。

“回来了？”但母亲并没有入睡，她问道，跟着就要起来。

我说："你睡吧，别起来！"

"不睡了，"母亲还是起来了，"我没有睡，只是躺一会儿……"

这或许如昆德拉所说，就是生命中不能承受的轻？但生命本无所谓轻重，又哪里能区分？轻即是重，重即是轻；轻中有重，重中有轻；轻极生重，重极生轻；轻而至于不能承受，不是重又是什么？只执一端，就落在两边了，遂不能归一。并且不论轻重，又都是识心的分辩计较，在佛看来，又不过是妄想执着而已。但这些念头，当然又是后来才想起来的。至于当时，在长长的下午里，又只觉着母亲有些寂寞，而光线也太黯淡了，让人郁悒。

"把灯打开？"我说。

"你打开吧，"母亲说，"一个人在家，倒喜欢安静些。"

不是说，多一分静，就会多一分对人事的思索？我应该看出来，母亲必定在想些什么。

还是这些房间，少小的时候，我常常在夜里拉琴。不用说那琴声是多粗糙了，可万分没有想到，却竟然会打动母亲。我们至今也不了解声音的秘密，一句乐曲就能录制一个时代，一声轻响也会导致一场雪崩，隐隐地知道与生命的奥秘相关联，或许就不只是精致的旋律才能动人。那时候母亲就对我说，那声音使得她老想些什么，心里很慌张，很紧。

"没有吵着你？"我问。

"不，"母亲说，"我睡不着，喜欢听……"

那时候我当然不知道，母亲都把怎样的心事，附着在那吱吱哑哑的声音上了。但我们肩负着的这个生命，不就是一个斯芬克斯之谜？这生命本来没有意义，一切人生的意义，又都是人们自己赋予的。而要为自己找到一个苦苦相守的意义，却又实在不容易。这就不难想见，那些始终纠缠着人们的心思，也就一样要追随着母亲。而今静静地歇下来之后，或许就更加困扰着人。

我应该能想见这一切。在我不断地猜测自己，追寻自己的根由的时候，就隐约地感到过，我始终摇曳而迷惑的内心，就有些像母亲。不说前世因果，就不说也罢，但我们来到这人世上的时候，就不免带着遥远的遗传，也不免带着母亲的信息，则似乎又为流行科学所不否认。这或许就是一个人最初的内因，最早的根据？但灯光淡泊地照着，有如屋里静静的光阴，一时间我又没有看出来，仅以为母亲是歇着而已。怎么说呢，直接进入人的心灵而体察众生的善根，那是佛的大圆镜智，至于我们，又总是陷在自己的心思里。一切长久地为本分所代替，心灵的披露又反而是羞愧的。终于又只是守着自己的心事，即便是母亲的心思也难以顾及。

我或许可以和母亲说些话？阳光不是恹恹的，或者又落起了小雨？但我们坐下来，母亲稍一停说起的，又不是自己的心事，而是院子里的事情。

“小三子回来了。”母亲说。

“是不是？”我说，“多久回来的呢？”

“今天早上，”母亲笑起来，“一起来的，还有好些男男女女……”

《易经》里不是说，寂然不动，感而遂通天下之故？母亲在解除了自家的劳碌之后，似乎也宁静而致远，渐渐地也听见了院子里的情形。许久都不见小三子了，那是一个刚刚长成的女孩子，自然也是这婆娑世界里的芸芸众生，因了什么缘分便来到同一爿房檐下，就住在隔壁楼上。她有时也长久地不在家，等到回来的时候，屋里就会着实地喧闹一阵。喝酒，唱歌，咯咯地笑。跟着就想起了什么伤心的事情，放声地哭起来。觉着饥渴了，又开始商商量量地，找出一件上衣或者别的什么，让一个小伙子拿到近旁的菜场上去卖。然后又弹响吉他，亲昵地喧笑着，快快活活地唱起来。

母亲笑吟吟地说着，话语也有如流淌的光阴。固然是在讲着院子里的事情，但不也就是我们朝夕相对的人生？于是这人的心思也就浮泛起来，闪烁着远远近近的情景。

早先这院子里，不是有一株梧桐？把日子比作梧桐的话，我们或许就像依附着梧桐的叶片。那时候院子里只住着两三家人，现在究竟住着多少人，就再也说不清。不是说没有两片相同的绿叶？但既是一株树上的叶片，就是同样的颜色，其实又很难区分。石板上积着雨水，枝叶索寞地映着窗棂。那时的石阶上不会有相依偎的男女，夜里也没有觥筹交错的声音。但时间毕竟过去了，梧桐也渐渐伸不出浓荫。这在《日子》里已经写过，是让牵起来的绳索给缠紧的。晾起来的衣裳也不再是青蓝的颜色，而是日见其五彩缤纷。小三子施起朱粉来的时候，似乎楚楚动人。张家的儿子辞掉了差事，却也能西装笔挺。烫发的女人开着一爿铺子，外地来的男人则不知倚何为生。青石板给嘈杂的脚步踩碎了，然后搭起了炉灶，一旁堆满了煤块和酒瓶。倒是母亲买菜回来的时候，却还像当年一样，脚步落在那残留的石阶上，然后再轻悄地打开耳门。仿佛那身后的梧桐不曾凋零，还像当年那样掩映……

是院子里的喧闹引得母亲不能入睡，还是母亲因为不能入睡才听见院子里的声音？母亲那样怡和地笑着，却也没有责难的神情。其实，能像小三子他们那样，悲则大哭，乐则大笑，又有什么不好？瞬间即是生命，瞬间也即是永恒。我不禁猜想，这或许也像吱吱哑哑的琴声一样，早晚也牵动着母亲？《金刚经》里说，没有我相的时候，就不会有人相了，乃至众生相、寿者相；那么听着小三子他们的喧闹的时候，母亲在心里想着的，或者又是自家的事情？

“我梦见大姐了，她一辈子真是苦得很。”

一次母亲对我说，去世了的姨妈在夜里来到了她的跟前。

“我想起外婆了，她就那样辛苦了一生。”

母亲又说起的是我的外婆，也去世好些年了，和姨妈一样，都在过往的规范里跋涉了一生，是曾经浮现过而又遥遥地远去的生命。

天气晴朗的时候，鸽哨从晴空里传来，细雨落起来了，则淅淅沥沥的，渐渐地我明白了，母亲落在了这样的心思里：如果一切不像已经过去的那样，一开始的时候就不是那样的路径，一切又会怎样呢？母亲也正是从日子苛刻的规范里走过来的，这规范对于母亲来说，也就是为人女、为人妻、为人媳，一个人就只能在这之中实现自己，这就很难说有什么会是你自己，也很难说你是生活过来的。就更不用说都为了什么，又有什么意义。《指南录后序》里有句子说，痛定思痛，痛何如哉！白天夜晚地，母亲似乎都在追寻着那些细节，一一地审视着那些境遇。

不能不说，我明白心灵的这种困扰。虽然母亲也还是一如往常，看上去安静而从容，该准备晚饭了，便把炉灶打开，需要添一些热水，便往水壶里盛起水来，但诚如高尔基所说，如果把我们的胸膛揭开，就会看见心灵的骚动不安都是同样的。我又还是能想见母亲那心思的萦绕，感到那审视的沉重。

《阴符经》说：人心，机也！就或许是说，这心灵既是困扰之所在，同时也是解脱的门径？看见母亲的心缠绕得这样紧，我就禁不住想，能不能对母亲说一点什么，让母亲卸下这徒然的缠绕？

会不会呢，有另外的一种样式，能让我们永无懊悔？不，日子不会没有规范，规范使人们得以共同存活下去，但人们为自己建立起来的规范，反过来就一定要损害我们自己。不是我们自己要到人世上来，我们实在只是不由己的一种存在。我们过分地看重了自己，其实我们又不过是造化无心地化生出来的。若依佛的知见，就不过是有形有象的、沦落在三维空间里的饮食男女。没有一种样式能改变这种生命的本来状态，不管我们怎样改变方式，这种改变带来的喜悦也还是很快会过去，而躯壳的重负和心灵的骚动不安，又始终是同样的……

当然了，尽管母亲和我都怀着各自的心思，白天过去了，夜晚又还是依旧来临。我们又还是坐下来看电视，守着自己内心的纷纭，也守着这人世间的纷纭。似乎不在其内，当然又不在其外。新闻播过之后，则又是天气预报，那乐声由于日复一日地向人们诉说，也就变得仿佛日子一般，总有些忧郁和缠绵，又有些索寞和空泛。不久便掇拾着，又歇息下来，或者说夜深了，或者说夜和人的心思一样，又才长长地展开。

薄薄的壁板隔不断声响，哪儿有人在敲门？

“三子，你听我说，你开门……”

男人一直在外面等着，小三子却不出一点声音。不是又有好久没有小三子的消息？后来又才知道，她似乎厌倦了原来的日子，终于到什么地方上工去了。又回来的时候便留在家里，躲着过往相熟的人们。天气热起来了，那心烦意乱的呼唤就在闷热的夜里浮沉。

脚步踩响楼板的时候，男人终于走了。跟着脚步声又响起来，却是夜久才归来的女人。不久就迸开男人的咆哮，和着女人尖利的嗓音。有什么被砸碎了，是茶杯或者水瓶。那是一位很规矩的女人，后来却明白过来了，说要是还那样规矩的话，就委屈了一生。

回来的回来了，出走的出走了。会不会回来的又再出走，出走的又再回来？小三子会不会又幡然醒悟，再去寻找热烈的夜晚？女人会不会又明白过来，又依旧归于安分的人生？

夜还是闷热地笼罩；这不就是人们存在的两种形态，或者说两种可能性？要说这就是文化，当然也行。一阴一阳，一动一静。一种源于人的群体，约制人与人的相互关系，致力于人间的纲常，求得严密的群体秩序。毫无疑问要限制个体，同时又为个体提供归依。一种则源于人的个体，谋求人与人之间的独立关系，以契约为纽带，建立个体的相互联系。固然少去许多羁绊，却又漫无依泊似的。置身于一端的时候，倒又觉得另一端更为惬意。但不论置身于哪一端，又还是艰难地面对着世界，艰难地面对着自己。还是得带着自己的身心，去经受自己的经历。于是这种在同一个层面上的寻求，又不能不是始终迷惑的。而这种寻求掀起来的愈来愈喧嚣的尘埃，便愈来愈纷繁地扰乱我们自己……

那么，母亲睡了没有呢？是不是还在思虑？噢，我们不是看不出宇宙存在的意义？那我们也就看不出宇宙化生出来的万物的意义。这生命如果要说有意义的话，或许就只有一种意义，就是凭借造化给我们的这一份灵智，穷究我们这生命的根底。佛就反复地对我们说，除了我们居留的欲界而外，还有色界和无色界，乃至三界以外。这当然是一种表述，一种语义，先贤则似乎体验过这其中的奥秘。或许我们又不过是成见太深，对自己的见识过分自许，才故步自封地不肯在意。而人们为自己建立的世界，不又始终和生命的状态相联系？要是我们不仅仅在我们拥有的状况里寻求，或许就能超越这长久的迷惑，深入这生命的奥秘，为自己赢得一片格外的天地。人类如果会有崭新的前景的话，就或许是这样的。但这些似有若无的念头，又怎样才能对母亲说呢？

又一个下午到来的时候，母亲午睡过了，我也不想走到炎热的街市上去，麻将在哪儿哗哗地搓响着，院子里脚步声也起起落落的，我就和母亲聊起天来，后来就说起了这日子和生命。我希望母亲能解除这心灵的重负，不要缠绕得这样紧。不是我们自己缠绕上去的吗？那么能解开它的，又只有我们自己。要是我们的心不迷失，不一律地被纷繁的念头牵引，而是反过来，静静地打量着自己和外缘，打量着这些念头在怎样地来来去去，所谓如如不动，了了分明，一切也就会得到缓解的。

母亲把茶缸握在手里，却只是长长地摇头，说：“唉，哪能不想呢……”

母亲也愿意让我把话说完，但那似乎又太空泛，不如曾经发生过而又录制在心里的一切，是严实而真切的。而母亲却因此更加为我忧虑了，说她并不尤其担心妹妹和弟弟，唯有我，一路走过去的时候，还不知道会怎样呢！

我无法让母亲不忧虑，我知道，像佛一再悲悯的那样，人们要抛却识心而赢得智慧，就须得长久地磨炼自己，也实在并不容易。替母亲想，这实在是犯不着的。旷世的因果并不在我们手里，正如母亲有母亲的遭遇，我也难免有我的经历，都同样是无可如何的。过去的并非都出于我们的期望，而要来的也不见得就会尽如我们的心意。既由不得我们苦苦地算计，又哪堪苦苦地算计？就其短暂而有情的今世来说，我固然是母亲的儿子；就其永远而无情的生命的轮转来说，我们又不过都是其间的因果，我又何尝就是母亲的儿子呢？禁不住踌躇的时候，我想起《耶稣传》里的句子来了，那是怎么说的？

天风随意吹拂，人不知道它从哪里来，往哪里去。心灵的事，原是超人知识的奥秘。有远象的见远象，那不见远象的，或者望望然，或者嚣嚣然，又怎能够知道上一层世界里的真际？

我没有给母亲念这些句子，哪儿有录音机响起来了，又还是声嘶力竭的。煤烟散过来，又从窗棂那儿透出去。我只是想，愿我们全体，母亲，我，还有心灵不胜缠绕的男男女女，都能有幸而见到远象吧！倘能如此，想到自己已经从长长的日子里穿过来了，不似前路正长的人们还得一一去经历，母亲一定会缓过一口气，去迎接那远象里的真际。既然母亲曾经辛苦而善良，心灵里就不会有歉疚的重负，再没有什么会羁绊的。

尽管那样一来，这院子也依然还是院子，阳光也还是斜斜地照在窗台上，日子也当然还是朝朝暮暮的……

（原载《山花》1992年第7期）

何士光

夏天的途程

夜里蟋蟀的声音响亮起来的时候，就让人禁不住想到，秋来了。心思也就像横空的隐隐层霄，静静地悬浮着，却又在刹那间即生生灭灭，闪烁而牵连。

这并不是对夏天的留恋。刚一想到夏天，灼热的尘埃便扑面而来了。那是在什么地方？车从盘旋的山路上跌落下来，两旁不再有树林掩映，炙人的阳光里，一条大路是黄尘弥漫的。

景象倏然地来到心里，说历历在目，当然也是一种描述。但稍一审视，又并不是这样。其实又不在心之内，也不在心之外。似乎很切近，却又很遥远。依稀而渺茫，只情知确实如此，却并不清晰可辨。我们到底又还是面对着心灵的奥秘。先哲说这心灵不过是元气的凝结，是清净妙明的真如实体，那是宇宙间一种本源的能量，本来就和茫茫的存在相合一，你以为怎样呢？而我们的知见，就不过像污染一样，仅仅是录制在其间的消息。那么这时候浮现出来的，则正是飘浮着的痕迹。固然是景象的连接，却又像心意的演绎。

这或许就是我思故我在吧。这就显然不是说你一直都在思考，而是说你连带的消息始终追随着你。它们自在地飘浮着，就像星尘飘浮在宇宙里。倘使真能够聚精会神，或许能断断续续地串联它们。至于要遏止或澄清它们，又谈何容易。于是你就清楚地看到，你的身躯留在三维的尘世上，你的心灵却在另外的维度里。你从积存的消息中照见了自己，也就永远背负着你自己。纷纷的思绪牵连不息，生生灭灭也由不得你。这时候消息在碰撞中滑落出来，你又看见了夏天的行迹。尘埃扬起来的时候，是车快要驶进织金县城了。那是八月里，你们到打鸡洞去。你和贤亮一道，还有女儿小倩和贤亮的儿子小小。现在你又看见了那些山野和阳光，看见你们在那一辆车里摇晃。

但这时又只有夜来的凉意，窗外的灯火闪闪烁烁的。那些风和阳光，又在哪里？那在黄尘扑面的大路上摇晃着的，又果真是你？人的存在又仿佛是这样，你永远是你自己，但似乎又永远不是你自己。你和你自己也好，和你面对的外缘也好，始终若即若离。你飘浮着的心灵总在打量着你自己，对你和你的行迹也疑惑不已。一切都没有疑义，一切又都是疑窦横生的。你不是一直留在这街市里？可怎样一来，又会到打鸡洞去？以天地之大，你又不是总能留下足迹，又何以是打鸡洞呢？曾经有过许多的机会，你都一直没有去，又何以待到八月里？以我们现有的有漏的智慧，我们到底又不知道我们是怎样沉浮在这人世上、天地间的。同这飘忽的心思一样，是怎样划出来你的足迹。

铁马秋风塞北，杏花春雨江南，这是在哪儿见到的句子呢？贤亮是回到他远远的宁夏去了，那里的秋意是更晚，或是更早？直截地追寻起来的时候，夏天里的行程，似乎是他引出来的。

七月里他来了一封信，问道八月里你是否在贵阳。不是正逢暑期吗？如是，他打算带上儿子来走一趟。你回信说，如果能来，你就等着。你并不以为一定能成行，我们又正如星尘一样，存留在三界十方的左右之中，纵有念头也未必能引出来行动，或者能成其为行动。但到了八月，果然来了电话。虽然握在手里的不过是一只话筒，人还远隔千里，你知道那确乎是贤亮的声音，此行大约不虚了。算来只是在这一刻，你心里才明晰地生出一个念头，仿佛时候到了，这一次你会到打鸡洞去。那是一处声名远扬的、据说可以为天下冠的溶洞，虽说偏远却近在贵州。虽然贤亮与你一样无心风景，但这世间留给我们的说到底又不过凡此种种，既是相逢在贵州，似乎也就只有到打鸡洞一游。

但事情显然又不仅仅是这样，我们面对的、或者说置身其间的因果，又不像我们的思路一样单一而刻板。稍微推测一下就不难看出来，包括贤亮能顺利地上路在内，许多的细节虽然微小，也都是不能缺如的。即以贤亮而论，有道是茫茫四海人无数，又何以是我与你？既然相约去打鸡洞，至少在这之前，你们就得首先相遇，然后认识，再则有足够的相知，是不是呢？这就不能不倒回去，却是十年前的事情。尽管是三春去后诸芳尽，回首往事也只剩下一哂，你们又确乎是那一年在北京相遇的。那时他从西北动身，你则从西南启程，然后都歇在一处旅馆里，开始来参加一次会议。那时候的张贤亮，穿着仿制的军上装，在三月的风沙里，还约你一同去买一件风衣。这就不能不说，打鸡洞的一线因果，应该推溯到这里。

但这不过是你们的相遇，其实你又已经明白，推溯到这里是不够的。车在山路上回旋着，那时候正是日之夕矣。小小伏在贤亮的怀里睡着了，车窗里的天空博大而清澄。贤亮说，当年在农场里，傍晚的时候，他就常常这样眺望祁连山上的天空。于是你想到，你在梨花屯也是的。残阳从山垭那儿落下去，你还每每想起李清照的词句，“落日熔金，暮云合璧”。当然了，心思又全在下一句，“人在何许”。那时候你不知道这世上还有一个人叫张贤亮，他当然也一样。但你们很快就要知道了，不久就会相遇。

如果说像这样的，在时间上还有些模糊的话，那么另外一个时刻，毛泽东主席谢世的时候，则不难追寻出来你们都在哪里。说来大不应该，但又难以回避，那一天，又还是农场里一位老同志家娶媳妇的日子，后来你知道，贤亮就在那老同志家里。我们的俗话说，鸟要叫，天要下雨，娘要改嫁，都是无可如何的。贤亮平日里常帮助那老同志写些账什么的，老同志那天也就大胆地邀请了他。席是乡里的那种流水席，来一位即给一位管饭。这是多年来第一次有人请他做客，也是他多年来第一次能端上酒碗。孤零零的张贤亮刚把酒碗端在手里，广播匣子便呜咽地打开了，报告了一个时刻的到来。于是他站起身来，开始踉踉跄跄地往回走。那一刻，你则在梨花场那位鞋匠家里。这时从夜色里望过去，你又仿佛看见了他叼着的烟卷，还有他那件抹布一般的、不知道怎样弄到手的呢外衣。哀乐在秋风里飘飘忽忽的，你也听清了这个消息，于是也站起身来，恍恍惚惚地离开。如果说你们这一走，就一直走到相遇，仿佛有些牵强，却谁又能说不是呢？

你看见这些印象和念头在心里来来去去，一个还未消失，又为另一个代替。正是印在心里的景象，也正是纷至沓来的头绪，于是不由得想到，人们为自己编制出来的字眼，又实在非常贴切，仿佛密码一般，使世界成为可思索的。仓颉造字时夜有鬼哭，也就确实有哭泣的道理。而意识的尘粒在心灵里的碰撞，又迅速得无可比拟，只一瞬间即显现出全部含义，说语言是思维的外壳，却显得过分慢条斯理。这时候，或者应该说更早的时候，在这些印象和念头的后面，或者说深处，其实又早就存在着一个更为明白的念头，不，这样的追溯，其实是用不着的。这就得径直地指向你们的出生，不是首先得存在这样两个人，然后才能往前走？你看见贤亮从站台那儿走出来，牵着小小，提着箱子，就不是从宁夏来，不是从银川来，而是从他的出生之地走过来，从他出生的时辰一直走过来。日近黄昏了，你也不是那一个黄昏里才在站台那儿等待，而是一开始就在这街市里等待。

于是你抬起头来，仿佛看见了茫茫人世，看见了春风秋雨。许许多多的情景，你自己的，和着别人的，忧郁地叠印在一起。那些从死亡里回醒过来的人们说，人死之后，心灵就会脱离自己的躯体，有一个瞬间里，就会看见自己一生的行迹。丹道之士也说，这样的情形在修习中也是会出现的。其实活着的人们、寻常的人们，又何尝不是如此？这正是心灵的状态，是熟视无睹的奥秘。在这些乱纷纷的景象之中，如果有人生之路的话，你看见有一条路就是你自己的。这条路既简单而直截，却又迷茫而曲折。漫长而遥远，又短暂到只在转瞬之间。在所有的、大大小小的世事中蜿蜒着，从林林总总的碰撞中滑落出来，终于到了八月里，才化为你们的那一辆车，趱行在尘埃飞扬的大路上。这一切是注定而必然的？或者只是随机而偶然的？又或者显得圆满一些，同时是注定而偶然的？

但你又已经明白，这样的判别又几乎没有意义。也许我们能够看清迫在眉睫的、已经显现出来的趋势，或者在事情过去之后，能够对一部分因果加以复述，除此之外，就连下一刻会发生什么，我们也不会清楚，又有什么必然可言呢？而一旦把事情归结为偶然的，则无异乎说，一切我们都不清楚，也不想弄清楚。不，这条人生之路，只浮现出来一次，对只浮现出来一次的事情，既没有参照又没有比较，我们则无法评估。同时这条人生之路又只浮现出来一段，终止在生与死两端，对只浮现出来一段的事情，我们也难以评估。末了，我们所有的知见，又仅仅以我们的官能为基础，以有限的官能和知见，也难以对无限的存在加以评估。

于是在蟋蟀声声里，心思又还是闪烁着而已。新沏的茶水透出来暖意，把茶缸握在手里的时候，又还是面对着造化的隐秘。夫子怎么说的？他说四十而不惑，或许就不过是说，一个人在经过了二十而冠、三十而立之后，到四十岁，就必定深味了来去匆匆的日子，不再迷惑于形而下的生活。不就是穷通寿夭、悲欢离合？要是一个人年纪轻轻就说他看透了生活，也未见得就是浅薄。仅就现实的人生现象而言，确实不需要思量一辈子。那么从此以后，他就将冥思着生命的根柢，这样一直到五十岁，或许能看到一点造化的玄机，即是知道天命。往昔智者的归宿，似乎往往如此，你可以看见长长的一串身影。这说的是修习和开悟一般的功能也说不定，不然到了六十岁，就不会反而耳聪目明。至于七十的从心所欲而不逾矩，则是终于从必然而走向自由的化境。倘能如此的话，你或许就能看见，贤亮不只是从他的时辰里走过来，你也不是一直在这儿等待。这条人生之路并不起始在出生那儿，因果还会很远很远……

噢，那遥远的、我们的目光窥视不到的地方，会是怎样的情景？先哲说过，我们的心灵本来妙明，那因果其实是能看见的，你信不信？你的生命，不过是一个污染和耗散的过程。圆明的心灵依附在躯体里，便渐渐受到躯体的牵累。通过这肢体和五官，外缘的声色不断摄入进来，佛在灵山会上比喻说，就像清水里溶进了尘埃。从此心灵便被如丝似缕的信息充满着，缠绕着，再不能倾听另外的声音，也就失却了原来的灵性。而从此我们也就把载负着的信息当成我们自己，在佛看来就不过是“我执”而已。我们陷落在这些信息里，区分着这些信息，有别即有情，仿佛电脑到后来就会试图杀死对弈的棋手，情感也就是这样诞生出来的。这之中，你带着的能量消耗殆尽，死亡也就随之来临。像这样的，顺则死，逆则生，现在你就应该倒回去，逆转这个过程。能量既不会消失也不会创生，你不过是能量的衍化和轮回，是宇宙的一种生命工程。既然易有太极，是为两仪，你是依着这样的次序化生的，那么还是依照这样的路径，守中而归一，你也就能够退回去。那样的话，贤亮也好，小小和小倩也好，你便能看见他们的本来面目，看见那遥远到无量劫的情景。

这深深地引诱人，是不是呢？灯光静静地映在桌面上，烟卷的烟缕缭绕着，你不知道你是不是有这样的念头。但你却知道，一旦怀着这样的念头，这退回去则又是无望的。这不也是一种丝缕？也就还是缠绕着你。而要退回去，就得泯灭纷纷的思绪，不然的话，心灵又怎样能妙明呢？“塞其兑，闭其牖；挫其锐，解其纷；和其光，同其尘。”老子这样描述了这个过程。到了和光共尘的时候，就与天地同一而全息相应了，才是谓玄同。你不再让识神支配你，不再用识心去分别计度，留下来的便是你的真如本性。那《五灯会元》里的一段记载，似乎就描绘了这样的情景：

乾闼婆王献乐，其时山河大地尽作琴声。迦叶起作舞。王问迦叶：“岂不是阿罗汉诸漏已尽，更何有余习？”佛曰：“实无余习，莫谤法也。”王又抚琴三遍，迦叶亦三度作舞。王曰：“迦叶作舞，岂不是？”佛曰：“实不曾作舞！”王曰：“世尊何得妄语？”佛曰：“不妄语。汝抚琴山河大地木石尽作琴声，岂不是？”王曰：“是。”佛曰：“迦叶亦复如是。所以实不曾作舞。”王乃信受。

这就是有识心和无识心的差别了。但要泯灭这识心，又何其难呢？这一路的玄机，却又是道不破的秘密。那些窥视过此中真相的人们，而今是遥遥地去了，仅留下深藏的线索和隐隐约约的消息，却明明告诉你，纵有颜回之智，子贡之才，也是猜不透的。周密如《参同契》，也还是一连串譬喻，应许称“万遍将可睹”，或许才能见到一点端倪。所以又不知道要到怎样的时刻，才能解开这生命的奥秘。方此时，就连窗外的灯光你也依旧看不真切，打鸡洞那遥远的因果，你又哪里看得透呢？你的心又还是纠缠着你，正如伏契克所说，和你是一对孪生的兄弟。想到遥远的过去，固然十分渺茫了，而想到身躯消散之后一切还并没有完结，更不能不是悒郁的。你看见你不仅是现实关系的总和，更还是宇宙关系的总和，你们那一辆在山路上盘旋着的客车，就不仅是从人世上驶过来，而仿佛是从茫茫的天宇里驶出来的。

那么，那时候你们上路了。早晨的凉意正在消退，黄果树近旁的一片山野，又还是溽热笼罩。等车转上了通往打鸡洞的大路，行程便显得持久而漫长。开头的喧嚷过去之后，连贤亮也不再说话，人便落在静默中了。于是渐渐地，心思也就浮泛起来，似有念却无念，既明晰又迷茫，正像那未曾展现却又展现出来的山野，又像那无心映照而又始终映照的阳光。你始终看不见这生命存在的理由，同时也找不到要摈弃这存在的依据，正如前人谭峭在《化书》里所说，人不欲生，不能不生，人不欲死，不能不死，所以在你的心灵深处，又不能不是迷惘的。似乎泰戈尔就把这称为生命的哀愁，从生命的缝隙里渗透出来，也就时时地追随着你，困扰着你。

你们的车固然是行驶在山路上，却也是行驶在维系着它的因果之中。好比眼前这夜空里的随便哪一颗星星，是浮悬在所有的引力场之间。这固然是夏天里的情景，但也就和往昔的崎岖没有什么两样。无论人在何许，炎夏中或秋风里，场景尽管不同，境况又还是一样的。这或许就是《易》的变与不变的道理？永恒通过瞬间才显现出来，瞬间又和永恒全息相应。你们的车能不能抵达打鸡洞呢？一路地驶过去，这一点你们似乎不曾想过。人们为自己的考虑，总是一如自己的心意。马达持久地轰响着，直仿佛离打鸡洞愈来愈近似的。但事实上，车一经开出，我们就不知道会受什么因果左右，终久会抵达哪里。

事情正是这样。许多的行程也曾经风流云散，打鸡洞也未必就一定是能够抵达的。车穿过安顺城不久，正要驶进一处小镇，却突然停下来了。驾驶员下车去的时候，重重地碰响了车门。发生了什么呢？人们在大声地交谈，跟着就传来了消息：通往打鸡洞的路断了。昨天上午落雨，前面一处斜坡塌方，压断了一截路面，车已经开不过去。拉开车窗，就看见了街头的情景。小街狭窄而零乱，仿佛基督不到的地方，也就不掩饰自己的黯淡。已经有好些车辆停在那儿了，油漆剥落的拖拉机和满身尘土的重车，似乎都进退失据，无可如何地留在那里。一辆煤车决定退回去，正在艰难地掉转车头，重重地喘息。

你们的车也不得不一直停下来。因果这个字眼实在是太沉重了，永远为我们始料未及。这时候还要不要往前行驶，就让人拿不定主意。不，我们的算数永远是微小的，以致对因果的寻求倒反而像是对自己的愚弄。尽管头头是道，也还是言不及义。你要知道结果就得拥有全部原因，但眼前的小街没精打采的，却不透露一点消息。只有阳光还是映照着，明亮的，空漠的。一切都存在着，一切也都会揭示出来，却永远不是现在。这情形，也就犹如我们通常的处境。

这或许就该做出选择了，或者往前走，或者退回去。但在这千门万户的人世上，在这朝朝暮暮的日子里，你们是不是真为自己做过什么选择，又让人十分怀疑。表面看来是出于一个人的选择，但回首往事，又有多少事情是出于一个人的选择呢？仍是在北京的时候吧，在西郊，或是另一处旅馆，晚来无事留在寝室里，你和贤亮偶尔谈起文事来的时候，你们到底又还是不明白，那种被称为“创作”的东西，是怎样写出来的；就连怎样来到这人世上，你们自己也不清楚，那一再说起的自我会在哪里？难道你们曾经选择过祁连山，或者梨花场？作为天地和人世的一种造化，在接受、贮存和组合信息时，似乎也有不同的类别，要说这就是你自己，当然也就是你自己，即便如此，也仍然不是你自己的选择，并没有什么可懊伤或自许。北方的夜和着电视节目残了，临了贤亮说：这不是你写出来的，而是上帝用你的手写出来的。自然不必对“上帝”这个字眼介意，这不过是指最大的必然，或者存在的真相和依据。那么这时候，你们倚着车窗，又能怎样选择呢？

贤亮掏出了烟卷，你们吸起烟来了。不，你们似乎都没有著声。既然事情总是缺少依据，到头来也未必见得是你选择的，那么我们能凭借的，又往往是来到心里的念头而已。让念头来选择吧，然后再承担由这念头带来的结果，这或许就是我们能做的。但这时候，却似乎没有什么念头来到心里。我们确乎不知道那些支配着我们的念头，是怎样从这一个过渡到下一个，怎样在我们的心灵里来来去去。或者上帝没有让你们选择？或者岁月流逝，些许行程你们已经不再介意？看看和小小坐在一起的贤亮，又是很裕如的。车行驶着，或者停下来，情形虽然不同，却又还是相同的境况。浮沉在天地间的人们并不能拥有什么，有的则不过是经历。虽然在人的评判看来，又有进退得失之分，实在又都同样是经历而已。一路逶迤地走过来，你们似乎都不再苦苦地算计。

那么当然了，就在你们吸着烟的时候，牵掣着那一辆车的所有引力，自然也在盈虚消长。一切都在运动着，然后由时间来加以描述。后来驾驶员就回到了座位上，像早先那样重重地拉上了车门。他已经决定了，要往前驶过去。看得出来，年轻人能干而倔犟，他做出这种决定，心里当然也有一番经历。他要是把车倒回去，自然也无可非议。但他决定往前走，就看不出有什么我们一向津津乐道的依据。小伙子虽然也振振有词，听起来却像是在安慰自己。那些寻找出来的道理，其实又是让意愿支配的。一切当然只是一念之差，仅在末了的一念之间。我们实在又很难断定，或者就连他自己也未必明白，这念头是怎样碰落出来的。如果一只蝴蝶的颤动都会是一场风暴的原因，那么他的念头对于你们的行程来说，则显然是举足轻重的决定。时间过去了，马达轰响起来的时候，又呈现出来新的因果和情景。

于是山野又旋转起来，车又扬起尘土，驶进深深的谷底，跟着又抬起头来，向着长长的斜坡驶过去。就仿佛这天幕上的星星划动着，又只有投置到始终变动着的星空里去，才能在其间演绎出自己的轨迹。那结果，就不一定会是你的目的。当然可能如愿以偿，但也可能适得其反，说不定一动不动的时候，又刚好推移出喜出望外的变动，谁知道呢？这时候你们虽然上路了，同盲人瞎马之间的差别，又不过是程度而已。但想想我们通常的途程，又有多少是有依据的呢？我们那样推崇的理性，又都在哪里？不说欲望的话，就说希望好了，当然一如鲁迅先生所言，是无所谓有也无所谓无的，但又正是这希望或者心愿，才是我们的前驱。或许街头的消息并不确实，你们的车还能开过去，这时候正是你们希望的。

你们的车驶过去了，但渐渐地，这希望便显得有些渺茫。阳光还是溽热地笼罩，一路上碰见的，却都是倒回来的车辆。所有的人都殷勤地相告，塌方是确实的，临近山垭的一处路面已经完全被压断，不用再往前走了。又过了一阵之后，身后便再也不见有车辆跟上来，愈发显得岑寂的山路上，就只剩下你们这一辆车还在往前开。因果似乎正在揭露出来，满天的星星都还闪烁着，只有你们的车却像流星一样，正往斜刺里划过去。

你以为怎样呢？情随事迁，在一步步地推移之中，因果已经发生了变化，你们已经陷入了十分窘迫的境地。到后来，这样的行驶就已经变得可笑，令人不解。迎面又碰上一辆车的时候，人们的眼光已经那样惊诧，甚至露出来嘲弄一般的笑意。这时候打鸡洞作为目的地，已经变得无关紧要了，能不能抵达，都已经略去不计。替代这种初衷的，则是眼前的焦虑。一切应该说已经很明显，最后一个停下来的人就会显得最为愚蠢，而这一点，却正是倔犟的驾驶员难以接受的。你们已经一再地错过了停下来的机会，便愈来愈难以停下来。用惯常的话说，小伙子的脸色也严峻起来了。如果失败不可避免，也把这失败捱延到往后，而不宁愿是现在。这样你们的车又还是喘息着，依旧扬起来尘埃。

或许应该让车停下来，好减轻一些失败？但你们又都没有。再看看贤亮，又不知道在和小小说些什么，引得小小笑呵呵的，直仿佛事不关己。那么是了，你们不就是在经历自己的经历？要是你们能越过前面的山垭而去到打鸡洞，就完成了一天的行程。要是不能越过那山垭，终于只是往回走，也还是完成了一天的行程。要紧的是你们已经欣然地踏上了途程，或者不妨说，吩咐着你们的生命，至于结果，则又当别论，或者置之不议不论。目的是没有的，运动就是一切，如果说这不对的话，就说目的是有的好了，运动也依然还是一切。哪里有什么扼住命运的咽喉这样的事情？你并不是命运的对象，而就是命运本身。因果的总和也就是事物呈现的形态，当年青原禅师要人们“缁素”的，似乎也就是这样的情形。那禅语也很著名：

老僧三十年前未参禅时，见山是山，见水是水。及至后来，亲见知识，有个入处，见山不是山，见水不是水。而今得个休歇处，依前见山只是山，见水只是水。大众，这三般见解是同是别？有人缁素得出，许汝亲见老僧。

你苦苦地追索因果吧，等你获得了无漏的智慧，直看清了夙世的因果，看清了直至无量劫的情景，这又才发觉，万物本来就在自己的轨道上运行，它所表现出来的情形，也就是因果本来的情形。犹如说一切存在的就是自然的，哪里有什么定或不定？所以法于自然，似乎又才是人们唯有的选择。到了连选择也不选择的时候，从心所欲自不逾矩，或许就是自然的了，心也就“休歇”下来，进入玄同的境界。禅师的知见自然不是你们能比附的，但马达轰鸣中，又何妨休歇着呢？至于结果，就已经在那儿了，自然会到来的。你们就领受好了，也都是你们的遭遇。

现在你已经记不清车窗外的情景，静静的灯影里，只见山野是那样缄默而庞大，山路只是蜿蜒的一线，你们的那一辆车在其间移动着，那样固执而孤寂。境况是愈来愈绝望了，你们就那样置身在车厢里，用通常的话说，是不是有些消极呢？当然了，以为这是消极，应该说是莫大的误会。世界以一而二的形势呈现出来，事情也始终处于有对偶的状态。进与退互为前提，得与失也相对而存在。阴极而阳生，阳极而阴生，动极思静，静极思动，我们终其一生，不就苦苦地在二者之间反来复去？永不止息的纷扰和焦虑，也就是这样辗转出来的。我们似乎一刻也停留不住，刚一抵达又匆匆离去。一切新到来的，转瞬之间则又变成陈旧不堪的。我们以为在前进，但又还是在圆圈里。积极与否，倒又让人怀疑。而存在的本质不就是一？这就是没有对偶的。天得一以清，地得一以宁，人若如此，就该动静皆可，冷热两宜。随缘从分地走过去，并不猜测和畏惧那结果，到了明知不能下火坑的时候，似乎也会少一些犹豫。打鸡洞的行程，又何尝不是如此呢？

那一天，失败看来已经不可避免，你们的车渐渐也就驶到终点。转过最后一道弯，就看见山垭那儿果然塌方了，坍塌下来的泥土完全压断了路面。但你又以为怎样呢？我们面对的因果是这样深邃，以至没有一条路是可以通行的，又没有一条路不可以通行。那条山路上，不是许多的车都退回去了？那自然不是事出无因。但那一天，你们的车后来又过去了，也自然不是你们的车精明。不能不说，这是缘分。

噢，和因果这个沉重的字眼相比，缘分又是何等地宽怀和圆融呢？正是那个时候，就在你们的车驶到近前而停下来的时候，却正有一位工程队长在那儿察看着。他为你们证实说，还有一条久已荒废的旧道，可以绕过这一截塌方的路面，他们的工程车也就是这样绕过来的。怎么说呢？这岂不是空谷足音？那当然很危险，依旧载着人看来不行。于是你们下车来，越过了塌方的地段，等空着的车绕了一圈过来，果然又在山垭那儿接住了你们。来到这蟋蟀鸣叫着的秋夜里，一切自然都很分明，但在那之前，如果要窥测的话，你们又能想见多少呢？

站在那荒凉的山垭上等待着，当车终于又在远远的岔道上现出来，向着你们驶过来的时候，那情形确实让人庆幸。同车的人们也都十分欢欣。也就在那时候，贤亮乐呵呵地说了：我可不管它什么，我还是不二法门。山里的风正吹过来，掀动着发丝和衣襟，就不像是在庆幸路途的成功，而是在欣慰自家的心境。记得还是在一处旅馆里，几年前吧，又一个夜晚到来的时候，你们又还是聊天，开始也东零西碎，渐渐地也就有些沉重。看见生命的哀愁是这样不绝如缕，世事的纷扰又这样层出不穷，这人也就失魂落魄似的，似乎无时不处于焦虑之中。而愈到后来，便会愈见灯尽而油干，却又不能不依旧肩负着这无可如何的生命，那时候又该怎么样呢？记得贤亮后来说，相信到了另外的时候，我们又会建立起另外的心境。看来是这样吧，《文心雕龙》说，“阳气萌而玄驹步，阴律凝而丹鸟羞”，微虫尚且如此，又何况人？

夏天的行程是过去了，那么在这秋夜里，贤亮又会是怎样的情形？临来贵州时，他曾寄来一份剪报，那是他新近写下的，题目是《追求智慧》，算起来，又还是不二法门……

夜其如何？夜正深沉。《诗》曰：七月在野，八月在宇，九月在户，十月蟋蟀入我床下。蟋蟀何尝如此有意？连同你的这些心思一起，又还是识心的分别计度，在空空地缠绕着你。但佛虽止于拈花一笑，不是又仍然有千言万语？或许心思的纠结，又只有心思才能消减下去。这就拂到一边去吧，什么声音沙沙地响起来了，是不是夜雨？

（原载《钟山》1992年第6期）

1992年

叶　辛

遥念山乡

我曾生活了十四年之久的那一片乡土，以瑰丽多彩的风光闻名，那是“黔之腹、滇之喉”的安顺修文，古时候叫龙场驿。多年以前，当我在自己的小说中写到她的偏远闭塞，写到她的贫穷落后时，我也如实地写到了她的山水风光，她那古朴醇厚的乡风民俗。

两年之前的今日，我离开了贵州回归故乡上海。两年中在忙忙碌碌、紧紧张张、琐琐碎碎的生活中，时常总会情不自禁地回想和牵挂山乡里的一切。有朋自远方来，不亦乐乎地要对乡间的事问个够；得到一张那里的报纸，大大小小的消息也要看个够。不是眼馋那些醉人的湖光山色，不是为如今开发得更为便利、舒适的旅游胜地入迷，不是一欲故地重游、陶醉于美不胜收的风景之中。想得最多的，恰恰就是荒蛮山野里的安宁，偏远寨子上的静谧。还有那里的风、那里的雨，和伴随自然界的风雨栖息在那块土地上的人们。

说来难让人信，真正地开始懂得一点观察，真正地开始悟到一点创作的真谛，恰恰就是在那山也十分遥远、水也十分遥远、弯弯拐拐的山路更是十分遥远的村寨上。曾与几位初学写作的年轻人说，我琢磨出一点小说的道道，是在“看风”“听雨”的日子里品咂出来的。瞅着年轻小伙和姑娘诧异不解，认定我是在故弄玄虚的眼神，我只得如实道来：那年头清贫的生活逼得你只有以繁重的劳作去打发光阴，穷得一文不名且又不可能通过自己的努力马上改变那种状况，人便变得一无所欲、一无所惑。闲暇下来，生命需要延续，日子需要打发，于是乎一小点动静也会引起我的浓烈兴趣。茅草屋外头的竹林里声音嘈杂得像有野兔乱蹿、竹鸡拍翅，赶紧凑近窗前去看，却是啥也不见，而是豆大的雨点砸下来了。山野里一片细刷刷的声音，细密而又轻柔，别以为是什么轻风拂过麦田，那其实是绵长的雨在下。山乡里称作凌毛毛的霏霏细雨，飘洒起来是一点儿声息也没有的，那雨丝儿细小得你出门时都不想带伞，但只要走上三五里路，那细雨准把你的衣裳沉甸甸地浸透。就是这让人编进歌里唱的毛毛雨，我也是听得出来的。当然不是听它如何飘洒，而只消听听屋檐下的动静就行了。细雨飘洒得久，时不时隔开一点时间，屋檐下就会眼泪似的滴下一颗雨珠，清晰地滴落在青岗石阶沿上。翻书翻乏了，山野里又没更多的东西可看，看够了山，看够了雾岚，仰起脸来，看得最多的，竟然是偌大无边的天。天上云跑得快，风必然刮得凶。从峡口那里吹来的风，我往往一眼看得出，瞧啊，坡上的丝茅草全朝着一面倾斜颤动。山巅上的云层在往下压过来，风声里带着雨，那云层下就像拖着扫把；风劲吹时，雨斜斜地落下来；风小了，雨丝儿会像蚊蝇般飞舞；风挟着雷雨时，往往从山峦那边先亮起来，遂而拖带着阴云，自远而近、排山倒海地横扫过来。风轻柔温存时，蝶儿在飞，蜻蜓在翔，花瓣儿也得意，还有阳光……由风雨雾岚而山岭峡谷，由自然界而栖息在这块土地上的人们：男女老少，形形色色。我记不清自己在乡居的插队生涯里潜心入神地写下了多少与气象有关的日记，记不清自己那本像户口册一般给山寨上每户农家编号的本子是怎样密密麻麻地写满了的。

怪得很。“听雨”“看风”使我的山乡生活充满了情趣和色彩，住久了感觉麻木的山寨、田野、树林、河川和蛮蛮苍苍、千姿百态的群山，也变得亲切起来。

逢到赶场天，年轻调皮的小伙长声吆吆地唱：

山路弯弯细又长，
七天七天赶一场；
不买油盐不买米，
赶场只为看姑娘。

哦，这歌声里蕴含着多少乡情，多少诙谐和俏皮，她由远而近地传来，在嘹亮清纯的和声里，伴着山谷的回音，唷哎——唷哎——又由近而远地传入群山，久久不散。仿佛非得让人感觉那回肠荡气的滋味，仿佛非得让人随着这歌声心魂摇荡……

回到了上海，这一切的一切自然都已远去。唯正因离得遥远，思念得也就格外真切。不过我毕竟在那块土地上实实在在地生活了二十一年，在遥念山乡的思绪泛滥得最为猛烈时，我也还是记得，我居住的茅草屋是漏雨的，一大张厚实的塑料布一年四季总是遮在帐子顶上，睡觉时可以倾听漏雨的小鼓点。雨季里泥泞的道路上布满了深深浅浅的蹄印，非得赤脚走过去，才会觉得合适。雨只要一下得大或久，井水、堰塘水必然是混浊的。那倒不怕，挑回来沉淀半天，总还能吃；怕的是天干的旱年，堰塘里的水发了臭，而深沉的井眼里，一点水也不往上冒，那日子才叫人发慌哩！至于吃，至于其他生活条件，那就更不消言……

有人要说了，既如此，那你又何必这么思念？说实在的，我自己也在经常地扪心自问，且得不到一个能够自圆其说的答案。

若要勉强回答，那倒也不难。古代文人中就有例子，四百多年前的1508年，被贬谪居住在龙场驿的王阳明，心情抑郁时，形容贵州修文的山是“连峰际天兮飞鸟不通，游子怀乡兮莫知西东”，而他高兴时就写道：“天下之山，聚于云贵；云贵之秀，萃于斯岩。”

另有一种解释，不知能否说通。

去年有一天，记得是6月4日，苏联《文学报》的第一副总编来作协访问，他说在他的国家里，有二十几位作家享受的是一般人根本得不到的待遇，他们有别墅，可以随心所欲地到世界任何一个国家访问……他举例谈到的名字中，第一个就是我们多半都熟悉的艾特玛托夫，还有一位拉斯普京。在他介绍完以后，我的思绪就甩了开去。我注意到他提到的这几位作家，几乎都是描绘俄国乡村的高手，在他们笔下，表现得最生动最感人的，往往是偏僻乡村里的那些故事。他们自己有别墅，住房条件想必比中国作家好一点。那他们又为何要纠缠不休地描写泥泞的道路，用原始方式割草的农民，担水过日子的农妇，眷恋故土而对开发建设有抵触情绪的老农，安卡拉河上善良的勤扒苦挣的少归，森林里几乎未曾接触现代文明的孩子呢？莫非他们的创作思绪中也有着对乡土的眷恋和遥念吗？广而言之，在那些偏远荒蛮的山乡，在保存着无法避免的落后、原始、古老的生活习俗的同时，不也同样保存着朴素、稚拙因而令人感到奇特新鲜的东西嘛。这些东西不容置疑地显示出一种日见消逝的朴野、天真之美，透露着人类某种返璞归真的意向，某种回归自然的美学意趣。

这样阐述自己似乎自相矛盾的思乡情结，解释自己沉浸于山乡回忆的遥念，不知是否能说得过去？不知是否能获得读者们的理解？便写下这篇短文，求教于高明者。

（原载《解放日报》1992年9月2日）

1993年

徐成淼

初见雪山

却原来雪山竟是如此美丽！那么这之前所有间接的印象便都失色了：摄影、图片、所谓“高保真”彩照、电视、电影乃至激光视盘，都只是用技术手段人工地保存和传达雪山的形象；毕竟要待到你与雪山直面相对时，才会蓦然惊愕：却原来雪山竟是如此美丽，美丽而庄严，那种无声的肃穆，叫人猛地止住了呼吸，屏息凝神，于瞬时里参悟自然的崇大与生命的幽深。

就这么绵邈地横亘于天际，雪山，衬着蓝到极度的天幕，袒露它白到极度的身姿。两种最本原的颜色，纯白与纯蓝；而且，连背坡与沟壑处的阴影也居然是蓝的，与晴空一色。这就叫人觉得，雪山似乎是剔透的，它直接凭依着蓝天；那白是耀眼的，那蓝也一样耀眼。雪山在天的极尽之处，远得不可企及；雪山又如同在你眼前，伸手可触，你能清晰地看到雪坡、雪崖、雪谷和巍巍雪峰，看到它的高光与暗影。那巨大的色块与朗然的线条，既强烈反差又柔然融合；这是大自然的本色，是这颗星球的本色：哦，纯白与纯蓝！

是我与雪山有缘，必得要有这样一次相遇，我冥顽的灵魂哪，才能彻底觉醒，才能真正认识身外自然与身内生命的血肉关联，真正认识自然赖我而在，而我则凭自然而生。为了有这么一次机遇，让我能从容地一睹雪山无与伦比的风采，旅游客车乃突然抛锚，停在盘山公路的此一处。故障看来还挺复杂，司机鼓捣了好久也没动静；我就下车来活动活动腿脚，顺着公路随意溜达。不料刚拐过一个小弯，眼前豁然开朗，山谷之外，一片空旷。抬望眼，天尽头是一脉雪山，晶莹，明亮，洁白！我惊异于雪山的美丽，一时觉得鼻子发紧，感到了眼泪的滋味。

雪山美丽得令人揪心；那是一种廓大而近乎威严的风姿。在雪山面前，那些明溪疏柳、烟雨人家的美景被逼退了；即使面对浩渺大海和滔滔瀑布，也不能同雪山所引起的那种灵魂震颤的感觉相抗衡。阳光下的雪山已成为一种抽象，一种形而上的力量，让你联想到宇宙的诞生与地球的孕育，联想到生命的神秘与爱的艰深。我于是明白，为什么在特别严酷的自然环境中艰难求生的人们，要视雪山为神，为一种神秘的图腾。这么说来，旅游车的这次故障，正是为了造成一次机遇，让我能从容地面对雪山超拔的仪容，来领悟自然的真谛，生命的真谛。

我这么目迷雪山而玄想翩然的时候，导游小姐鸣笛召人，她告诉大家汽车某一零件损伤，一时无法修复，请大家少安毋躁；同时她又保证，今天一定设法将大家送上金顶，绝不误明晨观赏日出。亦忧亦喜，倒叫人好生恼烦。我不敢再走回那谷口，总觉得心中有太多世俗的恚虑，便不能以明净的心态面对明净的雪山。也曾想取出相机，把雪山的风姿摄入镜头；但平面的影像又有多大意义呢？挂历、图片、录像带上早已见过很多很多回。难得的是人与雪山直面相对时那种相通与认同，生命与非生命在一瞬间突破相隔的屏障，进入本原的超验境界，溟蒙的自然于是活了，而无常之生命则有了永恒的倚傍：相看两不厌，托体同山阿。

我的冥想被司机的一声呼叫惊破，司机拦下一辆下山的旅游车；看来两位驾驶员挺熟，那一位停住车，与车上旅客交代了几句，就抓了几件工具跑了过来。大家兴奋起来，好像看到了希望，不少人围了上去，看两位司机忙乎。

突然，我看到那辆下山的车上有一张面孔似曾相识。国字脸，平头，倾着上身，与坐在车窗边的另一位旅客说着什么。还是那样的红扑扑的脸膛，还是那样的喜欢在说话时扬起的富有表情的眉毛，还是那样的眼皮双得很厚显得特别中国味儿的眼睛：他——军代表？

这些年来，我总想着他，总想要见上他一面。我在一个特别艰难的时刻与军代表相遇，那时我被看作“十恶不赦”的“阶级敌人”，对社会，对人民，“怀着疯狂的刻骨的仇恨”，个人道德之“卑鄙”之“无耻”更“令人发指”。我被关押、被拷问、被揪斗、被劳役，脊骨伤了，几近瘫痪，我在动了几次大手术全身被石膏固定僵卧病床整三个月之后刚站起来，我克服了肌肉萎缩、筋腱粘连、关节锁定的巨大痛苦，一步一步从头学习走路，终于能站起来迈出双脚跨出步子再一次活了过来。就在此时我接到通知，让我速回单位，说军代表进驻我校，解决我们这个这宣队那宣队几进几出仍一筹莫展的老大难单位的问题。

我刚下火车就惴惴地去见军代表，我做好准备被训一顿被克一顿至少要被“政策攻心”一顿。我见到那平头，那国字脸，那喜欢耸动的眉毛和眼皮又双又厚的眼睛，他一见我，红扑扑的脸上就绽开微笑，第一句话竟是：“嗬，还很年轻嘛。”

哦，这一句话竟叫我差点儿当着军代表的面掉下泪来。多少年了，没有谁这么对我微笑过，没有谁这么随便地和我说话，没有谁会认为我“年轻”。

第二天的全体教师会上，军代表肃然宣布：“徐成淼同志已经回校，健康已基本恢复，请教务处安排他的工作，尽快上课。”全场鸦雀无声，所有人的眼睛都看着地面。可一散会，在走廊上就炸开了。“他的问题还没有审查清楚，怎能上台讲课？”质问一句连着一句。军代表激动起来，显出了军人本色，他声色俱厉：“徐成淼同志是历史问题，早做了结论；没有新的问题，就要维持原结论不变！”大概是慑于“钢铁长城”的崇高威望与威严力量，人们的愤怒被压下去了。不久，学校扩大招生，正常教学秩序慢慢恢复起来。

今天回头去看，这压根儿就算不了是一件事，后来我还彻底平反，连所谓“历史结论”都推翻掉了呢。可在当时，那阵势，若无无私无畏之心，谁敢为我这样的人说公道话？

听说军代表是河南某炮校的一名团长，来贵州支左的。我平反之后，几次想写信给他，却没法打听他的地址。原来的那些机构，那些人，都风流云散了，一阵烟，飘逝得无有踪影。我上哪儿打听去呢？

不料今天却在峨眉山的盘山公路上以如此奇特的方式不期而遇；我想大叫一声“军代表”，迎上前去紧握他的手。“还认识我吗？”我这样问。军代表的眉毛会扬起来，露出惊疑的神色，半晌，突然朗声叫出我的名字：“有白头发了？都快二十年了吧？怎么样？都好吗？”于是我会告诉他这近二十年中的巨大变化，我想军代表听了会为我高兴，为我欣慰。他知道我做阶下囚时是什么样子，他会明白这变化于我意味着什么。所有的生命都只存在一次，所有的生命就都有权利摆脱苦难获取正常的生存。从这个意义上说，人类几千年来的一切奋斗，都旨在最大限度消除人的痛苦，消除人为制造的种种苦难。

一阵机器的发动声惊醒了我的幻觉，汽车修好了，乘客们一阵欢呼。“军代表”直起了身，把脸转了回去，从这个角度看，又不太像了。

在上峨眉山的中途，我见到了实实在在的雪山，又见到了似真似幻的军代表，都是超出上峨眉的本意的事。但这两件事留在我心中的印象，却在金顶观日出之上，却在云海与佛光之上！……

（原载《散文》1993年第1期）

1993年

徐成淼

舞台上下

从小喜欢演戏。戏是假的，而人是真的。这真真假假之间，便生出许多叫人陶然醉然的韵味来。有时是人未上台，心已先醉。后台化妆间里那灯，那镜；灯光镜影映照出五颜六色的服装和道具，空气中浮游着化妆油彩、扑粉和白凡士林混合在一起的别致的芳香；这一切，早酝酿出一个超乎世俗的天地。男孩和女孩，在这个鲜艳而狭窄的空间里挤来挤去，当着他人的面描眉画眼、梳妆更衣，把平时颇为隐藏的一面不加防范地呈示出来，更使小小的化妆间弥漫了浓浓的亲密而浪漫的气息。而且化了妆的我们怎么就那么好看呢？女的更漂亮，男的更动人。看看自己，看看别人，竟会看得心疼起来：这么美丽的装束打扮，只让在舞台上亮那么一会儿，不太可惜了吗？每次卸妆，会对着镜子瞅半天还下不了手。要是天天都演出，时时都化妆，那该多好。

九岁那年，还读小学来着，演一出叫《父归》的戏。我演戏里面的小儿子。毕竟还太小，弄不懂那戏说的是什么意思。总之是那位爸爸出走之后不知怎的又回来了，而妈妈不欢迎；他于是一边骂自己“倒路死的”，一边再次走了出去。后来又演《面包歌》，是一出小歌剧。那时我的嗓音极好，纯正的童声明亮流转，把小叫花惨苦的唱段唱得凄婉哀绝、余音袅袅：

可怜我，小叫花，
从小死了爹和妈。
天气又冷，肚子又饿，
满身病痛苦难话。

先生呀，太太呀，
做点好事吧！

小叫花要饭要到了小女孩红蓼家，红蓼三岁丧父，靠母亲做女红艰难地维持家计；母亲以家贫为由婉言将小叫花支走，而红蓼却动了恻隐之心将其唤回。最后母亲端出刚蒸好的面包（馒头），三人同乐，皆大欢喜。

《父归》中的女儿与《面包歌》中的红蓼都是一位高年级女生扮演的。她浓眉黑眼，两腮总带一抹绯红。那时候的我，觉得她该是世上最漂亮的女孩子了，化了妆，更美得天使似的。有时我会看她看得发呆，有次在台上盯着她看差点儿忘了接台词。不久，她高小毕业走了，这使我独自伤心了好久。听说她因家境贫寒进了“简师”，“简师”学制短，还免收学费和膳食费。

接着是解放。那是各种演出闹得热火朝天的日子。秧歌、腰鼓、活报剧、小演唱、歌剧、话剧，随部队进军的步伐，春潮般地涌了过来。没有比那段火热的日子更叫人快活的了，我整天唱哪，跳哪，还参加《刘胡兰》《小二黑结婚》《赤叶河》等大戏的演出。或当配角，或当群众演员，或伴唱。

最激动人心的该是一出名叫《九股山英雄》的话剧。露天地里用泥石垒一个大舞台，战壕掩体布景如真的一般。战斗一打响，那枪声炮声竟全是真的，真枪实弹。台上打得难分难解，配效果的战士就在后台实弹射击，他们端了冲锋枪、机枪，一个个朝天猛放，啪啦啦啦，震得人耳痛心跳。轮到舞台上需要爆炸效果，台后的战士就拉响炸药包，一声巨响，地动山摇。还用烧红的炭粒满舞台抛，一时红光飞窜，叫人感到真的置身于战场上似的。在一个小男孩眼里，世上再没有比真枪实弹的《九股山英雄》更好看更伟大的戏剧了。

我成天泡在部队文工团里，给他们客串儿童演员，跟团里的男演员女演员混得烂熟。部队调防时，文工团政委要带我走。这小鬼不错，能唱能跳能演，他说。他找我母亲做工作，我母亲说我太小，不放心，没答应。我气得跑到野地里哇哇哭了一场。后来我像母亲所希望的那样考上了大学，还是名牌，结果却大倒其霉，吃尽了苦。我曾想，要是当年我母亲放我跟文工团去了，我的生活道路又会是什么样子呢？命运就是如此奇妙，常常只是一步之差，便足以改变你整整一生。

进高中之后，功课紧了起来，又变了声，个子呢，也突然蹿起来一大截，不好意思再在舞台前后上蹿下跳了。开始还参加排些小节目，后来碰上一件事，使我的性格一下子忧郁起来，就无心再唱唱跳跳，我完全离开了舞台。

那是读高二那年，一次上学途中，偶遇一位孕妇从前面走来，她腰腹凸圆，步履已甚为蹒跚。待她走近，我突然认出竟是“她”，那个与我一道演过《父归》和《面包歌》的高班女生，我的“姐姐”，我的“红蓼”！她看了我一眼便把目光闪开，我也急忙低头匆匆走了过去。脑袋骤然胀大，一种无以名之的悲哀沉重地向我压来，真想狠狠地痛哭一场！化妆室里明亮的灯光蓦地熄灭了，那些花枝招展的衣裙和饰带黯然失色，我曾为她扑粉定妆的那张妩媚的脸哪儿去了呢？曾与我手挽手走上舞台的纯洁而天真的女孩哪儿去了呢？……我第一次痛切地体验到现实的严酷，第一次面对社会人生感觉到一种实实在在的幻灭与无奈，舞台上下的浪漫情调和彩色幻想被冲刷得荡然无存！

美就这样轻易地倏然逝灭，我开始忧郁，从此不再登台。

（原载《散文》1993年第6期）

徐成淼

角马诞生

在它刚刚脱离母体，被打发到这陌生的世间的最初刹那，它就已面对死亡的威胁，面对不容选择的选择；对于它，生与死乃联袂而至。哦，角马！这非凡的生灵！

是谁赋予它们这样的习性或曰使命呢？辽阔而神秘的阿非利加，为它们提供了如此辉煌的竞技场，同时也注定了它们如此悲壮的宿命。人们至今仍不能彻底明白，是一种什么样的力量，导引着角马，要在每一年的固定季节，沿着固定的路线，从此地向彼地大规模迁移。成千上万匹角马，浩浩荡荡，穿过沙漠，穿过河流，穿过林莽和沼泽，向非洲腹地进发。那黑压压的群体，在莽莽原野上绵延为长长的队列，神奇而壮观，让人联想到溟蒙的远古，联想到史前漫长的洪荒，联想到关于创世纪的传说。角马，听从那神秘力量无声的召唤，向着既定的目标行进。

角马行进，不畏阻遏，不计牺牲。待到季节变换，它们又将从目的地启程，再次踏上征途，历尽艰辛，回到原来的出发点。谁能明白，它们为什么要如此兴师动众，如此长途跋涉，如此忍受饥渴，一年一度，年复一年，一代又一代，作永无变更的周期性的大迁移？

就在这严峻的大迁徙途中，一匹母角马分娩在即。它的行动迟缓下来了，它的步履蹒跚起来了，摇摇晃晃的，它慢慢落在了同伴的后边。它于是站定，四条腿微微撑开，脖颈不时摇动，时而昂首，时而低俯。它头上是灼热的太阳，它脚下是微微颤动的土地，它明白一个庄严的时刻已经到来。母角马伸长了脖子，一声悲号，血光立即飞溅，阳光下，只见一片鲜红；血瀑中，一头新生的小角马被隆重地掷在地上，它开始了第一次呼吸，它第一次向世界凝眸。

母角马在它身边跑了一圈，环视四周。前边，角马群已跑得更远，它们毫不理会掉了队的同类，自顾毅然前行，长长队列的前锋，已经到达地平线。后边，尾随不舍的猎豹已逼得更近，已能分辨出那金黄毛皮上蠕动着的黑色的圆斑。母角马向前一步，凑近卧地喘气的小角马；它重重地打一个响鼻，那是严重的警告，小角马浑身一震！

小角马开始挣扎，用四条细腿拼命撑起身躯；它踉跄、踬踣、滑跌，刚勉强支起，又訇然倒地。小角马气喘不已，腹部剧烈起伏。

角马群走得更远了，如不立即赶上，失群的角马只能倒毙途中；而背后，猎豹已追至咫尺，已看得见那锐利牙齿可怖的闪光！

哦，小角马！它降生的最初一刻，就已直面死亡的威胁。如此严峻，如此无情！它必须立即站起来，立即赶上群体；要不，等待它的只有死亡！没有退路，没有任何别的选择；生与死，就在此一举，在此一搏！

母角马眼中充满焦急，充满恐惧，充满悲悯。可怜造物主没有给它臂膊，它不能伸出手来救助它的孩子，无法帮助它的孩子脱离险境。面对死亡的威胁，小角马只有靠它自己。

小角马再度奋起，这次它终于站直了四条腿；站直了，虽然还是有些摇晃。它气喘吁吁。母角马以蹄刨地，催促它赶快迈开脚步。小角马试着迈步，不料失却平衡，又跌倒了。

面对这惊心动魄的生死搏斗，我把手指头都捏痛了，掌心汗湿。我离开椅背，全身前倾，盯着电视屏幕，目不旁瞬。赵忠祥那浑厚的中音仍在不紧不慢地解说，可我已难以自持，全身肌肉都在为小角马使劲。

小角马终于再次站了起来！这一次，它跨出步子时没有再跌倒，试了几步之后，它居然趔趔趄趄地小跑了起来！母角马满意地晃了晃脑袋，示范般地带小角马原地转了一圈，便向天的尽头嘚嘚而去。它们可以追上角马群了，它们可以摆脱猎豹的威胁了。一头小角马到这时才算真正诞生！

小角马，一出生就得站起来，就得奔走，就得随父兄跋涉迁徙，艰难维生。它没有襁褓，没有摇篮，没有父母的臂弯和怀抱。它赤裸裸地来到世界，立即直面天空和大地，直面酷日和风沙，直面掉队的恐怖和天敌的威胁，直面实实在在的死亡！

想象得到，它奋力撑起身体时，从未收缩过的肌肉会怎样疼痛，从未屈伸过的骨节会怎样滞涩，从未牵拉过的筋腱会怎样虚弱。小角马，面对死亡，不幻想任何赦免，不存在任何侥幸，忍受着生命原始的巨大痛楚，命令自己站起来！站起来！它知道，只有这样，它才能胜利！它必须胜利！

小角马，它一出生，便迈向成熟，因为它已经战胜了死亡，也就战胜了它自己！

（原载《散文》1993年第12期）

喻子涵

白花浪记

从铜仁城沿大江逆上二十公里，在坝黄镇境内，有一段宽阔的浅滩，江水悠然平铺而下，触石而鸣，溅而起花。日起日落时分，白花盛开，状如珙桐、山茶、百合，潇洒自如，风姿卓异；整段河面，似织锦，似绒毯，如梦如诗，仿佛时有清香扑面，夏有沁凉，冬有温馨，十分可人。想起古人取此地名以志其胜，不禁让人钦佩赞赏。它为何不叫“白浪花”而叫“白花浪”呢？一个重在“花”字，一个重在“浪”字。“白浪花”以虚取，“白花浪”以实取，因为河中之花，毕竟是浪而非花，看来白花浪被发现的时代，人们是十分讲现实重实用的。又从“白”字看去，也可为“百”，前为色彩，后为数量。此地名仅凭人们以口代代相传，不为书籍所记，何况黔东人对“白”“百”二音不甚区别，究竟为“白”，抑或为“百”，后人不得而知，好在二字于此皆有诗趣、情趣、理趣，兼而用之，故亦念之传之。

白花浪，成了当代铜仁的一大风景点。虽然它没有亭台楼阁，没有曲径幽园，也没有碑碣刊篆、题字赋诗者，但它的莠野之处，便是它的高贵之处。它自然得如浣衣水滨那质朴纯贞的村姑，没有涂脂抹粉，也无娇姿滴态，反给人以清丽秀雅的好印象；它“自然”得像村姑那天真梦幻的歌谣，飘浮于水光轻雾之中，意象朦胧而感觉别致，把欣赏和享受的空间让给游客，使人与自然交融如水乳，于自然中易得情志。因如此，游人不绝如缕，自带帐篷饮食，徒步前往。

白花浪有幸，有幸之处在于不单是“白花浪”，因而魅力永存。凡到白花浪来的游人，不仅惊叹浪美水丽，可喜的还在于乘木船去江中的大小二洲。老船翁一脸黧黑，一生乐于江渚之上，日晒风吹，练就一脸开朗刚健的神采，因而一船少男少女竟被他几下幽默逗乐得笑如浪花、声如流水。

洲，一大一小，顺着河心平放。凌空俯视，仿如二鲤游泳；身入洲中，却似另一国度。大洲上，绿树环合，中有田亩，稻豆薯瓜，一派农家田园风味；小洲绿茵铺地，树高五尺，全为新植柏树。游人取篷布系于树梢，躲其下乘凉餐饮、读书聊天、谈情说爱，时间一长，人们便不知不觉形成规章：成人走大洲，小洲藏恋人。我们一行好在有二男二女，貌似“两对”，上小洲每人寻一株树坐下，自作多情一番，等烈日偏西，便涉水过江，离洲而去。

江岸一蓬青翠竹林，外围一圈参天古木。沿小径进得深幽处，有十来户瓦屋人家。我们不敢进村。竹叶响时，几只茅花大狗飞舞狂轰而来，俨然似我如仇敌。为难之际，一妹子飘然而出，在笑，手一挥，狗的攻势迅猛加强，更笑。退避竹林，于竹叶间细细望去，妹子不就是刚才江边浣衣唱歌的那个吗？因觉同江有缘，便想与之亲近。果然歌声又起，调子与前一样，虽听不懂，但韵味婉约，如金鸟作音，撩人心绪。谁知其中不是人生的悲叹和爱情的向往呢？

记得孔子有言，仁者乐山，智者乐水。我既非仁者，又非智者，可山水总让我景仰不够。鄙人虽生在江南山间，长于山间水上，但于山水还不能说出个道理来。有个女诗人的一句诗叫作“宁可千年不悟，不可一日作魔”，但是如果真的一日也不作魔，千年后又不悟，那么这一个“人”的存在就毫无意思了。我想，对于山，对于水，能乐在其中总会悟在其中。按“近朱者赤，近墨者黑”的原理，山水总能冶铸出我们人格中山水的气质、山水的性灵、山水的形象罢！

因此白花浪回来，许久不想游山玩水，大有“泰山归来不看山”之味。某日翻开一本小书，明清人列述“铜江十二景”，只见“金鳞游泳”“南岳飞泉”“渔梁夜月”“云彩江声”等等，而无“白花浪”之说。可见古时文人对风景观名胜的挑选和命名十分严格，抑或他们题字赋诗时，此地“白花”还未放浪于清江之上不值为景罢了。但本人对白花浪的印象很深，便将其列为“铜仁九记”之首而记之。苏子云：“凡物皆有可观。苟有可观，皆有可乐，非必怪奇伟丽者也。”而白花浪实在奇丽可观，更有可乐之处，不属“铜江十二景”，煞是受冤。可敬的是四百多年来，白花浪不管有无人去观赏题赋，它照常百花竞艳，风景宜人，人能如此处之，既淡然又坦然，岂不是千年一悟而能尽养生年吗？

（原载《山花》1994年第1期）

喻子涵

石潭山记

出铜仁北门，沿松桃去的公路，不足二十里，路面随山势由缓而陡，陡到弯多路窄处，得“夫妻岩”。夫妻岩一高一矮，一粗犷一秀气，一执着一痴情，相对温存而立，倾诉衷肠，形神毕肖。曾有不少痴男恋女来此发誓，永结同心。背立一座石山，形状古怪，中呈凹状，草木丰盛。一条细水往川硐崖上琮琮铮铮慨然而下，盘桓芦苇灌木丛中，漱漱而鸣，如歌如语，几百上千年，积得水潭数十，幽绿可爱。向人打听地名，无人知晓。越是僻静之地，越觉得神秘，也就越觉得有来头。

又是仲夏酷热时，偷得一日之闲观山游水。青年男女一行十人，拜了夫妻岩，畅怀入山。古书说，武陵多风光，而美独铜仁。这的确不是古人信口开河随便写进书的。有位擅长描写山川风物的老教师，长居铜仁数十年，游历四境，总结出铜仁风光集水、山、岩、洞为一体，奇特虚幻。果然，铜仁城内外，自然风物不出此四类。山有东山、六龙、天乙诸山；洞有文笔、六家、九龙诸洞；水有大江、小江、锦江诸水；石有东山上的白虎石，天乙峰下的红岩石，骂龙溪上的白马岩，九龙洞中的钟乳石。而我们眼前，又面对一座石山。这尊擎天巨石，如狮如象又不狮不象，刚似白云恰又苍狗，变化莫测，古怪抽象。

说石抽象，是无能以概括它的主体形象来。一座山就是一块巨石，灰白或浅黑，不长草，微微泛白光。筋骨舒展自然而有力，洞穴穿延如绝世之浮雕。远看如印花蜡染，斑斑驳驳；近看似雕镂窗花，深深细细。恍惚之中，面孔古怪，似想象中的外星人；仔细一辨，六背三头，如动画片里的魔鬼。笼统观之，恰又似一幅现代派抽象画，而给人的感觉却又是赫然的敦厚与沉静，让你站在它面前渺小得无比愧惭。

如此景象，有诗意在恍惚中袭来，但一镇定，什么也没有抓住。或许在这超验的自然景观面前，正显示了我们人类的浅薄和无知吧！汉武帝登泰山封禅时，面对雄浑博大的泰山，实在说不出什么就只得连声高叹："高矣！极矣！大矣！特矣！壮矣！赫矣！惑矣！"他是一个性格开朗、气魄宏大的人物，一口气便叫出这七个形容词。而另一个皇帝在泰山立碑时，无话可说，就只好留下"无字碑"而去。不过此人更加显得聪悟，或许他（她）是一个学识渊博而深通大道的人。泰山之大，人所不能包容，人们说不出但内心无比感动的东西，往往是最美的事物。无字碑的伟大，就在于一言不发地概括了泰山的全部内涵、全部真韵，让你久久去想象、去补充、去激动、去欣赏。当然我们眼前的这座山、这些石，远不能与泰山相提并论，但武陵风光出自武陵，奇特虚幻，神妙莫测，也是其他景胜所不能替代的，无端的惊诧和激动，就属理所当然而无可厚非了。

石形古怪抽象，均出自水。水从石中来，石便在水上生。水石相成相生，相形相随，互为损满，无为而在。因之，两山间积石潭数十个，大小不等亦无谓公平。我们沿着水响处翻开深草丛而进，过草坪，得第一潭。潭形如半月，潭边有细沙一圈，色彩驳杂，如月晕；潭水清澈，可见石底，也可照人。时有微波，为小虾所弄，仔细察看，还有躲于岩穴的青蛙。走过潭侧，逆光而视，白如银月，故叫"白月潭"。入芦苇丛，频频回望白月潭退步而走，突然一脚悬空无落处，即忙前趴，无事，起而视之，又有一潭。水清冽，但不见底；有风雾，声响却无。四周灌木丛林掩潭而生，阳光不曾来过；潭面沉静，久观有气感，杳杳然如身飘太空。一石仰卧潭边，五官依次有所辨，四肢圆软，神色怡然，双眼似合非合。轻轻掷一小石，水花溅得石翁满面，未醒，故叫"醉翁潭"。

出醉翁潭，一线白水束了身子由夹石呼呼而下，我们便沿细水从夹石移步而上。水涌脚上，麻酥酥，全身心透凉；石底滑如鱼脊，走一步，退两步，看似水小，行却艰难，你急，它更急。费去不少工夫，全是不在意时偶然爬了上去。喘息之时，展眼四周，则又是另一天宇。二亩宽全是平坝，弯腰眯眼从草丛间望去，草木葱茏，似无边原野；站起，花草树木团堆而长，中有腾腾烟雾，似树笼烟，又似烟笼树，恰如一村舍人家。平坝无路，水在脚下流，脚在草中走。一飞瀑倒立于深潭，伏石壁而上，末梢，露雾纷扰，似清明李花；彩虹环行，明灭无定，如观音显灵。掀开水帘，三人裸身入内，一堆乱石耸起，如石城，石底连片，凹下三处，如三盆，水漫之成潭。每人择其一而坐。岩水滴身如点穴按摩，水浸饥骨如砭灸病邪，顿时全身舒适轻松，久久不想外出。听外面有人隐隐作呼"成仙"之字，故曰"三仙潭"。

稍晚，起三仙潭，立于高崖，俯视一路来处，大小石潭何止三五个？如苕，如薯，如瓜，如果，结满一坡；落日斜照，粗看如草丛碎镜，细察时，则余辉倒映，一个个俨然水乡湖泊。很美，又有诗意袭来，吟出，却全是唐人句子。下得岩侧，夫人女友们守潭而笑、而语、而歌，怡然自乐，其潭清秀玲珑，潭面温润可爱，她们一笑，潭也空空伴音，回应如银铃，清脆可触，故叫“女儿潭”。

太阳归山，山水潭石如隔一张茶色玻璃，朦胧不可细辨。崖上石洞有“欧欧”之音，疑敲木鱼，又似老人咳嗽，久听，背心发麻。“回去吧！”一人说出，九人无语，便反身出山。归来数日，仍不知其原名，查遍地方古籍，亦不为前人所记。遂拟作《石潭山》一文，因地名未定，数日不能脱稿，但十传百，百传千，千传万，全城人都已知道这里叫“石潭山”。

后即1993年，当这篇文章终于刊载面世时，“石潭山”已不叫“石潭山”了。铜仁市政府开发十里锦江，去荆棘草莽，置房舍，建曲栏，竖凉亭幽阁，于岩壁刻“白马洞”大字三尊为其名，再附雅号“度假村”。次年春率朋友三五重游故地，因怪石交错，色呈灰白，远观的确如白马；至于洞，此山虽无像样的洞，但全山布满深深浅浅的洞穴，白马岩下还开凿一条穿洞，以此命名“白马洞”。如今，白马洞已开发成铜仁市北郊有名的旅游度假村了。

（原载《山花》1994年第2期）

1994年

杨 村

大森林，一首亘古的歌

大森林，一首深沉的歌，一首亘古的振奋心灵的歌。

黔东南，这块据说几十亿年前是一片汪洋，后来因地球内营力的作用而崛起的崎岖的高原，这块让人想起来十分遥远而荒僻的大山深谷，这块苗人侗人密居的土地，它孕育着一座座雄奇而深幽的大森林。

一个大森林的儿子，我不止一次走向大森林，以伐木者的身份，以猎人的身份，以樵夫草农的身份，以旅行者的身份……或者，兼各种身份为一体——就那样从从容容地走向大森林宽阔无私的坦荡胸怀，投入气势磅礴的境界。扛着斧头、猎枪、锯子，带着猎狗，肩背一只半旧的帆布包，满装母亲从坚硬的梨树槽里捏取出来的洁白糍粑，踏在落满树叶的大森林里。累了，枕一堆落叶，赏“万壑树参天”，听“千山响杜鹃”，览“两边山木合”，品“终日子规啼”，一种亘古永恒博大精深之血液在大自然的生命体里涌流，循环往复，荣枯交替，四季如歌。

春夏时节，这些南方高原的大森林从睡梦中醒来了。吹面的杨柳风一阵阵掠过，唱着振荡心灵的春曲，大森林便枝柯摇撼着分享季节风雨抽出嫩芽。满眼望去，一派汪洋翻涌着，奔腾着，流动着，在人心中系捆着一个个希望之结，正如先师佩弦先生在《春》里说的：“刚起头儿，有的是工夫，有的是希望。”到了盛夏，“深林人不知，明月来相照”。大森林一片墨绿色，山瘦了，各种野树丛生，喜藏蛇的实竹林，爱卧虎的蕨芨篷，密匝匝走不通，拱不破，那时节，闲人是不去大森林的，只有一年四季忙碌如父亲他们那些庄稼人，才不辞辛劳磨快刀子到林间的田野上去，一边将田边割得光利利，一边搭起木棚日日夜夜守护滋滋成长的庄稼，不让野猪来糟蹋。偶尔有会唱歌的在草棚边唱："妹哎，哥哥在田边的草棚里好寂寞……"那歌声和吆喝声已融入了所有劳动的艰辛与收割的喜悦！

父亲就是那样第一次带我走进大森林的。我在那个草棚里聆听大森林涌起的涛声，聆听各种山鸟合鸣，聆听飞虫在大树上"吱呀吱呀"地鼓，聆听山泉汩汩奔涌。父亲在草棚外支起一根木棒，将一口锑锅吊在木棒上，中午的野餐就在那口锑锅里烹煮。后来当我读到了一幅《列宁在拉兹里夫湖畔》的名画时，我感觉那草棚外烹煮的情境与那幅画颇为相似。也是一个草棚前面，也是一根木棒支起的一口锅，列宁坐在篝火边忘我读书。可惜那时我不懂得捧读诗书，探求一种很有意义的真理，而只会欣赏袅袅的野烟吻过锅底然后缭绕升天。父亲不会唱悠长的歌，也不会高声吆喝，他显得比别人胜任劳累，总是默默地干那些农活。午后，一片大森林的倒影映在田坎上，父亲就进山拾柴禾，我便静卧田边，谛听地心搏动，等待夜幕降临……

是谁在吹木叶？是两个放蜂人嘛，他们站在大森林的枝巅上潇洒地吹出来的。他们在吹什么歌子？吹"大山木叶匹匹青"嘛，那是黔东南人吹不完唱不朽的山歌哟！飞鸟飞虫们屏息了，都去倾听那悠扬的叶声，那让人顿消疲困的撩人的叶声。大森林有那般美妙的乐器么？有的。蔡文姬从匈奴回汉的时候，当地百姓就是摘下大森林的树叶贴在唇边吹奏缕缕婉转的旋律寄托离别愁思的。蔡文姬回汉后在古琴上模拟加工，终于谱成了《胡笳十八拍》，真个是"天生一艺更无论，寥寥幽音妙入神"啊。大森林不仅为人类创造财富，给人类以花草树木，以飞禽走兽，以风调雨顺，以溪流湖泊……大森林还给人类以妙不可言的音乐，难怪贝多芬要到维也纳大森林里去创作他不朽的《庄严弥撒》和《第九交响曲》；约翰·斯特劳斯也要到大森林里去孕育他的圆舞曲《维也纳森林的故事》。黔东南那群苗人侗人从自己的远祖跋山涉水西迁到这片因十几亿年前的"武陵运动"和侏罗纪末的"燕山运动"等历次造山运动而凸起的沟壑纵横的有大森林的土地之后，他们不再远离大森林，安居乐业于斯土是因为有大森林的恩泽，有大森林的丰饶的宝藏和绝妙的音乐。于是苗人侗人于山巅上纵情放歌：

哪一座大森林没有鸟？
哪一种鸟不爱大森林？
大森林是我们的故乡哟
我们是大森林的歌手

入秋以后，塞北的劲风开始向南方挺进了。大森林显得愈加地宁静、深沉。那"层林尽染，漫江碧透"的南方高原的大森林，以成熟的妇人绝美的丰姿迎接着朔风的狂吻，然后沉沉地睡一个安乐的冬天。长空雁叫，候鸟欢歌，在这金灿灿果累累的季节，南方的大森林美不胜收。最勤苦最剽悍的还是父亲他们那群系在大森林里的庄稼人，他们守望了不知多少个日日夜夜的庄稼正在等着他们开镰，闪悠的扁担在肩上起伏，沉重的步子在穿越大森林的山路上踏踩。汗水浇灌着毛发，气喘如牛，但仍满足得脸上笑成了梯田笑开了花。那就是本分的黔东南人，那就是大森林养育出来的易于满足而无更多奢想的可敬可爱可悯的山里人哦！

我最喜欢这个季节走向大森林。层层秋叶铺满大地如绵厚之毯，阵阵鸟音合鸣野树似妙乐佳曲。我一边默吟着王维的“空山新雨后，天气晚来秋”，一边肩挎着猎枪跟随伯父和三叔在茫无涯际的大森林里且行且看，且看且听，秋后空旷幽远的大森林总有一种既不真切又十分真切的嗡嗡声，我们仿佛误入了美猴王的洞天福地。各种杂树参天入云，名贵珍稀的榉木、酸枣、秃杉、鹅掌楸等疏落可寻。我们就那样漫无目标地在大森林里穿行，翻过一道道山岭，越过一条条溪涧，绕着大树，缘着山野。偶尔举枪击落一只失群之鸟，拾掇于腰兜，在熊熊篝火旁可烤可餐，然后倾听伯父讲关于大森林的故事：有一个旅人赶路回家，在山上行行看看，不知不觉中走进了大森林。他感觉大森林是一条坦途，如履平川。他就那样匆匆地走，踏踩树叶沙沙作响。天将黄昏时候，一个猎人在前边把他拦住了。猎人说：贵客，你去哪儿？旅人恍然大悟，顿时手足瘫软，浑身无力。他饿昏了。猎人解下饭团营救了他，把旅人送出了大森林。这故事听起来太玄乎离奇了，但那位旅人就是如今还生活在黔东南大森林里的一位山村教师呢！

大森林——迷人的大森林！

我们权且做一次大森林的旅行者，让大森林把我们迷个够，醉个够？然后再学英国大诗人雪莱像一只野鸟置身在树洞里写作、读书，也做一篇大森林的华章；或者像俄国作家普希金那样，徜徉在米哈伊洛夫克那块富于诗意的林中旷地，写出那些美好的诗篇：

在迷人的槲树林的浓荫下
我是缪斯孤独的恋人
……
对它的钟爱激发了
我芦笛的第一声

父亲他们那些庄稼人是闲不住，不能闲的！冬天的积雪在森林里厚厚地铺盖着，闲人们可以去滑雪，去捕鸟，去猎兔，去拍照，去画画，去抒写闲情逸致……但父亲他们是不能闲的，他们必须冒风雪，顶严寒，摘茅草以壮牛，拾柴禾煮米以充饥，伐薪烧炭以取暖。春节，就以接待我们这些闲人为至上荣光，拉扯房族爷孙三亲六戚于一堂，推闲人为座上宾，敬之以最美好佳酿，然后群举酒碗，同贺：“恭喜金凤凰回归大森林，添光溢彩！”我当时愧疚得脸已经红到极致，幸亏以酒遮面，无人察觉。这酒碗怎轮到敬我贺我呢？应该敬的是我的父老乡亲们，是他们酌取大森林之琼浆，哺育我飞出大森林的哦！但转念我又想，莫非他们是为我飞出大森林又心系大森林而喜且贺？那么，对了，我的大森林养育的父老乡亲们，你们都飞吧，飞出去看一看，然后再飞回来，让大森林在家乡那块雄奇的土地上崛起更高！

但是，我看见一双会赚钱而不懂科学的鹰眼了，我看见一柄锋利之斧了，我看见一棵棵古老的榉木倒下了。一群山鸟分奔离散，发出凄厉的哀鸣。那是一双阴郁之眼，那是一柄恶毒之斧呵，大森林以乳汁以琼浆哺育了人类，人类却反目于他们的母亲和朋友了。人们可知道，盛唐时代的楼兰，它是与扬州齐名的名城呢，后因气候变化，沦为荒芜不堪的不毛之地而“平沙茫茫黄入天”吗？曾与四大文明古国相辉映的古巴比伦，因统治者贪图享受，一代又一代利斧砍伐森林，导致古巴比伦走向墓穴吗？……沂蒙山是山东省河流最多的地区，如今却严重缺水，水成为人们珍贵的礼物，这些都是砍伐森林所导致的。无怪乎李存葆在《沂蒙九章·第四章》里，那位平邑县北王庄的村支书王传武才说：“一片不崇拜绿色的土地，是没有希望的土地，一个没有强烈意识的民族，是没有希望的民族。”恶毒之斧，休矣！

我庆幸我是大森林的儿子，生长在这片群集着苗人侗人的南方高原上。许多地区在呼唤：大森林，归来！而我们黔东南这块神奇的土地仍耸立着蓊郁葱茏的大森林，森林覆盖率保持在26.38%，远高于欧洲的12%，全国的平均数13.63%，略胜于美国的22%，成为南方高原的绿色王国。

大森林，您哺育了一群有山的雄浑山的粗犷山的强悍的高原儿女。

大森林，您是一首亘古的歌么？您从远古唱到了今天！

您还能唱到永远吗？

（原载《延安文学》1994年第2、3期合刊；《散文选刊》1995年第2期选载）

1994年

徐成淼

绝色丽人

不知道她的姓名，也不知道她从哪里来，到哪里去，如今她又身居何地？对于我，她只是一个寓言，一种境界，一件旷世稀有的艺术品，又何必拘泥于她的世俗的意义？人一辈子得与多少人相遇？又有几人能长长地印在你的记忆里，任时光之水无情地冲荡，仍经久不灭，甚至连颜色都鲜艳如初？更何况我与她素昧平生，连“萍水相逢”都无从谈起。而她却与我的记忆融为一体，变成一个超验的“存在”；这个“存在”没有“时态”：无所谓过去，无所谓现今，也无所谓远远的未来。

复旦大学总是那样出类拔萃，复旦大学的女学生也总是出众；她，是这出众中的更出众者。

她的美具有一种“威逼”的力量，会叫所有形态的非分之想都悄然逃遁；面对她，你会升起一种宗教般的虔诚之感，为造物主如此精妙的杰作而长声赞叹。从原始细胞到踏上漫长得叫人心悸的进化历程，得经过多少亿年的艰难跋涉，才能造就出如此珍奇如此完美的活的生命体，这乃是大自然最不可思议的奇迹。

又只有上海这样的现代国际都市，才能孕育出如此超拔的女子：重要的不仅是一张几乎无懈可击的漂亮到极度的脸，重要的是从那张脸和她整个身躯中透出的那种风姿与气度——端庄，深蕴，优雅，又分明透着温存。

一张略圆的脸，皮肤白皙而丰润；典型的东方韵味的鼻子底下，是一副轮廓分明的饱满的嘴唇。那年月女子不让化妆，但上海的妇女尚可以烫头发涂口红。涂了浅浅一层唇膏之后，她嘴唇的线条更显流畅，似有许多无声的话语从那儿流出。最具魅力的是她那双明朗而深邃的眼睛，那里边蓄着万般风情，而又凛然不可侵犯。仅凭天生丽质，是不可能拥有那样的眼波的；那种高贵，那种自信与宽容，非得有深深的门第，浓浓的书香，经历几代人严谨的修养与教化，才能达到高度完美，高度圆满，高度完善的境界。她那头浓发略略偏黄，绝对是从“南京”这样档次的理发厅做出来的“中波浪”发式，一丝不苟的一袭云鬟斜坠在额际，标准的好莱坞式样，使她在东方韵味之外，平添了几分域外风情，兼具一种西方女子的现代气息。

那年月的政治气氛是那般凌厉，传统文化的约束又是那样苛刻，学生中议论异性是会被视为大逆不道的。也好，在如此严峻的气氛中，我更能将她作为一尊女神供奉在自己的心殿，而不必担心受到世俗的轻慢与亵渎。

不能也毋须探听她的底细，不清楚她在什么系，是几年级。复旦大学是太大了，只是在去食堂的路上，在教室大楼的门厅里，偶然与她擦肩而过；一团矜持而傲然的白光一刹那晃过我的肩头，而后飘然而逝。

我是入学不久的低年级学生，而且家道中落，当然不可能对那么一位绝色女子想入非非；这中间几乎没有一点儿弗洛伊德的成分。然而每当面对那张美丽得叫人喘不过气来的脸庞时，我会从鼻腔里涌起含泪的感伤，似乎置身于光线柔和的神殿，听唱诗班的颂歌在穹顶下回响，圣母怀抱着婴儿，从祭坛上方向众人深情俯望。胸口感觉到一阵潮动，我只得长长地舒一口气，让那点刺痛缓缓地释放。

终于到了那个夏日的周末，午后，家住本市的学生陆续搭车回家。洗了澡，换上一身干净的衣裳，挎一个草绿色的帆布包，走出了第十宿舍竹编的大门。——眼前一亮，她在车站上。那样白皙而丰润的脸颊，那样丰满而自信的嘴唇；眼波明澈，中波浪的浓发斜坠在额际……

车很快就来了，等车的学生鱼贯而上。非常拥挤，每到周末便总是这样。但上海人挤车文明而又有技巧，人们自动理顺关系，调整方向，肩膀在斜刺处相互重叠，并能最充分地利用车厢里那一点空间，而又使人处于最舒适的状态。开始售票，售票员逐一收钱，撕票，打洞，将车票与找补的零钱一起交给乘客。

她被人流推到了一个离售票员挺远的位置，那件她最喜欢穿的粉红色衬衫被卡在那儿难以飞动。待到售票员招呼车厢那头的乘客买票时，她伸出一只手把钱递了过来，粉红色衬衫微微一扬。然而在她伸长的手和售票员接钱的手之间，还有一尺多距离。我恰就在这一尺多距离之内。

我突然生出一股勇气，侧过身子，毅然伸手，替她把钱接了过来。向她伸出手去时，我像是伸出我的神往，我的膜拜，向着生命和青春，向着永恒的女性，向着那样一种神圣的境界。

我把钱递给售票员，又从售票员手中取过车票，转身递给她。她接票时向我微微一笑，轻轻颔首，说一声：“谢谢侬。”

美就停留在这缕微笑和这句话上了，凝固为诗，凝固为歌，凝固不灭的记忆。乃至于在几十年之后，乃至于在经受了时代的狂潮反复冲激之后，记忆中仍是那样一个夏日的午后，那样一辆颠簸的公交车，那样一位绝色丽人，在接过我递过去的车票时，向我微微一笑，而且说了一声“谢谢侬”。

人是怎么回事呢？怎么总有一些非世俗非功利的东西会蛰居心之深处，任凭几十年的阶级斗争和十几年的金钱浪潮反复冲刷，仍不能淡去，仍不能消退？我问自己，也想问别人。答案在哪里呢？谁能告诉我？……

（原载《山花》1994年第8期）

1994年

徐成淼

许天虹

那年秋天我沉湎于狄更斯的《大卫·高柏菲尔》（现译《大卫·科波菲尔》），为书中那些小人物的苦乐悲欢痴迷不已。那一年我十八岁，大学二年级，正是感情最丰富也最脆弱的年纪。把小小年纪就经历曲折的大卫引为同调，从而一把眼泪一把鼻涕地阅读《大卫·高柏菲尔》，乃是理所当然的事。《大卫·高柏菲尔》分上中下三册，我读完上册去借中册，中册被人借走了还没还。我就天天上图书馆打听。烫了头发穿着旗袍的女管理员见我这副猴急样，不禁笑了。别天天来了，我给你留着，她说。我便顺利地借到了中册与下册。书是老版本，很破旧了。封面封底都已无存，是用牛皮纸重新裱糊的。直到借到下册，我才在书后残破的版权页上，看到“译者许天虹”的字样。

喔，许天虹！不就是我初一时的英文教师吗？那么瘦长瘦长的一个老头，长长的身子，穿一件瘦瘦的长衫；头颈长，脸长，连嘴巴都像是竖着长的，露着几颗长长的有蛀斑的牙齿！总是提着个灰糊糊的布袋，他长长的身影穿过菜园和池塘，向我们的教室走来。我们教室在离校本部挺远的一处旧庙里，楼上。从木窗口看出去，绿绿的菜畦，绿绿的树，绿绿的种着莲藕或菖蒲的池塘。一片翠绿中是许先生长长的黑色的身影。长长的腿迈着很有派头的步子向我们走来。临时教室的楼下是一座羊圈，关着几十只山羊。雨天，羊不能放到山上去，就在圈里挤成一堆。咩咩的叫声从稀稀拉拉的楼板缝里传上来，许天虹先生那哑哑的声音就有点压不住阵。他只好走到教室中间来讲课。趁先生背对黑板的当儿，我们几个坐在前排的小调皮，就刺溜一下窜上讲台，捡一块断砖或者破石片什么的，塞到许先生的书袋里。待到下课，一提书袋，怎么这么重？他叹一口气，抬头看我们一眼，两片眼镜玻璃忽闪忽闪。我们就颠着脚直乐，像是立下了什么英雄业绩，神气得满脸放光。

那阵子刚解放，用的还是商务印书馆的老课本。里面有一课是一首歌词：Ba，ba，blacksheep！Haveyouanywool？（咩，咩，黑羊，你有羊毛吗？）许先生在楼上教我们念：Ba，ba。羊圈里的羊在楼下叫：咩，咩。我就觉得英国人太不讲理，羊的叫声明明是“咩、咩”的，他却要说成ba、ba，谁听过羊是“八”呀“八”地叫的？打那会儿起，我就认定世上只有中国话最好，外国话怎么着也觉得不对劲儿。这也许是我一辈子没能真正学好一门外国语的最初的心理原因吧。——可辜负了许先生的启蒙与教诲。

轮到英文课是最后一堂，下了课就放学；许先生在头里走，我们尾随而出。路边不少菜园，都围着各色石块堆成的短墙。园内有粪池，讲究点儿的，还搭了个棚架，围上稻草，像个帐篷。许先生路过时，常踅进菜园，就着粪池拉尿。园墙矮矮的，而许先生则又瘦又高。为了不溅湿长衫，他还高高地踮着脚，那身影就更显颀长，独秀峰似的。他矗立在那儿，仄着身子，掀起长衫下摆；头却抬着，双目平视，神情专注，模样儿很有点滑稽，我们就忍不住掩了嘴巴吃吃地笑。这可真是“有眼不识泰山”了。有谁知道他呢？谁知道这么个在粪池边掀着长衫煞有介事地拉尿的老头，会是个译了好几部大部头作品的翻译家呢？对于刚升入初中尚未脱去那股无法无天的顽皮劲儿的男孩子来说，真弄不清那些模样儿并不怎么样的先生来头该有多大。据说，不少知名的文化人，都曾在我所读的这所省立中学任教过。他们中有许杰、朱自清、郑振铎、许钦文、陶元庆、柔石、李平心等；今天列数起来，是要让人生出一股自豪之气的。

坐在复旦大学窗明几净的宿舍里，面对许天虹先生的译作，回想当年，不免自惭起来。若是让我再遇上许先生，我不会再干往他书袋里塞砖头之类的事了，昔日顽童，已出落成多情而不免忧伤的翩翩少年了。我被狄更斯所吸引，被许先生的译文所吸引，他的译笔别有一番风韵。好多章节，我成段成段地抄录下来；有些地方，还能流利地背出来呢。“最亲爱的姑娘啊，对我比什么都更亲爱的姑娘啊！如果你不好过，让我来分担你的不好过。如果你需要什么帮助或者劝告，让我努力来贡献给你。如果你心上真有什么重荷，让我努力来减轻它。现在我为谁活着呢，安妮丝，如果不是为了你？”“哦，安妮丝，我的灵魂啊！但愿，我真正结束我的一生时，你的脸庞也这样在我旁边；但愿，现世的一切事物也像我此刻送走的人影那样在我眼前消逝时，你仍在我附近，指点着上方！”

那时候我不可能预见到，只不过一年之后，我就坠入了比大卫的遭遇更可怕的深渊之中；想不到我为大卫流了那么多同情之泪，到头来，却该让大卫反过来为我的不幸百倍恸哭！待到天塌下来，地陷下去，洪水将我冲到了海角天边，那就连什么《大卫·高柏菲尔》，连什么许天虹不许天虹的，全都被轰然埋到了时代的泥石流下面，被所向无敌的巨涛冲刷得连个泡沫都留不住了。与现实的大潮相比，文学实在是太柔弱了。选择文学作为终身的依托，该是多么糊涂的事情。大卫的姑母早就感叹过——“盲目啊！盲目啊！盲目啊！”

然而，身处绝境时，我同样没能想到，三十多年后，竟还会有让我忆想许天虹先生的一天，还会有这样的机会，让我在这儿从从容容地回味许先生那长长的身姿，长长的面影，回忆他念“Ba，ba，blacksheep”时那哑哑的声韵。还会有机会，让我把对许先生零零碎碎的记忆写成文字，送到在文学被权力与金钱轮番轰炸得遍体鳞伤的今天，还在执着地热爱着文学的可尊敬的读者面前。如此看来，文学又实在是非常强硬的东西，风暴可以将它连根扫荡，而一旦云消日出，它又会从蛰伏处崛起，顽固地向世界展示它的存在。倒是那些来势汹汹的东西，当时那模样很不可一世，到头来，它还是不能彻底而永久地左右一个人的命运。有我为证，有我对许先生的纪念为证。

我与许天虹先生并无更深的交往，他教过我一门课，我读过他一部书，如此而已。而我却愿意为许先生写这么一篇按常规来说算不得是纪念文章的文字。干吗一定要交代人的完整的一生呢？你在生命旅途中曾与他交臂而遇，那一瞬，那一个片断，就留在了你的记忆里，并且由于某种独特性而难以磨灭，这就够了。

何况，并不是只有我还记得许先生。1985年编印的《台州中学校友录》，那第十八页上，就列着“许天虹”的姓名。这就对了，除我之外，世间还是有好多人记着许天虹这个名字，记着许天虹这个人的。

（原载《散文》1994年第9期）

徐成淼

黄果树大瀑布

轰轰隆隆轰轰。未及谋面，脚下的土地已在震动。有万马疾速奔腾，令大地痉挛、颤抖。一种隐约而沉闷的轰鸣，从地底直冲人的耳鼓，敲击你的听骨和耳蜗，直捣得脑仁嗡嗡作响。站在瀑布的脊背上，我已感知那狂放的水流摇撼山脉，摇撼喀斯特岩层，摇撼地的心脏，地的灵魂。

贵黄公路，如大山丛中的一条冰道，汽车如安了轮子的雪橇，呼啸着向前；超过时间，超过空气与风。把古老村落和灰糊糊的城镇无所顾忌地抛在车窗的后边。全然不顾违章上路的村民悠然漫步的身影，把他和他那头更蹒跚的老牛一起吸入并最终驱逐出钢铁的取景框。

跨出车门，麻木的双脚刚接触到土地的刹那，即已接受一阵深沉而宏大的震颤。有如一架同大地一样巨大的按摩器，震开了全身三万六千个毛孔。疏波，密波，每分钟三万六千次震动。震波自脚心破门而入，穿过迷走神经和密如蛛网的淋巴管，搅拌你的脊髓和脊液，推动心脏以十二倍的频率收缩、舒张。倚天的水锤敲打镫骨、砧骨、锤骨，让听神经一阵混茫。

大瀑布已近在咫尺，只因道路与山势，我们尚未转到它的正面。未能端详，先感气势，却正显出了它至深至沉的威严。

待到转过弯道，眼前一亮，世界正大光明。那巨幅的白练，映着天光，映着艳阳，将人眼映得失去焦点，眼前一片迷蒙。轰轰隆隆轰轰，震动愈加剧烈，轰鸣愈加哗然。

十万吨水流自天之尽头滔然而来，急切切直奔断崖，越近临界处，气势越显紧迫。

儿时夏日遇暴雨，山溪陡涨，山水从屋后的泄水沟中冲过，形成一条短暂的小渠。渠水把山塘和梯田里的小鱼和泥鳅冲了下来，惹得我们这班小把戏欣喜欲狂。挽了裤脚，捡些石块把小渠堵了，筑坝似的，只留下中间的一个缺口。缺口处，一股水流冲刷而下，用竹篮接了，那鱼呀，泥鳅呀，就跌进竹篮，乖乖地当了我们的俘虏。那股挟带着小鱼小虾的水流，就是我最初的瀑布吧？幼稚的瀑布，瀑布的雏形，瀑布的初恋。它跟着我一起长大，一起发育，一起成熟，才终于成为今天这黄果树大瀑布吗？就像我的爱情，从情窦初开，到初试东风，这中间已有道不尽的艰辛。更何况风云突变，灾难从天外袭来，腾挪跌宕，爱被摔打得鳞伤遍体，却还要向前向前向前。终于逼近生命的悬崖，生命的极限。轰隆轰隆轰隆，孤注一掷地投入吧，从背水一战改为向水一战，成熟了的瀑布像无可选择的爱情，不容反顾，不容背叛；那纵身一跃，是跃向情侣的怀抱，是跃向与生命同样庄严而伟岸的爱和死亡！

砰砰砰砰——！谁在敲门？是命运之神粗壮而骨节隆起的手，擂响了僻野古旧的大门？砰砰砰砰——，连续的强音，贝多芬的《命运》交响乐？还是刘天华的《光明行》？《光明行》不就是中国的《命运》吗？听那向光明的鼓点：咚——咚咚——咚——咚咚——咚——咚咚——咚！应当有三万把二胡，五万面铜鼓，八万张箜篌，齐声奏响刘天华，奏响他的中国之命运！哦！黄果树大瀑布，光明行！

雨雾漫过来了，在我颤巍巍沿曲径往犀牛潭探索而下时，我已深入浓浓的粗颗粒的雾海。轰轰隆隆，眼前是一片乳白，耳际是不间断的雷声。不一会儿，就有水珠从发际滴下，立即串成水帘，从面部突出部位倾泻下来，那是大瀑布在我身上的微缩景观；眉弓是悬崖，眉毛与睫毛即是水帘洞上方密密的山草和灌木丛。

这时便有爱意自心的深部复活，沉睡了几个世纪的爱情被瀑布摇醒，轰轰！澒澒！呿呿！瀑布敲击我的心门，快打开快打开！凭什么自我幽闭？凭什么囿于世俗的惰性而步履迟缓？干吗在大山的屏障面前畏葸不前？该涨潮了，该掀起最后一次巨涛，让生命与爱做最后的惊跳！去拥抱那应该拥抱的躯体，去吻那渴望亲吻的红唇！别计较来路上堆积着多少落叶，别在乎鬓发已雪山似的惨白。心不是还在跳吗？血不是依然红得鲜艳？那么，不容选择的选择便是你最辉煌的选择，断崖与深潭便是你竞技的跳台。

犀牛潭，螺丝滩，游人如织；红的T恤，蓝的裙裤，黄的太阳伞。仰头一望，是绿的山崖，碧蓝碧蓝的天。五色之中，则是那一整幅跃动的白练，闪着变幻无穷的银辉，那样的高高落下落下落下，那样的轰鸣轰鸣轰鸣，像把空气都摩擦出火星来，像带着电。冲入潭中的刹那，水分子都被击碎了，原子裂变，放出声音，放出颜色，放出时间之雾，空间之雾，升腾，弥漫，包围，将你裹挟而不知所往。头也晕了，眼也眩了，心已脱缰，欲望汹涌咆哮。怒吼吧，吼出你的欢乐，你的渴望，吼出你的惨痛和断肠；吼一声长长的爱，像瀑布那般源远流长，像瀑布那般毁于一旦而刹那辉煌！

是那么遑遑地从天之尽头流来，略见骚动，却看不出有什么特别出色；江南的石拱桥下，北国的黑水河中，流着的，不也都是这样的液体吗？H_2O，氢原子与氧原子奇妙的结合。也是那样的流动不居，也是那样的幽婉苍茫，也是那样地流啊流向它不得不去的方向。而且，那颜色也是混沌的，在河床中不动声色地你追我赶时，它也同曾经的我一样，暗淡，平淡，惨淡。不堪回首，那往事，那身世；每一颗水滴，都曾从高空被无情地抛落下来，都曾从地底被惨痛地挤压出来，硬将你汇入微不足道的小溪啊小溪，逝水啊逝水。被冠以“祸水”的恶谥吧，被搅成污泥浊水吧，恶水穿过穷山，在深谷中聚集，汇合，并肩接踵而日益壮大，终至汤汤洋洋洋洋汤汤！让所有的蔑视都见鬼去吧，让那些榨取者惊惶地退避。这是一种独特的报复，看我们选择粉身碎骨的方式来展示生命的灿烂和雄奇。跌落山崖的刹那，浊水甩掉了锁链和囚衣，踢开镣铐，还一个本然的自我，赤裸裸地，将那纯白的胸怀，向蓝天展开，向绿树展开，向那边山嘴上那株含羞初放的红杜鹃展开。

于是欢叫，咆哮，呐喊，怒吼，将几个世纪的缄默化作一声长啸。让悬崖更高些吧，让断层更深些吧，跌得越重，才能显示更显赫更磅礴的生命！

崖畔响起了布依族老女人和少女袅袅娜娜的叫卖声：蜡染包包，手绣围腰，快来买啦！各种颜色展了开来，项链与耳坠，丝帕与香包；那土法织染的壁挂上，竟全是抽了象、变了形，张牙舞爪得叫人爱不释手的现代图形。是毕加索在贵州复活了？是马蒂斯在镇宁再生？中国与世界，竟以这样的方式连接了起来；中国土里吧唧的农妇，以她们的手，证明所谓东方与西方、中国与外国，原没有不可超越的禁界，纵身一跃啊，便都是犀牛潭！一时间，犬牙交错的色块与几何图案，便随着时装流行。走出黄果树，走向黄浦江过江隧道和杨浦大桥，走向京城二环路没有红绿灯的平坦通途。还走出国门，让靛蓝的土布味儿在亚美利加和欧罗巴的十字街头飘散。蜡染，蓝的底色，白的图案，是钟毓了蓝天瀑布的浩气而产生的灵感吗？该为黄果树瀑布设计一枚醒目的旗徽：白亮的瀑布，衬着一株造型秀雅的蓼蓝。

有多少年了呢？几千万年？几亿年？它不都是这么匆匆而来又匆匆而去吗？匆匆地，从天的尽头地的尽头奔来，像被头羊领着的一大队不见首尾的羊群。没有目的就是目的，不问归宿就是归宿，前进前进前进，被伙伴裹挟，被潮流推送，高洁与污浊已难以分解。水流中不是有枯枝，不是有败叶，不是有牲畜的粪便和死鱼的尸身？计较它干什么？只要跌落悬崖，便一齐化为奇观，一片洁白，如万丈长练，如千寻雪崩，便都成为高洁和纯净。庸庸碌碌的生命，病病歪歪的爱情，便都因为拼死一搏而憬悟了，而警醒了，而进入了新轮回啊新的永生。

彩虹这才出现。不在天际，不在云空，不在永远不能到达的地平线。黄果树的彩虹就在人间，在你眼前；在身前身后，在左侧右侧，在头上在脸旁，几乎伸手可触，人如在虹中穿行。它是黄果树瀑布粉身碎骨后的回光返照？还是向水之灵魂祭奠的彩色飘带？抑或是连接古往今来的一座永不间断的桥？有人倚着彩虹摆好姿势让人拍照，镜头的防护罩上已缀满水珠，轻轻拭净，赶紧按下快门，嚓的一声，把青春年华和虹霓一起保存在胶片上。

她开口说话了：

——还有胶卷吗？拍光了？咱们这就上去？

——我想去套一个游泳圈，顺水漂下来，同瀑布一起跌下。

——那我就在下面张开双臂接你。

——我化为瀑布，你呢就是这犀牛潭。

——犀牛潭可是深不可测深不见底的哟。

——跳入你怀中，淹死也心甘。

——咄！

牵了她的手，登上曲折的石级攀援而归时，头发已经湿透，衣服已经湿透。出门时用摩丝精心做出来的发式全没有了，几绺湿发黏在额际，像雨地里慌忙归窝的鸡。我俩相视而笑，在她亮亮的瞳子中，黄果树瀑布的白光仍在闪动……

（原载《散文》1994年第11期）

1995年

徐成淼

吃的感觉

那两年，我正在上海郊区农村“劳动察看”，“大跃进”带来了沉重的超强度的劳动，也带来了公共食堂建立初始“敞开肚皮吃饱饭”的欢乐景象。整大箩的米饭，整大桶的肉，男女老少，吃得眉开眼笑。有的孩子光吃肉，不吃饭，反正敞开供应，想吃多少就吃多少。有一次吃“咸酸饭”，那是上海郊区农家很喜欢吃的一种用肉、菜与米一起煮成的咸饭。孩子们从饭箩里盛来一碗，光拣肉吃，肉选完了，剩下的饭就往河沟里一倒，再去饭箩里盛。那顿“咸酸饭”也确实香，我满满地盛了，找地方坐；能坐之处都有人占着，我便找了猪栏旁的一块半截埋入地里的磨刀石当凳子。那地方离猪粪池仅一尺之遥，四周也全是猪屎尿。我就坐在那一片污溷之中，大口大口地嚼着“咸酸饭”，其味无穷，其美无穷。有鸡在我碗边跳，有鸭在我脚下走，几只散放的猪，浑身泥水，短尾拍达拍达，不时甩过来点点污泥。在这样的浑沌中，我坦然扒饭，仪态从容，大有“泰山崩于前而色不变”的气度，全不以身外的世界为然。

然而好时光难以长久。照这个吃法，金山银山也会吃空。没多久，大桶的肉就见不着了，“咸酸饭”也吃不上了，最后是连白米饭都难以为继，一日三餐都吃粥；佐餐的呢？只有腌胡萝卜条。一手抓腌胡萝卜，一手端稀粥，方便得连筷子都不用。三个月下来，寡得人直冒清口涎。回想在粪坑边儿上，在鸡鸭糟践的泥淖旁边，在猪尾巴甩过来的点点污秽下，端着满满一碗有肉有菜的“咸酸饭”，滋滋味味地往嘴里扒，哦，真像梦境一般，令人恍如隔世。

一天，忽然传来消息，说晚上改善生活，吃饺子，菜肉馅儿！——大田里顿时生动起来，个个脸上放光，手上的锄头铁锘，也像变轻了，活儿干得分外利索。眼巴巴等到收工，等到开饭，拿着碗筷排了长长的队，接近窗口时，舌上已品到了饺子的香味、鲜味、美味，口水一吞，喉结上下乱动。

“三月不知肉味”了，这顿饺子，就比那“咸酸饭”更香。吃完了，愣在那儿兀自发呆；一整天的期待、盼望，就这么三下五除二地过去了，有一点满足，又有一点失落。

忽然听见有人叫我，抬头看，是食堂的王阿妹。她朝我招招手，让我过去，我去了，她看看四周，把一碗饺子倒在我碗里。她示意我别吱声，顺手就把我推到灶房后边的柴房里。

我躲在柴房里再次品尝饺子的美味、鲜味、香味，感到胃部已渐渐饱满起来；然而只有挨过饿的人才知道，人在长久没有油腥的境况下，即使肚子里装满了，嘴巴仍然想吃，越吃越想吃。何况这碗饺子里，有王阿妹对我的体恤和关爱；我永远忘不了王阿妹把我推入柴房时那眼神，那里面满盈着同情、怜惜和一种无奈的悲哀；对于年纪轻轻就沦为罪人的我，这番疼爱该何等可贵。我吃得更香了！食物几乎已摞到了喉头，可我还在一个一个地往里填饺子。

碗里空了之后，我感到胃里很不对劲，先是饱，然后是胀，然后是绽裂的感觉，发痛，到后来便几乎是要爆炸了。我站也不是，坐也不是。怎么都没法把自己安顿下来。王阿妹她们收拾完都走了，我却回不了住处，一步也迈不动。我变换各种姿势，都不行，都缓解不了那种越来越残酷的胀痛的感觉，连呼吸都艰难起来。噢，天杀的！没想到这过饱比饥饿更难熬。我抠自己的喉头，想吐掉一些，却一点也吐不出，反让干哕把胃壁和食道弄得生痛。几经反复，才终于找到一种略能减缓胀痛的方法：我让自己仰卧在檐下的一条长凳上，肚皮朝天，头脚下垂，像一座拱桥，挺腰凸肚地仰面躺在那儿。

我呻吟起来，四周一片漆黑，空无一人。只有上方那片天空，只有天上那闪闪灭灭的星，看见人世间有这么一个二十岁的年轻人，为吃得太多太饱而痛苦难当！

两年之后，我离开上海到了贵州。正值困难时期的最后一年，也是最艰难的一年，用贵州人的说法，是连家底都耗尽了。我开始以能弄来吃的任何东西充饥：南瓜叶、番薯藤、蕨根、野菜。两个月下来，人就浮肿了。到医院诊治，医生开了鱼肝油丸，浓缩的，一次只给九粒。只为这药丸带了个“油”字，就舍不得吞服，挤破了把油滴在铁锅里；干涩的、布满锈迹的铁锅见了油，就像久旱的土地逢着甘霖，立即滋润了，发出黑亮的光泽。加了水煮野菜汤，喝个肚儿圆。第二天，肿得更厉害，眼皮都张不开。

同事们聚在一起，话题就总往吃上扯，还美其名为“精神会餐”；彼此回忆过去吃过的美食，你说山珍，我说海味，一个个说得满嘴口水。我就说那回吃饺子几乎胀死的事，众人听了笑出了眼泪，笑得空肚子咕咕直响。

母亲得知我患浮肿，忧心如焚，省下定量供应的几两油，想邮寄给我，但上海邮局不准寄油。母亲就炒了两斤面粉，把油拌在里面寄了过来。闻着炒面的油香，真想一次吃个解馋；但这点炒面来得太不容易，是救命的宝贝哪，就规定自己每天只吃三次，早中晚，每次一小匙。先含在嘴里，不咽下，让那点香味在舌头上渐渐地融化，融化；直到唾沫咽满了整个口腔，才恋恋不舍地吞下。一小匙炒面，在那时的我，比十全大补丸还要珍贵，比眼下人们吃美国洋参丸还看重。

跟现在的年轻人说这档子旧事，他们会像听天方夜谭似的；现在他们看到的是一座比一座豪华的餐厅、酒家、饭店、宾馆，那里边美味珍肴应有尽有，一顿饭吃掉几百上千元，稀松平常。

我也有幸吃过几顿这样的饭局。那是在珠海，开一个学术研讨会。伙食极好，每顿饭都如宴会一般。闭幕式那一顿，更是豪华得叫人吃惊。美馔珍馐、名酒佳酿不说，光那环境，那气派，就够让人噎上一噎。宴会厅灯光灿烂，金碧辉煌，侍女美若天仙，穿梭往来，直让人以为是在画面里，是在梦里。我坐在那儿，嘴里嚼着各色美食，脑子里却浮出坐在猪粪池旁吃“咸酸饭”和用九粒鱼肝油丸煮野菜的场景来，此一时，彼一时，世上的事情，就有这么奇妙，就有这样的反差。

那顿饭吃了几个钟头，直吃到近午夜才完。打着饱嗝，冒着酒气，我草草洗漱，就上床睡觉。

第二天起来，匆忙打点行装，准备回贵阳。收拾完毕，想到了吃饭。会议已经结束，会议伙食也随之停开。这顿饭得自己想办法。只能找个街口排档，弄碗素面充饥。可出门一看，素面也要五块钱一碗。转了好几个街口，才在一个脏里吧唧的小吃摊上看到有五毛钱一个的馒头，老板娘白了我一眼，兀自招呼别的顾客，半天不答理我。我催了几次，她才不耐烦地走过来，接钱时一脸鄙夷。不知是因为我只买两个馒头而看不起我，还是听我这外地口音而有意冷落我。昨天晚上，我还在灿烂的灯光下，坐在豪华气派的餐桌旁大饱口福，侍女小姐俯身在耳畔细语询问：“先生是要啤酒还是可乐？”这才过了几个钟头，一觉醒来，就像被热恋中的情人抛弃似的，只剩下无奈，只剩下一片难以化解的怅惘……

（原载《山花》1995年第3期）

徐成淼

最后的歌者

学院新建不久，还挺简陋。但学院毕竟是学院，仗着依山面水的优势，在那平缓的山脊上，修了一条长长的很有气派的大道。两旁的林木也长起来了，茂密，葱茏，错落有致。一排扁柏，一排悬铃木，就是被叫作“法国梧桐”的那种，还有一排白杨树。柏树四季常青，永远保持着绿色；落叶则随季节的嬗变，嫩绿，鲜绿，深绿，然后泛黄；橙黄，金黄，由黄而褐，而枯萎，而飘落，而终于只剩下光秃而刚硬的枝丫，去装点冬日单调的灰色天空。

最爱那秋日，法国梧桐和白杨树的叶儿黄了，黄得恰到好处。衬着依然浓绿的扁柏，那一片金黄，更显出华贵浓艳的气度。遇晴日，走在宽阔而略见起伏的路上，满目斑斓，蓝天，白云，绿树，还有金光灿烂的秋叶；像是走进了列维坦的画，走进那充分成熟了的热烈和浓郁。

然而天气还是一天天凉起来，那秋风，已不得不以“萧瑟”来描绘了。华丽而热情的秋景已逐渐衰败，严冬无可抵拒地逼近。一场冷雨过后，落叶满地，更不免叫人有风雨飘摇之感。

却听得耳畔响起一阵蝉鸣，是从路侧高树上传来。蝉声悠长宛转，执拗，而又不免清凉。听得出只是一只蝉独自在唱，那鸣声已没有仲秋时节群蝉齐鸣时的喧闹，没有那种此伏彼起一片混响的嘈杂了。那孤单的清唱，声音明晰而舒朗。

好奇地，我跨过路旁的排水沟走进绿化带，循着蝉声，想找到那只孤单而坚守的蝉。我找到了那声音的方位，是从傍着电杆的一棵高高的白杨树上传出来的。围着树身绕了几圈，把头颈都仰痛了，却找不到那蝉的影子。它栖于临近树梢的地方，太高了，目光已难以寻觅。

好逞强的一只秋蝉，我想，天凉了，秋深了，北风紧了，众鸣蝉已纷纷噤声，再唱不出来了。独独这只蝉，在冷风之中，在高树枝头，还是在坚持着最后的歌声。

第二年深秋，也是这样的日子，也是秋风萧瑟秋叶满地；走过那一排高高的白杨树时，蓦听得又是一阵长长的蝉鸣，还是那样地清越，还是那样地幽深，还是那样单一而坚定；长长地鸣唱着，几乎没有间歇。像是这路有多长，那歌声便有多长；这秋风要吹多久，那蝉歌便要唱多久。细细辨认，蝉声竟还是从那棵傍着一根电杆的白杨树上发出来的；跟去年那最后一只秋蝉所在之处一样。我诧异了，只好说这不过是巧合；要不就是我自己把树的位置记错了。

然而今年秋暮时节，我走过那老地方，竟又一次听见同样的蝉声同样的长鸣，同样的不见休歇的咏唱。这一回我吃惊得非同小可。我再次跨过排水沟，循声确定鸣蝉所在的方位，却发现确实仍是那棵树，那高高的白杨，它旁边是一根架设电话和闭路电视线路的水泥杆。我没有记错。

不能再用“巧合”来解释。可事实又叫人难以理解。一只蝉不可能活三年，蝉的成虫不能越冬。那么年年在这儿做最后歌唱的会是同一只蝉吗？它坚守着这同一棵树在同一地点唱同一首歌又是为的什么？当所有的同伴都在严寒中纷纷坠落哑默无声的时候，是什么力量支撑着这只小小的虫子作如此悠长而艰难的鸣唱？

我不能回答自己的问题，但我却由此想到另外一些事；譬如人，譬如某种襟怀和精神。在秋风一阵紧似一阵袭来之时，谁能像这只蝉一样，固执地守着那份坚定不移的清高，临风高唱它的挽歌亦即凯歌呢？……

我再次走过那树林时，秋天已经过去，北方的寒流已多次君临高原，冬天已无可争议地来到。我在那株高高的白杨树下驻足，侧耳倾听，但蝉声已不再鸣响，它终于中止了它的歌唱。

——那么，明年秋天，当我再度来到此地，我还能听见这最后的秋蝉的最后的歌唱吗？

（原载《散文》1995年第5期）

周君良

生命的缺憾

曾经以为缺憾是生命的外在形式，而生命本质则体现出造物主赐予的一种完美。那时才二十多岁，不论三五友人话生命之意义还是大庭广众之下论人生之目的，对于生命的存在，我都有顶礼膜拜之感觉。读过《钢铁是怎样炼成的》，就把保尔·柯察金那段论及人生的名言深深记在心底，至今不忘："人最宝贵的是生命，生命属于人只有一次。一个人的生命应该这样度过：当他回首往事的时候，他不会因为虚度年华而悔恨，也不会因为碌碌无为而羞耻……"也还曾在日记本的前页工工整整抄录作家柳青论人生的名言："人生的道路虽然漫长，但紧要处常常只有几步，特别是当人年轻的时候，没有一个人的生活道路是笔直的，没有岔道的。有些岔道口，譬如政治上的岔道口，你走错了一步，可以影响人生的一个时期，也可以影响人的一生。"年轻人对生命的认识和把握无疑是单线条的，也是透明的，在当时看来，只要能珍惜时光，在事业上不停地进取，在人生的岔道口能够把握去处，这样的生命和人生就是没有缺憾的或者说是完美的。

如今，我已经告别了鲜花当季的时节，渐渐地已经不能再称自己是青年。随着岁月的增长，经历的事情也日渐多些，读过的书也日渐丰厚，对生命和人生的认识似乎进入了更高些的境界，不再像年轻时那样简单和明晰。人生路上结识了不少自己喜欢和愿意结交的朋友，伴之人生之旅，我从中感受到了生命的快乐，只可惜这样的人生之旅并不长，友人间又不得不分手，令人好生痛苦，这不能不说有些遗憾。这样的事情经历多了，就觉得生命和人生有一种本质的东西，那就是缺憾而并非完美。这样的认识也许有些消极，但果真是从积极的视角去认识又能怎样呢？我并不是在此提倡某种人生观，也不是简单地要朋友们“得饮酒时且饮酒，得高歌时且高歌”，只是说感觉，经历，会使人去把握人生和生命的本质。

我时常会在心底流泪。为我自己流泪，为我的朋友流泪，为岁月这样匆匆流逝而流泪。得此失彼，得彼此失，顾上了事业，忘记了娱乐，在舞厅里尽情尽兴享受迪斯科音乐冲击，陶醉其间又少写了几篇作品；和家里妻儿共享天伦之乐时，又冷落了殷殷盼望的朋友。回到了这片属于自己的山地，又想念着那方多情的都市。曾收到深圳的一位好友的来信，他说自打我离开深圳以后，他时常会想起我们在一起的日子，有时梦里会和我聚在一起，那信中的笔调十分凝重。读信时我心底也是一沉一沉，好不是滋味，不能去结识他，又不能不动之以真情；不能不与他别之，又不能不把他思念，生活中总有些人和事要这般向你走来，又这般离你而去，无奈里的思念也许要伴生命走向终端。思念构成一种缺憾美。

离愁别绪是生命缺憾的一种表现方式，人的日子流逝也是生命缺憾的一种表现方式。再回首背影已远去，让人觉着“逝者如斯夫，不舍昼夜”，随之会生出感叹：匆匆一世，为何来又为何去？这似乎是一种消极的人生态度，但总不能说全无道理吧！健康不良也会令人感觉到生命的缺憾。人生的中年正是干事业的时候，病魔之手伸向你，你躲不过，又不能很快使身体健康，情绪自然会受到影响。这种情绪还影响家人，影响朋友。在社会里困扰你的还有功名与利禄。事业的峰巅你难以攀上，你也永远不会成为最有钱的人。即使攀上事业的峰巅，成为一个最有钱的人，又能怎么样呢？你不可能抱着这个地球离去吧！承认生命的本质是一种缺憾，正视这种缺憾，把握这种缺憾，也许恰恰是一种真实的人生态度，这是无奈中的选择，这是众人皆醉唯我独醒的一种生存状态。柔情断肠，默然顺从，万念俱灰，诸如此类，固然是不可取的。这世界上没有不朽的东西，只有死去的或者是活着的生命。虽然我还不是老人，生命之水时而还会扬起波涛，荡出激情。中年人话人生许是没有老年人话人生那样彻底和全面，但中年人还是有些激情的，也还在追寻。我追寻一颗善心，这颗善心就是我能够接受的真理。它是一种了悟，了悟所至，即是生命归宿。

柔弱、愚鲁、无为、无我、无欲、居下、退后、清虚、自然……这是老子的哲学，是生命的大智慧。而儒家的哲学则教人进取、有为、勤学、治国、平天下、苦其心智，去建功立业，这也是一种生命哲学，这也是生命的大智慧。道家和儒家文化构成中国传统文化的一种框架或者叫主体。它可以给人不少启发，教人不少道理。

道家也好，儒家也罢，择其一也好，择其二也好，或者说综合这两种生命哲学，而选择了自己的人生态度也无可非难。生命走向是不可强勉的。依我之认识，一切都该顺其自然，不要勉强自己，也不要勉强别人。生命的本质就是一种缺憾，你就不必费心地追求完美！

（原载《人民日报》1995年10月30日）

1995年

徐成淼

幸福篇

总要寻问幸福的终极意义；幸福是什么？谁能告诉我？

也许，终极的答案是没有的，永远不会有，不可能有。有的只是种种邈远的记忆，记忆中的幻想与愿望，记忆中的憧憬与设想；还有被时光之网精细筛滤过的种种往日景象。

这样就回到了三十多年前，那时候我十九岁；刚开始年轻呢，就沦为囚徒，被赶出大学到农村接受“劳动察看”，跟地富反坏一起排成队，站在田塍上接受斗争。

那一年的油菜长势好盛哪。三月，油菜花开得惊心动魄，那一片鲜黄，从脚下直涌到天边。人在油菜地里走，个子矮一点的，就被那片黄浪淹没了；钻出来时，肩头，脸上，都蹭上了黄黄的花粉。待得菜籽成熟，不用说是个丰收年了，结实、饱满的籽荚，鼓鼓囊囊，把枝丫都坠弯。

我们开始收割。

凌晨天还没亮，队长的哨音就响了；傍晚要到太阳落山，面对面已看不真切人的五官了，才收工回村。一天干十多个小时。砍下来，捆好，挑到村里的场院；一趟又一趟，连轴转。为了抢收，社员们组织了青年突击队，妇女突击队，干部突击队。我头上有“帽子”，每个突击队中午加班或开夜工，我都得去，都得拼命干。一天要干十六七个小时。开起夜工来，就熬通宵了。

骨架儿像散了似的。手指僵了，浑身筋骨都像揉进了玻璃碴儿，一动就硌人。白天是那么长那么长，太阳总那么高那么高；干了老半天，它才挪动那么一点儿。演员们表现“累”，总是大口喘气，哼呀嗬的。真正的累可不在皮相上，那是从内底把人一点一点耗空，把人的耐力一点一点消尽。看上去你还在砍，还在挑，还在走，可那是凭最后一点意志硬撑着，随时都可能倒下，一倒下就再爬不起来了。有几次，真想大嚎一声就往地下一倒，再不干了，死都行。

抢收延续了一个多月，没有休息日，连续作战。人耗得两眼都凹了进去。

好不容易熬到了最后一天。

最后一天下午，最后一块油菜地在众人的包围之下逐渐缩小。望了那块地一眼，我的心一阵波动。从无边无沿的油菜的海洋，到终于剩这样一座孤岛，这中间有多少汗水，多少疲累，多少苦辛。现在总算快了，眼前只有几十公尺了，砍倒一排，离终点就接近一步；再砍倒一排，那终点更近在眼前。砍完了有两天休息，可以什么也不做；不砍，不捆，不挑。可以往随便什么上面一躺，全身都可以放松，就那么瘫软在那里……就在这一刹那，一种浓浓的、强烈得无与伦比的幸福感不可遏止地涌过来涌过来，烈酒般地弥散于我的全身。再没有比这种感觉更让人幸福的了。在众人砍倒最后一棵油菜之前，我就瘫倒或说醉倒在地头，再也站不起来了。有人递给我一支烟，我吸了一口，觉得天旋地转，已分辨不出何谓痛苦，何谓幸福，我已不再属于我自己……

（原载《散文》1995年第10期）

潘廷祥

碰碰车随想

休息日到公园游玩，与孩子乐在一块儿。坐在碰碰车里，不受任何约束，尽情发挥车技。与素不相识的游客碰着，玩着，大人被碰得前仰后合，胆大的孩子在大人怀里哈哈笑，胆小的孩子吓得缩成一团。彼此之间均无怨言，和善地相视一笑，又各行其道，人人宽容，个个随和，气氛融洽，在“碰”中平添几分快乐。

碰碰车，使我在闲暇娱乐中“碰”出思绪万千，“碰”出美妙的闲情逸致，“碰”得若有所得。

大千世界，五彩缤纷，人流如潮，磕磕碰碰在所难免。然而，君不见，楼上楼下，左右邻居，为几滴无意的水溅身，双方竟然各不相让，拳脚相加，斗个头破血流；生活中为一句话不投机，居然会抬出祖宗十八代，甚至大动干戈，伤筋动骨；公共汽车上，为争抢座位，相互出口成“脏”，闹个天翻地覆，使公共秩序混乱不堪，让人心有余悸……

凡此种种，在身边时有发生，以至我们在日常生活中常会被这些磕磕碰碰，只需一声“对不起”“没关系”的小事弄得六神无主，影响到日常生活和工作。于是，人间真情在争吵谩骂，拳脚相加中不知不觉被“碰”得四分五裂，感情是“一江春水向东流”。

坐在碰碰车里，我思忖着，如果我们把生活当作一个扩大了的游乐场，把其中的无恶意的碰撞视为碰碰车之间的友谊碰撞，那么，我们在“碰”中产生的“火花”一定是升华了的友谊，我们每个人则是友谊海洋中的一叶扁舟。

（原载《人民日报》1996年1月26日）

徐成淼

幸福续篇

超强度的体力劳动把我整个模样儿都彻底改变了。特别是夏天，除一条裤衩外，我全身赤裸，皮肤给晒成了深古铜色，像涂了一层重油，连雨水都沾不住。扁担在颈后压出了一个肉疙瘩，小馒头似的。手上全是老茧，脚底布满胼胝。背了纤绳，从杨树园拉到大场镇；赤脚踏着崖岸，脊梁驮着日光，汗水滴落在自己的影子上。纤绳的一头是块硬竹板，套在胸口硌得肋骨生疼。干吗要用这么硬的家伙呢？原来那一路有好多石桥，都很简陋，就几条长石板架在桥墩上，连栏杆也没有。拉纤至此，人得先跑上石桥，取下竹板，像杂技演员要流星锤似的，拽了纤绳甩圆了，趁惯性，猛一下把竹板从石桥的一侧丢下，绕过桥底，让竹板从桥的另一侧甩上桥面来。这几个动作得做及时利索，慢了，或一次没甩成重来，则船已驶过桥洞，就要摘开纤绳，过桥之后重新接上，就费事了。我很快学会甩纤板，已是一名名副其实的纤夫了。胸口顶着铁面无私的纤板，背后绷着坚忍不拔的纤绳，像满弓的箭，身体几乎贴着了地面；顶着风，逆着水，拉着船向前向前。

上海农村装蔬菜的排篮又大又深，装了刀豆、番茄或洋葱，一排篮近两百斤。船到码头，架起跳板，两人搭档，把一个个排篮扛上岸。跳板又陡又窄，人走上去直晃悠；排篮又大又沉，压得人小腿肚直哆嗦；但我得稳住，我得把气喘匀了，把筋骨绷紧了，可不能连人带菜摔进河去。

回程的时候是空船，不用拉纤了，由我摇桨；咿呀，咿呀，声声欸乃，是汗水滴出的音符。对面来船了，我远远地喊“推梢”或“扳梢”；“推梢”是靠左，“扳梢”是靠右，彼此约定了，船不会迎头撞上。直了喉咙喊“推梢”“扳梢”，粗砺的声音在河面滚动，已纯乎是船夫的呼叫了，当年独唱表演时明亮的嗓音已荡然无存。

当大田里的农活忙不过来时，我们去支援妇女队坌地（翻土）、托草（铲草）或摘瓜豆。和男子相反，妇女们头戴箬帽，长衣长裤，连手腕子都不露出来。不是封建，是不愿让自己的肌肤被太阳晒黑；除了脸和手，她们把自己遮了个严严实实。然而当太阳落山，大田里吹起了带凉意的风时，忽然有人大喊一声“掀柴轩啰！”霎时间，眼前一片白亮。妇女们像听见统一号令，一齐放了铁锴锄头，动手脱掉外衣。里面清一色一个肚兜，刚遮得住胸口那一块地方。光光的脊梁，圆圆的肩膀，浅浅的肩窝，长长的臂膊，还有白白的一角肚皮，都裸露在傍晚的天光之下。老的这样，年轻的也这样，就是十七八岁的姑娘，也大大方方地裸露了自己。她们把衣服称为“柴轩”，是指盖在柴火堆上防雨的草帘一类的东西；每逢久雨初晴，就要掀掉柴轩，以晾干柴火中的水汽。充分裸露的农女们一点也没有拘谨的感觉，她们觉得自然极了，本来就是这样，大家都是这样。沉重的农活，紧张的节奏，已累得人只想躺下休息，哪怕几分钟也好，哪怕打个瞌睡也好。生存与劳作，只这两件事，就已把人的身心几乎占满，哪里还有供浪漫情怀转圜的余地。面对只围了个肚兜的白花花的异性肉体，我竟木然，并未陷于风乍起吹皱的春水里。在为最低条件的生存须付出最大限度体能的处境下，许多欲望被禁闭了，灵魂昏然欲睡。

直到天空把最后一道微光都从地面收尽，妇女们才重新盖上“柴轩”，而夜工又要接着来了，那阵子“大跃进”干得正紧。几盏马灯的微光之下，开沟、车水、深耕，一干就是通宵，连续几天不睡。遇到下雨，不能挖土、开沟、挑担了，也还得搓草绳、打草鞋。坐在一处堂屋里，把捶绵软了的稻草逐一续进草索中搓紧。那些动作早熟练得机械化了，连续苦战又积下了浓浓的睡意。一灯如豆，人半醒半睡，双手也像自动般地操作着，已不需大脑指挥。意识是凝固的，思维也像是停止了。大学、校园、课堂，鲜花开放的甬道，歌声和欢笑，友谊和爱情，还有理想和事业，追求和希望，这一切都已在超负荷的体力运作中消解殆尽，飘落到不知哪个遥远的角落去了。农夫，纤夫，挑夫，灵魂与肉体，在时代炼狱的锻冶下早已面目全非，我几乎记不起原来的我是什么模样儿了。——这不正是“改造”的目的吗？“脱胎换骨”，我已非我，该可以令人放心了罢。

不料在一个夏日的傍晚，一阵蛙鸣和一个洁白的额头，却把我从昏睡中惊醒，让我重新生出渴望，生出幸福的憧憬。

那次“突击”干得个天昏地暗，冒雨深耕，挑灯夜战，体力已消耗到了极限，连腰圆膀粗的强劳力莽汉都累得要倒下来。一个多月，天天开夜工，大半是通宵；喝冷水，躺野地，没法洗澡，没处理发，眼窝凹了下去，颧骨突了出来……硬撑着坚持到最后，总算完成了“突击”任务，上面给休息两天。

在晚霞的余光里我登上长途汽车回家。随着车身的震摇，全身细胞都松散了，裸露的细胞核在相互碰撞中感觉到敏锐的刺痛，也有一种吸毒似的舒爽。到了大场，接近市区，空气中已嗅到了汽车尾气和厨房飘出的油香。

突然，在长途汽车驶出一条弯道转入市区马路时，我听见了一片欢快而明朗的蛙鸣声，像身处夏夜的池畔，满耳是青蛙的聒噪。转脸循声望去，才明白那一片喧响的来处：薄暮下的弄堂里，放下饭碗的人们洗了澡冲了凉，走出家门，到弄堂外、到街口路边乘凉来了。满弄堂的人，一色的木拖鞋，男的女的，老的小的；成百上千双木屐在水泥路面上拖出一片"踢踏"声，汇成了松脆的混响，蓦然听去，真如无数青蛙在一齐鸣唱。

一位年轻女子从停在红灯前的长途汽车旁走过，木屐声清脆而跳荡；浴后尚湿的头发柔顺地拢向脑后，高高的前额上匀匀地扑了一层爽身粉或痱子粉，在暮色中，洁白而宽阔的额头分外明亮……

我的心在猛地一跳后停住了，像是掉进了一个梦，一个全然陌生的异国。忘记了这原就是我的城市，原就是我的街巷。一只无形的手攥住我的胸口，使劲地摇撼我的灵魂，眼前平凡到极点的市民日常生活图景竟使我懵然不知所措：世上竟还有人可以在晚饭后从头到脚洗得清清爽爽换一身干净衣裳走出家门在晚风中歇凉，竟然还有人可以把湿漉漉的头发绾在脑后留出骄傲的额头扑上爽身粉痱子粉趿上一双漆成红色的漂亮木屐在行道树下一颠一跳地走路……太不可思议了，该不是天堂的景象吧？该不是我的幻觉吧？

就这一刹那，一阵强烈的幸福的渴望向我袭来：还有什么比不用拉纤不用扛两百斤重的排篮不用连夜通宵苦战不用雨淋日晒更叫人向往的呢？还有什么比放下饭碗冲个凉拖了木屐扑些痱子粉在额头上走出家门到弄堂口马路边"踢踏踢踏"地随意蹓跶更叫人羡慕的呢？——这就是幸福了！

人总要寻求幸福。被苦难蹂躏得近乎麻木的心，总有一天会被激活；对幸福的渴望与向往，总有一天会被唤醒。压抑愈重，禁锢愈深，一旦醒来，那向往，那渴望，会愈强烈，愈迫切，也愈切实。什么是幸福？幸福就是用"比今天好"砌就的阶梯；每一个"比今天好"的日子，便都是一份幸福。就像饿汉手中的一团冷饭，挨冻的人得到一件寒衣，旅人在茫茫沙漠里找到了一注清泉，累坏了的长途跋涉者有了一处可以躺下睡觉的窝棚……

这就是幸福了！——三次在沸水里蒸煮，三次在碱水里浸泡，三次在血水中熬煎，如此历经苦难而后生，才能敏锐而切实地去感受幸福的意义。

（原载《散文》1996年第2期）

1996年

徐成淼

穿越时空

选一个明丽得叫人心尖儿发痛的秋日，约了年轻的女孩J，穿过隧道，到山那边去看看。

一条铁路支线从学院东边绕过，连着一座横跨公路与河的铁路桥；桥的那一端就是隧道，黑咕隆咚的一个洞口，有点儿神秘，让你生出一个念头：穿过这洞，到山那边去，看看那边是什么模样。

到了洞口，J看我一眼，目光中有一分好奇，一分欣喜。洞里边一片黑，黑得有点瘆人，一股凉气迎面而来，使人有进入未探明的天然溶洞的感觉。走不多久，就什么也看不见了；我取出微型手电，拉了J一把。踩着枕木走路很无奈：一步一根，变成旧戏旦角走碎步了；两根一跨，又够不着。J说，下去，走边上。路基下的水泥铺板窄窄一绺，我和她不能并肩而行了，我走头里，她殿后。手电光只照亮一小圈地方，晕乎乎，叫人觉得梦似的。外界的喧嚣一点儿都听不到了，洞内是一种近乎绝对的静，静得只听见两个人的呼吸声。哪儿有水珠滴落，嗒然一响，引起了回声。怕吗？我问。不怕，她说。我驻足，回身用手电晃一晃，她对我一笑。一双眼睛特别明亮。

出了隧道，眼睛一时适应不了强烈的光，不禁眯缝起来。看看J，她头发上有几颗小水珠在秋阳下闪闪发亮。

哦，山这边竟是如此热闹，如此宽阔。一丛一丛的灌木，叶子通红，红得如同枫叶。稀稀疏疏的芦荻黄了，而芦花是白的，白得晃眼，这里那里，攒珠似的，肉质的小山果一团团一簇簇，正红得沸沸扬扬。阳光烤热了泥土，水汽蒸发起来。隔着这层无形的汽幕，那红叶，那红果，都袅袅娜娜地晃动，像火，流动着飘忽的火焰。秋天的山坡很热闹，秋天毫不萧瑟。

找一块背阴的高地歇下，前边是一抹丘陵，土地新翻过，条条犁沟，图案般好看。坎沿上有几窝荆丛，荆丛中伸出这样那样的草本植物，竟然开出细细碎碎的花来。铺开几张报纸，我与J并肩坐下。像是一座包厢，我说，前边是一个大舞台，帷幕是永远敞开着的，大自然的舞台永不落幕。J笑了，整一个桃源，她说，洞那边是学院区，大学城，快速公路，新建筑群；而洞这边，土地，山冈，丘陵，野树秋草；要不是有条铁路贯穿而过，直可看作是陶渊明笔下的“不知有汉，无论魏晋”之地了。

正说着，几条水牛踱进了画面，静止的构图动了起来，添加了几分生气。我取出相机，以水牛为背景，给她照相。她居然不怕牛，一会儿手搭牛背，一会儿手执牛尾，还脸朝牛头扮鬼脸。这几张相片，洗出来一定特别有趣。她高兴得笑了一串，笑声把牛也给惊跑了。

按事先约定，要朗诵，我们取出泰戈尔的《情人的礼物》；在自然的怀抱里，诵读这位自然之子的诗篇，别有情调。我和J约好，任意翻开一页读下去；我一翻，是第三十八节：

我年轻时在其中漂泊的激流，迅速有力地奔腾。春风毫不吝啬它自己，树上繁花灼灼燃烧；众鸟从不停止啭鸣而沉沉入睡。

我受热情的洪水冲击，以令人目眩的速度航行，我来不及端详和感受，来不及把世界融入我的身心。

如今青春退潮了，我搁浅在海滩上，我能听见万物深沉的音乐，天空也对我敞开了它那繁星的心胸。

J听了，笑着说：“挺适合你的，巧了，不过别退潮，更别搁浅。看我的。”她随手翻一页，是第九节：“妇人，你的篮子……”不要不要，她嚷着，我不当妇人。另外翻开一页，这回满意了，是第五十七页：

这个秋天是我的，因为她在我的心里摇摇晃晃。她的脚镯上的小铃在我的血液里叮叮当当地响，她的雾一般的面纱在我的呼吸里飘拂。在我的一切梦境里，我熟稔她那被风吹动的头发的拂拭。她是在户外颤动的树叶里，而树叶是在我生命的跳动里手舞足蹈；她那在蓝天里微笑的眼睛，又从我这儿畅饮亮光。

J读得动情起来。这一节很切合眼前的情境。不知为什么，我俩都不说话。有人声从背坡处传来，是两个半大不小的牧童。见了我和J，其中一个评论说：“是谈恋爱的。”一听此言，我脸上有点挂不住，J见了就神气起来说：“你紧张什么？这是对你的鼓励，嘉奖。”我一时摸不着头脑，细细一想，才懂得此言不差。到我这气候上，还能被误解为恋爱者，该是值得自豪的事情。就浑身松懈漾出笑意。

……山崖的影子在丘陵上越伸越长，遮去了一大片。牧童和他们的牛已经远去。饼干和面包吃完了，空饮料瓶滚进犁沟，秋风缓缓吹来。

再次走进隧道，电筒的微光再次亮起，J依旧紧跟在我身后，两人的脚步在隧道里引起了空远的回响。

突然感觉到脚下微微震动，洞外隐隐传来汽笛长鸣声。火车来了！我一把拉过J，让她贴着洞壁站好。只一秒钟，一股强大的气流就压了过来，轰鸣声排山倒海而至，一束强光将我，将J，将隧道的石壁与拱顶统统照亮。列车飞驰而来，整条隧道剧烈震动！

激情就在这一刻突然涌起，火山爆发，海啸升腾，瀑布自天而降，情感之波冲破堤坝：多好的秋天，多好的长桥，多好的隧洞，多好的丘陵和山冈，多好的红叶与黄花，多好的女孩和牧童。我想大声呼喊：我爱——！……

没喊完这一声，列车已全部通过，轰鸣声突然消失，隧道复归寂静，一点儿声音也没有了。叫人怀疑刚才那山崩地裂的震荡会不会是一个梦。

走出隧道，又回到了洞口的桥塆。阳光下，我俩对视一眼，同时放声大笑，笑痛了肚子，笑得咳呛起来。刚才为避火车，我俩贴身紧靠在隧道壁上，彼此脸上都蹭上了黑色的烟炱，成一对花脸了。

这模样儿，是参加化装舞会回来吗？……

（原载《散文》1996年第4期）

徐成淼

万国旗先生

“万国旗”只是他的诨号，真实姓名鲜为人知。

万国旗先生佝偻着脊背，迈着严重的八字脚，迟缓而步步为营地走在学院起伏不平的路上时，那些年长的、头发花白的元老们会指着他的背影，津津乐道地向旁人讲述他那些令人百听不厌的有趣的旧事。

“万国旗”这个诨号是什么时候开始叫起来的，已不可考，年代已甚为久远。那时候，万国旗先生的脊梁很直，胸很挺，脸盘子很帅；据说外语学院那些洋味儿十足的小姐们对他多存觊觎之心，万国旗先生更是神采飞扬。然而在那个时候，“万国旗”这个诨号实际上已经冒出了芽子。在大学宿舍里，万国旗先生选定要住上铺，上铺干净，不像下铺，谁来了都可以一屁股坐下，有时干脆仄了身子斜躺下来。万国旗先生独特的洁癖那时已露端倪，当然忍受不了下铺那种埋汰和皱巴。作为洁癖的极致在同学中流传颇广的实例，是关于他的“三级跳”一说。万国旗先生就寝上床时，每每有生动而令人忍俊不禁的惊险表演。睡前，万国旗先生仔细地洗漱完毕，反复冲净双手，就两臂上举走回寝室，很像外科医生戴了橡胶手套走向手术台时的姿态。他不再让双手碰触任何东西，行至床前，先一步跨上方凳，再一步跳上桌子，尔后从桌子上猫身一纵，跃上上铺，钻进被窝睡觉。在这“三级跳”的全过程中，万国旗先生始终保持双手上举的姿势，体态极为优雅，动作极为潇洒。这洁癖为日后他被冠以“万国旗”的诨号奠定了坚实的基础。

走出大学，万国旗先生有了自己的一间房；这大大助长了万国旗先生的洁癖，终于使出了惊人之举。

万国旗先生的中山装永远洁净而平整，即便旧得褪了颜色，也要洗得一尘不染。在中山装的四个口袋里，各揣一块手帕，手帕颜色不同，图案有异，以便区分；四块手帕，各司其职：一块擦眼，一块擤鼻子，一块抹嘴，再一块作脸面和颈部拭汗之用。在万国旗先生看来，用同一块手帕擦眼耳口鼻脸，会造成交叉污染，传布病菌。一个人讲究到这个程度，亦可谓世界一绝了。

手帕每天都得洗，一洗就是四块；得准备十几条手帕才周转得过来。万国旗先生在房中拉起一根绳子，把洗干净了的手绢儿一条挨一条晾在那里。这就好看了，五颜六色的手帕一连串横贯室内，微风过处轻飏而飘曳，极像当时许多公众场合悬挂的各国国旗。有好事者灵机一动，将此景观称之为“万国旗”；“万国旗”的诨名自此被叫开，而且流传深远。

如今万国旗先生老了，落实政策后按离休对待，独自住在校园一隅的一间平房里，平时难得露面。要到发薪的日子，他才佝偻着脊背，颈上挂一个永不离身的帆布包，用双手捂住，迈着撇得很开的八字脚，向院本部走来。一身中山装依然洁净，只是裤腿处增添了一袭蓝布裤套，将裤脚与鞋口一齐笼住，以便阻挡山道上随风而起的尘埃。

万国旗先生孤身一人。在他因懂两门外国语而被定为特务的日子里，夫人离他而去。平反后他绝口不提再娶之事，而且不再与女性交往。这事儿又被他做绝了：领工资时他不从女会计手中接钱，要放在桌上，他才伸手；在公用水管处洗衣，见有女子来用水，他便起身恭退，于一旁静候，直至那人离去；一次乘公交车，女售票员见他行动不利，上车时拉他一把，他竟大声叫喊：“别碰我！”……万国旗先生像躲避尘垢一般躲避异性，是有什么隐痛沉积于心，还是有别的什么更深层的原因？夫人无情无义，在他心中烙下如此深刻的创伤，竟使他再无力承受女性倩影的一瞥惊鸿吗？他的脊背日显弯曲，到头来，除了低头直面苍黄的土地之外，万国旗先生已不再凝视世间别的任何事物。

每一个生命都是一部传记，每一部传记中都有许多欢悦与痛楚，都有种种陈伤与隐衷；别看他无言，无言的山丘下面，该埋藏多少往事，多少悲欢！

近日又见万国旗先生，他的背更驼了，下巴都快抵到胸口。然而一身中山装还是那么干净而平整，裤腿处的布套还是那么严实，一粒尘土也进不去。走在路上，还是八字脚，俩脚尖分得很开；步履更显迟缓，而每一步，还是那么沉稳，一丝儿都不摇晃的……

（原载《山花》1996年第6期）

曾从技

拥抱平凡（节选）

小站“老家伙”

三十多年前，铁路开始在古老高原上蜿蜒，把一个个小站种植在悬崖峭壁间，于是便有壮汉同火车一起开进深山扎根小站。斗转星移，光阴日月弹指间逝去，高原壮美依旧，大山巍峨依旧，小站更加生机勃勃，可壮汉却褪去了往日的风采，躬着腰、颤抖着腿从领导手里接过了红彤彤的“退休证书”。

烫金大字紧贴心窝，胸中涌出感慨万千。难道当年一顿吞下半斤干米饭、挥舞洋镐呼啸生风的著名养路工，从明天开始就丧失了劳动权力？真不敢相信。可一回头瞧见比自己高出半个头已当了车站值班员的儿子，仰望门前当年结婚时栽下小树苗而今已成为小站风景名胜的两株大树，再巡视两间屋子几面墙上按年月排列的几十张奖状，方才觉出自己实在不应该再年轻。于是长叹一声“好汉莫提当年勇啊”，仰脖子灌入三杯热酒，倒头便睡。心想再无迟到之牵挂，放开量认真睡一觉，把几十年来巡道、抢险耽误的瞌睡补回来。

谁知天生的苦命，一觉睡出毛病来。两天时间不到，头重脚轻浑身酸痛，心慌意乱茶饭不思。亏得老伴一口口喂了几大碗姜汤方才能起身下床，有幸赶上了段里组织的劳模海滨疗养活动。

火车好不容易开出了山，老汉张大嘴发不出声。嗨呀呀，这山外的世界真精彩，这大海竟然比大山还大呀。老人心旷神怡，准备好好享受几天高级待遇。哪晓得硬是没有这份福气。白天跑累了，夜里钻进鸭绒被静静躺在席梦思上，脑子突然一片空白，然后神呀、鬼呀、虎豹豺狼加外星人倾巢出动，龇牙咧嘴横冲直撞。老人面色煞白，无论如何不能入睡，两天下来人就走了形。急坏了带队干部，忙坏了护理人员，又是海水浴又是练气功，理疗外加服安眠药，却总不能解决问题。最后一位心理学专家在了解老人生平后警告带队者，立即送回原来的生活环境中去并且只能乘火车，否则要出大事。科学果然就是科学，当救护车驶近火车站，隐约传来了风笛声，老人长嘘一口气眼一闭顷刻间打响了呼噜。枕着有节奏的车轮声美美睡了两夜回到小站，老人早已康复得红头花色、精神焕发。下车郑重宣布，今生今世再走不出大山，再不离开铁道，咱是既玩不了外面的格，更是遭不了那份洋罪。

没日没夜思来想去，终于认定小站人必须保持小站人的活法。虽退休却没退党，只有朝前没有退路，找点活路干义务犯不了多大错误。于是邀几个“老家伙”钻拢一堆，组织起了“退休职工保安全行动小组”。边递报告边开展工作，早晨起来围着车站走一圈，看看道岔和扳道房，再看看值班室和安全揭示牌。平常赶集买米买菜，十几里地不走公路走铁道，发现不安全因素赶紧报告。见到小青年作业不按标准，指着鼻子骂娘。夜里横竖不能早睡，摇把蒲扇到值班室监督儿子接发列车。洪水季节未到，串联一帮“老家伙”徒步巡查段管内二百公里线路。顶风冒雨、跋山涉水，检查每根钢轨，每根枕木和每颗道钉。半月下来，脸面黑了一档，皱纹深了一度。当一双筋暴暴大手把几十页《防洪报告》送到段长案前时，儿子辈的领导双眼潮湿了。他提笔批示：“段领导中心组认真学习讨论……”

再后来，老人便走不了远道，只把足迹重重落在小站范围内。走走停停一天转下来之后，总要在夕阳西沉时，一步步爬上山坡最高处，把一双老眼深情投向小站，投向通过小站的一列列火车。白发银须在霞光中飘逸，很有一派仙风道骨，让仰望者想到很多很多……

终有一日，老人躺在小站的木板床上动弹不得，全站区紧急集合把他送进医院。病床边守候着老伴，床头上放一录音机。每当医生嘱咐让病人睡觉时，老伴就按下键钮，病房里一声风笛长鸣后响起铿锵的车轮声，老人微笑着慢慢入睡。

临终前，老人生命之火久久不能熄灭。他竭力想张嘴说话却不能，其痛苦之状令人心碎。突然，病房门哗啦一下被推开，下了夜班挟着小站风尘急匆匆冲入的儿子“咚”地跪倒在地泣不成声：“爸，您老去后，我一定将骨灰背回去埋在小站坡上您常坐的地方。让您天天听到火车叫，看到火车安全通过。”老人头一点立时断了气，脸上呈现出满足的安详。

一抔土丘在山坡上隆起，“老家伙”化为山脉却依然拉扯着小站。过往的列车长鸣风笛，向老人致敬。

小站“爷们”

火车在高原茫茫云雾中奔忙了三十年，不但没有拉空山们的奉献，而且越拉越感到力不从心。继蒸汽机车之后，内燃机车没有威风几年也发出了不堪重负的呻吟。于是，向科技要生产力，高原铁路又开始了电气化改造。比强大电流更早奔小站来的是接触网工区一群朝气蓬勃的年轻人。他们胸前别着两支钢笔，手里时时握本杂志，好一副学富五车、踌躇满志的派头，帅。他们三五成群身披晚霞指点江山的潇洒，为小站增添无限风景。

年轻人是把火，钻进山沟没几天，便把往日冷冷清清的小站闹腾得沸沸扬扬。他们头脑聪敏、四肢发达，技术进步快，活路干得利索。但他们的热情没能保留几天便冷却下来，小站有外面世界没有的青山绿水，更有外面世界没有的清苦生活。当欣赏风景的新鲜劲一过，小站就让年轻人第一次尝到了失望的滋味。在学校天天把路徽挂在胸前骄傲极了，总喜欢把铁路工人同火车司机的高大形象联系起来思考。做梦也没想到，等待自己施展才华的是这山沟里巴掌大的小车站，一天到晚除了爬检修车就是吃三顿干饭。连人影都见不到一个。真是生不逢时，英雄没了用武之地。于是觉得一切不顺心，满世界的没意思，决心换一种活法，费尽心机寻求刺激。

领了工资首先批发烧酒，胡诌一句“壶里乾坤大，杯中日月长”，仰头便干，寝室里二十四小时酒气熏人，空酒瓶占据着大半个房间。喝完酒无事可做，一甩长发到厕所墙上习书法，挥舞拖把龇牙咧嘴地画五个斗大汉字“天下第一关”，天天上茅房摇头晃脑自我陶醉。星期日上山，挖回一树根，酷似无头女人，腰细腿长，胸部圆圆高耸。为弥补美中不足，在墙上画一脑袋披头散发如梅超风，将树根移置墙边与“头”相连，远远望去，好一个妖艳妇人搔首弄姿万种风情，看得小爷们心痒痒似有小虫在爬。下班途中顿生邪念，钻进青纱帐掰两个苞谷棒子别在腰上，碰到农民抓小偷，捆打一顿再游乡。工长气冲牛斗，一声呐喊率队伍奔赴前线，与农民棍棒相加好一场鱼死网破，双方都有挂花流血。公安局解决问题，各抓几个关进围墙里。工长恍然大悟，锅儿真是铁铸的。兄弟蹲了大狱，怎么向伯父伯母交待。悔恨交加，卧床不起，三天水米未进。

就在这时，段里下来了段长与书记。经过调查研究，他们语重心长做了自我批评。小站工区文化生活条件太不适应新时期年轻人精神生活需要，使年轻人理想与现实发生碰撞，走入怪圈引起震荡。解决问题的办法，一是进行理想教育，一是自己动手迅速改变小站文化生活条件。书记做完报告就挽起袖子说声：“干吧，爷们。”挥臂向荒山挖下第一锄。紧接着“干！”的吼声在山壁间碰撞好几个来回。年轻人憋足的劲爆发出来，锄头雨点般砸下，山沟里升腾起“南泥湾”的雄壮旋律。爷们最大的优势是精力旺盛，体力恢复快。肩上晒脱皮，手上打起血泡，累得直不起腰，倒下床两腿拉伸风笛样打一夜呼噜，第二天爬起来又鲜活如初，继续挥动锄头挖山不止。就这样一锄又一锄，一筐又一筐，半年天气不到，硬是挖掉了半匹山，平出了一块地，修成了半边篮球场，盖起了小舞厅，建立起了流动图书室。

秋日里，当山坡上挂满了沉甸甸的核桃和板栗时，小站爷们登高俯瞰，哈哈，这就是咱们的工区吗？美呀！跑回寝室填写日记：靠自己的双手建设工区，不但改变了生活环境，也改变了我们自己，使我们懂得了许多人生的道理。他们从这里看到了自己的力量，看到了小站和小站人的前途。他们感谢小站，爱上了小站。

于是，小站爷们在小站开始了新的追求，酿造生活的美酒。喜欢打扑克的，研究上了桥牌，枕头上码起半尺厚的桥牌书籍。“天下第一关”的作者坚持练习硬笔书法，好动的几个组建乐队培养歌手，好静的一拨办起了“路草”文学社，学写诗歌与散文。下班回来，各自操起家什演练，互不干扰，互相鼓励。日子过得平淡而充实。

火车飞奔时光流淌。小站爷们脸上胡须更黑棱角更分明，显现出小站样的纯朴和坚毅，他们一步一步稳稳地行进在小站的铁道上，很少做先前那些离开小站的梦。可就在这时，他们以自己的奉献走出了小站。那趟慢车天天带来好消息：张三的书画和根雕作品同获分局艺术节二等奖，李四创作的歌曲《哦，小站》编进了路局的集子，桥牌打进了省的乙级队，工长在全路技术比武中勇夺冠军，设备保养在部里挂了号。局里、部里的领导到小站视察，紧紧握住他们那一双双富有创造力的手……小站因此名声大振。

再后来，小站又添一幢家属房，几位当地出众的农村姑娘羞答答搬进来做了主妇。窗棂上的“喜”由红变黄，由黄变白，又一个春暖花开时节，小站上传出了婴儿啼哭声，新一代小站“爷们”降临了小站。

小站生活自此滋味更浓。

小站“婆姨”们

铁道线银闪闪在深山野岭中盘旋，执着地伸向远方，而一个个小站却电焊似的悬挂在半山腰——三两股道，四五间房。

先前的小站，著名的阳盛阴衰。高级动物自不待言，偶有山耗子横穿铁路，捉来检查也皆是雄性。汉子们上班各自干活毫不含糊，下了班聚在一起甩“老K”喝烧酒侃大山，另有一两支洞箫在岩畔悠扬如诉如泣，感动得天爷就要落泪。每天一趟载着女人笑脸的火车匆匆驶过，小站便激动得颤抖。谁家女人反探亲住上两周，小站的节日就要持续半月。牵挂着庄稼和崽娃的女人一步一回头默默离去，小站的天空顿时暗淡下来，寒气透心凉。

20世纪70年代末期，一阵春风吹拂小站，漫山遍野桃花火样燃烧。百岁老人皆言从未见过此等景象。于是有好事者宣称，小站汉子们交上了桃花运。谁知被他不幸言中，半年工夫不到，女人们果然争先恐后涌入。先有半老徐娘将责任田转让亲戚朋友，带了一双儿女和铺盖卷奔老公而来；紧接着是貌美待业小姐自愿嫁给了养路工；更有可亲可敬者——站长在都市上班的娇妻，竟毅然辞职告别姐妹，硬顶着一片唏嘘只身赴小站，一头扑进了大山和爱人的怀抱。

于是，倾斜的小站逐渐倾斜回来，站史翻开了崭新的篇章，一个不太完整的小社会在铁道与山岩的结合部悄然发育——平房顶上弥漫开袅袅炊烟，工棚边角传来了狗吠鸡鸣。房间门上垂下了蜡染帘子，女厕所不等剪彩便提前开业。夜里灯是熄得早了，可清晨灯亮得更早。“老K”照例甩，却听不见污言秽语；烧酒依然喝，却没人敢酩酊大醉。洞箫当然继续悠扬，可音调却高出了好几个八度，吹得天爷白日黑夜晴朗朗、明亮亮。电台广播说高原的气候发生了显著变化，“天无三日晴”的老皇历失灵了。

女人们给小站带来了活气，更带来了福气。那年冬天，局长和书记现场办公眉头紧锁，离开时狠狠一挥手，施工队伍就开进了小站。一阵喊里喀嚓，站房便穿上了新衣，站台便围起了栅栏，工区矗立起楼台亭阁，弹指间小站旧貌换新颜。省里领导来视察，老远就赞：“呵，好一座小花园。”更能吸引住人的是灯火辉煌的文化活动室里，大彩电奉献出绚丽图画，大音箱欢唱着优美旋律。男人们咳嗽一声站起来亮开烟锅巴歌喉抒发感情，女人们挤成一团前仰后合直不起腰，欢声笑语在山野里久久回荡。

谈笑间，女人们突然有了新发现：“好个婆娘你在变”“未必你个大嫂没有变？”说来也怪，先前在老家，年纪轻轻浑身便没有了水分，面上皱纹雨后春笋般成长。搬进大山，风沙铺天盖地原以为会干得更甚，可邪乎，三两月天气一过，不知不觉中，头发黑了油了，眼睛小了亮了，脸上有红有白，面皮一天紧似一天，凹下去的胸部重新鼓起来，臀部更是浑圆得史无前例。镜子面前一站，半天不敢自认。“呀”了一声，方才觉出自己是女人，方才觉出女人是离不得男人的滋润。于是，信心倍增无端骄傲起来。学了电视里的小妞互相梳起了公鸡头；赶火车进城买了珍珠霜和健美裤，把自己从里到外重新包装一回。男人进门吓一跳，以为窜进了拉客的。女人翘嘴教训：“懂啥，这叫美化生活。美得迷了你离不得家，离不得小站。”男人兴奋得高叫一声张臂就要拥，女人腰肢一闪，操小跑端出热气腾腾饭菜，退至一旁静观男人狼吞虎咽，风卷残云。那神情呀，恰似艺术家欣赏自己的得意作品。

日子就这样一天天朝前奔，女人们就这样爱上了小站。她们爱得好投入，爱得好深沉。逢人讲话，开口闭口我们站，我们工区。站上有点小事，她们放下家中的大事跑得风快。旅客中有人生了病，她们背到自己床上躺。山洪暴发冲断了线路，她们把儿女反锁在风雨飘摇的平房中，扛了家什与男人并肩冲进抢险工地，一干就是几十个小时。半夜三更，巡道的男人突发了重感冒，按到床上灌碗姜汤蒙头大睡，自己背了工具摸黑上路，在昏天黑地的莽莽大山中紧咬牙关昂首挺胸朝前走，履行着铁道卫士的神圣职责。目送一列列火车安全通过，聆听司机们发出的致敬笛声，那心里头涌出的骄傲哟，可不是几句话能够向姐妹们抖得伸展的。

呵，这些被人们唤作“家属”的小站上的婆姨们，已经把自己的整个生命和全部感情同小站紧紧相连，她们和她们的男人们一道酿造着富有小站特色的五味生活，创作出好多好多美丽动听的故事……

小站“崽”们

火车蛇样盘旋后怒吼一声扬长而去，热闹一阵的大山迅速恢复平静，只余下小站孤零零挂在岩畔。如此春秋几度风雨几番，镐头砸坏几把，尚未完全发育成熟的小站便开始敲锣打鼓男婚女嫁，相跟着便有了夫妻们的作品问世。自第一声婴儿啼哭开始，小站人的价值观就发生了质的变化。打招呼再不询问吃了没有，开口一句“你家崽呢？”平平常常四个字，包含着好丰富的内涵，凝聚着好厚重的寄托。

前些年为了崽，小站人掏尽了心，耗尽了神。可他们能给崽们提供的除了一天三顿饭，就剩下望不到顶的山，眺不见底的涧，飞驰而过的火车。崽们最现代的游戏，便是扣了爹的大盖帽，手握信号旗杆（心目中的冲锋枪）走“一二一”。崽们三病两痛，拦停列车摇晃几小时赶到医院，感冒早烧成了肺炎。崽大要读书，翻几匹大山交高价读农村民办小学，听不懂老师的苗语授课留级再留级，高小毕业块头比爹高大却不会打算盘。更有苦命的崽放学途中或被突发山洪卷走，或让火车轧成残废。

先前尚能安慰人的是，女大嫁出去了事，儿大顶替父亲扳几天道岔又成长为了师傅。可改革后不行，进招工考场连续几年数理化加起来不足五十分。老实巴交的父母摇摇头自认倒霉，养几个胡子一大把的崽在家吃闲饭。有些造反精神的父母携三个儿女上访，质问领导——张四家崽个个上得班，为何我家一个上不得，难道老李干一辈子铁路没有功劳却犯下了弥天大罪？非要局长说说清楚。局长心平气和微笑回答，朝前看，面包会有的。回去做好准备，咱们一起干。

局长一言既出，火车都拉不回来。他带领小站人搞文明线建设。车站盖文化室，工区搞庭院化，半年时间不到，小站便丰满妖娆起来。更让小站人惊喜的是：分局在城里头建了高楼，招小站大的一茬崽去当服务员，在大站修了好漂亮的学校接小站小的一茬去住读。一天三顿大锅饭管饱，夜里有生活老师掖被把尿。星期六免费坐火车回去看爹娘，一家三口在站台会合。皎洁月光下，崽蹦出车门脆生生唤一声：“爸、妈，晚上好！”小站人心一颤，两行热泪流。横竖睡不着，半夜开灯细端详，从头看到脚。真不敢相信，一周不见，崽又长大了这许多？

小站崽们并非天生的笨。雄奇的大山铸就了他们坚韧不拔的性格，灵秀的清泉滋润着他们无瑕的心田，特殊的生活经历和求学方式，强迫他们提前成熟。学习条件一经改善，潜在的能量就迸发出来，闪闪发光。他们躲在角落里不多说话，咬着坚毅的嘴角埋头读书，几个学期如一日。正当暑热尚未退尽，山野里硕果累累之时，一条爆炸性新闻让山风阵阵传颂——铁路子弟中学高考升学率实现零的突破，且有养路工的崽考入了北京的最高学府。哈哈，还是前人总结得好，千年的铁树果然开了花，山沟里硬是飞出金凤凰。

火车司机们获得了这喜讯，来来去去把风笛踩得震天响。于是群山起舞碧水欢唱，小站沸腾开来。人们脸上放出红光，眼里噙满泪水，杀猪宰羊摆流水席大宴三天。站长总嫌吃客太少，冲进候车室，把上下车的旅客拉过来坐下便喝。

青山醉了，绿水醉了，可小站人格外清醒。他们备好文房四宝，唤“小状元”净手后给分局领导写信。站长摇头晃脑念一句，嘴角茸毛开始发黑的“愣头青”写上一句：“……城里人有的我们有，城里人没有的我们也有。小站崽上了学，上了班，我们还有什么后顾之忧？饮水思源，我们一定好好干……”

密密麻麻一张纸足有千斤重，全站区人民一一传看。末了异口同声赞叹：“果然一笔好字。”站长笑哈哈伸手要揍崽的屁股。猛回头，崽们早已纠集一起，沿林荫道跑得高远了。却把一串串歌声、笑声、吆喝声，撒得漫山遍野炸豆般乱蹦……

（选自《拥抱平凡》，贵州民族出版社，1996年7月；

《拥抱平凡》获贵州省第二届“新长征”职工文艺创作一等奖）

1996年

王尧礼

丙子仲春某日纪事

清晨，正拥被高卧，同事刘君不期而至，言拟种花果于楼顶，知道我有朋友在平坝乡下经营种植业，想请我带他去寻求树苗。此属雅事，不便相拒。今春尤多寒雨天气，久思一出而不可得，整日局促室内，看窗外冷雨淅沥不绝，心中颇感闷损，今天正好趁机游春并探访故人。

天色时明时晦，酥雨扑窗润面，沿路草青树碧、桃红李白。春好如此，昨晚晏寝的倦意为之荡尽。车行两小时，近午抵友人果园。但柴扉紧闭，我高呼友人大名，无人答应，惟闻犬吠数声。无奈，只好立篱边等候主人回来。友人原供职省城某单位，因故落职，回乡事农，艺果数亩、养鱼一池以自给，筑土屋两间而居。娶附近农场女工为妻，育一女已三岁。过着日出而作、日入而息的生活。

等候移时，鬓发缀满雨珠，饥肠辘辘，而主人迟迟不归。正欲越篱掘苗，友人回来了，见二不速之客，大喜，急邀入屋；稍后，其妻亦携幼女归。于是烹茶、炊食、买酒，我与刘君移步观园，寻掘树苗。

园中所植，以葡萄、蜜橘为多。葡藤新芽怒茁，如绿蚕附枝，蠕蠕欲动；未芽者为年来新栽，看似枯干，实则皮下生机郁勃。蜜橘是经冬不凋的，有了它，这片黄土即使在最萧瑟的季节，也翠色逼人。此二种皆佳品，实大而味甘，前年蒙友人相赠，至今不忘。

树隙种蔬菜，有莴笋、胡豆、豌豆、葱、韭之属。

园濒小河，上通红枫湖，登高可见红枫湖的一角烟水，舟楫缥缈，笛声隐约，真是一幅米家山水图。弱柳十余株，夹岸而生，绿绦轻拂。河瘦水清，藻荇交横，细鱼出没。有二鸟穿梭雨空，上下翻飞，我问刘君是什么鸟，刘君笑答：你连燕子都不认识了？我岂会不识燕子，只是久不相见，对面而不敢认了。老杜的两句诗“细雨鱼儿出，微风燕子斜”，正可借来一用。

友人备饭毕，唤我们回屋。菜是炸鱼干、蒸腊肉及甫摘自畦中的鲜蔬，酒是近村土醪，皆清隽醇厚之物。饭间，友人说这里多雹灾，且近年果贱，以此为生日见其艰。饮至酒酣耳热之际，已是下午四点。遂辞别友人一家，傍晚回到长满高楼、飘满浮尘的省城。

刘君带回果苗数种，计葡萄四、蜜橘三、桃一。

（原载《花溪》1996年第8期；
《散文选刊》1997年第7期选载；
2008年收入散文集《土醪集》时改今题）

杨 村

地 楼

我出生在地楼里，好多人都出生在地楼里。所幸或者不幸的是我不会在地楼里悄然而逝，至少不会伴随地楼相始终。而好多人呢，则要伴随地楼度过一段漫长的岁月，然后与地楼一同陈腐而后消失。

地楼，在黔东南腹地里是十分常见的。要是时间倒转三十年，你清早从黔东南州府凯里出发，就可以乘一叶扁舟在清水江上顺水漂流，第二天傍黑时分，便可停泊在一座小小的县城码头里。那座小城叫作剑河，刚好坐落在黔东南腹地里，境内散居着一种称为苗族的山民，这种山民占全县总人口的百分之五十六以上。但这些年代已经不可能乘坐那种浪漫无边而又险情迭生的扁舟了，你只能乘坐汽车在柏油路上奔驰，三四个小时即到。那种扁舟便只是探险家与渔人的专利。到剑河之后，当然还可以乘着汽轮拨水而下，经过贵州的锦屏，远达湖南洪江安江以远。下车之后，逼人的是一条狭长的小街，依次是密密麻麻的敞开来的门市，陈列着从江浙及湖广等地进来的成衣，也有柳州糖果云南香烟与贵州的辣酒。因为就那样一条街直穿东西，过往的人客便特别密集，街面便显得十分繁华。但那些街边的楼房却特别地高而拥挤，与你所想象的地楼相去甚远。那么，你务必去长途汽车站那儿踏上一辆尘埃满面的客车，让它带你继续往山里奔跑，到生产林木与山民聚居的地方去，那种我要给你介绍的地楼便俯拾即是了。

地楼通常依山而建，三间四列，每列五柱子四瓜，一层楼，以地为坪，屋高五米到七米不等。中间一间的前边比其他两间凹进一米左右，叫作朝门，朝门都要打向一个醒目的山坳。看地先生有句顺口溜叫作：阴地打山尖，阳宅向山坳。其中的奥秘谁也说不清楚。地楼前后植些桃树、梨树，都是常见的，大小饲鸡在树上树下栖息、捕食，懒狗在朝门外蜷伏，便时有鸡犬之声相闻。我出生的地方就是那种养育山民的小山村。我出生的时候一村四十余户都是那种地楼格局，在我成长到四五岁的时候，便对地楼有一种深刻的印象和特殊的感情。那幢地楼坐落在全村的最下角，朝门之外是村上的公地，到了春季就种些苞谷和南瓜之类，有许多桑树在地里站成一排，南瓜的藤蔓经常在桑树上攀援，有时还会有花蛇在树上爬动。尽管如此，到了春末时节，我们还是喜欢攀在树上摘取桑葚子，放入嘴里就像吃上稀世珍果，冬天，站在檐下用竹竿敲击檐上的冰棒，欣赏钢琴一般的声音。再往前，就是宽敞的农田了，雨季过后，秧苗植上田里，仿佛一部打开来的大书，馨香也幽幽地漫溢开来了；田下是一条冰凉的小溪，养育着许多肥的螃蟹与会鸣叫的石鸡，那些肥蟹与石鸡又经常是我们诱钓与捕捉的对象。

我出生的地楼建于祖父一辈，后来为父亲他们三兄弟所共有。从外形一看，与其他地楼无什么异处，走进朝门之后，才知道地楼的布局十分简陋，中间一间的前部分是堂屋，后面是一个小而黑的睡房，两边两间各有一个火坑，另加一个小而黑的睡房。我与祖父睡在堂屋后面的睡房里，其他的睡房是什么模样儿我全然无知，大抵就是一张床，一只米桶与一只衣箱，如此而已。父亲排行老二，承担全家人的重负，伯父在远处当乡村教师，三叔尚小，一家八九口人就蜗守在地楼里，日出而作，日落而息，伴岁月流逝。可是，那种日子维持不了多久，伯父就提出分家了，但仍在地楼里居住在另一边的那间房，共一个屋檐，实际上就是将伯母与两个堂弟妹分了出去。因为伯父长期不在家，到了假日的时候才回家探望他们一次。再后来呢，三叔成人了，三叔母被接进了地楼，我们那个大家族便再次发生了裂变，父母亲带领我们五兄妹居住在堂屋的间子里。地楼显得拥挤不堪了。

我七岁的时候到距小村六华里的小学读书，之后渐去渐远，直到如今。这期间的漫长岁月里，每一次走进地楼，都有独特的情感与深刻的印象，这独特的情感与深刻的印象缘于家人那种幽幽的温贴和灼灼的企望。但每一次走进地楼也都有一些遗憾与悲凉，这是我的父老乡亲们所感受不到的——他们以泪与血、笑与哭写就他们的历史，但他们感受不到关于地楼的遗憾与悲凉。我的遗憾与悲凉或许缘于他们对于地楼的自我感觉太良好，缘于他们对于外面的世界的无知与麻木。地楼有温热的火坑，有脉脉的温情，但地楼也有呛人的黑烟，灰暗的烟尘。我留恋地楼的温情而无时无刻不想离开地楼渐远。

地楼就是那样悄无声息地站立着，傍晚或傍午时分，依样有炊烟升腾，依样有男女之声回荡，或温熨人心，或凶狠入骨，以独特的方式表达着人类的欢乐与愁苦。清晨时刻，无论灿烂的阳光照在朝门上，还是冰冷的雨水淋在屋檐那儿，地楼的主人总是戴着斗笠无牵无挂地出门，要么去割一担鲜嫩的青草，要么到田间去转悠一圈，然后回来端起妇人准备好的饭碗，以粗鲁的姿势吞食那些白色的饭粒，然后随意地将碗筷搁于火坑旁，就去朝门外打饱嗝儿。逢场的时候，他们依然戴着斗笠走出地楼，向几十里以外的县城奔走，掮着担子荡悠悠在街子上来来去去，末了，就近一家街边的露天锅摊，买冰冷的盘子下酒，然后化为一股股热汗与气力，歪歪斜斜地上路，回家。地楼是那样落寞，又是那样温馨，那种早早都有人步出地楼晚晚都有人走进地楼的情境，总让你感到人如鸟类，有巢而归。我不知道这个盛产林木的地方为什么要生产这些低矮的地楼？我的祖父以及祖父的前辈们又为什么要到那个依山而并不傍水的山腰上，一律以地楼的格式修建起那些山寨？那些地方让人类祖祖辈辈无比艰辛，让人类祖祖辈辈以泪与汗与血书写历史，而上辈们却别无选择一般地选择那么一些地方，这是为什么呢？我于是不得不去考察这些山民的来源，不得不去翻阅他们的历史。他们不是蚩尤时代开始缓慢地迁徙，经过千难万险，一边对抗强敌一边寻找安身之土，由南迁而西迁，最后才来到那些荒无人迹的高山峡谷么？他们虽然没有文字记载这地球上罕见的举动，但他们以歌谣的方式记叙下来，如今反复吟唱的时候，仍然令人回肠荡气，感心动耳，如同翻读一部伟大的历史书籍。于是好多不同国籍不同种族的专家都要投目于这部遗忘多年的历史，准备破解这地楼上的奥妙。

我已经离开地楼渐远了。我的父亲他们三兄弟也已经从老屋里分出来，另外修造了两幢木屋，其中的一幢仍保持着地楼的格局，但另一幢已经稍微有了一些变革，不仅较充分地利用了空间，同时也去掉了那个面向山坳的朝门，换之以一个宽敞的楼道铺排开来，无论晴天或雨天，都不曝晒在烈日之下或淋湿在雨丝里。但那幢稍微变革了的木屋比较起我在城里居住的现代化居室，实在还差得太远，我于是时常在想，地楼，你何时才能高大起来呢？

（原载《民族文学》1996年第8期）

周君良

想到了珍重

记得上初中时有那么几回，背着大人，和两三知己同学偷偷喝几口酒。那时向往长大，觉得大人好过瘾，想干什么都可以不受约束地干什么，而小孩子总要受很多约束，弄不好还要被大人打一顿。小孩子那时自然不是家里主人，也不像今天的独生子女如此受宠爱，但小孩子们也有一种主人意识或者争当主人的意识，于是偷偷地在一起喝几口酒，那感觉就特别神气和新鲜。

长大以后，特别是喜欢上读别人的文章和写自己的文章以后，好像就越来越离不开酒了。翻开一部厚重的中国文学史，有时真感到那是文人与酒的历史。我起初并不得其解，也说不上自己怎么就一杯杯喝起来。文章是一篇篇不断地写出来，酒也是一杯杯不停地喝下去。终于有一天发现和酒也很有些情分和缘分。前几年，妻在家凡是做了几个好菜的时候，我总要喝上两杯，独饮独乐，独饮独醉。有的夜晚自然体会到“花间一壶酒，独酌无相亲；举杯邀明月，对影成三人”那种酒意朦胧、诗意朦胧的意境。到后来，高兴的时候喝，痛苦的时候喝，朋友来了喝，我去朋友那儿也要喝。和熟人们在一起喝，和一桌陌生人在一起也得喝……竟还没感觉出自己已经成了贪杯之徒。如果彻底地分析开来，说是贪杯之徒也许帽子有些大，但却是有些离不开酒。人往往是越活越孤独，越活越沉重。酒无疑可以短暂麻痹一下自我，或解脱一下痛苦，或把痛苦变成短暂的一种快乐。酒在此方面的功能是其他之物难以替代的。

我似乎进入到一种饮酒大境界，并在我的第一部作品集的题记上，仿佛是带有几分尊严地写道：“粗犷又细腻，豪放又脆弱，刚毅又多情，执着又不断更新自我。酒后常常会落泪。”刚学写文章时，觉得铅字是很神圣的，而我又用神圣的铅字记录下酒后的一种状态，那酒对于我而言则更是神圣的。这时我开始体会和吟诵：“古来圣贤皆寂寞，惟有饮者留其名……五花马、千金裘，呼儿将出换美酒，与尔同销万古愁！”（李白）“对酒当歌，人生几何；譬如朝露，去日苦多。慨当以慷，忧思难忘；何以解忧，唯有杜康。”（曹操）“今宵酒醒何处，杨柳岸，晓风残月。”（柳永）……唐代大诗人李白，一代英雄豪杰曹操，北宋“羁旅行役”词人柳永的诗句，伴之于我，伴之于我饮酒的日子。在1993年之前，我每年差不多都要醉上两次。1992年有一次醉酒是在安顺以西的一个小镇上。那天我去先前工作过的一个工厂，那家工厂的厂长、党委书记等一帮朋友，开着两台车来到一家饭店，那气氛叫我没饮就先陶醉，结果是真的醉了。驾驶员送我到了父母家里，见到妈妈我感到好委屈，哭了，并问妈妈：“我算不算一个孝顺的儿子？”妈妈当然称道一番自己的儿子。若不是喝了那么多酒，我这年过三十的人，似乎是不会问妈妈那话的。

1993年我没有醉过酒，是没有让我醉酒的氛围。这一年我在深圳特区报社工作。独在异乡，心寂寞，人孤独，时而也喝上几杯，但总还较为理性。那边也有几位好友，但都是人在旅途，很疲惫，很无奈。你果真喝个大醉，谁有太多的时间听你倾诉？所以不是不想醉，而是不敢醉。加之那里的气候炎热，并且饮酒的习惯又和家乡有些不一样，不是像家乡这般死劝，大多数人喝酒时讲究随意，就是我们常说的“能喝多少喝多少”。

是生活本身的沉重，还是我这人追求成功的过程劳累所致？1993年底我得了肝病，诊断是急性肝炎。虽然病早已经痊愈，但医生说不要喝酒。到现在快一年时间，我再也没有醉过，在朋友相聚时，我也尽量不喝酒。可我这人又特重情，有时面对那无法拒绝的真情劝酒偶尔还是喝上杯把，举杯时心里在想：就舍命陪上一回吧，何必把生命看得那么重！而有时又无法原谅自己，怎能那样轻率地对待生命！我就这样从曾经的豪饮到如今在酒桌前徘徊。随之有好多朋友也就理解了我，原谅了我，这使我好感动，常常是不饮也兴奋。

日子还是要过，文章还是要写，朋友还是要去见，但如今的我，对酒是敬而远之，总不喝也就不想了。所谓瘾无非是一种习惯，习惯可以养成也可以克服。当然生命是属于自己的，也可以拼命去喝；我不是孤岛上的鲁宾逊，我是一个社会的人，那么这生命也就不光是属于自己的，它属于家庭，属于朋友，属于这个社会，于是又想到了珍重……

（原载《人民日报》1996年11月22日）

1996年

徐成淼

弯腰系鞋带儿

昨晚夜雨，淅淅沥沥直下到早晨。天亮之后，雨倒停了。这地方的天气，往往这样。

吃完早点，提了包赶去上课。从宿舍到教学楼，有条近道，是树木掩映的一条曲径，走的人不多。

从曲径顺山势往下走时，远远地，看见一个女子的背影，是赵青野，也在往教学楼走。赵青野是学院出名的美人，人称“赵小姐”。今天她奶白T恤牛仔裤，把个颀长的身材，包裹得无懈可击；一头长发，随意地披在肩后，随着她轻快的脚步一飞一扬。大概是太漂亮的缘故吧，赵小姐自视很高，有点“目中无人”，快三十岁了，还不成家。好几个男子先后出现在她身边，都没有实质性的结果。赵小姐仍然逍遥自在，高跟鞋敲出一路清脆，也敲走了许多时日。

正在此时，我听见前边啪哒一响，是赵小姐摔了一跤，一屁股跌坐在地上。雨后路滑，赵小姐未加留意，还是昂首阔步，这下坡路，一不小心就滑倒。

赵小姐站了起来，屁股后面一大块污迹。她扭身用手摸了摸，又翻过掌心看了看。转过身来……

我连忙蹲了下去，装作捆鞋带。不一会儿我直起身时，赵小姐已光芒四射地走向我来。她明眸红唇，黑发如水，牛仔裤将奶白色T恤紧束在腰际，勒出前胸优美的弧线。我知道她屁股后面有一片污迹，湿漉漉的，还很新鲜。但正面看不出，她滑跤的当儿，我不是正蹲在那儿系鞋带吗？我什么也没看到，我什么也没发现。于是和平时面对面遇到的时候一样，她朝我微微一笑，我也朝她轻轻颔首。我说：早上好！她答道：教授好！她从我身旁擦肩而过，我闻到一缕幽远而带着热带情调的芳香。

这就对了，赵小姐径直回她的住处，换上一条裤子，洗了手，再出门。谁也不知道刚才她曾啪哒一声跌坐在地上，谁也不知道她那条名牌牛仔裤沾了一屁股泥水。

要是那当儿我不蹲下身子系鞋带儿，又会怎么样呢？紧几步跑过去殷勤地问她摔疼哪儿没有？伸手搀扶，掏出手帕说要替她擦擦？敢情要不得。对赵小姐这样的人，在她弄脏裤子的时候，我最好蹲下去系鞋带儿，什么也没有看见，什么也不知道。

不仅是赵小姐，生活中很多时候都是这样的。遇到赵小姐这类事情的时候，最好的办法是蹲下去系鞋带儿，而不管鞋带是不是真的松了。米开朗琪罗雕塑《夜颂》题辞曰："只要世界上还有罪恶与耻辱的时候，不闻不见，无知无觉，于我是最大的欢乐。"程度有不同，道理还是相近的罢。

（原载《山花》1996年第11期）

1996年

徐成淼

塔影洄波

我又一次来到这座小城是在晴朗的六月天；还是那样一条很秀气的河，还是河湾那半岛形滩地上高耸着的石塔，还是不远处那一片总那么葱盛的丛树。我心中轻叹了一声：久违了。

陪同我一道来这儿出席一个文学研讨会的子敏总爱拿我打趣，她是我那些喜爱文学的学生中少有几个“敢”当面奚落我的刀片嘴之一。见我面对河湾、塔影、丛树两眼直直的样子，便扑哧一声笑了，说：先生故地重游，这一回是不是有点衣锦荣归的意思？我扭头斥道：什么呀！我还不至于那么俗气吧。

然而子敏的玩笑却确实触到了我心中的一番隐痛；往事如烟，触景伤情，与子敏一道在幽静的滨河大道上漫行时，当年惊心动魄的种种经历，恰似这汤汤河水，又一次难以抵挡地向我涌来。

研讨会开幕那天，子敏悄悄告诉我，当地一名年轻的女编辑对她说：我以为他是黑黑瘦瘦的，讲一口本地话，却不料……闻此我撇唇一笑，为自己不够黑而且不会说本地话而懊悔半天。弄文学的人就这样，比不得搞电影电视的。影视人略有名气就露头露脸，在银幕荧屏上频显尊容。我们这号人呢？人家读你作品多年，也不一定知道你啥模样，只好凭作品风格妄加揣测。那编辑小姐就猜想我黑瘦老头一个，而实际的我却微白稍胖，女编辑似感失望。不过还好，近翻文学期刊，见她写的关于做妻子做母亲的散文，依然文笔娟丽，想来我带给她的失望并未过分严重地纷扰她的灵感与心情。

研讨会还是很讲究的，当地文学界腕级人物差不多都来了，还有地方长官莅临。我作为会议的发起人之一，也给弄到“上座”。子敏又揶揄我了：有点像众星拱月，是不是？嗯？这回我啐了她一口，正色呵斥道：你这是小人度君子。我不过感叹风水轮回，世事沧桑，河东河西三十年罢了。于是我给子敏讲了一个故事：两年前，应邀参加一个规格颇高的国际学术会议，恰住在那家公安系统的宾馆里。与会者皆专家学者，且有外宾多人，会议乃属“二级保卫”，时有军警巡逻。瞥见窗外晃过保安员威严的身影，三十年前那一幕便闪电般的向我袭来：那时为交割一份意外情缘，我专程去了省城；对方是吃公安饭的，匆忙中将我安排在这家宾馆（那会儿叫招待所）住了一宿。不料因此掀起大波，上面查下来：怎么能让那种人住在这里！——“那种人”是哪种人呢？其实我还是我，无论当年还是现在；不过一介书生，性情中人而已。既不必严加防范，亦毋须如此保卫的。

我声音有点发颤，子敏也收起她那总是满不在乎的笑靥，脸色沉了下来。后来她说她发觉用通常的身价名声一类的概念来框我是走岔了道，这一切应当用生和死来衡量。

那天傍晚我和子敏从那座石拱桥的桥塊绕到半岛上。站在塔下，仰望塔顶，浮云游动，高塔似欲倾圮，感觉十分奇妙。一抹斜阳镀亮塔尖，如长剑辉光，直逼苍穹。

那一年也是在这个地方。风声太紧，我在单位熬不下去了，逃到这儿的一个学生处避避风头。他领我找藏身之处时也曾从塔下走过。看我那副落魄的样子，学生脱口说道：你这样子活下去还有什么意思！——一个惊雷把我打闷，眼望河水，我半晌没答上词儿来。

第二天下午会议安排登山，我腿脚不利没去。城内几位我以前的学生趁机把我弄去，要宴请一顿。子敏向来爱热闹，竟不惮忝列，也去了。席间笑语喧哗，真像年节一般。大伙儿说起当年的事，一迭声笑个没完。包括我被游街、戴高帽、坐喷气机、打翻在地再踏上千万只脚永世不得翻身等等，也沦为谈资，只够下酒佐餐的份儿了。我就想时间这个东西真是一服良药；多深的伤口，什么灵芝仙草都治不了，只要待以时日，便都能愈合。当初水深火热，那一关怎么也过不去，我那学生不是暗示我不如跳进塔下河中了此一生算了吗？现如今回头瞧瞧，万丈峡谷不过一条小水沟儿，一步就跨过来了。

从餐桌上退出，同子敏一道回住处。下坡时从那条起伏的石板街走过；青石依旧，在街灯下微显光泽，石块的边角，却被岁月磨蹭得愈加圆润。我跟她说起三十年前我第一次踏上这石板路时的一桩轶事，笑得她蹲在地上半天直不起身。那时我被逐出省城，背着个轻巧的铺盖卷儿来到此地。路过石板街时看到路边小铺里多处有一捆捆的薄木片儿陈列；木片边角齐整，包扎规范，有如旧时简册，研究半天也弄不清是干什么用的。我站在那儿傻乎乎地愣瞅着，头包白巾的大娘便上前问我买不买。我忙说不不。寻问之下，才知道那是生炉子引火用的，大名“明子”。子敏就是听到这儿蹲下身去的。那会儿我二十挂零，从江南都会来到这夜郎之国；孤身一人走在斜斜的石板路上时，何曾料想日后我竟会在这方地界演出一出又一出红红黑黑的活剧？如此我便突然想起台湾诗人郑愁予的一首诗来：

东风不来，三月的柳絮不飞
你的心如小小的寂寞的城
恰若青石的街道向晚
跫音不响，三月的春帷不揭
你的心是小小的窗扉紧掩

后面还有两句，背不全了。大概是说对于“青石的街道”，自己只是一个过客而已。管他呢，是过客也好，是归人也好，反正这是我这辈子待的时间最久的地方，从弱冠到不惑，比我在故乡待的时间还长。这就行了，我的命运与这方水土的关联就怎么也抹不掉了。

会议闭幕那天，晚餐后随意溜达，发现宾馆正厅面对的高坝下有条石级，曲曲拐拐，通至河沿，尽头处还有石亭一座。便喊来子敏，探步逐级而下。此处幽静清凉，四周丛树掩映，自有一番情韵。从枝叶间望去，河水迤逦，塔影孤直，远处桥上车来人往却不闻喧嚷。

说话间夜色渐浓，整座城市平静下来，塔影渐渐融入夜空。而这里那里的渔火却亮了起来，沿河街灯也排成一条火链，兀自辉煌。河面金蛇乱动，水声清晰可闻；哪里有鱼儿泼刺一响，该是某位垂钓者的又一惊喜。——好多好多年之后，记忆中许多场景也许都淡漠了，而今夜此时坐在石级下，面对塔影波光时的感受却会历历在目、鲜活如新。想这样告诉子敏，侧脸时，却见她身后花树间有人影晃动，是一对年轻恋人正紧偎着用劲地亲吻，我心中有什么跳了一下，便对子敏说，回去吧，不早了。

（原载《散文》1996年第12期）

潘廷祥

体味“残酷”

残酷何意？人们多喻为残忍到了极点。也许有人会说，美好的东西不去体味，偏去体味什么残酷？

前不久，我到一个海拔三千多米高的矿山开会，遇到一个笔耕十多年的驻矿记者。这位记者把“残酷”理解为当别人进舞厅、下馆子、搓麻将时，强迫自己博览群书，增长智慧，开拓视野。就是双休日，也要“残酷”待己，这种“残酷”待己给他带来了丰厚的回报，每年都有数十篇文章发表于报刊，被誉为“矿山秀才”。

海拔三千多米高的矿山，恶劣的气候本身就是极为“残酷”的，远离都市，生活单调也是“残酷”的，那位记者不但矿里矿外奔波采访新闻，还要对自己再三“残酷”。这种“残酷”是一种精神的升华，是一种催人奋进的牵引力，它对人生进程有了新的注解。奋发向上、勤学苦练、敬业爱岗、严于律己，使短暂的人生至少也能像流星一样划破夜空，留下瞬间的光亮。

倘若我们不懂得在宝贵的人生年华里“残酷”自己，就会在不知不觉中放纵自己。一旦放纵到松弛无度，自己不能把握人生的分分秒秒，人生年华便付诸东流。那位扎根矿山记者的“残酷”自己，是人生有悟的一剂良药，值得我们认真体味。

（原载《人民日报》1997年3月31日）

1997年

徐成淼

冷夫子

冷夫子一只裤脚高一只裤脚低，迈着像忍者神龟那样一种一跳一跳的步子，穿行在学院起伏的通道之间的时候，背后总会响起嘁嘁喳喳的议论之声。

一个小老头也会有“回头率”？也值得人们议论？冷夫子可是地地道道的夫子，他为人拘谨，除了讲课做学问之外，一向目不旁视，真个是两耳不闻窗外事的典型书生。就是在讲台上，两眼也只盯着讲稿和黑板，他“目中无人”，自始至终不看台下的学生一眼。看了也白搭，冷夫子高度近视，眼镜片比啤酒瓶底还厚，一圈又一圈，像射击场上的靶子。都说眼睛是灵魂的窗子，冷夫子的窗子却被啤酒瓶底遮了个严实；窗户关闭，你看不见他的心灵，一种神秘感就油然而生：这家伙，心里到底在想些什么？——嘁喳之声乃不能免。

这就不妙。他上课的时候，没几个学生认真听，都琢磨酒瓶底后面的神秘去了。冷夫子的口才也够糟的，那哑哑的喉音毫无磁性，一口带着民国年代腔调的方言更老旧得直掉灰尘。这么个又矮又瘦又丑又瞎的老头子怎么会混进大学里来的，谁也闹不清楚。有人说，人不可貌相，冷夫子肚子里有东西。什么东西？说是他对王阳明学说什么的特有研究，早年有好几篇文章发表在北京的刊物上。这恐怕是真的。要是里里外外都糟，“文化大革命”中冷夫子就不会戴那么高的纸帽，关那么久的“牛棚”了。

不过冷夫子的老婆还是被“革”跑了。被“革”掉的，还有他好多年的工资。平反后，工资补发，老婆却没有回来。冷夫子揣着一笔在当年相当可观的钱，单身一人回到了学院。他立即成为学院的新闻人物，首先是对那笔钱的数目的揣测，有说一万，有说两万。那当儿，“万”可是人们心向往之而又高不可及的数字。更何况这笔钱又引出冷夫子的另一条新闻：一向拘谨木讷的冷夫子很快娶了个黄花闺女，说是才二十出头。这可爆出了个大冷门！家属区的婆娘们更是绘声绘色，说冷夫子拿钱为那闺女家造了栋青砖黑瓦的大房子；看来亲家翁是个“李顺大”，想屋想疯了，只好拿女儿换。可婆娘们又说，什么呀，那闺女压根儿没让冷夫子碰；房子换来个画中人，这又算得个什么事儿！不久，“画中人”被安排在学院的小卖部站柜台，店堂里突然拥挤起来，一拨人走了另一拨来，多半不买东西，是要一睹冷夫人年轻漂亮的风采。面对一双双写着问号和叹号的眼睛，小女子皱紧了眉；心里一烦，不干了，乘那股经商风跑回乡下，自个儿开了爿小店。

这下子冷夫子又矮了半截，耳边常飘过“人财两空”之类的风凉话；他只好眼睛看地，一只裤脚高，一只裤脚低，迈着忍者神龟那种一跳一跳的步子，慌慌张张地回到住所，关严了房门，轻易不再露面。

这么整日卷着两只裤管，而且一只高一只低。人又瘦，露一截脚胫出来，皮包骨头，整个人就更显委琐。人们不禁犯疑：干吗裤腿儿要老卷着？干吗总是一只高一只低？有好事者又促狭了，在“啤酒瓶”之外，又给他取了个诨号：“高低杠”。

直到一位姓杨的教授出场，这事儿才算有了结论。杨教授也搞王阳明学说，一天摸到冷夫子那里，要跟他交流交流。敲门声叫冷夫子好不激动，听说来意，更来了劲。话匣子一打开，冷夫子竟大发宏论，滔滔不绝，那缺少磁性的一口土话，也变得滋润起来。学术交流告一段落之后，两个老者扯了一会儿家常。杨教授说，人家说你“高低杠”，这是他们不懂。我知道你是怕弄脏裤脚，路上灰大，出门时就把裤脚卷起。你走路又跳，一跳一跳，裤脚的卷边就往下掉，哪能两只一起掉呢？总有先有后嘛，一只多掉一点，一只少掉一点，不就一只高一只低了吗？有什么好稀奇的！——这可是杨教授的重大科研成果，比王阳明研究更叫冷夫子心动。闻此冷夫子百感交集，悠悠往事一齐涌上心头，厚厚的瓶底后面居然有泪光一闪。他上前一步，一把抓住杨教授的手，老杨啊，他叹道，你真是我的知己！

冷夫子还有一癖，也挺特别：厨房里挂一盏贼亮的灯，怕有一百瓦，而且彻夜通明。这是为的啥？也有待于杨教授进行研究。莫不是生命过于黯淡，冷夫子要借助电力，来增加他生命的亮度吗？

我的前阳台正对着冷夫子家，常看到贼亮的灯光下，他在厨房东摸西摸的样子。我在暗处，又居高临下，可以看得一目了然，像看无声电影似的。瞅着冷夫子独自在那摸摸索索的身影，我心中间或也会升起一丝凄凉之感来。这么个孤老头子，说起来是有老婆的，而且年轻漂亮；然而事实上他只能与寂寞同在，只有自己与自己的相伴。

没想到有一天晚上，冷夫子又来了个惊人之举，无意中让我窥见了人生隐蔽的另外一面。那天深夜，我赶完一篇长文到阳台上伸伸腰腿，却见对面冷夫子家，灯光依然通亮，冷夫子还在那儿缩着颈子忙乎什么。好像在弄吃的，手上捏了双筷子，东边挑一下，西边挑一下。少顷，他从锅里搛了点东西出来，一阵热气飘过，冷夫子侧了脑袋张嘴去啄筷子头上的食物。咀嚼片刻，冷夫子突然举起双臂，头脸上扬，一脚顿地，转起圈子来。肩膀一耸一耸，动作夸张而有节奏，像新疆人唱着“亚克西”跳舞的样子。好个冷夫子，居然还有这一手。半夜三更高兴得手舞足蹈，这可是他从未示人的另外一面。这就是人生吗？再迂拙的生命，也会有旁人难以料想的鲜活的一面吗？——冷夫子不知道隔窗有眼，又搛了一筷东西塞进嘴里，敢情是味道好极了，便又伸出双臂原地转圈舞了起来。

只是这么一颠一颠的，我担心他卷起的裤脚，又该被颠得掉下来了……

（原载《山花》1997年第9期）

1997年

徐成淼

外地上海人

他们的孩子回家与他们会话时，那上海话已很不纯正；就是他们自己的口语中，也难以阻挡地杂进了许多当地方言；至于一些地道的上海土语，更是差不多从他们的小屋子里消失了。在他们回家探亲的时候，他们走腔走调的上海话在老人们听来，已变得“洋泾浜”兮兮，而实际上他们乃是地地道道土生土长的上海人。

他们大都是随父母在20世纪60年代内迁时离开上海的，有些则是“上山下乡”的“插哥”“插姐”，由于已成家或别的原因未能返城；还有一部分则是历届统一分配到外地的大学毕业生。

尽管口音已有不同程度的改变，尽管口味也已经——至少部分已经“入乡随俗”（例如已学会吃辣椒），他们却仍在尽力维持上海人的特点；在许多方面，他们仍在想方设法显示他们作为上海人的各种表征。这些表征是如此值得维持、珍惜乃至炫耀，即使是几十年的时光之流也难以将其冲刷尽，例如服饰，例如家用器皿中那些精致的小件，例如居室的某些小小装饰。在物资匮乏的年代，他们的窗台上仍会有一桶“蜂花”洗发液，水杯中会有一支“美加净”大号牙膏；日子稍稍好过些了，他们会端出一碟包装与滋味都比本地货好得多的上海糖果待客，会在孩子的衣襟上缝上一块好看的贴花，会在相框里放上一张油彩染色的合家欢小照。

几年一度的探亲之行，是他们的一次盛举，为了这个盛大的节日，他们精打细算了好几年。从每一斤粮票、每一尺布票里做文章，从与自由市场小贩的讨价还价中比能耐，一点一滴积攒起来。回上海是他们人生的一次“回炉”，是他们思乡情结的定期释放。临走时，熟人同事托带的上海货要列成长长的目录，多数是衣着，是式样新、质地好的上海鞋。回来时，他们大包小包的行李中，塞满了从风雪大衣到女式手表等形形色色的货品，足可开一爿小小百货店。

在上海探亲的那些日子，那种旧地重游的感受几乎只有用诗才能充分表达。只有离开上海久居外地而且看来今生今世再无重返上海落籍可能的上海人，对此才有刻骨铭心的体会。从北站走出，迎面吹来的风中有生煎馒头的葱油味儿，有奶油香草的甜腻气息，有绿宝香皂和友谊雪花膏的芳香，甚至能闻到绸布店那种无以名之的布香。令人立即想到童年，想到炎夏吃光明牌棒冰或紫雪糕的年代。

一切如同梦幻。小菜场里的灯光，鱼摊旁的水迹，卖葱姜的老太太肥胖的身影：黑白电影般的有一种古典和怀旧的气息。至于电信大楼有黄铜扶手的弧形楼梯，苏州河上随潮汛起落的大小船只，外滩一并排异国情调的高楼大厦，更会在眼中和心里叠印上不知属于第几层的潜影。哪怕是大清早刷马桶的声音呢，哪怕是从亭子间窗缝中钻进来的秽气呢，毕竟这已是上海了呵。

当年一道在弄堂里刮过“纸片”的伙伴一个个都挺派了，人家腿一偏骑上脚踏车的姿态都似有高雅的韵味；回头打招呼的时候，人家的目光中似乎有那么一点睥睨的神情。于是外地上海人心口掠过一丝小虫爬过般的伤感。哦，人家才是真正的上海人，自家却不得不栖于上海人与外地人之间的边沿。

一次到上海出差，女儿嘱买一件“好看一点”的衬衫。看中了，选好了，付了钱。女售货员打包时随口说了句：“囡儿（女儿）的衣裳总归是姆妈来买的，哪能是侬来？”怎么回答她呢？不想跟她说自己是外地上海人，就编着说：“伊娘（她妈妈）出差去了。”拿了衬衫往回走，心头又掠过一丝小虫爬过般的伤感：这“出差”的实在是我自己啊。

就是走在马路上，走在“本地上海人”的人流中，外地上海人也常会被人辨认出来。是因为他们总是背着个大包进出于商场百货店（为别人代购货物）？是因为几年不见上海又变了样致使他们不免有东张西望的神态？还是因为在“本地上海人”面前毕竟觉得自己赶不上潮流而流露出某种自卑的表情？——连某位颇有名气的上海籍西北作家也曾表示，面对“本地上海人”那种以“正宗”自居的“优越感”，连他这样成就颇丰的作家都感到了压抑。

然而外地上海人依然以自己的上海血统而自豪和自慰。为此他们从各个方面维护“上海人”的生活色调；从发式、服饰、摆设乃至举手投足、接物待人，总带有某种上海特征。这也许反映了中国人对现代化的梦想与渴望；与现代化的距离越近，在人们心目中的地位就越不正常。而上海向来是国际都市，上海是现代化中国的一个前期缩影。

当外地上海人回归故土的希望已经日渐渺茫而终于濒于绝望时，他们便将他们的上海情结转寄于他们的子女。许多在外地工作的上海人纷纷将孩子送回上海，设法弄到户口，寄养在爷爷奶奶或外公外婆处。待到知识青年可将一名子女送回上海的政策宣布之后，外地上海人子女回沪一时有如潮涌；在一片欣喜中，操着“洋泾浜”上海话的姑娘小伙从四方八面来到了黄浦之滨。最初的欢乐渐渐平缓之后，许多纠葛与烦恼也由此而生。

外地上海人是如此担心失去上海徽记，他们的思乡之情是如此深刻如此浓烈，乃至有人竟以诵读《上海方言词典》来消减那种乡音之恋和思乡之痛；每当读出久违而依然亲切的上海方言时，竟然泪流如注。

这种过分的执着似不免顽固而有招人耻笑之嫌，但下面两点足可以让人对他们予以谅解：第一，他们这样做完全是自然流露，绝无故作姿态之处；第二，他们在他们眼下的岗位上，大都表现出色，他们中的绝大多数没有给大上海丢脸。

（原载《散文》1997年第12期）

赵剑平

读《迢迢红楼》

我是喜欢读先荣的文章的。早先，接触到他的第一个集子《寂寞的爱》(四川文艺出版社)，我就有一种冲动；他那时候刚刚来文联，文章是在行署担任秘书长期间写成的，所以除了他在集子中表现的那些人物和情景令人感动外，他在忙中偷闲著书立说并力图有所作为的精神，也是让人钦佩的。

写作真正是寂寞的活，潜流行于这江底，爱的冲动在那里深藏着。先荣看待写作，不是像我们通常的那样，而是把写作当作一种苦行，且必须要“耐得住寂寞”。这一来，写作才不带任何功利性，才摆脱俗气，而变得神圣起来，自得其乐，且梦，且醉。所以短短三年工夫，他能够相继拿出六本书来，这虽然不易，却也不足为怪。

《迢迢红楼》也不例外是先荣忙里偷闲弄出来的，写他乡人，记异域事。出访日本的二十多天，人家动眼动脑，他还动手，记下满满两个素材本子，洋洋洒洒六万余言。而回国不过一年光景，除单位上日常的工作运行，组织上安排的党校学习，他居然又把那六万余言前串后缀，将这一本二十多万字的《迢迢红楼》摆在了我们面前。

我想通过一个沉重的等腰三角来进入《迢迢红楼》。

从茅台情节到日本桥红楼，以及飘扬其上的社会主义旗帜，是这部长篇的基本构架。生产着茅台的红色中国大地，社会主义旗帜不可动摇。但在资本主义制度的日本国，却也有日本桥红楼这样一块社会主义的“飞地”，就不得不由人深长思之。星火产业株式会社的创始人石川士郎先生，年近古稀，研究和追求马列已有四十多年历史。从情节上看，他是在侵华战争期间，两次被中国人和苏联人从生命的死亡线上拯救过来的。而后，星火公司的起步和发展，又与中国的国粹中草药结下不解之缘。无论生命与事业，石川士郎都和社会主义国家联系在一起。仿佛一种人道主义的光辉，指引这位日本人站在了社会主义旗帜下；经历了从自发到自觉这样一个过程，成了坚定的社会主义追随者。1984年，石川先生率“中国建国史考察团”来遵义；1988年，石川先生又组织“长征之旅”来遵义；如今，“长征之旅”已进行四次，星火公司百分之二十的职员都受过中国革命历史的教育，去过南昌、瑞金、井冈山等圣地，这似乎与美国西点军校学员学习雷锋的热潮并无太大的区别。

政治是什么呢？资本家信仰社会主义，无产阶级的榜样也成为资产阶级的偶像，这难道是一种欺惘？其实不然，《迢迢红楼》的作者已经用他的真诚告诉我们：政治通常表现为一种方式、一种手段而已；而人的问题才是根本的问题，长期以来，我们一些人只注重这种方式和手段，而忽略根本的民富国强的问题。殊不知，作为资本家的石川士郎，却在资本主义社会独树社会主义旗帜三十余年，那么高明地“引进”无产阶级意识形态，将20世纪60年代才创建的星火公司发展成今天日本国有名的大企业。而反过来，当我们的社会主义在方式和手段的迷雾中举步维艰的时候，一些人就怀疑起社会主义制度本身来，而主张全盘西化。这就是读《迢迢红楼》为什么感觉沉重的原因。

幸而这一切都已经成为过去。我们现在也向石川士郎学习，将资本主义的东西借鉴到社会主义来，甚至可以搞“飞地”，建“特区”，而一个国家两种制度也未尝不可。从这个意义上讲，《迢迢红楼》的出版既是历史的，也是现实的。

感谢作者让我们认识了石川士郎及他的星火公司。

（原载《文艺报》1997年）

1998年

龙志毅

聂耳墓前

春节的第二天全家去游西山。说真的，这次去西山，我个人的兴趣并不在于那“五百里滇池奔来眼底”的龙门，也不在于那“雨晴浓淡，倚阑人在画图中”的华亭寺，而是真心实意想去看看聂耳墓。我早就听说聂耳墓已经重新修建，而且迁移了地方，宏伟壮观，今非昔比了。可惜一直没有机会去看看。

年龄越增长，越喜欢回忆往事。当汽车沿着宽阔的林荫道，越过一碧万顷的田野向西山急驰的时候，我的思绪一下子便回到了遥远的中学生时代。一次，学校组织西山旅行，在华亭寺住了几个晚上。当时在昆明音乐界颇有名气的董源先生谱写了一支曲子教我们唱。曲子我至今还记得，歌词在脑海贮存器里却只剩下了几句：“三清阁，云树间，古寺龙影帆……”我们唱着这支曲子纵情游戏于华亭寺与龙门之间，高谈阔论天下大事，真可谓纵横数万里，上下五千年。最难忘怀的是去凭吊聂耳墓。那时的聂耳墓离华亭寺不远，一个小土堆前立了一块石碑，四周荒草丛生，给人一种孤寂、凄凉的感觉。据说，就是这么一块简单粗糙的石碑，还是伟大音乐家的生前友好（自然都是穷朋友了）集资捐赠的。看了聂耳简陋的墓，心里很觉得不是滋味。

回到学校之后，那莫名的气愤不平还在继续牵动着我的感情。冲动之下我便在日记中写了这么一段话：“看了伟大音乐家聂耳的墓，心中愤愤不平。如果有一天我的能力办得到，一定将这块地方辟为中国音乐的圣地……”这当然只不过是一种幼稚的冲动和幻想罢了。其实那所谓的“能力”指的是什么？权还是钱？自然连自己也模模糊糊，根本没有多去想它。有趣的是，那日记本子竟然一直保存下来了。

昆明解放初期，我在云南大学奉调去重庆学习，便将个人的一些“密件”，自然也包括那日记本子交给一个同学好友保管。当时组织上谈话时说的是学完后还要回云南的，谁知“黄鹤一去不复返”，转眼便到了1952年。那位替我保管“密件”的同学大学毕业分配到北京工作，趁路过贵阳的机会将日记本子“完璧归赵”，完成了他的保管任务。记得那时正是“三反”“五反”之后“清理思想”的阶段，正好为自己批判“资产阶级英雄主义”思想找到了活生生的材料。当然，完全是在自觉的基础上，自我交代和自我剖白的。

一晃眼又到了1975年，我去北京参加国防工业重点企业会议。8月5日会议结束，正当河南发大水火车停开，从北京到贵阳的民航班机既少又不可靠。我们一行七人便改乘飞机到昆明，并请云南的同志为我们买好了当晚回贵阳的火车票。下午三点多到昆明，虽然只有几个钟头的停留，主人还是盛情地邀我们去游了西山。由于时间短，只匆匆地看了看龙门和华亭寺。屈指一算，离最近的一次游西山已整整二十六年了。晚上当快车离开昆明向贵州急驰时，回想到重游西山的心情，感慨系之，许久不能入睡。借着车厢内的灯光，在香烟盒上写下了这么几句：“一别名山廿六年，足迹依稀云树间。无边遐想聂耳墓，纵情嬉戏孝牛泉。古寺漫谈多壮语，龙门远眺喜峰烟。狂言虽堪成笑柄，诚心犹固更无前。”虽然没有诗味，却也是怀旧感时的真情流露。

俱往矣。

当我们在新迁建的聂耳墓址——太华寺附近的空地下了车，沿着那象征聂耳二十四岁生命的二十四级台阶缓步拾级而上时，一座雄伟、壮观的墓园展现在我的眼前。迎面是一尊乳白色大理石的聂耳全身像。他身着披风，面对滇池，神采奕奕。墓园呈云南民间乐器月琴形，墓室位于琴盘的发音孔处。墨石墓碑上镌刻着郭沫若手书的“人民音乐家聂耳之墓”一行大字。墓前横放着一白色大理石花环。整个墓园共分三层，占地数百平方米，临海（滇池）依山，周围苍松挺拔，翠柏森森，十分幽静。墓园左壁的大理石上刻有郭沫若1954年撰写的墓志铭，开头两句是：“聂耳同志，中国革命之号角，人民解放之鼙鼓也。”墓园右侧的大理石壁上，刻着当年田汉参加聂耳追悼会时写的一首七言律诗，末尾两句是：“英魂应化狂涛返，好与吾民诉不平。”尽人皆知，田汉是《义勇军进行曲》的词作者。在那以后的十余年间，《义勇军进行曲》和聂耳的其他革命歌曲，成了激励人民奋起抗日和争取解放的进军号声，可以说诗人的愿望是实现了。

面对庄严、恢弘的墓园，我不由感慨系之，眼前的聂耳墓与聂耳这个名字终于相称了，“圣地”的幻想，竟已变成了现实。好笑的是，当年竟会产生出以个人之力开辟“圣地”的幼稚想法。不过，话又说回来，年轻人总难免易于冲动，而冲动又难免转化为狂妄，即：不知天高地厚。我想，有那么一点冲动乃至狂妄，并不都是坏事，也未可知。

（选自《龙志毅散文选》，贵州人民出版社，1998年1月；
入选《新中国成立60周年少数民族文学作品选·散文卷》，作家出版社，2009年12月）

1998年

姚吉宏

血在传说中奔流

当我在这个雷声雨声不绝于耳的黑夜里，锲入骨髓地意识着这坠坠的沉重时，祖父离开我已经一年多了。在悲痛中，祖父口头传承下来的那雄奇的传说，那呼号般的歌谣，时时激荡着我世俗的心扉，震颤着我脆弱的神经：

务！嘿确！耶！嘿确！鱼下滩，嘿确！个跟个，嘿确！拉木头，嘿确！脚跟脚，嘿确！务！嘿确！耶！嘿确！

在特定的环境，突然听到这沉雄的号子，仿佛有一种久远的召唤，划过时空，渗入血脉，浸彻灵魂，似烈焰的火在舔着胸膛，似烈性的酒在浇着神经。

若说久远，又似眼前。九岁的我坐在船舱前，船舱里堆放着满满一舱柴。船逆水而上，行至涌滩，祖父跳下船，将纤索勒在右膀上，左手扣着船头的铁环，艰难地往上拉。祖父裸着古铜色的肌肤，弓着身子，浑身肌肉绷紧着隆起来，宛若一张拉满的弓，而船则像一支随时都可能发射出去的响箭。湍急的河水拍打着船舷，发出“啪啪”的声响。这时祖父很有节奏地发出了“务！嘿确！耶！嘿确！”的吼声。这突然迸发的吼声，势如岩浆自地心喷涌，把我深深地震住。幼小的心灵仿佛被提升起来，好像既害怕，又兴奋，心底里涌起的是一股莫名的亢奋。此时此刻祖父在我的心目中是那样地威武有力，那样地高大不屈。我在船中站了起来，挥舞着双手，跟着祖父“嘿确！嘿确！”地喊起来，祖父因过于用力而略显扭曲的脸在水珠点缀下绽开一丝笑意。祖父是方圆百里有名的渔猎能手，他的师傅是一个勇武有力的虎匠，一个堂堂的侗家汉子。据说这条汉子，一生猎获过九十九只老虎，当他与第一百只老虎搏斗时，与老虎同归于尽，以其鲜红的血为自己的人生画上了一个悲壮的圆圈。所以，祖父很崇拜他的师傅，每次获取猎物，都要先呈牲斟酒焚香化纸对这位猎神顶礼膜拜。新中国成立前，我的家乡下温的两河交汇处是个码头。有句俗话说"有女莫嫁下温屯，下温都是放排人"。祖父年轻的时候就是这样的放排人，将长长的木排从下温码头放到湖南的洪江去。同时有另一句俗话说"篙子下水，婆娘款嘴；篙子上岸，婆娘饿饭"。一旦到了枯水季节，祖父就上山狩猎。祖父一生跟水打交道，跟山打交道，也就一生没有离开过这首古老的歌谣，就像没有离开他手中那杆古老的猎枪。

1992年我在北京鲁迅文学院学习时，新生晚会上，六十多岁的罗丹老师对我说："小姚，上去为大家唱一支你们侗族的民歌。"我是一个从服装到语言都已完全汉化的侗族后生，所以我很为难。但这个要求我却无法拒绝，我觉得这是一种责任，因为我是班里唯一的侗族学生。我想我应该唱祖父那首古老的歌谣。当我"务！嘿确！耶！嘿确！"地喊起来时，同学们激动起来了。他们站起来，为我鼓掌跺脚，为我的歌击拍。这时我醉了，完全沉醉在雄浑的古老的歌谣里，一股强大的力量与自信冲撞着我的心壁。我一声比一声唱得有力、高亢。祖父躬身拉船上滩的形象高高地耸立在我的眼前。这时我再没有新入京都的卑怯，只有身为侗家人的自豪。同学们的掌声对我的演唱给予了肯定，同时也是对我身份的肯定。有几个男生挥舞着手臂高声叫道："吉宏，这是你们侗家的摇滚！"罗丹老师走过来对我说："小姚，你们侗家的歌真好。"我并不懂音乐，而且是用汉语唱的，我知道我唱歌并不好，也唱不准，远远没有祖父高喊时那种韵味。但我还是很高兴，很骄傲。是的，这是我们侗家的"摇滚"，这是我的歌谣。

那个阳光如焰的中午，我和中国侗族文学学会会长杨志一老人到中国社会科学院少数民族文学研究所的邓敏文老师家吃午饭。席间，杨老笑着对邓老师说："小姚这次到鲁院来，把人们侃得晕乎乎的。"是的，我对老师和同学们侃那巧夺天工的鼓楼和花桥，侃那优美动听的多声部大歌，侃那神奇的侗族农民起义英雄吴勉，侃那装癫装疯的侗戏鼻祖吴文彩，还有那祖先迁徙的传说，我们血管里汩汩流淌的是祖先豪迈的血液。在心灵深处，我们宿命地是侗家的儿子，无条件地皈依于古老的歌谣，皈依于悲壮的传说。

"甘自苦来生妙境，郁能奋发展雄才。"这极为深刻的语言，是著名《楚辞》专家文怀沙先生，1992年5月在北京中国新诗讲习所对我和同学说的。但身为文盲的祖父经常为我讲述的传说，同样使我得到这样的启示：一个人在逆境中会变得成熟，一个民族在磨难中会变得坚强。

在那遥远的年代，洪水泛滥，灾荒肆虐，茫茫大地棉不好，宽宽田坝禾不旺。生产力极其落后，加之人口稠密，可想那样的日子何其难。先民们把树叶嚼完了，树根也啃光了，整个民族一脸菜色，还有什么法儿可想呢？

“黄雀要找歇脚的落处，燕子要找做窝的檐廊。”在这生与死之间，这个具有开创精神的民族毅然选择了生，决然离开久恋的家园。乘着笨重的枫木舟，沿河而走，逆流而上，可河有多长，痛苦就有多长。遇着激流险滩，先民们同斗波峰，共战浪顽，不知撑断了多少竹篙，拉断了多少纤索，共把淋漓热汗洒河滩，一声声粗犷的号子，喊出了无穷的力量。

后来，首领率领他的子民弃船上岸。他放飞立于肩头的那只黑鹰，让它领路。黑鹰在天上盘旋翱翔。这时首领射出一支神奇的箭，他号召子民们沿着箭射出去的方向走，相信一定会找到幸福的地方。先民们翻过九十九条岭，越过九十九座山，攀行于悬崖峭壁间，终于找到箭的射程尽头，走进充满神秘的原始森林。莽莽苍苍的大森林里，古树盘根错节，百鸟群聒，巨蟒盘桓。虎啸狼嚎不绝于耳，令人闻声胆寒。面对秘不可测的大自然，随时都有着死亡的威胁。但只有留下才是出路。然而留下就意味着开拓，开拓就必须付出代价。多少人葬身虎口，填于狼腹，死于巨蟒之毒，森林里的瘴疫也时时侵袭着人们。这一群人几乎被逼到了绝望的境地，但人岂能甘为大自然役使呢？篝火边男人们傲岸地立于一旁，护佑着老弱妇幼。这就是男人，这就是勇敢、顽强、坚韧、刚毅的男人。先民们在被动地忍受，也在主动地出击，并从中吸取力量和经验，坚定与大自然搏斗的决心。他们只有一个信念，那就是：斗！跟野兽斗！跟大自然斗，凭着双手和浑身的力斗下去，肚子就不会挨饿。要知道，忍无可忍的力量是能够震山撼岳的。自然虽无情，可这无情却使这个顽强的民族经受了考验。经过多少年轮的风霜雨雪，艰苦的斗争与辛勤的劳动，使这个民族日趋兴旺，终于在南高原这大山中开辟出一片林茂粮丰的神奇圣土，终于创造了灿烂辉煌的鼓楼文化。先民哪会想到，闪耀着他们一辈辈人智慧之光相传世代的侗族大歌，竟会震撼20世纪80年代的巴黎歌坛！正如茅盾先生所感慨的：“自然是伟大的，人类是伟大的，然而充满崇高精神的人类活动，乃是伟大之中尤其伟大者！”

噢，这就是我魂之所系的传说，这就是我神之所崇的歌谣。祖父虽然走了，但这传说，这歌谣，却时时撞击着我的灵魂。传说植根血脉，血在传说中奔流。它是祖先烙印在我们灵魂中不可轻视的胎记。每每听着“让血脉再相连，擦干心中的血和泪痕，留住我们的根！”这几句流行的歌词，我都忍不住心灵的悸动。是啊，我们要让血脉相连，我们要留住我们的根！我们受孕于阳光，我们同是太阳的儿子，我们无法不辉煌。

（原载《民族文学》1998年第4期）

1998年

徐成淼

大转轮静止不动

这一切似乎都有着象征的意味。

已经深冬季节了，我都穿上了大衣。街道两旁已没有了绿色，树叶飘落殆尽，直愣愣的枝丫直指高天。公园里也一派萧索，游人稀少，安静而空寂。也是的，谁愿在这样弥漫着轻寒的午后跑到这儿来凉快呢？所以她和我漫步在公园起伏的曲径上时，就不免有些孤寂之感，她于是往我这边靠了靠，而且自然而然地挽住了我的胳臂。

而谈论的题目却同眼前的景物不太一致。她写诗，而且是很澎湃的那种，情感火炽。在凉飕飕的寒风中讲述热情的诗句，这落差就不免构成一种寓意，所以说有象征的意味。

信步拐过一个弯道，迎面是一道长而宽阔的石级，石级的一边被半人高的尼龙丝网圈了起来，里面是什么？是几百只纯白的鸽子，清一色纯白，叫人眼前一亮：在灰乎乎、雾蒙蒙的冬景中，闪出这么一片生动的亮白来，不也让人精神为之一振吗？我和她便驻足，站在圈外观看。这些鸽子训练有素，它们飞升，盘旋，复又落下，可就是不逾越那半人高的尼龙樊篱。这不又有寓意了？鸽子是自由的，它可以任意地飞翔；可它们又是有制约的，飞升翔舞之后，又都回落到网圈之内。没有人强迫它们这样做，全然出于自愿。那么人类的社会生活，是否也应有这样一种制约下的自由呢？——两个年轻人进了圈子，鸽群忽地飞起，轰一声打断了我生拉活扯的联想（这是读书人难以根治的通病）。他们是在管理人那儿买了鸟食才被允许进入的。女的刚亮出食物，群鸽就铺天盖地压了过来，手上、肩上、胸口、头顶，扑击着翅膀的鸽子把她围了个严实。女子尖叫，而男的却说："好！"好什么？原来他举着相机拍照。这幅照片冲出来敢情别致：

女郎一头一脸都是鸽子。鸽子是冲着那包玉米渣儿来的，而男的会说：连鸽子都喜欢你哩！——如果他机灵而善于奉承的话。

他们拍完照走了，鸽子安静了下来。没什么看头了，我们就沿石级往上，继续走。她到省城开会，顺便把诗稿带了来；她让我给梳理梳理，把作品弄利索些，她想出一个集子。招待所里乱哄哄的，我们就往外走，也许边走边聊还自在些，有时候。

我建议她把诗稿中一些与她的主调不一致的篇章撤出来，别掺和在一起。那些个篇章分开来看也挺不错，可杂在一块儿，就干扰了读者的视线，乱了。她说，没错，就照你说的办。挺干脆的一个女孩子。我们年轻的时候，女孩子办事就没这么爽快，会想前想后，犹豫半天；不光女孩，那时的男子也这样，时势使然也。

所谓漫步就没什么目的，只顺着路往前走。会通到什么地方去？不问，不考虑。即使走到断头路上去，不通了，也无关紧要，转身往回走就是了。何况公园里的路往往故意做成盘陀样，常常会让人走啊走的又回到原来的地方。那么就任这么走下去好了，风吹来有一点轻寒是可以不在乎的，路不那么平整也是可以不在乎的。在一些坡度稍大的地方，她会紧一紧手，加力扶我一把，那么借了年轻的力，我的步子也就会稳当一些，心里也就会踏实一些。

但还是走久了一点儿，有些乏力。想当年挑百斤重担上陡坡也不怎么喘气的，而今是散散步都会累了，足见所谓“年岁不饶人”，倒的确是实情，不到时候是难以有切身体会的。不过我没有说累，也没怎么喘气，而她却不知怎地好像感觉到了，说，找个地方坐坐好吗？

廊亭里阒无人迹，石条凳上已积了少许沙土。她的皮裙，我的呢大衣，似乎都不便直接往沙土上坐。她就将她的诗稿分了开来，给我一半，另一半自留。她把诗稿往石凳一拍，说：“坐！”——我愣了一秒钟，然后大笑。好个女诗人！竟然把诗神缪斯这么干脆地垫在了屁股下面，如此佛头着粪的事，也未免太亵渎神圣了。她却说不碍事的。后来离去时，她将两半诗稿合拢，劈啪两下，一拍一抖，说：“不好好的嘛，诗依旧是诗！”这也是比我们那代人强的地方：能既浪漫，而又讲求实际。

廊亭正前方是一个巨大的转轮，凌空高立，像放大了许多许多倍的老式水车，我们乡下以前用来戽水的那种。水车上原本安竹筒子的地方，如今是一个个大铁箱子，里边可以坐人。大转轮一开动，就把人带上高空。在那顶上，可以俯视尘寰，鸟瞰城市，呼吸新鲜空气。孩子们不用说是喜欢得很的了。每当旺季，这地方常常是里三层外三层，全是花花绿绿的小人儿，当然还得有为他们付钱的大人。那时节，大转轮总是一圈又一圈，从早到晚转个不停。

眼下孩子们大多缩在家里，就着石英炉、暖风机看电视或打游戏机，谁愿意在冬天里升到高处去感受风寒呢？所以当我们抬头望去的时候，看见的就只是一个静止不动的大转轮。这个庞然大物要转起来才有生机，停了，不动了，就显得又冷又硬；粗大的支架黑黑地立在那儿，把冬日灰白的天空切割成一个个锐角三角形；转盘的轮骨也是黑的，那模样儿，让人任意联想起什么：海船上的舵轮？古老的纺车？甚至没有安上把手的笊篱？……

你爱怎么想就怎么想吧，谁让你干上了“形象思维”这个行当呢？一旦跟这一行沾上了边，你的脑子就不由自主地也成了转轮，那可是什么时候也停不下来的……

几个月之后，春光已经是非常烂漫的了。我弄妥了有关她诗集出版的事，打电话告诉她。她那头透亮地叫了一声：真的呀！——有这一声清脆，一件事也就算是办圆满了。

（原载《山花》1998年第5期）

1998年

徐成淼

追忆青山

那斧子砍在树干上，竟然没有声音；待到斧头重新扬起的时候，才传来沉重的一声闷响。山谷里空气都要稠些，声音的传播显得更慢。看对面山坡上伐木人砍树，就像看放走了样的电影：画面与配音脱节。

伐木人把树放倒，削去侧枝，掮起树干往家走。这时候，林子里还阴湿得很，雨雾在枝叶间黏黏地游弋，伐木人一身雾水。

扛回家之后，刚伐下的树，大头朝前，就这样直接塞进火塘里，不一会儿，就冒出了浓浓的白烟。

没有比这更原始的取暖方式了。在青山，家家户户都是这么干的。堂屋里直接烧生树，靠的是火塘里那长年不熄的旺旺的火种，硬叫湿木也劈劈啪啪燃出焰子来。烟当然是不用说的了，滚滚浓烟升腾而起，直向烤火人的脸上扑来。山民们习以为常了，他们自小就是在冒着浓烟的火塘边熏大的；烟熏火燎中，他们有说有笑，神情泰然，眼睛都不眨巴一下。而我们就苦了，睁不开眼，一睁就被熏得眼泪直淌；鼻孔嗓子眼儿火辣辣的，咳呛得气都透不过来。山民们瞧着我们的狼狈模样，乐得弯了腰笑。

好在青山上的房子通风极好。怎么会不好呢？草盖的顶，竹编的墙，墙上原先糊着泥，给雨水一泡，早就脱落大半，到处透亮。山风吹来，茅屋成了凉亭。火塘里的浓烟，也就随冒随散，各自找出路跑屋外去了。

青山是一个地名，青山在大山的深处、高处。从山脚出发，一条山道在密林间蜿蜒而上。山上流下一条溪来，溪水总是流得很急。那条山路要与山溪交叉十八个来回，也就是说，我们要蹚过溪水十八次，才能到达青山。那时我还算年轻，背了个背包，里面有被子、床单和枕头，还有换洗衣服和洗漱用具。我折了根树枝当拐杖，在一个多雾的早晨，向青山进发。我的几个学生，腿脚比我棒得多，早已说说笑笑地赶到前边去了。我被落在后面，独自一人在树林间穿行。天光从枝叶间漏下，鸟鸣声从山谷中传来，前后左右都苍翠一片，包括头上和脚下，都是绿色。有些地方是要攀岩的，有些地方是要翻坎儿的，到了听见溪水淙淙欢唱的时候，心中计算着这是第几次蹚水，约略就可推断出余下的路程了。

每天清晨，我们还在残梦中流连，而石磨的隆隆声已经响起，是女人们起来磨苞谷了。苞谷要当天现磨，当天磨的苞谷粒儿，蒸熟了才好吃，才香。但在我们这些人吃来，即便是当天现磨的新鲜苞谷饭，也粗粝得难以下咽。菜是最简单的，白水煮老白菜；见我们来了，女主人从油罐里滴几滴熟菜油在汤里，就算是款待了。只几天下来，少了油水的肚子就有了糟饿之感，食欲竟出奇地好，连我都要吃三大碗，那苞谷粒儿也不刺喉咙了。

我们是来扫盲的。晚上还要走几里山路到邻近的寨子去。在烧生木的火塘边，一盏油灯如豆，我们教农民大哥大嫂们识字，深夜才回住处。第二天，一大早就听到外边人声扬扬，原来是夜里来了老虎，把一家圈里的猪衔跑了，泥路上还留下几个大大的虎脚印。昨晚夜归，我们就从这条路上过。乖乖，要是我们再晚一点，或者那虎提前来，我们和它不就要狭路相逢了？

男人们冒着雨雾就往坡上去了，说是去找猪。据说老虎要是第一口咬下去咬在猪眼睛上，它就不吃，就把猪丢在山坡上。然而这一回男人们空手回来，看来那老虎第一口没咬在猪眼睛上。

青山上几乎见不到太阳。即使是晴天，太阳也要到中午才露一会儿脸，一过晌午，雨雾便又围拢来了。天色转暗，人们就又聚在了火塘边。年轻的嫂子在缝一根背带，我手痒了，就接过来说让我试试。我少小离家，针线活儿是早就学会了的。年轻的大嫂见我居然能飞针走线，还会缝钩针，就瞪大了眼睛说，老师也会做针线啊！缝完一路，我用编针法打了个结，大嫂笑了，说，你怕会脱线吗？原来青山上的女人缝东西从不打结；也有道理，密密缝了的，不打结也脱不了。

火塘里的生树烧一段往前送一段，一棵树烧得只剩一小截时，男人们起身取了斧子往外走，他们又要砍树去了。回来时，多了一个人，是大队的党支部书记，书记说，该学语录了，于是带了大家学语录。想不到的是，青山上的男人和女人，能背不少语录，他们多为文盲或半文盲，这可真不容易。

在这么高的山上，在密密的林子里，终日雨雾缭绕，生活条件已原始到只能维持生命的程度，可这儿却住着人，一家又一家，有老有少，坐在浓烟滚滚的火塘边，他们照样有说有笑。还能背语录呢，山下热火朝天的政治浪潮，居然能波及这有野虎出没的山寨：这里边，有许多事，是可以让人好好琢磨一番的。

也许是由于不适应那浓烟明火，没两天我喉头就肿痛起来。大嫂听了，说用溏鸡屎点一下就好。溏鸡屎，是那种最臭的鸡屎；妈吔，情愿喉痛，也不干的。大嫂于是又笑，说他们那儿都是这么治的，一点就好。

二十多年之后，遇见那边来的一位熟人。闲聊中，说起我当年在青山的那番经历；熟人说，变了，如今哪还有那么密的林子哟，老虎更不用说。眼下寨子里只剩下老人和孩子，年轻的都下山进城挣钱去了。想想是完全应该的：青山遮不住，毕竟东流去。心计稍活一点的，谁会愿意一辈子在那苦地方待着呢？

（原载《光明日报》1998年10月28日）

1998 年

徐成淼

一路流萤

汽车驶上路况最糟的一段山道时，夜色已浓得黑漆一般了。昏黄的车灯只照亮了前边那一截路面，还总是弯道，车身颠簸而且东倒西歪。寒气从窗缝阵阵袭来，肚子叫了，那是饥饿的信号。

这辆被称作“巡洋舰”的汽车半道上抛了锚：消声器坏了。说是半个钟头就能修好，却不料卸消声器的时候，有颗螺丝怎么也拧不下来，锈死了。最后动用了氢氧焰，一阵火攻，才好不容易把它弄了下来。焊好破裂处，装回去时，新配的螺丝又怎么也拧不上去。捣鼓了半天，再用一根粗铁丝绑上，才勉强固定住。一看表，竟足足耗去了三个半钟头。

所以按常规该到目的地的时刻，我们的“巡洋舰”却还在苗岭腹地的盘山公路上艰难地爬行，引擎发出了无可奈何的喘息声。

早上出发的时候，大伙儿的兴致还挺高。我们要到南盘江畔的那座小城去，小城在三百公里外；那儿有一个精致的人工湖，湖心有一座小岛；小岛上有几棵树，树冠茂密而清秀。一个文学聚会要在湖畔举行，许多做着文学梦的年轻人正等着我们。

而一颗螺丝就把行程给延误了，大伙儿又困又饿，一车人都沉默不语。窗外一片浓黑，偶尔掠过一角天光，隐约衬出山体威严的剪影。前后都没有车了，“巡洋舰”在黑色海上孤独地行进。这时人就会生出梦幻之感：远处真的有那么一座小城吗？那儿真的有那么一个人工湖吗？湖畔真的有那么一些年轻人在等着我们吗？——意识都有些凝滞了，思维混茫起来；任由这艘“巡洋舰”将我们带向随便什么地方去好了，要紧的是停泊，是靠岸，是海港的灯火和人群。肚子又叫起来了。

驾驶员大概也困了，为安全起见，他停了车，说要让头脑清醒清醒，我们几个也就都下了车，伸展伸展身子。

刚迈出车门，就看见公路旁的草丛灌木间，星星点点的，无数萤火虫幽然闪亮。荧绿的磷光翻舞，翩飞，停留，复又升起，在浓黑的夜色中留下一条条袅娜起伏的轨迹。许是被车灯的亮光召唤，流萤渐渐向我们这边飞近，车旁路边，群萤舞动。

这可是奇迹。都已是初冬时节了，这儿竟还会有萤火虫。萤火虫是飞在夏日的晚风里的，是飞在水乡的沟渠边的，围着屋前苍翠的瓜架飞，绕着外婆古老的故事飞，最后停落在儿时的记忆里的。而眼下的萤火虫，却出现在初冬高原的大山里，在荒无人烟的盘山公路旁，就不能不让人感到新奇。

一只萤火虫向我飞近，在枯草尖上掠过，落脚在一株灌木的残叶上，我走过去想捉住它。就在伸手可触的刹那，我愕然惊觉下面就是万丈深谷，我就俯身于一座绝壁的边沿！我倏然缩手，想象着自己失足坠落深渊的情景，不由得一阵心跳。那只萤火虫飞了开去，还在我鼻尖底下绕了一圈，尾光明灭，像是嘲笑我刚才的怯懦和窘相。

同车的一位女记者却真的捉住了一只，回到车内摊开手掌一看，发觉这儿的萤火虫身体特别修长，尾光也特别亮。萤火虫以食腐草为生，常孳生于水草丰盛处。这儿全是石圪垯，干泥巴土，这成群的萤火虫是怎么来的呢？而且竟比平原水乡的个儿还大，亮度更强。都说是一方水土养一方人，也养一方“虫”哩，不论哪儿都能孕育出该地独特的生命。

重新上路时，女记者把萤火虫放了，那小东西就在车厢里前前后后地飞，飞了一阵子，落在了我的衣襟上。我轻轻捉起它，看它那绿宝石似的荧光在我掌上一亮一亮，照出了我手心的褶痕，觉得分外亲切。我一直特别钦佩那敢于在秋风中歌唱，敢于昂首面对冬景的勇者；为此，曾特地写了一篇题为《最后的歌者》的短文，向一只在寒风中高歌的秋蝉深深致敬。又想到斯琴高娃，在她告别青春走向岁月深处的时候，面对记者的摄像机，她口齿清晰地说：“该长白头发就长白头发，该长皱纹就长皱纹。”说这话的时候她一派安详。从此我对斯琴高娃刮目相看，在我心目中，她的位置远在一般搔首弄姿的明星之上。这么胡乱联想一通，我放了掌心里的小虫，任它在车厢里自由飞动。它敢于在深秋的峭壁上翔舞，敢于在初冬的寒风中放光，它不也就是鲁迅所说的“精致的英雄”吗？

看窗外，公路旁，这里那里，依旧有萤光点点。倦意叫视线模糊起来，想象中，点点流光幻化为漫天萤火虫，像流星雨，像礼花焰火，混沌而壮观。每一点萤火都在拼命发光，每一对翅膀都在拼命扑击。秋风，不予理会；冬寒，也不予理会；山就让它高吧，谷就让它深吧，荒凉的就让它荒凉。该飞舞的还得飞舞，该放光的还得放光。所有的能量都要释放，所有的情感都要喷发。有一分热，发一分光；即便没有热，凭那点儿凉意，也要放出冷光！就是要展示自己的存在，就是要确立自身的价值。荒山野岭又怎么样呢？没有观众，无人喝彩，就自己给自己欣赏。生命原本就不是为取悦于人而存在的，那就何妨在这荒山野岭里兀自飞舞一场。

本来就又冷又饿，还要使劲动脑筋，漫无边际地联想，不一会儿就把自己折腾得昏昏沉沉，不知不觉就打起盹来。说来不信，瞌睡中我居然梦见自己变成了一只萤火虫，像杨朔先生在《荔枝蜜》一文中梦见自己变成蜜蜂那样。我一向怀疑那个结尾是为写散文而虚构的，这一回我可得到了亲身的佐证。我梦见的是一个大灶，灶上摆着热气腾腾的饭菜，还有馒头和鲜肉包子。该死的，粗俗透顶。

所以在醒过来之后，看到车窗外果然有满天萤火，我就不免吃惊：幻想成真了？而且有红有白有黄有绿，这山沟沟里出了新品种：彩色萤火虫！再瞧时，满天飞舞的萤火虫蓦地定格，在车窗的取景框里凝固为一天的繁星。繁星怎么会在视平线之下呢？再仔细瞧瞧，才看清那不是萤火，也不是繁星，那是不远处诱人的万家灯火！

——睡意全消，一车厢的人都活动起来。艰难的旅程行将结束，美丽的小城就在前边。

（原载《散文》1998年第10期）

1998年

龚光融

礼　物

也许天生是个女人的缘故吧，我竟是那么地看重别人送的小礼物——当然，尤其是来自所爱之人手中的礼物。

因为，每一份小小的礼物，都带给我们一份人世间的温情，一份诚挚的心意。而这一份温情，一份诚挚，恰恰是我们在这个世界上所能获得的最大的愉快！

这种愉快的光辉，又足可以照亮我们的人生旅程，驱散郁积在心头的阴霾。

尤其是，当我们已经深深感受到人届中年的危机，发现生命于我们竟是如此有限的时候，便会更加清楚地看到，所谓金钱、名利、权势……所有这一切古往今来让无数的人终其一生孜孜以求的东西，统统不过如过眼云烟而已。而当我们把自己的生命摆在死亡面前加以审视的时候，我以为，在这个世界上，在所有自己经历过的事物之中，最有价值、最扣人心弦同时也是最值得我们留恋的，便是在艰难的人生旅途中，你所得到的那一份真诚的关心和祝愿。而这，就是通常我们所说的——爱心。

只有用爱，才能唤起爱。

有一幕往事，就这样永远印在了我的记忆里。

那一年我也许只有五岁——或者更小。只知道那是一个儿童节。下午的时候，我们被从托儿所带到父母上班的机关礼堂。有一点我记得很清楚，那就是我竟被安排坐在第一排长椅上。礼堂之庄严，气氛之神圣，心情之激动，都是我从未体验过的。但这一切都远远比不上结局重要。当所有的仪式都结束的时候，我们每个人的怀里都拥有了一份礼物——一个鼓鼓囊囊的牛皮纸口袋。

捧起那个口袋，犹如捧起一轮温暖的春的太阳。世界的美好于是被一颗天真无邪的童心十分真切地、实实在在地触摸到了。而一粒友爱的种子，也在那一瞬间播入了一方纯净的土地。

此后的岁月里，我便开始时时向我喜爱的人送出礼物了：一枚小小的夹针，一个端午节的小香袋，抑或是一副绸带、一条手绢。总之，每一次送出一份礼物，就送出了一份情谊。那种时候，我真是十分地愉快！在决定送给谁，在决定什么时候送，在决定送什么的时刻，在礼物送出去的一刹那……我始终沉浸在一种友好的温情之中，沉浸在一种由交流而获得的满足和享受之中。

如今回想起来，那些礼物的价值，完全不是金钱所能衡量的。而这，也正是它的无价之所在。

所以，在情窦初开的年华，我送给我所倾心的一位小男生的传情之物，才竟会是一张化学元素周期表！

泰戈尔有这样的诗句："爱情的礼物是腼腆的，它从不通名报姓，它掠过阴影，沿着尘土散布一阵欢乐的颤栗。"

而我所得到的第一件恋人礼物，则是一本缎面影集。那是我二十岁生日的时候，至今我还清晰地记得当时的情景。那时候我因为治病正住在母亲的朋友家里，虽然从那时到现在岁月已悄然逝去了整整二十个春秋，却永远不能抹掉留在我心上的那一辉煌的瞬间。那时刻，我从邮递员手里接过的，何止是一份普通的生日礼物，那简直就是生的希望和力量！

因为，那个时候，我们都还是未曾独立的学生。我和他的爱情正承受着难以抵御的压力，那个时候，我因为前途的渺茫、爱情的绝望和疾病的缠绕，已想到了死亡。

正因为这样，二十年来，虽然我与他天各一方，那本影集却一直跟随在我身旁。

还有一件礼物叫我终生难忘。那是在我父亲六十一岁生日时，我送给他的一双袜子。当我把袜子递给父亲时，突然为它的微薄而不好意思起来。而我的不善言辞的父亲却说："有这心意就好。"

那时候我怎么也没想到，事隔一年，他竟会突然离我们而去。而更叫人难过的还是，在清理父亲遗物时，我才发现那双袜子父亲竟一直没有舍得穿，还叠得整整齐齐地放在箱子里，连商标也好好地贴在上面！

我泪如泉涌，真是万万没有想到，我那年迈的老父亲，竟也如此看重这一份小小的心意！

但是有一件礼物，至今一想起来，仍叫我汗颜。

那一天，一位朋友专程从几百里之外赶来祝贺我的生日，入夜，我们坐在路边的台阶上。分离的时刻就在眼前了。他从口袋里掏出一件礼品递给我，说："我一直等着这一天。"那是一个小小的工艺奖杯。而我，竟鬼使神差地问了一句："多少钱一个？"

我当时的内心，下意识里真有些嫌他太小气。然而我永远也忘不了他那时的眼神。我从那眼神里分明读到了一种无声的失望。

他走了，从此山长水阔。唯有那倾注了他真心祝福的小礼物，依然还在我案头。时过境迁，如今追忆起来，我仍要为自己的鄙陋、庸俗而脸红，为伤害了一颗真诚的心而内疚。

是什么时候，我变得要以金钱的数额来衡量一个人的情谊呢？

多年以来，为了工作，为了求学，为了调动……我也送过一些所谓的“礼物”。然而是怎样一种心情啊！没有愉快，没有交流，更谈不上喜悦和轻松。那不过是一种交换（更确切地说是一种交易），一种负担，有时甚至就是一种屈辱。

而更可怕的还是，我竟在不知不觉中习惯了根据实际利益来决定礼物多少，习惯了以钞票面值的大小来表达我所谓的“心意”……

是不是就在这样的应酬之中，我已经一点一点地失去了原先那么珍视和宝贵的东西？

虽然，就个人来说，我们无力改变周围的环境。虽然，为了各种原因我们无法根除各种应酬。但是，无论如何，我都不能因此而失掉我生活中那一份最有价值的财富——正如林语堂先生所说：“生活的智慧在于逐渐澄清滤除那些不重要的杂质，而保留最重要的部分——享受家庭、生活文化与自然的乐趣。”

（选自《雪落无声》，辽宁民族出版社，1998年12月；
《雪落无声》获贵州省第四届“新长征”职工文艺创作一等奖）

杨启刚

农历：乡土的寓意

芒种之季

五月，麦子以一片献身的形状，而镰刀以一种简洁的图案，以优美、单纯而富有哲理的姿势割断了麦子回家的路。农人们在刀锋与麦芒之间忠实地耕种和守候。

其实耕种本身便是一种献身，整个过程中麦子在左手成为生活，而右手中金属的光芒在盛赞着金黄。于是土地就日益裸露出来，于是麦尖上跳荡着阳光的辉煌，并在土地的尽头展开滚烫的触须，亲近每一株麦穗上的经验和思想。

那都是些最快乐的时光啊。放下镰刀，汗水便成为歌唱的花朵。幸福地感受着它们的开放。想起因土地而光荣的一生，将把村庄雕塑得无比浓郁、清洌和芬芳。

而此时，村庄早已成了丰收的背景。壮硕的男人和女人们正以民谣的侧影繁忙于其间，还有子嗣们，都让至高无上的血缘告诉土地，农人们依然属于这座久居不厌的村庄，就像镰刀散发着芒种之芒。

谷雨时节

这个时节，我看见种子纷纷落进泥土。早春三月，阳光和雨水都默契地把握住时机，都把那一粒粒种子作为它们唯一倾注和寄予厚爱的目的。房前嫁稻呵，屋后生谷。

正如农人们千年来各执膏脉一犁，深深地犁进古老的农桑，滋润庄稼和花草那肥沃的底部。然后，怀着一季的慈爱，走进种子，永远保持那份明洁与清静。

谷地里的节气一生都对着阳光和雨水含而不露，让人想起以往的经历与农事……只有种子在不断膨胀，整个过程独具能量，那破土的日子便伸手可及。

其实人活着也就这些，不断地寻求崇高与完美。最后，坐在宽大的落叶上归根，泪水也在其间变得丰沛和自如，恰似那谷雨纷纷坠入土地时，溅湿农人们那幸福而厚实的视野。

秋分之野

收割之后，土地的广袤显现出入秋以来从未有过的悠闲与宁静。

热爱每一粒稻子、玉米和高粱吧。当所有的收割物，踏着农人们辛勤的肩膀，沿着田垄走回黄昏的村庄，我于是便伫立在粮仓的瓦檐下，用感激的目光，凝视每一粒粮食，它们粗糙而金黄的形体，使我通晓了那生命的高贵的含义。它穿过季节幽深的甬道，走到我的身旁，使我享受和回味到了劳作的艰辛与土地的温柔宽广。

让我们珍惜和热爱每一粒粮食吧。所有的农作物，在收割者温暖的手掌中，说出这句真诚的爱语并对世界反复叮咛。

对于这一切，我们充满了朴素的感恩，并且知道，作为农人的子嗣，我们的幸福就是一株庄稼所获得的最初和最终的意义。

当我伫立在田野的尽头悄悄站定，黄昏和整个季节的丰硕与泪水，便从我清亮的眸子里静静地滑落。

（原载《民族文学》1999年第2期）

杨远康

花江行
——我的大学之一

客车在花江南岸的盘山公路上行进，路边的树上开着火红的槐花荚，车里响起轻松悦耳的歌声。这一切当时都没有引起我的注意，我耳际响起的是女儿揪心扯肺的哭喊声。她才一岁半便失去了应有的母爱，而我作为她的父亲已到三十而立之年了，又为文凭和知识走向所谓的高等学府而弃她不顾……

生活也许是一个痴人编成的故事，充满了荒唐和折腾。高一时我因家庭贫困而辍学，随后交了购粮本到农村插队落户，随后又稀里糊涂到学校做了中学教师。不知从什么时候起，上大学这一念头，仿佛是一个美丽的梦魂始终缠着我。老师曾经不止一次鼓动过学生时代的我：考过花江考过长江考过太平洋大西洋。考过花江即指考上大专或大学，考过长江意为考上重点大学，至于太平洋大西洋自然是到外国留学了。

我糊里糊涂地结了婚当了爸爸，妻子没有工作，一家三口人就吃我那百来元的工资。我利用业余时间参加山西刊授大学学习，继而又参加了高等自学考试，再度从书本中去寻找我的依托我的乐园。妻子为我这个穷教师入不敷出的低工资抱怨，为我还钻什么书考什么学而恼怒，在三月的一天终于离我而去了，将才十四个月的小女儿丢给了我。

从此我既做父亲又做母亲，夜里只要女儿哼一声便会立即惊醒过来，一改以前沉沉睡觉的习性，似乎神经里新生了一条敏感的弦。才一岁多的女儿也似乎知道不能再失去我，有好几次听到她在叫爸爸，以为她醒了，打开灯见她沉沉睡着，眼角还挂着泪花。自学的念头和写作的欲望，看来只得和尿布一起暂时晾在铁丝上。

不过我觉得自己还是很固执，就在这年五月，我决然报考了贵州教育学院。八月接到一张让人欲喜不能欲忧不能的录取通知书，每年要交一千元的学费简直是要人的命，再说，年幼的女儿怎么办，父母年已古稀，都需要人照护。最后还是咬牙借了一千元，丢下女儿和父母走了。

临行头一天夜里老是睡不着，熬到凌晨三点左右才昏昏睡去，恍然中一阵咳嗽声惊醒了我，看看手表正好五点。只要一变天气，上了年纪的父亲总要在早晨的这个时间咳一阵，咳声便成了准确的时间预报。母亲点亮半截蜡烛走出来，捅大炉火为我煮了好几个荷包蛋，放了油又放了许多白糖。我实在是咽不下去，几次都差一点哽出泪水来。

天亮起来，可以看到路了，我亲了亲熟睡的女儿准备出门。她突然醒了，哭着不让我走，怎么也收不了她长麻吊线似的哭声，后来还是老父亲将她紧紧抱住了。老母亲关了门坚持要拿手电送我到车站，见了熟人就托付人家多多关照我，最后她突然想起那截蜡烛还燃着，怕烧了书桌，方匆匆回去。

车哼哼着开始上花江坡，故乡远离了我，老父老母和女儿远离了我，远山一片雾色一片迷茫，对于父母我不算一个孝顺的儿子，对于女儿我不是一个称职的父亲。我犹豫起来，差点喊停车，心在徘徊，在不断挣扎……有几颗水珠扑打在手臂上，往脸上一抹我才吃惊地发现，泪水不知何时悄悄流了这么远。

为节约三百元的住宿费，我辗转托人在文化路找到了两平方米的安床处。房主是个孤独的老公公，一学期后老人找到了一个老伴，我只得一面为老人祝福，一面卷了行李另觅宿处。后来终于在延安中路一个电器铺谋到一个值夜的差事，一张长沙发成了栖身之处。外面一夜车声不断把卷帘门震得哐哐响，次日睡眼蒙眬步行到学院听课。两月后我有事回家一趟，老板便借故将我辞掉了。小时候曾经听母亲说过，天上有竹竿人，地底有草墩人，我为什么不是一根竹竿或一个草墩，往哪个角落一放就是个安身之处，既不妨碍别人，别人也不妨碍我。

此后的情况就更为不妙了，我的工资每月都有人领去抵债，我成了实实在在的身无分文的穷光蛋。只好去为贵州钢铁厂的学生当家庭教师；为出了书的教授将书包装好，写上地址寄到各地去；晚上熬红眼为小报刊写稿，多方设法求得点救命钱。好心的亲朋得知这一情况，伸出援助之手三十元五十元地送给我。尤其令我感动的是我从未执教过的安龙一中高一（一）班的全体同学，五角一块地集了四十五元寄给我，在附言上鼓励我一定要挺住……

现在终于毕业归来了，客车下了花江坡驶入黔西南的地盘。蒙蒙的视野里下起了雨，眼里渐渐明亮起来，太阳出来了，但雨丝还在飘洒着，多么绚丽的景色呵！路还长，我们的客车在太阳雨里继续前行，花江掉到我们身后的山涧里。

我终于越过了牵魂连梦的花江……

（选自《人生断章》，民族出版社，1999年4月；
《人生断章》获贵州省第四届“新长征”职工文艺创作一等奖）

徐成淼

夜宿值班室

听说我竟被安排在服务员值班室过夜，我的学生金很愤然地说：换成我，提起包包就走！我淡然一笑。这有什么呢？我来晚了，客房已满，只好让我住值班室；女服务员上楼和她的同伴合铺，我住她的床。

值班室没有卫生间，没有电视、电话、电扇，很简陋，只有一张硬床，一方小桌，还有一把摇摇晃晃的椅子。但女孩子住的地方总是洁净而细腻。清清爽爽一个住处，让我这糟老头子贸然入侵，未免有所亵渎；我由此兢兢，举手投足便分外留意。

小间窗口挂着风铃，窗台塑料杯里插着一束半蔫了的风信子花，墙上是流行歌手的照片，男的。空气中隐隐弥散着女子的气息，无以名之，又流连不去。是丽花丝宝？是雅倩保湿摩丝？还是“少女之春”晚露的幽香？难以分辨。水做的骨肉啊，总是水一般清芬，水一般芳冽，哪里是我们这泥做的鼻子所能赏析？坐车坐累了，到达后又在夜市上混了半天，这时候已是睡意盎然。刚躺下，就浑浑噩噩，好像到了另一重天地。只觉得那股木犀草（就是小叶女贞树叶）的气味愈加浓重，我就在一片馨香中醉醺醺地睡了过去；睡着之后，也就无所谓是标准客房还是值班室了，就是总统套房还不是一码子事？

翌日醒来，天已大亮，睁眼靠在枕上，想今天的日程，庆典、观礼，看演出。盛大的地方性节日，热闹而又隆重。在这方地界上我待了二十多年，他们没有忘记我，要我当特邀嘉宾，回来参与盛事。正想着，门锁一响，女服务员闪身进来，见我已醒，便歉然一笑说，对不起，我拿样东西。她拉开小桌抽屉，取了点什么。走时又说了声对不起。女服务员一口本地土话，模样儿却挺像“音乐电视”上的歌星：喜欢穿一件T恤，边唱边在大街广场上走来走去的那位，好像是叫艾敬。

离进场的时间还早得很，洗漱罢，待着没事，渐觉无聊。女服务员匆忙间没有把抽屉关严，见里边有书，就抽出一本，一支眉笔带了出来掉在地上，拾起放回时，见里面还有小圆镜之类的东西。书是翻得很旧的了：《世界珍闻集锦》。总说别人俗，其实人都有俗的一面，再雅的人也不能一天到晚都雅，我看《世界珍闻集锦》就看得津津有味。有时候，俗能让人轻松，俗是沉重生活的一贴润滑剂。书的页边空白处，间或写着些圆珠笔字，字体是很幼稚的那种，文辞也大都是抄（或模仿）贺卡上的："愿你每刻时光，都洋溢着欢欣和喜悦""对好友的祝福永远不变"。女服务员又进来了，我说借你的书看看，她说你看嘛。她在抽屉里翻出梳子、粉饼什么的，我想女孩子有她独特的一套内务，我应该回避，就说我到下面看看，出门而去。

观礼台正对太阳，晒得人热汗直淌。到开始游行时，我口干舌燥，觉得体力有些不支，就跑回住处；找个地方看电视实况，兴许还更清楚些。值班室对面的客房敞着门，女服务员正坐在那儿看转播。见了我说，老伯，茶替你泡好了。我说谢谢，端了茶也去对面看电视。她喊老伯的口音挺好玩儿，还没谁这样称呼我的。闲聊中知道她是附近乡下的，没考上高中，就进城打工，她姓黄。我转脸看了她一眼，想说，你好像音乐电视里的那位歌星，却没有说，我怕会被她视为唐突。

那天晚上放焰火。这儿的夜空从未这么灿烂过，天宇一片辉煌，轰然爆裂的光球向人直逼过来，有一种威慑的力量。感受这声响，这火焰，这光色，再冷漠的心也会被搅动，让人感到活着总是好的，总得干点儿什么才是。门前石阶已被人挤满，我只好从走廊尽头的小窗探出头去看。我伸头扭颈的样子大约很像只鸭子，呆头呆脑还很不舒服，不一会儿脖子已又累又酸。却听得背后有人唤我，老伯，上楼顶去看嘛，那儿好看。是黄。她打开铁闸门的锁，领我上了屋顶。嗬，在这儿看焰火更身临其境了，那些光团、光束、光柱，几乎是要射到人的怀里，人的心里。黄不时欢叫：哇——！当特别大、特别亮、特别鲜艳的火球当空炸裂的时候，她会拍着掌边喊边跳起来。

走的那天我整好行囊坐在那儿等车来，见黄过来，我叫她把床单被套换下来洗了。对不起了，我说，让你这几晚去和别人挤。她用土话说："没，没。"意思是没关系的。我不无客套地说，下次来我还在你们这儿住，她说下次来你碰不到我了。我问怎么了，她说她决定不在这儿干了，这里的薪金太低。多少？我问。她用很不屑的语气说："一百六！"我想那老板也太狠了一点，水一般的女子，猛干了一个月，拿的还不到你的几包香烟钱。好在如今有的是去处，黄已决定倒炒鱿鱼，干完这个月她要另闯新路了。

如今我还能记起黄的模样，她蹑脚进门开抽屉取东西，她在屋顶平台上对着礼花又叫又蹦又跳，她说"一百六"时那一脸的鄙夷。那样一位乡下来的女子，模样儿挺像音乐电视上的歌星，喜欢穿一件T恤边走边唱的那位。

我对我的学生金说，让我住值班室还住对了，要不，我怎能接触这么一位在人间一隅独自谋生的女子，又怎能写出这么一篇《夜宿值班室》的小文来……

（原载《散文》1999年第6期）

1999年

徐成淼

生命如歌

生命好像是由一首一首歌曲串连起来的。特别是我们这一代人，就在歌曲中泡大；从童稚到成人，又迈过青春，走进生命的暮年。那些歌啊，是一颗又一颗珠子，串成了一条链，挂在你我的脖颈上，是人生历程的印记和标志。

去年秋天，随省文艺理论家代表团到广西。在东兴到北海的路上，一车人困乏了，就用唱歌来调节气氛。先是乱唱，随后就唱进记忆里去了，就把那些年代久远得都褪了色的老歌从岁月深处翻了出来。管它陈芝麻烂谷子哩，管它有一搭没一搭，想起一段唱一段，想起一句唱一句；忘了词儿大家凑，凑不上就哼曲子，曲子也哼不全的，就跳过去。居然把好多湮没了的老调也兜了出来，居然把那些干枯了的往事也激活了过来。从“山那边呀好地方，一片稻田黄又黄，大家唱歌来耕地呀，高粱谷子堆满仓”，到“山上的荒地，是什么人来开？地里的鲜花，是什么人来栽？什么花儿开放，结出了自由的果？什么花儿开放，幸呀么幸福来？”听着哼着我也来了劲儿，接过导游小姐手中的无线话筒，说我给大家唱几首打仗的：“打得好来打得好来打得好，四面八方传捷报来传捷报！前方天天打胜仗，捷报如同雪花飘！”“捷报捷报，消灭了黄伯韬！捷报捷报，消灭了黄伯韬！”还有“淮海打胜仗，淮海打胜仗，解放大军威名天下扬！蒋军六十万，一笔勾了账；解放大军攻击力量不可挡！哪怕你是毒虫，哪怕你是狼，在解放军的铁拳下只有灭亡！”后边这几句节奏鲜明，如进行曲，同伴们击掌相和，车厢里气氛热烈。

循着共和国的历史往前抚摸，我发现几乎每一次重大的事件，都有歌声相伴。“抗美援朝”，有“雄赳赳，气昂昂，跨过鸭绿江”。“三反五反”，有“贪污分子，你睁开眼，两条道路由你挑。一条活路，一条死路，一条光明，一条黑暗。想想吧，看你走向哪一条？”反对美国武装日本就更威严了，是大诗人郭沫若作的词：“万人的歌声地动山摇。毛泽东，斯大林！斯大林，毛泽东！像太阳在空中照！”唱毛泽东和金日成的有：“在这世界的东方，怀仁堂的灯火辉煌。毛泽东和金日成，相会在一个地方。”……

这不就是历史吗？中国真是个奇妙的地方，除了中国，世界上还有什么别的地方，能用歌曲把时代的足迹这么具体、这么生动、这么详尽地记录下来呢？当我唱起“镇压反革命，大家一条心”的时候，开车的师父也笑了。后来吃饭时他夸我：“为旅游团开了多年车，也听过不少观光客唱歌，都没有这回听的这么多，这么有趣。”

这要得益于我自幼爱唱，而且记性挺好。我六岁半上小学，不久就当上了指挥。站在一条小板凳上，小胳臂一挥一挥，小屁股一扭一扭，惹得台下的家长们忍俊不禁；多年后谈起，还觉得余味无穷。到了小学五年级，就出演小歌剧《面包歌》，我演小叫花子。童声一出，“可怜我，小叫花，从小死了爹和妈”，台下总是又笑又鼓掌。升到初中，童音未改，歌曲的内容都全变了，记得最清楚的是《志愿军小唱》：“紧敲那个板来慢拉琴，我来唱唱英雄的志愿军。”歌声甫起，台下的兵们群情激动。四十多年后，我当年的同学、如今的浙江大学教授宋凡圣女士到贵州讲学，谈起我当年唱《志愿军小唱》，竟然还眉飞色舞；说每当她听到如今电视、广播里播放童声演唱时，都还会想起我当年那生脆的童音。变声之后，我开始有意识地训练嗓子。从文工团专业演员那儿得到启发，我逐渐知道该如何保持共鸣，保持气流的顺畅，该如何处理旋律中的关节处和那些该当柔软的转折点。我已经从“自为”的歌者走向“自觉”，我确然已经长大了。

现在当然是今非昔比了，有话筒，有音响，有伴奏音乐，更能弄得心痒痒，嗓子痒痒。所以每当有卡拉OK的场合，我总是抑制不住“露一手”的冲动，上去一展歌喉。20世纪最后一个春节的前夕，省作家协会在紫林宾馆贺岁，我的一曲《梭罗河》，惊倒与会的作家、诗人，刚唱了一句，底下就叫好。下来之后，有人说：没想到你还有这一招。我说：见笑了，露一“首”，只露这一“首”。而说话间，思绪已飞回到了四十多年前。我是在上海人民广场围墙外，从扩音器中听印尼总统苏加诺唱这首歌的：“美丽的梭罗河，我为你歌唱。你的光荣历史，我永远记在心上。旱季来临，你轻轻流淌；雨季波涛滚滚，你流向远方。”哦，就这么一晃，四十多年过去了，历史已在我的两鬓，凝结起抹不去的寒霜！

汽车继续驶向北海。在众人打了一个长盹之后，歌声又起。这一回的主调是言情的，世俗的。这一回我又能哼点什么呢？30年代的，40年代的，黎锦熙、陈蝶衣、贺绿汀、陈歌辛、“金嗓子”周璇，还有白光、龚秋霞、王人美。唱歌的人走得远远的了，远得连背影都已模糊，而他（她）们唱的歌却留了下来，至少留了一些下来。于是唱

《燕双飞》，唱《四季歌》，唱《凤凰于飞》，还有《五月的风》和那首颇有争议的《何日君再来》。软性歌曲的极致当然会归结于爱情，而动荡岁月中的爱情被挤压，爱情歌曲也自然失去了应有的位置。中国人照例表现出杰出的智慧，人们从少数民族的民歌中寻求爱的旋律，并大唱当时的“老大哥”苏联的爱情歌曲。前者有民族特色作保护，后者更有强硬的政治屏障，没人敢公然反对。旅游车上响起了另一种音调，先是《在那遥远的地方》《达坂城的姑娘》《掀起你的盖头来》，然后是《康定情歌》《敖包相会》《芦笙恋歌》，等等。师范大学年轻的博士唱了，贵州大学稳重的教授唱了，连平时不苟言笑的厅级干部也唱了起来。歌声就有这么好，它会叫人尽可能地取下面具，还原本真；它会叫人撩开心灵的帷幔，在窗口露齿一笑。苏联歌曲响起之后，车厢里又形成一次新的热潮，那是《红莓花儿开》红莓花开放的绚烂，是《三套车》车轮的轰响，还有《莫斯科郊外的晚上》，《山楂树》的白花满树开放。我扩展得更远，把俄罗斯的《萨特阔》也搬了出来，把柴可夫斯基和格林卡也拉了进来。叶甫根尼·奥涅金的那首长长的咏叹调难度太大了，我只能哼其中的几节；《北方的星》要平顺一点，最后一句“她那一颗颗的泪珠，滴落在她订婚的戒指上”，深情得几乎叫人落泪。这么唱下去，必然会再扩散开来，我们唱向欧洲，唱向美洲。那几首经典的《小夜曲》，那几首著名歌剧中的插曲，哼得上几句；《我的太阳》高不上去，《饮酒歌》难度大了些，但《乘着歌声的翅膀》和《重归苏莲托》之类的歌儿还是挺好唱的。那么美国的《老人河》《老黑奴》《肯塔基故乡》就更流畅自如了。

歌声总是怀旧，它是往日时光的一处封固了的风景。我们循声而去，走进的常是自家当年的庭荫。泛黄的老照片，记录的只是过去的外像；而旧歌，则是穿过岁月之后灵魂曾经有过的美丽的颤动。时间是最强大的过滤器，它会把许多杂质滤去，只让那令人留恋的留下，只让已被美化了的记忆留下。所以不少老歌，歌词的原意已被人忽略掉了，重要的是那种情调和气氛，那个我们曾经拥有的家园。

不必埋怨自己，不必追究往事所承负的责任，也不必表白有悔无悔。悔又怎样，不悔又怎样，都已经无济于事。我们只能带着一己的快乐与忧伤，坦然超然地面对自己，面对那些过去了的时光。那么，想唱的时候，能唱的时候，你就唱吧；唱出你的拥有和缺失，唱出你的执着和彷徨。

四十多年前，我在杭州日报实习。一个周末，晚饭后，我们几个约了到西湖划船。湖光，水色，夏夜的风，还有那一轮马上要掉下去的夕阳，直把西湖镀得一片金碧，直叫年轻的心柔情荡漾。我感到心中有许许多多话要跟世界说，要跟自然说，要跟自己说，要跟别人说。可我没法说出来，我只有唱。歌声缓起，低回宛转：“我亲爱的手风琴你轻轻地唱，让我们来回忆少年的时光，春天驾着鹤群的翅膀，飞到了遥远的地方。”又是苏联歌，是一部名字已记不起来了的电影的插曲：“过去的事情就让它过去，我们并不惋惜；嗨，我们深厚的战地友谊，就在那行军路上温暖我们的心，道路引导我们奔向前方。”坐在我身侧的一位同学听了，忽然叹了口气说：唉，你唱得真好，特别是轻轻唱着的时候。好久以来，她总像是对我心存芥蒂；打那以后，她对我似乎友善了许多。

如今唱歌的条件真是好得很了。坐在那儿，按按手上的几个号码，就会有你喜欢的卡拉OK放送出来。一次老专家们聚会，大家想亮亮嗓子，就你按过来我按过去，按出好多老歌，还有京剧和黄梅戏。他们问我唱什么，我一口气报出几首，却是现代的流行歌；老夫子们瞪大了眼睛，说你还会新潮的啊？其实好歌是没有“代沟”，没有国界，也没有时界的。贵州大学教授徐达，写过一篇散文，内中有长长的一段，讲他如何喜欢邓丽君的那首《香港之夜》，说自己几乎百听不厌。在上海的一次演唱会上，一曲《涛声依旧》尚未唱完，在场的一名年近半百的听众竟站了起来，挥舞双手，大声叫好。香港作家林燕妮引用一首流行歌：“如果爱你是错的话，/我不想对；/如果对是等于没有你的话，/我宁愿错一辈子。”林燕妮说：“流行歌曲这么唱着，把我的耳朵抢了去，也把我的心抢了去。”而北京的作家祝勇则这样写道：“听唱‘花瓣泪，飘落风中，虽有悲痛也从容’，心中总感到一丝难言的痛楚。歌声在飘，花瓣在飘，在无边的风中，也在人的心头划过优美而感伤的弧线。”可见流行歌曲并不是只供街头二愣子们瞎嚎嚎的玩意，流行歌曲中确有一种能抵达生命之痛的锋锐的东西。不知道是谁作的汉译，当《泰坦尼克》主题歌被译成汉语演唱时，它那深痛的歌词切切实实地打动了我：“只是一见钟情，两颗心已相通，刹那化成永恒情浓。怨命运总捉弄，前生今世太匆匆，留我一世一生的痛。”“飞翔如风般自由，你让我无忧无惧，永远都活在爱中。”说什么“商业炒作”，说什么“媚俗取宠”，都可以忽略不论。只要有这么一首歌，只要有这样几句歌词就行了：Myheartwillgoon，爱无止境，我心永恒！

曾经有两次用歌声向即将离我而去的女子送行。这是一种独特的、只属于我的告别方式，没有哭泣，没有悲伤，没有长亭相送的缠绵；我只是轻轻地为她歌唱，一首连接着一首。压制着情感，只用半嗓和气声，传达我远超乎哀伤之上的留恋和绝望。第一次是我来贵州的次年，我在一间俯视河水的平房小屋里与一位女子告别。我唱我的“小夜曲”：“我的歌声穿过黑夜向你轻轻飞去，在这幽静的小树林里，爱人，我等待你。皎洁月光照耀大地，树梢在耳语。”听着我的歌，她把脸埋在了掌心里，没有言语。分手之后，她给我写了封信，她说她从来没有像这次这样伤感过，歌声把她的心都掏空了。第二次是在二十多年之后了，一位与当年那个她年纪相仿的女子要去远方。我从黄自的《天伦歌》唱起：“小鸟归去已无巢，尔欲归去已无舟，何处觅源头？莫道尔是被弃的羔羊，莫道尔已哭断了肝肠，人世的惨痛，岂仅是失了爷娘！”直唱到哈恰图良的《杨柳歌》：“在枫树的下面她低垂着头，歌唱着青青的杨柳。那可怜人坐着她满怀忧愁，歌唱杨柳，杨柳！”这首歌的曲子升降音多，音阶跳度很大，而我能完整唱下，庶几可接近专业水准。这一回的她毕竟是属于另一个全新时代的人了，她没有把脸埋在掌心里，她只是以掌支颐，微笑着在一旁听着我唱。

（原载《山花》1999年第12期）

徐成淼

到花溪看蓝天去

花溪，该是多么美丽的名字。河水蜿蜒，在山野和田畴间静静淌着；静静地流淌，不事声张。河水总是清澈，总是绿得发蓝。两岸田间，偶见布依族女子在侍弄庄稼；岸柳如笏，柳下有一二钓者，静坐如黄杨木雕塑。相对于现代都市的喧嚣和扰攘，花溪的十里河滩，庶几可视为一处现代桃源。如果说黄果树瀑布是奔放，雄伟，是一曲撼人心魄的交响乐；那么花溪，就该是小家碧玉，是纤纤素手奏出的一曲笙歌，春江花月夜，抑或二泉映月：它展示着高原田园般静美的另外一面。

往上游看去，河水绕过花溪公园，在碧云窝那儿，变得更为徐缓。河道意外平直，在视野中划出了一条黄金分割线。河那边是一抹翠绿，浓荫密匝匝地覆盖着一脉小山。碧云窝宾馆白色建筑的身影，从高树的叶隙间倒映于水中，构成了一幅绝美的水彩图画。水里还浮着几只鸭子呢，静止的画面因之而活动了起来。再往前，河湾处，是两排一刷齐的法国梧桐，每到秋天，树叶红了，黄了，蓝天下便有了一派金碧。于是树下的甬道，便有了一个辉煌的名字：黄金大道。这条大道是那样著名，渔翁，画写生画的，年轻夫妇和他们的孩子，不用说还有情侣，都会把这儿当作他们郊游的首选之地。

花溪，碧云窝，黄金大道：光听听这些名字，就会令人怦然心动。繁花掩映的溪流，碧云从山窝里袅袅涌出；长空如盖，骄阳照彻那一片蔚蓝；更有那秋天的梧桐树，霜叶镀出了一个金色的世界。

前年初夏，叶文玲来贵阳签名售书，慕名要到花溪一游，我和余未人一路陪同。游过花溪公园，巴金的憩园旧居，还有树荫中的碧云窝之后，我们来到黄金大道。天气分外晴好，阳光从梧桐叶间密密地铺下来，黄金大道一片灿烂。前边过来一位布依族老妇，背着个硕大的竹筐，叶文玲与她攀谈起来，我权充“翻译”。闻知老人已经八十有五，而精神却尤为矍铄，叶文玲大大地感叹了。我在一旁抢拍了这个镜头，后来叶文玲说，她有数不清的相片，却以这一幅最为她所珍爱。

从黄金大道出来，在河边漫步，蓦然抬头，却见整片河滩的上空，长天一碧如洗，不掺一点杂色。连云都没有一朵，是一整块明蓝，蓝得透明，蓝得深邃，蓝得让人禁不住要叹息，要从心头吐出长长的一口气来。叶文玲惊叹道：这天有多蓝啊！

这是真的。只有在高原，你才能看到这么纯粹的蓝天，也只有在远离尘嚣的花溪，这天，才能蓝得如此出色。特别是当下，许多大都市的天空已不再有往日的蓝色了，人们离蓝天已很远很远。那么“高原明珠”花溪的蓝天，就成了一处特别珍贵、特别值得一看的景观。站在水流潺湲的花溪岸旁，仰望昊天，那一片纯蓝，会叫人惊叹于宇宙的广远，时间的永恒和大自然的神秘。那是一种灵魂的沐浴，是对生命的再度颖悟和洞察……

那么倘若你来到贵州，可千万别忘了：到花溪看蓝天去！

（原载《光明日报》2000年2月17日）

2000年

徐成淼

百代过客
——为一个古老的村庄而歌

远远地，透过机动船狭窄的舷窗，我已看见那一片五颜六色的人群；而且，阵阵鼓乐，顺江风传来，也已经隐约可闻。我就松了一口气，心中说：终于到了！

我们坐了火车，又坐汽车，到了县城。从县城又是汽车又是船，才来到这里。从县城到水埠头的公路正在翻修，汽车几乎是从石头堆上滚过去的；机动船的座凳也过于狭窄，怎么坐也容不下整个臀部。为了来看一看这个名叫三门塘的小村，我们可是长途跋涉，一路颠簸一路局促。所以远远地看见河岸上红红绿绿的人群和旗帜，隐隐地听见那军乐和腰鼓的喧闹声，我就想：总算到了，总算可以伸伸腿脚，揉揉屁股墩儿了。

如果是坐了敞篷的木船，让船家摇着橹，一路上晃晃悠悠，看水光山色，听桨声欸乃，情形说不定就会好得多。然而时代不同了，时间就是金钱，现代人已耗不起这么高昂的成本。于是木船装上了柴油机，梆梆梆梆，乘风破浪。快是快多了，不过坐在船舱里，柴油机的梆梆声直敲得人脑仁儿生疼，并肩儿坐着的人说话都得直着喉咙大着声儿喊叫，那种“水若青罗带，山似碧玉簪”或者“曲终人不见，江上数峰青”之类的情韵就不得不大打折扣了。现代和古典就这样地不可得兼，犹如那熊掌和鱼。

沿着以鹅卵石铺就的缓坡，走进这偏僻的小村，直让人觉得是在走进历史。是的，村口一片喧闹，旗正飘飘，孩子们有节奏地喊着欢迎的口号。但这些都只是一层外壳，是人为地蒙上去的一种包装。而骨子里面，村庄古风扑面；要不是扩音器里反复播着《迎宾曲》，还真的要令我忘记了时间，忘记整个20世纪已经进入了最后的倒计时阶段。

田间小路上铺着的青石板，已被磨得溜光；那些用原始木料建成的村舍，已染上厚厚的旧色；村口一溜石碑，凿纹已经变浅，上面的文字，不少已难以辨认；显然是全村最“宏伟”的建筑的那座宗祠，也已经外皮剥落，斑驳里显出一种无奈的式微来。这得要经历多少时日，得要穿越多少沧桑呢？我沿时间之河上溯，向远远的源头探望，看到的却只是一片迷茫。

我们被延至一间堂屋里休息。他们要端了水来，他们要绞了毛巾把儿来，还有特地买来的力士香皂呢，还有专门配置的彩色皂盒呢。也真难为他们了，他们把我们当最尊贵的宾客看待了，他们把今天当最盛大的节日来对待了；他们兴师动众，连老人和孩子们也都动员起来。看他们男男女女那样地忙碌，那样地张罗，不知怎的，我心中掠过了一丝不安，甚至夹杂着一点伤感。

那些孩子，那些半大小子，常常用一种特别惊异的目光注视我们。小村还从未一家伙来这么多人，而且都是些什么样的人啊：长舌头的帽子，印了图案的衫子，脖子上吊着照相机、摄像机，鼻梁上还架着副太阳镜。——是我们给村庄涂上了一笔迥异的色彩，是我们扰动了山村的宁静。

小学的操场该是村里最平坦的一处玩乐之地了，村民们在那儿为我们准备了一台节目。女人们穿上了传统的衣裳，宽宽的腰带捆绑得十分严实，肥腿裤，绣花鞋，发辫中编着颜色鲜艳的腈纶线。歌声起了，悠长，邈远，有一点感动，又带着点儿苍凉。而后出来一位中年女子，独自在那里唱得老长老长；问人她是在唱些啥？说是唱的是一年四季，春种夏耕，秋收冬藏；又说是在唱女人的一生，生长，成熟，出阁，相夫教子，终至老去，悠长的岁月，劳碌而又匆忙。

太阳很大，没有风，挤在人群里，不免闷热。而那些长长的歌，又是那样幽邃，像是从岁月的深处唱出来的，像是从人生的彼岸唱过来的。我心里觉得有些难耐，就悄悄地提前走出了会场。

我独自走在田间的青石板路上，看远处江水缓缓而流；它总是那样地波澜不惊，那样地雍容安详。凭两岸丛山绿了又黄，黄了又绿，它仍是那样从容地流着，千千万万年。人间的纠葛，世事的嬗变，相对于浩浩江流，琐屑得都不值一提。身后的歌声渐渐远了，我已经远离群体，我前边是一片田野，我后边也是一片田野。蓦然就想起陈子昂的《登幽州台歌》：前不见古人，后不见来者。有些情调和意境是要在一定的氛围中才能真正体会的，就要在三门塘这样特定的地方，在三门塘这样的山水之间，才能真正感悟茫茫时空的严峻的意义：念天地之悠悠，独怆然而涕下！这么一个几乎与世隔绝的村庄，山高水长，一代代人活着，生老病死，绵延不绝，以至今日。那些将姓名留在石碑上的先人们早已逝去，当年他们也同样生机勃勃过，他们造渡船，掏水井，建学馆，为的也是让人活得更好些罢。如今他们已经无言，如今轮到我们来凭吊了，他们已成了一个遗迹。那么将后呢？将后当我们这一代人也成了遗迹的时候，又会是谁来凭吊谁呢？

接着是用餐。菜肴是务实的，粗大却很丰盛。因为都半下午了，又累又饿，众宾客也就狼吞虎咽起来，全不顾吃相好不好看了。见我的饭碗已空，守在我身旁的一个小女孩连忙伸手来抢我的碗。她在那儿已经守了很久了，就是要等着为我添饭。我用双手接过她盛的饭，说了声谢谢。看她那样子，怕不过十五六岁。她穿一身蓝布衣裤，一条长辫垂于肩后，一脸纯朴，甚至于有些木讷。她知道我们是谁，是从哪里来，要到哪儿去吗？她不会知道。她只晓得村里来了贵客，是贵客就得好生招待；这是从来如此的，一代又一代。看着她，我突然想起我的远在上海的侄孙女们，她们该和这山村女孩儿差不多年纪。而她们早就已经骑着助动车满大街地跑了，她们泡吧，蹦迪，逛精品店，穿梭于这家那家的派对之间。她们一伙人中的“酷”而又“酷”者，更兀自以“新新人类”自诩。人和人就有这样的不同，我的上海的“新新人类”的女孩子们，会想象得到在遥远的贵州的遥远的东南角的遥远的小山村里，有那么一个与她们同龄的小女孩，却过着和她们完全不同的生活吗？

终于还是要走了。任凭我们如何赞美这个村庄，我们还是要回到我们的城市，回到动辄被我们诅咒的该死而又离不开的都会中去。

告别的场面很是动人。女人们提着酒壶一直送到船上，我看到那个为我盛饭的小女孩也尾随在她们的后边。不知怎么的，伤感又向我袭来，我转身离开船头，钻进了船舱，我不想直面这样的场景。直到长篙一点，点开了我们与她们之间的距离，她们还在岸上唱着，不断地挥手示意。我用目光搜寻那个给我盛饭的小女孩，却已经找不到了。

柴油机又梆梆梆地响起来了，有人已倚着舷板打起了盹儿。不久我们就将回到都市，回到那片喧嚣的红尘，去继续自寻烦恼或者自寻快乐。我们把他们留在历史里，而且很快就会把他们淡忘。那么他们又会怎样呢？收拾完杯盘碗盏之后，今夜，他们兴奋的心情不会立即消失，他们还会在院坝，在檐下，继续谈论今天的热闹和喧哗。也许，有人还会走向江岸，眺望江水，追忆那一伙远方的来客而耽于某种幻想。

我回眸船后，想再看一眼那江岸和岸上送行的人们，然而我看到的只是阳光下的一片烟波，那古老的村庄已杳不可寻。我知道此一去我将不再返回，这分手也就是一次永诀。

哦——
地球是天上的一颗星，
三门塘是地上的一个村，
而我，则只是一名过客。
——这就是历史。

（原载《散文》2000年第3期）

2000年

袁　浪

爸爸啊！你是天下最好的妈妈

人们常说：当好一位母亲难，当好一位父亲也难，如果一个人同时当好一位父亲和母亲，那就难上加难了。然而，人世间就有一位这样的男人。生活上他强忍着失去爱妻之痛，将两个没有母亲的孩子抚育成人，同时还将身患绝症的岳母伺候到最后一息。工作上他努力拼搏，成为贵州省地矿局的优秀党员、高级工程师、中国科学技术协会第二届金牛奖得主。

如今，这个没有母亲的家庭受到了越来越多的人的关注。

上篇：真情

1965年9月，不满二十岁的吴斯利从武汉地质学校（即今天的武汉地质干部管理学院）化学专业毕业，被分配到贵州地质实验室从事岩矿分析工作。1973年他二十八岁时，认识了二十四岁的贵阳姑娘苏德真。1974年元旦，他们举行了婚礼。因为苏德真的工作单位在五十里外的平坝县，他们开始了离多聚少的生活，同年的岁尾，他们的第一个孩子降生了。当苏德真产假期满，半岁多的孩子留给了丈夫。地矿局托儿所破例收下了这名未满周岁的婴儿，总算让吴斯利有了上班的时间，但中午和下午下班时他必须将孩子接回来。初为人父，他就当上了年轻的妈妈。吴斯利已经记不清有多少次在白天黑夜、寒风酷暑中抱着孩子到医院，也记不清为了孩子自己有多少个通宵无法合眼。

1979年6月30日，他们的第二个儿子降生了。他们为孩子取名道帆，苏德真也调到了贵阳市郊，期望未来的生活能够一帆风顺。

调到贵阳郊区的苏德真就像欠着这个家里什么似的，常年在相距十三公里的家与单位之间奔忙。吴斯利知道她的身体一直很虚弱，常常劝她注意休息。她总是那句深情的话："为了你和孩子，吃什么苦我都心甘情愿。"

有一件事苏德真深深地藏在心底，那就是腹部疼痛的毛病越来越严重，剧痛的汗水常常湿透内衣，常常使她咬破枕巾。但她从不声张，担心给团聚不久的家，给自己深爱着的丈夫带来不安。

1988年的除夕之夜，苏德真病发休克。医院大夫叹息地告诉吴斯利："肝癌晚期，你们耽误得太久了。"吴斯利差点晕厥，心中交织着悔恨和惭愧，苛责自己的粗心。

从这个除夕之夜开始，吴斯利过上了另一种生活，每天晚上辅导完两个孩子的学习，安顿他们睡觉后又匆匆赶到医院。病床旁那张靠椅就成了他的卧榻，不管苏德真怎样要他回家，他总是婉言推辞。聪明的妻子从丈夫那超常的劳累和温存体贴以及医生们特殊的神态中猜测到了自己的病情，特别是看着两位她同室的病友先后出去做手术，但却没有看见他们回来。最糟糕的是一位十四五岁的女孩来病房收拾父亲的遗物时禁不住失声痛哭，说了些不宜对病人直言的话。

苏德真一切都明白了，一切都坦然了。

她独自思忖，暗定主意，她想："肿瘤病房——死亡的驿站"过去只是在书上看到，今天却是实实在在地看到了。当天晚上，她平静地对丈夫说："斯利，你别隐瞒我了，我知道自己得了什么病。"

吴斯利的眼睛湿润了，安慰妻子道："你不要胡思乱想，不管得了什么病，我们都要努力地去战胜它，等做完手术后，病情就会好转的。"

苏德真痛苦地摇着头："斯利呀，我们两人的工资加起来还不到三百，而手术费和治疗费就要好几万，组织和同志们的帮助是有限的，而且我们也不忍心啊。"

吴斯利坚决地说："不行，你要听我的，就是天大的压力，我也要将它担起来。"

苏德真激动了，大声说道："如果你非要坚持，我现在就死给你看。"话一出口，吴斯利沉默了，他百感交集地凝视着妻子，两颗豆大的泪滴滚落下来。

苏德真抽噎着哭了，她温柔地用手擦去丈夫脸上的泪痕："请原谅，我不是故意这样说的，我已经知道了自己是肝癌晚期，任何努力都只能延长生命的分分秒秒，我们还有孩子，你和他们的未来才是最重要的，我欠你们的已经太多了，不能再增加了，如果两个孩子能长大成人，九泉下的我也就满足了。"

争论的结果吴斯利虽然屈服了，但对妻子的敬重和爱却更深了，慢慢地医院和他们单位传出了这对夫妻死亡之恋的故事。每晚十时后，安排好孩子的吴斯利总是准时来到病房，在床边那张木靠椅上过夜。每当星期天，他都要将两个儿子收拾得整洁干净地带到妻子面前，让她抚摸亲昵。儿子那稚嫩的小手总是不断地为妈妈揩去那总也止不住的泪水。

1988年5月24日，苏德真的病情恶化，卧床不起的岳母也病情加重，吴斯利又多了照看岳母的负担。有一天上午，他从岳母家回来，正碰上瓢泼大雨。事先他没带雨伞，被浇得浑身湿透，下午竟高烧到三十九摄氏度，他感到浑身一点力气都没有了。他硬撑着强迫自己起来做饭，照顾孩子，心中不断地告诫自己：吴斯利呀，这种时候你可不能倒下呀。当发着高烧的他晚上准时赶到医院时，同他已经熟悉的医生见他烧得满脸通红不禁大受感动，在一连声的“真是难得”的叹息声中破例立即为他输液注射。

在苏德真生命的最后时刻，她紧紧地依偎在吴斯利的怀里，嘴中不停地喊着两个孩子的名字。妻子走上了不归路，留给吴斯利的是无尽的哀痛。医生安慰他：“我们估计病人最多只能活两个月，但却活了四个月，这是你精心照料给了病人精神上巨大安慰的结果，已经很不容易了。”

为了让年迈的岳母不承受老年丧女的痛苦，吴斯利用尽了心机。假称苏德真为了更好治疗，转院去了吴斯利父母所在的武汉，并且每隔一月或半月就会把苏德真从武汉寄来的信念给岳母听。

一年后岳母去世了，但一直到老人的弥留之际她还不知道女儿早就离开了她，她还在喊着女儿的名字，相信女儿很快就会回来。

下篇：真爱

苏德真去世的那一年，吴斯利的月工资还不到二百元，父子三人的生活开支常常捉襟见肘。在清苦的生活中，两个开始懂事的孩子知道爸爸期望着什么，更知道爸爸的艰难，他们不但自觉地刻苦学习，每期的学习成绩都在班上名列前茅，而且从来不主动向父亲要一分零花钱。老二道帆整个小学用的就是妈妈给他买的那个书包，那个文具盒和那盏夜夜同哥哥共有的简易台灯。

吴斯利虽然教育孩子们艰苦朴素，但对孩子的呵护却是细致入微。有一次小道帆班上新来的班主任在批评有的同学不讲卫生时表扬了他，这位老师说：“你看人家吴道帆，不但个人卫生好，连书包中的课本作业本都分类得整整齐齐……”下课时，这位班主任看着小道帆身上那套质地很平常、但看上去却清爽合体的外衣时，禁不住夸奖道：“小道帆，你妈妈真会买衣服。”没想到这句夸奖的话竟使得这位在班上年龄最小，但却是最活泼的小道帆低下了头，眼眶也湿润了。这情景使这位年轻的女教师吃了一惊，她立即俯下身来，抚摸着小道帆的头问道：“怎么啦？”

小道帆的泪水涌出了眼眶："我没有妈妈。"

"妈妈呢？"

"妈妈死了。"

年轻的女教师一把将小道帆搂进怀里，泪水禁不住夺眶而出，就像对一个大人承认错误一样："对不起，孩子，我不知道这些，我不该问你呀。"事后这位班主任走访了学生家长，她看到了那不大的两间简陋的房间里干净清爽，孩子睡的双层床收拾得舒适整洁，学习的书籍分门别类，简单的家具和用具收拾得整整齐齐。这位年轻的班主任事后曾向同事们感叹道，她真不敢相信这竟是一个没有母亲的家庭。

1991年，经过一年多的努力，吴斯利承接的理论水平要求很高的铁合金科研项目获得了中国科学技术协会颁发的金牛奖。老大吴道永也以优秀的成绩结束了初中学业，考进了贵阳的重点中学六中。

父亲的身传言教深深地影响着孩子的成长和品格的形成，哥哥的勤奋好学又激励着小他五岁的弟弟。1994年，道帆初中毕业后竟然以全班第一的成绩考上了贵州省的第一重点中学贵阳一中。吴斯利感到十分欣慰，特地挤出钱来奖给了道帆一辆自行车。这是道帆第一次有了属于自己的最豪华的用具，但他深知父亲的艰难，十分爱护这辆普通的自行车，经常擦拭得比轿车都要光亮。

1997年是吴斯利双喜临门的一年，老二道帆以高出贵州重点大学录取分数线三十四分的成绩考上了重庆邮电学院无线电通信系，吴斯利也被晋升为高级工程师，这个单亲家庭做出了很多双亲家庭都做不到的事，因而引起了社会的关注和舆论的好评。

1998年，老大吴道永从贵州大学财政系毕业了，到一家星级大酒店担任财务审计的工作，吴斯利的生活经济条件得到了进一步的好转。今年，老二道帆将读完大三，老师和同学们都喜欢他那活泼开朗的性格，他不但学习成绩好，还是系篮球队的主力、体育队的游泳好手。

在苏德真去世后的十多年里，每年的清明、中秋、春节和有闲暇的时候，父子三人总要到公墓看望苏德真，是去向妈妈汇报，也是去向妻子诉说。

去年，父子三人又去公墓看望苏德真。在妻子墓前，吴斯利看着已长大成人、身高都在一米八以上的两个儿子，想起抚育他们成人的经历和作古多年的妻子，禁不住百感交集，手抚着墓碑说道："德真啊，你的嘱托，你的牵挂，今天你都看到了，你听得见我们的话吗？"说到这里，吴斯利禁不住泪如泉涌，有生以来从未见父亲流过泪的两个儿子大吃一惊，竟情不自禁地在母亲坟头"咚"的一声跪在父亲面前，几乎异口同声地说道："爸爸，真的苦了你了，你是天下最好的妈妈！"看着跪在自己面前的两座小山似的儿子，吴斯利连忙将他们拉了起来，父子三人抱头痛哭，这是激动的哭，幸福的哭，也是思念妈妈和妻子的哭，哭得好畅快，哭得好舒心啊！山风吹动着墓前的松林，发出一阵阵沙沙声，那是妈妈的欢笑，也是妻子的叹息。

[原载《人民日报》（海外版）2000年5月30日第7版]

袁仁琮

吊蜂子

我小的时候，单家独户住在大山里。稻子开始发黄的时候，和哥哥便上山吊蜂子。吊蜂子可是很有趣的事。秋天，蚂蚱正肥，捉上一只，掐下腿，挤出香棍棍头大一点肉，放在大拇指指甲上，粘上用棉花做成的白色吊子，细细的长长的，像耳坠，就成了蜂子的诱饵。蜂子飞来，只要把手伸出去，那嗡嗡飞着的小东西很快就会落下，嗅一嗅，开始细心地用嘴把食物从指甲上一点点剔下。蜂子放心地飞回去的时候，那条白色的棉花吊子便给吊蜂者指路了。除非蜂子在树上停留，棉花吊子被挂落，否则，就会一直带到蜂巢里！有经验的吊蜂者是不会轻易失去目标的，眼睛一眨不眨地盯住那渐渐远去的飞物，一直到发现蜂巢为止。大蜂子个粗，蜂蛹肥，当然吸引人，但它们是把巢营造在大树上的，不好烧。紫红的大蜂子特别凶恶，只要发现来犯者，即群起而攻之，常常有人死于它们的千万根毒刺之下。我们不愿意冒这样的险，只吊比大蜂子小得多的地蜂子。哥哥是极有经验的吊蜂者，他能根据蜂子出入口的大小，判断蜂巢的大小，并由此确定用多少稻草去烧，挖多大范围才能把蜂巢取出来。

哥哥烧蜂子也是极有本事的，只见他头戴斗笠，扎紧袖口裤脚，一手拿呼呼燃着的稻草，一手迅速刨开旁边的泥土，不多工夫，连壳带扇的蜂巢就像变魔术似的被装进早已准备好的口袋里，带回去，敞开，让吓坏了的蜂们逃命去，就再没有被蜇的危险了。这时，一家人便高高兴兴地围拢来，极细心地把蜂蛹从构筑异常精巧的巢孔里取出。无论怎样大的一窝地蜂子，蜂蛹也只有一小碗，确实太少，但如果用些油一炒，放上一瓢水，也是颇能解一下馋的。每年秋天，哥哥总能烧到几窝，所以，总能不断地打打牙祭。

五十多年过去，吊蜂子的画面早已被风雨剥蚀得模糊了，和城市的朋友说起这样的事，对方惊讶的眼神仿佛在问，那能吃吗？说不定还会被奚落为朱元璋的“珍珠翡翠白玉汤”呢，我自己当然再没吃到那特殊香味的蜂蛹了。这次天柱举行笔会，在宾馆的餐桌除了现代流行的美味佳肴，我又见到这久违的老朋友。见面时，虽然有些陌生，但毕竟很快就认出来了。先是味觉的复苏，那一种奇特的香味像春天的笋子，先是冒出一点尖，看着看着就长大了，成了个活鲜鲜的春笋。当然，这比方也不太确切，因为复苏时间实在很短很短，短到只是一瞬，我的整个口腔就溢满那熟悉的味儿。我曾奇怪这味儿会留得这样长久，埋藏得这样深，生命力如此顽强，竟不为世事沧桑而泯灭，不为光怪陆离的城市生活而改变。后来，才渐渐释然。我之所以很快明白，并不是我比别人天分更高，而是生活为我作了诠释。笔会期间，热情的主人组织参观侗寨。我见到了熟悉的木楼，多情的妹崽，听到一曲曲细着嗓门唱出来的劝酒歌，喝下一杯杯自烤的淳厚的米酒。在酒不醉人人自醉的氛围里，我仿佛又回到儿时生活的村寨，回到那没有一点人工雕琢痕迹的生活，回到那清新爽宜的空气里。这时已不再是味觉的复苏，而是整个儿回去了。以至回到生我养我那一方土地的时候，我感到是那样自如，竟能用侗话和乡亲们寒暄。乡亲们对此举有特殊评价：五十多年了，还没忘记哩。这话的含义多少有些模糊。没忘记什么？是指本民族语还是指乡亲们？但我知道，乡亲们对回家来操外地腔的人是很反感的，话说得很难听，大约是把忘了本民族语言和忘了亲们连在一起了，而我算是得到格外抬爱的。

我自信永远不会忘记，包括富于阳刚气的侗语，有趣的吊蜂子以及乡亲们，因为我是大山的儿子。

（原载《散文》2000年第5期）

喻子涵

武陵三题

铜岩阁记

山水可养人的灵性。如与山水风物隔离已久，便觉心狭气短，脑钝智愚。一日读唐诗，为“返景入森林”“明月来相照”之句，慨叹沉思良久。人生二字，贵在顺其自然，理想与现实化二为一时，就会懂得人生的奥妙。

铜仁，因江中出三铜人而得名。铜仁山水，秀色可餐，两江穿城而过，人称“小武汉”。铜仁处黔东，与湘西紧邻，系巴楚文化的结合部，因而民风古朴，地域文化独特淳厚。本人居铜仁十余年，好读书作文，亦好旅游观光，所见所闻所录不少，选其十则，拟作“铜仁十记”，然仅得“三记”而后止。另有“七记”，其必记而未记者，乃锦江二水合流之处屹然而峙的铜岩。1993年冬，市政府开发旅游资源，于岩上新修铜岩阁，吸引了不少游人，也令我向往不已。次年夏秋之交，取晴日登临铜岩，于阁中跳望三江之水来来去去，大有岳阳楼范公之慨，也不少滕王阁王勃之情。于是，顿觉心胸豁朗，困惑的人生有了大解救。

铜岩圆周不过十丈，高不过百米，有上下二台。岩势崛然独峙，亦蹲亦举，亦俯亦仰；岩质嶙峋古怪，亦灰亦白，亦韧亦坚。视其情形确有“一柱砥风涛”之象。而阁，六柱三层，秀拔于崖巅。地势低，而奇峭不逊于东山亭；古木少，其烟霞不弱于水晶阁。远观，恰在太阳未出之时，岩浮水面，烟树迷离，楼阁若有若无，明灭不定，有如蓬岛仙居；近察，虽不在月夜，却心生江静月明之境，风拂楼台，身心惬意，渔船往来穿梭，酬唱互答，正似洞庭风光。

当然，铜岩阁之美，不仅在于如上铺排的形貌之美，稍微有点文化修养的人都知道，美在心里，景由心生。心情怡悦者，想观风月便有风月，想听歌音便生歌音；心情抑郁者，一楼一台，一水一石，均会染上苍凉之色彩、悲怆之情调。

而铜岩阁的存在美学，绝非上述两种情况所能诠释得清楚的。

铜岩阁最早出现于明代正德年间，距今已有四百七十多年。其兴衰嬗变，几毁几复，历经了几多磨难与沧桑。它成为铜仁的一大人文景观，而没有历代文人的歌咏品题，就不可能知名于世，就不可能构成山水的人文内涵。所谓“永州多佳山水，得子厚而始彰”，便是如此。

一名胜风物的出现，当然是政治、经济、社会、文化的综合反映。小小铜岩阁，曾经充当过不少角色。社会混乱，百姓不安，它成了守郡兵士瞭望攻敌之台；政治清明，文化繁盛，它又是名士才子的游憩吟咏之所。几世几年，铜岩阁为惠化百姓、维护古风起了不小的作用。

相传，岩下有一座神秘的小洲隐于水中，每值乡试，洲出水面，郡人必有中榜者。传说归传说，而文化的发展，与政治、经济、社会密不可分，明代以来，凡贤明的太守都很重视文化教育，每逢乡试，都要举办公庭会宴，宴毕，让应试学子纷纷渡江登亭，意为“占鳌之兆”。所以，明清时均叫铜岩为“跨鳌亭”。史书有据：“郡人士环城聚观，诚盛事也。”可见当时科举之盛况。清代重修跨鳌亭，其旨不为别的，重在以使文风日新，民情古朴，让郡人“秀者读，愚者耕，守礼畏法”。铜岩阁已不是一般风景意义的铜岩阁，而成郡人警策自己修身养性、植品勤学的崇拜物和象征物了。如今的铜仁市，山水依然清雅秀逸，民风仍旧淳朴浓郁，不正得益于斯、陶冶于斯吗？

久立铜岩，身处江心。儒矣？道矣？进矣？退矣？心中云雾缭绕。“缘何不改江心石，留待年年落帽归”，儒矣；“当风落帽且高歌，有酒不醉复何如”，道矣；“托身一何壮，势欲回狂澜”，儒矣；“孤根峙水底，涨落常居一”，道矣。儒与道，一入一出，一进一退，皆为人生追求的两大胜境。此时的我，是儒亦安，道亦安；是进亦乐，退亦乐。正如身边三江之水，来亦悠然，去亦悠然，万虑俱消，无怨无悔。

另注：所引诗句分别摘自清代王士仪《九日登铜岩望两江合流放歌》、明代徐以暹《登铜岩跨鳌亭望两江合流放歌》、清代易笏山《铜江六韵·铜岩》和胡长新《铜江六韵·铜岩》等诗篇。原载《铜仁府志》卷十九《诗》。

莲池庵记

铜仁城东去二十里有一山，蜿蜒绵亘两百里，奇峰错列，如飞，如走，如仰，如仆，如盘，如卧，名曰“六龙”，系武陵一脉。其一峭壁危峰，格外奇险，中劈一洞，形如花瓣，洞中有池，泉香味冽，四季不枯，叫“莲池洞”。洞外岩壁下有平地半亩，可造屋。明代一个叫“无相”的诗僧，远道而来，一眼相中此山，于池前构屋三楹，结僧奉佛，大兴佛事，兹山从此大开生面，而池亦灵异无比，当地人争相上山朝拜，称此地为“莲池庵”。

我是1994年春天到莲池庵的。同行有四人，自备一天饮食，坐篷篷车至寨桂下，沿溪步行二里河滩，穿过几座村寨，便到六龙山麓。此地真不愧是僧家之山水，佛家之洞天。伫立河滩仰观，碧幛青崖，丹峰翠壑，烟峦雾岭，朝晖夕阴。我和罗漠为初次到者，故选择上山，另二人沿河滩上行而去。

山道屈曲盘桓，峭壁数折。林木森森，葱茏蓊郁，目不见天光，行不见脚步。至半山，遇一老翁身着青布衣，持刀劈荆棘，方见脚下小路延伸。与之攀谈，亦是喜山爱佛者，为朝山拜佛之人行善开路。至洞口，凉风绕绕，疲劳顿消；洞外丛中，百鸟争鸣，奇花勃放。

莲池庵古为名流聚会之所。据古书记载，无相大师圆寂后，大模、补松、纯中、兴济等几代高僧虔心继业，几百年间，大畅宗风，广置福田，佛事活动繁盛一时，往往宾客云集，听风品茗，无数文人墨士把酒吟咏，谈佛论诗，留下不少诗文佳句，为今人创造了优秀的历史文化遗产。

有一个叫徐言的清代逸士，我们得十分感谢这个人。至性过人的徐言，恬淡冲和，不屑仕进，颇能作文赋诗，于读书之余，纵游山水，时与诸名流题咏唱和。铜仁诸多名胜，皆因徐言之文而美传至今。像莲池庵这个名流荟萃之地，徐言当然是常往之客。一日，徐言到山，补松和尚迎至啸台，沏上清茶，在清风白月之下品茗论诗。补松取出一帧莲池图谱，叹息道：“自无相老人开山以来，历代诗僧及骚人墨士，留下不少佳作，但天长日久，恐致散漫，岂不可惜？”徐言是一个聪明的文化人，领悟其意，几日功夫，将莲池所存之诗抄于图谱上，汇集成帙，取名《莲池图诗志》，并作了一篇序。序中有两句话，颇令今人感慨：“后有作者继此为之，将以成一郡之奇观，而垂名山之大业……”

可惜这本珍贵的《莲池图诗志》早已散失，现仅存徐言的那篇序。徐言之望，后人终于背叛，其憾，其愧，不可言状！倘若莲池庵不遇无相和徐言这些诗僧文人，尚且让它成为一座空山，确也不足为憾。而先人已创造了丰富的历史文化遗产，后人却不加珍惜，任其散漫漂失，那就太不应该，太不应该了！

站在莲池洞外悬崖上，白云万壑，山幽林静，六龙缥缈，豁目荡心。攘攘尘途，当初唯恐自己无缘，不能领受如此清幽澄净之妙景，而如今终于如愿。

进莲池洞，洞形与记述逼真。饮莲池水，清凉透腑，不愧为佛地灵泉。在石屋中，石壁依然，大概此为僧侣栖息之所。小坐片刻，出观石壁上无数僧诗，因字迹漶漫，无可辨认，诵之不能成篇，抄写不能成句，终于放弃，再去登三昧塔。

三昧塔高不过两百米，而雄踞秃顶，其势险峻奇拔。据史载，三昧塔本无路可上，道光年间，心碧和尚于绝壁辟一径，方通绝顶。小径以石块镶就，悬空贴壁，盘旋而上，每级且容脚趾，左脚尖着石，而右脚悬空不敢跨前，身不能转，眼更不能回，稍一疏忽，则身坠命亡。我们行至一折，眼花心乱，手软脚麻，二人退身下塔。但据传，僧人上下如履平地。大概我们修行不够，无缘登极顶一览六龙风烟，此乃又一大憾事！

在三昧塔前稍息，仰观三尊大字，书为柳体，端正大方，健劲有力。但仔细思索"三昧"二字，原来我们上不了塔，只因为不备"三昧"之道。杂虑未除，心不能专注于一境，虽不险奇，亦不能达极致，便深悟佛法之神秘与博大。事业与人生，又何尝不是需要如此清醒和专一呢？

回到城里，每每与人念及莲池庵盛衰之况，便听说：何不写篇文章追古叙今，暂且不图其他，而在警策世人尊重自然、保护文物。思之再三，此话有理，便于甲戌年立秋前一日草成此记。文章后来发表，引起各级政府的高度重视。保护环境，抢救文物，列入有关部门的重要工作内容。现莲池庵已成铜仁市重点保护的文物单位，并拨款维修古迹，开发景点，如今游客络绎不绝，其盛况不减当年。

石竹村记

我们这回走进了山的王国。小路左弯一阵，右转一阵，人就不知到了什么地方。在这山的王国里，好像根本就不需要或不存在方向和时间。

铜仁乡下的山宁静而秀美，耐得住寂寞好像是它的品格。那是秋天，水正绿，天正高；而山，层林尽染，红得智慧，黄得清新，恰如闺阁女子，浸透纯情，自展自爱。

山坳上看去，一条小溪泛着白光，婉曲自如，连串着片片田野，系着一个个村庄。山民男挑女背从坡上下来，走在沙滩上。这些鹅卵石大小一致，光洁圆滑，铺成一条宽阔的道路，一直牵到村寨口。

以为来了稀奇人，一群孩童光着胖小脚立成一排，在树下诧异地望着我们。我们走近时，他们却一个个跑开了。大人们忙着干活，好像没有发现我们的存在。

走进村口第一家，一孩童急忙跑去喊大人。村子中很静谧，升腾着淳和安宁的气韵。

不一会儿，只见一人挪动两脚，背着满大篓苕藤走进院子。放下背篓，双手捋开苕藤，露出人面，向我们腼腆一笑，是一面色丰润的青年女子。

女人招呼我们进屋，烧开水泡山茶喝。野香缭绕之中，与这女子拉扯起遥远话题。然后便要做饭给我们吃。拿着竹筒进楼屋打米时，我们说声道谢便走了。她快步跑出，依立栏栅，红腾腾的脸似乎很惋惜地望着我们离去。

村子不大，十来户人家。一例青色瓦房，一户挨着一户。巷道横竖有序，薄石板铺成，很平坦，又很干净。岔路口，一群孩童坐在地上玩游戏，很是羡慕他们那时光。

穿行在小巷中，引起家家狗叫，但可以看出，不是敌意，而是好奇，因为它们的尾巴在不停地向我们温柔地摇摆致意。

“你看，不是贫困与反贫困的景象吗？”一朋友惊奇地指着一大片茅屋对我说道。他举起相机，眯着眼取一个斜角，把两个截然不同的“村庄”得意地摄入镜头。

走进“贫困”的村庄，一老者童颜鹤发，在茅屋里向我们“嗯嗯”着似乎在表示招呼。茅屋很小，里面有洞，系人工开凿。老者正把一束束干茅草扎在茅棚上。原来这里是山民们贮藏红苕的地方。

老者“喔喔”地对我们讲话，但一句都没有让人听懂。一朋友略懂当地方言，对我们翻译：“他说这地方是古老的风景名胜，城里人常来观光。”

看样子老者识些文化，他停下手中活路，摇头晃脑、古腔古调哼起来。“翻译”又解释说，他在吟诗赋景。

念了若干遍，我们才隐隐约约断出句子，那是一首七言古诗——

天敞峰峦为作屏，连宵瑞雪几番轻。
题诗未许留新墨，读画无从识旧青。
初霁开成晶世界，积辉幻出水精灵。
何人解向程门立，数仞宫墙漫掩扃。

此诗不知何人所作，很有几分意境。特别是后两句引用“程门立雪”典故，借景抒情，虽有几分忧郁冷清，但寄寓一片执着穷究之意，让人寻思。

问老者那“积雪之屏”在哪里，他撑起身子走到茅棚口，手指晃动着指向一座山峰。此时阳光照射，一山梁端拱如屏，灰白石岩熠熠发光。老者喔喔比划着手势：“冬天，冬天……”“翻译”急忙解说：“他讲冬天下雪，这里的景致才得出来。”

后来我在一本书上看到另一首诗，似乎也是说的这个地方。诗云：

峰峦朝泮宫，端正如屏列。
静立几何年，忆否程门雪？

据说此峰前面恰有一所学校，诗借“程门立雪”之典，描绘此峰如一青衿学子，久立雪中而初衷不改的执着求学精神。人文与景观偶合，实在机巧不过。

其峰处于高要之地，冬天雪积山梁，每遇冻日初开，银光绚烂。且因两面巨风吹刮不断，即使久晴，依然银装素裹，百里之外都能见到，令人叫绝。

可是我们等不到冬天一睹这美妙景致了，只能在这美妙的传说和想象中，体味这深山奇观。

走出村庄，石板路延伸到另一村寨。依然一样，青色瓦屋紧挨着，只是布局和朝向略有不同。村前开阔一坝田，村后屏风一座山，鸡犬之声相闻，一派和平富庶景象。

一连走了四五个村庄，好像脚步都重复在一个寨子上。站在高处一瞧，原来所有小村庄依山坐落，一簇簇屋舍像一串串葡萄，结在弯弯小溪上。

一片宽阔的沙滩，阳光斜照下，一块块立体的鹅卵石显得更加白净精美。坐在沙滩上，遥望远山，俨然一幅优美国画。再配上老者赋景之诗，断然无比绝妙，令人赞赏不已。

不料此地还有很深的文化渊源，可惜一时无迹可考。但我深信，我们可是到了不一般的地方。

回城不久，一日闲翻一本旧书，豁然明白，所游之地名叫“石竹”，所流之溪名叫“苕溪”，天敞峰峦称之“六龙”；而老者吟诗之景，为明清铜江十二景胜之九，称作“玉屏晴雪”。

（原载《民族文学》2000年第6期）

杨新华

轮声，也是一段歌（节选）

小站很小，任我漫无边际地长，任我无拘无束四处撒野，任我的心沿着铁路游荡，于是从童年到少年到青年，心里有许许多多关于小站的情结……

杨柳街

认识小站是从杨柳街开始的，那是一个很小很小的四面是山的小站，在那里我从母腹出来，一直长到十岁。

杨柳街并没有杨柳，只有一条十分清澈的小河和满山遍野的映山红花以及路边那几株粗壮的杨槐树。有一株杨槐树就长在那口供小站人吃水的深井边，每次杨槐花盛开的时候，挑水的大人们总忘不了摘上几枝，丢给我们，任我们狼吞虎咽般地抢吃那清香的槐花，那情景犹如现今的孩儿馋娃哈哈一般。

杨柳街满山是野板栗和杨梅树，每到夏秋季节大人们就背上背篓到山的深处去寻那嫩生生的野草，那些个大一点的板栗和那乌红的杨梅；而我们一群小不点儿，就只能到灌木丛中去拣已经成熟了掉在地上的毛栗子，去摘路边那剩下的为数不多的几颗半青半红的杨梅，即使嚼得满嘴苦涩，心里也有一份炫耀和自豪。

十岁那年，我搬家了，新到的小站光秃秃的，再也看不到满目的青翠了，于是梦里老想那松子般大的毛栗子和那半青半红的酸杨梅。

远离了杨柳街，梦里依旧有那虽不富裕，但却留有我童真的那个小站，那座大山，心里只愿现今的孩儿们拥有我那一份深深的梦境和那份山野里的纯真和童趣。

轮声，也是一段歌

童年玩过的许多小把戏，大都随岁月的远去渐渐地淡忘了，唯有听轮声的情景一直珍藏在我心里，那轮声仿佛强磁场一般深深地吸在了我的脑海中，抹也抹不去。小时候住在铁路边，每一趟火车通过都逃不过我们的眼睛和耳朵。小站太小，没有更让人喜欢的游戏，总是五六个小孩儿玩玻璃球，玩瓶子盖……可玩得再起劲，只要听见火车的汽笛声，刚才还蹲着、坐着、扒着全神贯注想赢玻璃球和瓶子盖的人，全都神经质般站起来，朝着火车开来的方向静听着。许多伙伴都喜欢听那浑厚的汽笛声，唯我独自喜欢听那车轮在钢轨接头时发出的那种“咣当、咣当”的轮声。火车驰过后，我常常一跃而起，跪在枕木上，耳朵贴着钢轨听渐渐远去的轮声，直到火车消逝在铁路尽头，钢轨上沉寂下来，什么声音也没有才又回到伙伴中间开始继续刚才的游戏。那种入迷，那种投入，往往令母亲为我的安全担忧，母亲多次叫骂，怕危险，不准上轨道去听，但我被那轮声所迷住，常常忍不住还要用耳朵贴在钢轨上去听。

放学后沿着铁路往家走，从学校走到家起码四十分钟，每天固定要遇到两趟过往的火车。于是就找一个稍微平坦、空旷的草地躺着听渐渐通过的火车所特有的那种轮声，眯着眼睛任思绪随那轮声飘逝得很远、很远……

稍稍大一些后，离开了家在铁中住读。每个星期六坐车回家和坐车回校的那段时间就是我最惬意的了。同行的那帮同学就喜欢六个人坐在三人长椅上打扑克：找朋友。而我就自由自在地靠在窗边，静静地听轮声，听那车轮钢轨接头碰撞时的那种铿锵声。这才发现小时候那种听法太小家子气了，一点不过瘾，那轮声哪比得坐在车上，听到的那样辽阔、那样悠长、那样雄劲。轮声忽高忽低，悠悠远远的声韵常常把人带入深深的情绪里，和你整个人交融在一起，它仿佛也在听你心跳的声音，这时候你的心里就只有那节奏明快、脆嘣嘣的轮声，车厢的噪杂、旅伴们的喧哗全都被你拒之耳外，乏味的旅途生活也就是一种美丽的享受了。

如碰上火车交会，你坐在这趟车上还能够听到那趟车的轮声，你会觉得那种轮声似曾相识，可又不一样，你会竭尽全力用你的耳力和思绪追随那真切却又渐渐远去的轮声，就仿佛追寻你曾经拥有过的青春和美丽一样。

我特别喜欢列车在平直铁道上风驰电掣的那种“咣当、咣当、咣当”的轮声，如行云流水般轻柔流畅，很有节拍感，不紧不慢，从容不迫，给人一种安全、稳定的昭示。也喜欢列车过道岔时的那种“咣当、咣咣咣”的急迫轮声，像疲惫的人归家的那种迫不及待，给人一种跳跃，一种升腾的快意。

有一次，我把轮声的美丽，轮声带给我的那种特有的享受讲给一位同学听，谁知他听了瘪瘪嘴，不屑地对我说：“那玩意有啥好听的，既不是贝多芬的悲怆奏鸣曲，又不是柴可夫斯基的天鹅湖，我早就听烦了。”以后我再也没有与人分享过谛听轮声的美丽，我发觉许多美丽是不能分享的，比如听轮声。

参加工作后竟没有想到能够天天听那轮声，只是此时的听，带点职业的味道，常常竖着耳朵听轮声中是否存在异常的情况，是否还是那样平和、圆润。渐渐地，在师傅的指导下，我也能用自己的耳朵听出轮声里那些影响列车安全的噪音、杂音了，由此能够比较顺利地判断出是否存在车辆问题，使列车的轮声永远那样声声入耳、动听。

休班时，最快活的事还是在太阳底下，拿一本书一边阅读，一边谛听轮声。一直在铁路这些行当里颠簸，二十多年的生命岁月中，虽然渐渐地成熟长大，但仍爱幼童时的把戏，偶尔也抛却了成人的稳重，像小孩子一样跪在枕木上，贴着钢轨听轮声。在我的世界里，我以为，轮声就是段悠悠远远的乡音，轮声也是一段歌，听轮声也是美丽的。

铁路·我生命的摇篮

一、小蛋子、信号旗

铁路边的孩子，踏着枕木、踩着道碴、听着笛声就走过了童年。小蛋子的童年也是这样的。

上学后，小蛋子就开始给当扳道员的父亲送饭。一到扳道房放下饭盒就迫不及待地把父亲的帽子、父亲的口笛全部武装上，手里拿着父亲的那面信号旗不停地摇啊摇，这时他爸就一边吃着饭一边滋味极浓地瞅着。

“爸，长大了我也当铁路工人，瞧，多神气！”小蛋子神气十足地对他爸说。

“好啊，好好读书，长大了才能拿爸的旗子。”小蛋子他爸总是这样说。

送完饭回来，小蛋子一回到家就偷偷拿出父亲珍藏的一面崭新的信号旗，从厨房里的柴堆上砍两根小木棍穿上信号旗，给小军、小柱那帮小伙伴做示范，学一学父亲的那副神气。

“不对，不对，红旗、绿旗都是收拢起来的，这样。”见小蛋子那得意的样儿，小柱子认真地说。

“才不是呢，我爸发车时绿旗帜就是不收拢的，这样画圆圈。”小军说。

小伙伴们谁都觉得只有自己是对的，谁都伸手要小蛋子的信号旗，小蛋子死死把紧，对谁也不松手。小伙伴们就围着小蛋子死劲抢口笛和那两面信号旗，抢来抢去，谁也没抢着，倒是“扑通”一声把小蛋子一下推倒在地下，腿擦破了，绿色的信号旗也被小木棍没剔净的丫枝挂破了一个口，小蛋子疼得脸都歪了。见小蛋子腿也伤了，旗子也挂破了，小伙伴们全都不吭声了。

小蛋子见爸爸那么珍爱的旗子挂破了，也不知道如何是好，心里害怕挨打，巴不得天迟迟黑不下来。

晚上，爸爸下班回来，看了看挂坏的信号旗，一把拉过小蛋子，吓得小蛋子浑身颤抖，眯上眼睛等着挨打。小蛋子他爸没伸手打，却在小蛋子脸上响响地亲了一口：“乖儿子，爸爸给你一面。”小蛋子睁开眼睛看爸爸笑哈哈并不那么凶兮兮的，这才从惊恐中安定下来。小蛋子从此就有了一面旧的但却干干净净的红绿信号旗，他常常带着旗子和那帮小伙伴到山上去玩开火车的把戏。

那次和小蛋子见面，他真的玩上了信号旗，是顶他爸的班，不是干扳道员，是干他玩把戏时的车尾巴。他告诉我，他已经用烂了十几面信号旗了，可当初父亲给他做游戏的那面他却仍然珍藏着。

二、干调车的四哥

四哥中专毕业那年，分到了一个三等站干调车，他爸他妈听说调车，心里一万个不愿意，可犟不过四哥，只是叮嘱他小心再小心，事事多注意安全。

四哥学的就是铁路运输，加上从小在铁路边长大，调车对他来说只是小菜一碟，那飞车技术没多久就让四哥运用得十分娴熟。

秋天的时节，连雨也不好把握，说来就来，这不，四哥刚排完两个车的风，雨就淅沥沥地下起来了，四哥边躲雨边排风。风倒是排完了，但躲来躲去，雨水还是把工作服打湿了，四哥见衣服没干的了，骂一句：他妈的这雨。干脆不躲了。

调车长老肖见四哥浑身透湿，连忙告诉他：“小四，快去穿雨衣，你这几钩我连挂进去。”

“别，别，别，反正已经湿了，就让它湿个够吧。快！闸是好的，溜吧！”

这三十几钩活干下来，四哥淋得像落汤鸡似的，本来身体就很单薄的四哥，这下可好了，整天“吭吭吭……”咳个不停，一个月下来仍不见好转，急得他妈又是蒸冰糖鸭梨，又是托人从无锡买来梨膏糖，还不见好，又叫人上省里的新药特药商店将“咳特灵”一下买回十盒。

四哥他妈叫他吃药的时候说：“小四，咱换个工种吧，别风里雨里的啦，再这样下去你的病好不了。”

“别、别、别，这哪成，我学的就是这个专业，没事的。”

这病就这么一直拖着，四哥依然吃着咳特灵，玩他的飞车技术。

这病没让四哥他妈给四哥换成工种，却把四哥的女朋友吓跑了。四哥这次病前认识了一个女孩，人娇小漂亮，很惹人爱，三天两头跑四哥家，四哥也非常喜欢她。四哥刚病时，她还深情如初，但两三个月整天都听四哥“吭吭吭……”的声音，渐渐地就厌烦了，最后索性不来了。她这一走，更是把四哥妈给气糊涂了，硬是逼着四哥改工种，但还是没有犟过四哥。

去年，四哥抱上了胖嘟嘟的儿子了，媳妇是铁路医院的。当初四哥咳得厉害有人就劝他去试试中医，谁知这一去病就好了，还认识了媳妇。

“还那样风里来雨里去吗？”我在电话里面问四哥。

“没办法，你知道的，调车是年轻人的事业，再不干，过几年就干不动了。”四哥平静地回答我。

三、砸道碴的日子

小民他妈跟他爸出来的那一年，辞掉了乡民政助理的那份工作，于是小民关于母亲的每份档案里都庄重地在职业一栏写上：家属。

到铁路不久，赶上一条支线开通，小民就随父母来到一个新车站。安定下来后，小民妈就去找站长找一点事做做。

“事倒是有，砸道碴，干不？”站长问。

“干！”小民妈答得很干脆。

“砸道碴的活哪是女人们干的，苦就苦点吧，你干不下来的。”小民爸这样劝小民妈。“你知道我干不下来？我不干你那点工资养你都不够，还养我们娘俩？”

一句话呛得小民他爸无言以对。

就这样小民妈有了一份还算说得过去的工作。刚开始砸道碴时钉锤往往不是砸在道碴上，而是砸在食指上，青一块、紫一块，满手的伤痕。

“疼吗？”每天小民爸泪眼婆娑地问。

“十指连心，哪有不疼的？”小民他妈一个劲地唏嘘不已。

“不去了，手都伤成这个样子了。”

“过段时间就好了，现在是不熟练，熟练了就没事了。”

道碴砸了一根钢轨又一根钢轨的，小民他妈砸得满手血泡满手的伤，十个手指没有哪一根没有贴上胶布。砸了道碴回到家还要用贴满胶布的手煮饭、洗菜……

伴着妈妈满手的血泡，小民渐渐长大。虽然事情已经过去多年，但那一双伤痕累累的手至今仍让小民心里震颤。

四、那根安全带

中专毕业分到一个三等小站当制动员，玩上了那铁道游击队般的飞车技术，在别人眼里很是潇洒，羡慕得不得了。而我自从接到那根银白色的安全带，就没有重视过这飞车技术，只觉得这对于铁路边长大的我来说，有什么问题，心里唯有一份轻巧劲。后来发生的事，改变了我对调车工作的轻视。那是初春时节的一个大夜班，我快要出师的时候。天很冷，我躺在调车组休息间的躺椅上迷迷糊糊地睡着。凌晨两点，快要下班的时候，来了一钩活，从摘挂车上甩三个平板车，明天拉到普舍寨装道碴。本来这钩活只调车长和连接员就干了，偏生连接员那哥们想早点回家，于是那钩活就叫我师傅去干。找遍了整个站调楼，也没有我师傅的影子。没办法连接员叫我顶上，他自己却溜回家去了。

我拿上信号灯与调车长去了，关了摘角塞门，提了钩，调车机带了五六个车到了西牵线。

“闸好不好？”白色灯光显示后，调车长问我，并用信号灯向我要信号。

天冷，就更不愿意接触那冰凉的铁闸盘，我想也没想，就回了一个可以溜放的信号。机车稍稍加速后，调车长提钩了，三个平板车以二十公里的速度向十二道溜去。我这时才拧着闸盘试闸。不试还好，一试吓了一跳，第一个车没闸，我连跑带跳奔到第二个车上，也没闸。这下可慌了，急跑到第三个车闸台上，还是没闸。这下急坏了我，连忙跳下车用道碴垫，垫了五六个道碴，车速仍然没有降下来，我急忙将穿在身上的劳保棉大衣垫在车轮下，车速这时才明显降了下来，接着我又将安全带解下来，又垫在车轮下，接着又垫上了十几个道碴，三个平板车才缓缓地停下来了。

看见车停下后，我的精神一下子崩溃了，刚才爬上爬下的精神劲一点也没有，一屁股坐在地上。等到信号楼上的站调跑下来，告诉我停车位置离道岔不过十米，车再停不下来，就要挤道岔了。我又出了一身冷汗，好险啊，于是暗自为自己庆幸。跑回去，捡起棉衣和安全带，棉衣已被压成薄薄的棉絮片了，尼龙安全带也被压烂成几节了。

这次事件后，我又领了新的安全带，但再不敢放肆地以玩的姿态去玩飞车技术。离开调车组时，所有的备品都上交了，只有那根安全带不仅留在箱底，而且更是深深地留在我的脑海里。

我从小站来

总有人问我家住在哪里，从哪个学校毕业分到机关的，遇到这样的问题，我总是很坦然地告诉询问者：我从小站来。

是的，我从小站来。小站最长最直的路就是那短短的站台，最开阔的地带就是沿着两根钢轨伸进隧道的那块小天地，除此之外就是无数座紧紧相连的山峰。小时候，无数次我佝偻着身子背着那个装满鹅儿肠、亮秆菜之类猪草的背篓从隧道那边走来；多少次我背着书包，踩在被太阳晒化了的沥青枕木上，沥青火烫烫地粘满了橡胶凉鞋的底面时，还不知道长长的沥青枕木就是童年走不完的路时，我就想，如果不再踩沥青枕木该有多好。无限延伸的钢轨怎么也不能把我的梦想无限延伸到山外面的那个世界。一排长长的平房就是小站独一无二的风景，从站台到那栋平房就那么一览无余，五百米长的小站（全是石渣铺就的），没有一点风景，没有花园，甚至连人为的绿化带也没有，路边就是山，倒是斜坡地里长满了青郁郁的蔬菜，给人一种山野之味。那时候还不能体会寂寞和无奈，只是整天疯玩，在树林中窜来窜去，在山坡上奔来跑去。恢复高考那年，我刚上初中，这才明白山外的世界大着呢！这才明白小站太小了，发奋读书后终于考上了省城一所学校。在城里读书的日子，小孩子家都有“非凡”的虚荣心，竟不愿承认来自乡野，不愿提及自己生活了那么多年的小站，甚至有一丝懊悔，悔自己竟生长在那片穷乡僻壤，没有见过大世面，童年竟没有见过那种都市的欢乐和热闹气氛。那三年就像一个饥饿的人拼命吸取城市的精华，城市的丰富和厚实，妄想来个脱胎换骨，彻彻底底、完完全全地把自己改变成一个都市人。费了九牛二虎之力，我却依然还是我，还是全身上下充溢着无法改变的泥土味儿。

读书毕业我又回到了小站，这时候我心坦然多了，我虽然依然幼稚，可我知道我就是小站人，这是历史，历史是你无论如何也抹杀不掉的。这时候穿着那身有些油泥的劳动布工装，系上那条原来洁白现在却黑黝黝的安全带，戴着那顶帽子，我挺直了胸，昂起了头。我对自己说：小站没有什么不好，我不能改变自己，我是一个纯粹的小站人。其实真正的小站人并不是我这样的，小站人也有自己的欢乐。那次师傅结婚，要去另一个小站迎娶新娘，接亲的任务自然就落到了我的头上，那时还没有现在这样禁放鞭炮，从那趟慢车下来，鞭炮一直响到家属区，直震得人头发昏、耳发鸣。最后接完亲，鞭炮熄灭这才发现我的裤子烧了一个大洞，直到现在想起小站人放鞭炮的那种放肆和畅快，我还羡慕中心有余悸。

许多年过去了，我常常想，若我不是小站人，我也许就多了几分成熟，几分圆滑，也许走的就是另外的一条路了，世上这么多路，谁知道哪条路通向哪里。但我常常又觉得正因为我是小站人，我从小站来，透彻地了解小站人，所以我有许多小站的朋友，所以我就有了延续我小站生命的时间和空间。

小站是我生命中的一个重要章节，是我无法改变的历史和现实，我的思想和做人的原则也常常在小站与城市间彷徨，但我更多地愿意成为一个小站人，因为我从小站来。

（选自《轮声，也是一段歌》，作家出版社，2000年8月；
《轮声，也是一段歌》获贵州省第五届“新长征”职工文艺创作一等奖）

2000年

何毓敏

月亮贺卡（节选）

怀念奶奶

1997年秋天，一个凄风苦雨的日子，奶奶走完她九十三年的生命历程，永恒在镜框里了。

那镜框一尺见方，里面嵌着奶奶的照片，挂在老家客厅的正墙上。照片是黑白的，照片上的奶奶，如木刻版画一般，已被岁月抽象为寥寥数根线条，静静地定格在那里。那么安详，那么宁静，那么慈祥和亲切！

每每默默地凝视和端详照片，照片中的奶奶，就会勾起我们无尽的哀思和怀念。

我的父亲在外工作，母亲一人操持家事，我们和奶奶在一起的时间最多。我们兄妹五人，都是奶奶看着长大的。从牙牙学语到上学读书，直到走上工作岗位，都是在奶奶的疼爱和呵护中，一步步成长起来的。奶奶不识字，在我的印象中亦不曾出过村子半步，却有讲不完的故事。每每皎月当空，夜风轻拂，我和妹妹早早地在庭院里安好椅子，非要拉奶奶讲故事不可。奶奶给我们讲牛郎织女，讲嫦娥奔月，讲猪八戒背媳妇……听奶奶讲故事是一种极大的享受，我们总是屏住呼吸，睁大眼睛，凝望夜空，脑子里满是无尽的幻想和遐想。也正是从奶奶讲的这些故事中，我们懂得了人间的真善美和做人做事的道理。

奶奶最关心的是我们的学习。从20世纪70年代初开始，已是高龄的奶奶，早早地起床给我们做好早餐，然后再招呼我们起床。“敏，起床啰，快吃东西上学去……”

每当耳边回荡起奶奶这亲切而慈爱的声音，这上百上千次于酣梦中唤醒我的声音，我的泪水禁不住潸潸而下……奶奶为了我们的学习，宁肯自己多吃苦受累，把关心疼爱的深情融进了每一个细节。放学回家刚搁下书包，奶奶便拿出许多烤得黄澄澄香喷喷的红薯，然后吩咐我们去帮助妈妈割草或者放牛……夜幕降临，回到家里，奶奶已给我们全家准备了丰盛的晚餐，即便是70年代末生活困难时期，奶奶也要用仅有的南瓜、茄子、豇豆等做出各种各样的花样和口味。吃完饭，奶奶会严厉地命令我们马上做作业，绝不允许出去玩耍。奶奶在厨房收拾停当之后，手拿一把扇子，静静地坐在我们身边，陪着我们……年复一年，日复一日，奶奶把她全部的爱倾注在我们身上，期望我们学习进步，学业有成。我们几姊妹都没有辜负奶奶的期望，每到学期结束，都要抱着奖状回去给她老人家报喜。她高兴地把奖状整整齐齐地贴在墙上，一张，两张……墙上的奖状越贴越多，奶奶也越来越老了。但她依然是那样高兴，她仿佛从这一张张奖状中，看到了她辛勤操劳的硕果，看到了孙子们未来的前途和希望！直至80年代初期，我们五姊妹都像长硬了翅膀的小鸟，一个个飞走时，奶奶拄着拐杖倚在老家的木门上，流着泪水为我们挥手送别，一缕缕银丝般的白发在风中飘动……

我不知道，奶奶为我们送别时的心境是怎样的，或许是高兴激动，或许是依依不舍。奶奶含辛茹苦，就是为了我们长大成才，而当朝夕承欢膝下的几只“小鸟”真的离开她的怀抱时，奶奶内心深处却又深深地舍不得了。奶奶就是这样善良和朴实，远亲近邻都这样称赞她。的确，奶奶是一位典型的中国女性，勤劳善良，热情大方，性格豁达，胸襟宽广，遇事总是那样沉着冷静，不急不慌。记得有一次，我家的樱桃树熟透了，红得透亮的果子压弯了树枝，正当我们准备采摘时，被“梁上君子”偷走了一大半。我们气得双脚直跳，奶奶却心平气和地对我们说：“果子是吃的，这么一大棵树我们怎么吃得完，还不是要送给邻里们尝尝？俗话说远亲不如近邻，大家尝尝鲜多好呢！只不过这种方法不合适，我知道是哪几个摘的，说说他们今后改正就行了。”奶奶的这番话，以及她在漫长的生命旅程中的言与行，都充分证明了她老人家善良而豁达的性格，宽容与宽广的胸怀，为我们晚辈树立了光辉榜样！同时也正是她身上闪耀着的这种美德，成为她长寿的秘诀，奶奶活到九十三岁高龄，成为当时道真自治县年龄最高的“老寿星”！

我毕业后在城市安下身来，成家立业，努力工作，条件好了许多，常常写信回家去，要求接奶奶到城里享享福，看看城市的风光，看看孙子那一张张新的奖状，看看曾孙那胖墩墩的模样……奶奶却总是用年岁高推却。1993年6月6日，是奶奶九十大寿的大喜日子，我按照父亲的安排，特意在贵阳为奶奶烧制了寿碗，并和妻儿带着一个很大的生日蛋糕为奶奶祝寿，那四代同堂的热闹和欢乐令我永生难忘。奶奶真有福气，儿女、孙儿孙女、曾孙儿曾孙女几十人一齐为她老人家祝寿，远亲近邻千余人赶来为她祝寿，老家的庭院里彩灯高挂，鞭炮齐鸣，欢声笑语，热闹非凡。那场面是我故乡小镇从未有过的，是奶奶一生最大的荣誉和幸福！

岁月匆匆又渡过了一年多的时光。一天，妹妹打电话告诉我说，奶奶这一段日子身体不太好，卧床不起已好几天了，嘴里天天念叨着我，要我回去看看。我日夜兼程匆匆赶到家里。奶奶静静地躺在床上，看上去是那么瘦小、枯弱。我轻轻走近她，坐在床沿握着她的手，奶奶知道是我回到身边了，仿佛病好了许多，坚持要坐起来，并连声说上班忙不应该拖累我回去看她。我说奶奶快别这么说，我们远在他乡没有孝敬和照顾您老人家心中很愧疚，说着热泪悄悄滚落下来。我和妹妹坐在床沿，凝视奶奶慈祥而又苍老的脸，给她老人家梳理头发。奶奶的头发丝丝洁白，俨如高山上千年的积雪。我们精心地梳理着她的白发，仿佛穿行在岁月的丛林里……

过了一些日子，奶奶的身体和精神又渐渐好起来。已是九十一岁高龄的奶奶，仍旧和过去一样闲不住，坚持做些家中的活儿。我匆匆赶回单位上班，没想到，这便是和奶奶的最后一次见面。我从内心深处深深地祝福奶奶健康长寿，百岁不老！可奶奶年岁已高，如生命旅程中的蜡烛，已燃到生命的尽头了。1997年秋天的一天中午，我正坐在筑城的公共汽车上奔跑于大街小巷，腰间的BP机骤然响起，那号码一看便知是老家的妹夫打的。妹夫说："二哥，奶奶她……"我顿觉天崩地裂，天晕地眩，脑子里顿时一片空白。

那天，我记不清自己是怎样回到家的，只感到回家的路，从没有这么漫长，从没有这么暗淡，从没有这么沉重。回到家，家里已哀乐四起，堂屋里搭起了灵堂，亲友、乡亲们都赶来了，脸上挂着泪，一派悲戚、肃穆的气氛。妈妈轻声对我说：孩子，你奶奶走了，走时她还念叨着你们哩……"我"哇"的一声大哭起来，泪水像断线的珠子，顷刻间迷蒙了所有的视线和思维。扑跪在奶奶的灵前，我哭得喘不过气。姐姐和妹妹们扶我站起来，看到奶奶那安详而宁静的面容，我又一次哭跪下去。回想起奶奶慈祥和蔼的笑容，回想起我们曾经在一起的日子，以及几十年如一日对我们的疼爱、呵护和付出，我感到一种旷世的悲戚和内疚……

三天之后的早晨，在那条奶奶生前送走过祖先的小路上，我们簇拥着奶奶，走向最后的归途，那遥远的地方。

墓地很宁静。静得如同最新的洪荒。祖先们的坟冢环峙周围，生命在这里还原为青草的呼吸和山谷之风亘古不息的浩荡。

登上城市的高楼，回望家园深处，仿佛能看见镜框里的奶奶，如镜子一样闪烁光芒；仿佛能看见奶奶坟墓上的青草，如旗帜一样猎猎飞扬……

母亲

母爱是满天春雨，无声地滋养着儿女；

母爱是葱茏大树，温馨地恩泽着儿女；

想起母亲，就如同想起春风，想起太阳。

她用心中全部的爱，滋润我，哺育我，温暖我，却从没有想过要一丝的回报。

母亲是儿子心中的丰碑！

我的母亲是一位平凡普通的农家妇女，在她的身上，尽现出勤劳聪慧、慈祥善良的美德。我们小的时候，父亲在外地任乡党委书记，他把精力全部用在工作上，很少过问家里的事，一年半载才回家一次，家庭的重担全部压在母亲身上。

那时母亲担任大队妇女主任兼生产队长，工作上的事，田土里的事，家中的事，每天忙得席不暇暖。忙碌的生活磨得她又黑又瘦，但她很要强，工作干得很出色，从领导到乡亲们都一致称赞她能干。在我的记忆中，母亲经常出去开会和走访农家，有时要忙到很晚才回来。一次我陪母亲去看望一位患血吸虫病的乡亲，顶着浓浓夜色走了近十里山路，去给这位乡亲查血、打针、送药，使他很快痊愈，这位乡亲至今仍深深感激逢人便夸。母亲的妇女主任工作干得很出色，不仅苦口婆心调解家庭纠纷，还经常为乡亲们接生，经她接生的孩子如今有的当上干部，有的考上大学，足有几十上百人。20世纪70年代，先后有两位知青下乡来到我们队里，住在哪家呢？按说，我家兄妹五人正在上学，母亲一人忙里忙外很是不易，但身为生产队长的母亲热情地接纳了他们。每每回忆起那位壮实哥哥，回忆起那位眼镜姐姐，以及他们无忧无虑的欢乐时光，我就想起母亲悄悄安排我们去捡麦穗、挖蕨苔、摘椿芽、碾高粱……为了这两位知青在乡下生活方便，母亲付出了辛勤的汗水。

母亲不仅身体力行，还教育我们从小养成勤劳、朴实、善良的品德。20世纪70年代末期，母亲已不再兼任生产队长，按说队上的事可以少操心。可她天生一副善良的热心肠，看着队里喂的几头猪瘦得像猴子，且没有一人愿意领回家喂养，母亲顿生怜悯，毫不犹豫地赶回家来。从此，我和姐姐、妹妹三人成为专职饲养员，每天割草、煮食、喂食、喂水。此时正是冬天，满目的田畴和山野尽是一片萧瑟和荒芜，而这几头猪胃口却越来越好，我们三姐妹不得不起早摸黑出门割猪草，迎着刺骨的寒风，顶着飘舞的雪花，我们要在冰天雪地里，走遍很多地方才能割满一筐。而这一筐，仅够猪吃一天，于是我们得天天出门，天天割草。大娄山麓的冬天十分寒冷，草木都结满了冰凌。我们的双手、双脚冻得像发胀的馒头，并一块块发紫化脓……母亲心疼地流泪了，我们却很欣慰，因为那几头猪在冬天里都长了八十多斤，为我们家挣得了二十多个工分。最值得记忆的，是那个冬天留下的冻疮疤，一如碑文，闪烁着关于勤劳和坚强的深深内涵。

母亲是个性格开朗活泼的人，喜欢四处串门，喜欢外出活动，人缘极好。她善良和蔼，平时跟乡亲们相处得十分融洽，大家却亲切地称她“廖主任”。每次和母亲一起出门，这里有人打招呼那里和她拉家常，往往要花去半天工夫。有一年，家中的梨子树结满了沉甸甸的梨子，母亲要摘一些去镇上卖，背着满背篼梨子上街去，这里送几个那里尝几个，最后仅卖得两角多钱，全家人笑得乐不可支。最难能可贵的是，母亲常常有一颗快乐的心，无论在做家务或者乘凉，她都在哼着歌曲，哼民歌，哼山歌，也哼电影上的歌。母亲哼我们唱，全家充满了欢乐和开心！或许正是母亲的感染和潜移默化的影响，我们五姊妹从小就养成了活泼、开朗、热情、大方的性格，始终以一种热情欢快的心态，笑对生活，笑对人生，这不能不说是一种宝贵的财富！

母亲出生于20世纪20年代，封建的枷锁剥夺了那个时代所有女性的上学机会。但母亲很聪颖，常常偷偷跑到学堂外听讲，还向上学的弟弟讨教，加之1949年后参加夜校补习，母亲能认不少的字，给她从事大队和生产队的管理工作帮了不少的忙。母亲十分清楚知识的重要，对我们的学业严格要求，有时甚至近乎苛刻。她白天干活累得腰酸背痛，晚上回家还要给我们缝补洗涮，同时督促我们复习功课。母亲的苦心没有白费，她的五个儿女在她的苦心哺育下成长起来，先后有两个考上大学，两个考上中专，女婿和儿媳中有三个大中专生，去年孙子和外孙女又双双考上了中专。母亲成为我们小镇无与伦比而又受人尊敬和羡慕的女强人。现在我们姊妹都在城里工作，况且生活环境和经济条件都不错，可母亲最多的是住在乡下老家。她说山沟里空气清新自然……

母亲居住在古老而宁静的乡村小镇，而她的儿子却在繁忙的拼搏中走进了城市。这种结果不知是不是她的初衷和期望？远离母亲似乎是我生活的必然，但我觉得母爱永远挺立于伟大的巅峰！我执意要接母亲到城里来住，她都推辞了。就在她的胖孙子呱呱问世，我忙得团团转的时刻，母亲捎带着大包小包的东西来了。忙碌了整整一个月后，她又匆忙地赶回乡下去。送母亲登上返程的公共汽车，汽车开动的瞬间，她不停挥手，那一刻，我心中一阵酸楚，晶莹的泪珠从眼中溢出，顺着脸颊无声淌下。

我虽然走出了母亲的视线，却走不出她的牵挂，走不出以母爱为背景的所有季节！母亲质朴的情感不会依恋城市气息，但都市某一居处的一切，都会令她牵肠挂肚……

母亲今年满七十大寿。七十而古稀，她老人家一辈子为我们操劳，从来没有像样地过个生日。不是做儿女的没有想到，而是她总是推辞说费力费财没有必要。今年，我们几姊妹电话里联系决定，风风光光地给她祝寿！这风光不是操办丰盛的酒宴，而是包一个温馨的卡拉OK歌舞厅，纵情为母亲歌唱——

歌唱母亲七十年的艰辛和辉煌；
歌唱母亲七十年的勤劳与慈祥。
歌唱儿女心中深深的祝福；
歌唱儿女心中永远的丰碑！
让歌声，滋润永不苍老的岁月，滋润永不苍老的心……

（选自《月亮贺卡》，贵州民族出版社，2000年8月；
《月亮贺卡》获贵州省第五届“新长征”职工文艺创作一等奖）

林茂前

红军站起来的地方
——贵州仁怀纪行

这是一方被历史的大风雨激荡浸润的古老的土地，横亘黔北的八百里大娄山起伏绵延，壮丽雄伟；赤水河从深深的峡谷中奔涌而出，缠绕着沧桑的岁月，留下几多神秘。且不论漫漫运盐古道上，太平军翼王石达开率领义军七次出入仁怀的故事；世人皆知的中国工农红军四渡赤水的壮举在历史长河中荡起的涛声，至今还回响在人们的心中，成为召唤生活前进的号角……今天，仁怀市五十六万人民正在以红军的精神来实施西部大开发战略。为了这片土地的繁荣与富足，早在20世纪90年代初，仁怀市委、市政府就着手组织力量，有计划有步骤地发掘与整饬历史积淀的红军长征文化、酒文化、古盐运文化，开辟雄奇秀丽的自然景区，以促进仁怀大旅游格局的形成。经过多年的努力，一条集历史与现实、社会与自然、经济与文化于一体的黄金旅游线，已经生动地展示在世人面前。即将在10月初举行的由遵义市政府组织的神秘赤水河旅游招商节的活动中，开放仁怀旅游线，就是其中最重要的内容！让我们把目光投向赤水河畔的仁怀大地，在对历史悠远的缅怀里，披览今日明媚的风景……

踏着红军的足迹

在我国灿烂的文明史上，赤水河汉称大涉水，晋谓安乐水，至唐时改为赤虺河。因虺、水音近，加之这条横越云贵川三省一泻千里的大河出自云贵高原的红色土层，奔腾激越，俨然从深谷中飘飘而下的一条红丝带，在蓝天绿岭中愈显壮观绮丽，后来人们就叫她赤水河了。

赤水河边有一座古老的二合镇。一条大河，五里长滩，山岭的竹林与橘树丛中散落着一栋栋农舍。镇前的河滩上，有两处古码头的遗址，石壁坍塌，木板腐朽，乱石与荒芜中依稀透出当年酒肆茶楼、长街店铺的景象。那时，大桅木船满载川盐徐徐靠岸，赤背的卸船人在一包包盐巴的重压下喘息、呻吟。六十五年前当红军在蒋介石的重兵围困下冲杀出来赶渡赤水经过这里时，也不忘解救最穷最苦的被称作“干人”的船工们，盐巴和粮食分给他们。

半个多世纪的时光过去了，勤劳的二合镇的人们踏着红军的足迹走新路，改变着穷困的生活；改革开放二十年来，镇里的经济连连翻番。在市政府和被评为“贵州省旅游行业先进单位”的市旅游局带动下，这里的人们走出大山前往遵义等地考察，燃起了创业的激情与灵感，建设供旅游观光者享用的建筑群落的设想由此诞生。只短短几个月，便在繁茂的果林与滔滔奔流的赤水之间亮出了一座农家乐园。这个被称为“金台园”的充满大自然纯朴风情的旅游景观，仿佛一夜之间便使倦容满面的山村变得明丽多彩。机动游船在河中行驶，渡船码头伏卧在红色丹霞石和绿丛之间，别有一番景致。半山上的一级级石阶就铺在当年红军走过的山路上。那里的钓鱼池、金果林、桂园、碧江园、松竹园、康华园，因有楠竹与花草的装点，处处散发出大自然的浓郁芳香。百年古树、山岩苍苔、画眉鸣翠的山色美景，让人流连忘返。不等金台园正式开业，就有不少旅客慕名而来，观光、旅游、度假、考察。一种全新的消费使山村的经济顿时活跃起来，给生活注入了新的血液。农家乐园周围，农户们把自己的房舍修缮一新，开设了钓鱼塘、农家餐馆、旅社和观赏园林，收益颇丰。

临近二合的合马镇，与二合镇的旅游业相谐调，也开辟了自己的景观与饮食文化。这是一座千年古镇。农家挖地建宅时就发现过王莽时期的墓葬，为研究唐蒙入夜郎国和西南夷地军事以及两千多年前的仁怀酒文化提供了珍贵的实物资料。酒离不开肉，独特的“合马羊肉”取自用无污染的赤河畔丰茂的水草喂养的肉质上乘的黔北麻羊，并以独特的传统烹饪手艺制作出任何其他地方不可能有的特殊风味。为了招揽四方游人，合马镇和外地投资的人一起对一百多年前建筑的以供应“合马羊肉”为特色的大客栈加以翻修，改建成一座温馨浪漫的河边四合院，引得前来品尝“合马羊肉”的客人络绎不绝。合马羊肉的美名大振，这不仅带动了合马养羊业的发展，也使全镇经济更上一层楼。

青山绿水是家园

构成我国地势第二阶梯东部边缘的贵州高原，地面崎岖，素有“地无三里平”之说。可是在仁怀，奔入赤水的五马河却造就了一平原。一架架世人称奇的巨型水车伫立于河岸，几盘水碾日夜在流水中转动，连同跨河而起的古老三洞桥，在绿油油的原野上展现出古朴的田原风光。这里的千亩稻田是国家杂交水稻高科技制种基地之一，带动着全国水稻生产。而坐落在五马河畔的五马镇，则以它风光独特的间歇泉和“石头开花”地貌闻名中外。间歇泉，一泉为三涨水，一昼夜三涨三落；一泉为十涨水，一昼夜十涨十落。涨时泉水喷涌，有如万颗珠玑落玉盘。落时，水声汩汩，咽切而沉重。在这水涨水落间，岁月更迭，人世沧桑。“石头开花”更是奇观，山谷里一道道青石带，开满了簇簇石花，有的像凤窝菊，有的像龙爪菊，千姿百态，蔚为壮观。这种奇观凝铸了一个永恒的百花园，园里深藏的是千古难解的神奇。这种独特的景观仿佛也营造了一种长寿的环境。镇上多百岁老人，许多就是当年目睹红军渡河的以运盐为生的老盐工。至今他们还记得，那时的贫苦如影随形。那时，这座盐运古镇三里长街一色木结构的店铺柜台上，都吊着一杆售盐的杆秤，可是无钱买盐的穷人们只能“望盐兴叹”。是红军的出现，升华了他们心中追求解放的渴望。而中华人民共和国的成立终于改变了这里的生活，丰衣足食的日子正在走进这里的每一户人家。西部大开发战略决策的实施，又把这种变化置于更壮阔的基础上。他们特别着力改善交通，建成了仁怀连接黔北、黔西的黄金大通道，加快了三元经云安至青坑公路路面上等级改造，兴建从余家坳口至坛厂丫口摩天岭的集防火通道和货物运输于一体的公路。在强化生态环境方面，他们以建设经济水保林为主，营造了四万亩天然防护林，在海拔千米以上的山腰上建起了万亩花椒、构皮、特色精品水果基地，在五马河支流沟段优营造万亩风景竹林，开发出千手观音树、永安寺景点和摩天岭休闲公园、皮纸手工作坊、古战场营盘等众多自然与人文的景观，形成“山上绿戴帽，山腰挂钞票，山下粮丰茂”的格局。同时，他们还加大了开展旅游业和招商引资的力度。恢复古镇风貌，加宽老街，修建市场，使这一地区成为井然有序的商品集散地、农副产品集散地和外来投资者的优选之处。徐坤纸业公司看好宽松的政策环境和市场，已率先投资绿色产业，购买五千亩荒山栽培构树且收到良好效益的故事，就是一例。至于经济实力已居仁怀市前列的五马古镇的风格更为人称道。古镇上那青砖木椽的木屋街、吱呀呀转动的老水车、鳞次栉比的原始舀纸房，处处透出它三千年来永葆不衰的古朴。产自镇内的纸中名品三元皮纸，自东汉蔡伦造纸术发明以来久盛不衰，从三百年前舀出第一张白净柔韧的皮纸起，这里的皮纸一直是抢手货，畅销国内外，成为这里经济发展的一个热点。市场兴旺，人民富裕。如今过上小康生活的五马镇上的人们，悠闲之时坐在青瓦木椽的古老街坊下，浅酌慢饮，悠然自得；又趁着三分酒意漫步河堤，于古槐翠柳间遥看架架水车、稳坐长堤的垂钓者和年轻姑娘临河捶衣的田园胜景，徜徉在生活的长路上，赞一声此生幸运，忆一阵陈年往事，无不感慨万端浮想联翩。再回眸坐落于鲁班场的红军烈士陵园，便把那万端思绪化作久久的缅怀与不尽的感激。想当年，二渡赤水后的红军聚集仁怀一带，向与五马镇相邻的鲁班场之敌发起进攻的时候，人们纷纷支援红军。这场历史上著名的“鲁班之战”虽因敌我相差悬殊和红军作出再次西渡赤水的部署而撤出战斗，但给这里留下的历史印痕却是难以磨灭的。乡亲们含泪把一百四十名红军烈士遗骸收殓好，然后一起掩埋悉心照料。后来，人们又修建起鲁班红军烈士陵园，供各界人士瞻仰、祭祀。他们都拥有一个共同的归宿，一个共同的名字：红军无名烈士。而今，这巍峨肃穆的宏大陵园里，红军无名烈士们静静地安息在苍松翠柏间，高大的墓碑前那开阔的草地和青山绿水，是乡亲们的家园，也是红军烈士永远的家园。

不只是美酒飘香

清代大诗人郑珍的一首《茅台村》“远游唱郡裔，古聚缀坡陀。酒冠黔人国，盐登赤虺河”，把茅台渡的所在地——茅台镇久远的酒文化和盐运文化表现得淋漓尽致。1915年，为庆祝巴拿马运河通航举行万国博览会，世界名酒云集，一争高低。国人抱着装有茅台酒的陶坛入展，竟被驱逐于会场之外。他一怒之下闯进评委会场，把酒坛摔在大厅之上，立刻，浓郁的酒香四溢，醉人心脾，犹如红杏出墙，艳压群芳，茅台酒一枝独秀，当场被评为金奖。不过，茅台酒能成为名酒，也许还和红军的这段传奇的历史有关。红军在茅台渡横渡赤水前，乡亲们纷纷捧着茅台酒敬献大军。朱德总司令开了酒戒：“进了酒镇，不喝酒不近情理，告诉大家都买点酒喝，以不醉为原则。”一旁的毛泽东又加了句：“还可以让大家用酒揉揉脚、擦擦伤，舒肌活血，消毒疗疮，这东西胜过良药。”红军和他的领袖们对茅台酒的确情有独钟。

据说红军从茅台渡浮桥上踏过赤水的时候，毛泽东是一直站在岸边望着大军过河的。今天，仁怀市政府在他站立之处竖起一块方碑，标明红军三渡赤水时毛泽东过河的地方。也许是天工的巧合吧，当年他这种凝神远望的神态竟被嵌进一块岩石中，当他逝世二十周年之际又被发掘了出来，成为一块奇妙的“伟人影石”。人们又在邻近茅台的中枢镇的青山上建起了“伟人亭”，“伟人影石”就立在其中。石中的毛泽东的侧面影像果然纹理清晰，轮廓分明，头发、面颊、衣着、身影惟妙惟肖。而与“伟人亭”遥遥相对的是立于赤水岸边的赭红色的“红军四渡赤水纪念塔”，江泽民应仁怀市广大人民之请题写了塔名。红军开辟的道路将世世代代激励人们前进的意志！

在茅台镇，最具文化意义的建筑当属茅台中国酒文化城了。这座历经三年建成、占地三千多平方米、建筑面积八千多平方米，气势恢宏的我国最大的酒文化博物馆，设有汉、唐、宋、元、明、清及现代共计七个馆，鳞次栉比，连绵成城，园林与殿阁交相辉映，体现了各个时代不同的建筑美学风格，集民族建筑艺术之精华。馆内大量的群雕、浮雕、匾、屏、书画、文物、图片、实物，从不同的角度介绍了中国历代酒业的发展过程，反映出酒与政治、经济、文化的联系，展示了酒类生产的发展沿革、工艺过程和酒的社会功能，体现了人们造酒、用酒、饮酒中的民族性格、宗教信仰、伦理道德和精神风貌。整个酒文化城浓缩了数千年的时光，再现了王公贵族争权夺利的勾心斗角、疆场拼杀的刀光剑影、铁马金戈，外交场合的唇枪舌剑，长亭客舍的离愁别恨，文人墨客的慷慨高歌以及人们饮酒作乐的市井百态，都用形象的语言描绘了一幅社会与人生和历史长卷，所展示的丰富内涵，已远远超越了酒文化本身。现在，这里已成为人们旅游观光的必访之地，而它给予人们的就不仅仅是酒的芬芳，更有心灵的感悟与启迪。

涛声依旧山河新

过茅台渡向北，在仁怀与古蔺、习水接壤的地方有个被称为“鸡鸣三县”的沙滩乡。一条赤水从乡里大山穿过，两岸峻岭逶迤起伏，峭壁悬崖尤显峥嵘。峡谷水险，大浪拍岸，涛声在湍流扬起的水雾中沉沉低吼。两岸岩壁，险恶异常，真难想象当年红军是怎样绕过大山峭壁，从二郎滩、太平渡渡河的。二郎滩所在的沙滩乡有一座山峰，峰顶石岩上有个巨大脚印，传说是当年玉帝派二郎神和鲁班先师来这里修桥时二郎神留下的，人们建造了二郎庙以资纪念。然而，再美的神话也比不上真实的魅力。就在二郎庙的周围，还有几块摩崖石碑，更真实地铭记着赤水河两岸人民为治理山川世代奋斗的故事。吴公岩的命名最为动人。乾隆七年（1742年），两河口米粮渡渡夫吴登举在民间举贤征工修疏赤水河时，毛遂自荐，具结呈文，刺指滴血，以全家十八口人丁向省署担保，承修马桑坪至两河口险滩，在施工中，他带领全家及其他民工凿河开滩，风餐露宿，历尽艰辛。就在河道即将修通之际，两岸岩崩石坠，河道重堵，吴登举再开滩凿岩，矢志不移，但终因工程浩大险峻，夙愿未遂，以致愤急而死。为追思他献身开河的精神，府县将他殉难之地的文公岩改名为吴公岩，并建祠塑像，赐匾“身死名存”“成功不朽”。后来，祠宇被毁，但匾仍留存于世。或许这就是最高贵的遗存了。二郎神的脚印与吴公岩及摩崖石碑的故事，把虚幻的神话融进了沉重的历史中，这是岁月的足迹，是赤水河两岸人民渴望改造自然重整山河的意志的体现。

现在，梦已成真。仁怀市人民伴随西部大开发的号角声又创辉煌，终于沿赤水河岸，在大山的悬崖上修通了茅台至习水的公路，结束了马桑坪、吴公岩没有公路的历史。这是一条为了幸福追逐理想脱贫致富的黄金路，也是观光旅游的五彩路。人们可以以车代步，怡然沿路探胜，在饱览奇险怪绝的峡地风光的同时，领略一路上展现在阳光下的人文景色。这里有闻名遐迩的攀岩活动中心，利用摩天悬崖，组织过国际性攀岩竞赛。而当年川盐入黔的古盐道、盐号、航道遗址，足以让今人惊叹历史的沧桑变迁并为其神秘无比而荡魄。更有摩崖巨字和石刻巨龙被列入吉尼斯之最的记录里，成为艺术和文化传承中的奇品：那是古渡口西岸的摩天绝壁上镌刻着的“美酒河”三个顶天立地的大字，行书横排，每字高达四十米，宽四十余米，字体潇洒稳健，苍劲有力，以朱漆涂之，有如天上的红霞，映照着百丈深谷里的江水，极为壮观；与“美酒河”大字相对的峻岩险道上，则是由四条各长八百一十六米的石雕长龙组成的龙形公路护栏，既洒脱飘逸，又气势恢宏，尽显行云流水般的曲线美，是当今世界上最长的石刻龙建筑群体。

1999年6月19日，美酒河摩崖石刻揭幕仪式在吴公岩举行，鲜花如潮，人流如织，云集了四方宾朋。市长潭智勇写了一篇《美酒河记》，刻于“美酒河”三个大字隔河相对的平展的石壁上，文中有云：“美酒河巨幅摩崖石刻，气势雄伟，寓意深远，象征着赤水源远流长，美酒永远飘香，人民安居乐业，仁怀欣欣向荣，国家富裕昌盛！”

赤水河，一条传奇的河，一条神秘圣洁的河。红军在这片土地上获得转折和生机，从此站立起来，踏上胜利的征途。今天，仁怀人民在这片土地上踏着红军的足迹，实施着大开发的战略，奔向辉煌灿烂的明天。

（原载《人民日报》2000年9月30日）

徐成淼

这世界如何充满诗意

早先没有自来水，日子也过。

而且，在井畔，在泉边，在溪旁，汲水，浣衣，淘米，洗菜，热闹，有人情味，有诗意。

后来有了叫作自来水的东西。手一拧，水就来，方便，省事。

再后来，又有了洗衣机，洗碗机，电热水器，什么什么的，更方便省事了。

如今要是没有了自来水，那日子简直就没法过了。从报纸电视上看到，哪哪的住宅小区里，自来水不通了，居民叫苦连天，主管部门就要忙上一阵，抓紧把自来水修好。

城里人这样，乡下呢，也是。乡下人也盼着自来水。

乡下有些地方，水太少，太远，为一挑水，翻山越岭，走十几里地，花几个钟头，一晌午，累得人喘不过气儿。

水金贵，就省着用。洗了脸的水，洗脚。洗了脚，留着喂牲口。洗澡就更甭提，一辈子难得洗一回。

就盼着个自来水。手一拧，水就来，真是比做梦还美。常常在电视上看到：当白花花的水终于从笼头里涌出来的时候，那儿的爷们，嫂们，娃们，那个笑啊，那个跳啊，那个高兴劲儿！

然而，自来水没有诗意。毕竟铁做的管子，铁做的龙头，硬邦邦，冷冰冰的，一点儿诗意没有。哪有井畔泉边浪漫呀？

你看看，井畔多少故事，井里多少倒影：胭脂井，珍妃井，陆文夫小说《井》中的井，苏童《妻妾成群》中的井。井水深，井绳长，井畔青苔绿如蓝。这番情调，自来水能有吗？

你听听，《蝴蝶泉边》，旋律多优美；《泉水叮咚响》，歌儿多好听；《二泉映月》，曲子多悦耳。这等感受，自来水能有吗？

谁会把自来水编成故事来说，把自来水谱成曲子来唱呢？

但是，人们还是愿用自来水，毕竟，诗意与实用相比，实用是第一位的，总想舒适，总想方便。人之常情。

然而我们的诗人们不高兴了。他们说，离开了诗情画意的井和泉，守着个梆硬冰冷的自来水，怎么写得出诗来呢？于是我们的诗人们大声疾呼：不能再这样下去了！再这样下去，文学就要消亡了！为了诗人们能继续写出诗来，可不能让乡下地方都通上自来水。让乡下人继续在井边泉畔洗衣淘米吧，让他们继续翻山越岭挑水吃吧，让诗人们写出好诗来。

为此，我们的诗人设计出一个非常美好的世界。

——诗人们住在最高级的现代化的宾馆里，周围是原汁原味原始风貌的乡村。当我们的诗人想要写诗的时候，就往带冲浪功能的大浴缸里放满水，痛痛快快地洗个澡，浴毕，把衣服丢在全自动洗衣机里洗了，从饮水机里取一满杯富氧的纯净水喝个够，再换上一身休闲便装，然后出门，到乡下的井畔泉边谷底崖下寻找诗的灵感去。

汲水声，浣衣声，吊桶坠入井中的碰撞声，浣衣女生动的身姿：是有声有色的乡野风景。泉水淙淙，山路弯弯，石级陡峭，挑水人舀满水，重担上肩，步履颤颤：是彩色斑斓的风俗画……

——要这样，这世界就充满诗意了！……

（原载《文学自由谈》2000年第5期）

2000年

徐成淼

渡口对岸是沈从文

车在洪安镇的一个街口停了下来。小街是往上的一个缓坡，挡住了视线，一时看不到坡那边的景色。沿缓坡慢慢地向上走去，目光渐渐升高，坡顶一点点降了下来。于是渐次看到一些树梢，然后是山巅，是屋顶，是岸，最后才是那条酉水。

酉水还是那样不快不慢地流着，河上的篷船，还是那样静静地浮着。河沿上，乌黑瓦顶的木屋还在，“一半着陆，一半在水”的吊脚楼还在。依然是当年那条渡船；被踩得变了形的踏板，被坐得磨出光泽来的船帮，仍旧是当年的模样。六十多年，日复一日，酉水天天从这儿流过，渡船时时自两岸往返。世事轮回，周而复始，一切都没有改变。

抬头却见对岸立着一堵悬崖，崖壁上，阳光照出了两个红色繁体大字：边城。峭崖高耸，笔立如削，岩缝中，这儿那儿，长出了一蓬蓬灌木杂草，把“边城”二字的笔画遮了些去。靠下面一点的地方，还有几个小字，更被枝叶遮去大半。待得河风吹来，灌木摇动了，才确切地露出三个字来：沈从文。正是这堵悬崖，正是悬崖上刻着的这几个红字，提醒我们去认真丈量六十多年来随这河水流去的许多时间。

放眼看去，沿河上下，再没有这样的悬崖了。它怎么刚巧立在这渡口，而不是立在别处呢？它怎么刚巧就有一方平展的石壁，来作题词刻字之用呢？它默默地立在那儿，就是为了等待沈从文来题字签名的吗？当年沈从文屯戍此地的时候，能预见到有朝一日会把自己的姓名留在这堵悬崖上吗？……这样想着，心中就不免升起了浓浓的沧桑之感，脑子里就不免反复掂量着那叫作“命运”的东西。三十年河东，三十年河西，中间隔着的，不过是一条白水。

《边城》开头就写得明白：“由四川过湖南去，靠东有一条官路。这官路将近湘西边境到了一个地方名叫‘茶峒’……那条河水便是历史上知名的酉水，新名词叫作白河。”

如今与我隔水相望的，就是那叫作茶峒的地方了。我们坐渡船过河去。

依旧是两岸间牵一条横缆，船上人手拉横缆，慢慢地牵船过对岸去；只是那条横缆已不是用“废缆”做的了，它已换成了铁索。管渡船的，也依旧是已经到了祖父年龄的一位老汉；只是他脚边一个大红塑料水桶，却是当年没有的鲜艳颜色。船向对岸驶去，悬崖一点点移了过来。再看它时，头要仰得更高了。由于角度的关系，石壁上的那几个大字，已被灌木遮去大半。

船上没有翠翠，也没有那条黄狗。但是河边水埠头上，这里那里，几个年轻的女子正在浣衣；沿河的砂石路上，也有狗不时地走过。依旧是当年的舞台，依旧是当年的布景。只是再听不到号兵吹号的声音，也见不到赛完龙舟后众男人下水赶鸭子的热闹景象了。

酉水无声地流。零星驶过的篷船，不紧不慢地顺水而下。河水倒映着天光，水面鳞波一片。远山，近树，还有河湾处那被称作“三不管”的长滩：一切都叫人遐想。不禁忆起《边城》中的字句：“山中多可以造纸的细竹，长年作深翠颜色，逼人眼目。近水人家多在桃杏花里，春天时只需注意，凡有桃花处必有人家，凡有人家处必可沽酒。夏天则晒晾在日光下耀目的紫花布衣裤，可以作为人家所在的旗帜。秋冬来时，房屋在悬崖上的，滨水的，无不期然入目，黄泥的墙，乌黑的瓦，位置则永远那么妥帖，且与四围环境极其调和。”这不就是唱给酉水的一曲水彩画般的“四季歌”吗？

终于走进了茶峒的小街。街道是清洁的，清静的，清凉的；与那些闹市相比，甚至显得有些寥落。两旁的房屋当然是改建过的了，但格局并无大变。大多临街一个堂屋，敞开着，一览无余；老人和孩子，在日常的程序里做着各自该做的事情。这样继续往前走着，就以为自己是走进了一出旧戏：保不定前边过来的老者中，就有那个心善而固执的渡船佬；保不定与你擦肩而过的少女中，就有那个纯情而乖巧的船家女。直到街角那儿出现了一家卖杂物的小店，我的眼睛才改变了焦点。是那些五颜六色的当令家什，把我从遥远的年代拽回到了眼前。我有意要走出这段往事，便向店主要了只打火机。付了钱之后，年轻的店主用生硬的普通话问：还要烟吗？好烟。我摇了摇头，指指上衣口袋，说：有了。

没有在茶峒多待。汽车从河的上游某处过了桥，这时候正在前边镇口等着。那么我们就这样与边城道别了。汽车驶离小镇时，不知哪处院子里的一只鸭子，忽然放肆地一阵大叫。

车到凤凰。举目四顾，满城的屋檐，都翘首向天；每一个檐角上，都塑着一只凤凰：整座小城，就像是要飞起来的样子。

没有飞起来的是沈从文的旧居，它依然沉稳地待在长长的小巷深处，在石板路临近折弯的地方。小巷两侧，高高低低的，是青砖砌就的墙垣，挡住了市声的喧嚷。我们去到那儿的时候，一抹斜阳正照在门楣上，整个门脸儿一片褐红。那么这小小的院落，也就和许多"故居"大同小异：一些实物，一些图片，一些说明。总之是一个人的一生：幼年，童年，少年，青年，成年，老年。而终点则在正房的中央：那儿端放着的，是方方正正的一个骨灰盒。

我们只用了不过几十分钟的时间，就读完了旧屋主人几十年起起落落的一生。在那些展品和图示面前，我们总是步履匆忙。临了，在近出口处看到那个售书的专柜，我们的眼光才再次凝聚起来。玻璃柜台下面，是印刷精美的许多沈著图书。大大小小的开本，中式西式的装帧，平装本，精装本，插图本，套装本：难以尽述。如此的规模和场面，也是沈从文在孤寂岁月里怎么也没有料到的罢。闲聊中，女售货员告诉我们，旅游高峰的那个五月长假，七天之内，这儿每日游客逾万！卖得最火的，也还是那本《边城》。闻此我稍稍仰起了头，轻轻地舒出了一口长气。

就是这个沈从文，在写《边城》的时候，曾在"题记"中公然表示对当时流行风气的鄙夷，对那些他所谓的"理论家，批评家，聪明的出版家，以及习惯于说谎造谣的文坛消息家"，他多有不敬。然而很快他就为自己的孟浪付出了代价，当时代的重拳向他正面砸将下来的时候，他只有佝偻了身子，任满天雨雪凛然倾泻在自己头上。他断然放下了手中的笔，从此与文学断绝了关联。那么在那个史无前例的年头，作为罪人的沈从文，在北京某座大楼的厕所里，一丝不苟地用手指甲一点点刮去瓷砖上的污渍的时候，他能想到自己会有重新挺直了身子的一天吗？

接着我们从一座临时搭就的便桥跨过沅水，到对岸去。正逢放学时分，成群结队的中学生你推我挤地迎面向我们涌来。到了对岸的时候，河沿平缓的石级上，几个学画的女孩，正坐在那儿专注地向着落日写生。她们画中的远景，正就是我们要去的那座小山。小山绿树丛生，山麓的一小块平坦处，像是从天而降似的，一块巨大的五彩石直直地矗在那里，纹丝不动。这就是沈从文的墓了。有人告诉我们，墓址原选在山脚下一处更平阔的地方，然而那块五彩石却挣脱了绳索，从山顶砰然滚落，自行栽在此处，再难撼动。沈从文墓便因之有了传奇的意味。不必推敲此说的真伪，一个人生前既受到长期的痛诋，又获得迟到的殊荣；死后，还能被编成"传奇"流布：这样的生命，也就称得上圆满了。

五彩石上，镌就两行绿色的行书："照我思索，能认识'我'；照我思索，能认识'人'。"这是沈从文留给后世的箴言么？那么墓石四周的兰草，便因了绿树的庇荫而更加茂盛起来；据说，沈从文的一小撮骨灰，就这样零星地撒在这些兰草之中，而墓石下面，实际上空无一物。这又有什么呢？人生原就是在有无之间穿行，要的原就只是一种寄托，一种象征，又何必坐实了具体的方式。通往墓地的山路旁，立着黄永玉撰写的一块碑石，上写：“一个士兵不是战死沙场，就是回到故乡。”一语作结，似欲与沈从文的箴言遥相呼应。蓦地联想起泰戈尔的诗句，正可作沈从文一生的某种诠释：“旅客要在每一个生人门口敲叩，才能敲到自己的家门，人要在外面到处漂流，最后才能走到最深的内殿。我的眼睛向空阔处四望，最后才合上眼说：‘你原来在这里！’”

天色渐暗，周围的草树已逐渐模糊起来。只有墓石面前不知是谁斜放着的一束黄花，还坚持着清晰的轮廓。从枝叶的间隙中望去，是沅水的点点波光，在一些屋檐的剪影之间凌乱地动荡……

（原载《散文》2000年第12期；

入选《全国首届冰心散文奖获奖作家作品集》，中国文联出版社，2003年3月）

2001年

徐成淼

小保姆的下装呢?

20世纪最后十年以来，散文呈现出空前繁荣的局面：三百六十行，行行写散文；一天二十四小时，时时写散文；一年三百六十五天，天天发散文。一时间不写散文好像就没个人样似的。写散文成了一种时尚，成了一种群众运动。全民皆散文，人人争做散文家。作家圈里，原先不写散文的那些诗人、小说家、戏剧文学家，乃至理论家、评论家们，也都纷纷拿起了笔，写开了散文。散文无所不在，无所不包。散文被磨碎，嚼烂，揉成了一团泥，泡成了一包糟。

散文是自由的，散文是民主的，散文是开放的，散文写什么都行，散文怎么写都行，散文文无定法，散文无拘无束。在这个自由的时代，还有什么不可以写进散文里去的呢？上至天文，下至地理，宇宙之大，苍蝇之微，山里的雾，地上的灰，都可以拿来凑成散文。特别是名人，既然有名在身，那就打个喷嚏也具有深刻的意义，咳嗽一声，也成了划时代的作品。

名人写了些什么呢？写养花莳草，写遛狗喂猫，写钓鱼撒网——那是有生活情趣；写煎炒烹，写葱姜蒜，写油盐酱——那是美食家言；写品茶沽酒，写煮咖啡，写喝牛奶——那是中西合璧。吃喝玩乐都写完了怎么办？甭担心，生活中会不断出现新东西、新玩意。电话刚普及开来的时候，就写电话。一位名气显赫的大作家，就写过一篇他家装了电话之后的种种烦恼：有事没事来电话闲聊呀，串线打错电话呀，正在写一篇妙文，却被无关紧要的电话打断了思路呀，等等。有位作家写了一篇散文，说的是铝合金推拉门的种种妙处，透光呀，隔音呀，没隙没缝的，厨房的油烟不会窜进来呀，又坚固又实用呀，等等。有位作家写他两只老猫生了只小猫，小猫长大了被人借去配种，几天后回来，它爹娘却不认它了，又追又咬，小猫好可怜。作者抱着小猫叹气道：小猫呀，你怎么办呢？

最近还看到一位名作家，在一份挺有名气的大型刊物上，发表一组散文，内容之丰富，之广泛，不得不叫人心悦诚服。他写什么呢？他写他怎么在女儿陪同下，去燕莎商城买西服，掂量着是定做还是买现货？是买“欧洲板型”，还是买“日本板型”？是买燕莎商城的仕奇洋服，还是买雷蒙西服店的高久雷蒙牌西服？最后终于在女儿的坚持之下，买了套高久雷蒙西服，如此等等。这样的散文要是出于年轻的女作家之手，非被贬斥为“小女子散文”不可：“小女子”嘛，就知道写吃写穿，写厨房卧室，写商场菜场，眼界小得很的。但因为此文的作者是男作家，又是上了年纪的，他这样写不但可以，而且还被大型知名刊物看中，成了一朵鲜艳的“野百合花”。从这里面，可以看出我们的文坛执行的是一套“双重标准”，对同一类作品，是批评还是表扬，要看作者是谁：他这样写可以，你这样写就不行；对“小女子”和“大男人”，用的就是两套完全不同的判别标准。这还不算，这位“大男人”，还写他家的小保姆来了月经！他说他在洗衣服的时候，发现只有保姆的上衣，而没有她的裤子，这是怎么回事呢？他以为保姆洗澡后只换了上衣而没有换裤子，就提醒保姆说，裤子也得勤换，要养成爱干净、讲卫生的习惯。保姆说知道了，大姨给我讲过了。但他还是纳闷：既然他妻子已给保姆讲过了，保姆为什么不把换下的裤子拿来让他洗呢？后来问了妻子，才知道保姆来月经时把裤子弄脏了，提前换下，自己悄悄洗了。原来保姆的老家太穷，妇女都不穿裤衩，就单穿一条长裤，来月经时又不戴卫生带，经血顺着大腿往下淌，能不把裤子染脏吗？这也难怪她，小保姆老家的妇女，来了月经连手纸都买不起，都是塞晒干了的玉米缨子……

散文写到这个份上，大概也快到气数了。

待到这些东西也都被写尽的时候，散文，它还有什么可写的？

（原载《文学自由谈》2001年第3期，《中华文学选刊》2001年第8期转载）

2001年

赵雪峰

父树情结

父亲把那片树当成了生命的一部分。

那是一片蔽日遮天的杉树，是父亲早年栽下的。父亲说：一年栽杉，十年用它，二十年后自家埋自家。父亲有个打算，退休后，他要回乡下老家，厮守他栽下的那几片杉树林。不为别的，只为一种归宿。他将来于斯、归于斯、葬于斯，回归自然，回归山水宝地，与树共存。父亲这样执拗，叫我感动。我想，这世界要是多一些这样与自然相处的人，又何来那么多的灾难，这让我感到来自父亲的一种力量。

父亲是个很精明的人，土地下户那年，面对自家分得的一亩三分地和荒山荒坡，如何把这些黄土变成黄金，父亲动了不少脑筋。他终于做出了一个“山上是银行，山下是粮仓”的种植规划，即在肥力较好的低洼和平地上种粮食，坡地一律退耕种树。那时国家还未提出“退耕还林”的号召和要求，但三十多年前的父亲能想到这一点并能够这样做而且还见到了效益，确实让我佩服父亲的先见之明和先行之明。父亲的计划拿出来后便发动全家大搞造林运动，从外面购来杉树苗，就向坡地开火了。看着满山遍野的耕地被父亲种上了杉树，母亲心疼了，说粮食是命根，那杉树又不能当饭吃，以后饿饭咋办？父亲说：这你就不懂了，这些坡地肥力低，产出低，几年后被雨水冲蚀，只有荒废；而我们种杉树，一方面可以保持水土和生态平衡，另一方面还有经济效益，一棵杉树一年增值一元钱，种上几十万棵，每年就有几十万存入绿色银行，是种苞谷的数百倍。粮不够吃可以树换粮，以钱换粮，还大有赚头。母亲却说，看不见，摸不着，不踏实……

一晃三十余年过去，杉苗都长成杉林了，母亲看得见树子，摸得着票子，终于露出了欣慰的微笑。父亲无事就到杉林里转转，有时一转就是一天，天黑了还不想离开，他说，杉林里空气清新，看到这些活泼泼的生命，就想在里面住，他简直成了“树痴”，和树们结下了不解的情结。一次，水电工作者架电线，有几棵树高了，触了线，被砍了半截，父亲看见了十分伤心，非要找他们讨个说法不可。我说，国家建设需要，就算做贡献吧！可父亲认死理，一纸状子告到法庭，法庭判决砍树者照价赔偿。可父亲一分不取，父亲说，只要他们重新栽几棵恢复植被就算了。他只想让他们知道大自然是宝贵的，树是会说话的，有生命的，一切建设都应该在尊重自然的前提下进行，否则，树不答应，人不答应，法律也不会答应！建设者绝不应该是破坏者。父亲的言行感动了水电工作者，他们诚恳地说，您老人家给我们免费上了一课，这是用金钱买不来的。

前几年，因工作需要，组织上要把父亲从乡下调到城市，可父亲执意不走，不为别的，只为他那几大片杉树林，我出面给他做工作，他还是不肯，我有些生气地说：是不是你一走了，那些树就说，我们都是那老人家栽的，他走了，干脆我们就不长了？而父亲却说：你懂什么，我走了，那些树无人管护，会被人偷砍，树病了也没人管。说归说，组织还是将他调到城里安享晚年。父亲却享不起这等福，虽远隔千山万水，仍时常回去看看他的杉树，叨念他的杉树长势如何如何，唠叨多了，好像在我们面前站着的不是家父而是杉树。

现已七十多岁的父亲都退休十多年了，他终践行他的诺言回到乡下，回到远离雾霾，远离吸尘器的杉林呼吸新鲜空气。父亲有哮喘，在城市就严重，回到他的杉林中就痊愈，真是种瓜得瓜种豆得豆，父亲得到了应有的报答。整天提根水烟筒，挎个收音机，端个小电视，泡杯茶，与杉共舞，有滋有味，让人羡慕不已。那简直就是现代版的世外桃源。父亲说，今后死了就埋在里面，与青山绿水相厮守，虽死犹生。这就是乐观的父亲对“未来”永恒的安排，简单、伤感又令人羡慕。这时，我才知道父亲已把树当作自己生命的延伸，当作家的归宿，那是何等感人的情结。

其实，父树早已融为一体了。而天底下又有什么比这更高贵、更幸福、更生动、更感人、更有望呢？！

（原载《民族文学》2001年第6期）

2001年

杨启刚

这片神奇而美丽的高原啊

高原之旅

高原源于山峰而归于黄土。

因为山，我获得了对山外世界的冲动和神往；因为山，我被告诫最好待在祖先世居生存的地方。

山，这温柔的摇篮，寂静的黄土场。

衔着一枚家园的麦笛，我奋力跋涉。应和着高原的曲线而格外阴柔和妩媚，一枚麦笛吹绿了山地枯黄的皮肤。

我是庄稼的守望者。我是高原子民。我在崎岖的山路上跛足而行，敲出抗争命运的鼓点。在一个辉煌的黄昏，我登上山巅，最后太阳的幻象金黄地汹涌在我的面前。

跋涉之旅，穿过黄土雨季，把墓志铭镂刻在高原巨石之上。

——除此之外，我已别无选择。

粟

我端坐于高原美丽的城堡之中，穿过十月季节的长廊，怀想一些土地的旧事。

有一种不怕火炙风蚀的作物，它的名字叫作“粟”，在一片片风的水域，挺立于一个个生命的渡口。从一个美丽的瞬间起步，我记住了粟燃起的最初对人类的恋情。

……今夜我将走近你，翻开千年的经卷，寻找被风吹落的一粒粒稻香，阅读你使我颗颗滚烫的泪珠。每一粒粟于是都定格在一个春天，一片土地的红色光环下——成为最初的也是最后的美丽幻象。一粒粟从少年时被我揣进旅途，遥遥无期地照耀着我的步履。

所有的行者都已放轻脚步，所有的果实在我眼前花开花落，所有的粟在我的掌心里吟诵着一支田园的夜歌；而我，聆听古槐的窗外，我看见土地是怎样竭尽全力地和着每一个闪烁的节拍，一粒粒粟从土地里鲜艳地滚入我的怀抱。

土地的心脏

在所有躁动的心脏里，不容忽视的是土地的心脏，那枚坚实而充满灵性的心脏。

长久的伫望，成熟了我的双眸。当采摘的季节终于来临，我已战栗不已。水稻、玉米因成熟而垂向土地，倾听土地心脏的律动。

我的祖先在乡村，我也同祖先一样不能离开土地，终生凝望和守候那枚紧紧挂在土地胸前的心脏。

我将永远用五谷来养育孩子，教他们对生命之源懂得感恩；我将把五谷放在孩子们的面前，教他们一一辨认这些美丽的圣物，让他们把它们铭刻在那刚刚发育、渐趋丰满的小小心脏。

在土地的心脏里耕耘、播种和生存；在土地睡着的时候，用那些勤劳艰辛而宽厚的手掌轻轻抚摸它的心脏——早已泪流满面。

山歌

在神秘迤逦的大高原，在一部部奇逸雄浑的合唱中，是魅力独具的山歌最先登场领唱的……

山歌激越冲天的每一个乐句，那些跳跃着的每一个音符，都是一滴滴咸涩的汗珠。头顶上是大海一样湛蓝的天空，双脚下是广袤无垠的苍茫大地。

秋风悄悄地拂来了，稻田一片片金黄。我的勤劳一生有着粗大骨节的父兄啊，娥眉柳腰娴慧聪颖的姐妹，他们挥镰翻飞的身姿，融合着山歌豪迈的节拍，使得这种最朴素最原始的歌谣，在逶迤的大山里深深地扎下了根。

山歌是最民族的唱法，和着大山的节拍和神韵。山歌也是最传统的舞蹈，山歌还是土地里的果实。歌的节拍和舞的轻盈和谐地糅合在一起，滚烫的汗水和生存的艰辛揉捏在一起，内心深处的欢乐和对山外世界的憧憬粘揉在一起。

在这个浩瀚的世界上，哪一种歌能有如此充盈丰富、多姿多彩的内涵？有哪一种歌谣，能将亲人们淳朴的名字撒遍这片古老悠远的土地上，永远绽放着鲜艳不灭的独特音质？仿佛天地金曲，又似天籁之音……

高原之树

高原的土地是最痛苦的，只因为每时每刻这里总有鲜嫩的胚芽和傲骨的生命顽强地挣扎着拱出高原坚硬的岩层。

一如伟大的神灵，使这种生的创痛变成绿色，变成高原之树上悬挂着的阵阵风铃；如同豪放的山歌，攀上风的肩膀把根须扎进土地的心脏。

——因此，这无垠的绿洲啊，就具有造型，具有生命生生息息的另一种凹凸的浮雕。每一棵树便是一种优美的舞蹈，在陡峭的悬崖间，以一种倔强的风姿昭示着生长信念与期待的远方。

远方飘扬着梦想……

箫声和唢呐穿行于季节，铜鼓与笙歌敲打着土塬，在高原凝厚的目光下，注定萌发着自己独有的子代。

高原之树，辉煌成一面风景。在落日的晚风中，一次次地举起，就像燃烧的火焰饱满的手臂，因为站立仅仅属于泥土的选择，珍惜和热爱才会归属于自己——哪怕是站在废墟之上，根须也会竭力在黑色的砂砾之上寻觅那面飘动着的黄皮肤的旗帜。

——沉默毕竟是一种永恒的财富啊。即使有一天，生命之树被轰隆隆地伐倒，树桩也将会留下圆形的散发木香的巨大伤痕（并且不惟是伤痕）。每个成熟的人跋涉奔波到这里，就能沿着年轮辨别出大地的指针与方向。

落日幻象

高原的太阳快要落山了。

这苍茫宇宙中的阿波罗之神，人类理性与智慧的主宰，像一枚永远无法攀摘的禁果，一部高悬中天的禁忌的图腾。

我感到原先赖以生存的生命板块，在出现断层。断裂的结果，一半将是永久的花园，一半将成为苍凉的废墟。

伫立于高原陡峭的悬崖间，行走在雾中的城市，我格外地想念被锈蚀的太阳。在黑夜即将降临的日子，我借助烛焰画出窗棂上的曙光，用胸腔那枚温热的心，撞击暗夜坚硬冰冷的岩石，用我蹀躞的脚步，在摇摇晃晃的艰难中，留下一个个坑，当雨水灌满，会有无数的植物和鲜花璀璨地怒放……

越过峡谷沉重的栅栏，聆听铃铛从黑森森的密林里穿过。我的位置就坐落在一团火的中央，我不会退出。

闭目佛心打坐，等待再生——

新升的太阳，首先照亮了我黑色的眼睛。

然后，将人类所有的眼睛一同照亮。于是，我一脉深情固执地守卫着太阳，像守卫着最后的家园。

（原载《民族文学》2001年第7期）

龙志毅

云烟踪痕（三则）

我的忘年交陈二老者

大家都称呼他陈二老者。那时我还不满十岁，他却已是银丝盖顶须胡染霜的老人了。他头戴一顶毡帽，是用羊毛自制的，质地很粗糙，一年四季戴着它从不更换，汗水浸、雨水淋、烟火熏，使得那毡帽的表面长了一层黑色的硬壳。我记得他曾得意地指着那带着浓烈汗味的硬壳对我说：“好东西哩，可以做药，用开水一泡就行！”做什么药？治什么病？人用还是牲畜用？他没说我也没问。他身上穿什么记不清了，好像总是一件齐膝的土蓝布衫，腰间系一条白色麻布带。冬天来了再加一件羊毛披毡，也是自制的。

他长年累月为我家牧羊，应当是雇工了。那时我和他自然都不懂得什么叫剩余价值，什么叫剥削，因而也没有过问他一年辛辛苦苦到底得了多少报酬？与他付出的劳动差距有多大？我只知道自己喜欢和他一起上山牧羊，在那深山沟里牧羊几乎成了我惟一的娱乐。他也喜欢我和他一起去。特别是当我逃学和他上山时，他从来不向母亲告发，故而我们产生了深厚的友谊。

他为我家牧放的羊群并不大，总共不过四五十只，全是绵羊。在家畜中我最喜欢绵羊，觉得它们温顺可爱，连那叫声都非常悦耳。这大概也是我明着暗着总想和他一起上山牧羊的缘故吧。当然也还有别的原因：山沟里的生活十分枯燥，念书又是那么无味。

家乡地方抬头是山低头也是山，我家居住在山区中部，也就是俗话说的半山区。而牧羊地点则在高山之巅，俗称凉山地区，离我家有好几个华里的路程。每天早餐后，如果是假日里，便正大光明地（如果不是假日便偷偷摸摸地）和他一起赶着羊群边牧边走，直上那凉山之巅。这里是最好的天然牧场，满山遍野长着“精竹”，一种很矮很细的竹子，高不过男人的腰部，我们十来岁的娃娃钻进林中也还可以露出半个头来。它那茂密的枝叶是羊们最好的食品。羊群进入竹林便如鱼得水，尽情地嚼食和游荡，这时牧羊者便可以悠闲悠闲了。在竹林区纵横交错的山谷里，有许多从竹根里浸透出来的水汇集而成的山溪，它们从每一条山谷里潺潺而出最后汇集成一条小河流经山区的中部，直向万山丛中的金沙江奔去。在众多小溪的汇合处有一道很高的悬崖，汇合了的河水从悬崖上奔流而下，形成一个十分壮观的瀑布，有若高悬在半天云中的一条白布。到了冬天冻冰了，它又成了壮美的冰柱。乡下人不会取名，叫它做白岩沟。它是凉山和半山区的分界线。羊群越过白岩沟便进入竹林牧区。这就到了我们休整怡乐的时刻，清澈见底的小溪里常有拇指那么大的鱼游来游去。它们是我的猎物，也是一天里的主要娱乐项目。鱼们却像上了蜡似的滑腻，难得抓住一尾，抓住了也养不活。不住地捕，捕了又放，放了再捕，成了这项娱乐活动的全部程序。有时我随身带了小玻璃瓶子，捕到的鱼便装入盛了水的瓶中，但还不等我回到家它们便一条条翻了白肚。陈二老者不太参与我的游戏，只坐在一旁观赏，用火镰打着火石吸食旱烟。他有一套很完备的取火工具，火镰是纯钢的，其形状有似人的耳朵；火石是从山上寻来的一种特殊小石块，和火镰一磨擦便立即火花四射；火草也是从山野里采摘的一种特殊草叶，将它晒（或烤）干揉碎而成。取火时将火草用拇指按在火石上用火镰一打便成。陈二老者将这套取火工具装在一个绣了花边的小布袋里，放在皮“兜肚”中随时带在身上。那小布袋给我的印象是，它和主人一样地上了年纪了。用眼力已经不大分得清楚它本来的颜色，只有那袋口的花边还隐隐地看出红、绿的痕迹。我没有问过也不懂得询问这个小布袋的来历，只觉得陈二老者很珍惜它，有时取过火，将三件取火工具装入袋中系上紧口索时，往往不无情意地捏在手中反复看它几眼后，方才装入兜肚中去。到了懂事的年纪之后偶尔回忆起这件事，总觉得这个小布袋对陈二老者来说在感情上有特殊的联系，也许就是他年轻时的定情之物吧？但陈二老者不是我们那里的少数民族——彝族或苗族，他是汉族，汉族的婚姻似乎不兴这种礼俗的。当我懂得要问个究竟时我们早已相隔万里了。这是后话。

太阳当顶的时候便该吃“晌午”了。陈二老者从山上找来少许枯枝干柴，架起来点燃，将惟一的午餐食品，一个很大的玉米饼（当地叫苞谷粑粑）取出来放在火上烘烤。玉米饼很大，恐怕足足有一斤多，他用麻织的网兜装了系在腰上。我虽然并不每天和他一起牧羊，但我知道他的午餐从来都是玉米饼，天天如此从无改进，只是到了春天，玉米面里会加上些许野棉花的花蕊，为玉米饼增添一点清香味。我们分食着烤焦烘脆的玉米饼，有时也天南地北地侃上一通。记得有一次，我一边有滋有味地吃着玉米饼一边眺望着对面四川大凉山主峰的“黄茅埂”（或瓦岗）出神。天，到了那里似乎已经接近边沿，再也看不见会有什么事物存在了。这种感觉我早已有之，分不清楚是那顶峰太高把天挡住了还是那里已是天的尽头。这类奇想从来不敢去问老师的，但我在吃着玉米饼的时候突然向陈二老者提出来了。我的问题是分层次提出的，我指着那在云雾中若隐若现的顶峰问：“那是什么地方？”他毫不犹豫地说：“那是大凉山，属于雷波县的地界。”接着他便夸夸其谈起来：“我年轻时跟着马帮去过叙府（四川宜宾），好大的城池哟！永善县城周围一圈只有一里三，人家那里是三里三，三里三呀，你看看！从叙府顺着金河（金沙江）往上走就来到雷波，大凉山一带好多都是雷波的地界，还有就是金阳县，不会错的。”“你去过雷波？”我追问。“没去过，”他说，“那些地方轻易去得？不像这边，它那里全是彝人，烈得很，朋友交上了，说得好他的裤子都可以脱给你穿，甚至于为你卖命！说不好呢，假如你做了伤天害理的事，嘿嘿，对不起，你莫想回来！有些做鸦片生意的，想昧起良心去发人家的横财，到头来财没发连老命也丢了！”我佩服他的见多识广，觉得增长了知识，又问：“山背后呢，是什么地方？”这一问可把他难住了，他显得有些尴尬，皱起眉头吃着玉米饼想了一阵才终于回答道：“那就是四川坝子了嘛，好地方啰。”就此为止，我也知趣地不再打听。吃完玉米饼，我们用手捧起溪流中那清凉无比的竹根水喝上几口。这是最好的天然饮料，但当时并不觉得。

太阳偏西了，我们便赶着羊群慢慢地下山回家。若遇到几群羊会合在一起放牧，还要在岔路口把羊群分开，这也是一种本领，一种管理羊群的本领。陈二老者在这方面的本领是多方面的。首先是识别每一只羊，他将这项本领也教给了我：识别每一只羊不在于它们的高矮肥瘦，主要看它们脸上的花纹。每只羊脸上的花纹与别的羊是绝对不相同的。只要把花纹看熟了，你的任何一只羊跑进其他的羊群，都可以轻易地将它指认出来。在他的指点下，久而久之，我家的那四五十只羊我也能认出来了。几群羊混合在一起放牧是常有的事，这样几个牧羊人便可以坐在一起侃天谈地打发时间。如果每一次将混合的羊群分开时都要逐个去指认，那就太笨了。陈二老者的另一个管理上的本领便是使羊群听吆喝跟着带头羊走，他挑选训练出了一只很好的带头羊。它不是专门负责配种的公羊，当然也不是母羊，而是一只阉羊。我至今还记得它的形象：高大、纯朴，紫白花纹的脸膛。陈二老者为它做了特殊的标志，那就是尾部和顶部的毛留下不剪，让它穿上一条裙子和一圈马一样的鬃毛。这一身打扮再加它高大的身子，这只带头羊在羊群中便显得很有气魄，很有点领导者的架势了。每当分群时，只要陈二老者“咳咳”地大叫几声，再用鞭子一挥一指，它便带头走出羊群朝家里或陈二老者所指的方向走去，而它所统率的“臣民”们便也就一个跟一个步它的后尘而动了。只有在个别调皮者或呆笨者依然混在别的羊群中不肯跟着带头羊走时，陈二老者才会发挥他个别识别的本领，走过去挥鞭大吼，甚至用手拉住它的角抽它一鞭，让它尝尝不守纪律的教训。这只带头羊是陈二老者的忠实助手，它不仅训练有素而且处处以身作则，恪尽职守。记得有一次我同陈二老者一起去赶羊洗澡，这是每次剪毛前必办的事。那时已经是秋天了，冷风细雨的凉山温度很低，当羊群们被赶到经常洗澡的大水池时，一个个站在水边畏缩不前。在这紧要时刻，不待陈二老者发话，带头羊便第一个下水向对岸游去。在它的带领下，其余的羊也一个接一个地下水了。眼看这情景，我更加感到那带头羊的可爱，也更加佩服陈二老者的本领了。

陈二老者还有其他许多方面的本领。用“媒子”抓野鸡，这是他教给我而使我至今不忘的一件乐事。那是我离开家乡的头一年，即将念完小学的课程了。整整一年，我几乎将大部分课余时间都投入在这件有趣的事情上。所谓“媒子”也是野鸡。头年的春天，经过多方观察寻觅找到野鸡孵崽的窝，在那刚出蛋壳不久的幼鸡中用识别眼下纹路的办法，挑选出雄鸡将它拿回来人工哺养。那是一种很细致的活儿，用嘴将生黄豆嚼得细细的喂到小野鸡的嘴中，每日数次，不能多也不能少，保证雏鸡有足够的营养。最好的食品是蚂蚁蛋，小野鸡既肯吃又十分营养。我花了不少时间去观察追踪蚂蚁的踪迹和寻找它们的洞穴，为此，我没有少挨老师的批评，说眼看就该上初中了还这么不长进！幸好觅找蚂蚁蛋的任务陈二老者也为我分摊了一半。他备了一个竹筒在身上，傍晚牧羊回来时从怀中取出装满了蚂蚁蛋的竹筒，向我得意地晃晃，说：“拿去！”

经过一年的精心调养，到了第二年的春天，这只“媒子”雏鸡已经成了油光水滑、“风度翩翩”的雄性成年野鸡了。清明过后，在陈二老者的技术指导下，挑选了一只刚刚分得清楚公母的雌性家鸡和它配对饲养以逗引它发情。果然，青春焕发的它很快地便和那只母鸡卿卿我我难舍难分。在这同时，陈二老者自己动手制作了一套器具：一副竹片编就的围子，高不过二尺，围上一圈，直径不过五六尺；再就是两套用马尾编织系在麻绳上的松紧套。一切准备就绪之后，他对我说：“可以上山了。”我记得那天清晨，鸡刚叫过三遍，天还没有大亮，他便轻脚轻手地来到床前把我叫醒。我一翻身下床便跟着他出了门。我们从圈里把“媒子”捉出来放入竹笼，再背上竹围拿上马尾套。出了家门便是坡，不是陡坡是斜坡，沿着牧羊的路线，穿过两座茂密的松林，来到一处长满了灌木丛的小山头，陈二老者悄声对我说：“就是这里，我听它几个早晨了，不会错的。”于是我们停下来选好一块空地，在地上栽了一个木桩，将野鸡“媒子”的一只脚绑在桩上，绳子留长一些让它有活动的余地；然后以拴“媒子”的木桩为中心将竹围围成一个圈插入土中，在竹围的两侧再插两个木桩，将两副马尾套系在竹围和木桩之间，一切准备工作便完成了。我们于是退到一处灌木丛中躲起来，用一领蓑衣顶在头上作为伪装以观动静。其中的道理陈二老者早就告诉过我的：春天野鸡开始发情时，每一对野鸡便占据一个山头（小山头），雌雄共度良宵，生蛋养崽，绝不让同类侵犯，一旦有别的野鸡（雄鸡）入侵，这个山头的“山主”便披甲上阵和它决斗，直到将其驱逐出境为止。用“媒子”捕野鸡便是利用这一规律。果不其然，我们刚退入灌木丛中蹲下，那只拴在围子里的“媒子”便因眼前的环境新鲜特别是它的伴侣不在身边而感到寂寞，故而舒展双翅高声鸣叫。鸣叫不到三四声便立刻得到了反应，只听扑哧一声，那“山主”已经窜至空地上迎战入侵之敌来了。它展开两翅怒目而视外来入侵之敌，脸上红得像一团火球，美丽极了。围子里的“媒子”也针锋相对，以牙还牙。然而，它们却又被竹围挡住了。“山主”哪肯罢休，气愤得羽毛倒竖，沿着竹围打圈寻觅决斗的空隙，在愤怒而失于察觉时，便一头栽进了马尾套中，成了我们手中的猎物。

我十分迷恋这一游戏，但记不清楚为了什么，当年只搞了这么一次，永远地铭记在心中的一次。这年的夏天我便离开家到一百多里以外的昭通报考中学，以后又到了昆明二哥处上学，再也没见过陈二老者。转眼之间若干年过去了。1947年的寒假，当我第一次也是最后一次回家时，陈二老者已经离开人世好几年了。这消息是母亲告诉我的。据说后来的几年陈二老者因年老体衰没有再干牧羊的工作，回到他儿子家里度过了他人生的最后时光。

我记得，当时我伫立在家门口遥望过去和陈二老者出没的地方，只见河山依旧。白岩沟依然银浪般地倾泻而下，青青的精竹林中似乎依然游荡着雪白的羊群和它们的放牧者。淡漠的大自然并没有因为少了一个曾是它们的忠实伙伴——一个平凡而善良的长者而显现出丝毫哀伤。

小小花台

门边有一个小小的花台，三边靠着围墙，宽约一米，长不过四米。有了花台就要栽花。首先进入的是一株月季，从花钵里移过来的。从花钵到了花台也算是回归大自然了，天地一宽便增添了生机，很快绿油油地叶阔茎壮，按时令开出了花朵。花是粉红色的，比花钵里的大得多，也显得更为鲜嫩。识花者告知：它叫“伊丽莎白”！这令人立即联想到历史和当今英国同名的两位女王，眼前鲜艳的花朵无形中增添了一种雍容华贵的气质。

为了使“伊丽莎白”不至于一枝独秀，孤芳自赏，花台里又陆续进了一株石榴幼苗，一株三角梅幼苗和几许草本杂花。虽然来了“新移民”，小天地依然显得宽松，花们各自发展，相安无事。后来两株葡萄的进入终于打破了花台中的和谐环境。两株葡萄是郊外麻堡村的一个基层干部送我的。20世纪50年代初期我曾在他们那里工作过，至今偶有往来。他建议我在花台里栽两株葡萄搭上架子，说要不了两年那门廊便将成为夏天乘凉的好去处。他按栽种时令送来了葡萄苗，其中的一株是当时推广的良种“巨峰”。刚移栽时由于施足了底肥，长势良好，一两年的工夫便上了架，而且开始挂果，成了那块小天地中独领风骚的角色。但它的兴旺期很短，仅仅就这么两年便出现了走下坡路的状态。冬去春来虽然也依然发藤长叶，却呈现一种萎靡之势，有气无力地低着头连架子也爬不上去了。究其原因，一是疏于管理，凡是花台里的花木都采取了一视同仁的听其自由发展政策。而葡萄生性娇贵，经受不了无特殊照顾的自由竞争。再就是同一时期内小花台里又进入了一株桂花。凡是不适宜于花钵的都拥挤到花台里来了，便不可避免地出现了各展其能、互争生存空间和泥土养料的局面。娇贵的葡萄在得不到特殊护理的情况下，就难以逃脱被淘汰的命运。那独居一隅的三角梅最初很不起眼，当人们注目于欣欣向荣的葡萄和艳丽的月季时，几乎忘记了它的存在。前年去昆明，在温泉看见一株盛开的三角梅，有如一团紫红色的彩云凌空垂挂，甚为壮观。这才想起了家里花台上还有一株同类的植物，但也只不过感叹一声：“像这样就好哪！”之所以感叹，就是认定它是不可能与眼前这株相比的了。谁知事出意外，它却在不惹人注意的情况下，躲在角落里默默地发展自己。不像葡萄、月季那样，不给条件（追肥、整枝等）便萎靡不振。终于到了去年，它突然脱颖而出，迅速地爬上葡萄架子，而且枝蔓丛生，纵横交错，不客气地占据了整个葡萄架子上的地盘。这才引起了对它的注意。我仔细地观察了一下，只见其根部拔土一米左右长成了粗壮如手臂的基干。在这基干上抛撒出去一批支干将整个架子揽入怀中，形成了一个纵横交错的网络，迫使台上的诸花纳入于网络之中，生存于其阴影之下。其气势之盛，远非当年葡萄兴旺时可比，俨然地代替了昔日的葡萄，成了小花台上的主角。剩下来的疑问是：它能否开花？能否开得像昆明温泉那株一样的茂盛？至于处于其阴影之下的花们，除了移走的月季之外，其余因难以安置，只好依然如故，听其自然了。

到了七月中旬，那茂密的枝叶丛中开始出现了一些零零星星的花朵，也还显不出好大的气势。能赶上昆明温泉的那株吗？我仍然心存疑问。七月下旬全家出了一次门，一个多星期后归来，还未进门便看见一枝盛开的紫红色花束从墙上探头而出，像是欢迎我们归来，更像是为了自我炒作、渲染。我心里为之一喜，进得门去，上了台阶回头一看，嗬！紫红色的花朵已经密密麻麻地铺满了花架。架上容纳不了的或垂吊于架下，或昂头而立直指天空，使整个门廊成了鲜艳夺目的花廊。花台里的花以及走道上花钵里的诸花族也为之黯然失色。不起眼的三角梅终于在默默无闻中成了大气候，为主人光彩了门楣。在那段时期内，来往的朋友和客人无不驻足观赏赞叹。它的花期又特别长，从七月一直延续到国庆节前后。看它那兴旺无比的气势，我曾想至少在世纪之交的这些年代里，它独领风骚于这小天地是毫无疑问了。谁又能知晓大自然的规律是那么难以琢磨呢？冬天突然来了一场十多年未遇的冰雪。按习惯对走道上花钵里那些抗寒力不强的花，及时地采取了保护措施。而对那花台里的花们却没有这么办，在想象中，由于土质深厚，花台里的抗寒能力是不成问题的。特别是那基干壮实，枝干繁茂的三角梅它会抵抗不了严寒的侵袭？对它是“一百个放心”的。

就这样便到了今年的春天。冬去春来万物复苏，这是大自然的规律，小小的花台也不例外，连那两株早已萎靡不振的葡萄也发芽了。虽然依旧趴在地上，像害了软骨症地不肯往架子上走，但毕竟是复苏了。唯有那去年风光一时的三角梅没有动静。经内行者鉴定，那一片密密麻麻地覆盖在架子上的枝蔓经不住严寒的袭击已经冻死了。幸亏根基壮实，那接近地面的基干尚存一息生机，一直到了五月中旬才艰难地吐出了几棵嫩芽，总算是喘过气来了。但它能否“东山再起”恢复失去的光彩？那肯定不是短期内的事了。与此同时，小小的花台里又出了一件意外的事。那株同样的不起眼而且早想将它迁走的石榴却挺过严寒的袭击乘机而起，将头从葡萄架的缺口伸出架外，一身青枝绿叶像一位身着绿色旗袍而亭亭玉立的少女，稍后一些时间竟然开了花，大有取去年三角梅的地位而代之的气势。那棵曾被三角梅纵横交错的枝蔓压得抬不起头来的桂花也乘机舒展身子把枝叶伸到架外夺取了本属三角梅的一片空间，大有与对角而立的石榴分庭抗礼之势。这样一来，今年的花台里也就自然而然地成了石榴和桂花的天下。

几年间小小花台上的几度变迁，不禁又一次令人纳闷：万物在大自然的生存竞争中，强者生存乎？适者生存乎？

（注：此文被北京高等教育出版社选入中等职业学校《语文》教材。）

古道随想

我们从敦煌出发穿越河西走廊去兰州。河西走廊是出西域的古道，我们从新疆过来是逆向而往东行，两个方向一条路。在千里古道上奔驰，在名城古迹中漫游，是足以令人神往的。

汽车离开敦煌城，穿越荒漠的戈壁滩向安西、玉门方向前进。司机是一个热心的“业余向导”，他指着前方青纱笼罩中的山峰说：“可惜今天动身晚了一些，要不就可能看到海市蜃楼了。”我顺着他所指的方向看出去，只见有名的祁连山脉延绵起伏，青纱隐隐，像是河西走廊的天然屏风。据说河西走廊之所以成为畜茂粮丰的“塞上江南”，主要得益于祁连山上的终年积雪部分融化的水源所灌溉。可惜我们的旅行已是十月下旬，车外景物略显荒凉，看不到塞上江南的风光了。然而，行驶在这漫长的古道上，自有引人入胜之处。从敦煌出发（也包括敦煌在内），我便感到有一种氛围，历史沉淀的氛围，像那笼罩在祁连山头的青纱一样，厚实地笼罩在我们的周围。历朝历代的中央政权，特别是强大时期的汉、唐王朝，在实施大西北的战略时，这一带地方从来便是通道和前沿。借用一句“文化大革命”中的语言，这里是文功武卫的前沿。将军们在这里立下赫赫战功，文臣使节通过这里出使西域，沟通中央和边陲方国。史书上概略而抽象地记载了有关史实，而诗人们则生动形象地描绘了当时的历史、人物和风土人情，特别是那些在这荒漠之境默默地奉献终生的无名之辈。“醉卧沙场君莫笑，古来征战几人回。”何等地悲壮！

在悠悠的历史长河中，特别是繁花似锦的唐代诗坛上，伴随着中央王朝在大西北一带的文治武功，涌现出一批别具特色的诗歌和诗人，也就是中国文学史上有名的边塞诗人和他们的作品。此时此刻，当我们漫游在这千里古道上的时候，边塞诗的铿锵之声便油然扑面而来，成了那笼罩在我们周围的历史氛围的重要组成部分。

从敦煌向东，前面便是安西、玉门，有名的阳关离玉门不远。现在的公路不再经过阳关，但却要经过玉门镇，阳关隐隐可见。这便使人想到王维那首有名的七绝《送元二使安西》：“渭城朝雨浥轻尘，客舍青青柳色新。劝君更尽一杯酒，西出阳关无故人。”这里所说的安西，据史料记载并非眼前的安西而是在新疆境内。安西者安定西边也，故多有同名之地，这是不足为奇的，如像云贵的大定、镇远、平越、宣威等等一样，都是为了宣扬中央王朝的权威，起到安抚边陲军民心理的作用。王维的这一首诗虽然是在咸阳送别他的朋友元二出使安西而作，因其内容与塞外有关，一般都将它算为边塞诗。短短的四句话表达了他对朋友出使西陲荒漠的祝福和惜别之情。这里面也包含着诗人的亲身感受。王维是有名的边塞诗人，他曾长期生活在西北。有人统计过他的边塞诗便有三十多首，不少是流传千古的名篇。王维的边塞诗不仅表现了塞上的风情和军旅生活，更难能可贵的是他着力地歌颂了一些在西北边陲默默奉献终生而一无所得的平凡人物。有一首《老将行》描写一个战功卓著的将军：“一身转战三千里，一剑曾当百万师。”然而到头来不仅没有被提拔重用却被弃之社会，无人给他发放“离退休工资”，而被迫以年迈之身去学做农活或上街当小贩叫卖为生：“路旁时卖故侯瓜，门前学种先生柳。”即便如此，一旦听到烽烟又起，朝廷急需战将时，便不计个人恩怨请缨报国。这首诗充分揭露了当权者的赏罚不明和对功臣的冷酷无情，同时也歌颂了默默无闻的献身者的高尚品格。

王维既是盛唐时期诗坛上的大家，又是有名的边塞诗人，他还是画家和书法家。多才多艺多是非。有人为他编造了一些浪漫的“聊斋”，其中之一是说他与武则天的女儿、有名的太平公主有染，后来王维不愿卷入当时尖锐复杂的宫廷政治斗争，便一走了之，到西北去了。这显然是胡编乱造。史书记载，王维出生于701年，那时已是武则天统治的晚期，再过四年这位历史上有名的女皇帝的统治便结束了。那时王维不过是一个不满十岁的孩子。他开始在文坛上崭露头角是在武则天的孙辈玄宗时代，有名的开元、天宝年间。这时如果太平公主还活着，已是白发皓首的老太婆了，怎么来得及去和王维谈恋爱呢？

坐在车上随意狂想不觉得路长，加之一马平川车行甚速，从敦煌到酒泉四百公里行程一气呵成，中间只在嘉峪关停留了一个多钟头。嘉峪关现在的城楼为明代所重修，巍峨雄壮地耸立在荒原之中，令人几乎误以为看到了北京的天安门。不无遗憾的是在这长城的西起点所看到的长城，那些和嘉峪关相连向左右延伸的城墙，却是土坯筑成的断垣残壁，与那雄伟壮观的关楼太不相称了。惟一的好处是它保持了“原汁原味”，这不是当代人所追求的时尚吗？

酒泉是河西走廊上的大城镇，现为专区所在地，它和张掖、武威是古时有名的三州，也是争战和屯兵之地。酒泉的得名有一个故事。汉朝大将军卫青（或霍去病）打仗立了功，皇帝特别奖给了一罐御酒。大将军受宠若惊之余，便想到要抓住这个机会炒作一下，于是召集幕僚将士宣布这一特大的喜讯和恩赐，然后将一罐酒倾入泉水中，让大家取水而饮，共同分享这一份光荣，酒泉便因此而得名。这是一举两得的事，既宣传了浩荡皇恩又渲染受宠的自己，增添了自己在部属中的分量。这大概也是中国士大夫的一种传统心理或曰传统文化吧？这种文化心态往往被掌权者作为增强控制力的一种手段和权术而加以运用。它显然属于传统文化的负面，然而它却流传数千年而至今可见。“文化大革命”中下令倾城出动迎接芒果以分享“光荣”，不也是同样精彩的表演吗？

到达酒泉城离晚餐时间还有一个多钟头，主人没有安排我们去看那有名的“酒泉”，说是水已经枯了，安排我们去看夜光杯厂。这就使人又想起了那首有名的边塞诗：“葡萄美酒夜光杯，欲饮琵琶马上催。醉卧沙场君莫笑，古来征战几人回。”这首诗为王翰所作，之所以成为千古名篇，前面已经说过主要在于它渲染的气氛是悲壮而不是纯粹的悲伤。夜光杯厂离我们住的招待所不远，举步即到。这是一个新厂子，显然是为了开放的需要借夜光杯的名气而创品牌。这无疑是一个好主意。但据说古时的夜光杯系“白玉之精华”所制，故而夜里发光。呈现在我们眼前的新品夜光杯却是用墨石雕琢而成，这种石料可能是当地的名产。但我很纳闷，用它制成的酒杯能称为夜光杯吗？尤其是这种“夜光杯”很笨重，作为一种摆设的工艺品也许可以，要它大批量进入宾馆酒楼去作为名贵餐具，恐怕就不那么容易了，我暗自为“夜光杯”的前途担心。

参观“夜光杯”工厂回来的路上，我忽然产生一个奇想：“葡萄美酒夜光杯”这一诗句中的葡萄美酒是一个概念还是两个概念？也就是说它指的是葡萄和美酒呢，还就是指葡萄酒？之所以产生这种奇想就是对唐朝时期是否已经有了用葡萄酿酒的工艺没有把握。我把这个问题向同伴们提出来了，却没有人能明确回答。可见我们许多人天天与酒为伴，甚至非酒莫餐，但对酒文化的发展却是知之甚少。

第二天从酒泉出发，预计在张掖吃午饭，天黑之前赶到兰州。但司机误时一个多钟头，将近九点才动身，到达张掖时已近下午两点钟。当时几大班子的领导在招待所等候我们这些“贵宾”已有一个多钟头。抱歉之余想的是随便吃一点赶快动身。但在十分热情的主人面前又不便开口，更不好采取断然措施，结果一顿中饭又吃了一个多钟头，及至起程时已是三点多钟，前程尚遥，大概只好开夜车了。

车行至武威已近黄昏，道路进入了山区。全是不见树木和森林的土山，山形蜿蜒曲折，雄关险岭迭现，一看便知是兵家必争之地。汉唐以来的西北古战场也许就在这一带地方吧？眼见那满山满岭的枯草，我忽然想起《李陵答苏武书》中的几句话：“凉秋九月，塞外草衰，夜不能寐，侧耳远听，胡笳互动，牧马悲鸣，吟啸成群，边声四起……”李陵当时心情不好，故而胡笳之声成了凄凉的曲调，连马群的呼啸也成悲鸣了。李陵之事似乎发生在北方的现今蒙古一带而不在西北。塞上或塞外是一个泛指的名词，而其景况却也差不多，故而也能引起过往人们的联想。现在正当阴历的九月下旬，眼前的一切不也是“塞外草衰”了吗？当然，除了那满目衰草，我并没有听到胡笳之声，也没有听到或看到“吟啸成群”的马群，倒是想起李陵的遭遇及其长辈飞将军李广的故事来了。李陵的委屈在他答苏武书中已经说得很清楚了。但从办案的角度来说，那毕竟只是“一面之词”，是否冤案和平反，还需要大量的“内查外调”，郭沫若为曹操平了反至今还有人不服，因此也就不敢妄加评论了。但从《李陵答苏武书》便又自然地联想到了李广。关于李广我只有一些点滴的知识，首先是在小学或初中的课文上读到过“飞将军李广”的故事，留下了深刻的记忆，以后又陆陆续续看到过一些资料。最集中地说到这件事的还是在《李陵答苏武书》中，有一段很带感情的叙述：“陵先将军，功劳盖天地，义勇冠三军，徒失贵臣之意，刭身绝域之表，此功臣义士所以负戟而长叹者也。何谓不薄哉？”（指苏武致李陵书上说汉对功臣不薄。）史书记载李广是能征惯战的骁将，其名声常使敌方闻之胆寒。一次大将军卫青统军出征（也许就在这西北一带），命李广为前将军出东路，因道路迂回曲折，李广部迷了路而没有按期到达指定地点。卫青严厉责问“失道”的军令状，使李广无言以对，遂拔剑自刎而死。一般来说卫青严肃军纪也是对的，但不问失道的原因只追究失道的责任，便显得蛮不讲理，特别是不看李广的“全部历史和工作”，只看一时一事而逼迫自尊的功臣自杀，更激起了后人对李广的同情和对卫青的反感。

对那些为国家立功或无私奉献而受到冷落甚至压制者的同情和支持，这大概也是中国人的一种传统道德观念。这种道德观念应当归之于美德的范畴吧?

我正任思绪随意飞驰，忽然觉得车内一片寂静，先前那种侃天说地的热烈谈论没有了。回头一看，只见伙伴们一个个东倒西歪地睡着了。四野更是万籁俱寂，只有车轮擦地时发出的沙沙之声。一股淡淡的月光洒在大地上，山山岭岭若明若暗。我拉开车窗伸头向天空窥视，只见下弦的月亮正从山颠升起，弯弯地像一把银钩。此情此景使我产生了一种幻觉：隐隐地好像听到了悠扬的羌笛之声，凄楚地在山谷中回荡。这种幻觉的产生大概也是受到边塞诗歌的影响吧？“羌笛何须怨杨柳，春风不度玉门关。”其实羌笛是什么声音我并没听到过，幻觉罢了。近午夜时分终于到达我们预定住宿的兰州饭店。草草上床，一觉醒来已是旭日临窗，可心绪依然停留在河西走廊的两天旅程中，而且似有所感，便提笔匆匆写下了如下的句子：

两日走三州，河西千里游。
心怀塞上词，耳萦羌笛悠。
泉老酒已淡，杯新人可酬。
夜过古战地，关山月如钩。

以此作为此行的结束语吧。

（选自《云烟踪痕》，贵州人民出版社，2001年8月）

喻子涵

南长城

【题记】在武陵山脉腹地，有一段跨越湘黔两省五县市长达一百九十余公里的宏伟“边墙”。据史书记载，这道“边墙”初建于明代万历年间，后经历代维修，至清末时已从贵州的铜仁延伸至湖南的保靖，其上构筑营盘、碉楼、炮台、哨卡、关门八百余座，形成了一道坚固的军事封锁线。2000年4月20至22日，国家文物局古建筑专家组组长、中国长城学会副会长罗哲文教授，赴湘黔边地考察时惊喜地发现，这段保存比较完好的“苗疆边墙”古建筑，就是他寻找了半个世纪的“中国南方长城”。历经四百余年战火烽烟的“南长城”，曾为边区的和平稳定和苗民的革命斗争立下了卓著功勋，是国家的重要文物和人类的宝贵遗产。人们走进南长城，便走进了中国的历史和文化。每一座营盘，每一个炮台，每一块大青石，似乎都在向现代人述说着人类过去的故事。

边墙：石头流动的长河

一堵高墙蜿蜒在浑红的夕照里。我伫立，眼神伏着陡峻的腊尔山前行。

武陵深壑似一条骄纵的巨蟒，盘踞它数百年不衰的神威。

一条人文的巨蟒，穿越时空，让我梦绕魂牵、紧追不舍。

无数晃动的鳞壳，像沾满火焰和硝烟的脸庞，像流布血污和汗水的脸庞，像祭旗时跳神者那五颜六色的神秘面具。

这是夕照下一条流动的石头的长河；

历史的风景中，恢宏壮美的人文景观；

文明的过渡时期，缓解冲突与死亡的精致建筑。

血红的地平线啊！石头的坚硬创造了生命的坚韧，生气勃勃的生命创造了历史的不朽的灵魂。

旅行在石头的长廊里，我把每一个哨台寻找，把火光中的每一张青春的脸庞寻找。

每当浑红的夕照降落在每个黄昏的大青石上，那映满炮火的文字便将战争的遗嘱一一显现。

武陵山脉荣耀的伤疤，数百年的争战烽烟在这道边墙上点燃。多少智者的构想与勇者的付出，为这威严的石墙注入千古不灭的人文内涵。

胜利与失败合二为一，生存与死亡合二为一。人类在这一层一层的青石板里，一次又一次地体验他们的劫难，完成他们的历史。

大地神奇的雕像，人类特异的杰作。

是因为有这堵别致的墙，夕照才更加瑰丽灿烂吗？

头裹黑帕的戍边人呢？投矛荷戟的戍边人呢？呐喊呼号的戍边人呢？……此时已被柔和的夕照销熔于天际。

一口洪钟似乎在天边回响，片片霞光唤起消逝的岁月。

一块块大青石的影子，嶙峋的筋骨拱起历史的沧桑，风雨不能剥蚀，向蓝天描摹烽燧起伏的图景。

尸骨与鲜花，坟墓与边墙，生命成了另外一种生命。

夕照似乎最公平，照亮那一壁又映红这一面。

我惊异这些高墙的力量，数百年突兀的原因。

每当我的脚步融入一幅幅大青石和它们浑红的光影，在肃敬里，我便倍感一种无尽的苍茫横亘在天地之间。

营盘：历史遗弃的圣迹

圣洁的雪，圣洁的光，圣洁的黎明为我磨洗绝壁上一面尘封的古铜镜。

时间何时化水为露，化露为霜，将每一块方石下长眠的灵魂铺盖和祭慰。

那不是一座用石头写成的沉雄的诗篇，用冰霜构建的华美殿宇？

多少争战的故事，垒筑一座座高迁的营盘，让历史成为悲壮与不朽。

我们是朝圣者吗？沿着雪光前行，走进太阳开在石头上的花朵。

通向高台圣殿的石梯，一步一岗迂回的围廊，鹰眼般警醒的哨台，突耸无畏的碉楼，森肃严密的关门，坚稳固实的炮台，以及那用数不尽的赤手挪动和铁板一样的背膀搬运而来，沾满皮肉香味的一块块巨大的大青石……

每一寸脚步的移动，便拨动历史的一叶转轮。

每一个指尖的触摸，传递惊愕与赞叹。

你听到号角的鸣响了吗？浑厚而振奋。

一道金属的光芒横穿历史。

灿烂的废墟上，有无数次死亡就有无数次再生。

一张张晃动的脸、寻找的脸，在云雾深处向我们张望。

那些沉默的语言多么陌生，是祖先迁徙时带来的远古的语言吗？

是谁的名字被风霜镌刻在这营盘的石壁上？

是谁的事迹永远传唱在边墙民众的古歌里？

凭依炮台，朝圣的眼光沉入另一种梦境——

一只风干而有力的断掌，一枚张着巨嘴发出吼叫的骷髅；

一个浸染月光而盛满清水的铜色陶罐；

一把未锈的小腰刀和几件雕琢精美的微光四射的银器；

泥土中花瓣的粉尘和旱烟的碎末，以及几缕淡黄的神圣的胡须或阴毛；

一根等待吹奏的竹笛，几枚铜钱——刚发下的军饷；

——它们在创造生命的永恒。

在一个碉楼的角落里：画有地图的梵净山虎皮，水牛角镂空的号角，若干红布拼接的军旗，只剩骨架的八面鼓，未投入炮筒的铁弹，未装上铁弓的箭矢，一把被若干将领紧握传递过的宝剑……

——它们在等待生命的复活。

还有那些闪烁在生命深处的目光：反抗而坚毅的目光，恐惧而警惕的目光，疲惫而躲闪的目光，被迫而无奈的目光，反感而求和的目光；

祈求宽恕和释放同情的目光……

——它们在寻找人性的真诚与宽容。

打开思维的密码，将时间的词语一一释读：

起义斗争——生衅反叛；平暴安良——血腥镇压；

以及那冲突的文化，隔膜的民族，微妙的爱情，生存的互动。

营盘与坟墓，它们为谁而同构，为谁而互斥？

数百年压抑中的生命的吼声，何时将它们自己一一耗尽和虚化？

我们是朝圣者吗？在这华贵的废墟上，晨光走进了圣迹，冰霜走进了石头，现实的双脚走进了历史的藓衣。

坚韧的藤蔓沿着斑驳的墙垣在时光里延伸。

而劲风中的野草，在古老的石缝中摇曳着雪季的沉静与安宁。

石城：生命以外的生命

这里没有时间。月光浆洗过的夜晚，山泽静止，水天静止，风雷静止，火光静止。古老的石城，在停滞的时间里像一座子夜的日晷止无声息。

这里只有生命：来自沧海的生命，来自太阳的生命，来自宇宙的生命，来自地心的生命。

而这些生命的石头，以垒石为城的奇伟构思，地脉与光影的精美组合，过去与现在的同步跨越，创造了生命以外的生命、时间以外的时间。

月光举着我的玫瑰走进石城，如此宁静、透明而完美的音乐。

每一道森严的关门为我的造访而打开，每一条清幽的石巷为我的步履而伸延，每一列严整的石梯为我的登临而抬升，每一座古典的楼台为我的视线而展现。

那城垣上的遥想，石头中的语言，古城里的歌声，停滞在月光的凝视里。

而沉默的建筑师，时间的雕塑者，随着我的玫瑰一一回归而复活。

石龙石凤，石牛石马，石虎石狮，生命的图腾因崇拜而永存。

千手千眼透明而智慧的银白色石像，伟大的母爱因普救而永生。

在没有面孔的头颅上被时间保护的宗祠的幽灵，刻满颂辞和咒语的廊柱上描述生命的庄严的符号，高耸在空中永世让人虔敬和警醒的巨碑与古塔——它们一一走进我的玫瑰；

消逝的晨钟暮鼓，淡远的茶肆酒楼，模糊的衙门街坊，深绿的细草苔痕——它们一一走进我的玫瑰；

清新如初的明月，尘封未拭的竖箫，古井未枯的清泉，先民创世的神话，祖传未丢的歌谣——它们一一走进我的玫瑰。

我的万能的玫瑰呵，你有魔镜般的眼睛。你把虚幻与真实聚焦于眼前，让它们在时间里一一过滤。

灵魂与肉体自分自合的生命活力的调度者，你以超现实的花朵般的语言，以超语言的玻璃般的时空，创造了时间的复始与生命的永恒。

而此时的石城，时间的向度回到它的终端。

石板城的植物香飘不散、花果不谢，是来自伊甸园的根。

枝叶掩映下的石板路、石拱桥、石板房、石板门窗、石板桌凳、石板一样的灯光，全是武陵源天然的景。

石板一样的衣着，石板一样的面容，石板一样的眼神，以及带着浓厚石板腔调的边民的方言，是石城先民留下的血脉与胎记。

我的万能的玫瑰呵，古老的石城停滞在时间里，像一座昂首的日晷在它的子夜止无声息。

而生命的若干面孔，在这里分离又在这里会聚；时间的若干形式，从这里结束，又从这里开始。

（原载《民族文学》2001年第8期）

徐成淼

向时间的深处进发

一如它的名字那样，贵阳市郊的青岩镇，是一个有许多青色石头的地方。

走进青岩。从厚重的城门下走过，从高耸的牌坊下走过，目光在街旁的屋檐下停留，被那些散发出往事的气息的木屋所吸引，一种浓浓的家国之感便油然而生。是在这样一个僻远的古镇里，是在如此悠久的岁月中，写下的，是这样一些永远说不完的故事。

路上行人稀少，两旁的屋宇默默地立在那儿，宁静而安详。间或有几间小铺子，将几样传统的食品陈列在门口，为静静的街路增添了几分生气。天是蓝的，云是白的，石板是灰的，是一种十分典雅的色调。要是能照此画下一幅水墨画就好了：两排木屋，中间一条石板路，路上走着三五行人，是蹇先艾笔下即将北上的学子，是石果小说中不期而至的儿子，是何士光笔下种苞谷的老人；也许还有一个，那就是青年时候的我。

那么这就是时间了。时间原本是流动不居的，任何人也不能将它凝固。就是孔夫子，也只能说："逝者如斯夫，不舍昼夜"。而歌德笔下的浮士德，却忘记了宇宙的基本法则，一不小心，发出了"你真美呀，停留一下！"的呼喊。为此他受到了严厉的惩戒，时间未能"停留"，他自己却成了魔鬼的奴隶。只有在这里，只有在这座青岩小镇，时间俨然被"凝固"了：凝固在古老的城楼上，凝固在巍峨的牌坊上，凝固在石板路和小木屋中。

到那些小巷去走一走吧。真不知道那些已然枯黑的苔藓，是从哪朝哪代开始萌发的；也不知道那些苍藤的长根，在时间的河床里扎得究竟有多深。长巷仄径，弯弯的石路上，印下了一代又一代人的足迹；两旁用一片片石板砌就的垣墙，沉积着一层又一层岁月的留痕。前边拐角处是一座门，木门半开，看见里面精致的天井里，百姓们的家居生活，像历代一样循序演进。老者，孩童，女人，还有后生；站着的，坐着的，走着的，干着事的和闲着的。日子就这样一天又一天地过，太阳下去了，月亮升了上来；人也就这样，在不尽的轮回中一代又一代地嬗递。

几百年中，多少人从这里走出，又有多少人向这里走来。是那位出名的进士吗？是那位出色的状元吗？书院，状元府，知名人物的故居，世纪伟人关注过的屋宇。每一处都在向人们讲述远去了的时间，每一处都在向人们讲述如烟的往事。遥想当年，在那座百岁牌坊竖起来的时候，这儿曾有过几多热闹；在那座节孝牌坊落成的时候，又有几多女子触景伤情。如今是辉煌也罢，伤感也罢，都已随时间的尘埃一一落定。当年日复一日的生活，已沉淀为历史，沉淀为传说；所有的悲欢离合，都发酵为供人叙说的遥远故事了。

小巷的尽头是一座古庙，古庙颓圮的院墙已经重砌，残损的檐顶和窗棂，也正在按原样修复。近旁的一株老树，正将午后的阳光筛落在凌乱的庭院里，空气中弥散着松脂和刨花的气息。只有木工的斧凿声，在扰乱小巷固有的静谧；阵风掠过，吹起一股木屑和微尘。门窗，帘笼，斗拱，上面雕着虫鱼花草，人物仕女，全都栩栩如生。就像把往事定格了，以便我们从容地去一一体认。置身于这样的场景中，我会在一瞬间忘记了自己身在何处，忘记了自己所处的时间和空间。外面的世界正红尘万丈，而在这儿，我却一次次与往事遭遇。

我们就这样走向时间的深处，走向那些在当今显得格外珍贵和稀罕的事物。在尘嚣蜂起的今日，许多旧物都随世事的变异消失了。只在这个小镇里，时间的化石，还保存得如此清晰而完整。在这里，时间隧道是畅通的，我们可以沿着时光铺就的阶石，一步步走向历史，走向我们的先人，走向曾经有过的欢乐和伤痛。在这里，我们可以侧过耳朵，细细倾听他们当年的脉搏和呼吸，细细辨认他们的足迹和指纹。而且用我们的心，更切近地去体验他们的爱，他们的恨，他们的感叹和憧憬。

走过古庙，刚走完那堵灰黑的院墙，眼前突然一亮，是小巷走到了尽头。前面是新修的一条大路，有车，有人，有商号，有楼，也有冷饮车和小吃摊。一家音响铺子里，正播放着谢霆锋的新歌。两个摩登女郎从我面前走过，一阵木樨香型的香水味，在我的鼻根那儿缭绕不去。——这就是古往和今来的过渡，所谓生命，也就是过去和当下之间的这样一段距离。

那是一条长链，每一个链环都是一次偶然；每一个活着的生命个体，都是亿万次偶然链接而成的产物。那么我也一样，我是世世代代祖祖辈辈的一次延续，是家国和民族的一支流脉。所以我总是由衷地尊重历史，在往事面前，我总是战战兢兢地满心虔敬。

先人留下的一切，都值得我万分珍惜。因为没有他们就没有我，我血管中流的正是他们的基因。正因为此，我们需要一条时间的隧道，以便用这条纽带，把我们与前人连接起来，把历史和现实连接起来，把昨天和今天连接起来。

青岩，就是这样的时间隧道的一处入口。

这样的小镇，如今已难得一见。

（原载《散文》2001年第11期）

欧阳黔森

穿越峡谷

1985年底，我独自走过了一条荒无人迹的峡谷。

那峡谷在一比五万的军用地形图上无名称，只能在图上看到密集的等高线。从峡谷口往上二十余公里，才能从茂密的森林的中下段找到一个地名叫陡上坝，那儿有几户人家零星地分布在峡谷中。一条小河从东向西流去，沿河往东而上，是原始森林老林山，这条河就发源于那儿，往西而下也是一片森林，直到小河一头扎进洋溪河，峡谷口的对面才有几户人家。

那天，雾不太浓，也未下雨，一路上静得令人心慌意乱，一片山野里似乎只有我一人在行走，鸟儿也没有叫，风儿也不见动，静得我只想大声乱叫。我一个人常在野林荒山里走，从未感觉到怕过，不知那天怎么搞的，总有点让人说不出的恐惧感。也许走得太早了，天刚蒙蒙亮。听老人们说，这时最易遇见“鬼”，我当然不信世上有鬼，但那天总有一种异常的感觉，我后悔走得太早，开始渴望遇见一个同路人，哪怕是一头野猪也好。我就在这种思绪中快步走着。突然我发现前面一百米远好像有一个穿白衣服的女人，手拿着一顶草帽在前面急行，我高兴极了，心想终于遇见一个人了，于是三步并两步往前赶去，希望能赶上她一起走。看着她转弯离开我视线时，我几乎快得像小跑，我想凭我的脚力，转弯后一定能赶上她。她在视线里时我不能走得太快，如让她感觉有一个男人在追她，她害怕跑了起来，我又不可能跑起来追赶，只能用让她觉得是男人比女人脚步快的正常速度赶上她，所以只有当她在山梁转弯不在我视线里时，我才像竞走运动员一样脚步飞快。谁知到了弯道处一看，怎么还离她一百米左右，我想肯定是她发现我了，怕我？我想管他呢，反正我又不会怎样，赶上再说。于是又加快了步子，走了十多分钟，总是相差一百米左右，我有点不服气了，想地质队的铁脚居然赶不上一个姑娘。我几乎小跑起来，看着她又要转入弯道，我想这次一定能在弯道处赶上她。不想等我到了转弯处时，她却不在视线里，无影无踪了，正疑惑时，看见前面不远的大树边有一白团，我想就是她了，走近一看，却是一条白色的野狗，那狗见了我，没命似的钻进树林逃跑了。

后来无事闲谈时，我把这段故事讲给分队的人听，分队的人一改编，就成了有声有色的笑谈，说我有半年未见女人了，有一天下山看见一个白衣姑娘，就拼命地追，等追上一看，原来是一条白母狗。这故事流传很久，到后来并不是专门指我了，凡是长期跑野外的人，常常莫名其妙地被人盘问：为什么眼花了，把老母狗也看成女人了。

那狗跑后，我也未多想继续赶路，到达松树坪后，我的行程有了岔道：走毛毛小公路或是穿越那峡谷。我犹豫了一下，还是决心直下洋溪河上游，从那峡谷口顺谷而上，虽然峡谷里无路，但凭经验，只要顺河床而上，就一定能到分队部。这样，我可以节省一天的时间，组长他们还等我搬来救兵哩。

到了洋溪河上游，峡谷就在河对面，从峡谷口往里看，我不由倒抽一口冷气，只见怪树重叠、荆棘丛生，几吨重的大鹅卵石横七竖八布满谷口，所幸小河的发源地老林山没有下雨，否则水大就无法顺河床而上。那清清的流水从那些石头下温柔地钻进洋溪河，洋溪河却无半点柔情，黄浊的水一下就吞没了它清凉洁净之体。

当然我首先要涉过洋溪河，才能到达对面峡谷口。抛石头于河中，水不深，但河面却有五十来米宽，我不太放心，见河边有一老头放牛，就问他这河能过吗，老头不说话只点头。我又问从峡谷是否能走陡上坝，老头终于开口说，没有人从这儿走过，到陡上坝都是从洋溪区绕道走。我想管他的，你说不能走，我偏走给你看看，搞地质的人就不信这个邪。过洋溪河时，我没有脱鞋，我想进峡谷后是顺河床而上，脱鞋没有意义。本来我想在小河岸寻一条小道走，现在看来是不行的，小河两岸陡峭起伏，荆棘密布，无法行走。再说不脱鞋的好处颇多，一是脚不会被河底的尖锐之物刺伤，二是可防备水中异物咬伤。

我在峡谷口的山壁上用刀砍了一根拐杖，既可探路又可防身。刚走了几百米，我差点退了出来，一条蛇吓得我一惊。其实那地方凭经验而言是不可能藏蛇的，几块石头中有一丛蓑草生长着，因为石头周围有一些冲积物，这说明是水位常淹过的地方，藏蛇的可能性太小，所以我不经意地举棍驱赶一下，脚也同时踏了过去。突然一条不知所措的蛇抬起头来，在我两脚之间转了一圈，才从右面山壁狂奔而去。看来它是吓昏了头，我也心惊胆战。我想这条峡谷里不知有多少蛇，要是不慎被咬上一口，那可不是闹着玩的，虽然身上有常备的“季得胜蛇药”，管不管用还未试过。

几分钟的思考后，我还是决定往前走。从小好胜的性格注定我只能前进。我要征服这条峡谷的欲望越来越强烈。要是我退了回去，那河边的老头定要笑掉老牙，地质队员不信邪哪儿都敢闯的英雄形象就要坏在我手里，那时候我正朝气蓬勃，血气方刚，怎么能屈服呢？再说这条峡谷总会有地质人走过，它不会成为地质资料中的空白地带。就说我们化探组，也必须到这峡谷采集标本的，只是我刚到化探组，不知组长们是否已来过，如果没有来过，今我闯过峡谷，也是为以后开展工作创造了一定条件。

走了两小时后，我判断了一下，约走了一半路程了。峡谷渐渐宽广起来，我想下一段路不会再遇见瀑布。刚才我遇见了三道瀑布，幸而两旁树多，我爬树而上，才顺利通过，只可惜我采集的鲜艳无比的野果以及拐杖却丢掉了，带着不好攀登悬崖。现在峡谷渐渐宽坦起来，紧张的心平静了许多，于是我又做了一根拐杖继续前进。河谷里布满了大大小小五颜六色的鹅卵石，太阳早已从密林中钻了出来，把河谷照得色彩斑斓，两旁的树，该黄的黄了，该红的红了，常绿的依然，真是一幅浑然天成的油画。正观赏时，突然我发现前面五十米有一位年轻的女人朝我走来，我来不及想些什么，就这样与她相向而行。这时前面刚好有两块巨大的鹅卵石，两块巨石之间，有条通道，只能行走一人，该道大概有十米长，如果我也走那条通道，就会与那女人在中间相遇，这样的话总要有一个人退后让道。我看巨石虽大，但并不十分陡峭，努力一下是可以攀上而过的，于是我爬上巨石，与通道中的女人错过。我没有细看她，只瞥了一眼，我相信她也瞥了我一眼。她显得有点儿慌乱急急忙忙而走。想着她紧张的样子，我很过意不去，心想这么荒芜的峡谷，能走已是好汉了，可别吓掉她这样的胆气。我又瞥了她一眼，默默地往前走，走了二十米后，终于忍不住回头一望，这才看清她穿一件洁白的衣服，一条深蓝色裤子，头发飘动在双肩，一顶草帽没有戴在头上，而是悬挂在背上左右晃动。正看时，刚好她也停下来回头张望，虽然我们已经相隔五十米左右，不太看得清她的脸，可我感觉得到她很美丽。看见她回头，我马上不安地回头继续朝前走去，等走了五十米再回头时，她娇美的身影刚好在河谷的转弯处一闪就不见了，我呆呆地站在那儿足有一分钟，直到坚信她不会再出现，才转身向前赶路。

走了几里路后，峡谷又开始狭窄起来。我无暇他想，特别小心起来，像这种地带，鹅卵石重重叠叠，加上坡度又大，如不注意踏滑，那石头就会流动起来，非常危险。由于鹅卵石堆积得太厚，小河的水潜流在石头下面。

又走了一小时，我终于过了那狭窄的地段，来到了一段较空旷的地带：盘算一下估计离公路还有七里。小河岸边出现了一些非人工所为的小毛毛路，看来的确不远了。我顺着小河岸走，一边用拐棍打击草丛，这叫“打草惊蛇”。走着走着，突然前面惊起一样东西，细心一看，却是两只小山羊，已颤颤抖抖地站了起来，不能逃走，它们太小了跑不动的。从小我就喜欢羊，也曾经养过两只小山羊，于是我下河踏水而行，以免再惊吓它们。当时我想肯定是谁家的羊在这儿生产了，寻找母羊却不见，我心里很可怜那两只小山羊，可又不能带走，只好一步一回头地走了。

走了近一小时，我终于看到了那熟悉的悬崖，悬崖下面就是公路，那路从悬崖下面盘旋而上。在分队部时，我常来这里散步。走上公路后，本来顺公路向东行走一里多就可到达陡上坝分队部了，但我放心不下那两头山羊，看见半山坡有几户人家，于是顺公路向南盘旋而上。到了那几户人家，寻半天不见有人，农民们都下地去了，又找了一会儿，才看见一中年妇女在地里翻土，我去告诉了她，要她回村通知一声，看是谁家的羊。她答应了，却说羊可能不是她们村的，因为她们的羊从来都不去峡谷里的。我不能与她多谈了，我还得尽快回分队部汇报化探组的情况。我急急忙忙盘旋而下，下到悬岸边忍不住小跑起来，这悬崖大约有两百米长，跑过悬崖一拐弯就能看见分队部了。刚跑到一百米左右，突然悬崖上面传来石头滚动的声音，鸟儿在上面乱窜出来。我马上意识到是那块风动石掉了下来。这块风动石是在一次散步中被我发现的。每当风大时只要细心听，就能听见悬崖上有一块石头顺风晃动的声音。风动石一般情况是不会掉下来的，你想我们贵州山区哪来沿海地带那种台风或者戈壁滩那种苍凉的狂风，贵州山区的风是柔和的，就是暴雨中的大风也不能飞沙走石，那风动石少说有几十斤，它是不可能掉下来的。一次坐小车从这儿过，我还开玩笑说不要掉下来砸碎我们的车，不想今天真的掉下来了。我不敢跑了，举头向上看，这样好让开石头，可还没等我看清楚，一块重百十斤的石头呼啸而下，掉在我前面五六步远的地方。我吓出了一身冷汗，事后一想，要是我继续跑，就刚好被砸成肉饼。

五年后，很多事都将忘却了，只是那峡谷中相遇的姑娘，让我时时想起，当时至少应该与她交谈几句话，为什么她会去那荒无人迹的峡谷，这成了一个永久之谜，所以她一直让我不能忘怀。又五年后，而立之年我结了婚，夫妻恩爱，日子很甜蜜。妻子有孕在身，更加使我喜上眉梢，常梦中笑醒来，于是睡意全无，不由回忆以往艰辛时日。平时我把地质野外生涯中的惊险讲给妻听，妻听后一笑说，找人给我算过命，说我善良，并说我二十岁不能爬悬崖进深山，否则危险。我说：算命人扯淡，我二十岁正在搞地质，悬崖大森林都去了，虽有惊却从无险，没有受什么大的伤害。妻说：你不信算了，总之这些事，不可全信，也不能不信。

听后我一想，穿越峡谷那年我正好二十岁，于是我把那天发生的事细细讲给了妻听，妻说：你在那山道上追的是人还是鬼？如果峡谷里那草丛你没随手一棍，如果在悬崖下你没有停步，那会怎样，你自己最清楚。还有，说不定那峡谷里的女人就是神仙，如你欲谋不轨，那么悬崖上那风动石定然把你砸成肉团。再有那两只小山羊，可能也是神仙变的，如你心地不善，把它们打死，那么你也将死路一条。幸而你那时还算善良之人，要不然此时我相信你早已化成山脉。妻子的话虽然带有调侃的味儿，可的确让我吃惊不小，这些事细细想起来，确实让我觉得玄乎。那清早在山道上遇见的女人与下午峡谷里的女人惊人地相似，她们都白衣服，深蓝裤子，一顶草帽。还有，为什么不藏蛇的地方偏有蛇，为什么千百年不掉的风动石偏偏那天掉下来。我急了，连忙翻《辞海》查羊是否深秋产子，无奈没有，翻遍书架上的书都无羊产子之解，欲问农家，而此时的邻居都是城里人。

（原载《山花》2001年第12期；
收入《枕梦山河》，中国青年出版社，2017年12月；
《枕梦山河》获第七届贵州省文艺奖文学类一等奖）

2001年

田永红

走进土家山寨（节选）

少女心底深处的倾诉

哭嫁是土家婚俗中较为隆重的一幕。土家人把婚礼叫红喜，把丧礼叫白喜，红喜号啕大哭，白喜却载歌载舞。喜中有悲，悲中有喜，这就是土家人的人生哲学。土家族认为“不哭不热闹，不哭不兴旺”。亲朋好友前来送别，哭是一种礼貌。为了准备哭嫁，女孩从十一、十二岁就学习哭嫁。哭嫁时，同村亲友的女孩都来陪哭。陪哭的人，哭得越伤心、越动听、越感人越好。在出嫁前，姑娘如果不会哭嫁，就会受到歧视和讥笑。新娘从婚前三天开始哭起。出门前一天要哭团圆酒，由妇女陪同哭。正如《沿河县志》曰：“新妇在母家当出阁时，摆列茶果请众亲戚。凡至者均须备礼物，或银钱，或货物，当设席就坐时，一妇引出嫁女于席间，指曰‘此某也’。女即以手巾掩面而哭，另一妇执盆于旁，就席间取财物置盆中，转向他客哭，以得物为止。”“哭嫁歌”是土家族传统婚礼过程中新娘要唱的歌。

秋后农闲，正是土家人娶亲嫁女的时节，每当走进土家山寨时，常常听到从新娘家传出新娘及其母、婶、姨、姑和同伴姊妹的阵阵哭声。这哭声文词巧妙，寓意深刻，有腔有调，起伏跌宕，悦耳动听，可以记之于谱，被之管弦。这是土家族妇女在以哭的形式抒发她们或悲或喜的感情。也就是说，“哭嫁歌”，除“哭”以外，更多的是热情洋溢的“歌”。诚然，封建社会盛行包办婚姻，但在土家族青年男女中，也有“歌为媒，舞为介”的婚配。如果有了意中人，就会通过对歌的形式，表达彼此之间的爱慕之情。双方若无二心，便由男方托媒到女方，正式“传话”求婚，女方长辈们若同意这门亲事，姑娘就要到男方家去“看人户”。经过多次交往最后才定下亲事。应该说，有些男女的婚姻还是情定的。过去，出身贫寒的姑娘，由于种种原因，婚姻不能如愿以偿，“哭嫁歌”是发自内心的哭诉。可是，出身于富裕家庭的小姐，婚姻大多数还是比较满意的，然而出嫁时，她们也要“哭”。那么，为什么婚姻美满与不美满都要哭呢？其实这“哭”不是一般意义上的哭，是一种“喜哭”，是对未来的一种特别的祝福。

“喜哭”内容一般为读书人、匠人、生意人、民族工艺品等等。如哭木匠：

年年有个三月三，木匠进屋是鲁班，
东家请你打嫁妆，西家请你立高房。
推刨推来一展平，墨线弹来四周清，
斧头砍起月亮架，绷锄绷起梭子形。
五洲四海把你请，个个都说你高明。

新娘在这里热情地歌颂了木匠的技巧、功劳，是对劳动人民良好的祝福和讴歌。

土家族人认为不哭不发，哭，才能使新娘以后人丁兴旺，家业发达。哭父母时，除娱乐性外，还有一定的自我功利性，细听起来，还发觉里面有许多奥秘：

八仙轿子调了头，一股财气进了屋，
八仙轿子打了转，往后财宝都装满，
财是发来人兴旺，年年四季保平安。

娘哭女儿：

离了你苦命的爹，离了你苦命的娘，
拆了银桥换金桥，脱了蓝衫换紫袍。

由上述可见，这哭中充满了女儿对父母，父母对女儿的良好祝愿，这无疑都是最好的“喜哭”，哭嫁在这里的真实含义，正如白居易所云：“哭动喜福来，万事皆和谐。”这种“喜哭”还可以从“哭撒筷”中进一步得到印证。当新娘在灯笼火把照耀下，由兄长背上轿时，礼节性地哭道：

一把火把亮堂堂，一把筷子十二双，
冤家出门鸟飞散，筷子落地有人捡。
哥哥捡去把福享，弟弟捡去压书箱，
妹妹捡去配鸾凤，老表捡去呈凤祥。

这哭，与其说是哭，倒不如说是一种吟咏。

在土家族家庭里，一般忌哭，认为哭是不吉祥的象征。可是当少女咿咿哇哇学哭嫁或已婚妇女有声有调教唱哭嫁时，家里人是不反对的。如果摆上哭嫁歌场，那更是一件大喜事。梵净山麓的土家姑娘出嫁时，堂屋里还要摆歌场，亲族中的女性都要前来“陪哭”，唱“哭嫁歌”，而且全寨男女老幼都来参加伴唱、对歌。唱了一首，由歌师发给一根针，最后谁得的针多，就是受人夸奖的好歌手。在文化生活贫乏的土家山寨，摆哭嫁歌场，实属一种别开生面的娱乐活动，一种艺术美的享受。

在这里，哭嫁成了唱歌比赛、智慧的检阅。要哭得好听，哭得感人，并能见景生情，随机应变，这确实是一门精深的技艺，一种饶有风趣的乐事。难怪沿河自治县的土家姑娘搭上花帕伤伤心心哭后，还要揭开帕子向客人浅浅一笑，对送上的礼物夸奖几句：

送我箱子实在好，四边四角有花草。
上下雕起十样景，两边又配凤凰鸟。

如碰上表哥表嫂，还要开上几句玩笑，使场面更添上许多喜气。开玩笑，说幽默话，都会使喜庆的婚事更有趣味性和娱乐性。但对媒人和男方押礼先生，那玩笑就开得有点受不了。如“骂媒人”：

媒人是条哄嘴狗，这头吃了吃那头。
树上鸟儿骗得下，岩上猴儿哄得走。

短短几句，形象、生动地描绘了媒人婆的精于言辞。这种玩笑可算淋漓尽致，寓哲理于荒诞，寄讽刺于幽默，具有强烈的艺术效果和娱乐性。土家族“哭嫁歌”是一种世代流传的富有情趣的长歌，是支撑起土家族文学艺术的一根支柱，是祖国民间艺术园地的一朵奇葩。由于它内容丰富多彩，形式生动活泼，与土家族文化生活紧密相连，因此深受土家人民喜爱。

唱歌耕种打锣鼓

栽秧薅草鸣锣鼓，男男女女满山坡。
背上儿放荫凉地，男叫歌来女接歌。

这首竹枝词是清朝土家族文人彭施铎对土家山歌中的一种——“打闹歌”的生动描述。往前追溯，在明朝嘉靖年间《思南府志》中就有“唱歌耕种”的记载。

在乌江流域的广阔山区，每逢栽秧薅草等农忙时节，人们会在锣鼓声伴奏下，一边唱山歌一边做活。

比如在为苞谷薅草的时节，只见苞谷林中人影晃动，锣声、鼓声、歌声一起，从苞谷林中热热闹闹地传出来：

领：
清早起来雾沉沉，大雾沉沉不见人。
东边一朵红云起，来了你我唱歌人，
花锣花鼓闹阳春。
合：
锣鼓敲来锣鼓打，土头薅得亮沙沙。

那铿锵有力的锣鼓声和激越悠扬的山歌声融在一起，山鸣谷应。舒缓处如微风拂面，清脆处如高山流水，高亢处似春雷滚动，奔放处似大江汹涌。这山歌，思南一带叫“打闹歌”，德江、沿河一带叫“薅草歌”，重庆那边叫“薅草锣鼓”。

火辣辣的阳光下，绿色的苞谷林空隙中，露出红背心、蓝衣裙、白头帕、黄彩巾。只见两个手持铜锣扁鼓的男子或女子，边敲边打，跟在几十名手握银锄的男男女女身后。若有人偷懒或掉队，屁股上就要被打锣鼓的人打一下，所以几十个人你追我赶，跟着锣鼓点子和山歌尾音大声合唱，银锄嚓嚓有声，动作潇洒，节奏鲜明，一大坡苞谷地眨眼工夫就薅完了。

土家人居住的许多地方山高坡陡，土多田少，满山遍野都是苞谷。从前端阳一过，苞谷封林，杂草猛长，土家人就开始打酒，烧腊肉，推豆腐，蒸粑粑，聘请唱“打闹歌”的歌手。要不，除草干活，累得要命，背驼得像把夜壶，不敲锣鼓凑热闹，不唱山歌提精神，那多难过！

“打闹歌”有着悠久的历史。两千多年前，土家族先祖巴人来到武陵山区，开荒种地，立房造屋。由于林密山高，人烟稀少，成群的野兽常常出来咬伤人畜，糟蹋庄稼。人们为了生存，就敲打竹筒，生野火，唱山歌，以驱赶野兽，保护人畜和庄稼，正如一首竹枝词唱的："溪州之地黄狼多，三十六冈尽岩窠。春种秋熟都窃食，只怕土人鸣大锣。"这种习俗后来渐渐用到劳动中，一人击鼓、一人打锣，众人唱歌，互相呼应，久而久之，就成了现在的"打闹歌"。这种歌的歌词有传统的固定式，也有随兴而作的即兴式。内容有唱农事、唱狩猎、唱生活、唱爱情等等。鼓点雄浑高亢、厚重，且因地因人而异，如思南县南盆一带，就有《大号》《小号》《花号》《太阳号》《送郎号》等，长长短短，共有四十几套曲牌。其歌词由"歌头""请神""扬歌""送神"组成。

如果你走进乌江两岸，就可以从那些层层叠叠的山坡上，看到土家人唱"打闹歌"的情景。

在一坡苞谷地里，领唱的两个姑娘一个穿花格衬衫，一个头搭白毛巾。有个穿蓝背心的小伙子想占便宜，等花格衬衫姑娘的锣槌刚敲下去，他就抢先唱道：

唱得好来唱得乖，妹像一朵山花开。
十人见了九人爱，和尚见了不吃斋。

花格衬衫姑娘没防他这一手，慌了神。头搭白毛巾的姑娘急忙朝她耳语几句，两人锣鼓一敲：

唱得好来唱得乖，有条懒虫等花开。
香花开在高崖上，懒虫手短摘不来。

"蓝背心"一时答不上来，急得抓耳挠腮，逗得薅草的人们捧腹大笑。有个穿红背心的小伙子见这情势，走近"蓝背心"，也是几句耳语，"蓝背心"顿时来了精神，朝胸膛上啪的一掌，唱道：

两位小妹听我言，我是和尚在修行。
勤劳致富道行满，石头打滚要翻身。
修座高楼给妹坐，看哥不是懒惰人。

"对得好！唱得妙！"薅草的人们欢呼起来。"花格衬衫"和"白毛巾"羞红了脸，丢下锣鼓，扛起锄头，跑到女伴们中间去了。

“蓝背心”和“红背心”得意地笑着，捡起锣鼓又敲了起来。只见薅草队伍中间有人掉了队，两个小伙子提着锣鼓跑过去，急忙唱道：

土头摆起长龙阵，中间起了箩篼形。
中间几个没用劲，比起两头太丢人。

两边的见中间的赶上来了，有点心慌意乱，两个小伙子奔回来，帮他们助威：

薅得快的莫二样，薅得慢的莫心慌。
猛劲把这薅完了，桐子树下去歇凉。

人们舞着银锄，你追我赶，这一队刚从浓密的苞谷林中钻出来，那一队又闪电般的薅入另一块苞谷林中去了。

用土家人的话来形容：“打闹歌”（薅草山歌）就像红线，把土家山寨勤劳的有情人连在一起；对那些干活偷懒的人，它又像一口大钟，经常撞响在你耳边。土家人的生活就在这山歌声中热热闹闹地过着。放工时还要唱道：

太阳露面坡背黄，打闹锣鼓震天响。
锣鼓催动人勤劳，薅草薅过几道梁。

另外，在乌江流域的沿河中界、晓景和印江沙子坡的“打闹歌”里的高腔薅秧歌也很有特色。如：

大田薅秧行对行，一路青来一路黄。
秧子黄来欠粪草，情妹脸黄欠（想）情郎。

赶着牛儿唱爱情

土家山乡，峰峦起伏，沟壑纵横，坡高路陡，峡谷幽深。有山歌唱道：“对门坡上岩对岩，婆娘娃崽穿草鞋。出门一声山歌子，进门一背块子柴。”

由于自然条件差，交通闭塞，土家人生活十分单调。他们不满足于日出而作日落而息的生活，在刀耕火种、广种薄收的原始耕作中，以歌取乐，以歌传情，在劳动生产和生活中创造了大量的山歌，尤其以“放牛山歌”山味浓郁，风格独特。

晚秋，苞谷掰了，小米谷摘了，豆茎扯了，土家山乡只剩下满山遍野的野草正好用于冬天里放牧。于是人们就把牛羊赶到了坡上，一时间，田边地角尽是牛羊的身影、牛羊的声音。

每当太阳从对面山坳露面时，土家放牛郎便打开牛栏、羊圈，放出牛羊向坡上走去，长棍子往牛屁股上一甩，“放牛山歌”就唱起来了：

清早起来把鞋穿，赶着牛儿上高山。
高山顶上好风光，风吹草低见牛羊。

放牛郎把牛羊赶上山后，就到崖边去砍柴，边砍边唱山歌，优哉游哉，完全处于忘我境界：

岩上砍柴（咋）岩下梭（喂），
一起梭到（咋）斑鸠窝（喂）。
斑鸠出来（咯咯咯）咯咯咯！
我来唱首（咯咯）望牛歌（哟）——

这山砍柴那山应，这山唱歌那山和，这是土家族唱“放牛山歌”的规矩，如果是一对互相心仪的青年男女，就会自觉不自觉地对上情歌。

这山望去（喂）那山高（哎），
那山姑娘（喂）捡柴烧（哎）。
哪年哪月（喂）嫁给我（哎），
柴不捡来（撒喂）水不挑（喂）！

对面山上的姑娘也应道：

高山顶上（嘛）有丘田（啰），
铜盆打水（嘛，哎嗨舍）栽三年（啰），
栽了半年（嘛）吃大米（啰），
只想玩耍（嘛，哎嗨舍）过荒年（啰）！

如果男青年还不回话，姑娘就大方地试探道：

一条河水清悠悠，有朵桃花随水流。
哥若有意捞花起，无心无意望花流。

桃花以喻人，人似桃花类。也以花探人心，既真切，又含蓄！

爹娘生你到人间，望你唱歌结姻缘。
是龙就游千里远，是鹰飞过万重山。

只有勇敢的人才能越过重重障碍，经受住考验而赢得真正的爱情。比喻生动、贴切，表达了姑娘对爱情的炽烈的追求。

韭菜开花细绒绒，有心恋郎不怕穷。
只要二人情意好，冷水泡茶慢慢浓。

韭菜被割后，能迅速长起来，以此比喻永不变心，是土家情歌的色相意境，清新活泼，耀人眼目。

抬头谷子空壳壳，埋头谷子得坨坨。
小妹选种选饱米，选人不选表面货。

坡上蝴蝶采花忙，小妹唱歌赞情郎。
油头滑嘴妹不爱，爱郎老实人在行。

这是土家人选择对象的标准，体现了他们的价值尺度，只有勤劳、聪明、实在的人才赢得姑娘的喜爱。

今晨情妹和我约，天黑河边把话说，
一天千次望太阳，只恨太阳久不落。
上山砍柴遇见哥，正逢天上大雨落。
两人躲在岩洼脚，雨过才悔话没说。

歌唱到这一步，也是难舍难分了。经过多次结交，双方定了终身。如：

郎放心来妹放心，钉子弯脚定了根。
燕子衔泥不换口，芭蕉换叶不换心。

男亲女爱，悱恻缠绵，偏偏又遇到分别的时候，双方别情依依，把“相思歌”唱得柔肠百转：

送郎送到瓜菜园，苦瓜丝瓜种几行，
郎吃丝瓜丝（思）千里，妹吃苦瓜苦想郎。

“改土归流”以后，乌江流域进入了封建社会，各民族婚姻上受到“父母之命，媒妁之言”的影响，自由婚姻逐渐受到了制约。

火烧芭茅发嫩苔，爹妈不准偏要爱，
哥在屋外学鸟叫，我变燕子飞出来。

这类“抗争歌”，一方面是对封建婚姻制度深恶痛绝的控诉，一方面反映了乌江青年追求婚姻自由，向往新生活的意愿。

面对封建礼教，包办婚姻的残酷无情，青年男女既要巧妙地对付父母无理的干涉，又要执着地去爱心上人，这就必然要讲究策略、技艺，以达到相爱相交的目的：

郎在门外学鸟叫，妹在房中把手招。
爹娘问儿做哪样，绣花累了伸懒腰。

就这样你一首，我一段，比谁的调子好听，比谁的歌子多。这时，往往两边的人渐渐多起来，两人对唱变成集体对唱，人多声音大，哦嗬翻天，互不认输，一直对到日薄西山，两边领头的说声“明天再见”，才各自挑着干柴捆，赶着牛羊回家去。

（选自《走进土家山寨》，贵州人民出版社，2001年12月；
《走进土家山寨》获贵州省第五次哲学社科优秀成果三等奖）

杨远康

寤生的哲理

人生的很多事情，实在让人费解和困惑，越是想弄清较为深刻一点的道理，就越是让人糊涂，百思不得其解。越是思考得清楚透彻的东西，越是不能说出来，说出来了别人会因不可思议而惊诧，觉得你是在胡说八道，是个古怪的不正常的人，甚至会远远离开你。这对你的社会地位有一定程度的影响。

这是一个关于真谛的问题。对这个问题有个名叫弥尔顿的外国人有一段比拟十分形象：真理来到世上，从来就如同一个私生子，使产生它的人蒙受恶名。

有这样一种出生的现象，让人思考。我看到牛犊出生落地时的情景，它眼里带着十分蒙眬迷茫的眼神，频频地跪拜四面八方，像是在作揖叩首，好像是刚来到世上，希望得到认可，求得各方的宽容和关照。这种说法似乎有些牵强。人出生的情形，可能就令人不得不认真思索了。

一个人通过十月怀胎终于问世，刚一出生落地就哇哇而哭。有人问为什么婴儿落地第一声都是哭，难道在母体中就得到信息，知道人世艰难有很多痛苦和迷惑，人生下来就开始受苦和坠入迷阵？如果生下来没有哭声，一声不吭保持沉默，那也不对劲，不是太老成了就是一具死婴。另外一种情形可能更为不妙，那就是这个孩子一生下来便面带笑容，或者是哈哈大笑，亲人一定会不寒而栗，这肯定是一个怪胎，是一个精灵或者妖怪，定然会遭到亲人的拒绝和抛弃，不被接纳，怕招来什么不祥和横祸。

就以孩子出生的姿态来说吧。人生于世，行走的姿态本来是头朝天、脚朝地，站立或行进的，这是自然，是顺理成章的。然而，如果一个人经过十月怀胎在母体孕育成熟就要出生，按理应该是头上脚下走出来的，与能行走的人一个姿势。可那是万万不能，那是寤生，也就是人们常说的难产。会给母亲和自己带来麻烦，甚至生命危险，是件谈之色变的事，不能为人所赞许。只有换一种出生方式，就是按常规头朝下、脚朝上，反过来才能顺利出生，平平安安来到人世。

以上表象表明，每一个新生事物的产生，都有一个漫长和艰难的过程。怎样获得认可和大众的接受，有一个是否适应和顺应规律的问题，说得深刻一些，就是一个关于真理的哲理性问题。

真理的产生是顺向还是逆向呢？从寤生的现象来看，既是顺向，也是逆反。顺向也是逆反。头天脚地的出生方式是按照人行立的姿态来思考的，事实上是行不通的。因为头朝下出生已经是一种规律，一种生育的遗传现象和事实，是必须要顺应的，否则就要难产。

真理的产生，是能自圆其说的。也如出生一般，要先有头脑，后有躯干和手脚。这里所指的头脑指的是独特创意的理念，也就是真理的主题是先产生的，有了新的规律性见地，再用事例和佐证来完善它，支撑它，就有了血肉的肢体，就成为昂首兀立，行走天下的载体。

那么，说真理是顺生而不是逆生的有何道理呢？顺生指的是遵循自然规律，寻找实质和根本，推理出人生的真谛，不被表象和迷雾所迷惑，不被传统的偏见和歪理邪说导向和左右。歪理邪说是粗浅片面的，但经过时间的乔装打扮，为不少偏听偏信的人所接受，占有很大的统治地位，实则是一种谬误。但最终真理有两条腿，谬论只有一条腿，谁行得通谁行不通就显而易见了。

说真理是逆生的，那是指敢于大胆对世俗的偏见提出疑问，不随波逐流于芸芸众生的陈腐见解，敢于与众不同，逆流而上，于苍苍蒹葭中寻找真理的伊人。亦如生育成长一样，慢慢把头脚倒置的人翻过来，让其正立行走于天下，恢复其应有的姿态和面目。

寤生的哲理告诉我们，对什么事都不一定急于认定，真理本来就是先倒后立的。

（选自《徘徊在都市的盲道上》，汕头大学出版社，2002年4月；
《徘徊在都市的盲道上》获贵州省第六届“新长征”职工文艺创作一等奖）

徐成淼

少年穿过广场

少年从小城东北角走进广场的时候，隐隐的雷声突然滚了过来。厚实的乌云聚集在头顶，四周的天脚还亮着。顶灯熄了，脚灯射出侧光；头顶上那块天是黑的，天光从低低的山脊线那儿照过来。世界有点儿异样，看上去像个舞台。房子啊，树啊，像布景；路上几个行人，像戏子在那儿走动。少年就有了一种奇特的梦幻之感。

夏天的阵雨说来就来。那雨点又粗又大，砸在地上啪啪作响，溅起一朵朵尘灰。少年用书遮了头，几大步跑到土台那儿。空气中传来臭氧的气味，那味道挺好闻的，有点儿青，有点儿涩。少年喘着气，躲到一角旧竹席下面。那原是土台的棚顶，是当年那一段辉煌的见证。雨密集起来，地上很快就积起了水。雨点打在水凼里，冒出一个个半圆的水泡，随生随灭。竹席上的雨水流了下来，少年挪了挪身子，夹紧了肩。电光一闪，一个惊雷响起，少年浑身一颤。

这土台是那些年为演出抢搭起来的。把原来的木戏台拆了，旧台子太小。一群兵们抬来石头，围成一个长方形，又挑来沙土，填满，夯平。竖几根木柱子，架几根横梁，盖上竹席子，就成了挺大的一个舞台。广场就此成了小城最热闹的去处。晚上，贼亮的汽灯一盏接一盏高高地挂起来，照得广场一片通明。稻田里的飞蛾，黄泥塘里的青壳虫，成群地飞来，围着汽灯不停地转。文工团，演出队，在土台上演《赤叶河》，演《刘胡兰》，还有用真枪真炮做效果的话剧《九股山英雄》。白天，秧歌队，腰鼓队，在土台前的广场上一闹就是一整天。少年就是从那会儿起一头扎进了崭新的生活的，那会儿少年还是个刚满十岁的小孩。千人秧歌，有他；百人腰鼓，有他。三百人的合唱队，唱《解放区的天》，四部轮唱，他当指挥。“嗨嗨嗨嗨”要

"嗨"四遍，才汇齐了唱"呀嗬嗨嗨依个呀嗨"。那时候的少年觉得天天都是节日，每天都在联欢。

雨还在下着，雷还在响。雨水从木柱上淌了下来，少年移了移身子，换到靠里一点的地方。不远处的石坎下面，爬出只灰头灰脑的乌龟，探了头朝天看。一只蓝钢色的小鸟飞来，在雨中，在水里，停了停，又走得飞快。

唱啊跳啊闹啊的时光，在少年身上停住了。冷不防地少年就发现自己变了声，喉结冒了出来。当初唱《拥军歌》时的童声怎么也唤不回来了，现在是另一茬孩子在跳，在唱。少年悲伤了。一次晚会上，少年挤在土台下听当初和他搭档的小女生独唱，声音依然婉转通亮。而他却唱不了了，在汽灯的暗影里，少年偷偷地掉泪。

变化是悄悄地来到的，说不清是从什么时候开始。是乳头突然疼了起来，摸上去还有个硬结，他惊慌得寝食不安的那次吗？不敢和父母说，少年跑到校医那儿。架着副滚圆的铜边眼镜的校医耸起眉毛哧哧地笑了，说没事儿，是长大了。还是暮春之夜，睡沉了，梦见了些什么的那一回？在那场梦中，暴雨突然袭来，比今天这场突发的雷雨更磅礴。那不是雨，那是下的钢针，集束射向少年。少年无力挣扎，他沉入了极乐的深渊。苦海无边，回头时，少年见不着岸。他想呼救，却叫不出声。直到一阵可怕的爆裂过后，巨浪才犹疑地退潮，少年全身瘫软。

雨稍稍小了一些，雷声远去。从灵江那边吹来一阵风，少年的头发被吹了起来，发根上还有些疼。是从哪天起他想把自己的头发往后梳的呢？是看了电影《在人间》那次吗？影片中少年高尔基的头发是柔软的，往后梳的。少年也学着把头发往后梳了，用帽子使劲压住。晚上脱了帽睡觉时，发根那儿的头皮一阵生疼。

那些日子是那样骚动，少年体内有太多的力量在膨胀。他想奔跑，想飞，想一头扎进大海。放学回家，少年举起一块大石头，狠命砸向地面。天井的碎石地给砸出了个凹坑，少年意犹未尽。

雨小了下来，头顶上的天渐渐透出亮光。蓝钢小鸟飞走了，那只灰灰的乌龟也不知去向。少年伸出手去试了试雨，广场西侧墙角处一丛"烧夜火花"霍地一下就全开了出来。火红色的"烧夜火花"，那样地蓬勃，那样地澎湃。少年就联想起一些事情，是某一天突然发现身体的某处不知不觉地就长出了些软毛吗？还是更叫人惊恐的，原来粘连着的某个部位突然剥离开来，新鲜，粉红，还渗出少许的血？

少年缩回试雨的手，看来可以走了。回头的那一霎间，他看到水湿的木柱上，不知是谁用刀刻的一个"愛"字。雨水从字上流过，有如从那个"心"上淌下一泓清泪。少年的心像被火麻叶划拉过似的，又辣又痛。少年伸出手掌，从脖子揉到胸口。少年知道，那是人身上对痛苦最敏感的地方。

少年变了声，而那个和他一起唱《拥军歌》的女孩的嗓音却没变。在台上她亭亭玉立，出落得比当年更加美丽。少年于是躲着她，好像自己做错了什么似的。他做错了什么吗？好像是的，又好像不是。少年不敢把自己身上的一系列变化同她联系起来，想一想都觉得犯了罪过。可少年又无法摆脱她的影子，少年恐惧了。梦里的月亮很亮，很大，看起来有点像那女孩的脸。一朵云向月亮靠近，一下子就把那张脸整个儿地裹了个严实，钢针似的暴雨就是在那当儿骤然爆发出来的。

少年又想掉泪，但“烧夜火花”开得太茂盛了，红得晃他的眼睛。少年知道，这花在家家户户做晚饭时猛地就开了出来，而明天，明天它就萎了，蔫了。少年不再伤感。他将手里的一叠书，从衬衣的领口塞进前襟。明天要交的作业本，贴身放，那是怎么也不能给弄湿的。书本把少年的腹部撑出来一大块，像几十年后他终于发了福的模样。那一年，他腆着个肚子回到久别的广场，他的鬓发已白了大半。他想找回少年的梦，却再找不到那广场和土台了。矗立在昔日广场旧址处的，是老大一栋带走廊的灰糊糊的砖房。绿洲全沙化了，从干涸的河床里，只能捡到几颗枯败的鹅卵石。他摇了摇头，咧出了一丝自嘲的笑。生命就是这样的罢，从蒙昧，到觉醒，到成熟，到汹涌澎湃；而后平静，而后消退。谁不是这样走过来的呢？他沿来路折返，脚步有点儿踉跄。

少年把布鞋脱下，鞋底和鞋底合拢，夹在腋下。撕了块破席片，一只手撮着，顶在头上。从土台上跳下，少年快步穿过广场。水有一点儿凉，砂土有一点儿硌脚，走到有草的地方，软软的，少年觉得有点儿惬意。

雨全停了，天空重新放亮。天光全方位地罩在了少年的身上，照出了雨后少年立体的轮廓。少年把手里的破席片儿丢得远远的。他迈开大步，穿过整个广场。他要回家。

从南边的正门走出广场的时候，少年的胡子一下子长了出来。他悄悄地笑了一下，浅浅的笑容，恰似一个幸福的允诺。

（原载《散文》2002年第9期；《青年文摘》2002年第11期转载）

王尧礼

来燕榭的书香

买到黄裳先生的新著《来燕榭书跋》，是入秋以来的头一件快事。我搜黄裳著作五六年，迄今已有十三种。

黄先生是有名的藏书家，所聚宋元以后精刊善刻至富，尤以明末清初集部著称海内。他访书数十年，行踪遍及江南燕北、蜀中滇南，每到一地，出入书肆，寻访旧家，矻矻以求，不遗余力，遂成大观。其中苦乐，俱于此一册书跋中见之。“爱日堂吟稿”篇云：“此小山堂主人遗集，罕遇难求，于清人别集中最称珍秘。十余年前读一小文，记黄吕争祁氏书公案，引及春草园小记，即悬之梦寐，然历数寒暑，阅市借人，终不可见……春草园小记只能转引于他书，不无缺憾。丙申之秋，道出蓉城，乃于馆中见此集，尚是法时帆故物，快读一过，亟抄数文以归……于愿少慰，然于此集则未敢作收藏想也。乃十日前于古籍铺架上，抽得两册，亟买之归，检视之，知仅存上半，自卷八以下皆佚去矣。春草园小记仍未寓目。意当不更可遇矣。前日雨夕过市，更入书库观书，乃更得此全帙，始入手时殆未敢信。书缘之美，何可言耶？……一书之得，艰难如此，藏书之事，夫岂易言。”唐弢《晦庵书话》云，从表面看，旧书聚散无常，似乎可遇而不可求，但实际上，还是有赖于有心人处处留意，仍和努力访求相关。诚哉斯言。敝人亦喜聚书，于此颇有体验。黄先生以一介书生而成为藏书家，所付出的艰辛是外道人无从得知的。

黄先生喜作跋语，一书往往一跋再跋。黄跋多记得书始末、书林掌故、读后感想等，这些内容都是有知识、有趣味的，出黄先生笔下，更是风致迷人。偶作考订，也亲切可喜，毫不枯燥。孙郁先生说：黄裳书话厚重而古朴，自然而大方，书卷气与艺术味杂然相糅，悠悠然有古雅清淳之风；所谈孤本善本，多真知灼见，纵横古今，散淡飘逸；以人生为书，以书为人生，揭天下鲜知之旧闻，或乐古，或讽今，常有久历沧桑、冷眼看世之态；辨伪析真，于浑沌中觅出新径，看似随意，实有真意存焉；其文古而今，今而古；其意浅而深，深而浅。读之如清风朗月，林中甘泉，良多佳趣。孙君的分析和概括，全面透辟，深得我心，欲更赞一辞而不获。

来燕榭为黄先生斋名。这个斋名很诗意，令人想到江南三月，燕子双栖双飞，呢喃耳语，衔泥垒巢的美景。黄夫人名小燕，书跋中颇多夫妇共同访书、读书的记载，斋名盖由此来。后记云："湖上吴下访书，多与小燕同游，札尾书头，历历可见。去夏小燕卧病，侍疾之余，以写此书跋自遣。每天病榻前回忆往事，重温昔梦，相互欷歔。今小燕长逝，念更无人同读故书，只此书跋在尔。回首前尘，怆痛何已。即以此卷，留为永念，以代椒浆之奠云尔。"颇有李易安《金石录后序》的沉痛。这是一本访书的书，也是一本悼亡的书，书香中杂着一份哀婉。

（原载《散文》2002年第11期）

韦昌国

逻 辑

婚姻：新郎越老丑，新娘越靓丽，说明新郎越有钱或权。

考试：几乎人人都不懂但又几乎人人都能过关的是晋升职称时的英语。

侃价：上街买鞋，杀价一半；上报效益数字，增加一半；申请救灾款，加一倍。

创收：换证、年检、培训、考试、发放必读“资料”。

（原载《杂文选刊》2002年第12期）

徐成淼

梦幻泸沽湖

从旅游车上下来，沿缓坡往上，向观景台而去。坡上长满了矮矮的松树，人从树丛中穿过，松枝依次掠过耳际，像帷幕徐徐拉开，舞台显现。泸沽湖从眼前升起，一大片耀目的明蓝。蓝到了这般模样，叫人有点儿喘不过气。是蓝宝石的蓝，是蓝色多瑙河的蓝，是蓝屏显示的蓝。是蓝精灵，是蓝调音乐，是毕加索的蓝色时期。蓝得明艳，蓝得鲜丽，蓝得剔透，蓝得不容你分辨。蓝到了你的眼底，把视网膜都染蓝了，还要蓝到人的心的深处去的。正惊叹着，一阵湖风拂过，湖面起了漪涟。是睡美人小寐初醒了，她伸了个懒腰，蓝缎长袖从玉臂轻轻滑落。那些蓝波，那些蓝影，便一时动荡了起来。从淡蓝、浅蓝，到碧蓝、湛蓝；从蔚蓝、天蓝，到品蓝、深蓝。由浅变深，又由深变浅，慢慢地过渡，移位。于是人便有了梦幻之感：泸沽湖是一个奇异的梦，这梦是有颜色的，蓝色。

从观景台下来，绕过山坳，来到湖边。捧一掬湖水在手心里，以为会有纯蓝墨水自指缝滴下，然而没有。掌心中的湖水清清亮亮的，纯净透明。泸沽湖水实际上并不是蓝色的，那湖水一派清澈，淡淡的带一点绿。刚才在观景台上看到的，是倒映在湖中的蓝天，是天空把泸沽湖染蓝了。秋水共长天一色，说的正就是这个道理。

从岸边往湖里看去，远处有山，湖心有岛，岛上有密密的草树。那些树叶全是彩色的，红黄橙紫，一派斑斓。像是繁花满树，像是用花把小岛包裹了起来。花的树，花的岛，花的泸沽湖。正是午后，太阳斜了，照在岛上，照在那些花一般缤纷的树叶上，像一幅点彩丙烯油画，叫人目迷五色，一个彩色的梦。蓝天，白云，远山，小岛，倒映在波心。梦也成双了，一个在天上，一个在水里。心中就有什么东西随着微波荡漾，荡漾，不知道要荡到哪里去的。

同行的年轻人欢呼起来，蹦跳起来，闹着要坐木船游湖去。太阳晒得很热，而湖风是凉的，用手拂水，水也是凉的。划船的摩梭小伙子总是腼腆，只笑着不说话。给我们唱个歌吧，他摇摇头，又笑了一下。远远的水线那边，密密的有一片黑影，在阳光下随波动摇。问摩梭小子，这次他开口了，说是水鸭子，野生的。野鸭好大一群，聚成好几列，时而有一两只飞了起来，绕了个圈子，又落到了水面。但总是远远的，令人看不真切。让船家把船摇到野鸭子那边去，野鸭却向更远处游去了。上了小岛，一条弯曲的石径蜿蜒而上，直通山顶。山上有亭，有寺，有佛像，有经筒。都被花般的树包裹着，簇拥着。岛在花中，山在花中，石径在花中，寺庙在花中，人在花中，佛也在花中。登上山顶，把经筒一一拨转了，回到寺前。回头一望，山下，泸沽湖像燃着了一样，一派金碧。斜阳从水面反照过来，把眼睛照花了，眼前白晃晃一片。白光里，野鸭子都看不见了。

在湖畔的小木屋里住下，是用整段圆木垒砌而成的木楼，浸满了一种原始而质朴的情味。让人想起早年色彩暗重的旧照片，想起少时写在作业本纸上的某一首诗。有一点甜蜜，有一点伤感。晚饭有蕨，有蕺菜，有摩梭人家特有的汪着油的肥膘肉。院子里的狗跑过来，在矮桌底下窜来窜去找吃的，却一声不吭。泸沽湖的狗不叫，见了生人也不叫的。客房里也有电视，有按标准式样铺就的床。只是木门开闭时，会很响地吱呀一声。

天一点点黑了，浓艳的彩色渐渐淡去，泸沽湖沉静下来。那山，那水，慢慢地灰了，暗了，水墨画似的堆在那里，平添了许多神秘之感，叫人心中惴惴地总觉不安。好像要出点什么事儿，又好像在等着些什么，盼着些什么。好在有篝火，在一块田间的空地里。四周是收割过的玉米地，枯黑的玉米秆一支支矗在那里。一大堆柴火点着了，火焰冲天而去。人们围成圈子，看篝火中，摩梭小伙和摩梭女子执手起舞。火光摇曳，人影憧憧。没有乐队，没有音响，只有一支短短的竹笛，吹出一支支弯弯拐拐的歌，也吹醒了人心中那些原本沉睡着的忧伤。那笛声是那么孤单，笛手兀自在那儿吹着走着，众男女跟在他后边，合着曲调，不断变换着舞步，绕了一圈，又绕一圈。笛声牵出了长长的往事；那些蜷曲着的记忆，就这样被它勾引着伸展了开来。自古至今，每一代人都是这样的，每一个地方都是这样的。哪里有梦，哪里就是女儿国。多少夜晚，泸沽湖小伙子辗转反侧。今夜无人入睡，奶茶凉了，炭火已经暗淡。从火塘边起身，走出木屋，他们无声地踅进了夜色。湖畔的花楼里，水妖梳洗过了，正掩着门在窗内徘徊……

篝火熄了之后，曲终人散，泸沽湖又沉静了下来。在湖边的沙砾路上漫无目的地走着，不知哪家店铺里传来葫芦丝咿咿呀呀的乐曲。循声而去，是一家以“狼”命名的咖啡吧。坐在未经油漆的木桌前，喝着咖啡，不经意地，浏览起四壁墙上贴着的图片和文字来。是关于女儿国，关于走婚，关于母系家庭的那些远古而充满神秘之感的传说和故事。目光落在最后一页文字上，才读了几句，就叫人心尖一颤：“为何一生只能爱一个人？为何一定要结婚？为何一定要找一个门当户对的异性终生相守才算幸福？……”在迹近原始的木屋里，读到如此现代到骨子里去的话语，令人惶然而不知所对。像是有许多牵肠挂肚了多少年的东西，被从身体的深处给扯了出来，千丝万缕怎么也扯不断。我放下那杯苦味犹存的咖啡，幽灵似的飘出了木屋。在走回客房的路上，我有点晕眩。湖上起风了，岸边传来有节奏的拍水声。路旁有简易的棚屋，棚屋里有灯。灯下挂着整只的羊腿，塑料盆里有活蹦乱跳的鱼，烤箱中的炭火燃得正旺。有女子在灯光下微笑着招徕：烤羊肉吃吗？还有烤鱼？

泸沽湖的夜挺凉，而我躺在薄被下却浑身燥热。那一晚我半睡半醒，似醒似梦，许多陈年旧景接连不断地涌了上来，如早期电影般在眼前飘摇。好像又回到了青春岁月，磨钝了的心重新变得清纯。那些梦想，那些憧憬，一缕又一缕，游丝般绕过来又绕过去。似乎听见，哪儿的古老庄园的一间小屋里，一台老式唱机上，传来谁唱的一首旧歌：“风景是年年依旧，只有那流水一去不回头……”

第二天早上，远未天亮，四周一片黑，我就起来了。沿木梯下了楼，那条不吭声的狗趋上前来，也不摇尾巴，只无声地望着我。出了门，来到湖畔，抬头望去，天上全是星。不是疏星，是繁星。又多，又大，又亮，密密地布满了整个天空，连山脊线上也是。没有别的任何地方，会有这么密集、这么明亮、这么煌然闪烁的星。没有别的任何地方，会有这么寥廓、这么广袤、这么深邃无垠的星空。天上的星倒映在湖里，湖里也全是星。天上的星和湖里的星浑然一体，合成了一个浑圆的苍穹。我，还有一直跟着我的那条无声的狗，便被包围在了密密的群星之中，与亘古的天体一起回旋。那么我也就是亿万颗星中的一颗了，那么我身旁的这条狗，也就是我的行星或卫星了。天地有大美而不言，泸沽湖静默无声。只有那一点微波拍岸的轻响，更增添了四围的静。静到了深处，静到了无。我独自在湖畔兀立，心中浮出许多关于时间和空间的概念。在时空的永恒面前，我不过一粒微尘。面对梦一般的泸沽湖和泸沽湖上永无穷尽的星空，就这么漫无边际地想着，不觉星光已黯淡了许多。渐渐地，东边的山崖上空，吐出了最初的一痕灰白。黑夜就要过去，天会亮起来。此时此刻，花楼中的小伙子也该起身了罢。

离开泸沽湖的那一天，太阳依然明亮，泸沽湖依然浪漫。汽车沿湖边行驶，不久便绕进了山里，把个泸沽湖，断然留在了记忆的那一边。

风景换了，梦已醒，又一茬女孩子长起来了……

（原载《散文》2003年第4期）

2003年

徐成淼

树天下

在一棵大树底下疯玩，可是人生一大乐事。人乐，树也乐。

正巧我家租住的大院，就在一棵大树底下，院墙的西南角，就紧挨着大树魁伟的树身。那是一棵樟树，极高，极大。大樟树像一朵凝固了的蘑菇云，把小半个院子严严地荫蔽了起来。那个巨大而潮湿的阴影，曾是我的自由王国，是我梦开始的地方。没有比这更开心的事了。生活中有一棵树和没有一棵树，是绝不一样的。一棵树不仅是一棵树，一棵树，那可是别一天地，别一世界。有了树，世界才显奇妙。有了树，生活才会多彩。有了树，你才可以放开胆子做你想做的任何事情：可以掏鸟窝，逮鸟仔儿；可以抓松鼠，粘知了儿；可以捉蛐蛐，逗蚂蚁儿；可以这样那样地，咂摸生命的种种神奇，体验大千世界永无止境的奥秘。树是一个童话，是无奇不有的一座宫殿，是我的天然动物园。树每天都是新的，是怎么玩也玩不厌的地方。这是造化的恩宠，万物皆备于我，让一棵大树和小小的一个我这样相伴。

更何况是这么大的一棵樟树。有一百年，还是两百年了呢？它怎么会长得那么大那么高呢？是谁种下它的？不在深山，不在旷野，不在乡间，而是在小城的一角，在北山脚下的一条小胡同里。那么粗的树干，要好几个人手拉着手，才能围得过来。那么大的树冠，巨伞一般，把一长截街路都遮住了。街两边的多数人家，就都被樟树巨大的冠盖搂在了怀里。

太阳天，大樟树明晃晃地立在那里，浓荫匝地，圈出了一大块黑色的版图。树荫里，有徐徐的小风，有淡淡的树香。太阳晒出了大树的好心情，它耸了耸身子，洒下一地的金币。叶动影摇，万千金币满地闪烁。风来了，风儿吹开了大树的襟怀，叶片低吟浅唱，萧萧树声灌满了整条小巷，那是天籁，是绿叶唱给风听的情歌。月光夜，大樟树亮出一幅宽阔的剪影。月色镀亮了树的轮廓，那是夜神晚裙金色的镶边。月影下，不用点灯，就能做许多许多事情，就能玩许多许多游戏。婶娘们在月光下搓麻线，编草篓儿，这些粗活她们摸黑都能做。孩子们在树下大呼小叫地疯跑，月色迷蒙，半明不暗，正是打仗和捉迷藏的好时光。雨来了的时候，满树绿叶承接雨点的轻抚，沙沙的叶韵，直传到了小街的尽头。雨水沿枝干淌下，那是树的沐浴，那些苍老的裂纹和皱缩的青苔，便都得到了宽慰与滋润。每当台风登陆，那情景就更为壮观。风从东海岸呼啸而来，大樟树迎风而立。满树繁枝喜极动摇，那是树的舞蹈，是它扬旗挥舞的手臂。大风中，大树摇落了身上的赘物，风过后，满地枯枝残叶，把西墙根的小水沟都堵住了。捡起一根细枝，折断了来闻，香气扑鼻。

谁能数得清大樟树究竟收留了多少生灵？它那儿什么没有呢？有毛毛虫，有知了，有金龟子，有天牛，有螳螂，有黄蚂蚁和黑蚂蚁，有蜘蛛，有树蛙，有带壳和不带壳的蜗牛，有扑动着绿色大粉翅的夜蛾；有麻雀，有八哥，有黄头鸟，有喜鹊，有白头翁，有尖嘴鹞子，有叫不出名字的长尾巴鸟；有大黄蜂，有蜈蚣，有蛇，有蚂蝗，有蝎子和会射出毒尿的大蟾蜍，有螫上一口就叫你痛得倒吸凉气的“青篦箕”。孩子们想得到的，大树那儿全有。大树知道他们想要些什么，它就把飞的爬的全给了他们。男孩子就这点儿好啊，他肆无忌惮，他无法无天，他忘乎所以。他什么树都敢爬，什么鸟都敢逮，什么虫都敢抓，什么活物都想大卸八块来看个究竟，他就早早地什么都知道。大树想到这儿，悄悄地笑了笑。密密的枝叶，一阵摇摆。

傍晚，树梢将夕晖一点点掸落，树影慢慢地加浓了颜色。喜鹊归巢了，黄雀儿开始晚唱，蜉蝣在霞光里一群群飞舞，蛇倒挂着垂下树枝，松鼠从树洞里爬了出来。树的世界热闹了起来，七高八矮的孩子也出笼了，那可是人生最无忧无虑的快乐时光。一伙乌合之众，在土院里跑呀，跳呀，闹呀，叫呀；玩泥，玩石子儿，玩碎瓦片，玩树叶，玩断落下来的枯枝；玩蚂蚱，玩蜻蜓，玩飞蛾，玩毛毛虫，玩从树上跌下来的小雏鸟儿。遇见胆大的松鼠到地面来觅食，拔脚就追，眼看就要捉住，却又让它跑了。它蹲在树丫上尾巴一翘一翘，亮亮的眼睛和我们对瞧，我们就又乐了。大樟树看着我们在树下尽欢，看着我们在树下喧闹；折腾，放肆，同时成长。它吐出了长长的一口气。那一声太息从它密密的胡子缝里冒出来，显得特别舒朗。

那时候，我们以为世界向来就是这个样子的，以后也将永远是这样。满眼的绿，满身的草叶，满世界的新鲜空气。那么大的树，那么浓的绿荫，那么高而明净的天空。那么多石头和泥土，那么多鸟和虫子，那么长的整整一个夏天，那么多玩也玩不尽的游戏。那时候我们一点儿也不知道，这该是多大的一份奢侈！

树影和天影慢慢融合起来，天终于全黑了。人也玩累了，慢慢地静下来，带一身汗，围到大人身边歇凉去。

躺在竹椅上，看天，天也是看不尽的。有星，有蛾眉月，有时或飘过的几丝丝云。排成三角形的是牛郎星，三点一线的是织女星，灰灰一长条的是天河。偶尔划过一两颗流星，就连忙许愿，可总是来不及。萤火虫也来凑热闹，飞过来，伸手就能抓到。蜘蛛将游丝飘到人的脸上，痒酥酥的，抹去了就是。有虫屎落在人的额角上，凉冰冰的，擦去了就是。倦意袭来，好想睡。想向上把身子躺舒服些，可人太小，够不着，总要滑溜下来。背上的汗毛被躺椅上的竹条夹住了，扯得有点儿疼。蚊子来咬了，拿大蒲扇也赶不走，就点了蒿把儿来薰。浓浓的蒿叶味弥满了院子，那药味儿好闻得很。睡意浓了，大人们的谈话声远了，世界很静。哪儿有蝼蛄儿叫，还有蟋蟀和纺织娘，一阵儿含糊，一阵儿明了。你听它的时候就有，你不听它的时候就没有了。大樟树上的八哥不知为什么惊叫了一声，人动了一下，又复归沉静。

终于迷糊过去，生命进入了浑茫状态，透明的寂静。没有了世界，没有了自我，只有这小小的一个院落，和院落上方巨大的树影，还有更高处渺不可及的神秘的天空。隐隐听见夜风将树叶轻轻摇响，隐隐闻到蒿叶的烟味儿阵阵飘来。谁在说话呢？声音越来越含糊，越来越缥缈。笼中的鸡偶尔咕哝几下，而狗却哑默无声。万物都疲倦了，和我一道沉入了外婆的记忆和婶娘们的往事之中。

许多许多年之后，我忽地就到了与当年我外婆差不多的年纪。我告别大樟树已经几十年，我远离大樟树已有几千里。关于大樟树的记忆已遥远得像是一个不可企及的梦。那树干，树身，树枝，树叶，树冠，树阴；树上的那些鸟，那些虫，那些蜈蚣和松鼠，蝎子和蛇，都已经像褪了色的老照片，模糊得只剩下一个影子了。却不料一个偶然的机会，让我于离开小城数十年之后，又回到了那里。

我寻找记忆中的那棵树，却连影子也找不到了。大院早就没有了，连老树的遗址都难以认定。那一带有了另外的路，另外的房子，老屋已荡然无存。大樟树没有看到它当年的孩子裹了一身的沧桑回来，只留一个巨大的身影在我的心里，在我的记忆中。

不一定非要伤感不可。旧物总要消失，新的东西总要取代原先的存在，世界总得一天天向前走去。就像一棵树，极盛之后，也会有式微的一天。会凋残，会枯萎，会老朽，会倾倒，会让位给另一番枝叶，另一番绿荫。那棵大樟树已永远离我而去了，它带走的，还有我的梦想，我的岁月。今天，不会再有孩子像我当年一样玩虫，玩鸟，玩树枝树叶了。也不能设想今天的孩子像我当年一样，躺在黑色的夜空下，听虫声唧唧，闻艾草熏香，似睡非睡中，悠然感受生命的散淡和微茫。一代人有一代人的快乐，一代人有一代人的忧伤。如今，哪儿还能找到那样一座小城，那样一条小巷，那样一棵巨大而多情的树，以及那样快乐而清纯的一个我呢……

（原载《散文》2003年第6期；《青年文摘》2003年第8期转载）

杨新华

小站人事三题

小站旧事

很小的时候我们家住在一个小站上，那是一个很小很小的车站，只有两根钢轨，一幢站舍，有一点像一部外国的经典影片——《两个人的车站》。小得连我们上学也没有一个小学校，只好到当地的农村小学去读书，那个学校的老师基本上都是当地的代课老师，又经常要顾着农忙，忙得连我们有时候都只好自己在野地里玩。在这个小车站我经历了许多事情，现在想起来是十分有趣的。

从家里到学校如果走大马路的话需要半个多小时，而我们那时上学常常就沿着山边的田埂小路走到学校去，钻过一个马路隧道，再下一个斜坡，然后就是弯弯曲曲窄窄的田埂路，要在这个小田埂路上拐来拐去，才能走到学校里。虽然是我们上学必须经常走的一条路，但是平时很少有人走这条路，只是偶尔农民们要给附近的田地施肥时才走。所以这路上还是没有踩得很板实，再加上路上有一些折耳根、野葱之类的东西，常常引得附近的人们挖得乱七八糟的，整条路上坑坑洼洼的，所以并不是很好走。特别是下雨天更是这样，平时走上一刻钟的路雨天就要走半个小时，而且在路上会有许多牛踩的脚印，有一些滑痕，稍不注意就要摔跟头，上学走路的时候我们就要走长满草的路，尽量不踩别人走过留有滑痕的路，最好要从那些草丛中走，这样一来就可以利用地上的草增加大路和自己鞋的摩擦力，虽然那时候我们还在上小学，还没有学过物理，但是已经知道该怎么样能避免摔跟头，脚下的摩擦力一大就可以避免许多摔跟头的时候。当然也是为了避免身上沾满稀泥，回家挨骂。有太阳的日子，上学就是一件非常愉快的事，可以早早离开家去上学，然后在上学的路上尽情地玩，或者躺在草地上晒太阳，让暖暖的阳光照在身上，贴近土地闻着泥土的芳香，你会感到心情特别舒畅，心旷神怡。这条小路就一直伴随我到中学，中学毕业以后我考到了省城的中专才离开了母校，才没有再走那条小路。

小时候上学是件很愉快的事，不像现在的学生要做许多的作业，要在父母的陪伴下学很多东西，那时候只要把老师在课堂里教的那些十分有限的东西弄懂就行了。在那个年代，父母整天忙于生计，哪有时间来管我们的学习，也不用天天监督和检查我们做没做作业。我们在上学的路上就更好玩了，上学时一般没有多少玩的时间，放学的时候就要好好玩痛快了才回家。放学回家在路上的时间少则要耽误一个多小时，多的就要三四个小时，有时候天黑尽了，还在外面玩得乐不可支，忘记了回家，直到家人找来，才和小伙伴们依依不舍地分手。上学路上最好玩的就是两件事情。一件是打弹子，那时候玻璃弹子还不像现在这样普及，在小站拥有弹子的小朋友也不是很多，而且极珍贵，轻易不会送人的，除非关系特别好，但也要用其他东西来换的。玩法多种多样，有赢弹子的，还有仅仅只是挖三个洞来进行比赛，看谁最先把三个洞都走完，弹得好的弹子弹出去十分有力，两颗弹子碰撞在一起反弹力也非常大。而不会弹的就只有用大拇指和食指挤出去而不是弹出去，这样一来弹子就是软绵绵的，打到别人的弹子也没有多大的作为。我那时候就不会弹，常常被人讥笑为“挤虱子”，那时候我就很佩服弹得好的小朋友，那种佩服可以说是五体投地，常常在背地里模仿他们的动作，哪怕有一点像，我也高兴得不得了。

二十多年前，铁路上还没有电力机车，内燃机车也少得可怜，我们自己能看见在铁路上跑的基本上也都是蒸汽机车，要使火车跑必须要一个司炉在机车上不断加煤，煤燃得差不多了要把煤渣卸掉，这些煤渣里还有许多没有烧完的煤，这些煤就是我们小站小孩子和家属老妈们争夺的东西了，捡回家还可以再烧上好久。机车一开走，我们就一拥而上，拿三指耙把煤渣刨成一堆一堆的，然后再慢慢地捡煤选煤，动作快的就能捡到很多又好又大的煤，而动作慢的就只有捡别人剩下的小煤渣了。有些司机在卸煤的时候不浇水，煤渣中间还有红红的没有燃尽的煤炭，稍不注意就要被烫伤，一见有人被烫伤，旁边一起捡煤的人都很高兴，一副幸灾乐祸的样子。因为有人抢得多的话，我们自然就抢得少，这是一个辩证法，那时候没人教，我们做小孩子也懂。如果没有机车来卸新的煤渣，要去捡煤的话就只好去挖那些以前的煤渣，看一看能不能重新发现一些好煤，如果真有新的发现，那才是我们最大的幸福。

客观地说，我们在做压钉子这件事的时候还不知道它的危害性，要不然的话是不敢这样去做的。那时候我们都还小，上学路上要和铁路相伴着走好长一段路，我们的书包里总有一些钉子，听到有火车鸣笛，就把钉子摆在钢轨上等列车过来碾压，车轮会把钉子压得平平整整的，十分铿亮，我们就可以用压好的钉子来当刀子用，来划太平天国，钉子变成刀子以后，拥有钉子刀的我们就成了那个时候同学中的偶像了，谁想要一把钉子变成的刀，还非要和我们搞好“外交”关系，要用各种各样的手段来讨好我们，不然的话不仅拿不到刀子还要受到我们的一顿奚落。当然最风光的还是要找到大的钉子，而我们始终用的是很小的钉子，作为交换我们就给有大钉子的人压刀，而他们就负责给我们找大钉子，有一把大的钉子刀子，那是很有样的。

小站芝麻官

我自己就是小站人，所以我对小站人有更多的了解和认识，但是在这件事发生以前我对小站人的认识只是表面的东西，十分地肤浅，而让我真正认识小站人的是我的朋友万。万当初和我们一起中专毕业分配到小站的，那时我们一大帮同学大都分在编组站，最起码也在三等站，只有万一个人分在小站。我们实习完了以后，有的干运转车长，有的干调车员，还有的干值班员、信号员，唯独万在实习完以后留在小站去干值班员。一年过后他很快提了干，当上了我们班唯一的小站站长，是我们班的骄傲。领导经常拿他来教训我们，但是我们班却没有谁羡慕过他，倒是谁都觉得他很亏的。在当学生的时候，他是佼佼者，谁都把他当自己学习的榜样，想毕业以后能分好一点，毕业了他却混得比任何人都差，难怪毕业两年了连女朋友也没有交上。在一个小站当站长，在那几十号人里他是个说一不二的人，小站的职工都叫他是“弯棒”，主要是谐音他的姓，意思就是他是一个很倔的人，从来不从别人的角度去考虑问题，也很少听得进别人的不同意见，也不考虑问题的方方面面，几乎就没有人能说得动他已经决定的事。好在他也只是在工作中要求很苛刻、很严格，私下里倒是一个热心肠，很会关心人的人。所以小站的人们虽然怕他，但也还是挺听他的话，毕竟他说的做的还是有道理的。

小站有一个助理值班员老张，家在四川农村，春播和秋收的时候正是车站春运和防洪的关键时刻，往往老张在这时候自然是请不了假的，所以家里的农活一年四季就只能是靠他老婆独自经营，生活还算过得去，就是每年开学的时候因为孩子的学费高，就显得非常紧张。这一年孩子高中毕业考上了外省的一个大学，老婆来信和他商量要筹集入学的学费两千多，老张整天愁眉苦脸的，让“弯棒”站长知道了，拿上自己工作两年准备给父母亲的存单，利用星期天跑了一趟县城，回来后把三千元交给老张。只说了一句话：别耽误了孩子。有人问他，你为什么要借钱给老张。不为什么，总不能让孩子不读书吧？我自己也是从农村出来的。后来这个“弯棒”站长还动员车站的职工给老张捐助，听说老张的孩子在学校十分用功，今年就要毕业了，老张时时说，“如果没有大家的支持孩子是读不了这个书的”。而老张他自己在工作中就更卖力了。

值班员小李工作相当不错，只是因为在小站，和女孩子的接触面有限，所以后来就在小站找了一个没有工作的女孩子结婚了。老婆没有工作是小李的一个心病，两人经常为这事疙里疙瘩的，有时候甚至动手打起来，“弯棒”站长看在眼里急在心上，他二话没说带着小李到县城，去给他们夫妻俩办了一个营业执照，并和小李一起在县城批发了一些小商品，小站终于有了一个小商店。于是小李的老婆从此以后就有事干了，这个小卖店帮助小站人解决了油、盐、酱、醋、茶等生活基本问题，人们不用一到休班就为了这些小事往县城跑了。如果经常这样跑，跑得筋疲力尽哪还有什么精力好好上班，自然就会影响工作。现在家里缺什么只要到小李的小卖店说一声就行了，他们会在进货的时候，帮你买回来的，十分省事。小李看见自己的老婆能自食其力，有时候收入比自己还多，也不和自己吵了，日子越过越舒心，嘴都笑得合不拢，工作也安心了，干劲也更足了。

一次在深更半夜，养路工区的巡道工老林头在家里疼得呼爹唤娘，老婆害怕得要命，邻居一问，好像是肚子疼，小站又没有卫生所，“弯棒”听说了后赶紧到运转室让值班员给分局调度说一说，看能不能让货车在小站停一分钟，让老林头到县城医院去治疗一下，调度很快就给了一分钟的点，使得老林头很快就到了县城医院就诊，医生诊断他得的是急性阑尾炎，要是再迟几十分钟的话就麻烦了。

那一次从在小站只停一分钟的列车上下来了一个小孩子，也就八九岁的样子，脏兮兮的，整天就捡列车上旅客扔下来的饭盒里的剩饭、剩菜吃。一连好几天，就见这个“邋爪”在小站转悠。后来“弯棒”站长知道了，就给驻站的民警说了，民警找到这个小孩，问他家里的情况，小孩说他家在四川，爸爸妈妈是做生意的，那天他是和爸爸妈妈到县城里进货的，谁知道怎么就下了车找不到爸爸妈妈了，说着就哭了。“弯棒”站长叫小李的爱人把这个男孩领回家，给他洗澡，并换上了一套新衣服。然后又不断地打听什么地方有小孩失踪的事情，把附近的几个和他私交很好的站长也发动起来，为他找这个孩子的爸爸妈妈，动用了他所有的关系，最终他为这个小孩找到了他的父母亲。

“弯棒”对车站的职工来说是贴心人，而对他自己的家庭来说却称不上是好丈夫好父亲，也不是一个好儿子。但是在职工心中他是最好的站长，是最好的带头人。也许在中国的干部中小站的站长是最小的，也是最基层的，但正是这些小小芝麻官在发挥着巨大的作用。

相约小站

三年的苦读，不管学习是好还是坏，我们终究是毕业了，这难熬的三年终于盼星星盼月亮般的过去了，也许这就标志着我们学生生活的结束。于是我们一群远离父母的十八九岁的孩子从此就有了一个自己的归宿，一个相对稳定的工作，不用伸手向父母要生活费了，也不用事事再依靠父母了。虽然实际上我们所从事的工作距离自己心中的那份理想还是有一些距离，但是我们别无选择，能有一个工作对于那些在社会上闲散了几年的比同班同学稍大的人来说已经是很幸运的了。所以工作了我们还是很满意的，也知足的，起码有了自己可以支配的收入，可以稍微自由地安排一下自己的生活，可以自由地支配自己的时间了，这是很让人感到幸福的。不过也有不如意的地方，班上最令人疼爱的一个女同学被分在了远离我们的小站，于是我们一大帮追求过她的和没有追求过她的男同学，全都为她伤心地哭了，就因为她离我们太远，所有的同学都在为她打抱不平，说什么这些段领导也实在太可恶，把这么一个美女丢在小站，连一点起码的同情心也没有。好在小站离我们所在的编组站慢车也就三个小时的路程，我们在休班的时候，在心情不好的时候，在寂寞的时候，在节假日没有地方团聚的时候，在没有人可以思念的时候，还是可以到小站去看这个女同学的。于是我们相约，在这位女同学没有结婚不受约束之前，在有时间的时候轮流到小站去陪她解除她的寂寞与无奈，带给她同学和兄长般的情谊，我们的这种决定主要是出于对她的仰慕和对女孩子的那份独有的心思。

一天，我们先后接到她所在的车站老站长的电话，说是她生病了，而且病得还不轻。想到她女孩子家一个人离家这么远，身边又没有任何亲人，我们于是请了假，买了她最喜欢吃的蛋糕、话梅、瓜子等一些零食还有一大包新鲜的蔬菜什么的，赶了那趟只在小站停两分钟的管内慢车来到小站，一起到小站慰问生病的她。我们来到小站，车站的老站长对我们说，你们这个女同学真是犟得没法说，明明生病就是不愿休息，硬撑着也不去看病，你们看小站又没有卫生所，不赶到县医院去怎么知道得了什么病，怎么能及时进行处理，你们是她同学，好好劝劝她，身体是工作的前提，现在必须以身体为重，工作的事时间还长，活是干不完的，以后慢慢再说，否则如果她要是因为这次生病有个好歹，我这个当站长的如何向段领导、向她的父母交代。

我们听了站长的话都觉得有责任有义务好好劝劝她，我们告诉她小站这里业务量非常少，有她不多无她不少，而且在学校学的东西在这里也基本上用不着，一个中专生待在小站这里对她来说实在是一种资源的浪费，这样还不如干脆想办法调到我们所在的大站算了，和我们大家在一起，也免去了我们整天为她操心。她说我也非常想像你们一样，远远地离开小站，可是说到底小站这里也需要人呀，你看这里的站务员加上我就只有两个人，既要卖票，还要办理行李包裹托运，我一走，找个替班的人都没有，站上的那位大姐要到县城里去看看在那里寄读小学的孩子还要请假，等段上派人来助勤了才能去，你说这种情况下我能走吗？我们无言以对。是啊，小站的确缺人，那些带我们的师傅哪一个不是从小站干出来的，他们也在小站待了几十年才回到稍大一点的车站来的。

我们没有再劝她，只是反复告诫她一定好好照顾自己。

一年后听说她结婚了。我们再次来到小站，她的爱人是中师毕业的，就在小站不远的那所小学里当校长。这个校长长相实在是很一般，既不高大更不魁梧，也不知道她是怎么看上他的。我们所有的同学都在为她打抱不平，因为在追求她的同学中不乏非常优秀的人，有的在当站长，有的在段上当技术员，为什么她却单单看上了这个小学校长？我们一点也不理解。她说这人挺好的，他们认识是因为那次洪水，车站值班员老李的孩子被大雨阻隔了，是他冒着雨背着孩子蹚着水把孩子送回家的。那一天老李因为孩子没回家一直担心，后来这个校长来了，全身上下湿透了，老李的老婆感动得哭了，于是车站的家属老妈们陆续登门要给她们很值得赞叹的老师介绍一个铁路的对象，于是她们想到了她，见面以后她感觉他还不错。经过一年时间的交往，他们都觉得彼此还算投缘，于是在老站长的主持下举行了婚礼。她说，他人朴实，不是你们所想的那种有魄力又潇洒的男人，而且和你们不一样，也许你们都觉得他不是我的最佳伴侣，但是小站的孩子们有他就足够了。听了她的话我们全都傻了，过去我们都以为很了解她，其实我们一点也不了解她，她是那种很知足的女孩子，只想过普通人的生活。

（原载《中国铁路文学》2003年6月；

获贵州省第六届“新长征”职工文艺创作散文一等奖）

李祥霓

妈妈树（外一篇）

我又来到了阔别多年的黔东南。

刚进入苗岭山区，一阵高亢嘹亮的苗族飞歌就冲了过来：

清水江啊清水江
清水江哩稻花香
清水江的女儿美
清水江的男儿壮

“噫！喊山响？！”一听到这歌声，我的腿都软了，血一下涌上了头顶，呼吸也急促得不能自已。为了掩饰我的窘态，我又怯怯地说了一句：“喊山响哦？”和我一同进山的当地女教师，还在滔滔不绝地向我介绍着黔东南的风土人情、美食佳肴等等，没有听见我的话，更没发现我的怯懦。为了抑制我全身止不住的颤抖，我用尽全身的力气回了一声：“啊……呵……”

“您晓得回应？！”女教师瞠目结舌地看着我。其实，她哪里知道，贵州黔东南大山里的苗族于我来说，一直是庇佑我心灵的母亲啊……

“那个年代”的一个冬天，时逢年少又识到愁滋味的我，随送医送药到山乡的姐姐来到了黔东南的苗侗山区，我以为在那里会因阶级偏见、民族隔阂而备受歧视，可谁知，山区民族同胞极具粗犷豪放、博爱包容的大山情怀，让我一下子跌进了温馨的桃花源……

冬日的大山里静悄悄的，一片望不尽的灰白；但你只要看见有红枫摇曳的地方，你就可劲儿地往那奔吧，那里是你永远不会失望的母亲怀抱——苗寨到了。

红枫树于苗族来说，可是倍受尊崇的。传说苗族的祖先蚩尤和黄帝在几千年前的“逐鹿中原”大战中战败后，于迁徙途中死后幻化成枫树；枫树经过种种演变，最后繁衍了苗族的后代。从此，苗族世世代代都把枫树视为本族的母亲，亲切地称枫树为“妈妈树”。在贵州大山里，几乎每个苗寨四周都有参天的大枫树群，苗族人是把枫树当作苗寨的守护神来敬重的。

一家来客，全寨是主，这是苗族的待客之道。从我们进苗寨的第一天起，天天都有村民拉我们到他们家吃饭。饭倒是苞谷饭多，间或也有白米饭。但是菜，那可是真正的神仙佳肴、人间美味了。而佐餐的，往往是苗族绕寨千年、沁人一生的山歌。孤独年少的我啊，在苗族山民的“向火”中享尽了人间温情。让我终生嗜好的苗家第一美味“酸汤鱼”，就是在这儿坐下的根……

苗族山民每家的灶均是砌在堂屋的一角，柴火大灶烧水，铁锅木甑蒸饭；甑脚总有红苕、老南瓜或是牛皮菜什么的。一进门，主人即招呼我们跨进、坐入堂屋中央的“向火”里取暖［“向火”是一个木制的两米见方、有底、有座、有靠（围）的“大斗”］。“向火”中央有一大个烧着木炭的火盆，火盆上骑着个铁三角，铁三角上架有一个大鼎罐，罐里有半罐清水。女主人将一碗糟辣椒倒进罐里，抓一把颗颗盐撒进罐内，顺手在一缸钵里捞起两条一尺来长，用清水喂养了两天，吐尽了腹中泥沙的鲤鱼，用食指和拇指伸进鱼嘴里一抠，苦胆和腮就出来了。接着，不刮鳞不取内脏也不清洗不改刀，两条还在扭动的鱼就钻入了翻滚着红汤的鼎罐中。一眨眼，鱼身就变成红的了。

甑子里的饭熟了，是苞谷饭。甑脚里的菜也熟了，是牛皮菜。女主人用一个褐色的大土碗舀了一满碗牛皮菜放在“向火”外的矮桌上，桌上还有一簸箕小方块状的蕨粑；女主人捧来一大摞黑黝黝的碗，视屋内有多少人就舀满多少碗饭递到各自的手上。接着，在鼎罐的两只耳朵上挂了两个铁丝圈，把两个装有煳辣椒面和颗颗盐的碗放在铁丝圈上，顺手舀两瓢鱼汤倒进辣椒碗里：“不要脸地吃，不要脸地吃（敞开吃，敞开吃）。鱼吃完了好下菜。”我们呼哧呼哧地吃开了。

男主人抱出一个装满米酒的大口罐，用碗直接从罐里舀酒递给“向火”里的人。火是红的，汤是红的，鱼是红的，蘸水是红的；酒是醇香的，饭是甜香的，汤是酸香的，蘸水是辣香的；米酒是清黄的，苞谷饭是金黄的，牛皮菜是土黄的，蕨粑是褐黄的……人们边喝酒边唱歌，咿咿呀呀的歌词我听不懂，可高亢嘹亮的曲调让我直往喉咙里倒酒，直从眼里滚泪。我每天吃着“转转席”，听着不同的酒歌，吃着不同人家同样酸鲜的酸汤鱼……

回到贵阳，妈妈说我的脸都吹弹可破了。我是如此地怀念“酸汤鱼”呀，竟为这

“鬼灵精”坐下了相思。苗家的“三天不吃酸，走路打蹿蹿”，我也明白了。

还在和女教师叨叙着酸汤鱼呢，一抬头，半山腰上一团团火红的枫叶正无风自摇地向我招手。是了，是了，是妈妈树！你也知道了？你只要一看见她，你就撒欢儿朝她奔去吧！

我知道，我又回到了离别多年的母亲怀抱，那“向火”、那鼎罐、那酸汤鱼……

哈，到家啦！

鱼窝

告别了妈妈树，我们进入了同样阔别多年的侗家山寨。

穿行在一块块空寂透明的稻田间，飕、飕，一两条小鱼飙过脚前。鱼，又是鱼。吃，又是吃。怎么一到黔东南，我就变成食鱼兽了？！嗨！还是那年头的鱼闹的……

苗侗两民族杂居在相邻的山里，他们的风俗文化、农桑林牧，你中有我，我中有你，很多习俗都很接近。两民族自古就有利用稻田里的水养鱼，又用鱼粪肥稻子的习俗。这套科学的种养方法，在苗侗两族聚居地被称为“鱼窝”，至今一直沿用推广。有鱼窝的地方，吃鱼简直就是一件赏心悦目、大快朵颐的爽事！

同样是鱼，侗族的吃法又别出心裁。

早春稻田里的水冰冷刺骨，我跟着小伙伴们手拿无底箩筐，腰挎竹篓，光脚下了田。收尽稻谷的稻桩中隐匿着无数小鱼，我们的脚丫子惊醒了一串串银白色的鱼群。“只准抓巴掌长的！”领头的伙伴一声“命令”，我亦跟着喏喏。侗家抓鱼的方法很独特，不是亲眼所见是想象不到的：用无底箩筐先罩住鱼，再用手将鱼抓住。鱼滑溜溜的，不小心就会从手里滑脱或蹦出筐内，就是熟手也不会每次都能稳、准、狠地抓住放入竹篓里。我们从田头罩到田尾，从田东抓到田西，一脸泥浆半身透湿的伙伴们满载而归，个个腰篓的缝隙处都有银光在跳动。我的竹篓里也有动静，不过只是几条泥糊潲带（方言，表示泥糊糊的样子）的小鱼和泥鳅在蹦跳。

“走喽，烤鱼吃喽！”看我沮丧着不动，“头人”瞄了一眼我的竹篓：“不怕，大家一起抓的就是大家的，一会儿要平分的，我们作兴这样。”“头人”豪迈的许诺让我也屁颠屁颠地跟着跑去烤鱼了。

伙伴们纷纷把自己的腰篓朝人堆中央一倾而空，平地上的银光从一小片渐变成了一堆小银山，在冬日冰冷的阳光下闪闪跳动着。大家七手八脚地把较小的鱼拣出来堆在一伙伴的面前，那小孩用手一挤，一条鱼的肠肝肚肺就出来了。他一条条重复地挤着，一堆鱼很快就挤完了。伙伴们有的烧火，有的用随手摘的香茅草裹鱼——鱼当然是不洗的了。火苗“嗖”的一声蹿了起来，“头人”捧了一捧土撒在火苗上，独苗火变成了星星火，烤鱼开始了。

鱼香弥漫在空旷的田野上，鱼熟了。

“头人”解下腰带，在地上展开：呵，辣椒面盐巴粒全都有。“头人”用两块石板将盐巴粒压碎，把碎盐和在辣椒面里，伙伴们争先恐后地扯开裹鱼的香茅草，把辣椒面撒在鱼身上——呀，又辣又香！我们烤啊，吃啊，一条又一条，连鱼骨头都吃了个精光。

“三一，三十一。”“头人”以精确的眼力和稳准的动作在瞬间就把鱼均衡地分成了每人一份。挎着分得的半篓新鲜的鱼，带着一脸脏兮兮辣乎乎香喷喷的幸福，擦黑时分，我们回到了山寨。

葵花秆火苗当做照明灯的桌上，放着一筲箕生莴苣菜，一大碗盐巴辣椒水，一大碗腌鱼，一大甑子开甑了的红苕饭，香喷喷的直逼我们围过去。我和这家的小孩把分到的鱼胡乱倒进一缸钵里就急吼吼地坐到了桌边。又吃，我肯定是饕餮神变的。盐巴辣椒水蘸生莴苣菜的鲜、香、脆、嫩自不必说，单是这皮红肉白、又鲜又嫩、又酸又辣、似生且熟的腌鱼，即令我大开眼界。我津津有味地嚼着，吃着……突然，我发现这腌鱼的形状似曾相识，我停了一下筷子，向小伙伴目询过去；小伙伴狡黠的目光告诉了我：可不，这腌鱼正是我们刚才抓回来的同一出处的同一种鱼。这会儿，女主人已经在趁新鲜做腌鱼了。

女主人将新鲜的鱼洗干净，两只手指一掐，就把鳃和苦胆掐出来了。同苗族煮酸汤鱼一样，不刮鳞不去内脏。女主人把掐过苦胆的鱼沿一小缸的底部铺满，撒上一层盐粒、一层辣椒面、一层糯米饭，又周而复始地一层鱼一层椒盐一层糯米饭地铺，直到把鱼全腌进缸内，转身拿过一块酱红色的石块压在鱼身上，在缸口盖上了盖。我还在想着那个小缸和那块石头肯定是他家从祖上就专用于腌鱼而传承下来的，腌鱼程序已完成了。

龙生九子，各个不同。这是小时听外婆讲的九个古灵精怪的故事，其寓意大概是教我长大后做人做事要像佛祖的坐骑狻猊一样忠诚，像驮碑的赑屃一样踏实，千万不要学贪吃的饕餮。可我偏偏只记住了饕餮，许是那时候食物太少的缘故吧。我这个饕餮之徒啊，在那个年代，在那个山高皇帝远的黔东南，在那个大山样民族的“鱼窝”中，竟酸酸鲜鲜香香喷喷地茁壮成长了……

又见炊烟升起，暮色照大地，循着阵阵炊烟，我又已闻到了腌鱼飘香……

（原载《山花》B版2003年第7期）

柯真海

在下河湾的3600个午后

蝉声里的河边寨子，有着一份静静的神秘。

土墙茅屋和孤独的吊脚楼、树裙般的草垛、鱼脊般的小路，还有坐窝斑鸠的独啼和土画眉在刺蓬里的歌唱，都笼罩在竹林和树木的阴影里，水稻清甜的气息，泥土的芳香，还有莎汤果和野刺梨星星点点，欲藏欲露在墨绿的叶片隙间。河风掠过半弯子一层一层一绺一绺的梯田和梯田里无边的寂静，掠过逶迤起伏在山梁上的山路以及山路上马帮过境铃声摇落后悠扬的山歌，绕缠在寨子上空凝结成一种山寨午后催眠。窄窄的碎石板寨路上点缀着水牛粪堆和马粪蛋子，路边生长着一蓬一蓬的茵陈蒿和金丝桃，它们的蓬勃，一直延续到下河湾渡口，延续到河坡头后面的镇街，延续到看不见的远方。在寨口，挺拔着一棵上千岁的古银杏树，树蔸拥抱着的近旁有一座石板搭建的土地庙，土地庙和树蔸之间长年残留着寨人供奉土地菩萨和老银杏树神的香火，而树的枝丫上系满了红布条……枝丫上的红布条因为岁月的风雨，上面的红就有红有淡红，有的甚至已变得没了颜色了，就像下河湾人家过着的日子。因这树守在寨口，看过许多世道沉浮的缘故，寨人便认定它作神，而它也把祥福布施到寨子的每一个角落。寨子人家的门有的是虚掩的，更多的门是敞开的。河风就径直走入空空的堂屋。地面湿湿润润的，显示着雨水的征兆。墙壁上有几块霉迹，隐隐露出几绺苔藓的痕迹，痕迹上边的茅盖房檐残留着一窝鼠钻的旧洞。堂屋前荫凉里的小方桌上，土黄色的陶罐里盛装着茶水，几只零乱的土碗倒扣在陶罐四周围着，土碗的四周，印着几只剪纸式的蝴蝶或者花草的图案。两只麻雀在桌上或桌子近旁一跳一跳的，踮起脚尖，对旁边坐在石凳上一边纳着鞋垫一边守着豆子晒的老人视而不见，只从眼珠的溜溜转才能发现这雀儿的每一跳都有着试探性，风就撩着守豆老人几乎全白了的头发在阳光里一颤一颤的。

除了晒坝，阳光几乎照不到土墙房或者吊脚楼周围的地面，因为每户人家房前屋后都被竹林和果树罩着，透过稀疏的叶子，落下来的阳光斑驳而安静。我和玩伴们总是在渡口的河滩上，用太阳晒烫了的河沙埋裸身，或者抬了变形的洋瓷盆，端了竹箩或撮箕，在六圭河浅水区或有山泉水流入的地方撮鱼。我们唱山歌，吹木叶，在河沙坝上挖掘河流，修城筑屋，构筑自己的世界。大人们不会来打扰我们，所有的人都在自家的草席上享受甜蜜的睡眠，只有阳光照耀着我们的脊背，如同照耀着几条油黑色的泥鳅。河滩的沙坝和河岸的山林以及山顶山腰的马帮路贮存了我们童年大部分的快乐。笨头笨脑的鲫壳鱼，悬挂在树枝上或安放在岩隙间坟堆里的蜂巢，还有被人和狗撵得顺山跑的野兔；刺梨花，金丝桃花，雪一样的梨花，霞一样的杏花和桃花，还有向阳坡上叫不出名的蓝星星小花……这一切，在我记忆里真的很美。我就这样呆呆地望着那蓝如梦境般的天空，嘴里嚼着一根狗尾巴草。直到有一天，父亲从省城边上的一个煤矿寄来了信，他让我离开下河湾，去他工作着的那个我陌生着的煤矿子弟学校读书。他把作为工人的生活讲得让我心动不已。他把每月有两斤保健肉、两斤白酒和井工馒头的味儿讲得让我想入非非。哦！在那天边的白云下，还有另外的人和另外的生活！我一遍遍自问，河对岸是山？山外边还是山？那一个下午，山外边就像一颗种子一样悄悄落进了我的心里，注定了我漂泊的一生。

几乎每星期都有三两天要下雨，雨在屋檐上踩出或急或缓的脚步声。这个时候，寨子里的光线更加幽暗。雨从一片树叶跳上另一片树叶。如果你仔细地听，你会听见小鸟喝水的声音，你会听见知了关门的声音，还会听见毛毛虫在树叶的背面，发出细微的哭泣。此刻，寨子里并没有人唱山歌。路上传来扑哧扑哧的声音，胶鞋上沾满泥浆，所有的人此刻都朝家的方向走去。雨使村庄更加静谧。如果这个时候，到寨子后面的井里去挑水，一定会遇见洁白的鹭鸶用一根竹枝样的脚撑在田里，像个独立烟雨的披蓑老人。它的羽毛泛着光芒，那是雨水的光芒，它的目光是那样清莹，仿佛我初恋里遇见的目光。每一棵青草，此刻都含着幸福的泪水，进入回忆的门。雨在河面和水田面上击起一串串的水泡，如果把脚伸进水里，说不定还有一尾鱼轻轻地啄你的脚趾。水夹杂着黄泥，从河坡头和寨子后面的林子沿田间的沟流向河里，发出一种潺潺的声音，只有石板盖罩着的井里的水依然是清澈的，是桐油的颜色，是蓝天的颜色，是沉静的颜色。雨依然敲打着一扇扇的门，此刻门是紧闭的，无声无息，久无人居的样子。炊烟在这时候升起来，缭绕着茅屋的山头。雨烟轻罩着菜园里的豆架、黄瓜藤和菠菜。哦！这样的时刻真的有一种说不出的温暖，如母亲的目光和父亲的微笑。有时候，雨也会在早晨降临。落了一会儿，也就停了。停了以后，阳光往往会出现在寨子上方，这个时候，寨子里到处弥漫着灼热、潮湿的气息。

寨子后面的树林，是我常常独入的地方。那里住满了我的朋友。跟我关系最好的是樱桃树，因为树身曲来弯去的容易攀援，它还会送我一些甜甜的果实，吃了果肉还能用果核来弹鸟。槐树和我的关系也不错，因为槐花甜丝丝的，可以吃，而椭圆的槐树叶，可以吹出清越悠扬的山歌。还有板栗树，榛树，野杨梅树，野石榴树和野苹果树。它们共同构成了这片树林。树枝与树枝，树叶与树叶，交织在一起，构成了我的乐园，多么自由的乐园啊！一无所有，同时又拥有一切。林子的尽头是鹰啼崖，我最喜欢坐在那里，俯瞰黄昏的六圭河。平视一丝不挂的天空，感受群山的宁静，看归巢的鸟回寨的牛，看下河湾寨子落入暮色，看月亮颤颤晃动在河湾潭里。这样的时刻，我才不去管晒坝上的谷子或者菜籽有没有人收装，只静静地闭上眼睛，让河风在耳朵和脸上抚摸。等到寨子里传来碗碟的声音，母亲就会叫我的乳名。声音随风传来，而我总是装作没有听见。我是多么希望这样挨过整个夜晚啊！暮色里坐了很久，才很不情愿地披着一身星光或月色回家。那个时候，我心中还没有家的概念，我只知道，母亲和父亲，一个在田里地里种出可吃的粮食，一个把在煤矿工作得来的钱寄来，我和姐姐弟弟妹妹们的吃和穿就都有了。

寨子东面山坪上的板壁瓦房是神秘的，这就是财神庙。庙子里住着一个年事已高的老人。他没有儿女，按辈分排我该叫他三姑爷爷，是个参加过缅甸远征军又参加过解放战争和援朝战争的老军人，他当过解放军的俘虏又当过美国人的战俘，我姑奶在他跟前一直没有生养，在朝鲜战争没结束时就死了。老人总是坐在竹篾椅子里，享受着孤独，不发出一点声音。除了回忆，似乎没有一件事对他来说具有意义。他只有一小半还活在寨子上，另外的一半已变成了缅甸、江南以及朝鲜足迹所涉的土地。不知从哪一天起，他就和死亡一起面对面地坐着，仿佛对峙。他身后的地面浮了一层青苔的绿，灶膛里积着半灶草木灰，阳光把几根柱子伸进水缸里……我曾经不止一次地想要走进那一扇厚重的木门，可是我一直都没有。就这样，我在门外一次次地徘徊，直到有一天，我再也没有机会……

记忆里有许多地方，人若是没有伤心或喜悦过，则会在记忆里渐渐淡去；而对那些曾经给人自由或者不自由者，它们如强力的磁石，引人思绪千里远投。

（原载《贵州交通报》2003年7月；《散文选刊》2004年第1期转载）

2003年

杨启刚

三听古埙

初次听埙，那是1990年的深秋时节，在古城西安。那天夜里，我怀着初次到西安那难以抑制的兴奋之情，独自一人悄然爬上了西安古城墙。

伫立在城墙上，眼观四方，远处的黄土高坡在寂静的夜里显得无比地凝重和厚实，一种历史沉淀的深厚感直向我迎面扑来。我仿佛看到了千年前的长安城，看到了诗仙李白正在对月当歌……这时，我毫无预感、也毫无缘由地突然听到了一种悲壮、苍凉，也许能称之为音乐的声音，仿佛从天际飘来，那古钝、滞涩的音色刹那间就刺穿了我，令我颤栗不已，泪花一下子涌向眼眶……

从那天夜里开始，我便痴迷上了古埙那苍凉如水的音色。在西安的那一个星期里，又正好时值中秋前后，因而，月色里总是弥漫着时淡时浓的雾霭。每天夜里，我都要独自一人爬上古城墙去听埙，仿佛着魔似的。在那些月很圆的深夜，我一直被埙的声音折磨着，吞噬着，那是痛苦的愉悦，是一种无贪无欲、旷绝千古的禅境。在我心里，再没有什么奢华能超过一人独对一埙了。

四年之后，我应西安《女友》杂志社之邀再次来到西安。这又是一个秋风扫落叶的季节。我再次与埙相遇。这时我才知道，这个能击碎我耳朵和心灵承受极限的声音，是中国最古老的一种有着七千年历史的吹奏乐器发出的声音。这种叫作“埙”的吹奏乐器，据说是先民们为了模仿鸟兽的叫声制作的，后来演化成了单纯的乐器，主要用于宫廷雅乐。

看着用泥土、火焰烧制而成的埙，我仿佛穿越时空，看见它在空旷的山谷里沉沉地低吟，看见它在无垠的原野苍凉地倾诉，我还看见它被秦始皇的美丽宫女捧着送到乐师的手里，准备参演皇后的生日庆典……

去年初秋，在四川青城山那个细雨纷纷的黄昏，我在这座中国著名的道教名山第一峰的上清宫，再次听到埙的声音。吹埙的是一位中年男子，他一边吹埙，一边经营着一个小小的茶室。我要了一杯茶，躺在竹椅上，在品埙的同时品味着千年的历史。几曲古埙吹奏完毕，已是夜幕降临，在上清宫附近的圣灯亭，只见山中光亮点点，闪烁飘荡，忽生忽灭，山谷一时灿若星汉，在繁茂苍翠的林木之中与埙声融为一体。名山之中听古埙，又是另一般境界。古乐飘飘荡漾山间不绝于耳，古埙之声再次震撼着我的灵魂深处。

我知道，我是极喜欢听埙声了。但我不会吹，也从没有想过要去吹。埙之于我已经不只是乐器那么简单了。在我看来，它神圣、尊贵，不容侵犯；但又质朴、粗犷，平易近人。在我所欣赏的音乐中，我最喜欢的一张埙唱片是杜聪的《WHEREDOBROKENHEARTGO（伤心何处去）》，这张唱片的独特之处在于欧美的流行音乐是用埙演奏的，埙的古韵与现代流行音乐元素结合得竟然天衣无缝感人至深。每每听着埙那孤魂游魄般灵异、凄怆的声音，特别是在孤寂一人的夜里，我就想起那埙声里蕴含着泥土的幽冥、火焰的寂灭，仿佛灰烬般在余温犹存地追忆着远古洪荒、芸芸众生之间的未了情缘。

（原载《山花》2003年第7期）

2003年

徐成淼

1960年代的情书

第一封信

成森：

我们将作暂时的告别，心里很难过。知道你的心情也与我同样。委实，我们互爱后相处的时间太短了，心里似乎还有许多话要说。森，为什么人间要有分离，而偏偏又是轮到我们俩呢？但我也高兴，今天能得到你的爱，这是我的幸福。深深地感谢你对我的关怀与真挚的爱情。每当我的眼光与你敏锐的目光相遇时，我真有说不出的高兴。每时每刻你脸上总堆着幸福、甜蜜的微笑，那时真想立刻投入你的怀抱，让我狠狠地吻你，拥抱你。森，我不能在祖国丰富的语言词汇中找到恰当的话来表达我对你的爱，请相信我，我会永远地爱你。失去你，我将毁灭自己。忠实的爱绝不因日月之长、路途遥远而改变，美好的未来是属于我们的。

夜来了，我熬过了几个漫长的夜晚，独自躺在床上，万千思绪像汹涌澎湃的海潮，涌上了心头。你英俊可爱的形象，占据了我的整个心灵，使我难以平静。天空悬挂着皎洁的月亮，这美丽的月亮她窥探了多少人间的秘密，这世界上有多少情侣就在这月光下，手挽手地依偎着，在情意绵绵地窃窃私语。这月亮移动得太快了，她不仅照在我身上，而且也照到了你。我也不知道在什么时候到了你的身边，我们依偎着，两人都紧闭着眼睛，谁都不愿说话，静静地享受着，回味着，夜是那样地寂静，这时我觉得这世界上只有我们两个人，我喜欢世界上形形色色的一切一切，我需要它，我爱它。

忽然，我觉得你已躺在我的身上，我抱着你，像抱一个小孩子似的，催着你睡觉。亲爱的，你睡得是那样甜蜜，沉睡中你又显得那样天真无邪，脸上不时露着微笑，笑得是那样温柔，无忧无虑，好像世界上什么东西也侵犯不了你。亲爱的森，我为我们今天的生活而感到无比幸福，想到将来，我更有说不出的高兴，我的思想就这样飘呀飘呀……下班了，该回家了，我们经过了一天的忙碌，并排闲散自在地漫步走回家去。“家”，这温暖的家，我们二人的家。在我们面前将出现一个大眼睛、红苹果脸的小宝贝，她伸出胖胖的小手向我们招手，嘴里叫着爸爸妈妈，这是多么亲切的字眼呀！吃饭了，我们三人围着（饭桌），菜是那么地鲜美入味，饭是那么地香甜，因为这一切是我们自己做的。夜来了，房间里是那样地亲切，暖和，明亮，在白炽灯下，你在逗孩子玩，不，你在写作，看书，我在为孩子打毛衣，我感到了家的温暖，我们幸福地微笑着……明天不是星期天吗？我们可以去跳跳舞，或者带孩子去逛逛公园，要不上百货公司里买点东西，再上馆子去好好地吃一顿，然后回房间去静静地谈谈不好吗？……

森，别笑我痴心，这几天我就是这样地在想念着你，眷爱着你，计划着我们的将来。

人们说爱情是既有幸福、喜悦、愉快、高兴、兴奋、紧张、热烈，而又间杂着悲哀、痛苦、烦恼、抑郁、疑惧、愤恨、忌妒的错综复杂、喜怒哀乐变化无常的神秘的复合。我想这要看人们对待爱情是否真诚、纯洁。在我看来，我们之间，将永远充满欢乐、幸福；痛苦、烦恼与我们联系不上。所以说爱情与痛苦不能分开的说法（好像在你的信中有这样的意思）不一定恰当。

表面看来，我们的相爱，速度惊人地快；但我相信这并不能说我们的基础不巩固，只要我们对爱情忠实，一切会美满的，请你不要再犹豫我们的关系。以后，我将以自己的行动消除你的疑惧和不安，而使你获得真正的愉快。我要你饱尝我热血澎湃的热情，我把我的一切都归属给你，我会永远关切你，爱你，只要我的心脏还在跳动，我就是属于你的。

我要说的话就是这些，以后我有什么不对的地方，请你大胆提出来，在我们之间，绝不要为无谓的琐事而烦恼，我们应该高度合作。论年纪我已二十四岁了，可是各方面还显得很幼稚，今后需要不断地锻炼，摸索生活经验。恐怕以后对你有不（周）到的地方，请你谅解。我知道你对我体贴入微，我除了感到高兴外，还求你对我不要太客气了，有些东西不需要的就不要买，节省些钱，为我们将来做些准备。反正你我之间什么话都可以讲，什么事情都可以谈，我需要什么一定会直接提的，你不必操心。身体自己要当心，一个人在外，生了病是痛苦的，贵州天气变化大，早晚衣着自己要注意。我会自己照顾好（自己）的，请放心。亲爱的，再见吧，信总有结束的时候，心里的话是永远讲不尽、写不完的。

让我吻你，祝好！

永远爱你的

米

1961年9月19日晚

有空我就会来看你。至于分配（问题），能留在贵阳当然好，我想上帝既然已为我们俩安排了这么好的机会，在分配上可能还会帮忙。我们不是常说好人要做到底吗？我想上帝也会这么想的。若是真的你远走了，我们也要服从（祖国的）需要。分得越远，我们应该爱得越深，你说对吗？（现在眼睛酸痛得很，恕我字迹潦草，句子不通，请千万别笑，有不妥之处，请指正。）

米又及

第二封信

一大早局里要我参加游行（全局才十五个），不可推卸，跑了许多路。下午搞个人卫生，会会同学。现在人已疲惫不堪，但还是睡不着。森，我现在心里乱得很，有许多事情要我去思考，老是忐忑不安。森，我确实还是一个不懂事的孩子，在别人看来我是一个粗野的姑娘，我的观察能力是很差的，对一个人的了解不会那么仔细。对于你，我已尽了最大的努力，希望能彻底地了解你的内心世界。当时由于时间仓促，不可能洞察得很清楚。不过，我们总会有真正了解的一天。

许多话我总觉得不应该讲，但我又不可能隐藏自己的一切。我懂得，隐藏着自己要讲的话那是痛苦的。给人不愉快，自己也不能得到愉快。请别误会，我这儿没有发生什么可怕的事，我仅仅想说一下自己的想法而已。

我俩都生活在一个尚称富裕的家庭里，对过去的生活多少是留恋的。以前，我会有意无意回忆往事，想想过去的生活，恐怕多想多回忆没有好处。这是没有脱离剥削阶级立场的表现。想想过去，是要我们想革命的过去，劳动人民的过去，来激发对新社会的爱，激发共产主义的热情。至于你，不一定像我一样，多提醒提醒自己还是有好处的。

我们还很年轻，刚走上社会，在为人处世，待人接物上，要注意自己的修养，凡事要有原则，不能依着自己的性子。对任何人都应该在尊重的基础上相处。既见其缺点，更知其优点，不要把人看扁了。过去，我一贯放松自己，有些地方太任性了，也太随便了些。对自己对国家都是损失。你在政治上也不必灰心，“哀莫大于心死”，心一死就完了。心死就是丧失革命意志，这是危险的。工作、学习中，谁也不能保证不犯错误，不跌跤。问题在于跌了跤之后，采取什么态度，爬起来向正确的方向冲去，还是倒在老地方一动也不动。这件事是对我们爱情的考验，我们是从考验中胜利过来了。我相信你对我说的一切，不可能有片言只语欺骗和捉弄我。我从来不愿意把一个人想得那么坏，更何况是你呢。我们切不可原谅自己的过去，你很清楚在你周围发生过的一切：你是在什么情况下摘掉右派帽子的，在思想改造中自觉性和彻底性怎样。在这点上，不能忘记组织上对自己的关怀和对前途的负责，党对青年一代始终是抱着爱护的态度的。我们要从错误中吸取教训，把包袱变成鞭子，促使自己不断进步。

究竟是什么东西腐蚀了自己的政治生命，把美好的生活弄得七颠八倒的？我非常希望你进一步端正对家庭的看法，划清界限，在平时的业务学习中注意多看些祖国的近代的文学，对古典小说、外国文学应批判接受，让自己的思想感情朝更健康的方向发展。在对待组织和同志方面，要全心全意，友好相处；组织的谆谆教导和同志的忠告应该多听，绝对不能以为自己聪明、有才华而蒙住自己的眼睛，目空一切；骄傲自满会使自己走错路。我们两人今后要相互提醒，这样好不好？

我不写下去了，我说这些话是出于一个目的、一个心愿，希望我俩的未来更加美好。时钟已打十二下了，想摸摸你、看看你又不可能。纵然胡思乱想也满足不了内心的空虚，看看你充满热情的信和相片，也仅仅是望梅止渴、画饼充饥而已。亲爱的，你现在在想念我吗？快投入我的怀抱，让我们依偎紧抱到天明吧。

（1961年）10月1日夜十二时

日子虽不好过，但还是过得很快，工作之余，我就是想着你，我强迫自己在未接到你信之前不再写信了。今天是我的生日，一大早我就起来，穿了自己认为还算得意的衣服。唉，最大的遗憾是你不在我身边，要不然我们可以手挽手地出去走走，买点东西回来，痛痛快快过一天。

上午九时半，门房老人送来了你的信，我多高兴呀，亲爱的，你到贵安去，唯一的好处是你靠近了我，工作方面只要你乐意，我当然不会反对的。

你关心我生活中的一切，那么让我一件一件告诉你吧。

国庆节你的同学来看过我，1号下午二时左右到我宿舍，大家谈谈工作情况，到三时左右我与他们出去走走，他们陪我去拿脸盆，后来因补得不好，叫他们重补，明天才好拿。本来说3号上午还要来看我，但因我们领导决定2号下午就上班，所以打电话请他们改日来访。后来接到老王的信，而且把你给他们的信也寄来了，在信的最后几句加上了黑线，目的是引起我的注意，我也回了信，信上写的会使他们大吃一惊的。我打消了顾虑，也打破了面子观点，我不否认我是爱你的。猜想他们以后不会再来碰我了。当然我也感谢他们对我的关心，小程他很早就看出我们的关系。原先，他在向陆生虎了解了我的情况后，打算同陆生虎谈你的情况。但考虑到我与陆生虎不是同班，谈了不太方便，所以一直到你走后，他们才与我说起。森，只要你对我忠实，我想我们仍旧会好下去，而且会更加好起来。对于他们我可以应付过去，请千万放心。

至于在我周围还会发生什么不幸的事，本来我不想谈起这些事，免得让你为我不安，我可以一个人忍受一切。森，我现在愿把一切告诉你。但千万不要难受，只怪我们为什么要分开呢？让我一个人在这儿……

自从来化工室后，同志们对我热心的招待和生活上的关切，确实使我感到快慰，刚一来就尝到了同志们的温暖。最使我担心的，可能也是你最担心的，是我们科里的年轻人太多，差不多全未成家立业。终于，烦恼的事以极快的速度冲入了我的生活，我在苦恼中度日。节日里，不少同志请我去看电影，我怕拒绝他们会伤他们的心，对我今后的工作不利，无奈我只得陪他们去看看戏，逛逛公园。

从10月份开始，工作安排有了变动，我与老唐搞试验。为了工作方便，两人搬在一间小屋里办公、学习。白天一起实验，晚上一同学习业务。就这样无形中整天在一起，一起上班，同时下班去吃饭。森，频繁的接触使我看清了他确实对我产生好感，而且相当明显。在我看来其他同志也觉察到要发生的一切。其实，他明明知道我已有了你，你的所有照片他也看过，而且我已夹在玻璃框里。平时他仍偷偷探听我俩的关系，他知道你到了都平。在他看来，分开对爱情是不利的，为此他并没有对我放松。

8号那天，他请我看电影，还买了许多饼、糖。我实在为难，看电影后就回办公室。这时老龚请我到他们房间去坐坐。突然，我看见墙上有一幅画，题着“桔红稻米香”几个字，是老唐中秋节晚上画的。我这时心里不好受，这是他故意画的。老唐说这幅画要送给我，又拿出一幅写着“万紫千红总是春”的画给我。他问我还要什么画，我说喜欢几个小鸟，这时他又临时挥笔画了一幅，又在上面写了“奉吉米命作此小画”，并印上了他的图章。天晓得，我实在受不了这些。今天我生日，他也知道，特地又为我作了两幅画，又送了一本日记本，另外又亲手做了一张书签，放在我办公桌上。一切的一切就这样发生着。其他的同志，也以不同的手段向我进攻。这样下去，我可受不了，人会被折磨死的。但有一点可以肯定，只有你才是我心目中的唯一的，这始终不会变更。我会尽量克制自己的感情，我会忠实于你。希望你常来信，告诉我你的一切，不使我感到痛苦。

上星期天，生虎来玩了一会儿，陪他上公园玩玩，后来到滨河饭店吃了一顿，四点左右送他走了。他很老实，前几次来我这儿，请他吃了一点东西，大概他过意不去，这次来，特地用本月份的饼票买了半斤饼来看我，你看他多好玩啊。

其他许多问题待以后慢慢告诉你，今天接到你信的同时，我还接到一封特种挂号信，一位同学为我寄来了礼物、粮票和一封长达二十页的信，无非也是为了青年人的爱。

森，别难受，我会坚持下去的，你心里一定在埋怨我，是吗？好吧，你愿意怎样说就怎样说吧，一切我都可以谅解。

不写了，祝好！

你的

米

（1961年）10月12日晚

第三封信

略

第四封信

成森：

由于连续几天下雨，我们的工作不得不停下来。今天（21日）我和同志们搭车回化工室，见到了你的来信。森，我该是多么高兴啊。22号不就是明天吗？看来这个机会是错过了，在农场托人带出的信可能你已收到，大概不会等我了。反正你在贵安，以后会面的机会是很多的。我祝贺你有一个舒适的环境，即使以后看不见大自然增添的美色，只要能见到你就满足了。

晚上与老唐谈谈（他现在担任支委），反映一些劳动中的情况。他也谈到了同志们对我的反映，基本上是好的，什么对人热情，诚恳，大方……后来又把同志们对你我关系的看法说了许多。以前我以为科里的人不大清楚，其实早已满城风雨，连两个科长也知道了。上次我写信，科长问我是不是写到贵安；当时我确实惊讶，现在弄清楚了，小广播早已传开了。对我倒没有什么，对你呀，确实我听了不大好受。亲爱的，你听了别生气，也别难受，在他们看来，上海来的就是作风不正派，穿得好一点就看不惯，再加上你那种特有的风度，更使全世界不满，竟连科长也不满意。这个时候我痛恨他们对你的污辱，我气得流了眼泪。后来老唐问起你的情况，当时我觉得很为难，但在组织面前又不敢说谎（上次小程他们要我把你的情况向组织上反映，并取得组织的意见，当时我没有立即去谈），我就简单地说了你的情况。当时他希望我再三考虑。虽然我说我们是在1957年就认识，确定关系是来贵州后决定的。这样可避免组织以为我们草率而对我有更坏的印象。来化工室后，经常睡不好觉。早上起得很早，晚上睡得迟。同志们知道我失眠严重，当然有的人在瞎说，可能以为我在想你。所以这次让我去劳动，也有这个原因。科长说，劳动以后，可能会睡好。

钱千万别寄来，同志们会有意见的，你放着吧，我相信你会留着的。上个月的钱已用得精光，这个月的薪金也花得差不多了。我并没有花在吃和穿上，钱就像水一样向外流，以后总得注意。

下个月你来还是我到你那里去，由你决定。请你别怕，我非常欢迎你来，同志们的印象也是片面的，要是你怕来的话，那是我的失败。再说一声，钱千万别寄。我现在担心我在同志们心目中越来越坏了，在以后很难想象。你一定要注意自己的言行，注意生活小节，衣着尽量朴素些。

由于心情不太好，字写得歪歪斜斜，别生气。

米

1961年10月22日

第五封信

略

第六封信

今天总算背着行李回到了化工室，信件大丰收，一共收进了五封。拿给我的同志朝我笑笑，当然我是理解他笑的用意，我也朝他笑笑。起先我以为上海妈妈（是不是应该这样称呼）来信了，却原来是你玩的把戏。森，既然你并不为此事而难受，那么过去的事别再提了，让它永远被忘记吧。我们也不能把同志们想象得那么坏，可能他们并不抱有任何恶意，无非是出于好奇心而已。个别人的目的，也不一定是为了挑拨离间我们的关系。森，在我看来，老唐这个人并不坏，对我始终是关心热情，我在下乡期间为我办了不少事，我没钱用（14号发薪，我在14号一大早离家了），他托人带钱给我，还给我买了这个月的肥皂（我们单位每人五块）……平时对我工作上的帮助、生活上的关心也很使我感动。森，请原谅我这样坦率地说了这些可能你不愿听的话，但我丝毫没有其他意图，更没有影响我们牢固的爱情。我反而觉得你可以完全放心，你的米在贵阳生活得很好。当然我绝不是为了得到他的关怀与照顾才与他接近的，一则由于工作需要，另一方面我确实也感到他对人的真诚。一个人除了有自己的爱人外，也应该有其他的朋友，我想你也不会反对我这样的做法吧。

吻你，祝工作顺利！

米

（1961年）10月30日晚

第七封信

贵阳—贵安，八十公里都是一片奇丽的青山绿水，列车把我载到了你的身边，又把我送回了贵阳，离别的忧伤又产生了，但这不是主要的。值得纪念的是我的爱情又有了进展，比过去爱得更深了。我衷心地祝福你，我最最亲爱的人。你生活在一个舒适优美的环境里，又生活在一个友爱的大家庭里。同志们对你好，也就是对我好。你的住所是那样优美动人，秀丽的河流像一条五色缤纷的彩带，飘落在山峡里，它亮得像水晶，绿得像翡翠。初冬季节的河岸的树木，仍然是那样地绿，山依然是那样地青，河水仍然是那么亮晶。湍急的河流映着阳光，映着彩霞，闪耀着万道光芒，像一杯醇醇美酒。水底卵石粒粒可数，多彩的山色，美丽的建筑，倒映在水中，山中有水，水中有山，人入此如入画中，啊，多美！这块土地上的一草一木，我是那样地熟悉，那样地亲切。我怀念这块美丽的土地，然而我更强烈地留恋着你。

森，我们现在谁也不能缺少谁，好像你为我而生，我为你而生一样，上帝也不可能安排得这么好。懂得爱情的人更热爱生活，生活是多么美好啊！亲爱的，让我们的生活更丰富多彩吧！过去常常遥想将来幸福美满的生活，活泼可爱的孩子，这确实是一种鼓舞。想到这一点会消除许多不愉快的事，我很爱你，你也很爱我，暂时的分别只能使我们爱得更深，对你我的工作都有好处。以前要说的话全说了，你对我不必再有疑惧之处，我没有那么可鄙的想法，这点我是对得起自己的。森，我希望你，希望我们永远过得甜蜜。生活是复杂的，人的感情是变化的，但应该变得愈好，变得愈高尚。早就说过，只有建立在牢固的政治基础上的爱情才会坚如磐石，与日俱增。我想爱情虽不能是生活中的最大动力，但正确的爱情可以使人生活得愉快，给人一种奋发前进的力量。朋友应该越多越好，爱人应该越来越好。谁都希望自己进步，自己的父母、姐妹进步，自己的朋友、爱人进步，好像他们的进步给自己也增添光辉，也有自己的一份一样。

前两天（星期三、星期四），为了抢收红薯，我们全局动员下乡挖红薯，今天我分配了红薯三十五斤（一斤粮买七斤，每斤三分），由于下雨，红薯已烂，不好保管，无奈我一个人，一下子又吃不完。要是你和我在一起该多好啊，但我仍想留点给你，即使烂了，也总比我一人吃了要舒心些。亲爱的，要是你能提前来多好，下星期（19号）你来好吗？我看问题不会太大，来吧，我等待着你。还有黄豆、山芋……在等待你来。20号到26号又是我值班，白天晚上都得上班，不能陪你玩。所以要是你下星期不来，那么要请你12月份来了。森，别使我失望，18号一早就来好吗？要是真来的话，收这信后即复一信，说明你来的时间。

近来生活上变化不多，不过多少有点。前天接到姐姐来信，说我那上海同学在10月13日来我家玩，对姐姐说，因为我不写信给他而很难受，说只要我愿意，他仍等待我回去，并托我姐姐转告，要我继续通信……看来这是一场空。

与老唐关系恶化，简直很难相处，他曾说：“人家对我好，我将以三倍的好对待人家；人家对我不好，我将以三倍的恶意对待别人。”那么我将接受他三倍的恶意。最近由于我疏远他而引起他的不满，平时言语刺人，行动上相当冷淡。我想时间也不会太长，习惯了与一般同志那样相处，就可以。具体细节还是面谈吧。

不写了。盼你早日来贵阳，吻你！

你的

米

（1961年）11月10日晚

第八封信

我最最亲爱的成森，米的好爱人：

接到你的信，我立即复信，好让你知道我等待你的心情是何等地迫切。再过三天，我们又将生活在一起了。啊，真难以想象了，那时我俩将是世界上最最幸福的人。住宿问题总可以解决，只要陆生虎在家，会妥善安排的，不要想得太多，印象不印象，全是你自己瞎想。即使不能解决，那我要用自己对你的爱与热情消除你的疲劳，让你更加愉快地度过这个更好的夜晚，你愿意吗？

上星期六，小程来电话，说他们三人星期日下午来访，我当然欢迎。为了不亏待客人，星期天早上我打扫了自己的房间，使它比平时更美丽、宽敞。又煮了满满一锅红薯（有十多斤）等他们来。十二时许，小程一人先来了，他说老王值班，不一定会来，老罗等一下到。于是我们两人边吃边谈，等候老王驾到。一直到二时左右尚未见有人来，打电话去问，说老罗老王全出去了，我们只好打消念头，继续我们的谈话。除了相互谈谈工作生活情况外，也谈到了你。我告诉他，上星期日到贵安看你，你生活得很好，同志们对你非常关心……这次小程的话，与以前不大相同，他感到你与他们之间总有隔阂。你信上说的总那么客气，我们、你们分得很清楚，思想上还小看自己，他还说这没有必要，早已是自己的同志了。最后还说，你若来贵阳一定要请你去玩。我告诉他：他若来，就叫他来你处玩。他说："两人一起来，这点你要作主啊。"我朝他笑笑，并说我尽我的力量动员他来玩。三点半左右，我送走了他。成森，来吧，你的亲人、朋友、同学，全等着你。来时，我希望你穿得漂亮一点，贵阳不冷，棉衣不需要。虽然不要太突出，至少也得大方些，其他同志也不会太计较的。近来同志们有意无意与我开玩笑，有一次谈到写文章，有人说，这要看小胡的他了。前天托人去农场买了一把雨伞和一只水瓶（次品，保温不良）。有人问我原来的水瓶呢，我说带给同学了，大家哄笑一阵：唉，小胡的水瓶送给他了，这把伞也得送给他了。这次红薯发下来，有家的人全往家里送，单身汉只好自己吃，一下子吃不完，有的同志几天不吃饭，天天煮来吃。我还留着等你来。同志们也开玩笑，说我留着等你来吃。森，同志们一提起你，就使我更加强烈地怀念你，我内心真是说不出的高兴。同样的，我们相互都为各人的生活增添了乐趣。我们应该相互感谢，以更深的爱来回答同志们的关心。

近来身体不大好，除了重感冒外，不知怎么搞的，无缘无故在右肩膀感到疼痛，有点红肿，连走路、咳嗽、讲话，都疼得受不了。请医师看了几次，吃了不少药，但也无效。更难受的是晚上睡不好，有时由于睡得不舒服而痛醒过来，医生也说不出什么病。平时有点发冷，体温三天来都在三十八度左右，想明天请医生看看，吃点中药可能会好些。你也不要着急，不会是大病的，过几天就会好起来的，迎接你的时候，一定身体健康的。

寄上老唐给我的一封信。这是在我劳动时写的，结果没有寄给我。昨天我鼓足了勇气找他谈了一次话，想解决目前两人的处境；他倒说出了心里话，认为我是向坏的一方面去理解（他以为我认为他在追求我，所以我避开他）他对我的关心。他的意思是，过去仅仅是关心我，由于我远道而来，工作环境陌生，生活不习惯，所以照顾周到些（要是真的是这目的，那太好了）。实质上呢，从这封信里不难看出，我的估计是对的，我并没有冤枉他。经过交谈，局势有所变化，但愿能恢复正常，以后我们相处将更坦然了。

祝好！

米

（1961年）11月14日晚

第九封信

略

第十封信

最最亲爱的成森：

是我错怪你了，不是我原谅你，而是要请你原谅我了。看了你的来信，我是多么高兴啊。一星期以来的等信之急和一切不切实际的猜疑一扫而空。我反复地读着你和妈妈的信，对我的关怀和爱，使我流下热泪。森，多么感谢你和你们一家给我带来的无比幸福啊，我会用更深沉的爱来感谢你。随时随地我都把你当作生活在我的身边，每当我看电影看小说的时候，我总在主角的身上灌输了你我的影子，我羡慕他们的生活，那曲折缠绵的爱情。那时我也企求和想象着我们的未来。我觉得我是和主角在一起活动着，和主角一样地吻着你。你的嘴唇是那样地烫，舌头是那样地细巧，我尝到了你唾液的咸味，我嗅到了从你身上散发出来的香郁的气息……我陶醉了……森，我总是这样，每时每刻在恋念着你啊！

妈妈为我买了料子，我除了现在感激并在将来做一个好媳妇让老人家过一个幸福的晚年生活外，我说不出其他的话。但我希望你告诉妈妈，别为我和生活操心（上次我已给她一信，她应该已收到了）。

我不需要什么东西，若方便的话，叫妈妈替我买几只发夹（有白色的最好），有塑料袋也买一只来，我原来的那只在你走的第二天给老鼠咬烂了，大概是放了几只馒头的关系吧。买不到也算了。你不要花钱去买铁锅之类的家用品，到你那儿我不想吃什么。以后我若有油供应，每月可省半斤给你，到时让你增加些油，再不会生浮肿病了。钩针大概你忘记寄了吧，我未收到，请查点一下看看。

贵阳最近在卖一种毯子，二十五元一条，许多人抢着购。老唐建议我去买一条，我借口说没钱不买，他竟从银行里拿出了三十元钱给我，我谢绝了，为此他又像生了一场气。真奇怪，这个人的心不知怎么长的。你走后第二天下午，他突然要我把他送给我的画从玻璃板下移去。当时我一气之下，把所有他给我的东西全部送还给他，他把东西全部烧了。这两天情况有好转，我们之间就是反复无常，实在难以捉摸他的性格。

关于毯子，你认为有必要买我就把它买下来好吗？我的皮鞋托人买了（先付十五元），可能会买到的。你还需要什么，望来信，我不写下去了，身体好，有你在身边，即使几夜不眠也是高兴的。元旦争取上贵安。

祝好！

爱你的

米

1961年11月28日

第十一封信

亲爱的森：

上月20日送走了你以后，你的形象在我脑海中久久不能消失，走路、吃饭、睡觉，我无时无刻不在怀念着你，甚至在工作时间也会想起你。我无法控制自己的感情，繁忙的工作也不可能排除我心中的你。与老唐在一起值班，前三天我替他送饭，后三天他替我送饭。每天虽然我起身很早，但他却比我更早，为我生炉子，加火，打扫办公室。为此我要求他不要为我做过多的事，他不说话，仅仅向我一笑，我也没有办法，只有主观上努力争取多做点工作。

26日星期日，依旧值班（本来分工一人半天），老唐与我均在家。九点多，他姐姐来玩（他姐姐在安昌工作，来贵阳治病），可能以前老唐曾在他姐姐面前提起过我，并详细地介绍过我，所以她一来就与我很熟，叫我小胡（她一来就这样称呼，我感到很奇怪）。她当着我的面与老唐谈起婚事，她问他还当多久光棍，老唐说一辈子做光棍……我想这些话是有意讲给我听的，本来我想回避这次谈话，但无言推辞（值班不可走开）。从之后的交谈中，他姐姐知道我已有了爱人，所以我并不处于太尴尬的地位。二时许，小陈（你见过的那位小个子女同志）约我上街，我去取了照片，并买了二十枚小针，她买了几双鞋子和糕点，一起回家已四点多了。他姐姐还在，五时光景送走了她，之后我又到小陈家与她一起煮饭吃。

28日星期二那天，黄丽萍来筑看病，晚上住在我这儿，这次的谈话内容可不同于从前，我和你的关系他们早已知道，那天我们谈得很投机，不仅仅谈过去、现在和将来。他们还要过两年再结婚，她问起我。我实在不好开口，怕别人心里想我们两个是性急人，我只说到明年看情况决定。可能我们都是有了爱人的人，所以谈起来内容更多，具体的以后有机会还是面谈吧，总之好玩得很。她说她与我很合得来，我说成森与严功信也合得来，言下之意，是希望我们将来成为一门和好的亲眷，将来等我们都成家后，每逢假日可以走走朋友家，你说好吗？

关于婚事问题。提早结婚，本来是我们共同的愿望，然而困难却不少。我总觉得明年春节比较合适，夏天太早了些。一方面经济不济，并且我才来一年不到，请假不便，也太仓促。亲爱的，眼前的困难尽量克服，还是按原计划做吧，这是我的意见。

对于调动工作，能来贵阳当然是好事，何况来贵阳的机会也是非常地少。但与顾老师爱人对调，我不太同意。一则该校离市区有十公里，交通不便；二则这所学校是什么性质也不了解，是否是省立的工程学校，还是什么子弟学校，你详细了解一下才好，若是子弟学校千万别来。当然我很希望你来贵阳工作，这样我们每星期都可以见面，更有条件相互照顾体贴。我也不会老担心自己下放去工厂，因为你在贵阳，我就不会调离贵阳了，对吗？森，你先了解一下该校的具体情况，若合适那就由你决定；即使调动有困难，也不至于让我们一辈子生活在两地吧。

锅子、铲子别买，有什么可口的东西你留着自己吃。谢谢你的好心肠，我的生活比你强得多。从这个月开始我们每人供应两斤糖、两斤半肉。我想把肉买来后就请你来，先用肥肉熬油，油给你带走，肉我们一起吃，你看好不好？糖也给你一半，这样保证你不会得浮肿病，脸永远是漂亮的，而且比过去长得更美。供应多了，钱得多花，每个月二十元也不会够。放弃不买又不愿意，买吧太费钱了，真是进退两难，别人想买也买不到。你加菜我不会有意见，应当鼓励你去吃，但一碗胡萝卜每月加六元六角不太划算，无油的多吃也无好处。唉，可惜我不在你身边，不然我每月供应的副食品供你吃的话，身体一定会好转的。粮票不够我每月省三斤给你，好不好。成森，我们俩每月会晤一次是必要的，有好处大家同享，有困难一起商量克服，多好啊。

毯子不打算买，皮鞋托人买，照片添印了以后寄给你，妈妈处当然要给，还有你的好朋友，对不对。不想写了，现在已深夜十二时。

祝你晚安，吻你。

你的
米
（1961年）12月3日晚十二时

第十二封信

略

第十三封信

略

第十四封信

略

第十五封信

略

第十六封信

今天接到了一封信，里面还夹了一张贺年片，真使人莫解。信上说因工作关系曾与我见面两三次，他有必要与我建立友交。信虽不长，但其意图明确，我想这又是白费心机。他介绍自己在省冶金研究设计院工作，1957年由国家分配来筑，搞冶金学会工作，看来倒是一个大人物。但无论怎样，我是你的，谁也不能插足于我们爱情的圈子，动摇我对你的深爱。

（1961年12月）22日晚

第十七封信

略

第十八封信

成森：

当我走上小山坡时，我真想朝你大哭一场。每次分别都没有这一次更难受，更依依不舍。我站着看你走回房间，这时我已热泪盈眶。整整一个上午我都在怀念着你，时钟指向十时，我想你该走了。这时我走出操作室，站在山坡上，盼望你走出来看我一眼，然而我空等了几分钟，使我万分失望。当指针在十一时半时，我想你坐的列车开动了，我想的问题更多了：你有座位吗？中饭吃了没有？现在在想什么？……一想到你，我就想哭。这种感觉是近来的事，我担心这现象是预兆，会不会有更可怕的事发生。

饭后我匆匆回房间，似乎你还在房间里等我，我也希望你仍坐在桌旁用微笑和热情的吻迎接我，然而这都是幻想。在桌上放着你的信和钱，你已经远远地离开我了。读了你的信，我感动得又流了泪（这几天我的感情是脆弱的）。你为我留下了两件背心（为什么要留两件呢？），又把我的衣服折得整整齐齐。这时我又想感谢你，但也埋怨你，两件背心留下，你自己穿什么呢？病后的身体更需要保重啊。无奈我不能立即送还给你，亲爱的，你实在太好了！

要说的话全说了，我这儿请你千万放心，只要我们真正有巩固的政治基础，那么任何困难都不怕，我们会永远生活在一起的。今天我不想多写了，现在才七时多一点，我想睡了。今天一大早，我发觉自己的月经来了，后来肚子痛得厉害（空前的剧痛），使我坐也不好，立也不是，不知什么缘故。我想休息一晚，可能会好些，今天就写这些吧。

米

1962年1月2日七时三十分

又一天过去了，森，你生活得如何？早上接到了你的来信，心里想的还是和以前一样，仍然怀恋着你。我觉得我们并不算是最幸福的，不仅我们不能生活在一起，随时关心体贴，并且我们还时刻担心着最后命运会怎样安排我们。我不愿你为我苦恼，我也不愿意自己为你痛苦。但我们的命运却故意捉弄我们，不让我们得到完满无缺的幸福。今天晚上我刚想回宿舍休息，龚文贵又找我谈话，他问我这几天来为什么情绪不高，当然我只好实说（其实他早已知道我的情况）。谈话持续了两个钟点，总之组织的话、组织的希望仍旧是一个：应该好好考虑。我不能抑制自己的感情，泪水又流了出来，我的话还是没有变，我的看法仍旧是一个：我愿意再三考虑，是考虑我们如何在今后相处得更好，工作得更好，以实际行动来证实我们的爱情是合适的，生活是幸福的，并有利于工作的。老龚说："你有什么顾虑？"当时我确实有点顾虑，我坦率地说：我现在觉得，无论哪一方面，要我与他分开是不可能的，不仅他（指你）受不了，就是我也不可能。但我若爱他，同志们对我和他的看法会改变，组织上对我也不会信任，这是我最最担心的。老龚接着说：你不应该考虑组织上和同志们对你的态度，也不应该考虑他是否受得了。如果你发现他政治上与我们走完全相反的路，你怎么办？当然，我的回答是肯定的：他如果与我们走不同的道路，我没有什么可留恋他的。那么成森，一切由你来决定，你的每一句话，走的每一步路，不仅影响到自己的命运，也影响着你所爱的人的命运。也没有出我们的意料，他们以为我爱你，爱的是外表与财产，这点是最叫我痛心的。难道我为了得到你的财产才爱你的吗？难道是因为你长得漂亮才爱你的吗？我要否认！我爱你，是爱你一颗纯洁无邪的心，是爱你对我的真诚。森，千万别使我失望呀！

后来老龚又谈了我们的工作性质（这无非想说明我们工作的保密性），一个组织成员的组织性和纪律性……一句话，组织上虽没有表示不许我们相爱，但从谈话里，完全可以看出，我们的爱情不能继续下去了。森，我很痛苦，有你在身边，我觉得我是一个幸福无比的人；你走了，又留下我一个人孤零零的，一点依靠也没有。我不知道自己在处理对你的态度上是否走错了一步。小森，过去我是那样地爱你，信任你，现在我并没有改变这种看法。我多么希望你对我的爱永远纯洁真挚，坦白地说，我为了你曾流过多少眼泪；我也担心今后五十年的生活途程中，我们之间会不会发生可怕的事情，你是不是会真正地爱我。我对你确实不够了解，不够了解你的内心世界，你的思想深处的想法。我害怕一旦在我们婚后生活中有什么问题发生，那么会让多少人暗中取笑，背后指责。森，你也不必难过，就是我在想这些的时候，我没有想到要离开你，只希望你在今后的行动中不断地证明我们会像今天一样相爱，你永远会对我忠诚，对革命事业忠诚的。

我在想即使组织上今后还要与我交谈，我会一直坚持对你的爱的。要是组织上从这一件事起而失去对我的信任，那我也做好思想准备。组织上最大的可能：一、对我另眼看待；二、改变我的工作性质；三、调换工作单位。那时只要我们真心相爱，我也顾不得这些了。唯一的希望是你绝不能让我失望。今后的时间还很长，我们两人都要经得起考验。今后也希望我们多交谈思想，即使有什么想不通的，你也要告诉我。

妈妈来信，寄给我一条裤子、一双袜子。

大妹妹没有工作，经济上很困难，心中本来已够痛苦了。现在苦上加苦，实在难受得很。不写了，望你别难过，好好注意身体，努力工作。

祝身体健康！

你的

米

1962年1月3日晚

第十九封信

小森：

你3号发出的信及今天寄来的画片与五斤粮票全收到了。不知该怎样来感谢你对我的好。因为我没有什么好处献给你，所以对于你对我的百倍照顾更感到不安。还是这么说，以后绝不要这样客气，画片我会好好保存，粮票以后等你来留给你，增加粮食对你来说更加需要。

生活仍然和过去一样，除了想你，还是想你，并且比以往更殷切。既有说不尽的幸福，也有难言的痛苦。许多事情不知如何是好，每想到你是对我那么好，那么真心，我对你也是刻骨的爱的时候，痛苦就更会加剧。与同志们在一起的时候，工作的时候，我是认真的，几乎忘掉了内心一切伤痛；但一回到房间，看见我俩的画像双双挂在墙上，合影的相片立在相架内，心中热泪就涌上来，似乎可怕的事情要发生了一样。老唐问我最近有什么不舒服，我说身体不大好。成森，我不希望你和我一样整天为这件事提心吊胆，闷闷不乐。因为在你那儿，组织上是那样地信任你，周围的同志又那么好，工作又是顺利的，学生们对你是尊重的，周围没有一点可以使你悲痛的。我这儿觉得组织上和同志们对我的态度是变了，这点我从他们的言谈中、目光中可看出来。这一切我只有用加倍的努力去弥补，去挽回这一切。我丝毫没有怨你，我现在仍旧像我们在一起时一样地爱你，亲你，通过斗争后获得的爱情更深沉，更可贵。

由于最近的思想矛盾得很，前后说话可能衔接不起来，一切望你谅解。昨天为了借些资料，所以与老唐到贵州工学院去一次，上午八时去，直到下午四时才回来。借了一部分杂志。借此机会，找到了黄丽萍和郑文，在他们那儿吃中饭。他们生活得很好，也提到了你。黄丽萍下月初要到大连去实习，寒假没有了。郑文也要到锦西去，趁此机会他们可以回家一次，我想这点是最幸福的了。陆生虎下乡劳动一月，春节前回厅。昨晚一个人在房内，翻译外文资料，一方面外文水平差，另一方面时时想念你，所以分散了精力；一直到十一时，只完成了一点点，实在不好意思。为了完成任务，只得加班加点，不然工效太低了，领导面前很难交代。

今天八时才起身，上午洗了衣服，天气不好，下小雪，贵阳没有什么地方好玩，何况只有我一人，更扫兴，一直到十一时去吃饭。碰到科里几个同志，约我看电影，捷克片《如何是好》，影片反映了一对新婚夫妇结婚才几个月就提出离婚，因为生活中碰到了问题，互相不够谅解、尊重，而且也缺少相互帮助，也遇到了不知如何是好的问题，所以向法院提出离婚，经过不少笑话，最后归于和好。影片意思不算太好，但对我们来说也是一次教育，如何对待人生一次的婚姻问题，如何处理夫妇生活，有机会你也去看看吧。

看完电影后，与他们玩了一会儿，回宿舍收到了你寄来的粮票，心中感激不尽。

今晚我一共写了五封信，给上海妈妈，嵊县姐姐，陈村妈妈，严同学和你，现在已十一时多了，人很倦，字写得不成样子，一切万望原谅。你同学的信还给你，一切由你安排，我觉得不要使她太失望，也不要使你自己太伤心。

不写了，不要怪我字写得不好，文无条理。

祝好！

米

1962年1月7日晚

第二十封信

亲爱的成森：

真没有想到我那封信竟会给你带来如此巨大的悲伤，使你痛苦，使你流泪。小森，既然我已再三表示我永远爱你，难道同时又会产生离开你的想法吗？我为给你带来了心灵上的痛苦而感到万分歉意。同时我也感到高兴，你对我的爱是那样地深沉，难以形容。这怎么能叫我不高兴呢？（当然这种感觉我是无意中得到的，事先并非含此目的。）

成森，从我们相遇的那天起，我就觉得和你在一起是幸福的。理想成为可能，而变成今天的事实。整整三个月中，我一直是饱尝了你给我的巨大幸福，我没有想到要离开你一步，爱你是纯洁的，出于内心的。就是在外界舆论的压力下，引起了我内心的矛盾，但也没有想到要和你分开啊！但矛盾斗争后，我仍然是爱你的，仍旧爱你。那不是正说明了我们爱情的坚固吗？更应该值得高兴。我很明白，我们两人是不可能再分开了，你是那样地需要我，我也不能再失去你了。

照理，我应该常常使你高兴，使你不觉得我离开你太远，无论是生活上或者是思想上。我绝不应该把一些刺痛你的话告诉你听，更不应该讲些你不乐于听的事。不幸的事发生在我这一边，那么我要是有一点耐心的话，我应该一个人忍吞这些痛苦，丝毫不应来影响你的情绪。但是我做不到，我觉得除了深深地爱你外，还应该把我生活中发生的一滴一点都告诉你，不管是可喜的事还是不幸的事，不管你听了会产生怎样的想法。可是现在看来效果不甚良好，不仅因为我的事影响了两个人的情绪，破坏了幸福平静的生活，而且更可怕的事情是你对我又重新有了疑惧。森，今后我绝不会再这样了，再向你保证一次，我是你的，不管外界的风浪再凶暴，就是死，我也是你徐家的鬼！

这次请你原谅，原谅我这颗幼稚的心灵，原谅我愚笨的头脑和不听使唤的秃笔，也原谅我文艺水平的低劣和用词不当。总之以后不再用不中听的话来打击你的永远忠实的心灵。原谅我吧，我再请求一次，确实我没有想到过要抛弃你，做出丧尽天良的事来。我信上写着“从谈话里可以看出我们的爱情不可能继续下去了”，这是反映了当时谈话的气氛，并不是我产生了这种想法。另外，我说对你还不够了解而引起你巨大的悲伤，我不想为自己解释。三个月来，我理解你对我的真心的爱，但生活要我多疑，以前有多少人还不是用了如此漂亮的甜言蜜语来换取了我的信任，最后还不是一切理想化为乌有。当然我不能拿你与这些人去相比，你对我是真正的爱。但我也不能说对你完全了解了，特别是你的过去（我很不愿意当着你的面再提过去辛酸的历史）。记得程宁生第一次与我交谈时，他对你的过去向我介绍得比较详细，甚至你的品性，生活细节中的言行……现在我只希望不仅在政治上你重新做起，而且生活上各个方面多检点自己，做一个高尚的人。

我想，可能我对你的要求太高了，太苛刻了些，我经常向你提出希望和要求，希望你不再使我失望，要求你永远爱我……然而我现在觉得，我不应该老这样提，你对我的态度已足够表明了你对我的忠心。当然在这儿我不想谈自己是如何地好，是多么地坏。总之，今后我应该更严格地要求自己。过去，我不算是一个真正的人，今天也不是十全十美的。但不管我们两人多好或多坏，上帝把我们撮合的意志不再改变。今后，爱与不爱，信任与不信任，考虑，等待……再不要成为我们写信的内容，好不好？

这封信是在上班时间写的，因为看了你的信，再不能使我正常地工作了，书放在面前看不下去，我想就写到这儿吧。妈妈处去信，别说那么多伤心话，老人已为我们的事悬心得够苦了，何必再要去伤她的心呢？其实我们间没有什么大的问题，有些可能是小小的误会，求求你，不要去打扰老人家了吧？

工作中自己要注意些，原则问题要坚持，小问题不要太计较，生活上不要太艰苦，早晚寒暖多加小心。别的没有什么。可惜我不能立刻到你的身边，不然我可以倒在你怀里倾吐我心中的一切，并求你谅解。

不写了，祝安好！热情地吻你！

米

（1962年）1月9日

第二十一封信

永远是我最亲爱的小森：

小刀平安收到，谢谢你，不再说什么客气的话了。

既然愿意再听听我这儿的声音，那么这几天来的小事略谈些吧。

现在好了，不仅科里的每一个同志，甚至科外的同志都在注视着我俩的关系。为什么会对我的问题感这么大的兴趣，我很费解。他们带着关心我的口吻谈起你，一再忠告，要掌握自己的命运和前途，珍惜未来的美好生活。今天下午，科长又足足花了三个小时为我的未来命运操心，他先从工作谈起，之后扯上正题，我的个人问题。

科长谈话内容可分为几部分：

1.从我分配在XX厅开始，为了我的具体工作，政治处开了几次会，讨论了几次，应该如何来安排呢？科长说，之所以安排我在政治机关，又在领导单位，又搞科学研究，因为组织上觉得我出身好，家庭简单，社会关系清楚，本身又单纯、朴实。各次政治运动中没有犯过错误，为此总结出有培养前途，不应该以一个普通干部对待，更不是试用，而是组织的一个依靠力量。

2.三个月来的工作组织上是满意的，对人热情、诚恳，工作踏实，心地洁白、善良，政治在走上坡路。……

总之组织的评价是好的，那么怎么能让一个好同志下水呢？（天哪，这怎么能说下水呢？）组织尽了义务再三希望我郑重其事。

3.社会经验不足，容易轻信人，对个人问题不严肃。

4.低估自己，与组织对自己的估价相违背。

科长还说，同志们见你与一个右派手拉手地在街上走，无意中同志们小看了你，组织上将失去信任。

其他还有许许多多话，一时无法理清，总之我觉得：

1.春节你不便来筑，招待所不会接待你，同志们会冷看你的（元旦后有同志向组织上反映过）。

2.我们的婚事要后延，两年三年甚至更长些。前几天我仍流露过明年春节结婚的事。同志们一再说太早了，再等几年吧……

这次谈话后，虽没有动摇我对你的爱，但科长的话是名正言顺的，我无法辩驳，我没有流泪，而是默默地离开了他。

组织上对你很了解，许多事情看来我确实不知道，科长说，组织上不能告诉我，因为我还没有走出第二步。

我可以这样断定，若我们的关系继续下去，那么组织上必定大为失望，而且我绝不可能留在贵阳工作，迟早（或许立即）会派我下去，做一个普普通通的试用干部的，这可以完全肯定，而且已有苗头。

对你的了解我确实想进一步做出努力，当然我不是怀疑你隐瞒我；我是猜想万一给人抓到小辫子就难办了。那么以后把你过去的一切，最最坏的事情也要告诉我呀。

春节如何办，到时再说吧，你若要来，那么只好去麻烦陆生虎或程宁生，只要你愿意，哪怕住旅社也好。我若能来（确实我不敢提出请假），春节就来你处。两者均不可能，也只得请你谅解。我听你的话，不再流泪了，见了同志也高高兴兴的，对工作也会付出更多的，对你我依然忠诚如初，而且一定坚持到底。

组织上一直给我戴高帽子，高价估计，我感谢，但是我明白自己是什么样的人，是一块什么材料，真正了解的也只有你。

我想是否把这个问题征求一下你校组织的意见，谈谈你自己的看法，能否与我这个姑娘结合（你照实简略地把我介绍一下，不好，不坏），听听他们的意见吧。但这当中，切不可透露我单位对我们事情的意见，因为我是那样地信任你，所以才把组织上与我交谈的话告诉你，有些人看来我这是失去立场、无组织的表现，更严重的会说我有政治问题的。这一点你一定要理解，除了你以外，我没有与第二个人谈过，绝不能有一点疏忽啊！

耐心地等待吧，时时压制自己的感情，那么五年我们也会安然度过的，明年寒假我们仍可回家，但可以不结婚，等组织觉得你确实受人信任了，我们再向组织提出，好否？

我就是这样在忧虑中度日，不怨你，也不怨别人。怨谁？我自己也不清楚。我只知道，我们两人对爱情全没有错，而别人所谓“干涉”也出于好心。目前我有点麻木不仁，神智无知，在梦中度日。

若寒假真不得相见，我这儿若有值得献给你的东西，我打包寄上，两件背心也一并寄你，好否？

还是用一句话结束，请你别难受，我不会离开你，以后望多来信，倾诉永远相爱的心。现在已是十二时多了，我仍不想睡，脑子里有你，眼光中有你，我身边有你坐着，总在深深地怀念你。这星期我值班，比较忙些，就写到这儿吧。

亲你的手，吻你的唇，紧紧拥抱你到天明。

祝一切愉快！

你亲爱的米

1962年1月5日晚

第二十二封信

成森：

本来在未接到你的信以前我是不想写信的，今天已是25号了，为什么我不能如愿地接到你的回信呢？十多天来，难道你没有什么东西值得告诉我吗？我检点自己的言行，并没有违背自己的良心，既然你不能谅解我，而对我表示不满的话，那就痛痛快快地骂我一顿，不应该这样默默无声。难道就这样结束我们的友情吗？我近来并没有什么不愉快的，生活仍旧很好，同志们对我还算关心。为什么要急于发出这封信呢？我想求得一个明确的结论。不管怎样，请来一封信，好不好？

一星期来，上海妈妈来过三封信，正是因为我们的事增添了老人家不少忧虑和眼泪。我觉得很对不起她。

我这儿一切正常，万望你保重身体。

祝好！

米

1962年1月25日晚九时

第二十三封信

成森：

接到你的长途电话，开始我确实害怕你那儿有什么大事。我记得很清楚给你的信和妈妈的信一并放入信封的，为什么会遗失呢？听完电话后我奔向宿舍找了一遍没有发现，会不会你在抽信时掉了，因为我的信内容不多，而且用不大的一张纸写的。

春节我本不打算你来，老实说我是不希望你来的，怕影响不好，我也不能来你处。平时谈话中`，不管是科长也好，同志们也好，不希望我走；所以我决定不上贵安。既然你一定要来，那么来吧，大年初三来，到了贵阳打电话给我，但担心这几天要值班（因为人少，有四天假，每人值班次数多，时间加长），我不知排在哪一天，又可能假日与同志们出去玩，若我不在家你稍等一会儿。只要我有空，那么6号、7号我会出来玩的。若来得及回信，就告诉我来的车次，我可以来接你（恐怕年初送信也停止了吧）。来时记住打证明，一定要打，春节期间买车票、住旅社比较严。

要讲的话还是留着面谈吧，我希望你安下心来，要为自己想想，更望你多为我想想。以后终究怎样，到时我们再商量吧。

祝好！

米

（1962年）2月1日早

最后一封信

成森：

看到你写的信，的确使我感动。你很爱我，我很清楚。你过去为我做的一切，我不会忘记。正因为如此，所以经常引起内心的痛苦，想到你过去所犯的错误，真为你惋惜。

我对你的要求，下午已说过了。平时你各方面对我的照顾、体贴备至，我永远也不会遗忘的。但我现在不得不请求你放弃对我的爱，否则会产生更大的痛苦，问题已很明白，你自己也清楚，不过不希望这种结局罢了。组织上一再谈话，不可能继续下去了。同时我也得服从同志们的意见。当然我不推卸责任，我自己也是这种看法，虽然会使自己也产生痛苦，但也只能忍痛割爱了。一个人有组织性也有个性，但个性应服从组织性，这一点我想你也能理解，我想自己平时心肠不算太硬，可是在这一点上不得不坚持原则。

我的要求是不再拖下去了。对我来说关系到如何向组织交代，对你来讲也可早一点打消这个念头。你平时也是明白人，希望思想不要太狭窄，我也没有什么值得爱的地方，你既然爱我就多为我想想。老实讲勉强结合在一起，对我是一生的包袱，其他同志将把我看成是怎样一个人！

现在也不是说我们不可以在一起了，有空我还是愿意找你并保持通信的。当然次数不可能像过去那样频繁；过多，对你我都无好处。

现在我也不想谈谁对不起谁的问题，一切不能归罪于我。我恨自己不慎重地把爱给了你，而今天又使你痛苦，使自己受刺激。你愿意用什么办法来解决由你决定好了，吵翻了脸大家不好看，对你也不会带来什么好处。过去的事对你也不是什么了不起的损失，要谈损失倒是双方面的。假使要我负主要责任的话，你也不能一点没有，希望你打消这个念头，时间长了慢慢会消失的。唉，想想来真是痛心疾首，不可想象。

希望你今后仍好好工作，实现自己的抱负，珍惜自己光明的前途，我相信，你会好起来的，一定会好起来的。

明天我仍想来看你，我估计没有车子让你走，我要带给你我一直留着的一点东西。

祝好！

米

（1962年）2月6日晚深夜

早上直奔服务大楼，不见你在门口等我，我请服务员三次唤你，仍不见你下楼。你真的走了吗？我想你在这段时间里没有去贵安的火车的，难道你避而不见？我难受极了，那么我留着的糖、花生、肉、甘蔗，只得提回来。

妈妈处你要妥善处理，对她老人家，我仍会像过去一样对待她的。望保重身体。

米

（1962年）2月7日九时五十分

森，请理解我的心情，我的痛苦啊！

（原载《天涯》2003年第4期）

欧阳黔森

横断山中的香格里拉

很久很久以前，一位颇具探险精神的人，来到了这片神秘而美丽的地方，他旅途的记录陆续发表在美国最具权威的地理杂志上，引起了地学界的轰动。由此，地处横断山的这一块神秘的土地被美誉为人类最后的香格里拉。

我是在20世纪末的1998年才有幸踏上了这块神奇的土地。

到达凉山州的首府西昌后，我把妻子留在了邮电招待所。我要去的地方太危险，我这人做事就是要留后路，我们可爱的女儿还在筑城爷爷奶奶处等待着我们。

我要妻子在西昌看一看民族风情，再看一看世界闻名的西昌卫星发射中心，或者可西去几十公里看看刘伯承元帅和彝族首领小叶丹拜把子的冕宁，在西昌等我几天。

妻子知道我的意思，我们谁也不说那些不吉利的话，来说明让她一个人留在西昌的理由。

车出了西昌，爬上一座山峰，雪花儿就开始飘了起来，这才是在11月底。

雪花儿飘起来，在没有明显风向的空中乱舞，这并未让我意识到因为雪而该想到今天的艰难已经开始了，雪花儿冉冉地飘落在地上都不见了，这在我们贵阳出现，还会有很多少出门的少年们在飘雪中伸出双手抓雪朵儿，一个个像狂欢节日的样子，年长的在公园的湖边还会想起吟唱了几百年的诗句。

渐渐地，车爬上了另一座更高的山峰，公路在视野里像一条洁白无瑕的哈达，被风吹成弯弯曲曲盘绕在巨大的山体上。车轮印践踏着这雪白，使黄泥和雪交杂在一起呈二条污垢的黑色条带，一直通往迷茫的远方。

这时，我的心无端地升腾起恐惧感来，我意识到这恐惧感多半来自我现在生活的一种优越感，那就是我有一个幸福的家，以及不落后的小康生活。这才刚出西昌二十多公里，雪就这么个样子了，前面的路是什么样，对于我来讲是不可想象的，一丝丝后悔像青藤一样爬上了我的心窗。

其实从康定到西昌的路上，经过“二呀么二郎山，高呀么高万丈”的时候，我就在动摇这一次旅行是否该结束了，霜雪封着路，大客车居然从容地走，这在我们那儿早就宣布停开了，我的这种心情在下到二郎山脚底时，又被美丽而雄浑的景色再一次打消了不完成旅行计划的念头。

我的爱自然爱山川的秉性，来自我从小长在地质队员的家庭，并且也搞了野外地质找矿工作，在八年的地质队员生涯中，我踏遍了云贵高原的武陵山脉和与横断山脉相接的乌蒙山脉，后虽然不再搞野外地质工作了，但爱山却成了我唯一不能舍取的嗜好。

前面的车停了下来，司机说是拉木材的重车陷在雪地里打滑，一时半会还爬不起来。我请司机打开车门，我要下去。

这是在这座大山的分水岭处，我寻找到一个视线好的地方，往东看西昌方向，在满天雪茫中哪里看得见。

今天早上从西昌出发时，那儿还是一个艳阳天。我想，妻子正在阳光下去西昌卫星发射中心参观。

往西看去，能见度不过数十米，前面是什么样子不得而知，我本想问一问同行的人，但最后还是未问，既然上了车就听天由命吧。

他们这些当地人经历这种情况，看来是家常便饭，他们的从容起码让我紧张的情结有所缓解。

我顺着前面的路走，大约数了数拖木材的车，居然有五十辆之多，一些人正忙于想办法把陷下去的轮胎弄起来，一些人则坐在公路边的火堆旁啃着烤羊，从这点判断，这些车是昨天就在这儿的。我一问，果然。

一个着藏装戴着汉族帽子的中年人说着一口半生不熟的汉话，递一块羊肉给我，我学着他半生不熟的话说“多谢”。我想我把普通话说标准了，他一定听得很吃力。

两个小时过去了，那车终于爬了起来。在这两小时里，我曾想搭拖木材的车回西昌，反正我与他们混熟了，搭车是没有问题的。后来经过一番思想斗争，我打消了这个念头，原因有二，一是我这样回去，这些人会笑我，妻子倒是会欢迎我回去，但，也许她心里会这样想，这家伙也有害怕的时候；二是我看见那些东风车上的木材，心里一阵酸痛，我从小就长在野外的地质队里，从小就热爱大森林大自然，看见这么多的树木就这样被砍伐，然后这样一车车地拉出去，心里就涌起一阵阵悲愤。

这些树子，生长着一定是一棵棵参天大树，这得长上百年或几百年，有的车只能拉上一小段，这树直径在一米五以上，要几人才能合抱。我问司机，中央不是就这几天才下令严禁砍伐森林么？司机咯咯一笑说，现在是不砍伐了，前些年砍伐的我们拖几年也拖不完。我说，你们有多少车拉。他说，有一百多辆。

我心里一阵痛，更坚定要过去看一看，去看一看美国人描绘过的香格里拉现在到底怎么样了，不管前面有多么的险峻。

车过了雅砻江到达了盐源县，出了县城十五公里，左手是去云南泸沽湖的公路，右手是我要去的地处喇嘛山的木里藏族自治县。

本来这次计划还要去泸沽湖的，由于时间安排不过来，就打消了。有关泸沽湖的报道我也了解了不少，那儿有最原始的民族部落，这几年云南在那儿开发旅游，很多人都去了。在这一点上，我很不同意云南省的做法，云南省在开发旅游资源上，可谓是全国的前列，这本来没错，在开发了举世闻名的丽江玉龙雪山及大理苍山洱海石林阿诗玛等后，为什么还要开发保留了原始生活状态的泸沽湖呢？这个地方可也是被称为香格里拉的地方。

关于横断山这一片神奇的土地，从19世纪以来，就吸引了中西方科学家和探险家的目光，我国科学家经过了几十年艰苦奋斗的考察，基本上确定了他的范围——自东而西为岷山（岷江）、邛崃山（大渡河）贡嘎山雪峰（雅砻江）—云岭—沙鲁里山（金沙江），宁静山即艺康山（澜沧江）他念他翁山（怒江）伯舒拉岭高黎贡山。以行政区别划分表现横断山区，东界在四川汶川县—灌县—泸定—盐源一线以西，西界在西藏类乌齐—察隅—云南腾冲以东，北界在青海囊谦—色达—玛曲—南坪附近，以南则截止在云南龙陵—南涧—下关—丽江—盐源一带。包括了滇西北的怒江州和迪庆州全部，大理州，丽江地区和保山地区局部，川西阿坝州和甘孜州近于全部和凉山州，雅安地区小部。在全世界的山族中，横断山脉是最为独特的，独特于它纵向分布的走向，青藏高原内部数列大型超大型山脉—喜马拉雅山脉—冈底斯山脉—唐古拉山脉—巴颜喀拉山脉沿纬度绵亘两千多公里之后，在这里几乎是呈垂直角突然被拧转为南北走向，转向的同时，山脉之间的空间距离也被压缩，这块狭窄的地方，竟然容纳了三列山脉三条大河并肩而行。相对狭窄的空间造成了横断山区的群山高耸，河谷深切。如此大面积的高山狭谷地区在世界上绝无仅有，举世无双，因而生物最后的避难所也面临灭绝。

晚上三点钟，到了木里县，我敲开了县政府招待所的门，住了下来。

这座小城比我想象的差得很远，街上黑洞洞的没有路灯，只有街旁偶尔一户人家的住房从窗帘里透出一点微光来，也没有什么交通车可乘，更没有什么的士。下车后，这虽然让我很能堪，但一下仿佛让我回到了童年的光景。童年时代的县城就是这样子的，它总是静静地，即使黑暗的地方也没有什么邪恶的眼睛在窥视你，街上是那样的平静祥和。我现在就正在这样的一条街上走，它不像内地县城灯红酒绿的地方，还在过着夜生活，黑暗一点的地方，总有三三两两的人在那儿游荡，可能会是一些邪恶的人正在等待邪恶的机会。

我就这样在街上走着，听得见自己清晰的脚步声。黑暗中我终于看见一个人，在内地我会很快走开，但在这儿，我不。

我追上去，就像儿时在半夜里迷失了方向，不管是谁，遇见就问。他带我去县政府招待所，也就像我儿时遇见的好人一样，一声不哼地只往前走，到达后用手一指。我正想说点感谢的话，或者给他一点领路钱，这是我现在唯一区别于童年的举动，因为现在我长大成人了，懂得感谢人了。

上了床，却怎么也睡不着，也许是一路上的惊吓！

白天，当车爬上了一座座高山，遥望远方，看着那些无尽头起伏不断的连绵群山，我的心，就像跌进了波涛汹涌狂风呼啸的海洋里，是那样的无助和兴奋，车就像小舟一叶在海啸般的山海里飘零。

我想了半天，也只能用“飘零”这个词，才能体现在这个谷深山高的地方使人觉得，整个心和人、车，甚至天与地都是那样的无助。

我的手一直未离开过前排坐椅的把手，即便是在这么寒冷的天气里，手心还是有潮潮湿湿的汗液溢出。

那一首李娜唱红了大江南北的歌《青藏高原》被我反复轻唱了几十遍，虽然我知道这里不是青藏高原，但一看见这些山，就忍不住让你不断地唱下去，我本来又是个爱唱的角色。

这词曲作家也真是绝了，跑到毛主席写的“横空出世，莽昆仑”的青藏高原写下了这首歌子，如果他跑到这儿来，我想他应该写得出更好的一首关于横断山的曲子来，我的理由是：莽昆仑的相对高差不及横断山。莽昆仑是雄伟、苍凉的，它西起于帕米尔高原，东止于川西北，绵延两千五百公里，最高峰公格尔峰海拔七千七百一十九米，而平均山脊在五千米，也就是说公格尔峰是高原上的高峰，相对高差也就是两到三千米，就是青藏高原的最高峰八千八百四十八米的珠穆朗玛峰山脚也达五千余米，相对高差也只在三至四千米左右，而横断山脉的主峰七千五百九十米的贡嘎雪峰却是从海拔不足两百米的四川盆地拔地而起，其相对高差应大于青藏高原上的高峰，并且，横断山不似莽昆仑、喜马拉雅山更多的是体现在雄伟苍凉上，横断山脉不但体现雄伟而且非常秀丽，在这个盆地到次高原到高原的阶梯状部分，由于高低悬殊的特殊地貌，形成了群山高耸、河谷深切，使植被、生物呈现五光十色，风景十分优美，像绝世无双的九寨沟风景区，丽江、大理风景区等等可以说是美不胜收，叹为观止。而它的雄浑也是举世无双的，像横断山脉中六千七百四十米的梅里雪峰至今未被人类征服。经过我国科学家几十年的科学考察证明了横断山区的群山高耸，河谷深切、植物、生物的丰富可谓绝世无双。作曲家们如果沿着科学家的足迹走的话，可能会有更加美丽动听的歌子出来，这一点我确信。

我们是在晚上十二点钟左右过的喇嘛山。喇嘛山是到木里的一座较高的山峰，且地势险恶，幸而是在晚上，看不见更多的凶险之处，但这并未减轻我的紧张程度。我毫无睡意，当地人虽然没有害怕的样子，却也一样无法入睡，因为路面是雪和泥浆交汇成的，可以说没有一分钟不颠簸，我只好找个人来闲谈，纵然我们的语言有点儿吃力，毕竟我还是了解到，木里县最大的森林是在白雕乡、卡拉，独家寨一带。

我现在睡在床上不能入眠，就是在想这几个地方。本来一天都处在精神高度紧张状态，现在像劫后余生一样地瘫在床上，本应好好地睡上一觉，却怎么也睡不着。睡不着就睡不着吧，要想就想它个够，这是我平时对付睡不着的招数，在这儿也只有用它了。不知过了多久，我的意识终于渐渐迷糊起来，哦，可能我已经睡了，但并没有梦见我第二天要去的香格里拉。

清早起来，其实也就迷糊了两个小时。出了招待所，我又被喊了回去，我说我不是昨天交了钱么，服务员说还未登记呢，我心里想，这地方就是这地方，没登记不是可以把钱给私吞了么，她怎么就不动这心思呢？这地方就是我童年时代印象中的县城，我再一次坚信。我走到桌子旁，拿起笔端端正正地写上我家住的那座现在离我很远又很亲切的城市——贵阳市。在职务一栏我慎重地填上了“作家”这两个字。这两个字，在我住的那个城市，我是从来不写的，因为这有一种搞笑的味道，作家、诗人在大十字投出一可口可乐瓶子，也许就打倒了几个，谁还敢乱说是作家呢？但在这儿我敢写上，因为我今天还要勇敢地面对更大更险的路要走，如果不幸化作了山脉，也让那些一天躲在自己的小房子里写一堆废纸的作家们看一看，我是敢于来这儿寻找香格里拉的人，住宿发票可得收好，是来这儿的证据。

到了车站一问，去白雕的公共汽车，说是从来未有过，只有一家个体户开的一辆北京吉普偶尔来往于县城和白雕乡之间，从来不定期，有人去才开。这一下我傻眼了，一急就想去找县政府，后一想找到他们，我又不能自由想看什么就看什么了，一咬牙我找人带我到吉普车主人之家，一问，到白雕要爬越查尔瓦梁子，梁子上海拔五千米，一上一下就那么个梁子，竟然一百多公里，来回要价八百元。

到这时候已经无退路可走，只有勇往直前。这司机是一蒙古族汉子，身材高大，红黄色的国字脸长满了挺拔坚硬的短胡须，虽不着蒙古装，但他活生生一蒙古族特征。我说你是蒙古族怎么会到这儿来了，在我的印象中蒙古族似乎更多的应该是在内蒙古，我的家乡也有为数不少的蒙古族。城市里有蒙古族，我一点不觉得怪，因为蒙古族也是中华大家庭的一员，他们考取学校，分配到祖国各地工作生活这也是非常正常的，但这人可是这儿的土著，蒙古族以土著在这儿出现，的确让我大吃一惊。我问他们是什么时候迁徙过来的，他说来了近十代人了，我问他是否知道成吉思汗，他说成吉思汗是谁。

我唱起蒙古族的英雄史诗《嘎达梅岭》，他也无动于衷。我说这可是你们蒙古族的大英雄，他一脸茫然，看来他确实不知道蒙古族英雄嘎达梅林。我问他是否读过书，他嘿嘿地笑着说没能上初中；我说你可会蒙语，他说什么蒙语？我说就是你们自己家人说的话，你们自己家人说的话是不是和我现在说的话相似，他说不是，我说你们说本民族话是上学堂学的，还是老人家口传的，他说从小跟父母学的，我说你的汉语说得比藏族同胞好一点，他说现在出来做事，就要说汉语，否则别人懂不得你说啥子。

我看着他毫无惧色地在崎岖险恶的石头小公路上飞跑，我很担心他一稍不留神，我们就冲下深谷里去，那还不跌得粉身碎骨。

本来我想说我来开车，但这话一直未敢出口，我怕伤了他的自尊心，因为这可能会显示出我不信任他。他说他开车没有进过正规驾校，是随朋友的车学会的。我就一直想试图用什么办法能让我来开这个车，又不伤他自尊心，我想了很久终是没有想出最妙的理由来，看来只好把自己这一百多斤交给这位蒙古汉子了。

经过了两个小时的颠簸，吉普车终于爬上了查尔瓦梁子。这梁子是一段很长很长的山脊，公路小得无法与车相让，如果遇见来车，还只得双方相互找到一段稍为宽一点儿的地方让车。查尔瓦山的山顶已在云雾中若隐若现，雄伟的山峰顶像一位白发苍苍的雄性老人，昂起银光闪闪的头颅，显得是那样的安详和威严。公路正好在雪线上盘绕，这多少让人有点儿莫名其妙的兴奋，因为公路上面是白雪茫茫，下面是青绿的原始森林，公路上，开始是零星一段段铺满了雪，后来就渐渐成雪路了，但吉普车并不打滑，望着一直向前延伸的像哈达飘舞洁白无痕的公路，我们的吉普车就这样让后退的路留下两条车轮新迹，这兴奋多少带得有占有美丽的意味。

到了分水岭，我要司机停车。我拿出相机照了几张照片，也就是这样下车活动了几下，心里居然一阵发紧，我连连做了几次深呼吸，稳定了一会儿，我问司机这儿有多高，他说听说四千五百米吧！我说还有多远，他说还有一半呢！我说走了三小时才走了一半，走到白雕不就要十个小时么，我说如果在我们那儿，有这个时间最少要跑六至七百公里，他听了一脸的羡慕。

我小心慎重地在山脊的小公路上慢慢地走，想在这儿多留下一点痕迹。其实我知道我留在路边的脚印是保存不了多久的，不久就会被雪淹没，但这脚印至少现在可以证明我的勇敢和胆魄，因为脚印离那不见底的深谷仅仅十公分。

我不时停下本来就慢的步子，做挺胸收腹状，虽然我知道我那腐败的大肚子是收不了绝对是凸起的，所幸我的头是昂起的，所以至少我头脑里认为这时起码有点英雄的味道，也让这儿的人看看，城里人不是他们想象中的那么脆弱。其实我心里清楚我那一帮哥儿们平时追女人胆子大，借他们十个胆也不敢冒险站在这令人晕眩的地方。就是我故作平静站在这里，蒙古族司机哪会知道这是八年野外地质找矿生涯炼成的余威，所以这回我可是给哥儿们长脸啦。我正思绪万千时，突然眼前出现了一个令我费解的问题，只见路边有一些烧过了的香和一大堆纸灰，从雪半掩半盖的情景来看最多不会超过两天。蒙古族司机说十天前县里一位朋友带一个外省人来购山货，约下午四点钟，车从这儿掉了下去。我从他指的地方往深谷里看去，什么也未见，只能看见车滑下的痕迹。我说掉下去的人找上来没有。车已不用问，我想这车下去早已成了碎片。他说哪里会去找，这地方给多少钱也没人敢下去，再说掉下去两天后才知道，人早就给野物吃光了。我说交警不管？他说这又不是正式公路哪会有交警。

我站在冷风袭袭的山口，望着那哈达般洁白盘绕而下的公路，心里不再为它的洁白而感动，它此时就像一条漂亮的绳子套在我的脖子上，并渐渐收紧，让我无限恐惧，我深深地懂得，下坡比爬坡更加危险，那比车身宽不了多少的小路，在陡峻的山体上显得无比惊险，就是没有雪我也不敢贸然开车走这种小公路。何况它铺满了雪。

这时候回去还来得及，这个念头在我脑子里一闪。我躲到车身后面，打了十几次火机、终于点燃了一支香烟，然后走到司机那儿，递了一支烟给他，并送上我已点的烟借火给他。我问这儿离那些砍伐树子的地方还有多远，蒙古汉子说不远还有二十公里，我又问怎么不见拉木材的车子？我说这话的本意是这公路就只有东风卡车这么宽，东风车能在这雪地里拖木材？我当然是盼望他说东风车来不了这小公路，我们当然就不用下去了嘛。可蒙古司机好像并不懂我的意思说："这路经常走，不得怕的。"他说他原来也拖木材，后来不拖了，我问为什么不拖了，他说这儿路太险，来拉十次只有六到七次成功。我说这话怎么理解，他一脸不懂，我只好换成半生不熟的当地方言问十次六至七次成功郎个说（什么意思），他才勉强懂了说："有时候运气不好，车陷在雪地里重车根本就上不来，其他车也轻易不敢帮你拉一把，怕拖不动时打滑车身一偏就下沟谷了。"我说那怎么办？他说我们只有把车上的木材倒下车推到公路下的深谷里去。我说不能下了木材后，等车爬起雪坑再装上去拉走么，他说这些木材几个人才能合抱，一节几吨重，那里还能装得上去，后面还有那么多车等着走，公路这么窄根本无法相让，只好空车往前走回县里了，改天再来拖。我说那些木材抛下山谷，不是就浪费了么，他说这儿前几年就砍伐的树子几年都拉不完，哪里会在乎这些哟，他说，你不信的话，我们赶快上路，你可以看到前面那些山坳里堆满了木材，有些都烂了，没得用处了。

我看了他几眼，判断出他并没有看出我曾经胆怯过，我一抛烟头牙缝里咬出一句：走吧！

车盘旋而下，在我提心吊胆中前行了一个小时后，终于到了没有雪的路段，这时候森林开始茂密起来，一棵棵参天大树雄伟地站在那儿。车不时路过一片片被砍伐的地方，望着这残缺不全的原始森林，我心里的悲凉甚至超过了刚才我历经的险境；在经过一片森林的时候，司机突然不敢往前开了，他说前面有人砍树子，正从山上往下滚木材到公路上，他说，我这国产吉普车现在除了喇叭不响，车身到处都响，像要散架了似的，他们听不见我们车过，万一刚好滚下来一截树子，还不把我的车砸烂。我横了他一眼，心想，这家伙只想到砸烂车子，怎么不想砸到人呢，难道车还比生命更重要？当然这时候不能把我的价值观用这么短的时间说服于他，我索性不谈平时我见人就谈起的生命价值观。我说，这几天不是刚好朱总理颁布了严禁砍伐森林的法令法规么，今天正好正式生效么，怎么现在还砍伐？我说，我是成都来的，就是来看一看，在这儿我可不能说实话我是贵阳来的。蒙古族司机好像很尊重成都这个城市，他跳下车，站在公路边的一块大石头大喊土话，意思是，谁在那儿砍树子，快下来。

这一喊，伐木的声音没有了。司机在那儿拉开架式喊了很久，才从山上下来一小伙子，来到了车前。我不敢下车，坐在车上说，你不知道不准伐树子了么？小伙子显得很紧张，很不好意思地说，知道。我说，你们为什么还砍呢？他说，没有砍，是前几天砍的，今天来收的，要不烂在山上也可惜了。

司机一脸吓唬人的样子说："这是成都来的，你们以后不得再砍树子了。"

小伙子一副诚恳的样子点点头，一步一回头地走了。

我知道他的一步一回头，并不是舍不得我这个成都来的，而是心里嘀咕着，今天郎个搞的嘛！遇到鬼了哟，荒山野岭的，跑来一个成都的。

车继续往前走，就进入了蒙古族汉子说的那些地方，果然在那些山谷里，堆满伐好的木材。我是到过我们贵州一些林场的，那里都是一根根码得整整齐齐的，但这儿却不是这样，那些木材七横八竖地堆在山谷里，小溪从木材堆底下流过，看得出这都是一些当年伐多了来不及整理的。蒙古族司机说，现在这些木材都快腐烂了，谁也不会历经危险开车来拖这种朽木。我问，那拖木材的地方在那儿呢？他说，前面几公里有一个堆木材的场地。

到了木材场，也不似我家乡那种林场的木材场，这地方就一小幢用原木堆起来的房子，古朴而典雅。我一直希望我能再次拥有这种房子住，据说住这种房子的人要比住砖混房子的人要多活十年，因为原木本来就是一个巨大的天然空调器，可谓冬暖夏凉，如果干燥了它会放出水分来，潮湿了它会吸收水分。这种房子我小时候是住过的，所以我对这种房子特别亲切。因此在我现在住的城市，再有钱也修不起这种房子，因为城市根本就拒绝这种房子。因此我的梦想只能是一种记忆里怀旧的情绪而已，而人开始怀旧，也就说明了我已开始要渐渐老了。

房子里的一个老头在蒙古族司机的吆喝声中迎出来，见了我一脸笑容，让我进了他的房子。我一进去就看见他房子中间的一堆烟火，上面支着三脚架挂着一只铁锅，这都是我所熟悉的，面对房顶上那些挂满了的腊肉，我的口里一阵紧缩，慢慢地从舌苔下面渗出了液体，溢满了整个嘴，甚至我感觉我不能说话，似乎一张嘴口水就会奔腾而出。

我是很久没有吃过这种真正的腊肉了，在城市里那些五花八门的所谓腊肉，在我认为全是鬼扯，这种腊肉才是正宗的，煮熟了，一刀切下来，瘦肉是自然且很有个性的肉红色，肥肉是透明且白亮亮的，一口下去，油顺着口角流下那么一二滴来。那份儿时的记忆真是美不可言。

老人似乎并没有感觉到我想让他请我吃他的腊肉，他从另外一间房子里抱出了一样东西。我一细看原来是一只黄红色的狐狸，毛色亮丽，手感非常好，我索性拿过来左看右看，就是看不出这么一只立体的栩栩如生的火狐，它的肉体和内脏是怎样被取出来的，我很感兴趣这个问题，但那老头却怎么也不说，我用手从狐狸屁股眼伸进一根指头，里面是一些干草。老头说你如想要就三百元吧。这话真有点让我动心，三百元，太便宜了，这钱在我们生活的那城市里还不够一顿饭局钱，少吃一顿饭可在这儿得几只狐狸。后来我也未买下来，一是带在路上容易被没收，二是买了就助长了这儿的人猎杀野生动物的风气，虽然我很喜欢这只火狐，但在我决定不买后，一种自豪感还是涌上了心头，那就是我虽无力有效地保护野生动物，起码我不助长偷猎者，纵然他的猎物是那样的漂亮。

走的时候，老头一脸不解，但并未劝我买下来。我想他肯定认为我回来时经过这儿一定会买的，要不然他怎么会一脸的从容。

房子的对面是一块有半个足球场大小的缓坡，那儿堆满了整整齐齐待运的木材，民工吼着号子，正往东风车上装木材。我问老人家今天怎么只有这么几辆车来装。老人说，这些天梁子上雪大，来多了多半都丢山谷里去了，这几辆车是新车力量大才敢来运呢！旧车都上其他地方运去了。

告别了老人，车继续往前开去。当我们开到乡所在地白雕后山坡时，已是下午五点钟了，夕阳挂在远处的雪峰上，红红火火的。在那儿似乎红白相映水火相容，把这世界说明得真真实实清清白白。白雕乡就沉静在视野里，一条大江从它旁边汹涌澎湃而去，这就是从巴颜喀拉山脉和贡嘎山流来的雅砻江。

我下得车来，脱了羽绒服，这儿海拔已是很低，可能约一千米，热得我一身汗。白雕乡比我想象的小多了，就那么几十户人家，他们的住房与我家乡的风格几乎一样，都是用木板修建的二层结构。唯一明显的区别就是它不是吊脚的，也许他们认为不吊脚更稳更牢固。到了这儿我才想起为什么叫白雕。蒙古族司机说这儿以前有很多大雕，不知哪年传说飞来一只白雕，从那以后这儿就有了白雕这个地名。

晚上和新上任不久的乡党委书记一起在火堆旁煮了一只鸡吃，也没有什么可谈的，无非是我谈了一下这儿的山如何如何的美丽，他谈了一下这儿如何如何的艰苦。完了，我去了司机的一个熟人家睡觉，反正这儿没有通电，什么电视节目也看不了。

第二天，我租了一匹马和一个向导，沿着雅砻江边的山道走了一整天，也没有走多远，只搞清楚了一件事，那就是这江水太急，两岸地势太陡，沿江下走，沿江上走，都走不出这山，来白雕就只有我们昨天来的那条要过查尔瓦梁子的公路。这路一年还只能通半年，深冬不通车，5、6、7月份的雨季也进不来。向导还讲了一个令我伤感的故事，说是20世纪60年代，一位来这儿工作的人，在经过查尔瓦梁子时，冻僵在山口上了。我说，我昨天也在山口抽烟，也不见把我给冻死了？向导说你有保暖内衣，又有车子，怎么会冻死。我说，这话可是你错了，现在可能没有原来冷了，你们不是说现在雪线比原来高多了么，我看这树子是不能再砍伐了，若砍完了，可能只有山顶才会有雪，到时山顶崩塌下来，我们白雕人可能就成化石了。向导问，化石是什么？我说，化石就是我们只剩下骨头了。他不懂化石是什么，我也只好用最朴素的比喻说。他说，大城市来的人就是爱吓唬我们乡下人。

白雕人是丰衣足食的，这一点非常明显，它的周围耸立着十余座终年积雪的山峰，也正是这些雪峰调节了这里的生态环境。雪峰虽高不胜寒，可白雕却是地处峡谷的凹地里，这里海拔较低，由于雪峰这个天然的大调节器，使白雕气候宜人、物产丰富。据当地村民讲，他们干半年的活，就可拥有吃两年的东西。几十户人家平平静静地过日子，和和睦睦地相处。一派世外桃源的景象。

离开白雕，是在第二天一个白雾浓浓的早晨。车出了村子还需打开车灯。我想这么大的雾，在我的家乡雾开后一定是个艳阳天。这雾什么时候才能开呢？我没有问蒙古族司机，这时我正沉浸在离开这儿依依不舍的心情中。

半小时光景，车盘旋到了白雕乡后山坡的梁子上，我请蒙古族司机停车，我要照几张照片。梁子上已没有了雾，可以看见天空了，那天特别的蓝，蓝得是那样的深远而幽静，周围的十余座雪峰静静地高耸在那天边的一片蔚蓝色中，显得是那样的洁白无瑕。

回头往下看，一片白云笼罩着峡谷，峡谷里有一个村庄，村庄里住着几十户人家，几十户人家就是一个小小的世界，虽然此时我已看不见它，但那世界分明就在那峡谷的白云下面，我站的这儿可是天上人间？

告别了！横断山脉中的香格里拉。

（原载《山花》2003年第7期）

杨新华

小站风景线（节选）

枫树

这株枫树是哪一个年代栽下的已经无从考证了，反正湘黔线通车的时候就看见这株枫树挺立在那里，要三四个人才能合抱。远远望去，它就像一位哨兵一样每天都和我们一起迎接朝霞送走晚霞。春天有风的时候风把树吹得沙沙响，像是在昭示它的蓬勃生机，又像是一位歌者在尽情地歌唱。最美丽的时候应该有两个季节，一个是春光明媚的时候，嫩绿的树芽初蕾绽放，满树全是那星星点点的绿，一种脆生生鲜灵灵的绿，引得我们这一帮年轻人也要在树下驻足观望，引得过往的列车上的旅客也要多看它几眼。再一个就是秋天的时候，满树尽是红色，那时经历了夏日的酷暑和秋天的收获，因为这一片红色，枯萎的秋天也变得亮丽了，单调的小站也平添了一点红色的喜气。虽然红枫就这么一株，但在秋天空旷的原野上就显得格外引人注目。那种红给人温暖给人遐想，让我们这些生活在小站荒山里的小站人也体会一下北京香山红叶的那种动人心魄的滋味。

在小站这一片山坳里，所有的树木都是矮小的，因为土层太薄，而许多半大的树在那个苦难的年代又全部被砍来大炼钢铁了，唯独这株枫树是个例外，它就在小河边，那么自由地长，无拘无束不管天气，就这么一如既往地长，把寒风挡住了，把冰雪挡住了，给小站人带来许多浪漫的遐想。因为有了这株枫树，小站人的日子过得实在是让人羡慕。最让人兴奋的是在秋天，那满树的红让人想到红光满面的老人，想到那收获的季节，那种沉沉甸甸的快乐是无法形容和述说的，正像一首歌里唱的，不经历风雨怎么见彩虹。特别是快到秋天的时候，在小站过着枯燥而乏味的生活的我们就能慢慢地看着那风一下一下地吹着那枫树，那风仿佛吹进了树叶的骨子里，在风的召唤下，在风的感染下，枫树在不知不觉中渐渐地红了，是风让那树慢慢地一点一点地变了颜色。在秋天的季节里，那枫树是小站最亮丽的一道风景。一天一天随着时间的流逝，那树也就一天天地增长着年轮，一天天地挺立在风中，挺立在小站的心中。春天盼望它发新枝长新芽，看着春天一步一步走近；夏天就在那蔽日的浓荫下享受枫树带给小站人的凉爽和遐思；秋天就在红色中畅想丰收的美丽和惬意。

一洼菜地

小站上坡下坎的路很不平整，就只有候车室后面那座山上有块小小的土地还算好一点，那还是车站的人们挖坑填土把它平整出来的。不说是“愚公移山”，起码也是小站十几个人今天你休息你干明天他休息他干，这样接连花费了好多个休息日才把它平整好的，再从垃圾堆里刨出一些煤灰土，栽上了一些蔬菜。这就是小站的“自留地”，你可别小瞧这块地，虽然土质不是很好，但是因为离得近，改善土质方便一些，容易照料一些，也就发挥着十分重要的作用。就凭着这块地，我们一年四季都有新鲜的蔬菜吃。春天我们栽上辣椒豆角，满眼是水灵灵的菜；夏天我们栽上空心菜和西红柿，姹紫嫣红；秋天的时候我们又种上白菜，就是那种裹得很紧的“青口白”；在下雪的冬季那洼地里也有“包心白”。这块菜地时常让我想起小时候读过的书里的一段顺口溜：“秋天到，秋天到，队里的庄稼长得好，冬瓜披白纱，茄子穿紫袍，又青又红是辣椒……”带给我的童年一种很美的意境，时至今日我依然难以忘怀。

那时候，有事没事常常能见到老站长在菜地里忙碌着。老站长家不在小站，除了站上的工作，他大部分时间都耗在这洼菜地里。一会儿给菜松土，一会儿给菜施肥，总没闲着。种空心菜的时候，他每天早晚两道水硬是从来没有误过事，就是站上有事耽误了，傍晚没有来得及浇水，天黑以后他也照样要给空心菜把水给浇透。用那些年轻人的话来说，老站长把这些菜当成了他的儿子，伺候得非常周到。老站长做什么事总是一是一二是二的，从来不会误事。实在没事了，就蹲在菜地边，抽着他的那杆旱烟，心满意足地看着那菜地里嫩生生的菜发呆。如果发现菜地里有一两株杂草，他就会立即把它们拔掉，小小的一块菜地竟然没有一棵杂草，仿佛那里的每一株菜都是他的儿子。看久了蹲久了，他会用锄头把那地平整得像一件艺术品一样，非常精致，让你根本感觉不到那就是一块平平常常的菜地。站在那地垄边看着那嫩生生的菜，由于肥料充足一天一个样，你会觉得你是在欣赏老站长的一件自然的艺术品。别人种的菜要三个月或者更长的时间才能吃，我们这块菜地的菜却只要两个来月就能吃，菜的生长期很短，那全是老站长管得好的缘故。偶尔当地的村民也会在我们菜地里偷一两株菜，那是因为我们的菜太有吸引力了，连村民也嫉妒了。当然车站那个值班员和站务员约会的地点也常常选择在菜地。一来呢小站也的确没有什么好的去处，除了山还是山，没有更好的地方可去。二来在地里既可以办正事，还可以给蔬菜松松土，干些力所能及的事，一边干活一边交流感情，两全其美，还真是一个谈恋爱的好地方，他们的爱情也就随着这块菜地里的菜一起长大成熟。

堰塘

小站靠扳道房的斜坡下有一个堰塘，在铁路没有修通以前，这是一条小河道，后来修铁路时就推了一些土石方，把小河沟一拦，河坝宽宽的，就成了一个梯田形状的堰塘。梯田底部的斜坡是用青石板铺成的，时间一长就长满了青青的草。坝子上被人踩出一条大路，两边村里的人和小站上的人们就从这里来来往往到小镇上去。堰塘日积月累就形成了一个小水库，成了附近地区农作物的灌溉之源，也是附近村子的人们平时爱去的好地方，因为水面宽，洗衣洗被容易施展得开，也容易清洗。靠坝上这边水是最深的，离坝越远水就越浅。这个堰塘水的多少是因季节而变化的，春雨绵绵的季节水就最大，也特别浑，就像一个黄泥塘一样，连鱼也沉到水底。不过这时候是钓鱼的最好时机，小站的休班职工就挖了蚯蚓到这个堰塘来钓鱼，收获常常出人意料，有时候会钓上一两条鲢鱼，大多数时候只能钓一些鲤鱼或者鲫鱼。秋冬季节水量要小一些，水也清澈多了，能看见鱼儿在水里自由地游来游去，但是这时候的鱼却并不好钓。枯水季节，小站的自来水没有了，这个堰塘就成了小站救急的水源，洗衣、洗菜甚至菜地里浇水也全靠它，好像我们也离不开它，没有它我们会感到许多不便。

一节钢轨

这节钢轨就吊挂在小站的那棵歪脖子的石榴树上，一颗道钉就斜插在钢轨颈项的那两个眼里，这是已经“退休”了的钢轨，从那些废钢轨里切割下来的，挂在树上在固定的时间敲打，预示着上班或者开会的时间到了。这节钢轨挂在树上的时间已无法追溯，也许从这条铁路开通的那天，这节钢轨就挂在这里，你看那钢轨已被敲打得铮亮铮亮的，已经在石榴树上留了深深的印痕，那印迹怕是短短几年时间也不能形成的，从那印痕里你就可以知道岁月不浅，年岁不短。

平日里它就孤独地挂在那里，与风为伴，与雨共舞，望着朝阳冉冉升起，望着夕阳渐渐坠落。风平浪静的日子，偶尔会有一两只小鸟在这节挂在树上的钢轨上嬉戏，那么自然，那么恬静，仿佛它们也要看一看这节钢轨为什么会发出这么美妙的声音。一切随时间的流逝平淡地走过，然而就是在平淡的日子里也有壮烈的时候。那是一个暴雨成灾的夏季，就在出站信号机不远处，一股洪水冲走了钢轨下面的道砟，钢轨悬空了，一切都岌岌可危，随时随地就有翻车的危险。那个凌晨，这节钢轨一遍又一遍被敲打，告诉人们抢险救灾的命令，把往日沉寂的小站弄得十分张扬，连铁道部长也知道了这里发生的洪灾。也是那一年，这个小站的养路工长也因为敲打这节钢轨及时，组织救援抢险及时，而获得了路局领导的接见，那照片有两尺多大，羡慕得小站人啧啧称赞。只有那节钢轨依然故我，静静地挂在那里，安静地分享着人们的平凡与快乐。

其实，这节钢轨早就该退役了，它真正的使命和它应该的位置是在铁道上，在那两条无限延伸的平行线上承受那列车的撞击，任那风驰电掣的列车在身上畅通无阻。就算现在它没有了岗位，也仍然在尽自己最后那点力量，好一个献了青春献终身。

那口水井

水井就在铁道边不远的那棵洋槐树下，出水之处也在那。井边有细细的沙粒，平时人们就在这里挑水，洗衣、洗菜要到水流动的地方，水井下方的沟边长满了小灌木，水井里的水就从这沟里缓缓地流向大水塘里。

热天有小鱼、小虾在井和塘的连接处游来游去，我们一大帮小孩子就从家里拿了撮箕去撮，撮了一大碗就拿回家炒来吃，蛮香的。水塘里的鱼往水井里游，时不时你会看见一群鲫鱼在清澈见底的水井里悠闲地游来游去。也不知道哪朝哪代的人在井边砌了那些青石板，因为年岁已长，已经长满了青苔，有的已经开始风化，已经被浓密的灌木淹没了，只剩下一些轮廓忽隐忽现的。

洋槐花开的时候，白色的花瓣漂满了水面，挑水的人也不把花赶开，满满地打一桶水上来，桶里漂满了槐花，好香。那纯白的槐花，人们就任它漂在水桶上面挑回家吃。有些孩子到了井边就爱坐在树下目不转睛地看那井里的鱼儿自由地游来游去。

挑水的人再多，我也没有看见那井有干枯的时候。在小站没有接通自来水的时候，这口井不知道养育了多少小站人。小站那些七八岁的孩子就要开始负责担水了，十几岁的孩子就要挑大木桶了，稚嫩的肩膀就要负担吃水的重担了，难怪说“小站的孩子早当家”，一点也不假。好久没有去小站了，也不知道那井还是不是原来的样子了。

小站的四季

在小站生活最明显的变化要数小站的一年四季。这里的四季是十分分明的：春天是绿色的世界，万物复苏，欣欣向荣；夏天姹紫嫣红，如火如荼；秋天一片黄金，满眼望去全是沉甸甸的收获；冬天白雪皑皑，纯洁美丽。在不同的季节里你会分别感受到轻松、纯朴、收获、喜悦等不同的心情变化，正是这些转换和变化让你感受到生活在小站是真实的，是美好的。小站这里没有任何精神的、环境的、语言的污染，没有复杂的令人头痛的人际关系，也没有尔虞我诈，所以在这么明晰晴朗的小站生活，实在是一种难得的幸福。因为这种幸福让你不忍在任何困难面前退却，所以在小站的四季里我们寻觅着最纯粹最自然最本色最美好的生活。

春天，在小站你可以看见这里仿佛是花的海洋、花的田园。有一种花是这个季节特有的花，在春天这个特别的季节里，在油菜花开的季节，所有的梯田都是花团锦簇，黄色是你眼里的一切，无穷无尽，无边无际，你可以尽情地想象那种蔚为壮观的情景。曾经有中国最著名的摄影家到小站去采风，看到那蔚为壮观的油菜花，激动地连连惊叹说这是他见到的最美最自然的场景。这花的海洋、花的世界是山村小站的农民营造的一种自然的人文景观，是最自然、最朴实的。在都市里生活久的人看见这花的海洋会兴奋得像个孩子似的，他们居然会专门开车到这里来，闻着菜花香情不自禁地在油菜花里流连忘返，尽情享受自然的恩赐，享受这自然赐予的美好的金黄色。其实种油菜花的人们不是为了营造这种花的气氛、花的海洋，哗众取宠，而是想最大限度地获得油菜的丰收，增加自己的收入，这是那些花的海洋制造者的最大愿望。无须动员、无须发动，他们就能十分自觉地把这个在一个季节后看起来很浪漫、很温馨的任务简单地完成了。可是能在他们自己的劳作中创造出这样一幅很大气、很别致的生活画卷，是他们自己从来没有想到过的。他们不会知道，就是这种简单的劳作，会带给所有没有参与过的人们一种很大气的自然人文景观，那种无法比拟的愉悦是只有亲身体验过的人才会知道的。

夏天，在离小站不远的那条小河沟边可以看见很多的男男女女在玩耍，还有三三两两的人们在小河里用自制的小渔网网鱼虾，或者用自制的那种小电机打鱼。其实打起来的那种鱼一律很小，但那是一种很贱的鱼，河里多得很，人们通常叫百条鱼，打捞上来一会儿就要死掉，一般用来炸着吃，炸得很酥很脆很好吃，连鱼刺都炸脆了，是小站人夏天里下酒的好菜，也是小站人招待远方来的客人最好的美味佳肴。打多了不想吃就把这些小鱼破了肚晒干了，等到冬天的时候再炒酸菜来吃，所以惹得小站的人们在休班时都喜欢到河里去捞这种小鱼仔来解解馋。小站的人们一般在夏天能吃到很新鲜的一些应该在秋冬季才有的蔬菜，这主要得益于小站人们自己挖的地窖。小站的人们一般都在自家的房前屋后挖有一个地窖，不深但挺大的，在秋天的时候能够储藏一些嫩玉米、青辣椒等暂时吃不了的蔬菜，到了第二年夏天的时候再拿出来吃。这样在反季节吃上秋冬季经过储藏的新鲜蔬菜，是当时因为没有冰箱想都不敢想的事情，但是在地窖里就可以得到很好的解决了。能把地窖当成冰箱用，那就是小站人的一种创举，是一件非常愉快的事情了。地窖也成了小站人生活中非常好的东西了，在小站，地窖这东西是很普及的。而夏天在地窖储藏一些容易坏的东西更是方便，比如一些种子什么的，放在地窖里就不容易霉变发芽，特别是像土豆这种容易发芽的东西，放在地窖里温度适宜湿度适宜，储藏起来就要好多了，想吃的时候到地窖里拿就是了。夏天河里是最热闹的地方了，吃过饭后三三两两的人们齐齐地跑到河里去游泳，管它会不会游泳，不会游泳的人也要跑到河边去看热闹的。夏天，小站人的心情是最愉快的，每个人的心情就像夏天的阳光一样明媚而灿烂，带着美好的心情在晚霞里去小河游泳是一件多么惬意的事情。

小站的秋天是什么颜色的，没在小站待过的人是永远不会知道的，最多也只是凭想象觉得小站的秋天是一片萧条。其实小站的秋天是五彩缤纷而美丽的，有黄、有红、有绿、有白，还有黑色。那一年的秋天我们刚从学校分配到小站，在一天晚饭后我和同学万来到车站对面的山上游玩，我在刺丛里钻来钻去，期盼能发现小动物什么的，可什么东西也没有，但是我们发现了山里有许多好吃的野果，什么桃呀，李呀，杨梅呀，好多好多的，我们摘了许多就坐在山上一边闲聊一边吃这些野果，越吃越有味道，把它们的苦涩味全都遗忘了。

秋天在小站，是一片秋收的景色，梯田上、山坡上到处是丰收的喜悦，刚收割的稻田里堆着黄黄的稻草，田野里四处飘荡着炊烟，那炊烟随风袅袅飘散，浓浓的稻草味道让人有一种无限的遐思。偶尔在收割以后的稻田里会有几只小鸟在觅食，好一幅田园风光，诗情画意全在眼里。若是你到秋天的田野里去捡拾农人们偶尔遗留在田野里的那些成熟的稻穗，那是一种什么样的心情，你不去亲自试一下你是感觉不到的。

小站的冬天一切都是银装素裹，因为离城市很远，这里的冬天一般都要下雪的，下雪以后大地上全部是白雪皑皑的一片。特别是在气温很低有凝冻的时候，大地一片晶莹剔透，小河冰封了，青山绿水全被掩盖了，真是“山舞银蛇，原驰蜡象”，一切的真实全不见了。这时候也许我们在生活中也会遇到意想不到的事情，然而我们会在家里的餐桌没有菜的情况下，扒开地里那厚厚的冰层和雪层，把那株经历了风雪的白菜砍回家，煮火锅来吃，那甜甜的味道很纯正，你还真别提，那滋味再来劲不过了。

在冬天的日子里抛开一切，让自己的脑子一片空白，这也未必不好，因为在你的潜意识里会感到冬天是温暖的，这就是你最大的幸福。

（选自《小站风景线》，中国广播电视出版社，2003年9月；
获贵州省第七届“新长征”职工文艺创作一等奖）

徐成淼

感受丽江

两架水车吱吱呀呀地转着，周而复始，循环不已。这水车本该是立在乡间，立在麦地和稻田旁的，却在这都市里矗立着，在高楼下，在车道边。这就奇特，就引人注目。眼睛一亮，惊叹一声，站一会儿，照个相。这么高大的两架水车，骨架黝黑，轮轴上长了些青苔，戽水斗等距离安在轮圈上。水斗兜起水，向上，再向上，又在高处泼下，溅起了一串又一串水花。就是这样的两架水车，把新城和旧城分明地隔了开来。不过拐了个弯，风景就全不一样了。水车这边是大道通衢，车水马龙。绕过水车，高楼消隐了，车流退避了。时光回转，眼前是一派旧景。石路，小桥，桥下哗哗流去的曲水，水岸边柔枝拂荡的垂柳……久违了，那些曾经有过而今难得一见的场景。

水车掬起清泉，又一斗斗倒下，汇入清流，奔泻而去。这水是从雪山上下来的，它穿城而过，终年不断。渠水晶莹，清澈，不见浮沫，不见渣滓，只是澄明，只是清白。该是与江南水乡不一样的吧，那儿的河流平缓而从容，是可以走船，可以荡桨的。而这里不行，这渠水是湍急的，有些地方还冲激出浪花来。倒映在其中的桥栏、柳枝、蓝天和云，就全被打乱；糅合，交错，动荡。

踅入老城，脚下是用一块块长方石铺就的路。街石光润如玉，在天光照映下，发亮，闪耀。让人想起那些很旧很老很远久的事情，像是影片里有意“做旧”的布景。每一块路石都是圆润的，原初的粗粝早已磨损。棱角钝了，线条柔和了，滑溜，古典。踩上去，会觉得自己是走在旧戏的舞台上，传统唱腔一板一眼的节奏，会从脚底传上来，传上来。

两旁是一间间店铺。珠宝，银饰，刻写着纳西文字的各种雕饰、工艺品，还有茶和腌好的牦牛肉。店招并不显眼，却在屋檐下，家家都挂一串随风摇曳的红灯笼。这样就好看了：碧水，绿柳，红灯，蓝天，赤日，白云。噎！丽江是一朵七色花，喜滋滋地玉立在风中。回头一望，街尽头，天尽头，白云下面，竟就是那座闻名的雪山！人在城里，抬头就能看到雪山，这是别具风姿的独特景观，叫人看了眼睛一亮。

再往前去，是四方街。街心开阔处成了个广场，广场旁有一棵粗壮的阔叶树，叶片阔大而苍翠。一团团阳光漏下来，漏在地面上，漏在上百个纳西老人的脊背和肩头。那些纳西老人，不知怎么的，总在此时，总在此地，相约聚集在一块儿。他们几乎都一个模样；一样的年岁，一样的个头，一样的衣着。都是蓝挂，偶见黑衫，一根很宽的白布带自双肩绕过，在胸前交叉，而后结扎于腰间。男女都戴布帽，是有檐的那种，或灰或蓝，少有头巾。一台手提录音机放在他们中间，上百个老人，就以此为圆心，一圈圈围了起来。午后的阳光，穿过枝叶，照见了老人们一脸的沟壑，每一条皱纹都深刻而漫长。还有从帽下伸出的一绺绺白发，旗帜似的，在街风中不时地飘荡。他们神情肃穆，眉宇间布满了虬曲的苍凉。似在祈愿神灵、追缅先人，又似在怀想他们自己已逝的时光。随着录音机中的唱曲，他们唇吻微动，吟诵声隐约可闻，却又不可捉摸。与水声、风声、市声一起，回旋在阔叶树的上空，向雪山云天飘逝而去。

在渠畔的小餐室里吃晚饭，选了张靠窗的餐桌。窗外就是流水，就是临风拂荡的柳枝。水声从柳条间穿出，扑进窗棂，撩拨着你，要在你胸前，绣上一朵浅蓝色的带音符的水花。餐桌上有鲫鱼汤，用本地咸菜一起煮的，味极鲜美。还有肉脯、耳块粑和炝得很香的鲜菌。坐在这样的小餐馆里，吃饭，喝鲫鱼汤，听水声，观街景，人就像忘记了昨天，也忘记了明天。只有今夜，今夜的我，今夜的丽江。

走出餐室，天黑了下来。渠畔忽地就亮起了许多烛火，一支支蜡烛，插在漂亮的彩色纸船上，是专为漂流用的。同行的一个女孩子激动起来，花一元钱买了个心愿。她双手捧着蜡烛，沿石阶缓步下到水边，佝下腰，把纸船轻放在水面上。纸船顺水跳跃而去，烛光一路闪烁，终于消失在远处的黑暗里。雪水带走了女孩的心愿，那心愿将在春潮涨起来的时候实现。转身回岸时，女孩被石阶绊了一下。我拉了她一把，我说我知道你许的是什么愿，她抿着嘴微笑不语。

天黑尽了，四方街那里，广场中央，篝火已经燃起。木柴是盛在一个大铁锅里的，下面用石块架着。音箱里响起轻快的音乐，坦白而流畅。一队盛装女孩执手跳起了纳西舞。她们是那么快乐，与先前围坐在阔叶树下的老人们全不一样。她们是来自别一时代，别一世界，她们的生活才刚刚开头。那舞姿太美丽了，那音乐太迷人了，围观的游人按捺不住了，也围起了圈子，拉起手，跟随着她们的舞步跳了起来。跳吧，管它呢，今夜且不再忧伤。我晃了晃脑袋，也挤进了跳舞的人群。我左边是同来的一小伙子，我右边的学生模样的女孩子则素不相识。相识也相逢，不相识也相逢，牵了手，就都成了俦侣。她一身浅黄色便装，背着个黑色的挎包，悠闲而潇洒。跳起来的时候，脑后的马尾一翘一翘的，一脸的快乐。她的快乐经由她的手传给了我，我也快乐了。快乐在今夜，在今夜的丽江。

再晚些时候，有纳西古乐演出，那儿早坐满了人。很挤，几个大块头外国人在挤进狭窄的座位时，瘪着嘴笑了笑。他们从那么远的异国来，他们走了那么多路到这儿来，为的是要听一听这眼看将要消亡的古老音乐。舞台上方有一长排放大了的黑白照片，十几幅，那是先后去世的古乐演奏者们的遗像。他们以每年二人的速度离世，这让一生钟情于自己民族的音乐的那位宣科先生忧心不已。整场演出是由他串起来的，他的亦庄亦谐的串词，常引起观众的满堂笑声和掌声。大幕拉开，耄耋老人们由年轻女子扶着鱼贯出场。他们须发皆白，步履维艰，但精神矍铄，尤其是一双眼睛，总是放出一种俯视苍生的光亮。生命到了这个时候，还有什么可畏惧的呢？只要操起那把琴，那面鼓，乐声一响，人世间的一切惨痛就都迎风消散了。到得一名十六岁的纳西女孩出场时，我禁不住眼睛发热，一种深藏已久的情绪难以抑制地要从鼻腔里涌出来，涌出来。那么年轻的一个女孩，花一般地，花一般地伫立在那些垂垂老者中间，接过那明知可能消亡的乐器演奏，不由得让人心中一阵痉挛。

终于要走向雪山了，第二天。其实雪山并不愿意我们亲近它，昨天不是在石街上远眺过了吗？在绿柳红灯中，回头一望，街尽头，天尽头，白云下面，不是见过它而且眼睛一亮了吗？然而我们仍不满足于远观，还要挨近，还要攀援，还要把缆车修到它脚下。雪山不高兴了，它沉默，而且神情凝重。

但我们兴致仍浓，在候车室花几十分钟排队等缆车，我们也不在乎。候车室很大，里面用铁栅栏隔成迷宫般的单行道。人们依次向前，转一个弯，又一个弯。曲折中，一次又一次地，会与人隔栏相遇。于是就有许多笑，许多调侃和寒暄。终于轮到自己登车了，缆车向上，雪山迎面而来。一条厚木板铺就的栈道在出口处出现，它通向一个叫作云杉坪的地方。沿栈道走，两旁是原始森林，林木高而茂密。这里那里的，有巨大的枯树横倒在林间，雪山在林木间时隐时现。

云杉坪是四周围绕着密密森林的一块大草场，平坦宽阔，绝无遮蔽。在这儿仰望，雪山一览无余。是怎样耸峙的雪峰啊，一片净白，在阳光下，耀眼，明亮，有一种静穆中的华贵，一种逼人的威严。人们扰动了雪山亘古的宁静，雪山不露声色，周围的空气却更加稀薄起来。有几个人诉说自己胸闷，气短，头痛。伸长了头颈，他们捋着脖子大口喘气。终于不支，在同伴的搀扶下，匆匆沿来路回去。我却一点事儿也没有，我心率整齐，呼吸平稳，血压适中，头脑清醒，毫无不适之感。我原就来自高原，想是早已适应了吧。这是雪山对我的宽容，我索性在草场上坐了下来，独自与雪山对视。一时间心头浮起许多面孔，许多活生生的眼睛，许多温暖的腮颊与掌心。红尘百味，幽幽地久挥不散。我知道我们已然苍老，可与雪山相比，这苍老像山谷里一粒随风而逝的尘埃，浑可以忽略不计。雪落雪融，花开花谢，人生悄然无声。多少清晰的容颜，多少令人留恋不去的往事，都被厚厚的雪褥掩埋。只有永不退却的积雪，在我们的眼前默然矗立，告诉我们日复一日消逝着的生命的痕迹。

好想，好想就这样坐着，与雪山直面相对。就这样一直坐下去，直坐到天荒地老。头发白了，胡须白了，眉毛白了，连睫毛都白。人坐成了一座雪的雕像。到那时，世上的一切都消失了，只留下我，与雪山融为一体：天下皆白！

然而风从雪山高处吹下来了，林梢一阵摆动，发出隐隐的啸叫声。草尖摇曳，旅人的头发和衣袂飘了起来。寒气钻进领口和袖口，有人拉起了风帽，只露出一张脸。

我用手支着膝盖，努力地站起身来，拍了拍裤子上的草屑，起身往回走。

刚走上栈道，却听见雪山在高处闷闷地“唔”了一声。我心中一沉，但我明白它的意思。我只停了一步，就重新迈开了步子。继续往前走，我没有回头。

（原载《散文》2003年第10期）

2003年

徐成淼

照相今昔

当年我在浙东一个小城里读小学，全城只有一家照相馆，还记得它的店名：焕章。照相的是个小老头，脑袋上没几根头发。店里支着个三条腿的照相匣子，上面盖着一大块墨绿色的布。老头钻在绿布下拍照的时候，我们常躲在他身后看。看见里面的人是倒着的，又稀奇又好玩。那照相匣子连快门也没有，只有一个镜头盖。拍照的时候，老头叫声“别动”，伸手将那黑糊糊的镜头盖揭开，马上又盖拢。这一揭一盖，照片就拍好了。店堂的顶棚上开着天窗，盖了玻璃。天窗下拉了几根铁丝，铁丝上横挂着几条白布。照相时，老头子眯起眼睛看看照相人的脸，用一根长竹竿将白布挑开些；再看看照相人的脸，又把白布盖些回去。这个动作让我们这些小八腊子佩服得要死：这该有多大的学问啊！店里还有一幅布景，上面用粉墨画了一间客厅模样的房间，有圆拱形的门，有亮闪闪的玻璃窗，有带雕花扶手的楼梯，还有高高的放着盆花的木架子。在当时小城人的心中，那就是做梦都没见过的天堂般的地方了。过了几年，我长大些了，照相的也换成个年轻人，是小老头的儿子，我们叫他小焕章。小焕章挺喜欢我，特准我进暗房看看。暗房在一个小阁楼上，里面一片黑。小焕章打开木窗上的一块活动木板，一缕红光从窗外照了进来，看起来特别神秘。窗旁有一块斜放着的玻璃，玻璃下面有个方洞，洞上有个活门。小焕章拿起一张底片，贴上相纸，覆在玻璃上。他抽一下活门，啪嗒一声，说行了。把相纸丢进药水里，不一会儿，一张人脸就在水中慢慢地显现出来。这是我第一次目睹洗相的全过程，如此神奇，如此奇妙，激动得我半宿没睡着。后来我才明白，顶棚上的布帘儿是用来调节光线明暗的，印照片的时候，也只能用窗外的天光——那会儿小城没电。

进了中学，我们的物理老师有一架照相机。一个黑匣子，按下一个钮，啪的一声，镜头就弹了出来，后边连着皮老虎。上好快门，一摁按钮，咔嚓！快门一闪，好玩极了。可惜没有胶卷，只能是空欢喜。我就死乞白赖地缠着父母亲要钱，要了好多好多回，才把钱凑足了。我托人从杭州买了个胶卷寄来，还是“矮克发”，很贵的。但穷日子有穷办法，不是说一分钱要掰成两半花吗？一个胶卷不也可以破成两半？晚上，我在被窝里将胶卷从中间剪开，一分为二，一卷当两卷用。剪开后，还要将卷片轴改造过，计数的黑色衬纸也要重新标号。那会儿我才十二三岁，竟然有这般能耐，可见男孩子有多机灵，手有多巧。有了胶卷，就得设法把照相机借出来。为此，我先得把物理学好，作业做得整整齐齐的，测验也得在九十分以上才行。实验课时，还要跟在老师后面，屁颠屁颠地帮他拿这样拿那样。物理老师不知是计，常拍拍我的肩膀表示鼓励。看看火候差不多了，我提出要借他的照相机使使，他居然爽快应允。拿到照相机那天，就像过节似的，乐得我合不拢嘴。我给班上的同学拍照，拍好后拿到小焕章那儿冲印。同学们见了照片，都说比在照相馆照的好。我向他们收了成本费，把买胶卷的钱赚回来了。这也算是我最早的“经商”经历。

打那时候起，什么焦距、光圈、速度、取景、反差、景深这些玩意儿，对我来说全都不在话下。同小焕章一起洗相，又很快就掌握了冲印技术。所以几年后，我进了复旦大学新闻系，上“新闻摄影”课时，就轻车熟路，顺当得很。给我们上摄影课的，是赫赫有名的舒宗侨教授。他因为在鸣放会上拍案而起，成了上海市著名的右派分子。

那时候没有自动测光装置，也没有闪光灯。拍照全靠目测，全靠经验。该用多少光圈，多少速度，凭眼睛看。有一次，出去拍外景照片，是个阴天，光线不好。有个姓刘的同学拍回来的照片黑糊糊的，曝光严重不足，原来他竟用了八光圈，1/100秒。而我看天上有大片阴云，迎光面光线更暗，决定用四光圈，1/60秒。回来冲出胶卷，曝光正好。不知怎么搞的，照相上的事，刘同学总是拿捏不住。什么反差，什么景深，他总也弄不明白。像是缺乏悟性似的，直到摄影课结束，也还是这样。也难怪他，目测很不好掌握，眼睛对光线的适应性很强，很难分辨光线的细微变化。但难有难的乐趣，照相时全凭肉眼目测，就显出高下来了。有时候，天晚了，或者拍室内照，光线很差，我用大光圈，慢速度，这就考技术了。又没有三脚架，照相机固定不了。得两手握紧，屏住呼吸，手指微动，轻按快门，嗞——嚓！完成。胶片冲出来一看，居然不错，心里就特别高兴，特别自豪，就有一种成就感。现在是傻瓜机，全自动，还电脑控制，方便到了极点。无论张三李四，不管会不会照相，拿起照相机都会拍。这么一来，我们那会儿学的东西就没了用处，那点成就感也早褪色了。现在还有谁会为究竟该用光圈八还是四伤脑筋呢？

舒宗侨教授敢于拍案而起，但他对学生挺和气的。暗房实习期间，下课后还准我们进暗房“干私活”。系上的暗房，比起“焕章”来，那真个是天壤之别。那里有我从未见过的半自动胶卷冲洗器，可计秒的印相机，电热烘干上光机，自动对焦放大机。就是那盏红灯，也是进口的，很亮，却不会使相纸曝光。暗房里还有排气扇，通风管道是弯曲的，进得来空气，光线却进不来。

我用摄影课配给我们的海鸥相机，给自己和家人拍了不少相片。我去南京西路一家照相器材店买来相纸，到暗房里冲印。白天不可占用暗房，我们就连夜干。人多，得轮班，上半夜几个，下半夜几个，排队轮流用。我在暗房里冲印，放大，大大小小印了几十张照片。我大学时代留下的许多影像，大多是那会儿拍的。

但照头像还得进照相馆。走进南京路著名的王凯照相馆，迎面墙上挂着赵丹、白杨、孙道临、王丹凤等大明星的大幅照片。那些照片那么有层次，有质感，反差适中，刚柔相济。脸上明光暗影，头发逆光勾勒，鼻子的阴影巧妙地落在鼻唇沟上，使整张脸特别富有立体感。这样的照片是“焕章”那种地方怎么也拍不出来的，凭他那个天窗，凭他那个镜头盖，除了大平光，还能照出别的什么来呢？上海的照相馆还有一讲究，拍了照先看“样子”，满意了才洗印，不满意可重拍。取来相片，将“样子”与“正品”对照，发现后者尤为精美，那是靠了修相。他们的修相技术堪称一流，用削得尖尖的铅笔，在底片上轻轻涂画，一点点地，你脸上所有的瑕疵就都被修掉了。相片上的那个你，眉清目秀，容光焕发，就像是整了容似的。这可是一门精细技术，不是谁都能胜任得了的。

大学毕业后，我来到贵州。有时还会手痒，想拍照，想洗相，想自己给自己露一手。于是借了相机，又让家人从上海寄来相纸、显影液和定影液。这回只能是土法上马了：用两个搪瓷盘，分别装显影液和定影液；一个肥皂箱，上面盖块玻璃，里面接一盏电灯，开关拉在箱外，就是印相箱；给灯泡裹上两层红纸，充作红灯。天黑了，用毯子把窗户堵上，就成了暗房。印相时，放好底片和相纸，一摁开关，灯亮，默数一二三四五，关灯。印好了，丢进显影液里，看那人影儿慢慢从无到有，从模糊到清晰，就会想到“焕章”的小阁楼，想到复旦新闻系的暗房，想到岁月的流逝和日子的变迁。是这些相片，为我们留下了生命的轨迹和片断，心中不免浮起一丝慰藉和感伤。

前些年，在《新民晚报》上读到一则消息，说是现在人们照相，却喜欢用大平光了。想不到当年摄影人最忌讳的东西，今天竟成了时尚。站在一幅幅大平光相片面前，那班老摄影师们一脸不屑，一个劲儿摇头。闻此我心中一乐，心想要是那个老焕章能活到今天，恐怕要成为拍大平光的高手了。

2000年秋天，毕业四十周年的日子，同届系友相约在上海聚会。会场上，有个矮胖子拿着个全自动相机，人前人后地拍个不停。他不是别人，正是那位姓刘的同学。晚上，他把印出来的照片分发给大家，居然影像清晰，层次丰富，颜色鲜丽，浓淡相宜。

遥想当年，连曝光这一关他都没过。如今有了高科技，他已经得心应手，完全不必顾及什么光圈速度之类的劳什子了！

在全新的科学技术面前，小城的“焕章”和上海的“王凯”，复旦新闻系的暗房和我的肥皂箱，物理老师的皮老虎和实习时的海鸥4B，已经没有什么区别。时光之手，把那些个沟沟坎坎全抹平了。当年曾经是天差地别的东西，到一定的时候，会面临同一命运；它们都将被历史掩埋，同时催生出新的更美好的东西。这也是一种历史的辩证法吧。

（原载《海燕·都市美文》2003年第11期）

2003年

袁仁庆

美是难的

美是什么？很难人。我们每天都在接触美、评价美、追求美、创造美，甚至亵渎美，可又道不清、说不明这惹人情感、撩人思绪、动人心魄的美到底是什么。

街上忽然飘来一位明眸皓齿、顾盼生辉、似火焰般灼人的妙龄女子，让你一眼便心跳加快——美！

绿茵场上激烈的足球赛，运动员的灵巧、力量、速度、配合、意志，以及抓住倏忽即逝的机会的射门——美！

展览馆里，色彩、光与影组成的立意深邃、姿态万千的绘画、摄影，以及似鸿飞兽骇、鸾舞惊蛇，或重若崩云，或轻若蝉翼，纤纤乎似初月之出天涯，落落乎犹众星之列河汉的书法线条韵律，让你贪婪地欣赏——美！

捧读文学作品，那优美幽默且富于哲理的文字，让你口角噙香，主人公的悲欢离合紧揪着你，让你情扯意牵，置身其间，移情其间……还有巍峨长城，黄山云海，西湖秀色，泰山日出，壮观的瀑布，翠绿的湖泊，灵秀天成的龙宫，旋风般的冰上芭蕾，磅礴雄浑的交响乐，色彩纷呈、韵味迭出的时装表演，都让你钟情、激动、浮想、陶醉……

的确，生活每天都在展示美。简直不可想象，没有美的日子，世界将会是什么样子？没有美的生活，生活本身有什么意义？于是，从古至今，便有了关于美的各种探讨。

古希腊的荷马史诗，大概最先出现“美”这个概念。在荷马看来，所有的东西都可以用“美”来形容。比如，你不打断别人的讲话是美的，热情地接待外国人也是美，打仗时英勇保卫祖国是美，而欺负乞丐则不美，朋友之间相互支持是美的，吃了一顿丰盛的宴席，听了一曲优美的音乐，等等，都是美的。以上种种，实际上是把美和生活中的道德、传统、习俗、规则等混在一起了。古希腊大学者柏拉图，在一篇文章中描述苏格拉底和人讨论什么是美，谈道，“美是一个瓦罐”，“美是一匹马”（美就是有用），“美是一个漂亮的小姐”（美是恰当和快感），“美就是家里钱多、身体好，全希腊的人都尊敬，长寿不老，自己替父母举行过隆重的葬礼，死后又由子女替自己举行隆重的葬礼”（美是有益）。最后，苏格拉底说，讨论虽然没有找到美的定义，但至少有一个益处，那就是更清楚地了解了一句谚语：“美是难的。”尽管如此，苏格拉底还是趋向于以功用作为区分美丑的标准，认为美和善是无区别的。所以在一次全希腊的美男子竞赛大会上，苏格拉底居然宣称自己应获得头奖，理由是：他的眼珠往外突，鼻孔向天开，这样就最适合视与嗅，至于他那宽大得出奇的嘴巴，对于饮食和接吻，是再合适不过了。

西方人对美的探讨，大约这么一些观点：美在和谐，美在本身，美在形式，美在人体，美在心灵里，美在于关系，美是理念的感性显现，美在生活……

至于中华民族，对美也有类似的探索过程。“美”字的来源，是“羊大为美”。《说文》对美的注释是“甘也，从羊从大，年在六畜，主给膳也”，美来源于好吃、味美。孔子的“君子成人之美”，把美与善、美与满足混在一起，他听到韶乐，三月不知肉味即是例证。大哲学家庄子，对美很有点辩证的把握，看到了美的相对性。他说：“毛嫱，丽姬，人之所美也。鱼见之深入，鸟见之高飞，麋鹿见之决骤，四者孰知天下之正色哉？”孟子认为“充实之为美”，已经触及了一些内涵。此外《礼记》的“美恶皆在于心”，把美看成是主观的东西。还有散见于诗词、文章的不少观点，如美恰如其分，在于匀称，即宋玉在《登徒子好色赋》中所描绘的东邻之女的美，“增之一分则太长，减之一分则太短，著粉则太白，施朱则太赤”。至于白居易“清水出芙蓉，天然去雕饰”、苏东坡“欲把西湖比西子，淡妆浓抹总相宜”的诗句，则说明了美在自然。而“情人眼里出西施”的谚语，道出的是美在于关系。对于美是不是主客观的统一，苏东坡的《琴声》作了这样的思索：“若言琴上有琴声，放在匣子何不鸣？若言声在指头上，何不于君指上听？”

以上种种，虽挂一漏万，确也说明“美是难的”。如美学家朱光潜所云：“法国人往往把美叫作‘我不知道它是什么’。”

其实，漂亮的形象引起人们的感官愉悦，进而触发其爱慕甚至占有的情感，这里有历史的、文化的、民俗的、道德的、时代的、物欲的等多种因素作用于其间。包括体育竞技、书法、绘画、文学作品等之所以让我们觉得美，归纳起来，首先，是在于一种具体的形象（不是抽象的概念）作用于我们的感官。其次，感官把接受的形象作用于情感，引起了我们的爱慕和喜悦，给我们享受和陶醉。第三，能够引起我们审美情感的形象，只能存在于人类社会之中，它们都只对于人，对于人类社会才有意义。从这个意义上，可以说美是一种客观存在的社会现象——美不是自然现象（如花的红和花的美有区别），也不是私有现象（美能分享，美有公认的标准），如少女能歌唱失去的爱情，而守财奴不能歌唱他所失去的钱财（因为后者的歌唱不能和他人交流、共鸣，因此不会动人）。第四，自然、社会生活、艺术作品中的各种形象，不是都美，即美除了形象性、感染性、社会性的特点外，还必须具备一个最根本的特点——人的本质力量的对象化，即美的形象应当反映出人作为人的本质力量，也即人有意识、有目的、能动地去改造世界，追求真与善，从而在客观世界取得自由这样一种能力和力量。如庖丁之出神入化地解牛，医生神奇熟练地运用手术刀，社会井然有序地和谐发展，神舟飞船遨游太空……审美是人区别于动物的标志之一，所以有稚子之心美在无邪，少女之心美在无瑕，志士之心美在无私，壮士之心美在无畏之誉。

（原载《人民文学》2003年第12期）

龙　艳

美丽不是一种罪过

“冲冠一怒为红颜”似乎已成了我的罪证词，几百年过去了，人们仍然津津有味地谈论着我的容貌及离奇的一生。我知道世人之所以至今仍在谈论我并非仅仅因了我倾国倾城的美貌和盖世的才艺，还因为我无意中改写了中国的历史，在一定程度上影响了历史的进展。

吴伟业在《圆圆曲》中写道：“鼎湖当日弃人间，破敌收京下玉关。恸哭六军俱缟素，冲冠一怒为红颜……”他是要让世人知道三桂联络清兵夺回北京，并非报君父之仇，也不是吊民伐罪，而是为了我一个人。我成了祸国殃民的元凶及千古罪人。这对我而言真是太不公平了。就算历史的确因为我而改写，可那并非我一个人的过错呀！假若李闯王及他的手下大将刘宗敏进北京后放规矩些，对部下要求严格一些，不要把我强抢了去，三桂就不会“冲冠一怒”而引清兵入关，他也不会成为国家民族的罪人，我的后半生也就不会与青灯木鱼相伴，最后还落得携带三桂的儿孙家人，改装换面，在三桂军师马宝的暗护下四处躲避清廷的追杀，甚至连死了都要费尽心思地隐姓埋名。可是，这一切都已成为历史，没有挽回的余地，我注定要有这样的一生，如果说这是命，我认了。但是，我不甘心，如果非要说这一切都是我的错，那就是我不该生做女人，不该长得如花似玉，不该歌喉如莺，不该生在那动荡不安的年代，更不该误入歌栏！或者，我应该在自己漂亮的脸蛋上划上一刀，留下一条丑陋的疤痕，人见人怕，甚至应该在被恶霸强抢去时就该一剪刀自尽以保清白……可是，人活在世上，又有谁不向往幸福、爱情？谁不希望自己长得美丽动人？我对人生还抱有希望，我不甘心就这样毫无价值地死去，我一直在苦苦地期盼着属于我的幸福、我的爱情！我的期望没有白费，我的苦难没有白受，上天终于让我遇上了我所期待的英雄——三桂！我们一见钟情，不，应该说我们互相倾慕已久，只怪苍天让我们相识太晚！早在苏州的时候，我听人说起三桂救父于万马军中的事，在那时我就开始敬慕他了。当我得知三桂派人到苏州重金聘我的消息，又听说三桂曾以三百两银子买下自己的画像时，我感动极了，以至于哭了整整一夜！就在那时，三桂就已经悄然地走进了我的心中。我常常思念着那素未谋面却使我揪心的知音——远在边关的英雄三桂！自从我进入梨园以来，爱慕、追求我的人不计其数，可我对那些纨绔子弟一个也看不上，我从心眼里瞧不起他们！好不容易对那位才子冒襄产生了倾慕之心，谁知他却是那么一个没有勇气和胆量的人，白白枉费了我的一片痴情。与三桂比起来，他真是差得太远了！简直枉做男人！我深深地感谢上苍让我遇见了三桂，他真是一位值得我全身心付出的男人。虽然在初次相见后我们只共住了三天，但那是怎样的三天啊！那短短的三天却足以让我一辈子想念！那三天里，我们俩几乎夜夜不眠，说不完的故事，说不尽的感慨，说不尽的未来，说不尽的爱，道不尽的相思……一个女人在经历了这样一场刻骨铭心、惊心动魄的爱情后立刻死去也值得了。我当时真是这么想的，拥有了三桂的爱，我死而无憾！

三桂为了不让我受家里人的气，没有把我带回家。他私自购置了一处宅院，按照江南水乡的格局和情调，装饰与布置了宋、元、明三个不同时代的沧浪亭、狮子林、拙政园和留园。在秋天和煦的阳光下，或是池塘水廊长满绿色荷叶的盛夏，或是满园白雪皑皑的冬日，季节不同，葺修各异，同是一座园林也就会显出不同的情调。这是三桂和我的爱巢，我们希望能够在这里白头偕老，厮守终生。然而，事与愿违，因为北方吃紧，烽烟频起。第四天，皇上突然颁发诏书：令三桂火速带领兵马北上。三桂舍不下我，想要带着我一起走，可却遭到他父亲吴襄的训斥和反对。军令如山，形势紧急，无奈之下三桂只得把我托付给家人只身带兵北上。那是一个令人揪心的离别之夜。我们的心都碎了，抱头痛哭的我们把对方的衣裳都弄湿了，直恨老天为什么要这么残忍，竟然要把如此相爱的我们活活分离。

京都陷落。李自成大军入占京都。我被李自成的大将刘宗敏强行抢去……三桂在得知这一消息时气得吐血，把牙都咬碎了。他蓦地抽出兵器架上的斩将刀，发出一声只有听到过受伤的狮子的吼声的人才能想象得出的喊叫：“李自成——！刘宗敏——！”面对如此的国仇家恨，三桂不得不联清抗李。我在身陷刘宗敏的囹圄时就想拿起剪刀跟他拼命的，但我实在舍不下三桂，舍不下他对我的深情以及我对他的爱恋，我想再见他一面！就是死，我也要死在他的怀里！我深深相信，只要他没死，只要他知道我的处境，他一定会火速赶来救我的。只是我不知道他会用那样的方法来救我，如果早知道他会为了我而不顾国家民族的安危引清入关，最后沦为国家民族罪人，我一定会以死相谏。

吴伟业的一首《圆圆曲》让我成了名女人，可也使我从此没了安宁。我活着时就被人们说来道去，就是死了也仍被后人评论不休，他们或褒或贬，但又有谁能真正了解我的难处呢？我一生中最美好的时光都是在痛苦的缠绕中度过的！谁又能知道我的真实自我一直是被压抑着？美丽本该是一种幸运，可我却因了美丽而成了一个可悲、可叹、不幸的女人。我生于明朝南京常州府武进县奔牛镇一个乡村货郎家里，本姓邢，名为沅沅，字畹芬。我从小就非常聪颖美丽，深得父母的喜爱，可在我六岁时，父亲却不幸去世，多病的母亲只得把我寄养在姨父家。姨父姓陈，是一个厚道的好人，他待我如同亲生女儿一样。见我聪慧过人，便让我学习琴棋书画。我对这方面极富天赋，自己又非常喜爱，所以学得又快又好。姨父甚是高兴，视我如掌上明珠，收我为陈家的女儿，改姓为陈，名叫圆圆，希望我各方面都圆圆满满。然而不久，我那多病的母亲也去世了，接着由于连年灾荒，姨父家也遭劫难，再也无力供养我，为了我能生存下去，只得忍痛将我卖到苏州梨园。这时的我已出落得更美丽、更动人了：如诗如梦的初月般的娥眉，一双细长的丹凤眼，眸子黑得就像两泓泛着涟漪的潭水；细嫩洁白的肌肤，倒映出黑纸扇般长长的睫毛；亮丽的秀发，梳着新潮的坠马髻，鬓边插着一枚紫色的小花；鲜艳的樱桃小嘴，吐气如兰；一袭淡雅的湘裙将我原本苗条的身材衬托得更加婷婷袅袅……

我进了玉峰班后由于天资聪颖、心领神会，再加上有名师指导，又因我本身就热爱歌舞演唱，不以此为苦而为乐，每天早起晚睡，比别人练得苦、勤，从来不知懈怠，所以很快成为姐妹中的佼佼者。我不但极为擅长昆腔清唱，而且能够在戏上演时精工吊戏，并能演唱阴腔戏，因此很受梨园主的器重与欣赏。梨园的小姐妹们对我更是喜欢得不得了。

我初次登台献艺时，班主张九庚满面喜气地说："真是太妙了！简直是声情并茂，绕梁三日！"商人们称赞："声媚如人，人丽如花，两美合并，艳甲天下！"同行们评价我："体态倾靡，道白巧韵；曲词意尽，含情诱人！"陆次云说我："声甲天下之声，色甲天下之色！"冒辟疆描述："陈姬身口，如云出岫，如球在盘，令人欲仙欲死。"

可也正因了我的美丽绝伦，才导致了蛱蝶纷致，野蜂簇拥，才使得自己被那些恶人抢夺、玩弄，从而成为他们口中的食物、手里的玩物，使自己陷入一种可悲可叹的境地。我承认我确确实实很漂亮，这从别人的眼中可以看得出来，从我一月之内就被抢夺三次看出来，从要杀我但见了我却连刀都掉了的士兵身上看得出来，从三桂的"一怒为红颜"中看得出来……我一个弱女子，该如何生存、如何自保呢？自从我首次公演，一炮而红后，人人都争着来看我，一时玉峰宾客盈门，车马熙攘，纨绔公子、文人雅士，争相一睹我的芳颜，我只得连演数日，累得饭也吃不下，更有甚者，居然几人同时包我的场，人人都仗着自己的权势不肯让步，争得差不多打成一片。若不是我凭着自己的聪明才智将他们说服，恐怕玉峰班早就关门散伙了。即使这样，还是出了明争暗抢这样令人胆战心惊的事。我曾寄希望于一个男人，可冒襄是一个没有勇气的男人，三桂却是一个太有勇气的男人。我并不后悔将终身托付给三桂，就是在临死之前我也仍然深深地爱着他。只是，我觉得我们的结局不该是这样的。三桂在被封为平西王后一定要立我做皇后，他的大臣们也都赞成。可我不愿意做皇后，只想和三桂做一对平平常常的夫妻，恩恩爱爱地过一辈子。我爱三桂，并不贪恋什么金银珠玉，亦不求什么王妃名号，我只是爱他的人，只是因爱而爱。为此，我还不得不写了一封书信以表心愿："将军，自与君相识相知于离乱之中，深感君爱妾至深，圆圆有此心此情足矣，不求王妃名号，不求金银珠玉。非是妾故作清流，实是妾不耐其烦。妾恋将军，惟爱而已，有此爱心，妾为终身追随，不计世俗，若有日此爱流水飞花，则妾自去，亦不计世俗之议。王妃应立大姐是理，大姐为夫君生得两子四女，含辛茹苦，耽惊持家，三十年来未曾稍懈，且大姐德容俱佳，秀于中而贤于外，主持后宫必不生异端。惟将军念念思之，勿以人议物议而乱已心。圆圆对将军之心惟天可表。"见我心意已决，三桂才不得不放弃立我为王妃而改封张后。可是，三桂在做了平西王后野心却越来越大，最后居然不顾我的苦苦相劝，硬是把事情做到了不可挽回的地步……我虽只是一个弱女子，但我也有我自已的眼光和想法，我曾劝三桂自卸兵权，终老林下，这样或许可以安度晚年，不然的话全家性命难保。他不信，硬是在已失去了天时、地利、人和的情形下反清，遗重患于子孙，遗重难于百姓。结果果然如我所料。三桂只打到湖南，称了几天的皇帝就暴病死于衡州。

三桂死后，张后又正有病在身，后事由我去料理。办完丧事，清兵已直奔昆明，回去是不可能的了，因为吴氏大势已去，将招致满门抄斩的灭族之灾。于是，我便携带三桂的儿孙家人，改装换面，在军师马宝的暗护下，由湘江溯流而上，经沅江、舞水、龙鳌河到达思州龙鳌天堑断路，因这儿地形复杂、地势险要，不易被清兵发现，我们决定住下来。我入庙为尼，马宝亦进山为僧。为了安全，我们化整为零，分居山洞和寺庙。我和马宝为保护吴氏后裔费尽了心思，千方百计躲避清朝耳目，反反复复、几度搬迁。直至康熙二十四年以后，清廷追杀三桂子孙家族的风声慢慢减弱下来，考虑到吴氏今后的发展，才和家人搬回马家寨，不几年就开辟成了一个像样的村寨。马家寨之所以叫马家寨，就是为了纪念马宝的恩情和躲避清朝廷的搜捕、诛灭。我一生不育，马宝亦终身不娶，我们一个为的是忠，一个则是为了爱。为了三桂，我们都做出了极大的牺牲。但我们也受到了三桂子孙后代的尊敬和爱戴。吴氏子孙在我死后遵照我的意愿将我葬在了古思州今岑巩水尾镇风光秀丽的狮子山上，并刻碑文："故先妣吴门聂氏之墓位席。孝男启肖华，媳涂氏；孝孙男仕杰，媳杨氏；孝曾孙大经、纯；孝玄孙朝达、选、魁、政、玺、桂、相、仅。皇清雍正六年岁日后次戊申仲冬吉日立。"马宝的墓碑是吴氏重立的，碑联为："重垒土茔人祖即已祖；复修石台若翁如吾翁。"吴氏家族是把我们当作祖宗一样看待的。全寨人都不能容忍外人当面对三桂、马宝及我有任何不敬的侮辱之词。他们在刻碑文时很是费了一番心思，既能说明是谁的墓，又不能一眼就可以看得出来。这份深厚的崇敬之情一直维持、绵延了三百多年！这令我这出身寒微、曾沦为歌伎的女人深感荣幸！我何德何能，竟享有如此荣耀！就是坟茔再小一点又有什么关系？墓碑深埋地里三尺两百多年又有什么关系？

我的墓碑原来是埋在三尺地下的，后经晏晓明先生、黄透松先生、景戈石先生等热心人多次动员，吴氏子孙才同意将它掘出立于墓前，以示众人。从此，我的墓前就热闹了起来，众多的考古专家及旅客闻讯而来，他们在我的墓前流连、叩问，想象着我的美丽、我的不寻常的一生……也许，作为一个女人，在死去的三百年后，仍被这么多人关心、慕名而访，我也该知足了。

现在的马家寨有上千人口，都姓吴。他们有口皆碑，世代自称是山海关总兵吴三桂的后人，辽东人，祖籍江苏高邮。寨上曾建有吴氏宗祠，祠内立有吴三桂、陈圆圆等牌位，保存过三桂称周帝时用过的皇伞，镇守山海关时用过的月叶钢刀。大刀一把重九十五点九斤，另一把重七十九点九斤。马家寨上下六十岁左右的吴姓老人都亲眼见过这些物件。吴氏字辈“应、启、世、大、朝、廷、永、能、兴、国”，有着深刻的内涵，即马家寨吴氏有继承吴三桂遗志，东山再起之壮志。为了不误吴氏家史，吴氏历代采取秘传制，每代传一至两人，个个守口如瓶，至今已传到十二代。1983年此事披露后，马家寨引起了国内外史学界的高度重视，访古踏勘者络绎不绝。

关于我和马宝墓碑上的碑文，若不是吴氏后代子孙透露，世人很难猜测出其中的含义。我碑文上的“聂”字，它写于无简化字的清雍年间，无人能读。其蹊跷奥妙处，是取双重之意。“聂”字由“双耳”组成，代表邢与陈两姓，“邢”“陈”二字均有“阝”旁，一个在右，一个在左。“聂”字的下半截“双”字，繁体字写作“雙”，“雙”字又是由“双佳”组成，其“佳”字与“好”“圆”相同，如“圆满”“团圆”“花好月圆”等，“双佳”谓之圆圆之意。“聂”字是吴氏人自己创造的一个字，至于后来有这么一个简化字，纯系巧合。而其中的“先妣”是尊称我是定居马家寨的第一世祖妣之意。“吴门”二字，暗指我籍贯苏州（因为苏州古称吴门），对外公开释为吴家。“位席”二字，“位”特指帝王或诸侯，“席”即大也，此意为吴姓后人对我尊敬之意。墓碑铭十一个字连起来就是“故第一世祖妣苏州氏陈圆圆之墓”的隐讳应用。这一点，景戈石先生已做了充分的说明。

关于我最后的归宿有许多的说法：有人说我没有出家，在昆明外的大山中隐居；有的说我回了江苏原籍；还有的说我去了贵州……关于我的死，也有许多的说法：有说三桂反清之前先死的；有说我谏三桂不反被拒绝“不食而死”的；有说我因色衰失宠在归化寺出家的；有说我在昆明失陷后上吊自杀的；有说在梳妆台下池中自溺，梳妆台至今还有“圆圆投水处”供游人凭吊……而关于我葬在何处又有许多争议，松江人说葬在松江，苏州人说葬在苏州，昆明人说葬在昆明，岑巩人说葬在马家寨……我不知道这些争议于我于吴氏子孙而言，是好事还是坏事，是幸还是不幸。我想说的是：真作不了假，假也当不了真，一切都自有公断。历史是一门严肃的学科，容不得半点虚假。我希望吴氏子孙代代幸福、安居乐业。

最后，我还想再说一句：美丽不是一种罪过。请别把我比作惑君的褒姒、张丽华！别再把我当成乱世的佳人！真正乱世的人不是我，而是那些见了美色便忘乎所以、强抢豪夺的恶霸。我本可以在梨园里好好唱我的曲、抚我的琴，为众人带来许多快乐的，却因为错生在那样的年代而惨遭不幸，我何罪之有？！

（原载《山花》2003年增刊）

2004年

张　劲

浙大那壶湄江茶

一

那是一片依偎着苦涩的芳醇，缠绵在历史的舌尖，再也不会抹去。

我说的是茶。是浙江大学1940年初至1946年秋，因抗战烽火，西迁遵义、湄潭办学，师生们茹苦含辛，煎日熬月，留在湄水之滨的一壶“求是”佳茗。

我慕名来饮，已是六十年后的清明时节。茶乡果然盛情。湄江水浮碧流翠，笼雾含烟，两岸远近，不仅到处密布着茶园，且把参观者与这个鲜嫩的节气也煮在了一起，烹于一瓯，令我们的每个毛孔都散发着绿思绿想，茶韵茶香。

茶浪三千，我只能取一盏饮。

踏进当年的文庙——后来的浙大湄潭分部——如今的“浙大西迁历史陈列馆”内，有众多的历史照片、资料文物叩击着我的心扉。

我无法想象，那由上千师生员工、两千多箱图书仪器、若干教学与生活用品组成的流亡之师，是克服了怎样的艰难险阻，辗转南方六省，才分期分批地来到这黔北山区。

我能够想象的是，这一支“西征的文军”，其开拔处是东部的著名茶城杭州，其驻足处是西部的著名茶乡湄潭。前者是“人间天堂”的三吴都会，后者是有“小江南”之称的黔北县城。正是那一个元气淋漓的“茶”字相邀，浙大师生才有了汗湿五千里路、润泽了七个湄城春秋的难忘壮举。原在唐人陆羽《茶经》中分别“注册登记”过的中国东西部两处产茶胜地，跨过宋元明清，就在这样一个特殊年代，被一个特殊群体以一种特殊方式联结了起来。是浙大有缘？还是湄潭有幸？

浙江大学原自“求是书院”发展而来。竺可桢博士任浙大校长后，更是高张“求是”旗帜，广纳名师俊彦，掀起了一股严肃恭谨、敬业修德、追求真理而不计利害得失、研讨学术而胜于物质享受的务实校风。

校长求贤若渴，师生求知若渴，全校“求是”若渴。唯茶乡中泡大之浙大学人，最能饮出茶的本质与精神。

茶为解渴之饮，疗疾之饮，也是和平友善之饮。陆羽《茶经》中就曾倡导饮茶人培养“精行俭德”品格。当它远涉重洋，芳播亚欧，日本茶道大师千利休又以“和敬清寂”来概括饮茶要义，推崇一种和睦互敬、守志清心的饮茶境界。英国文学家迪斯拉利，更以“真理的发现”来盛赞茶之伟大。

治学之道与饮茶之道何其相通乃尔！

然而，当侵华日寇以烧杀淫掠取代“和敬清寂”，且将屠刀对准茶之故乡——中国时，这就不能不激起爱国华人的同仇敌忾，燃起“求是”学人的壮怀激烈。于是，浙大一迁浙西，二迁赣南，三迁桂北，最后以娄山为胎，借湄水为孕，塑造出了一个战时的浙大：文学院、工学院设在遵义，理学院、农学院置于湄潭，师院则按专业分属两地，全校一年级新生则被悉数安排在湄潭县管辖的永兴镇内。

正如苏步青词中所言：“黉舍分三处，近蜀似依刘。……男儿磊落，何须泪洒古播州。”浙大不屈的生命长铗，弹响的仍是莘莘学子的琅琅弦歌。

二

“记着我的粮食是一壶苦茶”，这是诗人闻一多式的幽默。把这幽默掰开，嚼碎，识得“苦”字含义的是战时的浙大师生。

茶乡除茶叶外，湄潭没能供给远来的贵客以高楼华屋，玉盘珍馐。浙大教室多是长年被蛛网占据的旧祠破庙，宿舍多为常有老鼠来访的陋室蜗居。师生们吃的是缺油少肉的清茶淡饭，夜里照明全是黑烟缭绕的桐油青灯。

这样的生活水平有时也难维持。苏步青教授一家八口，曾三个月食红薯蘸盐巴水过日子，还需要在所住的破庙前自辟荒地种菜以聊补家用。王淦昌教授体质较弱，孩子又小，只好由夫人买来一只山羊喂养，借挤食羊奶来补充全家数口人的营养。陈建功教授因无力偿还返家葬父所借校款，只好以珍藏的私人书籍卖给图书馆来抵债……然而就是在如此恶劣的物质条件下，浙大仍然教学不辍，实验不荒，科研不废。理化实验缺乏酒精、烧杯，就以木炭、茶杯替代；需要自来水，就以垫高的大水缸连接胶皮管来充当；没有电源，就以废旧汽车的发动机再带动一台小发电机来发电……

这期间，苏步青的微分几何研究取得了突破性进展，人称“东方第一几何学家”，他所创立的几何学派，与当时美国、意大利的学派形成鼎足之势。王淦昌1941年发表于美国的《关于探测中微子的建议》，开启了核物理研究的新思路，美国科学家据此所做的实验获得了成功，成为当时轰动国际物理学界的重大成就之一。谈家桢教授不仅发表了多篇生物遗传学方面的论文，还在旧祠堂里带出了两个学有所成的研究生。此外，像贝时璋、束星北、陈建功、卢鹤绂、胡刚复、罗宗洛、钱宝琮、王季梁、江希明等教授，都在各自的研究领域内达到了很高水平。

即便是校务缠身的竺可桢校长，也在1944年完成了其传世之作《二十八宿起源之时代与地点》，为国际天文学界争论不休的问题，表示了自己的见解——二十八宿之说起源于中国。据统计，20世纪40年代在湄潭任教的三十余位浙大教授中，留学欧美及日本，获得过博士、硕士学位的就有二十三位，发表的论文数以百计。每一篇文章、每一位作者背后，都有一串沉甸甸的故事。除理论研究外，农学院在兴建农林茶场、规划设计湄城新八景、推广优良蔬菜水果品种、防治病虫害、改良茶叶土壤和提高制茶工艺等方面，也取得了显著实绩。

1944年10月，英国著名科学家李约瑟博士来湄潭参观考察浙大和进行学术交流，他为偏僻小县城有如此高水平的大学而惊叹不已，演讲中动情地盛赞浙大是“东方剑桥”。次年，他又在英国《自然周刊》发表文章，称浙大是“中国最好的四所大学之一”，“湄潭是浙大科学活动的中心。在那里不仅有世界第一流的气象学家和地理学家竺可桢教授，有世界第一流的数学家陈建功、苏步青教授，还有世界第一流的原子能物理学家卢鹤绂、王淦昌教授。他们是中国科学事业的希望”。

时髦于喝下午茶的英国人，习惯地把学术交流称之为“茶壶和茶杯精神”。他们常常雅集于美庐精舍，在红茶加糖的浓香里，切磋着思想的蛋糕，享用着信息的甜点。而彼时浙大的知识精英们，却在中国西南一座僻远的小城里坚守，借昏黄的桐油灯光，结构出智慧的彩虹，以渊默的湄江清茶，淬砺着科学的锋锐。难怪李约瑟博士要由衷赞叹这里是“东方剑桥”了，尽管城边流的不是名满天下的康河柔波，而是名不见经传的粼粼湄水。

确实，湄潭给浙大以无限慰藉的，是温厚、纯朴、热情的茶。茶是浙大师生的挚友、知音和伴侣。无论是炎天消暑，隆冬御寒，还是破闷解乏，醒脑提神，茶与人都相濡以沫，厮守着，共度时艰。

浙大校友们至今还津津乐道于那些往事：当鸦背驮着夕阳，月辉写满夏夜，三五好友常去江边露天茶馆要一壶新茶，边饮边谈。或评点时事，交流学习心得，或斟酌古今，品味中外。人茶相对，一样地风华正茂。当柳丝编织着春雨，落叶摇动着秋声，学子们又常把茶馆当做难得的自修室，人茶相守，一样地意兴飞扬。

诺贝尔物理学奖得主李政道博士，回忆自己在永兴镇的求学情况时说：“我的学习条件十分艰苦。物理实验是在破庙里做的，教室和宿舍分别在两个会馆里，往来奔波忙碌。白天我常去茶馆里看书、做习题，泡上一碗茶，目的是买一个座位，茶馆再闹也不管。”周围虽众声喧哗，他却能稳稳地把持住那份沉静。

学会用自己的方式喝茶，喝自己的茶，这也是“求是”学子的共同追求。正因为如此，浙大才培植出了大批栋梁英才。

三

艰辛中也有乐趣，清苦里总藏着清欢。也许正是那一叶清苦，熬浓了茶中诗味。

湄潭虽不比杭州繁华，却也是黔北文教兴盛之邦。在明朝万历年间置县之初，它就开办书院，从这里走出了许多秀才、举人和进士。明末清初又有郑之珖、钱邦芑、范鑛、吴开元等明廷旧臣、遗老从外地来这里隐居，他们躬耕田园，设馆授徒，寄情山水，啸傲烟霞，留下了大量文坛佳话，也留下了冬诵夏弦的遗风。

湄潭更是风景秀丽之地，清代巨儒郑珍说它是“萧疏风景似江南”，张之洞幼年的启蒙教师张国华称它是“眉溪清丽有如娥”。城郊有西来庵、观音洞、琴洲等著名人文景观，永兴镇也有三岔河、黄菊山等优美自然风光。

浙大师生常于闲暇去这些地方流连。或秀野踏青，茶山拾翠；或清流濯足，澡身洗心；或举行读书会、篝火晚会，纵论国家大事，高唱救亡抗战歌曲。校友们至今还铭记着江边那些日夜吟哦的大水车，铭记着那百鸟噪林的“七星桥”，铭记着那“坐览溪山胜，争看桃李春”的“织女亭”，铭记着那些令人馋涎欲滴的风味小吃……正如多年后任美国堪萨斯大学教授的郑家骏博士所回忆：“杭州之美在西湖，湄潭之美在湄江之滨。前者像一个风华绝代的少女，后者则是个绰约天真的村姑……我有福气在这种地方住住，真是前世修来。”

浙大不仅在黔北顽强地生存了下来，还把学校规模扩大了三倍。同时，这里还活跃过一个诗歌团体——湄江吟社。吟社由爱好诗词的教授、学者自发组成，初为苏步青、江问渔等七人，后增至九人，他们分别来自数学系、化学系、中文系、外文系以及农学院实验茶场。其结社宗旨为“公余小集，陶冶性情”，“留一段文字因缘，藉为他日雪泥之证”。吟社自1943年2月至同年10月，共举行诗会八次，存诗词百余首。

本是江南游子客居他乡，诗中自然少不了流亡之恨和莼鲈之思。然他乡亦是山明水秀的茶乡，所以湄江风物总是与西湖景物联袂而至诗人笔下。

诗会多在茶场举行。茶场先有知名绿茶“湄绿”和功夫红茶“湄红”，后来又引入西湖龙井茶工艺，研制出了湄潭龙井。这样一来，煮泉品茗，分韵赋诗，就成了经常性活动。

先贤苏东坡在杭州时，曾为西湖题下名诗：“欲把西湖比西子。”后来又说：“从来佳茗似佳人。”因而循东坡的诗性指点，饮“湄绿”当如松下听绿珠吹笛，笛声幽婉，每一个音符都滴着翠色。饮“湄红”就似寒夜里有红袖添香，汤色红亮，茶烟暖人，正助书生挑灯苦读。而饮龙井，就直如他乡遇故知了，只觉得那一份淡而回甘的鲜爽，才下舌头，又上心头，才下心头，又上笔头，“顿教诗思清如水，更化愁怀和若春”（江问渔诗句）……袅袅茶香，郁郁乡情，和着悠悠诗韵一起在茶室里浮动。

茶饮到这个时分，人已微醉，诗已微醉，心中的西湖已变成浓抹的湄江，而湄江则变成淡妆的西湖了。

四

如今，一个花甲过去了。浙大当年的师生们，不少已从地上走进了墙上相片，再也没有迈步下来。

健在的校友们忘不了自己的第二故乡，忘不了当年依依惜别时所唱骊歌：“留得他年寻旧梦，随百鸟，到湄江。”于是，一批批“寻梦者”来了又去，去了又来。

湄潭的山山水水也同样牵挂着远方的亲人。文庙前的那条老街已改名为“求是路”，原来与浙大附中合并办学的湄潭中学已更名为“求是中学”。于是，一坡坡思亲茶青了又绿，绿了又青。

作为仰慕者，我也曾一次次来到湄潭寻访，一次次斜倚史料的栏杆远眺。远眺那一盏青灯，那一壶清茶，胸中有清景无限。

鲁迅先生说：“有好茶喝，会喝好茶，是一种清福。”

面对“好茶”，我属于“会喝”一族吗？

我握住了这种“清福”吗？

——清夜扪心，我追问着自己。

（原载《散文》2004年第2期）

孙淑静

痕道记香（节选）

圣陶沙·水舞

如果说中国的九寨沟是自然界的最后一方净土，那么新加坡的圣陶沙则是名副其实充满童话色彩的人间仙境。

圣陶沙，不仅有一个诗意的名称，一个贴切的意境，它更是无数人心中唯美的境界。虽然这里没有得到大自然一点点的厚爱，虽然它的每一寸土地都经过人为的修饰，甚至连岛上的一草一木、一颗石子、一粒沙子都是从很远的地方运送过来的，但也许正因为如此，圣陶沙才能汇聚人们心中所有美好的愿望，成为人们梦想中的天堂。

到达圣陶沙时，已是傍晚时分，这天的天气很好，阳光妩媚，清爽的海风为炎热的夏日增添了不少的凉意。从进入这个仙境般的世界以后，我就开始不停地在心中感叹，尘世间竟真的会有这么完美的一片世外桃源！

徐徐落下的夕阳没有了午时的骄躁，轻柔的余辉将这片圣洁的土地涂染上几抹红晕，红房绿树衬托出它的神采，碧波细流展示着它的柔情，这里是绚丽多彩的童话世界，也是宁静与和平的港湾。

乘上圣陶沙那悬在半空行驶的单轨小列车环岛观景，别有一番情趣。南部是蓝莹莹的、透明透亮的海水环抱着金色的沙滩，岛上的美人蕉、椰树、棕榈树各自占据最佳的位置，多一棵会让人觉得过火，少一棵又会让人感觉不够。岛上那些金灿灿的细沙粒就像丰收的麦粒一样招人喜爱，它们是那样地蓬松，微微用力就能踩上一个沉陷的小坑来。休闲的游人躺在舒适的长椅上享受徐徐吹来的海风。一切优雅而宁静。

往西行，可看到漫山的植被中有隐隐的炮台，不时有三两个栩栩如生的蜡像军人站立在丛林中，指手画脚的动作和神情十分逼真。脚下是规划得色彩缤纷的花园，供游人步行的小径像是随手画下的流畅曲线，把花园划成一片片不规则的图形。花园的空地上有几个印度女子不知是举行仪式还是在做游戏，身着白色的长袍，眉间点上漂亮的美人痣，跪在地上围着一个躺在地上的男子，好似在做祈祷。

我感觉自己仿佛在梦中……

导游说在这里最吸引游人的、最不可或缺的就是水舞。我曾经一直困惑于水舞的真正含义。水舞，这样一个浪漫且富有诗意的名称，它指的是在水中舞蹈，抑或是水在舞蹈呢？我怕破坏了心中美好的期盼，一直没敢询问，只是在不时的幻想中看到一滴滴水精灵围绕在我的身边欢快地舞蹈。

天色越来越暗，前面的道路已经开始变得模糊不清，四周哗啦啦亮起来的一串串彩灯，增添了几许热闹的氛围。夜晚的圣陶沙被装扮得如海上初升的明月，璀璨夺目。

穿过长长的小径，沿着水渠式的喷泉溯源而上，不时听到远处传来阵阵的喧哗声，这声音应该可以证明，喧闹的地方绝对会有好戏要上演。

果然不出意料，不多时就看到一个很大的喷泉，旁边还依偎着两个小喷泉，它们看上去好似一家人般相亲相爱的样子。虽说是到了喷泉前面的看台，其实它离我们还是很远，除了我们坐着的阶梯状的高高看台外，还有平台、围栏、渠道把它与我们分开，难道距离才能产生美？这时，我又想起了那个诗意的名字：水舞。

短短的几分钟后，喧哗声渐渐停了下来，喷泉四周亮起了五光十色的柔和灯光，前奏音乐轻轻地从远处缓缓流淌出来。就在这时，咚的一声，高昂的乐声飞快地冲进我们的耳畔，激光灯也骤然发出强烈的光芒，几十棵水柱一跃而起，尽力射向云霄，人群随之振奋起来，都为这动感的场面加油喝彩。

电脑控制的激光灯从各个角落照射在水面上，变幻出不同图案，不同色彩。喷泉也不甘示弱地随着音乐声尽力展示婀娜多姿的体态，伴着水面上变幻无穷的图案，心情演绎着动感的节拍。

水舞，原来真的是我梦中期盼了无数次的水舞。晶莹剔透的水柱开始跟着音乐的节奏展示起自己的风采，随着施特劳斯优美乐曲的浅吟轻轻缓缓地向外喷洒。轻泻而出的一个个水晶球，是那样地纯净、透明，在灯光的照射下不停地翻动，流出汩汩的声音。这低低的声音是在诉说什么呢？是在告诉我这就是生活的开端吗？

音乐逐渐又变得激昂，一注注水流不断地向上跃起，每一个步伐都充满艰辛，三米了、五米了，水柱开始变得朦胧起来，我依稀觉得有些看不清楚。它们开始左右摇摆，踏着音乐节奏不停地努力向上继续飞跃，舞姿也显得分外地妖娆而多变，我能看出它们和我一样变得急切的心情。它们哗哗的浅唱又是什么意思呢？是要告诉我人生也是一步步努力向上攀援的吗？

当贝多芬的交响曲响起时，水柱已经在热情奔放的乐曲声中高高跃起，随着琴声摇摆、旋转，展现自己曼妙的舞姿。它们像是从水中飞起来的仙女，披着薄纱，在风上翩翩起舞，跳荡不息，不时还随着那一阵阵细细碎碎的雨雾挥洒近我们的身边，任我睁大眼睛也看不清那藏在水雾背后带着浅笑的娇俏容颜。我只能屏住呼吸，透过激昂的音乐，去倾听它跌落在地上的沙沙声。我想我有些懂了，我们应该在人生的巅峰为辉煌的瞬间尽力展现自己的风采。

音乐又变得缓了，它们再度从至高无上的风采中回归平凡，但我能看见它们努力张扬的个性。其实人的人生何尝不是这样，有高潮也有低谷，低谷时要能看到希望，更要不甘于平凡，因为每一个低谷都是为了迎接下一个高潮的来临，只有起起落落的人生才是完整而令人难忘的人生。

水舞，并不只是一场水的舞蹈，它的每一个舞姿无不在向我们诉说生命的每一个过程。它不仅感染了在场每一个人的情绪，更净化了我们的灵魂；它舞出了摇曳的风姿，更舞出了人生的期待和向往！

一只鞋的故事

一

我只剩一只鞋了。

人家都说婚姻像一双鞋，这个比喻好贴切。我曾经就有这样一双很漂亮的鞋，也许是羊皮或者鳄鱼皮做的，反正是一双外形很华丽也很高贵的鞋。这双鞋曾经很舒适、很温暖，引来过无数羡慕的目光，于是让我很快乐也很满足。

可是有一天，有一只鞋坏了，我心痛地想尽办法去修补它，但是修补过的鞋尽管外表依旧，却变得会夹脚，这就让我很为难。扔了吧，怪可惜的，继续穿吧，夹脚的地方又会压迫我的神经，那不仅仅是皮肉的痛，更是心里的痛。

于是，我只有三个选择：继续穿着它，继续痛下去，或许有一天痛的地方麻木了，还能凑合；不然就扔了它，赤脚走路，但是我会因为失去它的保护而受伤；再或者就是换一只鞋。没有合适的鞋可让我换，所以我犹豫再三选择了赤足，因为我尊重自己内心的感受，不愿变成麻木不仁的行尸走肉。

赤足的感觉不好受，它不能只踩纯羊毛的地毯或干净的地板，它还得去踩水泥地或冰冻的泥浆路，它会碰到小石头甚至玻璃碎片。失去保护的赤足很容易就受伤了，尽管我非常地小心。

常常因为受了伤而在深夜清洗伤口，嘴里说着自作自受，心里却在为不再被夹脚的鞋压迫神经而庆幸。日子是很苦，可是心情不再沉重，我还是认为值得。

慢慢地，赤足长了厚厚的一层茧，它不再轻易受伤了，也不必再小心地如履薄冰，它已可以在不太干净的地上行走如飞，于是我有了更多的时间和精力安排自己的生活。

二

我是个乐观向上的人。

我不太去为自己规划遥远的目标，因为太远的东西对我们来说就像一个美丽的肥皂泡，常常在还未走近时就已破碎。

我只是计划明天该做些什么，却不去设想明天会是什么结果。一个很近的目标是很容易实现的，就像你要一个人跑一百米，他可以毫不犹豫地应承下来，但你要他跑十公里，也许很多人就不敢保证能做得到。我的计划很简单，明天要做些什么，写一篇文章或做多少工作就够了。因为简单，所以效率就变得很高；因为压力不大，所以能尽力去做到最好。

很多人容易烦恼，总会替未来担忧，我不这样。明天的烦恼留着明天去解决，过好今天才是最重要的事情。

任何一个人都不能说拥有明天之类的话。生死无常，明天会是什么样，谁也不知道。也许明天世界大战，也许明天地球毁灭，何况天灾人祸的事那么多，发生在谁身上也是不一定的。今天都过得不好的人，又有什么资格去谈论明天的理想?

每天早上醒来，我都会告诉自己，新的一天才开始，我有两种选择：一种是积极快乐地去工作、去休闲；另一种是不快乐地混日子。我选择快乐地过，工作忙的时候我告诉自己，今天很充实，闲的时候我告诉自己今天很轻松，即使碰到不顺心的事，或是头痛脑热的，我也安慰自己，过了今天一定会变得好起来。我会在临睡前把一天的不愉快消化掉，决不把烦恼留到明天。

我发现这样的生活充满了动力与活力，明天于我总是好的，日子也因此变得简单易行。

三

谁会是我的另一只鞋呢？

我不知道。我也不急于寻找。

缘分总是这样的：该来的总会来，你躲也躲不掉，该走的总会走，你留也留不住。

我想要的另一只鞋可以不漂亮、可以不昂贵，可以是真皮的、棉的、布的甚至塑料的，但它一定要是不夹脚的，一定要是可以温暖我曾一度冰冻的心的。

脚是人体最重要的部位之一，俗话说：寒从脚下起。脚上的神经穴位也非常多，一双不合脚的鞋会让人痛苦而压抑。

我坚持认为，假如找不到这样一只合脚的鞋，我宁愿选择放弃，提着我的这只鞋继续赤足行走岁月。只要拥有一颗简单而感恩的心，忠于自己的思想，又何尝不能成为一种快乐？

我是你的小妖精

亲爱的：

你说像我这般算不上很漂亮、算不上很妖娆、算不上很另类，却真真地与众不同的女子叫作妖精女人。所以，你总是把我叫作小妖精！

我知道，我不过正好应了你心中的那个景致：有一点点的沧桑，一点点的颓唐，一点点的不羁，一点点的逞强，一点点的任性，一点点的痴狂，而最关键的，是我骨子里有一种不会轻易被驾驭的叛逆。正如你所言，有挑战性的我让你必须花费更多的心思，而这个过程使得你对生活充满了期待和信心。

我也知道，自己并没有你形容的那么优秀、那么古怪精灵、那么风情万种。是你爱屋及乌，才把我美言成天使与恶魔的结合，连我那么多的缺点也被你当成了骄傲。

你说你喜欢我工作与休闲时截然不同的生活态度，我好想告诉你，这样的女子其实很多；你说你喜欢我冷眼看待世事，不幼稚不清高，可是像我这般经历过风雨飘摇一路走得跌跌撞撞的女子，谁又还会幼稚还敢清高；你说你喜欢我自尊、自爱、自立的个性，难道你忘了我曾经一再地讲过，当别人不再爱你的时候，自己一定要更爱惜自己，当我们不能改变别人的时候，只能改变自己；你说你喜欢我入得厨房下得厅堂，其实我也不喜欢做那些事情，但是没有人替我做的时候，我又不愿委屈自己，只好勉为其难了。只因每次做事情的时候我都会想，如果我开开心心地把做饭当成一种乐趣，饭菜会更可口一些，如果我高高兴兴地把做家务当成一种享受，屋子会显得更漂亮一点。虽然最终的结果是一样的，但是心情不一样，感觉也就不一样，这正好让你对我另眼相看了，对吗？

一直以来，你总是很宠溺我。在我骄傲的时候，你从不曾给我一点打击；在我任性的时候，你从不曾给我一点指责；在我犯错误的时候，你也不会板着一张臭脸；更多的时候你总是放纵我随心所欲，即使偶尔令你在朋友面前很尴尬，你也不曾给我一点束缚。你总是说，你喜欢我自由自在的样子，你喜欢我毫无顾虑地做事，因为我不是那种不辨是非强词夺理的女子。所以，我总是在最后认输，小心翼翼地向你认错，待你捏捏我的脸，宠爱地搂着我说声小妖精的时候，我才敢装成得意的模样腻在你的怀里撒娇，说我是故意惹你生气的。而这种时候，你都会照例微笑着安抚我，很开心地说你就是喜欢我故意惹你生气的调皮样！

亲爱的，谢谢你这样爱我！尽管你一再地肯定你很喜欢我现在的样子，你给我足够的空间，是怕我会变成一个傀儡，你想要的就是现在这个真实的我，不会刻意讨好献媚，不会甘心受人摆布。可我心里明白，是你的宽容你的大度你的爱一直在包容着我，才能让我保全自己完整的个性，才能让我在你面前没有任何伪装，才能让我区别于其他你不喜欢的那些女子。

今夜的风很凉，虽然没有你的陪伴，我依然感觉温暖。看着照片中你温柔的笑靥，我的心中充盈着无限的感激。红颜难得一知己，在这世界上能有一个如此懂得我心情的爱人，我是何等地幸福。

此刻，我提着笔在含泪带笑地向你倾诉，你介意吗？一定不会的，对吧？你会喜欢我用任何一种方式爱你，就算是笑着流泪又有何妨。

亲爱的，你可知，今夜的我是如何怀着一颗感恩的心在对你说：我愿意做你生生世世永远的小妖精！

（选自《痕道记香》，当代中国出版社，2004年2月；
《痕道记香》获贵州省第七届“新长征”职工文艺创作一等奖）

徐成淼

永世的追随

1843年那个秋夜，当屠格涅夫走上彼得堡亚历山大剧院缓缓的台阶的时候，他能料想这个夜晚将决定他一生的命运吗？有时候，人的命运就是这样地取决于某一次偶然，特别是当你年轻的时候。青春啊，美丽的蔷薇花开时。草长莺飞东风紧，又有什么事情不可能发生呢？那一晚，剧院大厅里钗光鬓影，冠盖云集。高高的穹顶上，枝形吊灯热烘烘的光洒了屠格涅夫一身，镀亮了这个二十四岁青年潇洒的身影。那一年，他的长诗《帕莎拉》初次发表，这是他正式踏进文坛的标志。而又有谁知道，今晚，当他步入剧场的时候，他一脚踏进去的，竟是他为之奉献终身的情感的祭坛！

红色天鹅绒帷幕徐徐拉开，即将上演的是罗西尼的歌剧《塞维勒的理发师》。追光起处，罗丝娜上场，扮演者是意大利歌剧团年轻的女演员波莉娜·加尔西亚·维阿尔多。这是维阿尔多第一次来彼得堡演出，年仅二十二岁。那是怎样的场景呢？霸尔多洛家的房间，陈设古典而凝重，罗丝娜向台前款款走来。一身西班牙衣着色彩斑斓，头上斜插着一把安达露西亚梳子，蓝色的眼睛流波四溢。乐声响起，维阿尔多深吸了一口气，她一开口，奇迹就出现了。那是“非比寻常的现象，传来了令人心悦神迷的、任何人都闻所未闻的柔和曼妙的歌声”，一位观众这样描述当时的情景：“刹那之间，仿佛有一道电火银花传遍了全场。最初一霎，笼罩着死一般的沉寂，这是多么令人陶醉的呆怔失神的状态啊！”紧接着堤坝就决口了，狂怒的浪潮汹涌奔来，掀起了狂风暴雨！在宽阔的音域里，维阿尔多随心所欲地游弋。上薄九霄，下临谷地。轻松地从花腔女高音的最高音，自由地转换为女低音浑厚沉实的低音部。彼得堡的观众被维阿尔多火热的激情和超乎寻常的演技倾倒了，那是闻所未闻、见所未见的壮观场面。剧场守则被打破，观众狂热地叫好。维阿尔多每唱一句，都会被满场的欢呼声打断。

在全场狂热的观众中，最为痴迷的，正就是那位刚刚发表了自己第一首长诗的文学青年屠格涅夫。从那一夜起，这歌声就永远刻在了他的心头，像用石刀斫刻在花岗岩上，永不磨灭。自此以后，凡是意大利歌剧团演出，他每场必到，从不错过。而实际上，他不敢错过的，是他前世今生的宿命，是他至死不渝的恋情。从那时起，他全部的情和爱，都随维阿尔多而去，任时光流逝，不减毫末。“上帝啊，我愿是地毯，永远铺在您的脚下。”“只要对您有益，哪怕砍下我的手我也愿意！”这是比现今任何一名超级fans都更死心塌地的追随，这追随用的是全部的真情，整个的生命。

1843年11月1日，是屠格涅夫生命中最值得忆念、最令他难忘的日子。那一天，他终于与他所倾心的人相识了。屠格涅夫把这一天看作是生命的节日，一个“神圣的日子”。自此之后，每到11月1日，他都要以这样或那样的方式表示纪念。1850年，在他与维阿尔多相识七周年的那一天，屠格涅夫给维阿尔多写信。他在信中写道：“我今天去看望了七年前有幸第一次同您交谈的那幢楼房。它坐落在涅瓦大街，面对亚历山大剧院；您居住过的住宅恰在街角——您还记得吗？在我一生中再没有比与您有关的回忆更可贵的了。”思念如酒，如泪，如火焰炙烤着屠格涅夫的心：“没有一天我的脑际不下百次思念您，没有一夜不在梦中见到您”，“在人世上，我再没有见过比您更完善的人……在生活道路上与您邂逅，这是我毕生最大的幸事。我的忠诚和感念之情无穷无尽，只能随我的死亡一道消逝”。

不，这不是缺乏经验的年轻心灵的一时狂热，更不是情网中人惯常的不免幼稚的夸张。此后整四十年的事实证明，屠格涅夫是用毕生的坚守，实践了自己的情感承诺，无论需要付出多大的代价，对维阿尔多的情感始终不渝。为了能够尽最大的可能追随维阿尔多，屠格涅夫辞去了内务部司文官的职务，办妥了出国手续。一有机会，他就跟随维阿尔多的剧团，到各地周游。两年之后，屠格涅夫终于来到巴黎，来到库尔塔夫涅尔。那儿离巴黎六十公里，维阿尔多夫妇的庄园就坐落在那里。那儿有古老的寨堡，寨堡周围是高高的围墙，深深的壕堑，然后是花园，是充满神秘感的丛林。屠格涅夫走进这座庄园的时候，就像是走进了一座圣殿。圣殿的中心是一个宝座，上面端坐着的是他心目中永远的女神。

如此执着而痴迷，甚至连他的好友别林斯基都一时难以认同。一开始，别林斯基就对友人说：屠格涅夫对维阿尔多的一片痴情“非常可爱”，但也非常“可笑”。后来还直接“忠告”屠格涅夫，说这不过是“缺乏经验的热情力量，激荡着年轻的心脏”。更何况，屠格涅夫的母亲早就警告过他。当屠格涅夫要去德国留学，第一次离开故乡的时候，他母亲曾声色俱厉地告诫他：“在外面不许结交女戏子！”而命运却使屠格涅夫的选择正好与母亲的告诫反了个个儿。这是天意，还是宿命无情的播弄呢？爱的力量果真是那样巨大而顽强，旁人的议论，朋友的“忠告”，母亲的禁令，都不能左右屠格涅夫的生死绝恋吗?

也不是没有过迷乱和轻狂。年轻的舢舨，总会有经不起情潮猛烈冲荡的时候。稍一不慎，就会与暗流下的礁石不期而遇。早在1841年，屠格涅夫从柏林回到他的斯帕斯科耶庄园。在那个有白桦和乌荆，有红鹟和欧椋鸟的地方，他曾迷恋过一名从莫斯科来的女缝工阿芙多蒂亚。与阿芙多蒂亚的一场狂热，为他留下了一个女儿波莉娜。在与维阿尔多相识之后，他向她毫无隐瞒地说出了事件的全部真相。是维阿尔多向屠格涅夫建议，把波莉娜安置到她家里，随同她的儿女们一起成长。此后不久，屠格涅夫又曾与巴枯宁的妹妹巴枯宁娜有过一次短暂却也不失浪漫的恋情。屠格涅夫为她写了热情的诗句：“把手伸给我吧，我们去田野漫游，我沉思心灵中的朋友”，“瞧，那是门扉、平台、熟悉的阶梯，而你呢？你在哪里？”然而这一段插曲毕竟太轻飘了，到了第二年春天，他就与他曾称之为“缪斯女神”的女子分了手。即使在与维阿尔多结识之后，屠格涅夫也不是没有另外盘算过。孤独的小船漂泊得太久了，该得有个靠岸的港湾。1854年夏天，屠格涅夫流放归来不久，曾与一位远房亲戚的十八岁的女儿奥丽加短促相恋。面对这样一位善良、迷人、聪慧的年轻女子，屠格涅夫曾有过若干计划与梦想。然而，维阿尔多在他心中的份量是那样巨大，终于将所有别样的情怀都屏蔽殆尽。无论曾有过多少情感的动荡，心的船舵一旦被命运之手锁定，所有的相思便只能朝着一个方向。他与维阿尔多的感情绵延不断，从青年直到中年，那烈焰丝毫未有消减。连托尔斯泰都被这绝世之爱感动了，在一封致友人信中他感叹道：“我从来都不曾想到过，他居然能如此强烈地爱！”

屠格涅夫迁居巴黎后，曾多次回国，但很快又回到了维阿尔多身边。1864年春天，维阿尔多在巴黎剧院最后一次登台，告别演出之后，决定迁往德国。在巴登巴登，维阿尔多买了一栋别墅。屠格涅夫立即随迁到那儿，在维阿尔多别墅的近旁，造了一幢房子。1870年，维阿尔多搬到伦敦，屠格涅夫又跟着迁居。而后，他又跟着维阿尔多来到巴黎，一起买下了位于杜厄大街的一幢楼房。冬天，他住在这座房子的楼上。夏天，他通常到郊外的布日瓦尔消暑。在那儿，紧挨着维阿尔多的“雅谢尼”庄园，他有一座自己的小别墅。……这是永世的追随，是心灵无尽的跋涉。无论是在德累斯顿，还是在伦敦，无论是在巴登巴登，还是在巴黎，维阿尔多在哪里，哪里就是屠格涅夫心中的圣地。二十多年过去了，屠格涅夫已迈入人生的秋季。岁月如流而爱心不泯，只要生命存在一天，就要和维阿尔多不离须臾。他把自己的这番追随，看作是最宝贵的财富，决心把它保持到晚年。白石为凭，明月为证，爱无止境，此心永恒！这是一曲欧洲版的《长恨歌》，是《神曲》故事在19世纪的另类延续。“祈愿。但丁与贝亚德由山顶向诸天飞扬。”“天长地久有时尽，此恨绵绵无绝期。”那么这旷世的情种啊，要到什么时候，他追随的脚步才能够停顿下来呢?

是维阿尔多激活了屠格涅夫细胞中每一粒爱的内核，在一路追随中，他写出了一部又一部令俄罗斯文坛刮目相看的精彩故事。“多余的人”踽踽上场，不久又陆续退了下去。终于，“新人”出现了，他们是“新生活”的预言者，预示着一个全新的时代将要来到。在他所有的作品中，塑造得最为鲜活的，是一个个风姿独具的女子。“前夜”，“春潮”起了，“阿霞”、娜塔丽娅和叶莲娜们经历“初恋”，走出了“处女地”。沿着曲折的“爱之路”，她们走向“蔚蓝的王国”。在“贵族之家”，她们一起吟诵着绮丽的诗句：“蔷薇花，多美丽，多鲜艳……”一切如梦，一切如“烟”，只有“爱的凯歌”，在屠格涅夫的笔下永远奏响。

然而爱也是要有代价的，爱得越深，那代价就越惨重。在这里，至爱即至痛。终身的幸运，亦即终身的遗恨。最大的幸福与最大的创痛如影随形，令人赞叹不已也感叹不已。屠格涅夫终身未婚，个中苦楚，非语言所能表述。他把自己无须报偿的爱情压在心底，但那种天涯无家的孤寂，仍可从他给友人的书信中透露出来。他多次表示，自己无家可归，孤身一人，注定要过流浪生活。“未及享受到完全的幸福，连安逸的家庭都未及建立就到了暮年，为此我深感痛苦。”还不到中年，他的头发已一片灰白。几年之后，欧洲料峭的寒风，吹起的已是他满头的白发了。

1881年，屠格涅夫病重，痛风病使他苦不堪言，而写作的热情却依然不减。他的三节脊椎骨已经坏死，最终连握笔的力气都没有了，但心中仍然涌动着强烈的创作欲望。1883年6月，他用法语向他最亲爱的人口授了自传体特写《海上火灾》，事后再由他人译为俄文。逝世前两个星期，屠格涅夫还对维阿尔多说：“我想写一个短篇小说，已经打好腹稿，不过这会累垮我的，也写不完。”“那就请您口授给我吧，”女演员回答说，“我用俄语写得不太好，不过我想只要您有耐性，我还是能够胜任的。”于是屠格涅夫用法语、德语和意大利语口授，再由维阿尔多用法语综合成初稿。这就是屠格涅夫最后的作品——短篇小说《死亡》。两次口授让屠格涅夫感到很大的乐趣，他要维阿尔多再为他笔录一个“大部头作品”。然而刚来得及口述了作品中人物的名字，他那雄狮般的头颅就垂了下来，从此再没有抬起来过。1883年8月22日下午二时，屠格涅夫在巴黎市郊布日瓦尔逝世。在他永远闭上眼睛之前，映在他视网膜上的最后一张面孔，正是他终身追随的女子：波莉娜·加尔西亚·维阿尔多。依照屠格涅夫生前的意愿，他的遗体被运送回国，葬在别林斯基墓旁。灵柩离开巴黎运往彼得堡时，长街十里，送灵者多达四十万人!

（原载《散文》2004年第4期）

戴明贤

一个人的安顺（节选）

街上的下江人

初次离家到省城，开始过寄宿中学的集体生活，非常不适应，好像忽然当了兵。想家想得厉害。恰好这时候又订阅了开明书店出版的《中学生》，读到美国作曲家福斯特因怀乡病不可遏止而弃学的故事。福斯特的《老黑奴》和《我的肯塔基老家》，原已听姐姐唱而学会了，现在又在《中学生》中看到李叔同译配的这样的歌词："梦挥泪出门辞父母兮，迢迢千里，父语我眠食宜珍重兮，母语我以早归。月落乌啼，梦影依稀，何处得安慰"，以及"长亭外，古道边，芳草碧连天"等等。于是也在熙攘的同学群中，在紧张的集体生活中，害起怀乡病来了。特别是黄昏时分。后来读到鲁迅青年时代写于日本的《戛剑生杂记》，"行人于斜日将堕之时，暝色逼人，四顾满目非故乡之人，细聆满耳皆异乡之语，一念及家乡万里……此时真觉柔肠欲断，涕不可抑"，乃知人同此心。儿童随母亲到别家做客，玩得欢天喜地，一至入暮，不是就立即吵着回家，一刻不能迟延吗。

时时回荡心里慰我乡愁，或者说增我乡愁的歌，除了李叔同译配的以外，尽都是些怀念江南的歌曲。什么"我家在江南，门前面小河绕着青山。在那繁花绿叶的城池，我懂得怎样笑怎样歌唱"，什么"昨夜我梦江南，满地花如雪。小楼上的人影，正遥望点点归帆。"全不是我家乡小城的风景，都是跟姐姐学的。后来又迷上了词，什么"春水碧于天，画船听雨眠"，什么"若到松江呼小渡，莫惊鸥鹭，四桥尽是，老子经行处”，也都是江南景物。晚自习，别人在做数学作业，我却沉湎在“常忆江南梅熟日，夜船吹笛雨潇潇，人语驿边桥”的画境里。不折不扣的“错把他乡作故乡”。但这是一个有意的误读。这个美丽的误读，乃是蒙下江人之所赐。

“下江人”即长江下游地区人的简称。但这个流行于抗日战争期间的名词，却是泛指东西南北一切地方的流亡者。记得丁西林先生的独幕喜剧《三块钱国币》，就把四川人称所有难民为“下江人”作为一个笑料。我想这个词就是从重庆传过来的。贵州人是山民，不大有江河的概念，一个人不辨方向，北京人说“找不着北”，贵州人说“打不着山势”。抗战时期的“下江人”为特定名词，就是“异乡人”，就是“流亡者”，包括着浓烈的沦落、苍凉、同仇敌忾的内涵。

在那些怀乡歌曲中，就尽有非江南地区的。有一支说：“故乡呵！故乡呵！哪年哪月，再能吟咏在月下的松花江上。”我发蒙上黔江中学附小时，在一次“恳亲会”上，一个大约上三年级的女孩，上台唱“我的家在松花江上”，唱着唱着就哽咽起来，随后放声大哭。许多老师学生随之下泪失声。我虽混沌，也深受震惊。当时生活中这股同仇敌忾的气氛，随时随处会鼓荡开来。如今我每听抗战歌曲，尤其是“为我中华民族永做自由人”之句，仍不禁动容，何况全民身历其境之时。

然而把难民统称为“下江人”，也是有理可循的。因为在这个特殊的群体中，江南人数量多，热情活跃，容易造成鲜明的印象。对于自足自乐的安顺小城，下江人像一股劲风，破门窗而入，带进众多的新事物，全方位地冲击了石城的传统生活方式。奇装异服、特殊口味之类犹在其次，最碍眼的是一男一女挽臂而行，女的又还是“鸡窝头”、红嘴皮，化了浓妆！《儒林外史》中放诞的杜少卿与妻子携手游山，沿路的人“目眩神摇，不敢仰视”。安顺见下江人相偎而行，路人就要公然作侧目而视状，或互相挤眼努嘴；小孩们则尾随其后，拍手嘘哨。但下江人们视而不见听而不闻，依然故我，渐渐也就见惯不惊了。还形成了一个词叫“吊膀子”，意即谈恋爱：一男一女公然挽臂过市，非情侣而何？此词大约也来自重庆人，随着自由恋爱的普及早已消亡了。

石城人认定下江人娇气懒散，不能勤苦。大姐明端时为黔江中学初中生，教师多为下江人。她的班主任张慧老师，娇柔美慧，最受她崇拜。一次她征得母亲同意，请张慧老师带着她的一大帮朋友来家里做客。男客是张老师的新婚丈夫祝寿庭先生和他的朋友。母亲用搪瓷大盘切了黄果招待他们。我隔门偷窥，满座人影，一片柔软的下江口音。他们用两种语言说话，与我母亲寒暄时说我大致听得懂的官话，自己之间则纯是一阵啁啾。他们吃黄果只吮汁不吃肉。去后，母亲看着一桌子吮干挤扁的黄果瓣感叹：下江人太作福践灶！即书面语“暴殄天物”。又一天夜里，两个姐姐带着我看戏回家，大十字南街口一家小面馆还在营业。天很冷，街很黑，小铺的黄黄灯光里，蒸腾着大片的热气，很是诱人。我们进去消夜，脚跟脚走进来一对年轻下江人。女下江人烫着蓬松的头发，一袭秋大衣披在肩上，袖子空垂着。男下江人从风衣口袋里掏出手帕，把洗刷得木纹毕露的白木桌凳擦拭一遍，女下江人这才入座。男下江人只站着。跑堂的端上一小碗热腾腾的旺子豌豆苗汤，然后问客人要吃什么。男下江人弯腰询问女下江人，女下江人只是用小勺低头喝汤。男下江人就说，等会儿再说罢，把店小二打发走了。我们喝了汤，吃着面，忽见女下江人站起身来，男下江人一边替她把滑下半边的大衣提好，一边小声问了句什么，随即叫店家收钱，说是已吃好了。这很叫店小二为难，因为这碗开胃汤照例是归在客人正食后随意给的小费之中，作为小二本人的收入。他无法单独计价。于是他说，算了，一碗汤不值什么。但男下江人执意要给。说来说去终于收下。两人就挽手而去。店小二望着渐渐消溶在半明半暗中的两人背影，惊叹了一大声。这整个过程，女下江人没开过口，始终娇慵着；男下江人则始终殷勤着。我们姐弟只作壁上观。看完，不约而同交换了一个莫名其妙的眼色。三十余年以后初到上海，果然看见了女士们一只小包子吃半天的场面。

“下江人”的到来，使小城空前的新鲜活泼，因此我对他们大有好感。师范教育，职业大专，话剧，音乐会，画展，魔术，五光十色，全是新玩艺。一个月白风清的夜晚，随姐姐去东关豫章中学操场看露天音乐会。第一次知道男高音、女高音、二重唱、小合唱，等等。人小，挤在人丛中，闻其声不见其人。散场后踏月而归。这情景至今宛如昨日。这是我头一次听“洋嗓子”即美声唱法。第一次看西洋魔术在京戏园，清真馆老板登台表演，他的馆子就在京戏园对街。白西装、黑领结、高礼帽，玩空中取香烟、白纸变彩带、彩带变面条等，今天看来很简单，当时却诧为神技，甚至传说他会古书中顶尖的“大搬运法”。姐姐所上的黔江中学，本地学生少，大多数是“下江人”，开小城学生戏剧活动的风气。我看过他们上演的《家》和《雷雨》。其中秦京、秦均兄妹俩是主力。另一女生王璇，在一次白天的抗日集会上与一男生合演《新小放牛》，旧曲填新词，如“赵州桥儿什么人修”，改为“卢沟桥儿什么人修”，控诉日寇侵略，宣传抗战到底。王璇穿白绸衣裤，系大红飘带，且歌且舞，嗓音甜脆，舞姿矫健。次日店员罗哥盛赞王璇，说她增一分则太肥，减一分则太瘦，白一分则太白，黑一分则太黑，云云，我骇然觉得夸饰无边。以后才知道这是宋玉赋里的语言。专业的演出，像舒模率领剧宣四队频繁举行的大合唱“黄河”“生产”“新年”和许多歌曲，新中国剧社演出的话剧《民族至上》《日出》《狂欢之夜》等等，给我的冲击就更强烈了。甚至姐姐的同学范毓庆的父亲做了一间小木屋，摆在西街京戏园东侧，卖香烟火柴，店名就叫“江南村”，我也觉得它的可爱远胜于那些大店铺。总之，“下江人”带来的新事物，无一不惬我心。多年以后，回顾这段历史，认识到这是继明初屯军以后，石城文化进程的第二个划时代转捩，意义非常深远。

我对下江人的热情，被泼过一次冷水。有一次路遇上海人卖臭豆腐的挑子，那气味十分强烈。心想“下江人”带来的小吃，如咄咄粑、人参米、炸鸡腿和薄脆等都好吃，此物虽闻着臭，吃起来想是香的。于是买了两块来尝。勉强吃了半块，受不了，撂下走了。几天后走在街上，远远飘来一缕此物气味，喉头立刻开始收缩再收缩，疼痛达半分钟才消散。这种反应持续了数月之久，方得逐渐淡忘。至今偶过这种摊子，必屏息疾步而过，或闻风绕道，敬而远之。

“日本鬼子”无条件投降的消息，来得非常突兀。在遥遥无期的灾难中，尤其是在这灾难最艰苦的阶段，忽然听说战争从此结束，真令人不敢置信。一旦证实，“下江人”们涕泪满衣裳，在一阵狂欢之后，争先恐后地踏上归家之路。小石城像一只滚圆的气球松了口，迅速地干瘪下来。上学放学，石街上也还是行人来去，却没有了那份喧声和活力。我觉得格外冷清，非常想念那些下江人。但他们带来的那股新风，继续吹拂着小小的石头城。

真正见到江南风物，是三十多年以后的事了。西湖，孤山，西泠印社，林和靖墓，虎丘，沧浪亭，拙政园，网师园。绍兴尤其印象深刻。只是觉得，江南的水远不如想象中的清和绿。

我家的下江人

有几位素昧平生的下江人，因国难而与我家结下缘分。

大姐明端的黔江中学班主任老师张慧，人如其名，秀外而慧中，小巧温婉，正符合人们心中的江南女子形象。姐姐很崇拜她，请她带着朋友们来舍间做客，我母亲对她印象也很好。当时她刚新婚不久，夫婿是中国银行的主办会计祝寿庭先生，也是下江人，籍贯南通，不到三十岁，风度翩翩。忽一日，姐姐告诉母亲，张慧老师生了个男孩，得了月子病，听说很不轻。当晚母亲就带着两个姐姐和我去探望。她住在西街中国银行楼上的大房间里。记得室内一片白色，被褥、枕头、窗帘、桌布，什么都是白的，像一间医院的病房。张老师躺在一片雪白中，显得头发特别黑。她半支起身子招呼来客，姐姐忙将枕头给她垫高，半坐半卧与母亲说话，一直温柔而憔悴地微笑。母亲坐在床边，同她小声说了刻许钟就起身告辞。走在石街上，母亲叹息说，这是产后寒，怕是难治了，可怜年纪轻轻的，又逃难在外。这时街上黑沉沉的，透过钟鼓楼门洞，东街那边几盏小摊上的油灯在黄黄地闪烁。我觉得母亲的话非常可怕，不能相信活鲜鲜的一位年轻女子，真会忽然死掉，没有了。母亲还说，一个新房，布置得像个孝堂，不吉利。当时的街景和想打冷噤打不出的感觉，至今清晰如在昨日。

张慧老师终于去世了，丢下七十一天的男孩祝世安，乳名毛毛。下江人的小孩都叫毛毛，大毛二毛三毛。母亲接受了姐姐的建议，把毛毛接到我家抚养，她看祝先生绝无带好婴儿的能力。这样，我父亲与祝先生成了亲密的朋友。祝先生一有空就来看孩子，后来奉调省城分行，就只能在节假日来看毛毛了。祝先生对我们很和蔼，常常带着一些新鲜玩意来，令我们惊喜不置。一次是四个京戏脸谱，背面写着角色姓名。只记得张飞和窦尔墩两人。大姐把它们挂在我们书房的墙壁上。有一回是浓缩果子露，我们诧为人间美味。抗战胜利后，祝先生随银行复员上海，时与我父亲书信往还。次年新年，寄来一大包年糕。花色好几种，纸包上印着玫瑰、枣泥之类名目。年糕是载入我们小学课本的东西："新年到，新年到，穿新衣，戴新帽，放鞭炮，吃年糕，欢天喜地多热闹。"母亲也听熟了。见到年糕，不以为然：年糕年糕，还不就是糕粑！祝先生还送给我一支女式派克钢笔、一支活动铅笔和一大本外国邮票册。毛毛一直在我家与妹妹一起长大，十一岁时才跟着祝先生委托的专人回上海。1978年，我与廖公弦兄有机会去上海，偶见街上有个公安户籍处的牌子，忽然想去打听祝先生的住址。本是姑妄一试，没想到上海办事效率高，不到五分钟就得到了答复，还住在他留给我父亲的旧地址。公弦陪我循着游览地图转了几次车，居然找到了。不巧祝先生在北京出差，毛毛也在一个市属县的农业局工作，不在上海。接待我们的是毛毛的异母妹妹，提起我家，她连说知道。我告诉她家父已去世，母亲还健在。谈了几句，已是暮色苍茫，就告辞了，原路回到上影招待所。不一会儿，祝家妹妹打来电话，说已向她父亲通了长话，他听到我到上海，去看望他，很高兴，但公务未完，不能赶回上海，表示遗憾。祝先生的弟弟寿康，是浙江大学数学系学生，随校入迁湄潭，几次来安顺看哥哥，也在舍间借住，我们叫他祝二叔。学校迁回时，他把一只毛糙白木箱寄存在我家，后来他在天津工作，来信说那只木箱不要了，里面的东西也请代为处理。那只木箱本就一直没上锁。打开来只是些练习簿、教科书之类。但有一本《明词综》，我就收为己有了。我上贵阳清华中学后，祝二叔还给我来过信，嘱我学好数理化，以后去他那儿上南开大学。数理化我畏之如虎，辜负了他的厚意。

内迁安顺的国立兽医学校，有个附属医院，院长姓张。经人介绍借住我家小楼上。父亲搬到母亲住的楼东面，把楼西自己的前后两间房腾出来给他夫妇住。张院长面麻，口音重，不知籍贯何地。夫人姓名我不知道，大家只称张太，秀雅端庄的江南型，几乎足不出户，我们极少见到她。张院长上下班与我上下学时间不一，同样难得见到。于是乎，那面小楼变得有点神秘起来。我常从园子里仰望那四扇推出来的窗门，想不出里面的日子会是什么样，但可以肯定与我们的日子不一样。张家用了一个厨子，大约是张院长的老勤务兵。当时我觉得他非常之老，矮小，结实，嘴极瘪，脸上表情总是气冲冲的。但渐渐发现他其实很和善。我曾几次跑去看他做饭。他家借用的厨房，原是堆旧木料和笨重家什的小杂物间，与大厨房隔小院相对。有一年冬天，雪很大，大姐看了《红楼梦》，带我们在这间小屋外面取雪来化水烹茶。老兵挽着菜篮子回来，就在小屋里拾掇，嘴不停地嚅动，不知是自言自语，还是哼军歌，还是纯粹的筋肉动作。他该做什么做什么，对我视而不见。他烹调手艺的特点，说文些是“精洁”，说白些是安顺话“太秀气！”菜拣得极嫩，分量极少，每肴一小碟，一餐不超过四碟，安顺说法就是：“跟喂猫差不多。”老兵熬猪油，也不像我们用板油，单买肥肉，一丝瘦肉不带，切成极小的方块，炼出油后缩为黄色小粒，就扔了。而油渣炒豆豉正是安顺人的家常好菜。小孩眼里，再乏味的事也能津津有味看半天。后来想起很失悔：我原本可以从老兵那里听到多少传奇式的行伍故事呵！不巧我是一个只用眼睛不用嘴的小孩。或许我就是怀着想听故事的希冀去的，但两只闷葫芦相对，打不开缺口。

我父母常在夜晚到张院长那边同他们聊聊天，听听唱片。有一个深夜，两人还对着几重屋脊外一只黑糊糊的猫头鹰影子射了一粒左轮枪弹。张院长是军籍中人，持有小枪。我母亲也常夸张太的娴雅风度。两家的感情是很融洽的。抗战刚胜利，他们几乎是第一批离开的。主客双方都有依依之感。张院长送了一件紫砂茶具给我父亲留念，张太太送母亲的是一只马口铁大饼干盒。茶具是一壶四杯加一个磁心木盘。泥很细，柄作竹节状，杯子外壁是泥，内壁是很薄的开片瓷，冰纹很细。并非什么古董，只是民国时期的出品。张家夫妇的命运非常悲惨。就在返乡途中，似乎未入安徽，遭遇土匪抢劫，夫妇双双遇难。消息传来，我父母嗟叹不已。特别是母亲不忍，一再叹惜张太太罹此恶运。还说当时父亲曾力劝他们待时局平稳一些再作归计，最好与大队同行，不必急于在大混乱中走长途。无奈他们归心似箭，也不知前途如此凶险。我每每在哼唱老歌“小楼上的人影，正遥望点点归帆”，读到“过尽千帆皆不是，斜晖脉脉水悠悠”之类词句时，会想象那位寂寞的夫人站在我家小楼窗口远望的画面。但她眼前没有流水归帆，只是内地小城的鱼鳞一般的层层屋瓦。

明端还有两位江南流亡同学，在我家借住了很久。一个叫吴金龙，长得黑黑粗粗的。一位秀气些，不记得姓名了。与我们同吃同住，对我母亲“妈妈、妈妈”叫得很亲热。孤身学子，没有门路，两人返乡很晚。临别时，一再说道谢的话，掉泪。母亲叮嘱她们，到家就来个信，免得挂欠。一去之后，就无消息。有一次母亲忆及此事，叹气说，大地方的人心不实。

张院长留赠的茶具，父亲一直摆设在他的起坐间里。“文化大革命”期间，二姐明坤在平坝屯堡地区一户人家养病，是一位亲戚辗转介绍的，去时带上这把壶。屯堡人家嗜茶，主人不断夸赞这把茶壶，姐姐临别时就送给他家了。茶杯和茶盘现在我手里。有一只多年前跌破，用老法钻眼补起，还有一只也有裂纹了。那个大饼干盒，我母亲直到去世，都是用它装点心。

歌声里的抗战

在童年记忆中，抗日战争与歌声交织在一起。甚至两者就是一回事。我没有亲见抗日战场，只饱听了抗日歌曲。战前出现过多种救国论，如“实业救国”“教育救国”等等，其实没有错，只是远水救不了近火。倒是救亡歌曲不胫而走，深入人心，鼓荡起一片同仇敌忾的氛围，是正义战争的有力助手。

第一次受歌声震撼，是进入黔中附小一年级，在师生同乐会上，一个女生独唱《松花江上》。她是随家长逃难来的外省人，也就是三四年级的年龄罢。开始唱得很动听，随即喉咙哽咽，后来就号啕大哭起来，牵动了许多师生，全场一片哭声。黔江中学是江苏镇江师范的校长曹刍先生受中英庚款管理委员会之托，内迁创办的，师生员工很多是下江难民。附小设在“川主庙”，四合院，中间一个方方的大石院。我们教室在正面大殿，神龛用一大张竹篾帘子遮住。有一次两个男生打架，一个掀开帘子逃进去，我们这才看见后面坐着的刘备，两侧站着关公张飞。

这支《松花江上》，当时唱遍大江南北，是《流亡三部曲》之一。第二首因思想意识不正确，作者张寒晖在延安受批判，就不再演唱，我还记得它的歌词：“泣别了白山黑水，走遍了黄河长江，流浪，逃亡，逃亡，流浪。流浪到何时，逃亡到何方？我们的国土已整个在沦丧，我们已无处流浪已无处逃亡。哪里是我们的家乡；哪里有我们的爹娘！说什么你的我的，说什么穷的富的，敌人杀来，炮毁枪伤，到头来都是一样。”大约最后几句混淆了阶级区别，所以受批判。其实这话并无大错。另有一首激昂奋起：“脚步连着脚步，臂膀扛着臂膀，我们的队伍是广大强壮！四万万被压迫的人民，都朝着一个方向。”我原以为就是三部曲的末一首，有一位老师指出我弄错了。我最喜欢的歌是《救国军歌》：“为我中华民族，永做自由人！”至今哼唱还不禁动容。还有“大刀向——鬼子们的头上砍去！全国武装的弟兄们，抗战的一天来到了，抗战的一天来到了！前面有英雄的义勇军，后面有全国的老百姓。”背着书包去上学的男孩，口中念念有词，忽然会拔足飞奔，扬手高唱：“冲呀——大刀向鬼子们的头上砍——去！”解恨得很！

一群军衣军帽的职业歌手进入石城，把零散的抗日歌曲汇成了一条河，河不大，却是活泼泼地汹涌流动。这是由舒模率领的剧宣四队，来后借住于女子中学的一间大教室。用几床白被单隔成两半，男女队员各住一间。这种安排使窦校长十分不满，认为有碍观瞻，特别是在女校。我大姐明端是女中学生，对校长的愤怒不以为然，认为光明磊落的集体生活非常好。她本来就喜欢唱歌演戏，立即成了剧宣四队的追星族。每天放学，就在饭桌上絮絮地讲那些兵怎么出操，怎么排练，怎么打篮球，怎么洗衣裳晾被单。不久她与这些文艺兵交上朋友，得了许多照片带回家来。我们也就跟着看见了那些兵们怎么出操，怎么排练，怎么赛球，怎么晾衣裳。他们都非常年轻，穿棉军装，戴棉军帽；女兵军帽下露出长长短短的辫子，很俏皮。男兵们就是兵的模样，但细看还是要清秀些。

剧宣四队来了不久，就在京戏园上演老舍的话剧《国家至上》，我跟着大人们去看。座位很好，二三排靠中，看得十分清楚。剧情是褊狭的民族主义情绪如何化为同仇敌忾的爱国主义力量。我过去只看过唱念做打的京戏，第一次看写实手法的话剧，非常刺激。特别是那位回民领袖马大哥，白胡须、红脸膛，目光炯炯，声如洪钟。有一场结束前他大吼一声，怒视周围，一跺脚，大踏步下场，那神采令我心醉神驰。

明端与文艺兵的友谊日新月异，不久就把全队人员请到家里来做客了。他们顺着几个院子巡行一通，观看父亲盘侍的花木，然后才在四进客厅里坐了满满一圈。我一直远远跟着，窥视这些心目中高不可攀的人物。舒模年龄稍大些，也不过四十岁左右，个头不大，皮肤微黑，头发很浓，眉目端正，很有书卷气。姐姐常常提起的草田最开朗活泼。可惜宋扬没有来，下乡采风去了。他就是传唱至今的《读书郎》的作者。“小嘛小儿郎，背着书包上学堂。不怕太阳晒也不怕风雨狂，只怕先生骂我懒呀，没有学问，无颜见爹娘。”贵州人一听，就知道其旋律是从山民的唢呐谱来的。原本还有第二段：“小嘛小儿郎，背着书包上学堂。不是为做官也不是为面子光。只为穷人要翻身呀，不受人欺负哎不做牛和羊。”中间的衬字，现在都唱成“郎里个郎，郎里个郎”，而当时是“叮叮个切，隆咚个锵”，拟锣鼓之声。最令我惊喜的是马大哥的扮演者刘双楫也来了。神气很温厚，但我还是心怀敬畏。这是一个下午，父亲上班去了，母亲为大姐准备了茶水、点心、水果，也避开没有露面。客人发现门外有个观察员，就把我叫进去一起坐着。我如坐针毡，但也很愿意在他们中间听他们年轻的欢畅的笑声。忽然有人提出要玩游戏，玩“我的鸟儿飞到哪去了”。每人先要选定一种花木作名号。轮到我，我大窘，在大家鼓励下报了一个“含羞草”。那时我以为这种一碰就合叶垂枝的神奇小草是珍稀植物，是我家园子里的宝贝。选完名号，一个清脆的女声响起来：“我的鸟儿要飞了。”众人问：“飞到哪棵树上去了？”女答：“飞到蔷薇花上去了。”那位蔷薇花马上说：“我的鸟儿要飞了。”“飞到哪株树上去了？”“飞到松树上去了。”如此错综传递，每出一次差错，就引起一阵哄笑拍手。我看得正有趣，不提防舒模大约觉得冷淡了我，大声说："我的鸟儿要飞了，飞到含羞草上去了。"大家的眼光都转向我。我跳起来就逃出屋子去。后面一阵大笑，说真成含羞草了。这是我的国耻纪念日。如换成现在，我事先就会宣布不参与这样的游戏。玩了一个多小时，他们又笑语宴宴地走了。我远远目送，感到惆怅。

据方志介绍，在四队到来之前，安顺已成立"抗战戏剧歌咏团"，举行过大型演出。四队来后，又有"珠江音乐社"的建立。随即来了高博、杜雷等人的"新中国剧社"。加上几所中学和国立军医学校、兽医学校，一时之间，小城的抗日演出活动真有点如火如荼。我看过的话剧有曹禺的《雷雨》《日出》《家》，老舍与宋之的合作的《国家至上》，与赵清阁合作的《桃李春风》，吴祖光的《风雪夜归人》，李健吾的《狂欢之夜》，张道藩的《蓝蝴蝶》，陈铨的《密电码》等，总有十多部罢。那时演出的《雷雨》按初版，在尾声中周朴园、繁漪和四凤成为同一个精神病院里的疯人。从《狂欢之夜》中看到酒吧之类的现代都市生活，印象很深，解放后从电影《三毛流浪记》里看到大胖子杜雷，以及许多影片中的高博，还有香港片片头上的"音乐：草田"字样觉得亲切，像是久违的老朋友。那时舞台上的道具，乃至服装，都是借用现成的，拼拼凑凑。大幕拉开，一堂写实摹真的布景显现出来，场子里就像刮穿堂风一样，掠过一阵赞叹之声。幕间换景的时间，长得够睡一个小觉。一次有人来访家母，说是演话剧需用一件道具，想遍全城，只有我家才会有，特来奉借。一问是电扇，家母根本不知此物。又一次，邓先生借去客厅里的两只单人沙发演戏。我去看了的，戏名忘了。演到一处，两人争吵，邓先生摸出匕首向对手刺去，真把皮沙发划破一个口。邓先生把沙发送到省城换了皮革，才还舍间。教我们音乐的何老师当《风雪夜归人》的演出人，在京戏园后台一角搭了个铺，日夜加班。我和罗哥去看他，须发戟立，两眼红肿，几乎累垮了。当时条件，不是爱戏如命，不能做出那种奉献。后来到省城读书，我读遍了图书馆里的中国话剧剧本，就是这时引起的兴趣。

音乐会更是全新的玩艺。一天我午后上学，路过大十字武庙（那时是县党部），里面传出悠扬的乐曲声。循声而进，发现一群人在偏殿里练乐器合奏，我的老师吴定周先生在拉二胡，蒋旭英先生在拉小提琴。曲调是我会唱的歌曲《插秧谣》："布谷声声，田里水漂漂。我们大伙儿从早到晚，弯背插秧苗。"我站在门口听了一遍，怕迟到，赶紧走了。不久，在音乐会上演出这节目，一群当老师的大人，奏一支简单的旋律，竟拘谨到先在幕后试奏一遍，再开幕演奏一遍。我正式听了两遍，觉得是意外的收获。这时恰有两位专业歌唱家从南方来，经过石城，过几天要开一个演唱会。她们在晚会主办者苦苦哀求下，风尘仆仆赶到场子里，各唱了一支歌，又唱了一支二重唱。女高音叫江心美，女中音叫胡雪谷。后台所有人员都拥到前台来听"正宗洋嗓子"。

一个夏夜，我与姐姐和店员大哥哥去豫章中学听音乐会。舞台是就着旗台搭的，演员站在煤气灯照亮的小台上，观众站在月光下的操场里。我们到得晚，站得远，我又矮，只能从晃来晃去的背影缝隙中，飞快地对台上瞄一眼。歌却是听得很清晰。有一个男声唱《太行山的太阳》，特别叫我感动。就是意大利民歌《我的太阳》，但填了新词："遥远的北方，本是我的故乡。小小的村庄，在黄河岸旁。三间破茅房，四面围着土墙。我母亲在那远方，长相望。流水的时光，流浪在他乡，流浪在他乡。怎不惆怅！何日能见我母亲，和太行山的太阳！"那天音乐会结束后，我们踏着如水的月光回城，我心里一直流动着这支陌生而又无比亲切的歌。至今我哼唱这支歌，还是唱这个词，觉得比现用的译词更浑成。用现成歌曲配新词，是当时通行的习惯，便于及时面世和流传。当时家喻户晓的《小放牛》，田汉就配了新词，把"赵州桥"换成"卢沟桥"，用牧童和小女孩的对唱宣传抗日。在大府公园的一次集会上，演讲之后演节目，黔江中学的女学生王璇穿白绸衫裤，扎红头巾，打着腰鼓演《新小放牛》，神采飞扬。

四队的歌咏演出，大都选择各类广场。演出过《黄河大合唱》《生产大合唱》（带简单表演），配上各种短小的歌曲。像舒模自己的《大家唱》，在石城很流行，到处听得见小孩"来来来来来来来你来我来他来她来来唱歌，来唱歌。一个人唱歌多寂寞，一群人唱歌多快活。唱歌使我们勇敢向前进，唱歌使我们年轻又活泼……"舒模总是当指挥。但有一次在女中操场坝上，他和另一个男角表演了一首《亲家对唱》，非常有趣。俩亲家碰上了，这位问："亲家你打从哪里来？"那位答："乡公所里开会来。"再问："开会商议的什么事？"再答："三言两语讲不明白。"这位见怪了："讲不明白也要讲，耐心地解释才应该！"那位忙辩白："亲家你说的哪里话呀，只因为问题太复杂。"于是讲了开会处理的几件事，一件是："狗娃子，不成材，又偷了张家的葫芦柴。""政府的处理怎么样呀？""罚他给砍树去割麦。"又一件是："二胡子，脾气大，打了他婆姨两巴掌，婆姨到政府告了他。""政府的处理怎么样呀？""批评二胡子不应该。说得两口子同了意，手牵手儿就回了家。"以下的词没记住，大抵是谈得满意，友好作别。两人还化了装，作北方庄稼汉模样。这支歌我后来再也没听到过。当时只觉得这个"政府"很可爱，鸡毛蒜皮的事也管，还得管这么通情达理。多年后哼唱，才恍然大悟：这不就是解放区歌曲么，除了边区政府，哪里还有这样的"乡公所"！

当时，除了《义勇军进行曲》《救国军歌》《大刀进行曲》以及"黄河"这一类雄壮威武的歌曲外，还有一类较为软性的抗战歌曲。温情脉脉，哀而不怨，最受青年学生的喜爱。我从大姐明端那儿，听会了一堆这类歌曲。词和曲都极柔美。这类歌曲，以怀乡为最大主题。最脍炙人口者，有《江南之恋》："我家在江南，门前面小河绕着青山。在那繁花绿叶的城池，我懂得怎样笑，怎样歌唱。呵江南，春二三月，莺飞草长，牧女的春恋，在草原荡漾；呵江南，麦田的微风，吹醒了夏夜梦，媚惑的星星，点缀着蓝天；呵江南，秋水啊共长天一色，晓风残月轻拂着杨柳岸；呵江南，寒鸦点点，载来了鹅毛雪，殷红的渔火，独照江滩。呵江南！梦样的温存，露样的娇香，水样的柔情，云样的迷惘。别离时，我们都还青春年少；再见时，又将是何等模样。”这支歌20世纪50年代在台湾老兵和知识分子中再度流行，借以寄托乡思。内地《参考消息》曾报道过。

（选自《一个人的安顺》，人民文学出版社，2004年5月）

2004年

欧阳黔森

难忘的大河坝

于我而言，难忘的不是大河坝，是难忘一位白发苍苍的老人，因不知老人姓甚名谁，只好以见到她时的地名来讲这个故事。

大河坝是贵州思南县的一个乡，虽然叫大河坝却不在乌江边上。吸一支烟就能走过的小街下面倒是有一条小河潺潺流过，水不深，清澈见底，最深处约有一米。大河坝也没有什么特点，至少在我七年的地质找矿生涯中，不知到过多少这样的小乡。

很多人以为地质队就是在高高的钻塔下进行钻探，其实这是一个误解，地质队最精锐的“部队”应该是普查组和区域地质调查小分队。这是知识分子成堆的地方，所以有人说满山都是工程师。他们多半是手拿一把地质锤、一个罗盘、一只放大镜、一张一比五万的军用地形图，给农民们的感觉自然是满山跑了。

我带组到大河坝搞地质是1989年春，一去就连续上了三天山，几乎天天都是七点出发，晚上八点左右才回来。我们住在乡政府大院里，但却不与他们一起吃饭，因为他们一般要早晨十点半才吃早餐，并且天天都是土豆片，或者土豆汤，一点油都没有。我们一天基本上要走上百里的路，这种饮食显然是不行的。所以我们都是找一户农家，帮我们买菜煮饭。

当地人与其他地方的乡民一样，都认为地质队富得滴油，非常羡慕这种工作，看到天天有鸡有鸭有肉吃，怎能不让人眼馋呢？每当乡民们兴奋地谈到这些，我们并不显出得意之色来。因为世界上还有一部分人，认为我们是爬山猴，是苦和累的象征。一些乡民常问起高考之事，我们总异口同声地说：你儿子最好在第一志愿填上地质院校，就这样也还不见得行呢！农民们一听急了，纷纷问我们怎么办，我的组员小杨老谋深算地说：三个志愿全部填上地质院校，精诚所至，金石为开嘛！几个农民立刻把头转向我，看我是否同意这观点，我本想阻拦，怕组员小杨拖人家的子弟“下水”，但一想，农家子弟朴实、吃得苦，在我的同事中，有很多这样的农家子弟，他们大学毕业后，都安心工作，非常满意，只要他们自己不认为是“下水”就行了，管他呢！于是，我点头表示赞同。几个农民顿时兴奋不已，仿佛他们的儿子，已像我们现在一样让他们莫测高深，让他们佩服万分。

头是点了，心里还有点不舒服，我想如果该子弟本人喜欢从事医学、法律或者其他职业，我不就是害了人家吗，我点一下头倒是轻松自如，可这一点头也许决定了一个学生以后几十年的命运。我晚上睡觉时还在想，也许世界上很多关涉命运的决定，就这么简单而自然。

为什么我的点头这么重要呢？其实这只能对这些乡民们而言。我们每到一个乡或村，组员们都要跟当地的人吹牛，说别看我们组长才管三个人，可级别不小呢，和你们乡长一样大，我们的队长与你们县长一样大。农民们一听和乡长平级，顿时惶恐不已，个个见了我都点头哈腰。组员们平时装出很怕我的样子，我的点头和摇头自然对乡民们产生了威力。其实组员们这样做是为了工作能方便些，再说我们每次下乡下村，都要到县政府和乡政府打招呼的。县、乡政府对给他们带来致富希望的地质队，是比较欢迎的。每到一乡，我们都要与乡长到街上走走，乡长是表示关心了地质队，而我们是要乡长压压地头蛇。

一个星期过去了，工作较顺利，还有一天的工作量就算完成任务了。下一个工作点是江口县的原始森林梵净山。心想赶快把这儿搞完，到了雨季就无法进山了。不想我竟拉起了肚子，开始也没管它，心想拉几次就会好的，就没有买药吃。但是后来不行了，一小时内我居然拉了五次，只好下令休整一天。

如果那天没有休整，那么大河坝也就像我走过的成百上千个乡镇中的平平淡淡的一个了。

那天的中午我到卫生所看病，卫生员建议我去思南县住院输液，我没同意，我一走，工作就得停下，现在正是抢时间、抢工作量的最好时机。我请卫生员想想办法，卫生员拿出一个巨大的针管和针头，我吓了一跳，说真的，实在是没见过这么大的针管和针头，那针管像手电筒，针头像纳鞋底的锥子。看着他手脚麻利地从一个大瓶子里抽氯化钠，说实话，我心里真有点心惊肉跳的味道。

我从小在地质队长大，长大后又成了一名跋山涉水的地质队员，身强体壮的我几乎不知道生病是什么滋味。长这么大就打过几次预防针，好像是防天花、防小儿麻痹症吧！那针管那针头与眼前这个卫生员手里的简直没法比，非要比的话，类似豇豆和丝瓜。

我就眼睁睁看着那锥子般的针头，刺进我手臂的静脉血管，看着那手电筒般大小的针管里的液体渐渐推进。有点痛，却也忍受得住。在以后的几十年里，我再也未看到过这样大量的手推液体。

那年后的第二年，我到贵州大学中文系进修，就没再回地质队工作。在地质队锻炼成的好身体也只能让我有二十余年好精力，如今年奔花甲，身体明显大不如以前了。妻子对当医生的姐姐抱怨说，他就是仗着搞过地质，以为身体底子好，很不在意养生。妻姐说，他原来搞地质动得多，现在搞写作坐得多，年纪也大了，没毛病才怪。

有毛病就免不了看医生、打针、输液，也不免给妻子和妻姐说起二十九年前的那次推液。妻子的姐姐说，那样大剂量地采用手推静脉没推死你，算你真是幸运。

二十九年前的那天，卫生员推完了液体，已是满头大汗，他活动着手腕，伸出大拇指。我起初以为他是赞誉我，仔细一看，才发觉他的大拇指有点红肿。原来他伸出大拇指是为了告诉我他有多难。是的，刚才他的大拇指一直顶在针管的推进柱后端，持续了半小时，不红肿才怪。他说，这两天回去好好休息。我说，没时间，明天还要上山。他摇摇头说，你们搞找矿的也太辛苦了。他还说今天务必休息，明天不好的话再找他。

我回到驻地，休息了一个下午，下午六点钟，吃完了饭，我与组员们坐在河岸的石头上谈天，不久乡长也加入了进来。这是一条小河，它没有乌江那汹涌澎湃的气势，也没有三三两两的乌篷船在逆水行舟、捕鱼撒网，但它的河面却很宽，大概有五十米，水流却很涓细，在铺满河床的鹅卵石中清清秀秀地流淌。晚霞把山巅涂抹成朱砂红，血红的残迹撒落在山谷里，显得异常美丽。

我在观赏一幅农忙春耕的暮归图：牛背驮着余晖，也驮着牧童；牧童嘴里还含有一片柳树叶，吹着小曲。这是叶笛，我也会吹，只不过没有这个路过的小孩吹得那么婉转悠扬。心情非常好，我的话也渐渐多了起来。无意中我朝河对面的山上望去，这一望就让我至今难忘。对面山上，坡陡路险，有一位白发苍苍的老人背着一背篓稻秸秆，稻秸秆叠得很高，超过了她的头颅，使我看不见她的脸。虽然，那一刻她的脸面对着她脚下的大山，但，我的眼前分明闪现出一张老外婆饱经风霜的脸。这张老外婆的脸是一幅画，画的名字就叫《老外婆》，这幅画是我在参观一次画展中看到的，由于画得十分传神，画家的名字我没记住，却再未忘记画中的那张脸。看来，这幅画的作者，常到乡下采风，要不他不可能画得如此传神。是的，对于我这样长期在乡下工作的人来讲，这样的脸是常见的，可每一次看见，我的心都会柔软起来，仿佛看到了老母亲一样。

这时，更让我揪心的是，老人家还赶着一头黄牛。她的头发在夕阳的照射下，显得更加雪白如银，她低着头，弓着背，仿佛那一背篓沉甸甸的稻秸秆随时有可能把她压趴在山道上。

我看着半山腰上那正冒着炊烟的小村庄，心想她最少还要爬一千米才能到达。我恨不得马上迈开大步，越过小河，登上小河的对岸，爬上山去帮她一把。可我很无奈，今天拉肚子，拉得我浑身疲软、四肢乏力。我只好干瞪着双眼注视着老人。看样子她也许已力尽筋疲，我正心神不安时，却见老人的身子奋力挺了挺，弓着的背挺直了，却没能往前迈步，站在那儿喘气。我开始担心她的黄牛，黄牛走远了，老人一定急，她怎么能够跟上牛的脚步呢？急得我心烦意乱。

我真的不忍心看下去了，我转过头来看眼前的人，他们似乎不知道老人的存在，吹牛谈天正欢。我手一指小河对岸山上的老人，说谁去帮一把，他们却不以为然地瞟了一眼，以司空见惯的态度看了我一眼，继续吹他们的牛皮。

说实话，那一刻，我的泪水差点喷涌而出，我扭头闭上眼睛，感觉眼泪流进了我的心里，咸得我心痛。从那以后，我与我的这两个队员不再那么亲密，始终觉得心里梗。一般来说，我们地质队的人只要一起出野外工作过，都会彼此视为是非常亲密的战友。可是，眼下的这两个队员，直到现在，我遇见他们，也只是点头打个招呼的交情，而除了这两个队员，至今，只要我遇见过去的战友，那个亲热劲是很暖人心的。

当我睁开眼睛时，看见了让我至今不能忘记的情景。黄牛并没有走，此时，老人双手拉着牛尾巴，而牛正奋力向前攀登。老人就这样被可爱的黄牛拖着，一步一步向炊烟升起的村庄而去。

我的泪这时从心底里涌上来，潮湿了我的双眼。我强忍住泪水，以免被他们看见。良久，我问乡长，为什么这地方白发苍苍的老人还要干农活。同样的话我重复了两次，乡长才猛然醒悟似的说：我们这儿穷乡僻壤的，不干活想干啥子呢？再说，这些老人家，你不让他们干活，他们还不高兴了，农民嘛！习惯了……

离开大河坝时，我告诉乡长，我们带了很多标本回去，希望能化验出好品位来，如你们这儿有富矿，就可以致富了，到时候我们还要来的。乡长千恩万谢地送我们上了路。

然而很遗憾，年底，光谱分析的结果出来了，大河坝采集的样品，没有超过元素含量的正常值，换句通俗的话就是贫矿区。据历年资料反映，除1972年曾探明了一个微小型雄黄矿床外，至今再无发现，因此大河坝我没能再去。

不过，几十年来，我从未忘记过大河坝，却是因为那位不知名的白发老娘。

（原载《山花》2004年第5期）

张　劲

斑驳的都江镇

21世纪的皮鞋叩击在18世纪的石板路上，踏响的并非都是历史的回声。这得看历史对于现实的触动，以及来访者对于历史的兴趣。

我们在贵州省三都县有名的都江镇上流连。

装饰一新的音响店里，正播放着爱死爱活的流行歌曲；缤纷的时装铺面，正叫卖着绿肥红瘦的女裙男衫；延伸出去的街面上，正斑驳着汽车、拖拉机和摩托留下的车辙、油迹……古镇正兴奋在时尚之中。

当时尚在历史上面趾高气扬的时候，历史索性埋下头去，闭目养神起来。

穿过古旧的城门洞，步入老城的上江街，我们才听到了历史在足下短叹长吟。街身已经凹陷，一如老人瘪皱的脸，五官歪斜。但鳞次栉比的木房、砖房仍顽强而艰难地撑持着，关闭了近三个世纪的嘴巴，默守着心中的万语千言。

清雍正九年（1731年），实行“改土归流”的清政府，曾在这里设立都江厅，建筑城垣，驻扎绿营兵镇守。厅城初为土城，为防止苗民造反，两年后改为石城。石城周长三里七分，设城门、城楼各四，炮台八座，城内诸般官廨齐备。都江厅所辖地界“广七十里，袤一百八十里”。至乾隆年间，城内再建文昌阁、关帝庙、城隍庙、万寿宫等，时“商旅出于途，汉苗杂于市”，厅城已成为都柳江上游一带的军事重镇和商贸重镇。

如今，二百七十多年时光流逝，古镇只剩下东西南北四座城门和一小段城墙遗迹了。

立于城楼之上，四顾苍茫。迎接我们这些隔世目光的，除了山坡下的都柳江水，四面的层峦叠嶂，剩下的便是秋阳与秋风了。

秋阳下的断墙残垣，像一截干枯的蛇蜕，蜷伏在丛莽之中，任凭着野草、荆棘的肆意宰割与无须签订合同的承诺。浩荡秋风频频入怀，它在向来客表示礼节性问候，同时也在反反复复地叙说着一个主题——战争与和平的故事。

清咸丰五年（1855年），本地苗族首领罗光明等人在太平天国运动影响下，组织“斋教”义军，反抗清政府的暴虐统治，其根据地便设在附近大坪山上。义军数次攻克都江厅城及周边州、县，拉锯战持续了十六年之久，至同治十年（1871年）方告失败。

我们脚下便是当年的古战场。昔日帐前嘶战马，今朝城下泣秋虫。那些纷纭杀气，淋漓鲜血，早都交与流云飘风了。

据《三都县志》等资料记载，咸丰、同治年间上江城内常住人口约一千八百余户，六千余人，有地方官吏、绿营兵士及其家属，也有经商、务农和从事手工业生产的市民。绿营兵士、商贩，多为江西、湖广等外籍汉人，家属和普通市民则多为本地汉人和世居的少数民族同胞。战乱结束后，只见“田地荒芜，人烟萧索，枯骨枕野，惨不堪言”，于是便有了后继官员的治理，有了“城乡义冢”即“万人坟”的诞生。

“万人坟”是战争创伤结的痂。它不高大，却甚有名。圆形土丘掩映在松柏丛中，站立成南门外的一道特别的风景。

坟墓为同治十二年（1873年）地方官吏配合当地士绅所建。据碑文显示，当时“城厢内外，尸骸遍野”，十余年无人拾捡，墓内所葬，乃四处搜集来的“枯骨数十担”。引起我特别注意的是，这数十担枯骨，既有阵亡的绿营兵官军，也有无辜市民，还有不少起义军将士，而墓碑上却皆以“万古流芳”颂之，以“祭扫维新”“体魄长存”悼之。

这种不分敌我、不问民族、不管阶级、不计尊卑贵贱，无论生前怎样，死后都被定格在同一座坟墓里的做法，是因为白骨缠野，确实难以区分辨识所致，还是因为本就不想区分，一律皆视之为大清子民，将其同墓合葬，以显示胜利者的大度仁心呢……这就只好交给历史学家去研究考证了。

“万人坟”不远的岗峦上，有民族小学一所。小学就建在当年都江厅通判衙门的旧址上。它三重石阶引路，一对石狮把门，面对碧水青山，凭高而立，气势仍颇为雄壮。

学校前身原为厅城义学，开办于清雍正十年（1732年）。当时贵州巡抚奏准朝廷办“苗疆义学”，计划吸收苗、水等少数民族子弟入学，意在除武力征服外，再施以文治教化。但义学所收，实际只为城内绿营官兵子弟和外籍商贩子弟，与原来的设想大相径庭。

到咸丰五年，罗光明义军反清战事起后，义学也就停办了。至战乱结束，“万人坟”修建之时，也恰是义学恢复之日。因此，前者恰似一部旧书的“后记”；而后者，则如一册新著的“前言”了。

此时义学的学生，有厅城官兵和商贾市民的子弟，也有附近村寨的少数民族子弟。直到后来，义学慢慢被新式小学取代……学校历史，也与都江古镇一样地悠久绵长。

我们去学校参观时，适逢学生中午放学。下课的钟声在空气中敲出了层层涟漪，秋风里有淡淡桂香弥漫。学生们正是花季少年，个个都出落得活泼可爱。

他们谁是外来绿营官兵的子孙，谁是本地少数民族的后裔，谁家爷爷的爷爷来自赣、湘、蜀、桂、粤，谁家奶奶的奶奶来自水、苗、瑶、侗、布依，不但我们弄不清楚，就连他们自己也不很明白。

时代的发展，民族的融合，已如山脚下的都柳江水，只见到它奔腾不息，而无法确知其沿途经历了多少坎坎坷坷，接纳过多少山溪流泉了。

（原载《文史天地》2004年第6期；《散文选刊》2008年第11期转载）

2004年

孟学祥

喀斯特的生命线

序言

在大学读书的时候，班上把我和另外几名家庭贫困的同学拟定为人助金困难补助对象，为了在发放中做到公平公正，辅导员老师叫我们在班上向全班同学介绍各自的家庭情况。那天我向来自全国各地的二十九名同学介绍我的家庭情况时说的普通话带有很浓的地方方言，一开口就引来了大家的一阵哄笑，但是当我讲到我的故乡，讲到故乡的贫穷，讲到故乡土地上的石头比泥土还多，一个劳动力苦干一年到头都挣不到两百元钱，常年吃不到一顿饱饭，穿不起一件新衣服时，同学们都不笑了，且一直到我讲完，教室里都是静悄悄的。最后大家都一致同意将人助金的最高档评给我。也就是在那一次班会上，我才第一次从辅导员老师那里了解到了喀斯特土地形成的原因，以及在人为的破坏下大部分喀斯特土地已经荒漠化的惊人数据。由此我才真正地理解了"喀斯特"的真实含义，真正地理解了喀斯特土地上生命生长过程中的那种艰难历程，那些生命都是一种顽强的、在没有任何生长基础的条件下仍然奋发生长的生命，是一种值得让人景仰的生命，其存在的意义和生长的过程远远大于了它们本身应有的生命价值。

"喀斯特"在我的大学生涯中，它就是我故乡的代名词，而从某种意义上来说，它也是一种贫穷的象征。在我的大学生涯中，除了国家补助的生活费外，所有学习的经济费用全是靠学校提供给我的人助金补助，我走出家门来上大学时身上揣了三百五十二元六角五分钱，那是贫穷的故乡唯一一次提供给我的上大学读书的经济费用，这笔钱有我父母和邻居叔伯及亲戚们的多年积蓄，有教过我的老师的工资，也有当地政府从有限的办公经费中提供给我的帮助，还有一些是记不起名字的好心人一元五角地在我走出家门时塞进我口袋的“零票”，从那以后我再没有从贫穷的故乡得到过钱。生我养我的那片土地，生活的艰苦和艰难光是用“贫穷”二字是无法概括出来的，因为那种贫穷的残酷，就在于它是任何外力都不能改变的，我的父老乡亲们曾尝试通过自己的努力来改变这种贫穷落后的状况，结果付出代价后生活依然还是很贫穷，而脚下的土地也就在这种不断的尝试中被破坏得体无完肤，千疮百孔，看上去比人还要贫穷。

这就是我的故乡，这就是喀斯特，这就是贵州边缘那些大山中孕育生命的土地。大学毕业后，我放弃了留在外乡工作的机会，毅然决然地回到了家乡的土地上。当时的心中只有一个想法：要把在大学学到的知识带回去，用到改变家乡的建设中去，让我的同胞们有一天也能过上好日子。二十多年过去了，从20世纪跨到21世纪，我的青春年华早已经不再依旧，但是这片喀斯特土地昔日的风貌依然没有多少改变，依然是千疮百孔，体无完肤，生活在这片喀斯特土地上的父老乡亲依然以顽强的毅力在不停地寻觅着改变贫穷命运的路子。

石头

石头是喀斯特土地上最旺盛的生命，随处可见的石头在这片土地上旺盛地生长着，它们以不同的姿态、不同的性格占据着这片土地生存的空间。在生我养我的那片大山上，脚踩的是石头，手触摸到的是石头，最吸引人的风景也是石头。我的父辈们长年居住的屋子是用石头盖成的，石头下的基脚，石头砌的墙身，石头铺的地板，石头盖的屋顶，甚至于连家中坐的凳子也是用石头雕刻而成的。

从古老的传说到现代社会的文明，这片土地上所有的故事都是和石头分不开的。说到这片土地的历史，则先来说一说这片土地上历史的见证——那些散落在四周大山上的古屯。古屯有的呈椭圆形，有的呈四方形，有的建在山顶上，有的则建在悬崖上。每个屯的占地面积都在一万五千平方米至两万平方米之间，屯的四面被石头砌起的高高的围墙包围着，有一个大门、两个小门以及多个窗户与屯内相通。屯内一般都分为上中下三个大厅，除进门的第一个大厅稍大外，其余两个大厅的面积都相差不大。另两个厅与第一大厅之间都有围墙相隔，从第一个大厅往另外两个厅走，都分别要上四到五级的台阶，穿过一个用石头砌成的小门才能够进入。古屯围墙上的石头都是一整块一整块码上去的，围墙高二至三米，每块石头的重量都在三百公斤以上，厚度在一百公分左右，石头与石头之间码得很严实，虽然没用泥浆勾缝，但缝隙却很小，不注意看还很难看出来。古屯与古屯之间的距离都在二到三公里之间，呈三角形或四方形排列，呼喊可听到，有小路相通，可互相照应。古屯虽然与这片土地的历史息息相关，但奇怪的是我在查阅史志的时候却没有查到有关古屯的记载，而古屯留下的野史版本却很多：有说是三国时期孟家老祖先孟获抗击诸葛亮南侵时屯兵的地方（我们有的孟姓族人说自己是孟获的后代）；有说是明朝我们的祖先被迫从江西迁入贵州时建的营寨；自称是杨家将后代的杨姓族人则直截了当地说古屯是宋朝时候杨六郎南征时的兵营。众多的野史引出了众多的纷争，由于没有史志可考证，古屯就成了这片土地上最大的一个谜，让人无法读透也让人无法猜透，但有一点可以证明，这片土地上的文明史一定是从古屯的石头上开始的。

古屯的石头是怎样砌上去的我无从得知，因为砌在古屯围墙上的石头都很大很重，有的石头要四到五个人才勉强能够搬动，而搬到那么高的围墙上，没有一定的功夫、没有一定的技巧是很难办得到的。所以我想，如果不是生活艰难、不是为了生存，我们的祖先是不会花那么多的功夫和精力来砌这么一个屯堡的。有一天我爬上屯堡，脱掉鞋子，赤脚走在残破的城墙上时，内心突然间就生出了一种悲哀：土地这么大天空这么广，而我的祖先为了能在这片到处都是石头的土地上生存下来，不得不花大量的精力去用石头把自己包围起来才觉得安宁。另一种悲哀是祖先留下来的文明在今天却没有得到很好的保护，以至于每一个古屯都受到了不同程度的破坏：有人把古屯围墙上的石头撬回家起房建屋，有人撬来烧石灰，有人撬来做厕所的蹲板，也许这就是石头的悲剧，前人用了后人也还可以再利用。

不管历史怎样发展和社会怎样进步，长了石头的土地就很难再长出庄稼。翻开这片土地的历史，每一页都被石头压得很沉重，曾经那满坡满岭的石头总是留给这片土地一年又一年的饥荒和贫瘠。记得春天该播种了，我的父辈们都是用布袋背上出山找来的玉米种，在满山满岭的石头缝中抠土、播种，在那巴掌大的一片土旮旯上种下生存的希望。但是希望总是过多地被失望所代替，种下地的庄稼出苗后，由于土层薄，供养严重不足，长出来的苗看上去都是一副弱不禁风的样子，随时都有死亡的可能。夏天更残酷，一场暴雨下来，没有树的山上到处都是水沟，山洪暴发的时候，除了石头，泥土和庄稼都被冲刷得干干净净，即使有一些侥幸未被山洪冲走的庄稼苗，也东倒西歪，随时都有被风连根拔起的可能。而那些石头，在大雨的冲洗下，则变得更加油黑光亮。秋天对我的父辈们而言，收获的只有叹息，山上那些存活下来的玉米，结出的果实瘦瘦的，即使是那些远足归来站在石头上歇息的鸟儿们，都懒得伸嘴去啄一啄。没有泥土与石头分享这片土地的偏爱，山上的石头就富得冒了一层油，大雨过后石头上的那层苔衣在阳光的反射下亮晃晃的，让人在读够一种无奈时也读到了一种大自然的神美。站在石头上，放眼那些千奇百怪的石头，如果不是在这里谋生，你定会惊叹于造物主赋予那些石头的神奇和美丽，然而一到冬天，满是石头的山上刮起来的风一阵一阵的，刮得人的脸疼心也疼，人走在山路上，脚踩在石头上，一股股寒气从脚直透到心。

历史，神话，现实，共同交织在这片土地上，淋漓尽致地展现着石头的生命。用石头铺起来的路弯弯曲曲地向前延伸着，无论上坡还是下坡，那一块块相连的石头都没有一个尽头。为了少走弯路，我的祖先们用石头刻成指路牌立放在路边，为许许多多的后来者指引着方向，那些不同文字、不同形状的指路牌同时也表达了一种追求的渴望。走在前面的祖先们永远地走了，走不通石头铺的山路，他们就长眠在山路边，使山路边那些用石头垒起来的坟墓，同山路一道曲折，一道冗长。生活的艰难、山路的曲折刻画了这片土地的辛酸，我的祖先一直到我的父辈们很少有人知道人生的命运是靠自己来掌握，他们认为富贵贫贱是冥冥中的一种神力划分的，这种神力靠人的力量肯定是无法改变。正因为如此，在那些大山上的山路边，才出现了许许多多用石头竖起来的“神”，那些“神”有人工雕刻的，有自然形状的，无论是哪一种，都贴满了各种各样的红布和红纸。不敢冲破“神”的阻力，不敢改变自己的命运，也许这就是为什么立了那么多的指路牌而又走不出困境的主要原因。20世纪90年代中期，一个外来投资者想在这片大山上办一个大理石厂，竟遭到了许多山里人的围攻，他们不准他动他们的“神石”，当天陪同有关部门去处理那件事情回来后，我为我的故乡落泪了。

石头就是石头，石头终究改变不了山里人的命运，从20世纪90年代后期以后，许多在石头世界里生活的人尝试着走出了石头封闭的大山，用石头铺成的小路不再曲折，不再冗长，而那些仍留在山上艰苦创业的人，也冲破了石头垒起的神话世界，开始了命运的抗争。

植物

生长在这里的植物应该是天底下最有顽强生命力的植物了。生存的生命力是从石头缝中迸发出来的，羸弱的生命线在满是石头的土地上构成了一道独特的风景，裸露而冗长的根须细如血管般紧紧地粘在石头上，一遇石缝就深深地扎下去，紧紧地抓住生存的希望。

在这片土地上生长的任何一株植物，其生长的历程都是一部厚重的发展史，都值得用文字来大书特书，但是当我回过头来寻找它们的时候，却发现许多植物都已经不见了，在石头的挤压和人为的破坏中已经永远地从这片土地上消失了。如今剩下的就只有那种砍不死、烧不死和挖不死的生命力极强的一些小灌木和一些草本植物，而在这里，红刺果就是一种生命力极强的灌木丛生植物。

红刺果是一种长不高的树种，最高的树干只达到两米左右，属根生树种，无论怎样砍伐，只要留根，在第二年它还会顽强地长出来。红刺果全身长刺，春天开白花，秋天结出鲜红的果实，红刺果就是因果实鲜红而得名。红刺果树的生命力特强，一小把泥土就能够养活一大蓬。为了寻找泥土来种庄稼，生活在这片土地的人在同植物们争夺泥土的战争中，把在这片土地上生存的很多植物都铲除掉了，但唯一没能够铲除掉的是红刺果。红刺果的根不大，但根须很发达、很细长，任何一条根须只要一粘上泥土就能够顽强地生存下来，也许这就是这片土地上的人一直都在挖而又没有把红刺果挖灭绝的原因。红刺果是秋冬落叶植物，在秋天果实成熟的季节，树上只见果实而不见树叶，这时的红刺果树看上去就特别旺盛和特别显眼，那一溜溜红红的身影仿佛就是喀斯特土地上散发的生命热能。红刺果的果实同它们的根须一样，也有着相当强的生命力。有人说红刺果的果实不是结在树枝上而是连在树枝上，因为这种果实一旦从树枝上长出来后就很不容易脱落，哪怕就是熟透了风也不能够把它们从树枝上吹落下来，如果没有人采摘或是鸟儿来啄食，那些果实就会一直缀在树枝上直到第二年新的果实长出来后，才枯萎下去并从树枝上脱落下地。正因为红刺果有这样顽强的生命力，所以生活在这片喀斯特土地上的农人们在他们称为“地”的石缝中种庄稼的时候，就在石缝的边上栽几蓬红刺果，长大后红刺果就成了一道坚固的天然篱笆，这样那些牲畜就很难吃到篱笆内的庄稼。

我是吃着红刺果的果实长大的，在那种缺吃少穿的年代，红刺果几乎成了我们的衣食父母。每年红刺果成熟的时候，我们都会把红刺果采回家晒干后用石磨磨碎，掺在玉米面中煮来当饭吃，填充饥饿的肚腹。用红刺果掺玉米面煮出来的饭特难吃，有一股涩涩的味道，下咽十分困难。红刺果也可以生吃，生吃的味道比掺在玉米面中煮吃要好得多，酸甜酸甜的，但那东西不能吃得太多，吃多了拉不出屎。除了红刺果，这片土地上最常见的植物还有芭茅草，芭茅草是这片土地上最有生命力的草本植物，也是一种蓬生植物，也有很发达的根须，一根小小的根须植进泥土里面，要不到一年就能够长出一蓬茂盛的草出来。芭茅草是喀斯特土地上牲畜们的主要食粮，所以很少被挖掉，正因为如此，直到今天，这片土地上的芭茅草还依然随处可见。

喀斯特土地上植物的命运是在同人类的竞争中一步步走向灭亡的，它们成了这片土地上人类社会前进和发展的牺牲品，而最终的根源是泥土太少，泥土要养活人类就不能再养活它们，也许这就是它们的悲哀，也是喀斯特土地的悲哀和人类的悲哀，如果这些植物不是生长在喀斯特土地上，不是遇到这么一群饥饿的人，那么它们一定会长得很茁壮很旺盛，一定会长成一片植物王国的世界。在我所生活的这片喀斯特土地上，就有这样一片世界，它就是被人们称为“地球上的绿宝石”的荔波茂兰喀斯特原始森林区。

荔波茂兰喀斯特原始森林区是我所生活的这片喀斯特土地上仅存的一片原始森林区，这里所有的植物都是从石头上长出来的，有的是长在石头上那层薄薄的苔衣上，有的就干脆长在光光的石头上，裸露的根紧紧地抓住石头，与石头融为一体，让发达的根须沿着石头的缝隙艰难地向前延伸，有的伸进水里，有的则扎进石头下那一点点可怜的泥土中，汲取养分来供应躯干慢慢地生长。在荔波茂兰喀斯特原始森林区，以树为主体构成的生命群体占据了八百多平方公里的土地，在这八百多平方公里的土地上，树与石头、树与水、树与动物组合的生命图腾保留住了喀斯特土地上的最后一片美丽。而这里一直没有被人类所开发，是因为这里山大沟深，不适于人类居家生存，才使这里的树保住了它们的“家”。茂兰喀斯特原始森林区的生命奇迹是缘于这一片土地，八百多平方公里的土地，无论是深沟、峡谷还是高山，不管是“野猪林”“漏斗林”，还是“水上森林”，其树林下生命生存的基础都是由大大小小的石头垒成的，以至于到过这片土地上的人都说这里的生命是石头的生命，是世间少有和罕见的生命。树是茂兰喀斯特原始森林区的生命一绝，那些长在石头上的树，每一棵都有着一部厚重的历史，据专家介绍，这里三米以上高的树都要长上百年，而那些几十米高的树都有着几百年甚至上千年的历史。这里的树，最发达的是根，每一棵树的根都裸露在石头上，虬须盘绕，纵横交错，分不清彼此地向石头下延伸，有的甚至于扎破石头让石头裂出缝隙，把生存的力量植进大石的心脏中。而那些长在水边悬崖上的树，根须则更加发达，有些树的树干高不到五米，而根却长三十到四十米，从高高的悬崖上一直裸露着延伸到山脚下的河水中，构成一道独特的风景，那种壮观的生命穿透力在别的地方是很难见得到的。

从茂兰喀斯特原始森林区走出来，走向山那边被称为故乡的家，我再一次陷入了千疮百孔的荒凉气氛中，树毕竟离这片土地太遥远了，无法荫护到我脚下的泥土让它们不被流失。而泥土流失的土地上，被称为植物的庄稼就变成了一种病态的生命，长不出令人欣慰的原色出来。对树的崇拜、对树的渴望一直是我故乡人民的心中寄托，在我的故乡，一直流传着种“保树”的习俗：在孩子出生的时候为孩子种一棵树，这棵树就是这个孩子生长的见证，是孩子生下地后所认的“保爷”，它将保佑孩子一生平安，同时也与刚出生的孩子一道成长壮大，做孩子成长的见证人。

动物

“光石头，哈哈！光石头，哈哈！”一听到这种鸟叫，我的心就没来由地变得烦躁起来。但是我一直没有见过这种鸟，我曾经问过我的父亲，他说他也没见过这种鸟。这是一种天黑以后才出来鸣叫的鸟，不分季节一年四季都能够在晚上听到它的声音，特别是黎明前最黑暗的那段时间它叫得最欢，声音也最恐怖。这种鸟的叫声出现在我家的房子边的时候，我的父亲和他的两个弟弟提上猎枪去屋背后的石缝中搜寻，折腾了大半夜，放了几枪，却连一根鸟毛都没有见到。从那以后，那种鸟不但没有被吓走，而且那种恐怖的声音仍然经常出现在我家住屋背后的那些石旮旯中。我不知道这种鸟的叫声和人类对大自然的破坏是不是有关，这种声音第一次出现在我家屋背后的时候，刚好是我家屋背后的那一大片竹林开花枯死的第二年。那时候我家屋背后除了一块靠着一块的大石头外，什么都没有，死去的竹林刚刚被砍光，连竹根也被刨了出来当柴火烧掉，这只鸟就是在那个时候出现的。这只鸟一出现，我那很迷信的奶奶就一直坐卧不安，她说那不是鸟叫，而是鬼在叫，无论我的父亲和叔叔们怎样解释她都不听，并自作主张地在晚上去请人来驱鬼。但是一直到她去世，这种"光石头，哈哈！光石头，哈哈！"的恐怖叫声仍萦绕在我家屋背后的那片石山上。奶奶去世后不久，我们一家就搬到了另一片石山上去居住。我外出求学后听说有人捕获了这种鸟，我虽没有亲眼所见，但是听人说那是一种很漂亮的鸟，有很长的尾巴，有点像野鸡但是又没有野鸡好看，也没有野鸡大，只比麻雀稍大一点。由于这种鸟的叫声很怪异很恐怖，在麻雀都被捉来当食吃的这片土地上，却没有人敢去捉这种鸟来吃。现在这种"光石头，哈哈！光石头，哈哈！"的声音在我故乡的那片石山上仍到处可听到，而这种鸟也是这片喀斯特土地上仅存的不多的几种鸟之中最活跃的一种了。

有一天上小学的女儿回到家后叫我给她讲一些动物的知识，那时我才发觉有关动物方面的知识我知道得太少，大脑中那一点可怜的知识根本招架不住女儿的提问。于是我就去买了许多动物世界的光碟，同女儿一起观看，看过这些光碟后我陷入了沉思中：假如不是这些资料，我的女儿她还会有认识这些动物的机会吗？

我的记忆中曾有过许多动物的身影，但当我把它们调出记忆的闸门时，才发觉它们一个个都已经模糊不清，无论怎样拼凑都拼凑不出它们那种矫健、活泼、驰骋于大自然的逗人喜爱的模样出来，麝香、山牛、山羊、黑熊、穿山甲、野鸡、野兔、蛇、竹鼠等那些曾经行走于我的记忆中的动物们，在我想重新寻找它们时，才发觉它们已经永远地从这片土地上消失了。从远古走过来的喀斯特土地，既然能够养活人类，对除了人类之外的别的动物，她也就不会那么吝啬。我的父亲、我的爷爷以及我的爷爷的爷爷们，他们都是在半耕半猎的日子中走过来的，农时耕耘，闲时打猎，用打猎来缓解缺粮所造成的饥荒。

我一生中只有过一次上山狩猎的经历，但那也不是真正的打猎，而只是作为父亲的一个陪伴，连帮手都称不上。那是我准备外出上中学之前父亲带我"上山看看"，让我多长点见识。第一次同父亲上山，行走在阴森森的密林中，从身到心我感到了一种前所未有的惧怕，特别是我们的脚步时不时惊起躲藏在路边的小鸟或小兽，带动树叶或野草发出的那种响声，吓得我大气都不敢出，我紧紧地跟在父亲身后，一步不落地往前赶。父亲这次是带我上山来"收山"（"收山"即收套索。当地人把打猎叫"打山"，也叫"撵山"，把做陷阱设套索套猎物叫"放山"）。我们走到父亲下套索的地方，我一眼就看到了被绳子套住的猎物高高地吊在一棵被去了尖的小树上，我们到达小树下面时，被吊起的猎物还在做最后的挣扎。父亲把绳子从树上解下来，将被吊住的猎物放到地上，并用余下的绳子将猎物的四只脚绑住，就在那时，我看到了被绑住的那只猎物的眼角流出了两串晶莹的泪珠。这是我第一次看到流泪的动物，我急忙指给父亲看，父亲没有理会我，而是用手在它那圆滚滚的肚子摸了好一会儿，然后就解开了绑住它四只脚的绳子。父亲就那样把到手的猎物放了。在回家的路上，父亲对我说那是一只母麝香，快要下崽了，不能杀它。后来我从父亲那里了解到，在那片土地上生活的每一位猎人，一直都奉行这样一条狩猎原则：打公不打母。任何一个猎人在上山打猎的时候，碰上母动物，特别是怀了孕的母动物，都不能开枪射杀。从那以后，我认识了麝香，麝香是这片喀斯特土地上动物群体中的运动健将，善于在山岩上攀爬和奔跑，一般情况下狗很难追赶得上，用猎枪也不容易打得到。我家屋背后那片竹林还没有开花时，从竹林中延伸过去的是一大片望不到头的大森林，秋天收庄稼后，我的父亲和村里的叔叔伯伯们就会背上猎枪到森林中去打猎，多则十天半月，少则三五天，每一次出去，他们都满载而归。在那些森林还没有被砍伐之前，林中有许许多多的动物，随时可以听到它们的声音，随处都可以看到它们的身影。记得有一次一个人跑到我家来说看见我家的牛在别人家的自留地里吃麦子，叫我们赶快去看。我和我的哥哥赶到那块地边，才看到那是一头野山牛，样子最像我家喂的那头小黄牯，要不是它逃跑我们都会认为是我们家的牛，难怪别人会看错。我们刚走到地边，野山牛就健步如飞地没入了附近的树林中。

我家原来养有一条叫“黄毛”的猎狗，黄毛只比我早出生十二天，但是它却活了二十六岁，如果是在今天的话，它是可以载入吉尼斯世界纪录的。黄毛是一条公狗，全身毛色金黄，是我家那一带最有名的猎狗，任何狡猾的猎物都难逃它的追踪。黄毛同猎人们上山打猎，如果打到了猎物，黄毛就会忠实地守候在猎物的旁边，这时候除了我们家的人，任何人都休想把猎物搬走，所以猎人们上山打猎的时候最怕黄毛，如果黄毛在，即使我们家没有人参加也必须要分一份，否则猎物就搬不回家。黄毛天生就是一个好猎手，在那片土地上森林逐渐减少动物不断减少，没有多少动物可猎的时候，黄毛仍然可以猎到动物，特别是秋收的那段时间，黄毛只要晚上一出去就会有收获，天亮后我们打开大门，就会看到门边摆放着一至二只小动物的尸体。

在我离家外出求学的那些日子中，山上仅存的动物越来越少，村人们已经放下猎枪，一心一意地拿着锄头在石旮旯中刨食，不再做打猎的梦。山林被砍光了，开垦的土地变宽了，那种脸朝黄土背朝天的劳作日子也变得冗长和难熬起来，无休无止的开垦和劳作也使得本来就很贫瘠的喀斯特土地变得越来越贫瘠。没有猎物可捕，猎狗黄毛不再是一条生龙活虎的狗，有一段时间我父亲写信告诉我，说黄毛像发疯了一样，一到晚上就跑到屋背后的石山上去疯叫，叫得全家人的心都慌慌的。黄毛是老死的，它死的时候我已经参加工作六年时间了，我最后一次见到黄毛时，看到它的牙已全部落光，吃东西只能喝稀饭，家人对我说，黄毛在牙还没有掉光前最喜欢捉老鼠，被它抓住和咬死的老鼠不计其数，以至于它在世的那些日子我家那一带都很少看见老鼠在活动。黄毛死后，我父亲将它埋在了家门前的一棵橘子树下。

就像别的生命种子一样，动物的生命在人类的不断蚕食下也逐渐地从喀斯特的土地上消失了，就连那些躲在石缝中的蛇也难逃被捕杀的厄运，满是石头的山上再也见不到动物们的脚印，只有几头家养黄牛的叫声在这片石山上的石头间回响着，有人说因为没有草吃，所以黄牛的个子都长得很瘦小，但是它们却是这片土地上最耐劳的动物，也是这片土地上的人的命根子。

后记

勤劳和贫瘠是两个没有任何关联的词语，而在喀斯特土地上它们却紧紧地挨在一起密不可分，越穷越苦干，越苦干就越贫穷，石山上凡是能种庄稼的地方，已经全部被人们挖出来种上了庄稼，但生活在这里的人日子还是很不好过。我在县城工作后不久，我大舅家的一个表哥就从家乡跑来找我，叫我给他在县城找个事情做，我给他找了一个很多人都不愿做的扫大街的活，活虽然又脏又累，待遇也很低，但我的表哥却干得很滋润，不久后他就把家也搬进了县城，心安理得地在城里安上了家，他说在城里干一个月比在家乡干一年都还要强。

我再一次踏上故乡的土地是为故乡的乡亲们拉炸药去的，为了解决吃饭问题，生活在这片喀斯特土地上的人想出了一种炸石造田的笨办法：用人力把石头搬开，再运来泥土把种庄稼的田造出来，以此来解决吃饭难的问题。这种办法从附近的大关村传出来后，这片石山上的人都纷纷效仿，一时间，这片土地又变得繁荣和热闹起来。

人与自然的相互依存关系，一直都是掠夺和被掠夺的关系，伴随着人口的急骤增长和土地的越来越贫瘠，这种依存关系也变得越来越残酷。炸石造田，这种无异于杀鸡取卵的办法我不知道能够走多远，站在已经无法相认的喀斯特土地上，面对千疮百孔的一个又一个石山，压在我心中的那些沉甸甸的石头总是无法被搬开。石山上，田造出来了，庄稼也长出来了，但是这些土地上那些曾经存在的生命却再也找不出来了，唯有石头，搬到任何一个地方都不会消失的石头仍在旺盛地生长着。

（原载《民族文学》2004年第8期）

2004年

安元奎

虚拟的船号

如果十多年前来乌江，在这条穿越巴山黔水的千里古盐道上，你还可以听到野性粗犷的船号。那神秘的歌吟宛如天籁，蕴涵着一种亘古的苍凉，总让你悲从中来，欲罢不能。而今，纤道和船帆已定格为古老的历史，那些船号一如历史的余音，正在幽幽远逝。

这是一个仲夏的早晨，我们数人成行，去思南县城下游十多公里的大溪口搜集船号。会唱船号的老人，而今已是所剩无几了。

说是采风，结果却招来了雨。趣忆两千年前，为了编撰《诗经》，那些搜集国风的周朝采诗官，大约也免不了雨雪之阻，于是冒雨从码头出发。江面一派迷蒙，机动木船像一只梭子，在茫茫雨帘中穿行，织着我们多少有些茫然的思绪。

没多久就在大溪口靠岸。这里位于乌江东岸，至今不通公路。因为有一条溪水在此汇入乌江，由此得名。江岸散布着数十户人家，自古走船为生，从长江边的重庆涪陵上运川盐，逆水乌江销往黔东与湘西各地。他们常年穿行于古盐道上，是这条大河的主人。直到十多年前，这段辉煌历史黯然结束。

邀请的船工陆续到齐，一共六人。他们是张羽生、袁海桥、吕仕宣、杨秀波、杨胜发、苏畅扬。但唱的地点最初有些犯难。最好是到江边或船上唱，但天一直下雨；欲找一家宽敞点的堂屋，可他们说，在堂屋里闹，乡风民俗有点犯忌，于是临时借用一个江边的简易货棚。这个布景有些寒碜，但似乎又只能如此了，与文化被边缘化的现实倒也暗合。

人未来齐以前，与六十六岁的老驾长张羽生有过简短的攀谈。他从十四岁开始走船，在乌江上漂泊了几十年，直到20世纪90年代初，乌江上禁止人工木船航运，才改业上岸。他的外貌颇有特点，鼻梁挺拔，鼻头微钩，有点像篙杆中的那种钩杆，脸上是浅浅的麻点。额头皱纹隆起，像凝固的浊浪。身躯瘦，背微驼，最大的特征是手脚粗大，胡须黑白参半，状如乱草。面容虽老，神情却是个老顽童。说话时嗓音粗大，中气十足。我们问乌江上的船号到底有多少，他感到无法回答："那就无穷尽呢，多得很。"又补充道："从龚滩上来十二天，上大乌江六天。每天巴起来（方言，即起床）就闹起，一直闹到黑，你说要多少号子。"他习惯于把船号称为"闹"。我们请他先哼几句，他随口就"嗨也唑——，安含"地哼起来，很有乌江纤夫的专业味道，简直未成曲调先有情了。

另一位老驾长袁海桥有七十八岁了。他从民国时期就开始走船，在乌江上的年头比张羽生更早。来时戴着斗笠，脸上也有些暗淡的麻点，都是天花的遗痕，据说患天花幸存下来的人大都长寿。性格平和内敛，落寞寡言，与张羽生形成有趣的反衬。

袁张二人是这些船工中的元老，其余为少壮派。六人中有五人曾长年走船，足迹上至余庆大回龙场，下至酉阳龚滩。只有年轻的货棚主人苏畅扬算是客串。

张羽生显然是那种性急的老船长，我们的录音机尚未备好，他便急切要求"吼起来"。他没把船号说成文绉绉的"唱"，先是说"闹"，后又说"吼"，都有点生猛。而话语不多的袁海桥见听众中有三位女性就特别声明说："今天娘娘（乌江方言，对姑娘的尊称）些在，号子就是乱吼呢。"他说的"乱吼"，意思是有些船号是男人们唱着解闷的，内容荤素都有。大家笑着说：不要紧，这些"娘娘"都是"艺术家娘娘"，船号一定要原汁原味。

一种穿云裂石的声浪骤然炸响。它从这些昔日的走船人、如今的庄稼汉口中奔涌而出，聚合为一种雄性的力量，让人荡气回肠。它分明就在眼前，却似乎来自遥远的蛮荒之邦，像受困的雄狮或狼群在旷野的哀号，像霹雳在峡谷或江面炸响。由远而近，由缓而急，由低而高，气势磅礴，苍凉悲壮。它撞击我们被现代噪音污染而变得有些钝化的耳膜，所有人都震慑于这种神秘的力量。低矮的屋瓦，竟然嚓嚓作响。

刹那间，我心中潮涌，有泪盈眶。我久违的乌江船号啊。

眼前这群人，当年他们赤裸着雄性的身躯，在乌江的陡滩、乱石、绝壁纤道间攀爬，从胸膛里迸出的，就是这种摄人心魄的原始交响。这群乌江的民间歌手，古老纤道上的行吟诗人，他们的船号曾经在千里乌江激荡。

那领唱走在纤夫的最前列，独步荒野，迎着凛冽的寒风，顶着火辣辣的毒日，或不期而至的霏霏雨雪，咀嚼着前驱的寂寞。他或前瞻，或后顾，或照应，或呼喊。那悠扬的号子，更像一个孤独的灵魂在江畔且行且歌，吟唱着宿命的悲怆。

而驾长的帮腔，音色高亢糙砺，如同京剧花腔里的二黄，呈现出另一种苍凉。他并不步随纤夫们的节奏与旋律，而是另辟蹊径，像个手舞足蹈的精灵游离其间，来去自由。他有时唱的是优美抒情的地方小曲，有时又直接呐喊、吼叫，甚至谩骂，完全是随兴而起，没有固定程式。他似乎是对领唱的一种呼应，却又若即若离，若断若续。有时似在铺垫、帮衬、托举；有时却又猛然跳开，绝尘而去，像在插科打诨，像在夺二闲，像另立山头唱对台戏。那音腔自由若流水，奔放如滩涛，飘忽不定，卓尔不群，仿佛一个行踪不定的乌江浪子，游离在故乡的边缘；又像一个桀骜不驯的灵魂，张扬着野性的情感。

而纤夫们的和声沉郁、厚重，顿挫有力。

“喂也——，安含！”

“喂也——，安含！”

他们反复着这样的咏叹，反复着这种有韵无字的原始乐章。咏叹突破了汉语的规范，只有衬字，只有叹词，意义并不固定，况味临时生成。像看不见的深塘，翻滚的巨漩；像汹涌的暗流，吞噬一切的回水；像礁石中流击水，发出愤怒的轰鸣。忽而痛苦忧伤，忽而无奈彷徨，忽而又慨然雄起，气冲云巅。

所有歌吟全部混合在一起，组为一个雄浑的整体，浑然天成的乐章。你分明可以听到那桀骜不驯的主流裹挟着万千浪涛和漩涡向前奔涌，另一股回水却偏偏执拗地逆向而行，而最终又汇聚到一起，撞击峡谷，澎湃而去。它错综复杂，神秘莫测，像失败英雄的情怀。在船号的歌吟中，你眼中反复幻现的也许是悬崖、绝壁、巨石、暗礁、滔天白浪、险恶暗漩、断航滩、打烂的船板，是乌江那吞噬一切的神秘伟力。

乌江船号，这雄性的律动，原始的交响；乌江船号，这贯通天地的大音，天人合一的绝唱。

如果用现代音乐理论来解析，船号是由四个以上声部交汇在一起的，是一种自然天成的多声部乐章。唱的时候，六人进行了简单的分工。当然，他们的分工是根据船上的职能。第一轮由杨秀波喊，也就是担任拉纤人的领唱；张羽生撑，即帮腔；其余四人跟，即应和与合唱。后来进行了轮唱，第二轮由袁海桥喊，第三轮由张羽生喊，后来吕仕宣也喊了一回。从上滩号唱到紧水号、熬滩号，再到平水号、龙船调。这轮唱像西洋技法里的“卡农”，此起彼伏，连绵不断。每个人的音色不同，混合的船号也就有着不同的韵味。

每唱完一轮就休息片刻。同行的老田、老吕赶紧从我们带来的大塑料壶里，倒出数量不等的散酒递过去给他们润嗓。他们先老后少地做些推让，都很受用地喝了，如是唱了三五轮。他们起初有些拘谨，在酒的作用下，就渐渐放开，后来甚至是眯着眼睛唱。在这片刻里，他们暂时回到了逝去的岁月，回到了离他们生活航道越来越远的乌江。也许只有酒精才能引领人穿越生活的繁重与委琐，抵达性灵的本真与诗情。

张羽生本来就最为投入，几杯散酒之后，更是完全进入了状态，激情四溢。道具虽是一条板凳，但他摆出的却完全是老驾长的职业姿势，仿佛他在驾驭一条滚滚惊涛中的歪屁股船。整个身子重心前倾，头向下拽，略驼的背高耸起来。随着节奏，身子极有弹性地一俯一仰，整个人都陶醉其中。他嗓音高亢，有喊有唱，中气足得如同正当壮年，韵味十分特别。袁海桥年纪大一些，中气就稍逊一筹。但声音醇和，韵味悠远，像陈年的米酒，度数不高，却也醉人。

其实，不同环境所唱的船号，有着不同的美感。当纤夫们拽着歪屁股船在长长的险滩上逆水而行，陷入欲进不能、欲退不得的困境，生死悬于一线之际，那熬滩号子无比悲壮凄怆。

造孽莫过（也）弄船人，
风霜雨雪（也）路上行。
嗨也嗟——，安舍！
嗨也嗟——，安舍！

而一旦闯过激流险滩的死亡边缘进入平水，他们对生活的苦难又开始黑色的调侃：

大雨落来（也）我不愁，
蓑衣斗篷（也）在后头。
蓑衣还在（噢）棕树上，
斗篷还在（噢）竹林头。

我们知道乌江古航道上还有一种“另类”的船号，也就是那种内容有点“荤”的号子，便要求唱一段这种原汁原味的号子，他们最初都不肯。那一直唱得风风火火的张羽生老人也显出几分忸怩，声调竟然柔婉起来，还偏偏地低下头，粗糙的手指极不自然地来回卷弄着围腰角，宛如一个初恋的农家后生，但有几颗麻点的脸上却挂着邪邪的坏笑。经不住我们的撩拨，他眼神幽幽地唱了起来：

远望小妹（也）洗衣裳，
心中却在（也）想情郎。
手里拿着（也）捶衣棒，
心头不知（也）想哪样。
天一棒来（噢）地一棒，

一棒打在（噢）指拇上。

其实这应当算是一首优美的民间情歌，对女子心态的描摹很传神，并无不雅之处。但后来吕仕宣唱的一首，的确就有点“荤”了：

大河涨水（也）冲小河，
钥匙落在（也）回水沱。
哪个捡到（噢）交还我，
脱了衣裳（噢）等他摸。
……

据说这些老一辈驾长纤夫，在长长的乌江航道上停船过夜的地方，都有一两个关系暧昧的女“干亲家”。于是在休息的间隙里，我们就试问一些玩笑性的话题。比如，你们曾经送盐巴给干亲家没有？因为缺盐的那些年代里，盐巴算得上贵重的礼物。他们都不好意思地笑着摇头否定，但表情暧昧而有趣。我们于是得寸进尺地试探：半斤盐巴不够？张羽生趁着酒勇，抬起头来以问代答：“半斤盐巴你就想上坎喽？”表情异常生动，目光炯炯逼人，惹得哄堂大笑，他自己也快活地笑起来。

但这群最后的纤夫今天的日子也许并不轻松。人工木船的禁航，把这些乌江纤夫逼向生活的边缘，属于他们的时代永远终结了。

乌江作证，当年那些悲凉的祈诉或呐喊，而今却在远离河床与纤道的地方，以一种虚拟的游戏形式重现，就足以让人惊讶于时空的错位与历史的落差。

唱到下午三点多的时候，杨秀波看了几次表，显然心里惦记着坡上的农活，有些心不在焉了。袁海桥的兴致也不是很高，他的儿子媳妇已全部“杀广”，七十八岁高龄还要耕种全家田土并照看孙子，此时一头牛还拴在坡上。张羽生的儿子媳妇也全部“杀广”了，家里的情况与袁海桥相似，但已有几分酒意的他一直兴趣很浓，还几次感谢我们今天让他这样快活，但我却从他的话里咀嚼出沉重和辛酸。

几人当中，只有吕仕宣完成了纤夫的角色转换，在现实生活的航道上，只有他的纤拉得最远。他现在是村主任兼护林员，唱船号时穿一身林业公安制服，臂上有“护林”字样，显出一种半官方色彩。他护林的功劳是有目共睹的。放眼乌江对岸，幼树已经成林，草地上几十只白鹭在那里闲庭信步，显然是这里的常住居民。他自己正临江起楼，江岸还系着一条价值数万的机动船。

我们走的时候，这些昔日的纤夫用粗糙的手和不太习惯的姿势与我们握手告别，一直目送我们上了机动船。细雨之中，张羽生老人站在泥泞的坡地上一直挥着手，眼神里溢出一种失落与意犹未尽的惆怅。

酒醒之后，他还会吟唱得那样潇洒和奔放吗？

明天，还有谁来听他的船号？

（选自《行吟乌江》，作家出版社，2004年10月；
《行吟乌江》获首届乌江文学奖）

2004年

徐成淼

月光照耀群山

马在一段略为平缓的山路上放慢了脚步，喘了口气，喷了喷鼻子。它摇摇杂乱的鬃毛，颈圈上几个铃铛发出了含混的轻响。翻过那道长而陡峭的大坡，它累了。路边有几丛看来颇为诱人的嫩草，它停下步子，低头啃了起来。赶马人跟了上来，从牙缝里挤出一声“唏！”不是口哨，不是唿啸，只是土得不入耳的吹气。带着口水的潮湿，也带着一点埋怨：天快黑了，可不能再耽搁了呢。马听得懂，它懂，全懂。听起来都是一声“唏”，却有主人不尽相同的心思在里面：该加紧脚步了，或者不妨停下来歇口气，要不就是提醒说，前边有陡坡了，你得攒点儿劲哩。马抬起头，迈开了步子。它那睫毛很长的眼里露出了一丝静止的忧伤，并不流动横溢，却一点一点地楔入人的心底，叫人不忍逼视。马摇摇头，想要甩掉些什么似的。它紧了紧脚步，蹄声沉滞，嘚嘚——嘚，嘚嘚——嘚，像慢板的切分音。哦，山里的马都是这样的，它从来没有扬鬣奋蹄过。从来到世上的第一天起，它就是这样嘚嘚嘚地一步步走在山道上。遇到陡崖的时候，是要使劲蹿上去的。遇到险滩的时候，是要奋力蹚过去的。铁掌在岩皮上打滑，蹿了好多回，又矬了下来。急水冲得四蹄乱晃，踉跄了好几次，才到得了岸。山连着山，谷连着谷，陡坎深沟，峭崖跌水，它到哪儿驰骋去呢？没有四蹄生风，没有扬鞭跃马。主人从来不用鞭子，他手里只有一根一拃长的老烟杆。他也从不骑它，只是将手拢在背后的袖筒里，弓着腰，嘴上叼着烟杆儿，不紧不慢地跟在马的后边。只在要提醒什么的时候，他才抽出一只手，取下烟杆，从牙缝里挤出几声湿乎乎的“唏”。白色的包头布有点儿灰了，背也有点儿驼。和他的马一样，也是矮矮的个儿，小腿肚紧瘦紧瘦的，上面盘着一根根蚯蚓似的曲张的血管。他好像也从来没有奔跑过，只是用他那两条铁硬的腿，一步步丈量着山道的盘曲和崎岖。在山里，人也好，马也好，要的不是风驰电掣，要的是一步接着一步走，一直这样走啊走啊地走下去。

雾幛渐渐笼上来了，抬头前望，家在岚雾的那边，还远着呢。赶马人狠抽了几口烟，烧得烟油嗞嗞直响。看不到尽头，看过去全是山。站在高处往远看，一个个山头绵延连续。层峦叠嶂，怎么看也没有尽头。哪里会有尽头呢？目光看到了头，而山还没到头。黑黝黝，灰乎乎，白茫茫。像凝固了的波涛，一浪接一浪地直铺到天边。一匹马和一个人就这样走在大山的褶皱里，半天没有言语。群山之下，他们是那样地不起眼。如此不起眼地在无边的山影中走着，还用得着什么言语呢？又翻过一道长坡，天已擦黑。马站在垭口歇气，衬着微明的天幕，像一幅剪影。两边是遮去了几乎全部画面的巨大山体，只中间一个V字蒙蒙亮着。V字的底部，一匹马静立不动。这是山里最有意味的画面，既不失传统，又充分现代。赶马人熄掉烟杆，在石头上磕去烟灰，又朝远处看一眼。好像看到了那缕瘦瘦的烟柱，似乎闻到了灰焐马铃薯的香味和女人那暧昧的气息。他拍了一下马屁股，又吹出一声“唏”。马惊了一下，跳了两步。抬头望，熟悉的山头已在不远，它已闻到草料的气味了。

瘦瘦的烟柱下面，就是家了。在一面坡上，毛石垒起宅基。矮墙和铺路石都老旧了，木柱也黑麻麻的。屋顶石板的缝隙里，几棵瓦楞草探头探脑，多汁的叶片微微哆嗦着。墙皮这儿那儿地脱落了，有的地方已透了洞。夜里，那几个山耗子总要钻进来。而那只猫却恋着火塘的温热，兀自在那儿打它的呼噜。鸡反倒警觉些，听见响动，夸张地咯咯了几声。

在火塘边一躺，全身都舒坦了。火塘很原始，却实用。在堂屋中央，泥地上挖一个坑，架了柴，点燃了，就成。不管秋冬春夏，一到夜间，山里都冷。真是冷啊，那种冷是和雾气勾结在一起的，一点点侵入脊背和腿脚，直砭到人的骨节眼儿里。于是火塘四季不灭，日日夜夜燃着。那是家的中心，家的心脏。全家人，起居，吃喝，干手工活儿，全围着它。只要火塘燃着，一代一代地，就总是连绵不绝。火塘里烧的是生木，是整一截刚从林子里砍来的树段。别怕烧不着，这火塘烧了几千年了，底火旺着呢。生树架上去，冒了冒烟，不一会儿就蹿出火苗来。浓烟升起，绕过房梁，被石板缝分散，向夜空飘摇而去。只一会儿，赶马人就睡着了。只要今晚有两碗酒下肚，有几颗在火塘中焐得香香的马铃薯果腹，就可以一觉睡到天亮。很少做梦，要做也只做同样的一个梦。梦中有酒，烈性的，像火一般烧灼的酒，像女人的媚眼一样会抓住人的灵魂的酒。酒就是赶马人的命吧，有酒，有一个女人伴着过日子，这就是生活，这就是人生。世世代代都是这样过的，山里人。

天总是亮得很晚。原本就被山崖挡去了天光，山岚又迟迟不散。山里的日子，就老像捂着个盖子，灰灰的见不出亮色。“天无三日晴”，其实并不是说多是雨天。不是雨天，雨天倒好了。滂沱大雨，倾盆而下，哗啦啦啦，倒也痛快。而这里却是这样的浓浓的雾气，浓得扯一片过来拧拧，也会绞出一盆水来。一天又一天，雾从山头上压下来，坠坠的，像有重量，老半天也撤不走。那就在火塘里添上新柴，让火烧旺些，再旺些。生树被火烤得噼啪响，有时会吱的一声，从哪条裂缝里蹿出一股青烟。火苗蹿起来了，红红的，暖暖的。有火就好，人就怎么也舒坦。管它天有多低，管它雾有多浓，只要家里有一塘火，这世界就平安了。从灰里刨出一大个焐了一夜的马铃薯，在手心中倒着，呼呼地吹气。拍去灰，剥掉皮，那诱人的香味儿就扑过来了。上哪儿去找比这更合心的吃食呢？蘸些拌了盐的辣椒面儿，趁烫吃。

这马铃薯是屋后那片坡土里长出来的。那里的泥是黑的，腐殖土。不知多少年的落叶，一层叠着一层，年复一年地沤烂在那里。丢几颗薯种在地里，就让它自生自长，管都不用管的。马铃薯越长越大，一窝窝往上拱，把表土都拱裂了。刨马铃薯的日子，有难得的好天气。山岚比往天散得早些，头顶上那一绺狭长的天，居然亮出了一片明蓝。还有白云呢，那么白那么白的云啊，晃得人眼睛都得眯起来。久违了的太阳照过来了，阳光晒得赶马人的屋子腾腾地直冒热气。马也跑到涧边撒起了欢，它喝了好几口水，用蹄子刨了刨沙土，昂起头咴咴地叫了几声。女人把积了多日的旧衣脏被，拿到水边使劲地捶。男人干脆脱了衣裤，哈嘶哈嘶吸着气跳进水里。在山里，晴日就是节日，而且，就只有中午这一米阳光。那么就尽情地欢乐吧，像青春一样，像生命一样，短暂，所以珍惜。

待到火塘里的圆木烧得差不多了，赶马人就起身，操了把斧子在手里，把包头布缠紧了，出门去。这次他没有把马牵出来，这么点小事是不用马的，马得留着赶场的时候用。他独自摇晃着，往林子里去了。路上要翻过几道断崖，断崖的切面上石纹裸露，波浪般的，一层摞着一层。那是大山的纪念册，是亿万年沧桑变幻的编年史。说了呢，说从前，这儿是一片汪洋，是海。谁信？谁都不信。然而有一天，赶马人刨一坨老大的树疙兜，却刨出一只螺壳来。他端详了老半天，想不明白这玩意儿怎么会来到这里，那不是海里面才有的东西吗？回家后，洗干净了，穿了根红毛线，吊在小儿子的脖子上。寨子里的老人说，能避邪。

又到了赶集的日子，赶马人牵出马来。雾还没有消退，人和马就出发了。出山的路下坡多，马和人就都不急。坦悠悠地，像溜达。马蹄的切分音，更显得像如歌的行板。遇到山花开得密，就停下来看几眼。听见阳雀儿在林子里唱，就转着眼睛四处找寻。蚂蚁搬家，马蜂打架，四脚蛇吱的一声窜进草丛里去了，山里有那么多叫人分神的东西。赶马人把目光收了回来，又挤出一声“唏”。溜达够了，该赶路了。

直到正午，岚雾才不情愿地撤了。山顶的先散，然后是山麓。山腰上的走得最迟，磨磨蹭蹭地，老在那儿流连。天顶的光照了些下来，照在了赶马人黑亮的额头上。把那些又深又长的皱纹，照得原形毕露，活像断崖上的那些褶皱，那些断纹。

把马铃薯、苞谷和烟叶卖了，买些盐、酒、香烛和煤油回去。再给女人买点儿绣花用的彩线和布，给儿子买双胶底鞋和几根棒棒糖，还要到铁铺子里给马换掌。办完事，还早，就牵了马找伙计们吹壳子去。拿个布袋子蒙了马的头，袋子里有草料，够它嚼一阵的。几个赶马人凑一堆，抽烟，吐口水，东一句西一句地胡嗙。直到马儿刨蹄了，风扬起场坝上的灰沙和碎草到处乱飞，伙计们才起身拍拍屁股，说散伙啰。

找个小吃摊，要了碗素粉，再要个面饼。烙面饼的妹子长得好看，短头发，脸膛红扑扑的。围腰一勒，胸部特挺。就着放了很多辣椒的油汤啃面饼，不时拿眼睛瞧着红脸膛的女子，心里就美滋滋的。还有什么比这更好的生活呢？赶马人想不出，也从没想过。乡场，集市，赶场的日子，这就好到顶了。每隔七天来逛一回乡场，就够快活了。喝完粉汤，啃完面饼，还不想走。取出酒瓶，拔了塞子，仰头咕了一大口，长长地哈了一声，这才起身。

那晚居然有月亮，这真难得。在山里，晌午刚过，雾霭就一层一层裹下来了，还看得见什么月亮呢？赶集回来，前脚才跨进家门，外头已灰乎乎一片，什么也看不见了。而今晚，往日那铺天盖地的阴霾突然消失得无影无踪，不知躲到世界的哪个旮旯里去了。夜空一片澄明，疏星懒懒地缀在天幕上，不时闪那么几下。几片云悠悠地飘着，让人觉得是月亮在走。马走到垭口那儿的时候，月亮恰好搁在那个V字的上方，给原本过于深刻的画面，带来了一点灵动。马被月光迷住了，这次它真的不想走。它伫立有如雕像，睫毛长长的眼睛里，映出了两粒小小的圆月。赶马人也站住了，他抬头看了看天上的月亮，例外地没有从牙缝里挤出那声“唏”。

月华如水，泼向一望无际的群山，千万座山头全染上了银光。天地像被洗过了一样，纯净得纤尘不染。没有鸟鸣，连虫儿也不叫了，众山静默无语。人和马站在如此浩瀚的天地间，就渐渐被一派银光融化。白马非马，人亦非人，全融入了无言的天地之中。赶马人突然觉得心中有点儿恐惧，像是想不透什么太廓大太久远的东西，心都想虚了。一个冷噤，他警醒了过来。他没有出声，只牵过马绳，轻轻，轻轻。

抬头再看那月，还是那么圆，还是那么亮。

（原载《散文》2004年第10期）

2004年

魏荣钊

龚滩古镇

早上起来，我叫店主给我煮了碗粉吃。走时，我问店主多少钱。住了一宿，吃了两餐，在这偏僻的小镇，即使收高价估计也就二三十块。谁知店主却说，镇里的周忠旗主任已经打招呼了，由镇里来付账。我很感动，虽然钱不多，但盛情难得，尤其像这么贫困的镇就更不容易。我不踏实，对店主说，政府的好意我心领了，但钱还是我自己付。可这个叫安世进的店主死活不收我的钱，说，人穷志不穷，再穷靠这点钱也富不起来啊。

从思渠步行前往毛渡，得绕开乌江翻山越岭，顺江是无路可行的。镇上的人说，上午有趟从沿河开到洪渡镇的班船，经常是人满为患，船未必靠岸。我带着侥幸心理还是来到了码头，想试试运气。十一点多钟，班船从上游鸣叫着开了下来，等在思渠码头的十多个人都争着朝边上挤，一旦船靠岸就捷足先登。大家议论着船会不会靠岸，结果船虽然是靠过来了，却只准下，一个也不能上。我挤到前端，对挡人上船的汉子说，我是记者，能不能带我到龚滩？汉子没好脸色说，记者，记者也不行。我自讨没趣地退了回来。最后我看见好几个人都上前求情告理，还是没能打动汉子的铁石心肠，包括一位思渠镇的干部。这个同志要到毛渡去公干，坐不上船就得走路，可步行到毛渡得从大山背后走，少说也得走大半天。他不愿走路到毛渡，然而能够把他快速带到毛渡的唯一班船拒绝了他。看得出他很生气也很无奈。船虽然是沿河的船，但就是不买你这个镇干部的账你能怎样。这个干部好像比我还急，他问大家愿不愿意租只带发电机的小木船下毛渡，围在码头上的人们一合计，到毛渡下游青溪的人很多，最后就以青溪为终点让这个镇干部打电话租来了小木船。可在摊钱问题上有三个打工的农民只答应每人出三元，也不是他们每人出不起五元，而是觉得太多了不划算。在大家的数落下，我说我给他们出五元，他们三人出十元。结果那多出来的一块钱谁也不愿出，我只好说，算在我头上。船老板这才启动发电机。说老实话，我并非因为自己急着想走而给他们出钱，我是觉得这些农民值得同情。我本身就是农民出身，并且当了多年的农民，对农民有深刻的体会。我能理解农民的困难和他们的思想感情，他们的每一分钱都来之不易，尤其在一些贫困山区，因为经济困难导致了一幕幕悲剧。在我的故乡曾经就发生过这么一件事，弟兄两个都很穷困，当哥的借了很多钱，都是高利贷，一年年“儿子”大过了“母亲”。债主来追债，他每次只能还人家的利息，而且这利息是从别人手上借来，同样是高利贷。一年年，利滚利，这老兄已经拖不动了，但有钱人哪管你要死不活。这位老兄到后来没有人敢借钱给他了，债主打上门来了，怎么办，人家要牵他的牛，抄他的家，抓他家东西抵债。他的兄弟也很穷，好在欠债不多，别人对他多少有些信任。兄弟担保替哥哥从别人手里借钱还债，结果大哥还是没有偿还能力，债主追得当兄弟的屁滚尿流，并找大哥理论，结果弟兄俩为此打得头破血流，差点出了人命。

历朝历代最苦的就是农民，而每个朝代打天下者又离不了他们，他们是最革命最勇往直前的一个群体，但从来都生活在底层。他们为社会创造了物质财富但一辈子都得不到享受。一些被他们喂饱喂肥的“上等人”反而嫌他们落后，骂他们：农民。极尽人格歧视。

这就是可敬可悲的农民，当权者说的：我们的衣食父母。

小小木船载着我们十多个人摇晃着穿过银童峡来到毛渡。毛渡过去是沿河的一个乡政府所在地，“撤并建”时合到了思渠镇。这个地方夸张点说真有些地老天荒的感觉，不通公路，而水路船只极少，来往都不方便，出一趟远门对当地的百姓来说可说是难于上青天。

木船靠在毛渡的岸边让那个思渠镇的干部下船后继续朝下游划去。很快就到了重庆市酉阳县的青溪镇码头，有三个做买卖的妇女和一个五十多岁的老人都要下龚滩，但船老板死活都不愿划下去，他说下面的滩多水急，有危险，出多少钱都不去了。我们在东岸上辗转反侧，走走停停，终于来了一只货船答应捎我们到龚滩。天气很好，坐在船头只见峡谷飞快朝后退，古纤道时而出现在岩层上，时而陷入江水中。两岸树木葱茏，藤蔓缠株，说有猿猴，却不见猿猴闪展腾挪，兴致很有些索然。过了土坨峡，很快就到了我在头脑里想象过多少遍的龚滩。

龚滩古镇坐落在乌江东岸的山坡上，隶属于重庆市酉阳土家族苗族自治县。西岸悬崖峭壁，直插云天，仍属贵州域境。龚滩就在古镇的脚下，它是乌江下游最大的险滩，整治前滩长近二百米，落差在四米以上。史料记载为明万历元年（1573年）因山洪暴发，凤凰山上岩石崩塌滚入江里造成险滩。整治前，巨浪翻滚，吼声数里可闻。抗日战争期间，导淮委员会乌江水道工程局在东岸修建驳道，改善了搬运条件。1958年，“大跃进”时期，乌江的进出口量增加，物资在此积压严重。1959年，川（重庆市直辖前酉阳属四川省）黔两省派人考察后，在讨论改善运力和装卸条件的同时，开凿航道也提到了议程。议定由四川酉阳地区组织施工，交通部同意拨款整治。后应川省要求，改由黔省负责测量施工。1959年10月，黔省交通勘察设计院第六勘察队提出整治方案，工程由第三航道工程队龚滩工区承办。从沿河、德江、思南及酉阳四县调集民工四百余人于11月中旬正式施工。次年4月通航。由于当时上级要求完工时间紧迫，炸礁用药量大，致使龚滩古镇受损房屋达四百多间，二百余户，到1962年才赔偿修缮结束，共赔偿费用十一余万元。

由于开凿的航道宽度不够，尤其在涨水时船只过航十分危险，不久又再度断航。1960年进行再次整治，直到1965年至1966年继续整治后，龚滩航运才完全走上正轨。

而龚滩古镇呢，如今已成了重庆市第一历史文化名镇。之所以是名镇，是因为她有着久远的历史底蕴：源自蜀汉，置建于唐，知名于北宋，明代走向兴旺，清末终至繁荣，抗日战争时期达到了鼎盛。唐高宗二年，曾移洪杜县（现在贵州沿河洪杜镇），明初改由贵州布政司管辖，弘治年间，酉阳宣慰司迁居并设卡管制。

龚滩这个名字我是很早就有所耳闻，可是和别的地名不同的是我一直没有忘记，而且给了我许多无边的想象，我说不清这是一种什么情愫，也许就是众人所说的缘吧，注定现在要来经历她。

木船靠在东岸，我跳到岸边便看见了古镇的尾巴，几幢木屋在江岸约五十米高的坡坎上挂着，让人很是惊异。我一口气爬到古镇底层的街口，中间呈现出一条小巷，巷子不宽，顶多三米。两边都是上了年岁的木屋，被风雨阳光剥蚀得活像老太婆皱褶的脸，沧桑而不乏忍劲。小巷中镶嵌的大小不一的石板不知有多少脚板从上面踩过，已经磨得油光闪亮，照得见人影。走过去，不小心鞋子还会滑溜。巷口里面不远的屋檐下有个老人正在炸油炸粑，他的工具和一般炸油炸粑的工具不同，是由几个蛋糕大小的锡盒子做成的，每个盒子都做有一根小小的提把，磨好的面粉舀进小盒再放到油锅里去炸。这里不叫炸，而叫“煎油糍”，是土家人特有的一种炸粑方式，十来分钟就炸好一个，趁热吃的时候又香又脆。我的童年是很难吃到这玩意的，记得那时是五分钱一个，只有富裕人家的大人赶场天才有能力给孩子买回这东西。我的母亲往往是背了一背青菜到镇上去卖了也只够买回盐巴煤油，有时好不容易给我买一个油粑回来，吃得我心欠欠的，但我不能责怪母亲，我知道母亲已经尽到了最大努力。这东西我一直心存挂念，但离开故土十多年了，时势变迁，不知道家乡的小镇上还时不时兴搞这玩意。此时此刻，我有些饿了，再说多年没有吃这东西，很想试试那味道还在不在。就走到老人面前，问老人多少钱一个，老人说五角，我二话没说摸出一块钱买了两个，边吃边从光滑的石板街上走过去。

已经是夕阳西落的时间，冬日早已背到东山后面去了，但小镇的巷子却是那样地明净和温暖。一路走过去，只见两排古色古香的木屋鳞次栉比地向乌江奔流的方向延伸，悠长悠长地拐着弯儿，时而上几步石阶，时而下几步石梯，曲径通幽，风尘古貌，仿佛就置身在远去的真实岁月里。两边木屋的门上随处可见挂着的扁长铜锁，不少人家的里屋用废纸糊得密不透风，清一色的土灶把土家人的生活衬托得淋漓尽致。巷子中间偶尔可见摆在门边的桌子，几个悠闲的女子埋头忙着修理桌上的“长城”，一群小孩子尽情地在深巷里跑来跑去，有时瞟几眼我这远方来客就走开了，有个调皮的孩子还跟我做着鬼脸，实在可爱。

古镇底层这条石板街长约两公里，她与上层的新街互不牵连，两边的木屋飞檐翘角，犬牙交错，左边石壁上圆柱撑起来的吊脚楼紧挨江流，不仅美观大气，且精巧别致。画家吴冠中到此也都感慨不已，称之为“琼楼玉宇”。街上不但有很多历史古迹，还有各式不同的亭台楼阁、雕梁画栋，很像是一幅古画挂在乌江东岸。由于建筑独特，保存完好，被誉为长江流域极具规模而又有观赏价值的民居景观。古镇对岸的山岩上有一个很富传奇的“蛮王洞”，尽管属于贵州地界，但传说却有两个版本，既有四川之说，又有贵州之说，传说相左，各具历史特点，就不一一复述了。站在吊脚楼上环顾两岸山谷，使我想起在此拍摄的剿匪电视剧《红杜鹃，白杜鹃》，那悠扬而略带哀伤的歌曲再一次向我诉说着土家女子的善良和坚韧。思绪在古镇上空飞扬，真有点情不自禁。

在老街上来回走了两趟后才去找住宿，街上的人告诉我最好在老街的客栈住，又便宜又能观赏风景，来古镇游览的客人都是住在老街的民居家中。我按那人的指引，走到老街西头去找“黄家客栈”。这街头一角的客栈有很多家，楼阁上都挂着旌幡似的小旗，上写某某客栈。我一个不留神，竟找到阶梯上面去了，一个穿戴优雅，长得很贤淑的女子问道：都是一样，就住我家吧？我说，我想住的是黄家客栈。女子回答说，这里的客栈都一样，很干净很便宜，不信你看看环境吧。那一刻我已经动摇了，因为这女子实在是太吸引我了，我被她的美丽和大方打动。古人说，爱美之心人皆有知，何况我等光棍男人。

她带我看了她家的客铺，客铺就安置在吊脚楼上，白色的垫单一尘不染，木屋不大，却安有三架客床。女子说，不会有人了，就我一人住一间。站在木屋的阁楼边便可看到下面的滚滚乌江，真个是风景这边独好啊！我把背包放下来，喝了一缸水，与女子聊了几分钟又到古镇转了一圈。回来时见到一位老人家正在忙着煮饭，我以为老人是女子的生母，只有她们孤儿寡母两人，想她一定是个单身女子。我想入非非，希望真能发生点什么艳遇。谁料，煮饭的老人是她婆婆。饭煮好的时候，一个看上去不到三十岁的小伙子抱着一个两三岁的孩子来到杨家客栈，男的端起碗一句话没说就吃开了。开始我还感到诧异，当知道是女子的丈夫、老人的儿子后，我的心里要有多不爽就有多不爽，甚至还有点后悔住进她家。晚上，女子的丈夫又到隔壁家串门，我和女子坐在她家小巧的客厅里看了一会儿电视，有一搭没一搭地聊了几句，比如她是哪年结的婚，是不是土生土长的古镇人云云。要真是像我见到她时的那种感觉情愫，这会儿也许我和她谈开了“恋爱”。现在既然人家是有夫之妇的人了，我就打消了带着美好愿望的一切想法。对此，我始终不无遗憾。

晚上我睡在铺上，听着呜咽的江涛声，思绪万千，久久不能入睡。我在想什么呢，其实我什么也没有想，脑子里一片空白。别误会，你以为我是为这位女子感伤，怎么可能呢。我只是一个匆匆过客，在女子的眼里，我是一个投宿者，她在我心里无外乎就是一念。人的一生，一念的事何其多，又有多少能激荡起我们生活的浪花呢。作为一个尚未找到知音的男人来说，在这样的环境里的一些想法却往往都是徒劳无益的，无非给别人增加一份笑料罢了。

这的确是一个让人流连的古镇，你待在这里会有一种彻底的放松和宁静致远的感觉。可是我毕竟不是来游山玩水的。清早起来，吃完老人家给我煮的一碗面条，付完账背上自己的背包准备离去，这时我突然想和这位让我来时动心的土家女子合个影。我向他们提出我的想法，可结果只有老人家与我合影。年轻的女子说，和我母亲照就行了。我明白她根本不想与我合影，但又不好直接拒绝。我没有勉强，我知道这是土家族女人的忌讳。在土家山寨，土家族女人是不随便与不熟悉的男人交往的，和我照相对她来说不亚于一次冒险。土家族的女人害怕别人议论“不正经”。这对土家人来说特别要紧，她们把名声看得比自由还重要。她们往往选择声誉而不要自由，在旧社会她们常常用生命来保护这种名誉。

我明白这个土家女子的心思。

（选自《独走乌江》，中国旅游出版社，2004年11月；
《独走乌江》获第三届贵州省文艺奖、首届乌江文学奖）

张　劲

凝视桥

一

凝视古桥，并被古桥凝视，是一种幸福。为享受这种幸福，我点燃了自己的一炷心香，还趁便带来了两脚夕照。

桥无言。只有桥头的皂角树、女贞树和许多不知名的灌木林丛，迎风抒发着自己的情绪，旁若无人地与桥下梦呓似的江水轻声呼应。

我曾仔细读过桥的有关材料，知道这是一段隐匿在深山峡谷中的物化的历史。然历史已被删繁就简，抽象出来不过就是一个几何图案，不过就是三个圆弧顶起一个朴素的平台罢了。

平台修长、阔直、规整，像一条横空平伸的肌肉隆起的胳膊。胳膊两端紧紧抓住悬崖峭壁、绿野青山，蜿蜒起伏的驿道从那里带子般地伸入翠微深处。胳膊中间则跑得了人，走得了马，行得了日月，载得了春秋……

就这样，江流在桥孔下急一阵、缓一阵地淌过，日子在桥面上重一脚、轻一脚地迈过，胳膊上走过了明，走过了清，走过了民国……至20世纪80年代人民政府将其列入省级文物保护对象，再到我们这些探视者将21世纪的问候捎到桥头上时，石桥已是近四百岁高龄了。

眼下的桥风雨早已剥蚀了它的容颜，时间也为它织起了苔衣，但它腿不软，腰不弯，“向前敲瘦骨，犹自带铜声”，身板仍然是那么硬朗。不过，一个被长久冷置的生命，总会对后人的来访保持着宠辱不惊的沉默，因而那些被磨得发亮的石板以及被丛生的凄迷杂草掩盖的石缝，都是十分地淡然，淡然得竟只愿留下一抹斜阳而不肯保存游览者的半只鞋印。但我依然对它满怀敬意。

我深知它什么都可以忘记，但决不会忘记两个人，一个是古代人葛镜，一个是现代人茅以升，前者是桥的缔造者，后者是桥的知己者。

桥孔上倒垂的如帘古藤，岁岁悬挂的正是这一份苍绿心事。

二

当年，平越麻哈江是云贵通往湖广、京城的古驿道必经之地，因行人只能浮舟以渡，常被山洪激流吞没，向被视作畏途。明正德三年（1508年），大哲学家王阳明被贬贵州龙场（今修文县）为驿丞，路经这一带时，就曾题诗为证："鸟道萦纡下七盘，古藤苍木峡声寒，境多奇绝非吾土，时可淹留是谪官……"这里的奇险鸟道，令人胆寒的峡江激流，已在远来谪官的心中留下了重重一笔。

自此六十年后，平越卫（今福泉市）人葛镜宦游归里，叹关山之难渡，悲失路之行人，决心修桥利民，以济往来。据《平越直隶州志》等史籍载：明万历年间（1573—1620年），葛镜始修于麻哈江上游，未成即塌，人称"上倒桥"；复修于下游，桥虽成却再被洪水所圮，人称"下倒桥"。虽屡建屡毁，葛镜仍矢志不移，表示"吾愿罄竭家资，以成此桥"，并作歌自誓："亘石昨庆桥成矣，江流湍急桥复圮，持一片心盟白水，桥不成兮镜不死！"于是变卖家产，广寻工匠，重勘水文，另择桥址，垒基于渊，砌墩于礁，横空以索道运料，立木以悬梁架拱，尤其是巧借地形，将西岸桥墩嵌于峻崖峭壁之间，那墩基立足之地皆由工匠千锤万錾凿出……待全部竣工，历时已三十余年矣！葛镜也因殚精竭虑，积劳成疾，不幸于桥成后次年亡故。

其时云贵总督张鹤鸣路经此桥，嘉镜之行，怜镜之死，曾亲题"葛镜桥"三字刻石于桥头，并撰《葛镜桥碑记》云："夫镜一匹夫耳，非有陶朱、猗顿之富，建桥一念，至死不移，计费不下五六千金，前后三十年，功始成此，其从容乐善，不吝不倦，岂世俗人所能企其万一者！"

"不吝"者，慷慨之义也；"不倦"者，奋斗之志也；"从容乐善"者，古道热肠之美德也。正是这精神，这意志，这美德，使得麻哈江之驿路"古道"，新添了一段"热肠"——一段跨水担山、连结东西两岸的"热肠"。由此，古驿道的脉络得以贯通，天涯断肠人的愁怀得以慰藉，祭祀的香火得以在桥头缭绕，联翩的美谈、佳话得以在民间传扬。

葛镜桥又俗称"豆腐桥"，一方面是因为所用料石皆方整匀称，状似豆腐，另一方面也源自于一则遐迩皆闻的传说：时在福泉山修道的仙人张三丰，感念葛镜为修桥而呕心沥血、形容枯槁，遂托梦平越城内百姓每家磨豆腐一厢置于门外，令山神土地星夜运往江边工地备用，张三丰亲自化豆腐为石料，助其在洪水到来之前将桥建成。

传说虽属子虚乌有，历代文人题咏却是实在而又拥挤。云贵总督张鹤鸣立马桥头，赞它是："英雄万代沧桑改，功德千年姓字题，百尺长虹摇碧影，九溪烟霞带晴霓。"贵州巡抚郭子章望空遥拜，赞它是："麻哈江头锁碧波，知君几度布金多，三春重压雷霆吼，万里如从枕席过。"崇祯年间平越举人戴崇召青衫竹杖，携酒而来，赞它是："三十年持一志，再挫竟成功，安得希贤者，专精似葛公。"明末清初著名诗僧钱邦岂芒鞋破钵，踏歌而至，赞它是："五丁凿险支飞阁，八柱凌空架玉虹，走石秦鞭今始见，驱神夏铎此为雄。"民国年间还有丁尚固、朱扶枢、刘增礼等多位骚人墨客为之慨然挥毫……桥的结实韵脚，响亮地押在了山水的腰部，历史的唇间。于是，桥头又便有了"三元阁"的建筑，有了"葛镜庙"的钟鸣，有了踞崖而立的诗碑，有了慕名而来的野树杂花的安家落户。

三

抗日战争时期，唐山工程学院与北平铁道管理学院相继内迁福泉，曾一度合并为国立交通大学贵州分校，史称"平越交大"。自1939年春至1945年春，交大师生的琅琅书声在福泉上空一响六年。

葛镜桥就在县城近郊二点五公里处，它既是交大师生散步流连的好去处，又是他们实习的好课堂。同是修桥铺路人，相逢何必曾相识。交大师生与葛镜桥有着一种近乎天然的联系。师生们平时以书为桥，闲暇时则以桥为书。一边是铁肩担道义的古代名桥，一边是妙手著文章的现代学子，两方面的遇合，便生动了许多朝晖夕岚，炎夏寒冬。

因此，当茅以升博士踏上葛镜桥时，不啻是一座津梁对另一座津梁的造访，一副热心肠对另一副热心肠的叩问，一个伟岸人格与另一个坚韧灵魂的跨时空对接。

其时，茅以升凭栏而立，俯视激流，仰首关山，不能不想起另一座桥——那在杭州由他亲自设计建造，又由他亲自指挥炸毁的钱塘江大桥。那座长达1453米的当时中国最大的铁路公路大桥，是他多年心血的结晶，但为不致落入侵华日寇之手，刚出世还不到四个月的大桥，就于1937年12月23日被他忍痛含悲地炸毁了。茅以升的丧子之痛在这里得到了些微补偿，他把对于彼桥的牵挂移系在此桥身上了。于是，他多次带领学生来这里测算，测得桥长51.44米，桥宽8.50米，桥高约30米，最大孔径为19.62米，其余两孔为11.30米和6.26米，并用现代力学原理分析其结构，得出的结论是：桥之"各孔静荷载与对称的活荷载"，抗压均无问题，即便是十吨重型汽车通过，也可安全无虞。茅以升为之叹赏有加，敬佩地把它写进了日后出版的《中国古桥技术史》一书，说它"坚固耐久”“雄伟壮观”，称誉葛镜是“家族独资建桥”的楷模，历经“几毁几建，从失败中吸取经验，完成了桥的技术史的改革”。

还应该记住当时交大的另一位教授——郭忠忱博士，他在指导学生进行应用力学数值计算时，严格地要求必须精确到小数点后三位，否则该题即判零分。他的一句口头禅是：你不能等到桥出了质量问题才来检查小数点是否计算有误……

如今，公路桥、铁路桥相继兴起，早已取代了葛镜桥的位置，络绎于途的商贾行旅早已被置换成了零零星星的牧童村姑。桥头建筑已荡然无存，古桥日夜面对的不过是苍苍幽壑，寂寂江波。但它依然坚守着，坚守着一个朴素的承诺。51.44米的牵挂，被延伸到了天南海北，甚至异国他乡。

我曾有幸读到原美国纽约市立大学史德顿学院张以桢教授的诗文——那篇发布于20世纪90年代的《蓝桥春梦忆平越》。张先生在诗中说：“久别班门情未消，云山怅望嗟途遥，登楼怀念南城口，渡海相思豆腐桥。”又在文中说：“虽然我在纽约已经住了二十多年，而在平越生活不过短短四年，但脑海中平越印象之深，却远远超过现在的纽约。我对平越印象最深刻的景点，计有两处：一是南城门外的坡道，一是南郊的豆腐桥……我在加州小住时，常到金门大桥去玩，至于Verrazano大桥，更是我的‘家常便道’。金门大桥是红色纤细的桥，柔美却显得软弱。Verrazano大桥是蓝色粗壮的桥，雄壮却有些粗俗。只有我脑海中的‘豆腐桥’才是‘情人眼里出西施’的桥，因为它不但雄伟壮丽，风光旖旎，而且具有仙气。豆腐桥是一块一块像豆腐般的石头垒成的，横跨在峭壁深涧之上，淡青微白的光泽映衬着绿树红霞，青山碧水，实在是美得不可方物。”

张以桢先生心目中的豆腐桥，是柔与刚的结合，力与美的化身。我则想起了近年来国内时有报道的坍塌的“豆腐渣桥”。以福泉豆腐桥和那些“豆腐渣桥”比较，论外观，后者不知要光鲜多少倍，论造价，后者不知要昂贵多少倍，然而论工程质量呢？“豆腐渣”三字已足以揭示其个中要义。

四

桥的坍塌多半源于人的理念的毁损和信仰的颠覆。“古道”多被废弃，“热肠”渐已冷却，“古道热肠”早成了尘封在辞典中的遥远记忆。

当江边救人也需要先讨论“救溺费”的时候，当途中问路也需要先协议“答疑费”的时候，那些愿意解囊修桥的人能不感到齿冷，那些乐意捐资铺路的人能不觉得心寒吗！

再者，“过河拆桥”也是我们这个民族所一向反对的，然而却又是近年来一些人所热衷于蛮干的。拆古城墙，拆古寺观，拆古民居……一面是辛辛苦苦的建设，一面是大大方方的破坏，人们在憧憬着、创造着明天的同时，却把昨天的许多美好的东西连同其记忆，给阔绰地扔掉了。记得伍尔芙说过，“生命的部分根基恰在于记忆”。董桥也说：“不会怀旧的社会注定沉闷、堕落。没有文化乡愁的心井注定是一口枯井。”然而我们中的不少人却恰是松动了这个“根基”，或者正在冠冕堂皇地干着“刨根”的差事和制造“枯井”的差事。

我们还会继续打造新桥，打造各种有形的和无形的新桥，但是很难设想，一座缺少文化道义和精神主轴的桥梁会把人坚实地导向彼岸。有鉴于此，葛镜桥实在是足以成为“镜鉴”后人的精神坐标的。

作别古桥时，恰逢几个十来岁的学生放学归家，他们所在的乡村小学就在桥头坡顶上。

我问：知道这座桥的名称吗？答：知道，叫豆腐桥。

又问：知道它原来还有一个名称吗？答：不知道。

再问：听说过葛镜造桥的故事吗？答：没听说过。

我愕然。就在他们身边的一段历史，每日都要往返数次的一处文物保护胜迹，无论老师还是家长竟然都没有想过要讲给孩子们听听……

沉默中，我斜倚暮色，向着葛镜桥鞠了一躬。这回是轮到孩子们愕然了。

于是，我又深深地鞠了一躬。

（原载《山花》2004年第11期）

2004年

柯真海

想象中的风景

年前年后

刚刚踩上叶脉一样的寨路，天就黑了。堤路上的河风吹得愈发坚硬起来。你抬起头，一面坡梁，一个山冲，一块坝子，由坡、冲、坝子组成的湾子就是下河湾寨子了，有的土墙茅盖，有的篱笆夹壁，有的就是孤独地隐在树荫里的吊脚楼，挺拙朴的，让你不忍心去惊扰，哪怕是一缕清泉，也是自生自灭，记忆里的野花自开自谢，那条归路也是自显自隐。寨子上的这时是一片夜幕的黑。仿佛漆流淌着的样子，漆的颜色。你轻轻地提一提眉角，那儿已经被提了无数次，提出了两张鱼尾痕。你提眉角的时间有长有短，像刚刚逝去的那些日子一般，有长有短。

你还相信有土画眉在蔷薇刺丛里、芭茅丛里乱钻，出没无定，黄鼠狼、野兔也是喜爱这样的地方的；有一个烧了牛粪火的少年在坝子或背风的岩石后面唱起一嗓子孤零零的山歌，赶脚跟在马帮后的男人听到了，阴一声阳一声接了唱出来，回荡在河川里，余韵夹在风里，爬过土墙垛，挤进窗棂，寨前寨后都有男人女人在聆听。有河、有堰、有井、有泡冬田，这是从渡口进寨子的路。一架吱嘎响着的水碾旋转在溪与河的交汇处，还有四花树和银杏撑着曲美的腰身，一点也不张扬，像河湾里洗麻线的女人，嘴硬心柔，看得久了自会生出一缕爱慕。粘娘子（仙鹤草）就不同，一绺绺随了坡地路坎的延伸态势，柔柔密密地长，命贱却也不失质朴，你携着妻子芳、女儿婷和儿子隆从里面穿过，裤腿上便粘了无数的粘娘子，油腻腻的，有像针的，也有像飞盘的，任你怎么抖它都紧贴着你的外衣裤不落下地，直到进门的时候母亲才一粒一粒地取下来。你记得的，大凡寨上有人跑肚子，见红白痢疾，家里人都去挖几蔸粘娘子，配上几节地榆，到寨边井里挑了新鲜水来熬汤喝，甜涩甜涩的，便里的血就收了，肚子也不跑了，不痛了。赶上了正月间，河边扯起麻布帐篷，应山应水的山歌就唱响起来，先是一对，后是一片，春天变成一河喧响，男男女女打着吆喝，隐在林丛拥吻亲热，成就一桩桩的姻缘……

然而，屋子里寂静得像刚过完了年，年轻的男女都走了，整个寨子只剩下很少的几个人。你，你的妻子芳，女儿贤婷，儿子隆。后来你又感觉屋子里有好几个人的呼吸。他们正围着砂炉，一边吃着炉盘上的花生米，一边喝土碗里的米酒。偶尔，还会有风打在纸窗上的声响抖落在窗台。你知道这是幻觉。现实的生活是什么样子，你有很长一段日子不想了。你已经积纳了许多经验，明白那样做只是徒劳。对着河堤的玻璃窗流着晶亮晶亮的水珠，你感觉到了屋内开始暖和。你看见那些水刚才被冻坏的样子，冻得只是一层淡淡的雾气。但那水雾说凝结就凝结了，像十几只蜜蜂伏在花瓣上那样轻巧，或者是一只鸟踩在了积雪上的声响。好在这是在老家吊脚楼里，你不去探究气温为什么升高了，也不去寻问记忆中的人们为什么回来又走了，有的甚至就没有回来。你觉得老家的牵挂就是这些事，每一次回来都如此。你的头脑茫然又清醒。

这是一年的尾声。刚刚贴到堂屋墙壁上的画和门枋上的对联，已经散发出年的味道来。它们在不同程度地遮掩着那种老去的颜色，它们在不同程度地遮掩失去童年后你心病似的空落。下河湾的三十多个年底，它们一直都这样空落，并且没有粉刷。旧报纸脱落的墙壁上，曾经被你和你的弟弟妹妹们用未燃尽的树枝画下一道道简短的线条，现在，它们看起来简洁而怀旧。

这便是下河湾寨子，记录它的方式还很多。譬如鸡叫，昼夜里有三遍：子夜、清晨、晌午。人呢，要吃三顿饭，一顿能吃下三碗饭，能吃下三碗饭的人，在哪里找病去？拍胸如擂鼓，硬邦邦，响着呢，强悍是过日子的，比存折还金贵。去相亲，后生仔吃不下三碗饭，亲事就会黄了，那意思就是不能吃就不能做嘛。还要栽一围的刺或竹，朝门口筑一米高的土墙，把人家的距离划了道虚线，既是门户的标志与血统的分野，又划分了人与畜的不同活动区域。狗必须止步于院墙以内；鸡也不得张翅突围；猪拱别人家院墙便是犯禁；大伯子开了弟媳妇的玩笑便是忤逆。这是约定俗成的规矩，谁都不例外地要遵守。可是这刺蓬、竹林和土墙毕竟还是缺了庄稼人喜爱的底色，于是就有人家配种几株杏树、几株桃树，或核桃或李子，晒坝前沿种一绺芍药花，或扯一个爬满瓜儿藤的木架子。这时虽说都落入了满天的寒星里，显得异常地祥和、柔美，星光不绝如缕地倾泻而下，寨子就在画里，日子就在宁静里了，乐融融的，谁也不会在年前年后的节骨眼上把痛喊出来。

麦地与日子的感觉

灶孔里的生柴被火烧得滋滋冒着气。都说冬冷皮春冷骨，但这毕竟是立春了。河川里的空气解冻了，不时有冻桃花的风凉飕飕地吹过面颊。湾子里的狗开始汪汪叫。鸡叫声却停止了。财神庙改成的小学校孤零零地耸在寨子后边，还得等到正月间的山歌会唱完才会热闹起来。从河堤到河坡头是春天的麦地。麦苗已经破土了，冻土松松散散的，麦地便青糊糊起来，毛茸茸的像一绺一绺沿山起伏着的绿毯子，那些与种子一同生长的动物、昆虫也醒来了。山鼠、野兔，钻进钻出；转个身，喜欢拈花惹草的蜂蝶嬉戏追逐，优哉游哉；来自人家房檐山头的缕缕白烟，袅袅地在晨昏中升起，静静地飘散；鸡啼、狗吠、牛哞扑打着日子的尘土又落下一层新的雾霭；春天的雨，轻飘如吊脚楼上临窗女子手上的绣花针，纷纷着的桃花杏花雨……麦子，一直从河堤向河坡头铺摆，空气里弥漫着青草的气息，山雀噪着，寨道上有马帮的铃声碎碎地响，并且缓缓地穿过。铃声消失在晨昏里，像没有响过一样。你的耳朵里渐渐地挤满了各种声音。但你一直期待的，却始终没有来。

唯独这些春气鼓胀的日子，油菜耸着秆，麦子也在疯长着，谁也不去想它们，这种习以为常的农耕已是纪年的一种动作。在河坡头或山冲里，屁股下压一把锄，划亮一根火柴，吸一锅旱烟，这些都是最不值一提的琐碎事，但下河湾人的心是静的，被温暖慰藉得踏踏实实。谛听，一声一声拔节的生命之响，嚓、嚓、嚓，似乎地底下有一把火燃得正旺呢。地里，还是那粒脱了皮的种子邪乎乎往上蹿，土地，是万物孕育和分娩希望的婚床啊。这些日子，平静、悠闲，半坡上有新的土皮肥堆在黄昏中吐着火烟。土皮，铲了一层，压在杂草燃烧的火焰上，被烟火一熏一沤，就熟了，抓一把压在麦根上，麦苗在一场小雨中就转绿，那叶子就绿得浓重、厚阔，露珠在上面也不住地打滑，远远地被春阳暖着，一圈圈地发亮，泛着光晕，被河风掀着，一起一伏地，像坡地的刺蓬上晒着的布匹，有一股股暗流正潜伏在安详的麦绿里。麦子开始没日没夜地长，呼呼地往上蹿，扛了锄头三天两头往地边一站，嘿，上腿了，种地人便想甩出一嗓子山歌，把山歌唱过河去，把山歌甩过河坡头去，不管有没有人接，都能比几杯米酒下肚还过瘾。那浑身的骨节这时也像麦梢子咯吱咯吱响，见那秆儿一天天变粗，挤挤挨挨的，就知道麦子已经衔苞，正抽穗，要扬花。扬花的麦子很羞涩似的将两点花瓣儿挂在穗头上，麦地里便多了一层淡雅的粉白。那粉白却也不打眼，只是很温情，像河湾里的女子，割惯了草，总是散着一绺头发低着眉，脸上红红的，吐出的气息舒畅又粗重，有点儿急促，有点儿兴奋，有点儿新鲜刺激的天真。麦子是土地的女儿，是养育寨子的母亲。寨子上的女孩儿有一天也会感到受孕的那种幸福和焦躁，以生命创造生命，在疼痛的幸福中祈福，在不可测的未知里赌着平和与安宁的运气，这就是她们与麦子喂养的精神一脉相承的地方。似乎，她们挑水的姿势，割草的动作，唱山歌的浪性，跳着芦笙舞的腰身，骑在迎亲马帮二马背上的样子，都那么柔柔可人，都有着麦子的清纯和质朴，都有着麦子的婀娜与妩媚。许多人，在山歌里把麦子一般的女子娶走了，或者，她们就绕开那山歌，从自己的寨子，毫无准备地摸进了城市的门。

她们一批一批地走，像麦子一茬接一茬地返青。麦子在抽穗，在灌浆。麦子，它要成熟，这是谁也挡不住的，正如挡不住天上的雨水和阳光，挡不住女子们灼灼艳丽的青春和已被注定日趋沧桑的风尘家园，挡不住她们因憧憬而渴望，因渴望而痛苦的折磨。

在大山环围的下河湾自然地成长的女孩子，正月里的山歌会燃烧她们一生的梦。几个人能这么完整而纯粹地拥有这样的梦？女儿、妻子、母亲和祖母，这就是一个下河湾寨子女孩子一生的所有和完整。麦地年年在招展，从麦芒的尖上望过去，每一缕阳光都是带刺的，每一根麦芒都像一枚花针在绣着生活的酸甜苦辣。当然，如今下河湾的女子们再也不用去以正月对歌的方式表达爱情，不以蜡染和刺绣的手艺谋生了，但是，当摇滚乐从新开工的洪家渡电站工地颤巍巍而来，六圭河里的鱼虾复又回来之后，下河湾人再次捆起麦秸烧荒，又以犁铧的方式将那贫瘠的土地翻种。圈肥、土皮灰依旧是保住生命的根本所需，身心疲惫时，麦地，是下河湾寨子依然呈现美好图像的最后阵地……

日子过得很快，在下河湾的宁静里，你却感到时间似乎停滞了。就像早晨醒来的时候，阳光一动不动地伏在窗子上；或者在午后你到寨子外叶脉似的小径上散步，那些过马帮的土路和土墙茅屋都是老样子。思考到这些的时候，你突然觉得好多时光其实已经被你弄丢了。你当时没留心，等到事后醒悟过来，却再也回不去了。

后顾与前瞻

怎么说呢，记忆里真的有过很多快乐的日子。下河湾的三千六百五十六个午后在你少年的心底留下许多入画的痕。只是你确实疲于城市的生活罢了。许多夜晚你会想起一些城市生活里看起来很小的事情。放水啦，看狗交尾啦，把着犁把犁田土啦，夏天下河秋天放蜂飘啦，它们一个画面一个画面网织起来，把你从城市心态里孤立出来了。

一道沟就是一条水路，像一条水蛇，弯弯曲曲，由高向低地淌流。水头跑得快，人也跑得快，很快在田坝叶脉似的水槽沟上浮现，田边地角，扛着锄头张望。水鸟在水头上飞跳，地星秀花在沟沿坎点缀，油菜地里流淌着塞鼻的浓香，人忍不住要咳嗽，深深地呼吸，大口地喘气儿。天因了云的飞渡时而暗下来，太阳在云层的缝里突然猛一亮，一紧，人的身上便暖洋洋的，热气自毛孔里以雾汗的方式往外汩汩冒出。农事就在三月天的坡地田坝间翻涌。女人拔去冻土里的萝卜，给正在拱出土皮的薯藤喷水，将一层干杉丫叶轻轻罩在籽粒上，将正蔓生坡地的熟地草薅去，在种上辣椒和南瓜的菜园掘出一个浅浅的蓄水坑。男人开始驾牛犁田，并在麻雀们出没的刚刚撒了秧种的田里扎上草人。晒菜籽、晒麻线、晒麦子全是老人们的活儿。一次次从坡地捡回野菌子、野蒜、茶泡，还有酸甜的羊奶奶和红红的牛角檬的放牛割草的小儿女。少女少男们不知不觉，也从农事里捡出几支山歌来，那是把自己美得心尖发颤脸上发红发烫的日子，很古朴很神秘恍若隔世的日子。那时你忘了许多愁，许多眼前的事，这样的日子又是一种农活，一些时令，充满乐趣，有滋有味。迷恋过的少年游戏更像是生命的催化剂，在你奔跳和戏耍的间隙悄悄地使力，一转眼，你就长大了，就是眼前这样子了。

目前你禁不住地回忆往事。旧年的滚米团，嫂子闹新房，夏日里在六圭河拍打着水的情境，甚至放牛割草的日子和月亮坝子上的游戏“推磨”“阿娘打草鞋”“依呀依同摆”“青菜苔、白菜苔”……

一条狗的头在老四花树下出现了，不一会儿，又多了一条狗，渐渐地，甚至连狂吠声也不闻，泡冬田边的寨路上就有三五条狗了。它们你碰我，我撵你，噢噢噢噢地，或许为了一只跑出来的野兔、田鼠，或者是为了一次自然里的交欢。一片田野被压倒了，几个滚连几个滚，一片花草压倒，一片油菜压断，风一吹，几个日头一晒，草呀苗呀重新站起来，与风在一起，与原来的草和苗在一起，似乎啥事也未曾经历。其实它们就是见证者，它们保守了这份纯真的秘密，封住了许多关于往事的叙述之口，把该掐断的场景悄悄抹去，不留一丝半点痕迹。

犁前的是牛，犁田男人后的是八哥。八哥滔滔不绝，脖子耸峰的牛沉默寡言。在新翻犁着的田里，是一幅烟雨飘逸的水墨画或一幅阳光淡远犹如闲情的农事图。有人在秧田里拔稗子了，有人在地里割油菜了，还有人压苕藤了。歇了犁的牛沿着田埂啃着半寸长的春草，背上站着麻雀和八哥，它们把这事讲述了一遍又一遍，说的和听的，都很平静，人和动物就是这样消磨自己又获得乐趣。这样的季节从田野上走过，穿过正在盛开着胡豆花和豌豆花的坡地，跨过蜜蜂和蝴蝶们嗡嗡翩然的水田，或许会看到一个个的妇人、汉子在侍弄庄稼，不焦不急，神态安详，把侍弄一块土地当做自己给新婚男人的一只鞋底，给心上女人的一块头巾。有时正如一场雨，意想不到地就获取了好收成。那鼓胀胀的豆荚，沉甸甸的谷穗，肥溜溜的猪，密实实的瓜果。地里，坝子，屯箩，屋檐，都是那么熟稔那么令人虔诚拜谒的地方，这是力气与情趣织成的一个农人存在价值最好的说明。同时也让人找到了自足，拥有了希望。

三月天的坡地上暖暖的，涌动着平滑而起伏的绿，间或红一块、黄一块地拼出了五彩图案。这些图案全是花朵翻译的语言，也是你的下河湾春天的心情写实，这时你记起了曾经站在那高坡上向湾子和山寨望，向山外望，望着望着，眼睛里溢满潮汐。那时是经受不住地力摇撼的样子，一阵幸福的眩晕浸透全身。想起这些你骨节与骨节间就会磨擦有声，攒足了劲力，搓搓粗糙的手掌，猛一拍，响脆的声音传出老远，还拍出一层土沫子。是旧历年的灰土，不是没洗净，是舍不得而嵌在粗纹里的，保留了一冬的气息，即使干了，像粉尘一样，单是拿到春阳里一扬手，就有了生猛的潮湿，什么都回过神来，一挥袖子，举起板口锈黄的老锄，一巾土块就被扯断了千丝万缕地翻过边儿，一块地就这么起了一个头，种子就在脚下找到了孕萌的胎盘。

河风里，有了汗味，浓浓的、朴素的汗味。咦？又有了旱烟草味儿，火火的，香香的，别具一格的那种，是土熟透了的那种。你拿了菜种、豆种，这里撒一把，那里撒一窝，几场雨过后，就有许多似曾相识的秧苗儿惊喜地打量你。把苗儿这里栽一棵，那里补一窝，十天半月，就藤藤蔓蔓的了，你就看见一股春气往上涌，一直涌到土墙茅房的高处，坡顶的高处。整个下河湾，满眼望去都是让人醉的绿。有了这绿，和到处流淌的草香的绿汁，千斤重的担子一下子从肩头卸掉了。生活不再沉重。一切的忧郁与妒忌都被挤退得无影无踪。

在六圭河两岸土地上刨食的人们，世世代代打造着一个用血脉、姓氏维系的小寨子，以水沟、栅栏、牲畜和山冲寨子的名字固定着的守土者，收成是沉默，也是他们的呐喊，是他们用血泪勾兑的寨史。三十九年后还来想起，你偶尔会觉得这些都太微小了，也太荒唐。你的心底愈来愈拒绝那种河边小寨的寂寞和孤独。但事实上，你愈来愈不能拒绝。你在那淡去的寂寞和孤独里拥有的秘密太多了，而昨天一旦被遗忘，你就觉得自己仍然停滞着，没有走动一般。这种事想一想就让人吃惊和害怕，像你突然发现了一本旧年历，或者翻开了一本少年时代的日记，那些逼真的细节开始在眼前晃荡，偶尔，你被城市生活揉碎的心因此凝结成块，眼泪就不由自主地涌上来。

你曾经迷恋的那些印记已经在自生自灭地淡去，隔了几年没回来，你便发现现实的下河湾已经开始向另一种陌生的样子变化和发展着。但你能说什么呢？有一天早晨，你带着妻携着儿女沿着河湾叶脉似的小路起伏地走去，到半途的时候你就发现河滩里的一块大田已经被淹成了一片泽国。幸亏母亲事先说过那儿的变化：“洪家渡要修电站了。连你爷爷奶奶的坟也要迁走了。”

这是最让你难受的事情。大约在二十几年前，你常常去那块田里撮鱼。尤其是在阳光静泻的中午，你和真文、真发、二弟半裸着踏进那片河滩田，各自朝脚窝、杂草和田后坎的缝隙撮着，人累了就往田边沙滩上一仰，筋骨就软了，这就像一滩水，汩汩地向前淌，而做不成冰了，冰在春风里只得软成一滩水，人在沙滩上就只能成这个样子。河沙从午时的阳光里吸足了温热，直到太阳落坡，它还慢慢释放出软软的暖烫。沙的温热释放尽了，你和玩伴们便光着身子到水田里清洗净，再出田来的时候天已经擦黑了。河风呼呼地刮起沙粒和草叶子，有时候会突然下起雨来。你们很仓皇地离开那儿，往家赶，一手提了撮箕，一手提着装鱼的笆篓……

这似乎是转身之间，回头一望你却离开了二十多年。当你在煤矿的寂夜，谋职在城市的街头，当你流落在海口，创业于浦东，当你去布达拉宫朝圣归来，或者与妻闲话陪儿女郊游，或者用电话问候林东煤矿的亲人，你不由得会对自己的现在产生怀疑。你不知道哪一个时刻的自己离现实的你更近一些。你不知道哪一个季节的下河湾更接近你叙述中的下河湾。只是想起它的时候，你就觉得你的心又在疼了。甚至你会觉得越来越深的恐惧走近了你。它撕咬你的心灵和自尊，它把所有外在的虚荣拍散，只剩下一个内在的空壳——是啊，这么多年，你一想起它就想起了你的爷爷奶奶，三叔一家，还有茶店街上的大姐真芬，老土墙房，核桃树，并且更多地想起母亲。这么多年了，农转非到林东煤矿后，母亲经常小腿疼痛，她每次犯病都让你和妻子恐慌。作为医生的你和妻子都知道母亲的疼痛是糖尿病并发症，虽然还不是晚期，但是你始终难以摆脱内心里那种无边无际的惧怕。这种惧怕从三十五岁甚至更早一些时候开始，自你从上海回贵阳时的某一个落寞的黄昏开始，你傻了一般坐在水泥厂烟尘微覆的皮带运输道下，在真华简易的住房里，一边想着不久将至的经济困境，一边为母亲担着心。你的妻子走过来，她摸了摸你的额头。“头又疼了？”她说，“要不要吃一包川芎茶调颗粒？”她的手指凉凉的，她的语调清爽，声音温柔，你真想扑进她的怀抱大哭一场。

归去来的存想

下河湾寨子里不时地响起零零落落的山歌声和河坡头山脊上马帮的脖铃。这是你能明显感受到的最具有诱惑力的动静了。你觉得，如果没有这声响，这一河两岸的寨子确实太静了。也许你离开的日子确实太久远，真的难以习惯了。

目下你想不起来自己是怎么度过童年和少年时代的。就在这寨子里，五十来户大约三百多人口，纵横长度差不太多，一个河湾坝子，方圆约一公里。让你一直惊奇的是寨子的中心有一棵五个人才能环围的古银杏树，树枝上系满了红布条，树脚筑着一座土地庙。寨上老辈人传言，这棵树是成了精的，民国初年它曾化作一个白衣秀士，每到夜里就躲进寨口刘银山姑娘闺房窗口边的竹林，与刘家女儿对歌恋爱。后来刘家姑娘一病不起，她爹请道士张太强作法，以五道灵符锁住了老银杏的灵脉。到今天，树身上还能隐隐约约看出那几道符的痕迹，并且还会在雷电之夜闪烁出白光。记得你们家老房子后面的竹林里生有一株古老的核桃树，有一段树干里面已经被日月掏空，树洞里藏匿了一些麻雀的窝和吊脚蜂的巢，另外一边生了青苔的树干，逢着雨季便会长一些肉质厚实的菌子，煮汤或用青椒爆炒都非常可口。你常常摘取，大约七八岁的时候，你和姐姐真芬经常拿冷米汤或鸡毛水去淋。

在下河湾系列里，你曾经好多次写到下河湾的女子们和男人们。这些人从十几岁开始劳燕分飞，又二十多年后，基本上就很少见面了。你十几年以后才回下河湾一趟，偶尔还会见到男人，只是这些人大都做了父亲。但应该成为母亲了的那些人呢？大约嫁到外地去了。有一年正月里，你竟然在两百多公里外的省城里碰到了你的一位少年玩伴。当时她就背着背篼迎面向你走来。她个子很矮，似乎从十五六岁开始就没有再往高里长。由于天冷的关系，她显得单薄和瑟缩。她很快地从你身边走过去，对你视若无睹。你愣了一下，并且检点自己是否失态。这时你看见一位衣作华丽的城市女子大声召唤她，奇怪的是，她的名字发生了小小的更改，表现姓和名的那三个字被有意地删掉了，变成了“喂，背篼”。但她没有吭声。直朝那城里女人走了一段路她才转过身来，脸上堆满了木愣而尴尬的笑。

知道吗，许多年来，你离开了下河湾许多次，但始终不能忘怀。有时候你还痛恨它带给你的折磨——真的是折磨呀——偶尔你想，如果你不生养在那个地方多好。就是说，如果你浑身上下没有丝毫牵挂，该有多好。许多年后，你同幼年就在心里爱过的下河湾女子小月婵谈及这个问题，她“唉”了一声：你说的是，那些年呀……她真是一个梦中情人一样的人了。你觉得经过这些年的光阴，她也几乎成了你对故乡思念的一部分。她正在一天天地老去，连同你的记忆。

还是在十几岁的时候你就开始不断地想象外面的世界。但只有你自己清楚在等待了那么多年之后，才差不多触到了想象的沿儿，一些现实中的问题悄悄地迫近。在几乎忍不住的时候你就要开始另一种活法了。许多事情你目下不急着说出来，只是觉得在厌烦了它之后，只剩下离开一条路。所以你当时似乎是获得了一种拯救。相对于下河湾，外面的世界过于大了，相对于你，下河湾其实也过于大了。只是你粗笨愚蠢，直到今天，你也没有完全读懂它。三十九年后，当你回过头来，许多已经淡化的细节重新浮现，你孤身一人站在岁月的脚边，没有人可以让你去扶一扶，你知道只有一种情况：世界病了。这个世界病了。那个广阔的、邈远的曾经带给你无限憧憬的文学圣殿其实也不过是一个虚高的圆圈，它的鼻子、眉眼带着冬季的严寒和夏季的酷热，不时地散发一种奇怪的声息来引诱你。你停在寨子外面，不住地叹气和回想。你开始觉得你回不去了。从文学到文学的路程那么远，从家到家的路程也那么远，你真的回不去了。

在你的记忆中，下河湾上空是悄悄地亮起来的。先是一点点灰蒙蒙的天色淌出了视野，接着那种无可察觉的亮色带入了黎明。院子里的柴垛、狗舍、树木和蔷薇刺都被覆盖了那种色彩。在你还昏睡的时候，鸡开始叫了，狗开始叫了，河川里自上而下涌动着一种天籁般的轻响。你说不出来那种轻响是什么，它出现过，但丝毫没有影响你的睡眠。你大概被尿憋醒过，在小便的间隙侧耳听听父母房子里的动静。你企盼母亲能够熟睡每一个夜晚——她返乡后小腿仍在疼痛。好在你没有听到什么，于是你便开始做梦，但梦里出现过什么景象，醒来时你丝毫记不起来了。那些零碎、芜杂的片断仿佛你的少年时期，它们晃动着模糊的面影，诱发你回味的兴趣，但它们远没有真实存在过的岁月动人，有时甚至连一个妩媚的眼神也比不上，尽管你离开已经很久，尽管那么多的女孩子都已经嫁人了，并且，她们也有了自己的孩子。

下河湾的每一天都从一束亮光开始，你在每一天的睡眠中都会保持着期待。黎明之后的这段时间你没有起床，你在棉被捂热的床上积蓄了一整天的精力和体温。现在，你俯在桌前，是正午了，你把一些废旧的笔记本捆束好，并打开一本新的，你记录下今天的一些小事。你等着小月婵来，整个白天都在等。你在院子里踱步，读几年前的旧书，你轻轻地读出声来，并且留心院门外的动静。父母亲在屋子里，都不出声，就这样一直到黄昏，这一天已经是初八。再过一天，你就又得离开了。

你总是难以面对这样的时刻。心中的伤痛无以复加。一河两岸仍然有山歌在响。这个正月会延续很久，直至你重新回来。在屋子里可以听见寨上的老人在远处的说话声。他们都土生土长，并且已经不可能离开下河湾。有时你想象自己便如他们这样，甚至加入他们的生活与交谈。但事实上，你与他们见面的机会已经很少，许多人，你都叫不上名字来了。

小月婵仍旧没有来。可能不会来了。直到离开的早晨，母亲才悄悄对你说：她半年前就死了。她儿子在城里去“跑白货”，在云南被判了刑，女儿又染上了花柳病，小月婵受不了打击活活气死了。

你总是不能够放心。你轻轻地呼吸，好舒缓屋子里紧张的空气。大部分时间你在遐想。脑子里乱成一锅粥。这是许多年一如既往的“想”，几乎没有例外。你总是躲不开这些。奇怪的是，此刻也没有什么声响，更没有倾听。你愿意听到一些言辞，朗诵或者调笑，哪怕骂人也好。

你记得小时候就是这样。那时你在家里，听母亲说话。那时母亲还年轻，没有现在这样老。那时候家里穷，母亲对你说着话。她说些什么呢？你早已记不清了。只知道大约是在你还没来到这世上的时候，父亲离开下河湾去了林东煤矿。母亲每每谈到父亲的出走总是让她疼痛和心酸。

真正的夜降临了。你想，只有在此刻，你才能够变得清醒和纯粹。你开始意识到这是下河湾的夜晚。掀开窗帘子，可以看到夜空中的北斗七星，由于有满天的繁星帮衬着，显得异常地祥和、柔美，星光不绝如缕地倾泻而下。天空底下，寂静的夜幕笼罩了六圭河两岸一个又一个寨子。你置身其中的这一个，曾经像个孩子一样浏览过一本又一本典籍，直到夜深。从另一个意义上讲，你相信，这就是你一个人的下河湾。

夜深了，你醉了。你的桌上无酒，只有一堆取名叫《截流的河湾》的汉字，它们都从你的身体中跑出来，同星光一起不绝如缕地倾泻于你的心空。

[原载《红豆》2004年第11期；《散文》（海外版）2005年第2期转载]

姚胜祥

最后的石器

一

时光总把记忆龟裂成许多碎片，当我们坐下来静静组合时，浮现的只是一些散乱的画面和声音。

“吱——嘎——砰”“吱——嘎——砰”……这是石碓发出的声音。一大早起来独自坐在窗前，这声音就在耳际弥漫开来。这古老的石器在我脑海渐次显影，像我眼前的手和脚一样清晰。曾几何时，石碓和我的生命是那样息息相关。

三十多年前一个夜里我来到世间，母亲房间的空气中夹杂一丝煤油气味，风从板壁的缝隙摸进来，摇曳着昏黄的灯焰。我看到母亲蜡黄的脸和疲惫的眼神。父亲、婶娘和接生婆的影子被灯投在墙壁上，时大时小，飘移不定。我被眼前的情景惊呆了。有人拍打我屁股，我没精力哭泣，我要把这个世界看清楚再做打算。任凭拍打屁股和掐我胳膊，谁也没有办法让我哭出声来。接生婆喊，快去舂碓。于是房外传来沉闷的撞击声，而且一声接着一声。那是石碓发出的声音，使我顿时感到前所未有的恐惧，仿佛这声音可以左右世上的一切，可以让我离开母亲身边，离开母亲身上特有的气味和乳头，甚至包括让我死去。我终于哭了。当然，这是长大后母亲告诉我的。

此后，我在母亲背上随石碓踏板的起伏被母亲的身体送起来又落下，在石碓沉闷的撞击声里牙牙学语，间歇中母亲坐下来，汗水顺着母亲的乳头流入我的口中，我第一次尝到盐的滋味；我在石碓坊里蹒跚学步，看一粒粒五谷杂粮在石碓的碾压撞击下脱坯、变细、成末、变浆。

二

碓坊以土坯为墙，靠着肃穆的正屋而倚，上面用碗口粗的杉木一棵棵整齐地排列着，杉木上面是一排排钉着的椽皮，跟正屋一样盖上层层叠叠的青瓦。远看碓坊像正屋的一只肩。墙上往往少码两个土坯砖。这样，没有窗子的窗户就形成了。阳光从这个没有窗子的窗户照进来，一条光柱每天在碓磨房里从西划向东，给屋子送来光明，给碓坊留下真实与虚幻。青瓦缝隙漏下来的雨水，滴淌在只有人高的土坯墙上，到处显现出细细弯弯的，或深或浅的小沟。怎么看都像泪流满面而又未曾洗脸的人。是谁在流泪呢？很多时候我心里都在想，是我的爷爷奶奶，还是我的爸妈，还是和我们共用碓坊的隔壁他们一家的大人？小的时候我总是这样莫名其妙地乱想。

碓坊里石碓躺卧在地上，霸道的王者姿态是我见过的任何一种农具都没有的。两根扶手柱如威严的旗杆，那是供舂碓人把扶的，它们是每一个舂碓人保持平衡的依靠和支点。石碓由两部分组成，一部分是碓窝，像半边巨大的鸡蛋壳嵌在地上，那窝沿的厚度相当于我们当时脑袋的直径大小。另一部分是圆柱形石头碓杵和杠杆，碓杵比我们的身子小不了多少，插在碓窝里，它的上端嵌在一根脸盆一般粗的木质杠杆上。杠杆靠尾部的地方再用一根也很粗大的原木横支着。从屋顶俯视下来，两根粗木像绑缚基督的十字架。石碓磨靠自己的庞大，让五谷们相互挤压。挤压是一种很好的无间活动，挤压常常使一些东西变得面目全非。它们按照挤压原理，把五谷变成不同的等次，最终符合人的意愿。

那时候我常常想，石碓可能是妖怪变化而成。要不它们的力量怎么那样地神奇？它们左右着村里所有粮食的分类。把五谷杂粮变成细粮、粗粮和牲畜口粮。比如在挤压过程中最先脱离玉米粒或者麦粒本体的麸子，那是猪牛的饲料；其次是带着玉米和小麦本色的面粉，那是村人自己平日里的食物；最后剩下的面粉，那才是最好的上等货。那是用来接待至亲贵客或者下队干部用的。那精白的面粉做出来的面条和糕粑，白净净的，总发出异常诱人的香气。每次看到有人在我眼前吃它的时候，我的嘴里就直淌口水，真幻想喉咙能伸出一只无形的手来，把那些白净净的食物抓进嘴里。有一回我见牛在满意地吃麸子，忍不住抓了一把，放在嘴里，顿时苦不堪言。于是我想，这一切都是石碓和石磨做的“好事”。耕田出力最多的牛，为人长肉等着被杀的猪，为什么总吃剩下的东西。而同样是人为什么也不能吃一样的粮食，我问了好多的大人，但没有人能够回答我的问题。

三

“吱——嘎——砰”“吱——嘎——砰”……这是石碓发出的声音。这声音是村庄的灵魂，是深沉悠长的音乐，伴着村庄的存在。我们和母亲一起踏踩着石碓。后来我们渐渐大了，就单独上碓坊劳动。

春碓是我们每天必须做的事情，哪一天不做的话，我们就会没有口粮。春碓是谁也不愿意干的事情。它不像其他任何一件农事，可以在野外一边干活一边看流云，看野花，看鸟，看一些有趣的东西。可以和对面山的人喊话，还可以对歌。石碓的笨重也是一般人不愿意去那里干活的原因。它们没有任何省力的结构。全凭劳力。我数过，我们一家七口人吃一餐的麦子去坯，要用三千八百脚踏踩。三千八百脚，不停地踏踩要两小时的时间。两小时不停地做同一动作。没人跟你说话，唯一要做的是使劲操作。人停了，它们也停了，不能有半点偷懒。百十斤重的东西，让你不停地舞弄，这样的累谁不知道？

我一直盼望，要是石碓烂了该多好。那样的话，我们就不会有这种枯燥繁重的劳作了。而且我在春碓的时候早已经看出它很多部位是可以改进的，假如它烂了，我可以乘机改造它。至少使它科学一点，省力一点。

后来它终于烂了，我想这下好了，我于是跟父亲提出由我来修复石碓，并把我要改良它的想法一并告诉了父亲。父亲听完劈头盖脸地咒骂起来。他说，好多年了，你爷爷的爷爷都用起来的石碓，还有什么不好的。就你聪明，你能搞出什么好的名堂，别给我瞎折腾。我畏惧父亲，就没敢再提这件事。我猜想父亲也在畏惧他早已作古的父亲吧。估计他的父亲也不让改的。父亲说，你们年轻人要把这个东西折腾坏了就惨了，还是请匠人来修吧。于是修石碓的匠人来了。我守在碓坊里看他工作，见那匠人丝毫没有改进的意思。我就把安装两个轴承在支点两端的想法告诉他。我说，我见过轴承，很好的，要安上那玩意就省力多了。我话还没说完，修石碓的匠人就从老花镜后面向我鄙夷地看过来，像看怪物一样。吓得我没了声音，赶紧跑开。修石碓的匠人鼓捣两天，那石碓又可以用了。

石碓就这样用了修，修了又用。终于有一天彻底坏了。没石碓的日子是不行的，因为我们要吃饭。我们要等着石碓来分解和分配粮食。不然猪、牛、我们和贵客都只能吃同一种带皮的玉米和麦子了。父亲说，我们还得有一个石碓。这下我可以做一个全新的石碓了，我兴奋得好几个晚上没睡好觉。我可以把我所知道的最省力的窍门全都用在新石碓的建造中了，以后我们就再也不用这么累人的石碓了。我把这个想法告诉二哥，二哥淡淡地说，别高兴，要看父亲是不是同意。父亲会同意吗？父亲上回骂我的话还在耳边："你知道什么？科学，就你知道科学？你十几岁的娃娃，几千年的科学没你的好，去你的吧。"于是我没敢再吱声。打造新石碓的过程中，我只好压抑自己，默默地跟在匠人和父亲后面，做他们让我做的事情。我希望彻底毁坏的东西毁了，而我却要委屈自己把它做起来。我不喜欢的东西坏了，我却要与人一道原封原样又制造一个。而这样的东西一旦做好了，就会让我像牛马一样整天围着它累死累活。

新的石碓做好了，父亲的脸上露出了笑容。我的工作仍然是每天春碓。我数着繁重的脚踏次数度过。每踏下一脚觉得就多了一分解脱。

四

有一天，我去对门寨子玩，看到狗狗的奶奶也在舂碓，狗狗奶奶七十多岁，满脸核桃壳一样的皱纹，头发也全白了。阳光从头顶的青瓦缝隙投在她的头上，白色的头发在那束光中飘舞。她闭着眼睛，嘴唇轻轻地蠕动，身子吃力地向下不停地踏踩石碓，脸上却没丝毫劳累和沉重。不像我舂碓那样。我惊呆了。我马上就去问旁人，怎么七十岁的老太太还能舂碓？还这么表情轻松地舂。狗狗说，奶奶说是从小就舂碓的，她大概很有经验了吧。我一直怀疑狗狗奶奶有什么奇特的神法，可以让石碓变轻起来。我一直站在旁边，想等她干完活后马上向她请教。活完了，老太太睁开眼睛。我立即以对菩萨一样的虔诚要老太太教我使石碓变轻的神法。老太太看都不看我，一边摆弄簸箕筛子一边慢悠悠地说，没什么法子，舂碓的时候闭上眼睛，腿上身上用力，脑子想远处的事，要想得越美越好，你会有上天一样的感觉。这样就不累了，知道吗？老太太的声音像从地底下又像土砖缝里飘出来的。

第二天我在自己家舂碓的时候，就试验起来。我像老太太说的，只用身子和脚使劲。闭了眼睛，让脑子空起来。一会儿果然感到整个身子仿佛飘了起来，异常轻盈，我感到自己正掠过白云，向另一个世界飞去，我来到了遍地花香的地方。一碧如洗的天空，飘着几丝白云。宽广无垠的地上长满了各式各样的鲜花。有悦耳的乐曲从天际袅袅而来在耳际回响。我在那些花中跑啊，跳啊，转圈啊。累了，就随处躺下。花的芳香阵阵扑向鼻翼。饿了，我随手一抓，是一种我从未吃过的面点，味道鲜美之极。这时候我听到有人喊我，睁开眼来。我还在碓坊的石碓边站着。我没用力了，石碓自然也停了下来，土砖坯、石碓、头上的青瓦，它们都用冰冷的眼神奇怪地打量着我。其实我哪儿也没去，什么也不曾拥有过。我的手依然把在石碓的木桩上。木桩是那样地冰凉。麦子已经舂好，我还得蹲下来筛面粉。我的浑身散架般的疼痛。

于是我又巴望石碓毁坏甚至消失。我想我宁愿吃不剥皮的麦粒、玉米和谷子。但毕竟这只是我的一种妄想而已，父亲是绝对不会答应的。我知道石碓将继续或将以另外的形式继续存在下去。

五

离开故乡三十年了，有三十年没舂碓了。那“吱——嘎——砰”“吱——嘎——砰”的声音依旧还在。现在，这声音依旧以另外一种形式冲击着儿子的鼓膜，难道是世代的宿命？

（原载《山花》2005年第2期）

2005年

欧阳黔森

武陵纪事

彩虹房

那是这样的一座小屋。它周围都是生长着马尾松、茶树的一座座手挽手连绵不断的小山峦，这小屋就坐落在这苍山如海的青绿色中。

我记不清楚是怎样的一个日子，走到了它的门前。那天是哪月哪日已无法考证，虽然是自己亲历的事儿。

只记得那是1987年的一个夏日。夏日对于我们搞地质勘探的人来讲，并不是好日子。我对于地处武陵山脉的湘西、黔东的夏日最好的记忆，那就是太阳雨了。本来太阳当头照、身上淋着雨的日子，对于我们地质人来说是平淡无奇的，但是，如果有一条彩虹神话般地出现在眼前，奇迹就这样来临了。这奇迹甚至伸手可及。

我们一行三人，就是在一条彩虹中走向那小屋的。那时候的空气透明得具有水晶般的光泽，使这天、这地、这森林、这小屋清新而典雅。

小屋很隐蔽，我们是在穿过了一片松林，离它只有几十米时，才看见它静静地立在山峦一角，房前有一方小池塘，彩虹的一头就从这儿立起，它弓着背延伸着七彩落在屋后，那小屋刚好就在虹中央。

有小屋就小憩一会儿，抽上一支烟吧。

有了彩虹，雨就已经不是下了，而是一些零星的、细如发丝的、软绵绵的水汽，在空中飘呀飘的。这就是毛毛雨了。毛毛雨常被人们用来表示不在乎，但在这儿，我们很在乎。因为阳光中飘起了零星的毛毛雨，一会儿就该是艳阳天了。下毛毛雨和飘毛毛雨是不一样的，下毛毛雨，阳光会慢慢地减弱，到最后可能就变成阴雨绵绵了，而飘毛毛雨是洋溢着浪漫情调的，阳光会渐渐地在飘呀飘的毛毛雨中强劲起来，彩虹也就在这时候来了，来了彩虹，浪漫的色彩就溢满了这世界。天空也就水晶般地透明而鲜活起来。

虽然淋了雨，身上湿润润的，可口却是干渴的。我们有几个小时未喝水了。口干时吸烟是坚持不了多久的，喉咙不仅干而且有灼痛的感觉。这灼痛让我们想起该找水喝了。这片土地是湘西丘陵到云贵高原的阶梯部位，属丘陵岩溶地形，水井是不多见的。我们先到房内找不到水桶，就沿池塘边找水井。有屋、有池塘就该有水井，这是勘探者最起码的常识。

我们果然在池塘一角找到了一口水井。那水井是由四块大约六十公分长宽的青石板围砌成的，水就从青石板上人工凿开的一个口子中流淌出来，那水流量不大，可它纤纤细细地居然流出了一方池塘。而那人工凿的口子也被虽柔软却顽强的水磨得光光滑滑，没有一点粗糙的感觉。水是无形的，它会因为你的形而成形。在这儿，它就因坚硬的青石板而成形，那形就在那溢出水的口子上。水是天生的柔软而无瑕，当然它也会因你而透明，也会因你而污浊，也会因你而纤纤细流，也会因你而一泻千里，也会因你而汹涌澎湃。它的无形，使它可以变成任何一种形。在这青石板的口子上，它的形细腻而温和，在这无与伦比的柔韧面前，再有棱有角的坚硬也会被磨得浑浑圆圆。由于那水口的光滑，我们都不用水井边放着的一把葫芦瓢，而是直接把我们干燥的嘴凑上去喝水，水一部分清凉地流进了口里，一部分温柔地从下巴流过，像女人的纤纤玉手抚摸着喉结，让人心旷神怡。

池塘里没有出污泥而不染的荷，也许是这水太清亮了，这红红的泥土似乎不需要荷花开出它的纯洁。

我们把胃装满了水。喝水就要喝满胃，这也是勘探者的常识，如不喝满胃，一会儿走起路来，那未满胃的水，会随着起伏的步伐碰撞着胃壁发出水浪拍岸的声音，难听又难受。

喝了水，还要坐一会儿的，再抽一支烟吧！

其实我们并不是贪恋这支烟，我们是不甘心离开这儿，当然也不是因为美丽的虹，主要是我们肚子太饿了。水是喝足了，可这并没有饱的感觉，人可不是圣物，只有吃了五谷才有饱暖感。清早我们就出来采集标本，现在已是中午一点了，还没有吃饭，好不容易遇一家农舍，主人却不在。

那池塘旁边有一片苞谷林，苞谷林已很高很高，人走进去，一定会被掩没。我曾想躲进去偷那苞谷吃，也曾想如果有坏人来了我们就躲进去，但一想，这十分可笑。偷吃苞米？生的怎么吃？坏人来了？不是我们躲进去，而是坏人躲进去才行。这人饿急了就怪了，想些什么和吃饱了的人想的太异样了，奇怪而荒诞。

看来这苞谷林不可能缺水，它特别茂盛，那一根根壮实的枝干上，长出了一棒棒苞谷，苞谷棒的顶端长着黄紫的须和紫黄的须，看来苞米还未完全成熟，那苞粒一定很嫩，嫩得一捏就会流出奶一样的浆水，那浆水清香诱人。我们是很想去掰几棒的，再用火烧烤出来，那金黄黄的馨香是不得了了不得呀！

我们这个掠夺他人财产的想法，还未行动，一个老农从苞谷林里走了出来。看得出他是这小屋的主人，因为他向我们走来。

“你们是地质队的吧！”老农先于我们开口。

“是的，老人家。”我们异口同声地答道。

“这苞谷是您种的吗？”我明知故问。

“你们吃了没有？”老农答非所问，却道出了我故问的实质，这老农朴实得一针见血。

我们这时急得像儿时在幼儿园回答老师一样齐声说：“没有。”

人一饿慌了，对于美食，总是表现得天真可爱，不管他是儿童或是成人。我们这会儿就无所顾忌地天真了一回。如果就这样天真下去，可能就已经见到美食了，可偏偏这时我坚持不了多久的天真，急急忙忙补充道：“老人家，我们等您回来，想在您家找点饭吃，我们会付钱给您的。”

最后一句“会付钱给您的”一出口，我就后悔了。看来人饿急了，不仅仅是天真，更多的是愚蠢。

这一带的农民对地质队的人都是很热情的。这里民风虽然粗犷却很淳朴，一般会主动给我们吃，而且很少收钱。我最后一句，一讲钱，人就好像不亲热了，让大家都觉得难堪。

这老人家看来有六十岁了。他很瘦，瘦得腰似我的大腿粗，身材不高，腰上插了一根几乎与他一样高的旱烟杆。他可能真的有点儿生气了，坐在我们旁边点燃了旱烟，纤细而黑却又有力的手支起烟杆，呈三角状，满脸黑黝黝的皱纹下两片薄薄的朱砂唇夹住旱烟嘴“叭嗒、叭嗒”地抽开了，全然不急我们肚子饿这回事儿。

我们给他的乌江牌香烟夹在他的小耳朵上，好像没有拿下来抽的意思。我们仨也只好无可奈何地看着他“叭嗒、叭嗒……”

当然最后他老人家还是做饭给我们吃了。饿了吃什么都香，这一点并没有给我们留下什么特殊的记忆，而至今让我难忘并总在耳旁响起的却是那旱烟“叭嗒、叭嗒”的声音，以及那香格里拉般的彩虹房。

黑虎

我们一行三人，是在一阵风雨过后，在那铺满了一地梨花瓣曲曲弯弯的山径上，走进梨花村的。

梨花村地处武陵山脉的腹地，坐落在一个无名的大峡谷里。

看来这场风雨并不大，已是黄昏，太阳不知什么时候又偷偷从云层里钻了出来，半边脸倚在山崖上，像熟透的红柿子跌破了，血的彩汁流得峡谷里一片绿红花紫。

那开放枝头的梨花儿，也被余晖抹上了一层似有似无的嫩红，但这嫩红似乎遮掩不住梨花的白，梨花依然洁白耀眼。我想梨花村一定得名于眼前这数十株高大的梨树吧。

走进一家农舍，农舍院内也有一棵高大的梨树。小小的黑虎就站在树下，见我们进去，它跳起小脚狂吠。只不过那时黑虎只是一条很小很小的狗，声音稚嫩而清脆。对于它来讲，我们太高大了，它立起来也就与我们的登山皮鞋一样高。我们就在它的主人家住了下来。我们要在这里进行地质工作，需要很长的一段时间。

它的主人是一位退休多年的公安局局长。据说他是红六军团长征时，在甘溪战役中负伤后幸存的红军同志发展的革命火种。后来伤好后的红军同志终于没能躲脱国民党反动派的杀害。他也就与组织失去了联系。1949年底刘邓大军横扫西南时，他成了解放西南大军的积极配合者，参加了革命，直到1980年退休。

他并不告诉我们他不住在县城的理由。他说：经历了几十年的风风雨雨后，做什么事就无需什么理由了，想回梨花村，这就回来了。

他经常带着小黑虎在黄昏时分，在村头的八棵大梨树下等我们勘探回来。他说他很喜欢黑狗。小时候他就是带着一条黑狗在村头遇见红军的。听了他这话，我心里一阵激动，仿佛我们的工作和红军经过这里一样重要。因此我工作起来十分用心，总想在这一带找出有经济价值的矿床，让这儿落后的经济腾飞起来。

黑虎半岁就成了一条大狗，立耳、翘尾巴，四蹄上还有白毛。我很想给它起一个文雅的名字叫踏雪无痕，可我们喊惯了它黑虎，黑虎也只知道叫“黑虎”是在唤它。黑虎异常机灵，经常与我们一起上山，黄昏时，它又提前跑回村用嘴含住主人的裤脚拉一拉，意思就是告诉主人我们快回来了，看着主人搬桌子招呼准备饭菜，它又返回到村头坐在八棵大梨树下翘首张望。有时它也不与我们上山，但它知道时间的，一到黄昏它会准时来村头接我们。有时候我们工作量大一点，很晚才下山，月亮已升起来了，它还在梨子沉甸甸挂满枝头的八棵梨树下等我们回来。偶尔被风吹下来的梨子它也吃，它也知道梨子骨苦，顺着梨皮团团转地吃，只是它的犬牙参差不齐啃得梨子支离破碎。更多的梨子是我们拾起来吃了。月亮亮丽地挂在树梢，一切都静悄悄的，村里的狗见我们也不似原来狂吠不已了，它们也习惯了我们这些地质队员。黑虎这时总是欢喜得屁颠颠地摇得尾巴圆圈似的，跟在我们身后往家走去。

平时下雨，我们就不上山了，于是与黑虎的主人谈天。他作为一名老革命一定历经了许多惊心动魄的险恶。可是他几乎不谈我们想象中的波澜壮阔的英雄经历，他念念叨叨的是村中的那几十棵百年老梨树。据村民们讲，他是冒了大风险才保存了这梨树的。原来梨树村周围的大山上，生长着参天大树，20世纪60年代大炼钢铁时被砍光了。当时村民们都不明白，那么多的树木放进炉子里，烧出来的却是一堆黑不溜秋的铁块块，这值吗？

砍树砍到最后终于无树可砍了，公社领导情急之下红了眼，准备砍村中的百年老梨树。村民们知道老祖宗留下的就这么一点树了，砍了就没有梨花村了，那山已光秃秃，总不能让村子叫光秃秃村吧！村民们知道只有老革命能阻止这事，于是连夜给在县城工作的老革命送信。老革命连夜赶回来与公社领导大吵一架。结果是树没砍成，从此老革命和那领导结了怨。不过那人也拿他无法，他是老革命，又是三代的贫下中农出身，根红苗正，否则早被打成了现行反革命分子。

他说他这一辈子最大的成就，就是保存了这几十株百年梨树，让梨花村的子孙们知道了这地方为什么叫梨花村。

听了他的这些话，我心里一惊，细细品来，朴素之极，却是至理之言。想想我们现在的一些地方，叫野鸭塘的地方没有了野鸭，叫虎头山的地方没有了老虎，叫芳草地的地方没有了芳草，叫清水江的河流只见污水横流，这世界到底怎么了，令人说不完的恐慌。

一年工作下来，我们终于要回城了。这里由化探手段发现的银异常，通过我们一年详细的异常论证，否定了这个在现有技术条件下不可能有经济价值的矿床。地质工作就是这样绝对地实事求是，虽然它破灭了很多致富的梦。地质科学的严肃性使它不可能带任何的感情色彩。作为地质人我是自豪的，从灯光如昼的钢城、铝城、煤城、油城到灯红酒绿的不夜城，写下了地质人为这个科学的文明时代立下了不朽的功勋。可是科学文明也带来了负面的影响，严重地威胁着世界的可持续性发展，人类的生存是令人担忧和恐惧的，地质灾害已悄悄地威胁着我们共同生存的家园。

没能在梨花村找出高品位银矿床来，从心理上觉得很对不起黑虎和它的主人守候在八棵大梨树下的深情厚意。但我并不为地质工作的实事求是而沮丧，这对于梨花村是否塞翁失马也未可知。如果找出了一个特大型银矿山，梨花村也许就叫梨花市了。也许梨花村就喜欢它的这一份宁静，也许大梨树就乐意这样一年又一年盛开着它梨花白的清香。

多年后，我收到了黑虎主人的儿子的一封信。他说他已当乡长了。他说这些年村周围的大山上都种上了树，再过二十年就是一片大森林了。他说他在省报看了我写的关于地质灾害的文章很激动，并说他父亲八十多岁了，仍然很健康，还上山看林子呢。但黑虎已经老得走路也困难了，还常摇摇晃晃走到村头八棵树下望我们呢。他说，你们是看着它长大的，它想着你们呢。

接到这封信时，我早已调离了那个地质队，这信是七转八转才从老单位转到我手里的。

看完信，泪水一下盈满了我的眼眶。其实这近二十年来，我也很想念梨花村。几次我梦里回到那儿，黑虎在八棵大梨树下踏着洁白无瑕的梨花瓣，兴高采烈地欢迎我，尾巴摇得团团转。那是一个多么明媚的春天呵！

月亮滩

那地名不叫月亮滩，是我把这美丽的名儿编织在我那方魂牵梦绕的土地上。

那儿叫普觉，是贵州省松桃苗族自治县的一个区。我虽未在那儿出生，可一生中对大自然最初的感受就在于此。

那年我四岁。记忆中我家住一排大屋子里。后来才知道，那是一个大仓库。1968年103地质大队在大塘坡搞锰矿会战，普觉是物资转运站及仓库。

那些美好的日子如今已记不太清，只觉得一个又一个画面蒙太奇似的在脑海中显现：一会儿是我一个人坐在床上大哭，床上有一小堆黄便，窗外的天气很暖和，桌子上有瓶白糖；一会儿是大河坝里人群沸腾，在水里争夺大鲤鱼；忽儿，我又站在厨房里，看见案板上放着的大鲤鱼；忽儿又到大河边，过一条很窄很高的路……我记不清是父亲还是大哥把我夹在腋下慢慢地、一步步地通过一块块兀立的石头。石头下面是大河，当时我心里特害怕，所以几十年也未曾忘掉，那大概是我人生当中的第一次害怕吧！

在普觉的日子，正是我人生中初步记事的时候，所以那方土地在我心目中占有很特殊的位置。月亮滩，这名儿多美，为什么在那么多五彩缤纷的词汇中，我选中“月亮滩”这几个字呢？因为那地方给我记忆最深的，莫过于月亮与沙滩。

那月亮是洁白的，沙滩是银色的，大山则是油绿绿的——这是我当时对自然环境的感触。有很多个这样的夜晚，我跟在三哥或大哥的后面到沙滩上去。至于去干些什么，我已记不起了，只是那滩、那月、那山却深深地留在记忆里。长大后，我一直喜欢在夜色中去河畔散步，起因也许就源于此。后来母亲说：我们是去沙滩上捉甲鱼。那时候河里的甲鱼特别多，一到夏天，天气热了，甲鱼夜晚就爱上沙滩休息或者产卵。每到夜半，哥姐们提了水桶，拿了菜刀，就往沙滩上跑。只要用菜刀往甲鱼身下的沙里一插，把甲鱼翻过来，它就跑不了啦！每次总能提一小桶回家，那高兴劲甭提了。

月亮滩我曾回去过一次。那是1987年秋天，我服务于103　地质队化探分队，任化探野外作业组组长。当我展开一比五万的军用地形图时，就被普觉深深地吸引了，我知道那是我向往已久的月亮滩。我用红铅笔在那儿打了一个圈，一定要在那儿住一夜。一幅图一般为四百五十左右平方公里，每平方公里布置一至两个采样点，我们一天最多只能搞二十左右平方公里。一般是早上出发，晚上七点才返回。

那天我们是从离普觉很远的山坳里开始朝普觉跋涉的。队员们工作特积极，因为我这一组已在山里工作了近一星期，天天吃山民的干菜饭，又要从早到晚钻森林爬高山，早就想到一个小镇添点油水了。所以我那天特意比平时少安排六平方公里，希望早点赶到普觉。

下午四点钟，经过八小时的野外山地作业，终于到了普觉区。两个队员背满了几十斤样品，我也背了几袋。虽规定组长可以不背样品，可每次我总背一些。走进城镇，我搞不清楚我家以前住哪儿，也不知沙滩位于河的哪一段，只好先住下再说。晚饭后，吃饱了肉的队员跑去看录像了。我独自一人走上河堤。月亮未出来，只有河边人家的窗户发出昏暗的亮光，河水黑绿绿的，还有阵阵污臭味顺风袭来。我想就是有月亮，那水也不再银光闪闪了。

我问一个在河边挑井水的姑娘，这河里是否还有鱼？姑娘瞪圆眼瞧了我好半天才说，鱼早没了，那些人用电打，用炸药炸，用农药毒，早断根了。真是些缺德鬼！听后我心里一阵阵酸痛：呵！我的月亮滩，我魂牵梦绕的月亮滩……

第二天我再无心思寻根，早早起床，喊醒队员便踏上了归途。

［原载《人民日报》（海外版）2005年7月；
收入《枕梦山河》，中国青年出版社，2017年12月；
《枕梦山河》获第七届贵州省文艺奖文学类一等奖］

2005年

杨　村

一座山的高度

我们通常用米这个长度单位来测量一座高山的海拔，那是精确不过了。比如我们把珠穆朗玛峰测定为8848.13米，把麦金利山测定为6194米，把厄尔布鲁士山测定为5642米，把乞力马扎罗山测定为5895米，把富士山测定为3776米。这就是一座山的精确的高度。然而，在这些数据和长度单位之前，我们很难感受到一座山的神奇、雄伟、磅礴或者高峻，我们在这些数据之前，反而感到一种渺小的存在。所以，我们有的时候，是不能够用那些长度单位来测定一座山的高度的。

那么，我们除此而外，用什么来掂量一座山的高度和重量呢？我想，应该用我们的心智和感觉，用我们的信仰和信念，用我们的想象和记忆。因为，我们仰止的那些高山，它不仅仅是一种自然的实体的山峰，而且也是一种屹立在我们的精神之上的永恒的山峰……

有一座山一直横亘在我的心中。多少年来，它始终占据在那儿，在我的心坎上。

那是一座十分普通的山峰。在一般的地图上，你永远看不到它。只有在很小的县一级的地形图之类的地图上，我们才找到它。那是一个小小的黑色三角点，用我们通常的长度单位标明了它的精确的高度。这座山峰叫包阶道。这个山名显然是一个译音，其苗语为Bokghaib-daod。屹立在剑河县境内的清水江北岸，属云贵高原苗岭山系尖峰岭山脉的北部。1994年出版的《剑河县志》记载：包阶道位于稿旁乡展锋寨北面，主峰海拔1230米。包阶道的南侧那个叫展锋的小小村子，就是我的出生之地。

珠穆朗玛，在藏语里是圣母的意思。包阶道（Bokghaibdaod）不具备这样诗一般的含义，它的苗语原意为戽桶之根。这就牵涉苗族的神话传说洪水滔天。故事是在我们那一带流传的，说是古时候大雨连续下了很久，天地一片混沌，世界一片汪洋。只有包阶道那座最高的山峰露出山尖。苗族始祖姜央和他的妹妹坐在一架戽桶里，漂洋过海，不知道过了多少日日夜夜，他们终于在包阶道山尖找到了泊靠的地方。整个戽桶架在山尖，如同一朵奇异的野花孤独地绽放在那儿。又过了不知多少个日日夜夜，洪水渐渐退去，姜央和他的妹妹才得以生还，结为夫妻。兄妹俩就成了我们人类的始祖。Bokghaibdaod——戽桶之根，山名大概由此而来……

我是在冬天里听到的故事。柴火的焰苗在屋子的坑里燃烧着，熏黑的四壁释放出一丝融融的暖意。老人架起一锅烟袋一边沉思着，一边缓缓地讲述出来。讲完之后，他的脸色如同一壁山崖，庄严肃穆地合上双眼。所有在场的人们，久久地看着老人那杆长长的烟袋，没有谁说一句话。

那时候，我很年幼。我不知道像这样的神话，并不是我们苗族独有，在很多民族的文明史上都存在着这种具有创造性的大胆的猜想。在东方，像汉族，独龙族，藏族，普米族，侗族，羌族。在西方，像墨西哥的阿兹特克族，巴勒斯坦的希伯来族等，都有关于洪水滔天的神话。

生活在从黎巴嫩山南麓延展到阿拉伯沙漠北界，西临地中海的一片地区，即是我们如今所说的巴勒斯坦地区的古希伯来人，他们就流传着洪水滔天的神话。在他们的《圣经》故事里写道：

地上的人越来越多，罪恶也越来越深重。他们同室操戈，父子相夷，人间充满了争斗、暴虐、仇恨、冷酷……恩恩怨怨，劣迹昭彰。

上帝耶和华见他的造物到了如此不可救药的地步，很是后悔，决定毁灭亲手创造的一切。

那年2月17日，天空忽然雾合云集，转眼间天崩地裂，万窍呼号，人类史上的第一场暴雨如倒海翻江，从天而降。顷刻间，汹涌澎湃的洪水淹没了大地，亚当夏娃的子孙们和禽畜百兽都挣扎在滔滔洪水之中……

上帝耶和华最看中塞特的后代挪亚一家。他们全家勤于耕作，和睦相处。上帝决定毁灭一切之前，就曾对挪亚说：现在所有的血气之物都陷在罪恶之中。这完全违背了我当初的本意。但我只与你立约，你选歌斐木造一只方舟，带上你的儿女，再选各种动物雌雄一对，鸟兽鱼虫，各从其类，待洪水到来之时，住进方舟，以保全生命。

挪亚遵从上帝的旨意，立刻召集全家，齐心协力，赶造了一座巨大的方舟。

当上帝的洪水到来之际，挪亚一家已在方舟之中，他们目睹了洪水荡涤世界惨烈的一幕。

希伯来人的挪亚和他的方舟，苗族的姜央和他的戽桶，有多么惊人的相似！

汉族关于鲧禹治水的神话，也正好说明了这一点。那时候，人类传输信息的手段远没有今天快捷，而地球上天各一方的人们创造的文明则如此相通，真是不可思议！

……我追随在长者们的身后，走在我们家乡的旷野里，无论走到任何一个地方，在山尖或者峡谷，都可以从不同角度仰视高高的包阶道山峰。我总有一种崇敬之感。我在神秘的神话传说中，对一座山峰感觉出一种说不明白的向往和恐惧。我以各种不同的方式，推测着一座山与我们这个族类息息相关的内在因缘。

我上小学的地方，是在距我的出生地三公里的稿旁完小。那座完小刚好坐落在包阶道山峰之下。县志上标示着距展锋寨北三公里，这让我有些不明白。为什么不直接标明在稿旁寨北侧五百米呢？不过从苗族的鼓社组织说来，稿旁寨虽大得多，但其鼓长则必须是展锋寨人。然而地理之类的书是不应当以此为标志的。我背着书包每天往返于山道上，一年四季。高高的包阶道山峰——这个戽桶之根——永远矗立在我的头顶上，在我的心里，就像它把根深深地植入地球的心脏一样。我仿佛每一个脚步都在围着包阶道山峰旋转，每一步都踏在它的心尖上，从清晨到黄昏。

包阶道山峰稳稳地矗立在那儿，既庄严又肃穆。山腰上的林子让季风一次次吹拂，变幻着各种颜色。太阳从不同角度照射下来，包阶道山峰又变幻着各种神情，有时候是金光灿灿的，有时候却是威风凛凛的。白云拂过山尖，包阶道山峰岿然不动。我坐在教室里，或者站在山道上，久久地凝目仰望着包阶道山峰。万道霞光从山尖照耀下来。我想象中的洪水，转瞬之间漫过我的心岸，漫过所有的山川大地，农田房舍。所有的生命灭绝了。唯有姜央和他的妹妹坐在一只戽桶里，在鸿蒙的天际之间漂过……人类在此划过了第一丝雪泥。我们不能不为之感到惊心动魄！

山尖上有一个塔状的三角架。那是用木头和金属建造的一个三角架。修建的年代已经很晚，但我不记得了。据说有一年突然开来一支部队驻扎于山尖，没有多久，那个三角架就高高地立在那儿。有见识的人说，那是飞机导航塔；信风水的人猜测，那是官家镇压龙脉。那个塔好像也是多年废弃了，它站立在山尖上，任风雨剥蚀，大约在20世纪70年代末期，它倒下了。

我曾经来到过那个最高的山尖。那时候三角塔我自为峰地笔立着，高不可攀。塔的尖顶直指苍穹，塔基中央埋有一块巨大的石头，上面刻有一些文字和数据，可能是建塔的年代和序号。

我登上包阶道峰巅之时，我还在稿旁小学读书。那是一个晴明的下午，我跟随一群高年级的学友去爬包阶道山峰。我们怀着对于一座高山无比崇敬的心情从西侧的山脊慢慢攀援，终于来到了峰巅，来到那座塔状的三角架下。站在高高的峰巅上极目四望，山川万物尽收眼底。那条叫清水江的河流如同一条绚丽的彩带自遥远的天际逶迤而来，从包阶道山脚穿流而过，流向苗疆深处。杜甫《登高》诗云："无边落木萧萧下，不尽长江滚滚来。"那是一种幽暗神伤的悲情。即使在山巅上，在我们幼小的心灵中，我们无法感受到它。而"登泰山而小鲁"的狂傲心情，我们似乎也无从寻找。我们站立在峰巅上，大伙儿寻寻了很久，又张望了很久，而后就只剩下对一座山峰的崇敬和畏惧，于是谁也不敢大声说一句话，小心翼翼地从山巅下来……

几年以前，我读张承志的散文《圣山难色》。他写道："这座山是一座只需人对它的黑白照片望一眼就终生崇拜终生爱慕的，不可思议的高清神圣的极限……面对着这奇观般的神圣以后，心就不能再向其他崇拜。"我读到这样的句子时，我闭上了双眼。我竭尽全力来想象一座神圣的山峰。

现在我懂得了。为什么张承志不用骚人墨客的笔调来描述圣山风景，不用米的长度单位来限定圣山的高度。他只能写一座山在人们心中的重量。当然，这与"山不在高，有仙则名"，完全是两码事情！

我对于Bokghaibdaod的崇慕和敬畏，不在于它是一座名山。是的，它非常普通地耸矗在苗山腹地。它的神圣不是在于有很多人朝拜，而是在于它的沉默与孤处。这座戽桶之根，清寂地植立于地底的生命之根，当洪水滔滔天地苍茫之时，当世间的所有生命灭绝之时，是它顶起了一架戽桶，这架戽桶即是一部苗族历史的起源，一部人类历史起源！这是一座民族之根。

离开那个小小的出生之地，那是命运的策遣。已经过去了好多年了。我驱驾着我的命运之舟，在深不可测的人海里浮沉，远远地离开了那座山峰。我在后来的行行荡跌之中，我不知道攀越过多少著名的高山。但是，我站在那些凛冽的山巅上，双眼一合上，许多年前的包阶道山峰总会横亘在我的眉间，在我的心坎上。在极其短暂的时刻里，我完全能够准确地勾画出它的耸矗的峰顶和伸展的轮廓。

一座山的高度就这样被人们模糊了。那些精确的数据，对于人类的精神来说，没有多少资以崇慕的参阅。在人类的灵魂和情感中，一座山的高度，仅仅是一种印象，一种记忆，一种企望，一种渴慕，一种神的感悟。至少，我相信，这是真的！

对于每一座神圣的山峰，我都怀有敬畏之情。因为我长期崇慕一座普普通通的山峰，我深感到一座山峰之重。海明威在《乞力马扎罗的雪》的开篇里说："乞力马扎罗是一座海拔19710英尺的常年积雪的高山，据说它是非洲最高的一座山。西高峰叫马塞人的'鄂阿奇—鄂阿伊'，即上帝的庙殿。在西高峰的近旁，有一具已经风干冻僵的豹子的尸体。豹子到这样高寒的地方来寻找什么，没有人作过解释。”即使今天，这座山峰依然蒙上梦幻般的色彩，令人困惑不解。对于生活在山脚下的查加人来说，这座山峰有说不完的故事，永远是一团谜，是守护他们的神，是他们生命力的源泉。富士山被日本人民誉为“圣岳”，号称大和民族的象征。日本诗人吟咏它的诗句有：“玉扇倒悬东海天”，“富士白雪映朝阳”。就像中国古代诗人吟咏泰山一样：“会当凌绝顶，一览众山小”，“岱宗夫如何，齐鲁青未了”。就像美利坚族之于麦金利山，俄罗斯族之于厄尔布鲁士山，藏族之于珠穆朗玛，它们的重量和高度，谁也不能分清高下。

一个族群的坚韧的生命力，来源于什么呢？不灭的精神！

我遇到过很多近似顽固的人。在起伏绵延的云贵高原的旷野上，在苗岭山系的高山重岭中，包括我的出生之地——包阶道山区，他们促就于浓烟升起的火坑边固守着一种传递已久的文化信息。他们因袭一种古老的风俗挥动长刀砍杀水牛祭祀祖先，向一座山——祖先的灵魂之所——盟誓祈祷，以此来消灾灭祸，凝聚族群。若是你说他们贫穷，他们默默地不言语；若是你说他们精神困顿，意志薄弱，请你小心拳脚上身。即使是一个有钱人，你命令他离开他的家园，离开一座山峰，也是白搭。这就是信仰和信念，一种神威都无法消解的精神魄力。

——那是一枚永不熄灭的心火。它永远照亮着那些族群走向遥远的梦。

——那是一座永远矗植的灯塔，是一座擎举着人类崇高梦想的圣殿。

据说，包阶道山下的那个族群历尽无数劫难。这是老人在古歌里告知世人的。我们无法寻找到这个族群的古老文字，可是，你坐下来听一听老人的古歌，它与任何一部历史巨著相比毫不逊色。他们从一座山峰唱起，通宵达旦，低浊的歌声依然在一座山峰上回响。生命的绵延和旺盛，其奥妙在此。

还是让我回忆一下幼年吧。我想说一说我听到的故事。

中国历史上有一个特殊的词语：三年困难时期，即1959年至1961年。人为的灾害和自然灾害向人类袭击。这是罕见的灾难。老人说，由于饥饿难当，深恐遗尸荒野，他从“大跃进”的深耕工地逃跑回家，在十多公里的行程上亲眼看见过三具饿殍。回到家时，老母亲也倒下了。他因饥饿而患上了终生严重的胃溃疡直至癌变而磨灭生命。他说，死也要死在包阶道山下。有一次，我随意打开一张网页，关于三年困难时期的文章有二十多条，从统计中获知，三年之间，中国因饥饿而死亡的人数为两千万以上。我不禁联想到老人给我讲述的悲惨一幕。而临死也要看看包阶道山峰，这是难以理解的！

1972年，我读小学二年级。又是一个旱灾年。我目睹老人们每一天都给社会主义抹黑，顶着政策的高压上山挖蕨根充饥。青山犁过，满目黄土。而留下一座包阶道峰，那是神山。老人说，神山挖坏了，人类就灭绝了。所以神山还在，人类之根永存，人就有幸福指待。

我穿行在山间。人类挺过了又一次磨难。神高高在上，俯视着我。这是我幼年破碎的心灵路径。我沿着这个路径仰望着Bokghaibdaod——生命之根，走向生命的高峰……

最近，我从旅游宣传品上获悉，越来越多的人以征服高山为乐。号称“世界屋脊”的珠穆朗玛，也成为他们攀登的梦想。征服自然，或许是人类一种伟大的想象。一个登上珠穆朗玛的人，当他站立在8848.13米的高度上，脚踩着冰川双手托天时，我相信，他已经征服了一座自然的山峰。但是，他永远不会登上另外一座山峰，那就是人类精神上的山峰。因为，我们永远不能测定，那些山峰的高度！

（原载《民族文学》2005年第11期；

入选《当代中国少数民族作家文库·苗族作家作品选集》，民族出版社，2008年8月）

杨秀廷

笙歌不落的苗寨

绿竹，古树，木楼，小溪，像一幅古拙淡雅的水墨画，铺陈在天地之间，浸润着一种空灵碧透的水意，苗寨韶霭便深藏在这迷人的画意里。

这是个散发着木质清香的苗寨，几百年来，苗家人在锦屏县河口乡海拔六百多米的大山里生息繁衍。走在氤氲着古色古香气息的山寨里，就是走进了一个鲜活的木楼文化生态博物馆。这些木楼所承载的民族文化信息，已经与这里的山水，这里的人物风情互生成息息相关的村寨记忆，成为一种抚慰疲惫心灵的温暖。

真正的精彩总是散落在岁月深处。到韶霭，我的心一下被这里气势恢弘，工艺精湛的木楼群建筑拽住了。两百多栋木楼，在一个约三平方公里的盆地中构成一个巨大的图案。木楼以寨中的芦笙场为原点，向四周扩展开去。大坪子上清一色的平底木楼群，像从芦笙场上打开的一把扇子，一直铺到大青山的龙头嘴上，木楼一排排，一层层，形成波浪状，而蛙水溪两岸一溜溜整齐地排列着几十家木楼，四周的小山头和山冲里，则依山就势修筑着木质吊脚楼。那些木楼掩映于翠竹和古树之间，逐层递升，错落有致而富有韵律。这些木楼，一般都是三间三层，也有五间、七间的大屋，枋勾榫接，穿斗转角，不用一钉一铆，把苗族传统木工工艺展现得淋漓尽致。而屋顶上清一色盖着的木皮，又传达出一种厚实古朴的神韵，曾有国内知名的民俗、旅游、人类学专家到这里考察，他们被这里的木楼建筑所倾倒，叹为观止，称韶霭苗寨为贵州高原上“木楼文化的活字典”。

韶霭原名“苗馁”，是古苗语“苗寨之母”的意思，明代即有建制，为锦屏、黎平、剑河三县交界地区青山界四十八苗寨的核心村寨之一。近日，锦屏县民俗文化学者在青山界上发现一块撰立于清同治五年的四十八苗寨婚俗改革碑，碑上刻有四十八苗寨寨名及头人姓名，“苗馁”名列纪德、苗吼之后，位列第三，可见韶霭在历史上的影响。由于有深厚的苗族地域文化的濡染浸淫，韶霭的民族民间文化长盛不衰，人才辈出，而每年农历交白露后八月的第一个巳日“吃新节”，是这里传统文化交融展示的节日。

我们到韶霭的时候，各家各户都忙着打粑粑，开田捉鱼，准备第二天“吃新节”祭祖、待客需要的东西。我们走进村民龙家亮家里，主人家里已来了几个客人。龙家亮是这一带颇有人缘和“文名”的民间文艺家，他既是家里祭祖的主事人，又是节日里民族文化活动的策划者和总指挥。他忙里忙外，一面安排家人为我们准备晚饭，一面抽空去村里的芦笙场上指导村文艺队队员彩排，张贴标语，装点舞台。

在清水江“下江苗”社区中，有一批热爱民间文艺，终其一生为挖掘民族文化而无悔的人，正是由于他们代代传承、薪火相继地继承和传播，大山深处的民族文化才得以发扬光大并不断为外人所知。韶霭村就是这种文化生态的典型。新中国成立五十多年来，韶霭村一直有自己的业余文艺队伍，共培养乡土文艺人才两百多人，而参加文艺活动的人占到全村人口的百分之三十以上，他们的民歌、舞蹈、花灯戏、小品等节目，还多次参加贵州省、湘黔两省边界地区的民族文艺调演，几代民间艺人的足迹遍及锦屏县、黎平县和相邻的湖南省靖州县的农村，他们所创作、发表、表演的文艺作品，就有一千多件。

韶霭村云仙谷自然景观天造地设，秀丽迷人，至今仍鲜为人知，而韶霭的民族文艺表演，却早已成了名闻锦屏城乡的农村文化品牌。在这大山深处，这些执着的苗家人，深怀着对民族文化的崇拜和自豪情怀，一直在高举着先进文化的旗帜。龙家亮就是这支队伍中的一个旗手。今年刚满五十岁的他，已有四十多年的“从艺”经历，他还是锦屏县内唯一一名贵州省民间文艺家协会会员，仅1982年至1987年，他就在省内外报刊上发表文艺作品八十六件，其中《路标》在1984年被选入贵州省中小学语文民族教材。省、州、县民族文化部门多次选送他参加民族文化、苗语、新闻写作、摄影培训班，锦屏县文化部门还招聘他为群众文化工作者，但由于他的农民身份和家庭负担，他回到了被誉为“民歌海洋”的故乡青山界。在龙家亮家中，我抚摸着他那台旧式120相机，仿佛触摸到一段岁月的棱角，那里有青春的激情，有不落的弦歌。我翻开他创作的那部反映红军长征过苗乡侗寨，当地少数民族群众救助红军伤病员的七幕侗戏《杨和钧》，那发黄的纸页上，用脱蓝纸写的字已有些模糊，那一撇一捺中仿佛还回响着七十年前红军队伍激扬的号角。来到韶霭，我才知道什么是生生不息的民族文化，才领悟到民歌声中那挤占人心的情愫里深藏着的暖意和幸福。

夜色来临时，绵绵秋雨还没有倦意。寨中芦笙场上的鼓点就已把人们的心撩拨得痒酥酥的。芦笙场边是村民自筹资金修的一个灯光球场，球场上，男女老少近百人穿着节日盛装，正随着“咚咚”的木鼓声翩翩起舞。彩排的队伍里，有老大娘，有远嫁他乡回家过节的女儿的身影，也有五六岁蹒跚学步的小孩，有含着旱烟袋的老人，也有在广东、浙江等地打工赶来参加“吃新节”的年轻人。脚步踏着鼓点，一招一式中，展现了苗族远古文化的凝重和深厚；灯光映着笑脸，洋溢着山寨人家喜庆丰收的喜悦。而在距离芦笙场不到两百米远的地方，三十岁的村民龙经长自费修建，免费向村民开放的露天舞场里，十来个年轻男女有的在跳着劲舞，有的在溜旱冰。在这里，传统文化和现代文化的对比是这样强烈，而它们却相融并存，互生相息，营造了一道独特鲜见的文化景观。

那夜，我是枕着秋雨、鼓声和劲舞的旋律进入梦乡的，虽然是初到一个陌生的地方，我却睡得香甜酣畅。

第二天是农历初十，即是韶霭苗家邀朋接友来“吃新”的日子。清晨六点钟，村委的广播里飘来了《大海航行的舵手》的歌曲，我推开窗户，外面是一派雨雾迷离，那首烙印着某个时代鲜明色彩的老歌，一下子把我带到了一段岁月的深巷中，让人有种不知身在何处的时空错位感。

雨一直在下着，到中午时还变成了大雨，这场雨并没有减去村民们挥洒激情的惬意。村小学边的一大片泥地里，人们斗罢了黄牛，又斗水牛。戴着斗笠、打着伞的人挤满了两边山包上的草地，或许是因为下雨天凉的缘故，那些平日里凶悍威猛的斗牛，似乎并无多少斗志，只是在那里捉对地推来磨去，并没有精彩的角斗场面，但这没有影响人们观看的兴致，谁家的牛一进场，亲戚朋友便放炮祝贺，场面很是热闹。人们来看斗牛，他们关心的也许不是结果，这些温厚的山里人，即便在这样一个比输赢的活动中，他们所展现出来的也是一种平和的美。

最精彩的节目是民歌比赛。这里的民歌有生活歌、劳动歌、古歌、盘歌、情歌、儿歌等，歌调有河边腔、保同腔等，而“四朵”则是韶霭民歌集萃的精华。韶霭民歌的生命力如此蓬勃，首先在于民歌的教化功能。每逢男女婚嫁，老辈人都要用苗族酒歌、喜歌来教育后辈尊老爱幼、团结和睦、勤俭持家，可以说，在这里，民歌活动是民族精神和传统美德代代相传的载体，民歌用来愉悦心灵只是次要的。

赛歌台设在芦笙场中，球赛结束后，那里便摆满了村民带来的一百多根木凳。二十多年前乡村放电影的那种情景也不过如此，可见赛歌在村民的日常生活中是多么需要。

参加民歌比赛的四十八名选手来自锦屏、剑河、黎平三县交界地区的五个乡镇，他们将通过初赛、复赛和决赛而选出一年一度的“歌王”和其他优秀选手。让老人们欣慰的是，这次参赛的歌手不仅人数多于往年，而且有几名是在外省打工，特意回来赛歌的。十九号歌手吴述由在广东东莞开搅拌机，他听说今年“吃新节”会办得很热闹，便请假回家赛歌。他说“我和爱人就是通过玩山唱歌结婚的，在外面打工，想家了就唱几支山歌来解闷”。李宏美是韶霭歌手中的佼佼者，她不仅多次在县里举办的民歌赛上摘走桂冠，还唱上了中央电视台《音乐桥》栏目。虽然她六年来随夫君一直在锦屏县城搞建筑装修，但凡是村里举办文艺活动，她都要来参加。她十五岁参加村里的文艺队，长期受到民族文化的熏陶，而今已有二十五年。他的爱人曾劝她：“到了这个年纪，就把那些歌呀戏呀放一放。”她说唱歌是她的命，不唱歌她就不快活，就会老得快。她的爱人知道唱歌在李宏美心中的分量。当年，他们的大女儿出生时，正是20世纪80年代末农村文化蓬勃发展的时期，李宏美参加了村、乡、区、县的文艺队，辗转于县内外，而她那一样深爱文艺的爱人只好带着孩子跟着李宏美跑。“孩子从一岁到六岁，他都是这样帮我带的，有次我到县里参加全县民歌比赛，我在台上唱，他就抱着孩子站在台下的第一排，孩子尿湿了裤子，而换的衣裤又放在旅社，他就敞开衣服，把孩子贴在胸膛上。那次我得了第一名，我哭了，他也哭了。”在歌赛晚会的场边，刚刚从台上下来的李宏美讲述这些往事时，还禁不住热泪奔涌。她还劝从启蒙来参加歌赛的几位老大娘多玩两天，她说：“你们老是想着要回去打谷子，喂猪，又怎么唱得好歌，怎么唱得开心呢？”由于儿女升学带来经济压力，像李宏美这样的歌手，不得不离开村寨到外面谋生，她们回到山寨来，不只是女儿回家探亲，女儿带来太多的思念，只有她们才知道。

在黔东南的苗村侗寨中，由于现代经济浪潮的影响，民族文化的继承出现了人才断层，这已是一种不争的事实。而在韶霭苗寨，几十年来，对文艺人才的培养从不间断，现在村里的文艺队正式队员就有五十多人，而老中青三代人同台献艺，一直是这里的一道人文景观。村支书的儿子从北京的一所艺校毕业后，还在村里组织了一支演出队伍到外省演出，他那染成金黄色的长发一甩一甩地拍打在肩上，他们带来的信息，他们特殊的衣着都让山里人耳目一新，他们是苗族文化草根中另一支拔节的新芽。

由于参赛歌手多，初赛便要五六个小时，直到深夜两点半才结束，观众却意犹未尽，大家轮番上台一展歌喉。尽管凉意袭来，尽管我的双脚已经站得发麻，但我挤在如痴如醉的父老乡亲之间，我的心弦被一次次拨动。我听到的，不只是歌手们对家乡的深情赞美，对生活的无比热爱，更多的是苗家人生命的呐喊，生活的礼赞和对未来的深情眺望。

我离开歌场的时候，晨鸡已叫开了第一道，歌场上依旧灯火通明，歌声如缕。我的面前，一束束灯光透过花格木窗，映射到夜空中。今夜，在韶霭，随意问候一枝草木，它们都在倾听歌声；随意问候一盏灯光，它们都因为歌声而醒着。

（原载《贵州政协报》2005年12月1日；
入选《新时期中国少数民族文学作品选集·苗族卷》，作家出版社，2013年12月）

2005年

张贤春

龟兔赛跑裁决书

兔子：

为维护裁判的威信，经裁判委员会裁决，你的申诉予以驳回，你的要求不予考虑，更不可能更改龟兔赛跑的结果。

你认为这场比赛的组委会显得很荒谬，其理由是：这是一场毫无悬念的比赛，谁都知道，兔子一蹦三跳两秒钟的距离，乌龟需要数十分钟才能爬完；乌龟敢与兔子比赛，是没有自知之明，与它的聪明、毅力毫无关系。我们在这里要提醒你的是，作为比赛，关键是看结果，结果是乌龟最先到达终点，事实胜于雄辩。至于比赛形式，应该丰富多彩，由哪些动物参与，用什么规则，全在组委会的兴趣。比如为高等动物举行的比赛中，就有接吻、喝酒精、饿肚子、吃辣椒之类，还有斗鸡、走狗、咬蟋蟀等等，都有众多高等动物报名，你能说组织者荒谬吗？只能说你少见多怪。

你举报比赛中服药一事，事实并非如你所说。你说乌龟送给你的饮料中含有催眠药，致使你比赛中途呼呼入睡。由于你贪杯将饮料喝完，无法化验。而乌龟喝那瓶，经乌龟的舅舅化验，没有兴奋剂；你们的尿样也没有发现任何违禁药物。至于你曾拒绝乌龟给你银子，请你让它赢得冠军一事，乌龟已举报，目的是考验你是否贪婪。由于未形成事实，加上你能坦白，我们就不追究你的受贿未遂罪了。

你称裁判吹了黑哨。这是你不负责任的说法，事实是你违反了比赛规则。规则规定，比赛时四脚不能同时离地，你每次奔跑都有四脚腾空的现象，而乌龟却是脚踏实地、一步一个脚印向前。我们还询问了当时的主裁判、副裁判、裁判员，他们都不承认你所说收受乌龟贿赂的问题。为宴请我们调查，他们反而在酒楼、歌舞厅、洗脚城花费了不少银子。

你觉得奖金设置数目过高，比赛充满了铜臭味。这就是一孔之见了。比赛不为奖金为什么呢？只有这样，才能鼓励动物们拼命训练，拼命比赛。你说许多动物的动机仅仅是为了组委会、动物王国各级各界设置的奖金，那你又是一叶障目了。更大的好处还在后边呢。得奖回来，巡回演讲做报告，上报上电视出名；处处为商家代言，总说自己腰酸背痛肾衰缺钙，收取佣金获利。至于他们挑战生命极限训练比赛，造成的后果多数也就是个伤痛而已，你所说的伤残，只是极个别动物。即便如此，他们获取的银子，足够他们使用下辈子的。如果不设奖金，仅仅是为动物王国争光，还有多少动物参与比赛呢？君不见，一些被新的运动员取代的动物，尽管吃穿不愁，他们还是跑到别的王国挣银子去了。你还忧虑将动物王国发展体育的银子多用在了训练比赛上，多数动物连锻炼的场所和简单的器材也没有，不利于整个动物群身体素质的提高。关于这一点我们就不多说了，你应该懂得好钢用在刀刃上的道理。

你说对比赛结果进行炒作，不但没有必要，反而会带来严重后果。我们认为你这是井底之见。各级各类报刊、电视、电台、互联网等媒体对这次赛跑的宣传很到位，比如《只要功夫深，铁棒磨成针》《毅力决定结果，胆识成就金牌》《为“没有自知之明”叫好》，等等，仅看标题就让人耳目一新，意犹未尽。通过媒体炒作，不但经济效益良好，社会效果也极佳。大家已经看到，比赛就是为钱，比赛可不择手段，只要结果能赢。通过龟兔赛跑宣传，在高等动物王国也产生了深远影响。小孩知道了这一件不可思议的事，加深了骄傲自满肯定会落后的认识，必须时时谨慎，处处小心，走路时都要远离树下，以免树叶掉下来将头砸破。他们长大后虽然不太相信这次比赛，但更使他们懂得了一个浅显的道理：胜利的结果，不在于实力，而是其他。在成人中，产生了“人定胜天”“人心齐，泰山移”等激动人心的口号，催生了“我就是玉皇，我就是龙王，喝令三山五岳开道，我来了”等令人心惊胆战的诗歌，使他们树立了“与天斗与地斗其乐无穷”唐吉诃德式的理想，达到了“人有多大胆，地有多大产”等令人欣喜若狂的放卫星结果。事实表明，这次龟兔比赛，具有重大的政治意义和深远的历史影响。

你要求重新进行比赛是不现实的。你说这次比赛应该事先公布规则，更不应该中途修改规则。我们不知道是谁给你泄露了这些内部决定。是的，赛跑应该以快决定胜负，但组委会为了标新立异，做出了谁最后到达终点谁就是冠军的规定，这是组委会的权利。比赛中途组委会发现这一规定有其弊端，不但观众难以等待，就是裁判、运动员也有诸多不满，更不可能让出席比赛的领导来宾在观赛台上难受，也为了不使睡觉的运动员侥幸成功成为笑话，组委会临时决定，将赛跑规则改为以快决定胜负。事实证明，这一改变是正确的伟大的。至于重新比赛，这是不可能的事。这次比赛全部银子由“不杀生甲鱼营养公司”董事长、乌龟的父亲独家提供赞助，你能提供再次比赛的费用吗？更何况，乌龟的父亲承诺，只要我们不再举行这类比赛，将裁判委员会更名为“龟兔研究委员会”，专门进行龟优兔劣之比较，就满足我们吃穿住行所需，你显然没有这种能力。我们大家研究的结果是：银子比其他都重要！

首（末）届龟兔赛跑裁判委员会

（原载《杂文月刊》2005年第12期）

徐成淼

后　庭

箫声响起来的时候，世界便沉静下去了。

箫声是从后院传出来的，如怨如诉，却又像是有意地掖着些什么。

后院不大，刚够让一声叹息回声过来。阶沿下面，种着广玉兰树、芭蕉，还有几丛小花，几棵灌木。空地上杂草蔓生，依稀可辨一条曾经的小径，通向那口不知深浅的井。井水多年不用了，水面已飘起点点浮萍。井壁的石缝中，长出了几枝蕨草，向天空展示着细小的齿形叶片。院墙已经很旧了，斑驳着浓浓的青苔，暗绿色，好古典的。墙角那儿，有一株桃树，花枝伸出院墙，巧巧地支棱在小巷的转角处。几朵残花，开得悄无声息。而人面不知何处，要等新的季候来到，才会透露出个中的秘密。

再没有别的任何乐器，能像箫这样幽怨而沉郁的了。弄不明白，同样是一根竹子，凿几个孔。横着吹，声音是明亮而欢快的，像泼洒的阳光；怎么一竖过来，声音就全变了呢？箫声月光一样地淌下来，萧索，幽咽，充满凉意。像是从迢遥的远地传来，似有若无地，叫人难以把握。有时太深蕴了，会突然失声，哽噎般地堵住了。断了的箫声，就随忧伤一起埋进了心底。心于是沉下去了，那里有眼泪的深度。

吹箫的人总是站在楼上，犹如李白说的：“暝色入高楼，有人楼上愁。”哪儿不能愁呢，非得在楼上？总是有原因的吧。人在楼上，就能看见整个后院。那些树，那些草，那些花，以及花前树下曾经有过的那些情节。然后抬起眼来，望见院墙外，远处的来路，和路上步履匆匆的独行人。于是触景生情，情随箫声，一孔一孔地渗出，顺着竹管滴落，一滴滴打在芭蕉叶上，淌成一条条往日的泪痕。一曲未了，风就起了。有鸟儿飞过，鸟影惊动了花枝，箫声于是转为《燕双飞》的诗意。那诗意浅浅的，却美丽得有如刀锋："楼台静，帘幕垂，烟似织，月如眉。"款款音符飘散在微风里，和着几枚落叶，一起飘飞到墙外，到不知哪里。院墙围不住落叶，围不住箫声。那么人的心，也是要随风而去，飘飞到邈远，到那无以名之的栖息之地去的吧？

后院最动人的时光是在半下午，小寐方醒。阳光已经不再从顶上长驱直入，而开始斜着将院墙与花木拉出阴影。后院里明暗分明，一截雪亮，一截深浓，中间没有过渡。在这样的时刻，庭院全部的魅力都散发出来。那些逆光的枝叶，更如华彩乐段一般，唤起你已埋得很深的瓣瓣柔情。人于是深吸一口气，然后慢慢吐出来。那是青春、美色和情爱的鸡尾酒，叫人只抿上一口就醉得泪流满面。

直到树梢上晚照的余光一点一点地瘦下去了，暮色涨了上来，箫和吹箫人才会从微醺中苏醒。庭院若明若暗的光晕，制造出许多尚未描定的轮廓。这时候，甚至会连吹箫都成了多余。人在楼上，而心在别处。什么事也不想做，只这样懒懒地倚在栏杆上，看夜色怎样一点点隐藏起世间的沉浮。慵懒也会伤人的，人在慵懒时，万事万物，便会乘虚而入。那是阻挡不了的攻袭，像俯视的目光，从庭院的叶隙间窥探。那首威尔士民歌《桦丛》就这样唱过："有人正在俯视，向我窃窃私语，桦丛呀桦丛呀，是我的屋宇。"其实有一些软的东西是最锐利的，你连它的锋芒在哪里都看不到，可它却一点一点地将人的心剜得鲜血淋漓。

这么一处幽寂的后院，是心灵的庇护所，还是更深的一处隐痛？谁能知晓？灰砖，青苔，暗影，和院落里高高低低的花树，都成了李清照或者李煜的残句。有时候，甚至会像李贺："我有迷魂招不得！"箫声中究竟寄托着怎样的思绪，也是不可说不可道的。就像后院里那种小果，名叫雀儿米的。秋天结一颗颗红豆大的珠子，小，却有着难以言说的甘苦与酸涩。采几枝罗列在瓷盘子里，一粒粒红珠，玉雕似的，只眼睛看着，就尝出了一段往事，一缕相思。凄楚，而又特别精致。精致是一种叫人非常难以割舍的东西，有时候，它几乎是致命的。它漫到胸际时那种快意的痛楚，让人觉得吸毒一样地依恋，又吸毒一样绝望。人就是这样玩味自己的哀伤，要在痛苦中获取极致的歆享。

这样地把自己幽闭起来，只用箫声，向咫尺天涯的不知谁人低诉。浑不知世事早已沧桑到面目全非，她所在的这一处后院，也即将在最近的一次大的变故中给连根摧毁。那么这已经是一种末日的心态了，要在心的周围，围四堵墙，圈出一个自我的天地。世界微缩为一个院落，外界消失了，天地间，所有的影像和声音也同时隐蔽。只剩下这一角后庭，孤岛般坚守着最后的凄美。花期难再，要抓住眼下这一寸时光，尽情地享受孤独，把玩自己的寂寞与哀愁，直玩得铭心刻骨，一泓清泪往深处流。

那么，在这风满楼台的时刻，谁又能分辨，这究竟是守旧，还是别一形式的另类呢？

天终于黑尽了，整个后院已被夜色淹没。只几点流萤，在指甲花和胭脂红之间飞舞明灭。大约是因为月儿升起来的缘故，听见，院墙外，巷子那边，梦一般地，是一群孩子悠远的喧闹声。他们玩祖传的游戏，哼着乡调：三呀么三六九——哟！像是从另一个世界传来，怎么也听不真切。其间还不时夹着卖宵夜老人的长声吆喝：热汤——面！

（原载《散文》2006年第1期）

张 劲

牛卧在牛市外边

一

牛卧在牛市外边。要进入牛市，人必须从牛背上跨过或从它身边绕过。

朋友与我都愿意从牛身边绕过，而不愿从它背上跨过。我们不想打扰牛的沉思。牛是很文化的动物。

据说，老子五千言的《道德经》，就是结胎于坚实、宽厚的牛背之上。老子若不是骑青牛出关，而是步行或骑别的什么出关，很难设想那一篇智慧的宣言会是如此地博大精深。

如果传说尚不足为凭，那么在有文字可查的、被世人所传诵的各种诗词歌谣里，牛也经常浸泡在音乐的泉声中，咀嚼着仄仄平平、长长短短的夕阳芳草长大。诸如什么“隔岸一声牛背笛，和风吹落渡头云”啊，“巴女骑牛唱竹枝，藕丝菱叶傍江时”啊，“牛上唱歌牛下坐，夜归还向牛边卧”啊，“牧童归去横牛背，短笛无腔信口吹”啊，“老牛粗了耕耘债，啮草坡头卧夕阳”啊，“三三五五骑牛伴，望前村，吹笛归去”啊，等等，等等。

人们不愿“对牛弹琴”，却不知为什么喜欢对牛吹笛和对牛唱歌。也许有人会说，这是人的自我作乐，自我陶醉，与牛无关。但人的作乐与陶醉也需有见证者，有捧场者，牛便是此类角色，而且是零距离地接触，它把作乐的主人高高地、稳稳地捧坐在自己的脊背上，尽管它自己不愿随便表态，不爱加以评说。

二

我们来造访的牛市，是黔东地区著名的朱家场牛市。这里恰也是驰名中外的玉屏箫笛的故乡。

玉屏箫始创于明万历年间，时玉屏名“平溪卫”，故称“平箫”。玉屏笛则产生于清雍正年间建玉屏县后，故又称“玉笛”。朱家场牛市兴起于“平箫玉笛”问世之间。待到民国初年，“平箫”在美国旧金山召开的巴拿马太平洋万国博览会上与茅台酒一起获得金奖时，恰也是朱家场牛市声名大噪之日。

牛市的红火与箫笛的兴旺虽无必然联系，但“平箫玉笛”能给南北客商行旅添趣助兴，能给东西贩夫走卒解闷排愁。商贩来玉屏购牛、售牛的同时，往往也要带走一对或数对箫笛，或馈赠亲朋，或留以自用。

牛的本事在于将年复一年的辛苦劳作，转化为麦香、稻香，箫笛的本事在于将日复一日的单调平板的生活调理得抑扬顿挫。

是粗犷有力的牛大哥驮起了纤瘦婉柔的箫笛小妹，还是精神的笛韵箫声唱红了物质的牛市？箫笛说不清楚，牛也说不清楚。反正最后的结果是：二者刚柔并济，扩大了玉屏县的知名度。

三

眼下，牛不卧在夕阳里，昨日的夕阳早已牵回巢内，今天的夕阳还未拉出圈来。也不卧在箫声笛韵里，箫声笛韵随牛主人一道归家午休去了。

牛就卧在街口粗砺的砂石道上，棕黄色的皮毛上星星点点地沾满了新鲜草屑，牛在这里细嚼慢咽，咀嚼着仲夏阳光与婆娑树影交错的正午，也反刍着尚未完全消化的陈年旧事。那半睁半闭的眼神里，弥漫着一种大智若愚似的迷离和刚刚劳作罢的慵倦。

砂石道左侧，是新建的牛市。数万平方米的塑料大棚下，水泥地面已经铺好，工匠们正在做最后的装修。阳光透过大棚滤下来一团团奶油似的黄白光斑，过不了多少时日，成百上千只牛将在这些浮动的光斑里决定着自己的前途和命运。

砂石道右侧，就是扬名县志的老牛市了。宽阔平坦的泥土坝子里，最引人注目的是两株标志性的特大古樟。二樟都是六百岁以上的高龄，早在牛市建市以前，树就存在了。两株古樟仍然劲健，几人才能合抱住的黛青色巨干，苍劲挺拔，那凌空的虬枝，如盖的冠荫，笼罩了大半个牛市。浓密的叶片都被时光浸得很透，清风往来，常揉出许多古意。

令人称奇的是，东边的一株不但雄壮伟岸，而且距地面约七八米处还有一秃枝旁逸斜伸，粗壮突兀，本地人想象性地称之为“雄樟”。西边的一株，则肥硕葱茏，据说其裸露根部原有一树洞，后虽被人以泥土填实，但乡人仍习惯地称之为“雌樟”。更奇的是，两树的叶色也不相同，“雄樟”叶片，于青翠中透出深绿、暗褐，而“雌樟”叶片，则于青翠中透出鹅黄、杏黄，阳光下，二者的色彩对比十分鲜明。据说，叶色还会逐年更换一次，原来绿的，第二年变成黄的，原来黄的，第二年则变成绿的。

这雌雄二樟，长得都牛气冲天，恰好为朱家场牛市撑起一方历史的天空。

四

牛卧在牛市外边。卧在新牛市外边，也卧在老牛市外边。

没有进入牛市的牛是不能算作商品牛的。五天一次的集市还未到期，牛市都还闲着。不闲的是新牛市那边飘过来的锯木屑味儿和新油漆味儿，是老牛市这边长年累月积攒下来的樟树味儿和牛粪尿味儿。几种气味彼此纠缠、撕扯，而牛就卧在这些气味的边缘，卧在新老牛市的过渡处，卧在历史与现实的缝隙间。

我们与乡民们侃起牛市来。

朱家场牛市，早在明清时代就是黔省有名的三大牛市之一。这得力于它的便捷交通和发达的商贸基础。上市的黄牛、水牛，每个赶集的日子少则数百头，多则上千头。湖南、江西、广东、福建等省及周边邻县的牲畜购销农户和远近商贩都来这里交易，年成交量一般都在几万头以上。

牛的交易方式很有趣。先是卖牛者吹牛，夸耀自己的牛怎么有力气，怎么听使唤，怎么吃苦耐劳不挑食；再是买牛者相牛，看牛的牙口，看牛的腰腹，看牛的脊背和四蹄；接着是谈牛论价，谈牛不在嘴上在手上，彼此将手指伸向对方的衣袖里，暗中比划捏摸，厮拼较量。据说这样做是因为口中舌头短，袖里乾坤长，手谈既方便讨价还价，又可以不让牛看见和听见，免得伤了牛的自尊。

然后是送牛和迎牛。卖者牵着已经出售的牛来到一株古樟下，焚香默祷，绕树三匝，既表示对牛的依依不舍，也祈望它在异地他乡不受冻馁，子孙连绵；买者接过已经属于自己的牛，再到另一株古樟下，同样也是焚香默祷，绕树三匝，既表示对牛的怜惜和疼爱，又祈望它一路听话，无病无灾。待参过雌雄二树，拜过阴阳两极，牛就可以随新主人上路了。

有时，新旧主人还会在牛上路前，再合喂一把青草或几捧豆子。如果碰上会吹箫弄笛的，有时还吹奏一两支曲子，或“小放牛”，或“十八相送”，或本地诸多花灯小调……当然这只是就小宗买卖而言，若是大宗交易，双方一般还要燃放鞭炮，锣鼓箫笛齐鸣，以求得吉利。举行这些仪式，对于卖方，是为给牛饯行，对于买方，是为了让牛感知物已易主。

那么作为购销对象的牛的一方，它有怎样的举动呢？牛不管人如何行事，那一对表情单纯的牛眼里总是泛着温驯的光。青草提醒着它，牙齿还行，力气还在，它感到自己并不是一条多余的牛。一生就是一口草，有草料吃，且能吃草，牛就觉得有了奔头。至于下一刻会发生什么，是去异地他乡继续牵犁拉磨，还是被船装车载直接送进屠宰场？人这时的种种仪式是对牛的安慰，还是借牛的名义来安慰人自己？牛都不明白。

因此，上路的牛几乎都是温良恭俭让的样子，那倔犟的牛脾气早已被繁重的农活磨钝淘光了。

当然，这只是我们对牛的一种揣测。或许，经过人的长期洗脑，牛已有另一种思维：既然最终都会成为人的盘中餐，既然自己是人的食物链中的一环，既然嗜肉的胃总比啃草的牙更该获得享受的权利，那么牛也就不自怨，不自艾，甚至有了一种走向解脱的大彻大悟。直到末了，还可以从容不迫地捐出自己的肌肉筋骨，五脏六腑，以成就那条著名的“庖丁解牛”的成语……

牛啊，起始于文化，又复归于文化的牛啊！

真正的庄稼人当然是不可能不惦记牛的。牛走了，家中少了一位成员，放牛娃少了一个伙伴，箫笛山歌也少了一位挚友。

据说常有牛夜来托梦，牛要回乡认祖，于是乡人又在牛市近旁建了一座牛王庙。牛市越发达，牛王庙的香火也就越旺盛。人一方面不断地卖牛、买牛、杀牛、食牛，一方面又要不断地念牛、想牛、拜牛、祭牛，这奇特的二律背反关系深藏在人的道德法则暗处，一切皆服从于人的需要。

五

如今的朱家场，牛王庙早没了踪影，但古樟仍在，牛市仍在，交易的某些方式仍在。

仍在的牛市自然也有变化：买卖耕牛的越来越少了，购销菜牛的越来越多了。牛更多的不是作为畜力来源，而是作为食品来源寄存于牛市之中。由于手扶拖拉机渐次挤走了牛犁的位置，犁既归隐，牛也就不能不解除与土地的千年之约。尤其是随着青壮年农民成批地进城打工，牛就更加淡出了乡村的视线，而走上了城市的餐桌。

购销牛的客商也在变化。过去经营三五头牛、十来头牛的小商小贩，现在正被经营着成百上千头牛的大商巨贾所取代。牛被抽象为数字符号，正成群结队地向城市机械化的屠宰场进发，向人们喜新厌旧的肠胃进发，向购销者永远不知满足的钱包进发。

过去的贩牛者，常在乡场小街要一壶酒，炒两样菜，听几支小曲度日，以至一度繁荣了朱家场的客栈酒楼，茶室会馆。而现在，腰缠万贯的富商们是不屑于在乡镇过夜的，他们今日在这里的牛市打个照面，明日就可能会在另一处“牛市”——在证券交易所大厅那里频频出入了。

人对牛的情感也在变化。昔日南宋名臣李纲曾在《病牛》诗中写道：“耕犁千亩实千箱，力尽筋疲谁复伤？但得众生皆得饱，不辞羸病卧残阳。”他以牛的奋斗精神和奉献精神而自励，而自豪。此后，也有很多人以牛为喻，鲁迅曾自比为“孺子牛”，齐白石曾自比为“耕砚牛”……而如今，人们似乎更喜欢狼一些。人们不仅津津有味地说狼，唱狼，写狼，赞美狼，而且总结和张扬其狼性，推广和效法其狼道。

因此，去烤肉店吃西式牛排的人络绎不绝，去“牛市”炒股的人熙熙攘攘，而愿意自比为牛的人却真个如九牛一毛了……

六

告别朱家场时，天空飘起牛毛细雨。看，牛就有这般慷慨，它把自己衣服上的绒毛也献给了天上来的漂泊者。

牛毛细雨洒在牛身上，那棕黄的皮毛愈发地滋润，油亮。我想，时下春耕已经结束，这牛，也许下一个赶集日子就会进入牛市，再下一个赶集的日子，也许就会被端上餐桌……牛这时恰好抬起头来，仰头向天，哞哞地叫了几声。

朋友说，牛确实值得体恤，但慢牛笨犁毕竟拉不来“小康”，更拉不来现代社会，这是牛为传统的农耕文明、也为自己唱的挽歌。我不能不承认朋友的话是很有道理的，为社会发展，文明进步，人都尚且要为之付出许多牺牲，何况牛呢？而且，这“牺牲”二字原本就因牛而来，牛为古人祭祀神灵时所用祭品，现在再次充当祭品，不也顺理成章、天经地义吗？

话虽这样说，然而在我听来，那牛哞却总觉得像是变奏了的玉屏箫笛，其声绵柔、朴拙、深邃，萦绕在田园的记忆里，回荡在历史的拐弯处，久久不能散去。

（原载《山花》2006年第1期；《散文选刊》2006年第7期转载）

完班代摆

一种照耀

严格而言，腊尔山以西是指松桃苗族自治县东部一带的一片广袤的世界，她包括飞灵山脉、凉亭诸峰等苗族聚居区。这里多山多水多森林多怪石多鬼魂多巫师。走进这片世界，你会感觉到她的隽秀，她的优美，她的神秘莫测。

我们不妨把松桃县城作为一个起点，从这座被许多悠扬的苗族民歌和现代色彩所包装了的苗汉杂居的小城出发，向东进入道水和偏岩，便可感受到一种很温暖很绿色的山野情调：农作物茁壮成长，山林繁茂，人丁兴旺，袅袅炊烟正稀释着人间的苦难与沧桑。再往东越过黄连，就是进入真正意义上的高山地带了。

对于腊尔山以西的世界，外面的人总是觉得挺神秘的，说不定还夹杂着一丝畏惧。在这片以苗族文化为主体的世界里，留给人们的记忆实在太深刻了：耿直憨厚的苗家人，每逢赶集的时候，他们都要拿剩余的大米或别的农作物去集市上卖，以调换他们买衣服和油盐的钱，调换男人们离开了一天也不能生存下去的烈酒。在这方面，这支以狩猎和耕种的属于山地的民族总显出他们的不可思议：他们对于这种不产于苗区的酒的追求近乎一种狂热和膜拜，同水稻、玉米、红苕一起，构成了一个民族基本的生活形态。

尽管，我的生命诞生于腊尔山区，并在那里度过了美好的少年时光。但时至今日，我仍然不敢说，我对这里的世界知道多少，领略了什么。相反，随着岁月的流逝，生活的积淀，她在我的心目中却越来越陌生起来了。深入她，我感到了个体文字创造的乏力与苍白。

和许多偏远的地区一样，腊尔山以西的世界始终神秘与新鲜：飞翔的鸟在地上投下清晰的影子，岩石、庄稼在太阳的光芒中闪烁；宛如处子的田野仍在群山之中沉睡；晒着太阳的人们很快进入一种久远的冥想；远方的山野中，时有孤独的情人引唱山歌。空气极轻极净，山林沉默如绿。人们专注于一些形而上的梦想，专注于一些历史与现实互相纠缠，互相浸蚀的动人故事。因此，才注定了这片土地多仁慈的老人，多飞扬的山歌，多生命的轮回转世。这就是腊尔山以西的世界在我的脑海中所放射出的一些基本图像与表情。

在麦地，在老云，在地那，在布妹，我都深刻地感受到了这样的图像与表情就像一幅静默的山水，被画家在宣纸上尽情地挥洒；或像一首甜蜜而忧伤的曲子，被萨克斯优美地吹奏。

地那这个村的名字是我很早就熟悉了的，因为我的母亲就出生在这里。这是我小时候为数不多的一个乐园。就是从那时开始，我结识了一种特别的舞蹈。舞蹈雄浑苍劲，古朴深邃。当香火点燃，信冬敲响之后，与神灵的对话就开始了。舞者率领自己的阴兵阴将，由屋内到屋外，由周遭到遥远，对各种可能给人们带来灾祸的鬼魅，进行打击清扫。在这个过程中，首当其冲的是清扫助雷神为灾的种种鬼类。后来我才知道这种洋溢着神秘气息的舞蹈就是流行于苗族地区的傩舞。据一些专家考证，这种舞蹈与历史上战时的出征舞有一定的关系。古时，这一带是苗兵屯守之地，很多苗人身上，都流淌着屯兵们那种好勇斗狠的血液。龙许保、石柳邓起义之后，这一带又成了战乱之地，长时期寓兵于民，形成了腊尔山地区，特别是地那一带强悍的民风。

这种民风滋养了土匪的生长。在我童年听到的有关土匪的故事中，地那的土匪更让人胆寒。他们是十分世俗化的，从他们身上可以嗅出许多荒野的气息，即使是漫不经心的破坏，也透彻着一股雄强和犷悍。

所以，傩舞土风中，保留有一些战争时出征舞蹈的遗存也是再正常不过的事情了。换句话说，要是没有这种遗存，反而是一件不可思议的事情。因为在我看来，许多事情或现象，都必须秉承它最初的根系。

就像腊尔山地区的人们把能够主宰一切的那双手不叫上帝之手一样，它沿袭的是一种最古老，也是最本真的生活习俗与生命信仰。而叫神灵或鬼怪之手。就是说，腊尔山区的苗族信奉鬼神。这种鬼神不是莎士比亚的《麦克白斯》中让麦克白斯惊颤不已的斑戈的鬼魂；也不是狄更斯笔下的害得斯库格的膝盖骨折的莫莱的鬼魂；更不是时间使然的腐味；不是树丛之下静卧着的一块墓地；也不是树梢上乌鸦发出的凄惨鸣叫，不是的。在苗族人的心目中，鬼神就像耶稣基督心中的上帝，人们向它祈祷了，它就能赐予人们风调雨顺、五谷丰登和家畜兴旺。

当美国的郑哲克牧师于1914年的夏天怀抱着《圣经》来到这块土地上之后，他们在这里修起了福音堂，他们企图把耶稣的声音从这里传开去。可是，这里的人从感情上不能接受他们，他们的声音很遥远，像来自天国。这样的声音不能给这里的人们带来更多的衣服和粮食。后来郑哲克牧师不得不伤心地带着他的人马和《圣经》离开了这里，福音堂也被拆了。拆了之后的福音堂原址修起了一个单位的办公大楼和宿舍。当住在这里的又一对夫妇生下一个男孩的时候，一种很神秘的东西就传开了，说住在这里的夫妇都是生男孩，这全托了福音堂的福祉。难道生女孩就没有福祉了？我想。

我之所以有这样的想法，是因为我的感情在冥冥之中受了一种东西的牵制。后来我慢慢地感悟到了这个东西就是我们苗族人日夜信奉的鬼神。是它在约束着我们和帮助着我们。最终，我们会别无选择地皈依于这已被心灵感悟，但又难以企及，同时又与我们的精神与肉体融为一体的神。在这样的心灵感悟中，我听见了一种非常奇妙，又如此难以名状的歌唱。在这些歌唱中，蕴含着信奉者们的艺术力量，呼出的音符和倾诉的感情都充满着激情、狂喜和威势。

置身于这种舞蹈之中，我分明感到了鬼神就在我的身边。它操纵着我们的方向，驱使着我们走向四季的颜色。但我又不能接近它，所以不能和它交谈，就像你无法接近上帝一样。因为我们太渺小了，而上帝多大，神多大！只有我的同胞兄弟巴狄熊·勇兵佧能接近它，并能和它交谈至深夜。所以，许多时候，巴狄熊·勇兵佧在我们的面前显得莫测高深。因为，他有接近鬼神的本领。就是通常所说的魔法。

有一次，我看见他为一个受难的人除灾。那个除灾的场面让我永远难忘。只见他点上香，向一个神秘的方向叩了几拜，然后提起一只大红公鸡，就开始念念有词了。我听不懂他是在念些什么，但是我感觉得出那些语言很有分量，我斗胆地把它们理解为咒语。听着这些咒语，就像听远古洪荒时的声音，那么深奥和神秘。我很投入地听着。这时候，在云绕雾缠的香烟中，我仿佛看见了一个伟岸的身影，它面带微笑，也有上帝的那份慈祥的表情。我想，那就是巴狄熊·勇兵佧竭力在呼唤的鬼神了。我第一次看见了它，但是我仍然不能够接近它。鬼神出现了，鸡的血腥温暖着整个屋子。不久，那位受难的人得到了解脱。

我想，巴狄熊·勇兵佧呼唤鬼神的法力，作为科学技术的另一极，同样让我感动。

也许是心里一直潜在着想再一次观赏这种神秘的土风傩舞的欲望，所以，阳光灿烂的一天，我就来到了地那村。初看上去，地那村一点也不像会有土风傩舞遗存的样子。一条尘土飞扬的乡村土路穿过散布在山脚下的村子中央。村子外面是河岸上的庄稼地，地上种植的照例是正在抽穗扬花的苞谷和水稻。田地的周围照例生长着些还没有长大的小树。村后的山上，一棵苍老的古树傲然挺立，成为地那永恒的象征。

村子中间的土路两边，有开小杂货铺的人摆在路边的台球桌和麻将桌和牌九。这一点，也就像其他许多马路边的村子一样，总有一些无所事事的年轻人围在一起，有的打台球，有的搓麻将，有的推牌九。无论干什么，都必须下一定的赌注。这是一个赌风盛行的时代，这是一个以赌出名的村寨。许多人爬山涉水聚集到这里，目的就是碰碰运气，寻寻梦想。作为一个局外人，我试图从他们的身上看到点什么。我停下脚步，好奇地向一堆人走去。他们正在推牌九，雪花般的大小纸币纷纷飘落在赌桌上。掷骰子了，四人中，坐庄的人点子最小，于是赔了个通，桌面上的钱便输得差不多了，他嘴里不干不净地交替使用着苗汉两语中差不多所有的下流词汇，脸上却露出满不在乎的神情。赢钱的人则满脸笑容，时不时还用腌臜的语言调戏对方。而在我小的时候，这里的情形却不是这样的。我不知道什么时候，是什么力量，把一种叫纯朴的东西推向了粗野与鄙俗的汪洋大海之中。

又一局开始了，钱依然是雪花般地飞向赌桌。那位坐庄的人用力搓了搓骰子，然后轻轻一丢，结果，他抓得了一副好牌。可是，在激动与慌乱之中，他把一副可以吃通的牌搞倒龙了，这样，他不得不又赔了个精光。我叹了口气，因为他根本不该出现如此低级的错误。我这一声叹息，把所有的目光都吸引过来了。这些年轻人总是对过往的陌生人投出这种警惕的、不友好的目光。我知道这种目光中所有的虚张声势，所有的妒忌与所有的色厉内荏。

但我并没有退让，壮我胆量的原因是：如果我没有离开乡村，我也毫无疑问地成为他们当中的一员。那个把钱输得精光的年轻人向我瞪了一眼，做出一个威胁的姿态，一副公牛在即将向对手发起进攻时的渴望决斗的样子。迎着他的目光，我知道，我应该开口说话了。我说：一副很好的牌，为什么会输呢？这说明你赌博的素质不行。我的苗话说得很拗口，但我知道，这时候我必须用苗话来表达。他没有回答我的话，而是把我拉到赌桌边，要我和他赌一局。我执意不肯。他又说：那你就在旁边押，赌赌运气，看谁输谁赢。我说：不管你们哪个赢了，都该请我喝酒，因为我既是你们的同胞，也是远道而来的客人。他悻悻地离开了赌桌，豪爽地说要请我喝酒。这时，我们的四周已经聚集起一帮姑娘，她们莫名其妙地躁动并互相推搡着，嬉笑不止。在这些姑娘的嬉笑中，我们站在一家杂货店低矮的屋檐下喝起了摊摊酒，下酒的食物是一只皮蛋。我们津津有味地喝着吃着，小伙子们把浓浓的烈酒全部灌进了肚子里。

我喝了很少的酒，却醉了，那是一种比醉酒更醉的醉。醉酒是使神经麻木，丧失理性，而这种醉是使神智清晰，生命张扬，它让我独自享受着宁静的阳光。在这片宁静的阳光中，世间的喧嚣和虚伪正远离着我们。

当他们纷纷离去之后，我忽然感觉到一种排斥、一种孤单、一种落寞。我心想，我曾经是从他们中间走出去的，可是我却无法再走近他们了，虽然我是那样地渴望走近他们。带着一种灰暗的情绪，我不得不又上路了。时值黄昏，穿过一排黑瓦木房的阴影，我看见寨子后面的山坡上树枝在疯狂舞蹈，仿佛在对即将熄灭的天光倾诉它们永不枯竭的生命密语。一切都美丽绝伦，就连那些清脆的狗吠声与山谷的回应也显出一种永恒的和谐。在月亮从山的背后升起来的时候，我清晰地听见这种和谐的声音已融入我的步履，融入我的骨髓。

这样的游历，让我渐渐地进入一种鲜为人知的境界。这种境界会源源不断地予我灵感与启示，伴随着一首神秘的古歌在我的身体内轻轻地流淌，我的脑海里便会油然生起这样一幅图像：风吹山歌，山坡上盛开木叶和花鼓，一队步履轻盈的盛装青年正走在山间小路上，歌声正在大地无穷无尽地延伸。置身于这样一种境界中，我就总认为自己能洞察与注解一个民族所有的秘密与苦难，开始接近一个古老民族的伟大梦想。

腊尔山以西，一个神灵凡人得以和平共处的世界，希望和梦想正在随同日月一道升起，最终构成这片土地上永恒的主题。坐在苗人的家中，无论火塘、山脚、砖瓦，还是木壁上的镰刀，还是严实的粮仓和敞风的猪圈与牛棚，都适合于油画的表达和木叶的吹奏，都深深地陷入一种巨大的等待与孤独之中。

因为市场经济的强力介入，我坚信，腊尔山以西的世界将会有一个本质的变化。我还坚信，只要那片青山绿水仍静卧在那里，那一望无尽的蓝天仍覆盖在那里，那一轮初升的太阳仍具有一种不可阻挡的诱惑力。那么，所有的苦难，所有的迷茫，所有的退却和胆怯，都将无法阻挡人们对于美好理想与图景的关注与向往。

（选自《松桃舞步》，中国文史出版社，2006年2月；
《松桃舞步》获第九届全国少数民族文学创作骏马奖）

2006年

隐　石

被汉语的光芒所照耀

一

汉语音节短促，讲求灵活多变、简洁潇洒，以尺牍之小，藏大的山水。西方的东西进来，大家一窝蜂学习，用词要新，句子要长，使看上去很具气势，然终究隔膜。食洋不化的结果，是少了东方的禅味和性灵，在语言的爆炸和情绪宣泄中各执一端，终使语言的发展背离了正确的方向。作为第六届茅盾文学奖的评委、鲁迅研究专家的孙郁，撰文指出所评作品，语言随意粗糙的地方太多。此观点亦暗合本人意见。我想，在经历了人生的躁动、参与过语言的狂欢派对之后，始才识到，我们眼下稀缺的，正是母语的优雅、含蓄。

为此我卷起一摞一摞的、有的已珍藏了多年的散文类刊物，送予想读之人。中年的心境，越发不能忍受矫情、谄媚。脂粉气的东西太多，是要软化一个人的骨骼的。我不想成为一个浮糜的存在。

近来喜读一些学人的文章。学人，是一些有大境界的人，他们的文字，该是于心灵有丰沃的滋养吧？这之中，高尔泰的散文集《寻找家园》（花城出版社），我是至为赞慕的，是该世纪难得一见的文字吧！那番笔触，写尽人世的悲凉苦哀，直让人唏嘘不止；而语言又是平易的，简括的，有刀的锋利，会把麻木的肉身割出血来。高尔泰是美学家，他的文字，使我想起在中国以写大散文著称的人，想起某个读者所言：在中国，一流的作家，只拥有二、三流作家的位置，而二、三流作家，往往拥有一流作家的名声。譬如高尔泰，显然是高出火红于当世的散文家的，其文字生存的痛感，见地的锐利和独特，是他们所不能及的。

托友人购得《寻找家园》，时时感觉幸运，阅读的快感通宵达旦，每每感动得泪潸如雨。生存的荒诞，使人痛省。读至末页，不由感慨：真正的文字，是浸透着血与火的表达的。

二

读完孙郁《周作人和他的苦雨斋》，透过历史的烟尘，大体了解到周作人的性情，以及往来于苦雨斋的学士，如钱玄同、俞平伯、废名、沈尹默、刘半农等的面影；亦知道了，周作人倡导、实践性灵写作，是与流俗的东西隔得甚远的。

孙郁如是说道："我看周氏文章，轻灵随意，毫无雕饰，一马平川，读来舒适得很。虽不免略有重复，不及鲁迅利落，但那样超逸、静谧的笔触，百年以来，实属罕见。"（《周作人和他的苦雨斋·文章之道》）中国的文人，自儒学以降，热衷于做官，至今犹然。于是作文或蓦师状，捏腔拿调，以山头唬人；或作无根基狂言，以高人自许。"五四"时期，"周氏兄弟憎恨此道久矣，一生倡明个性精神、人道情感，文章以人为本，深入浅出，与读者交心。不像当下文人学者，满纸洋话，浅入深出，生造出深刻的仪表"（出处同上）。于今，传承周作人为文的张中行、汪曾琪等被人抬得很高，自有其深刻的原因的。

我之观孙郁为文，亦是受周氏兄弟影响至深之人，其语平调，而每有奇崛思想，读之上口，思之实是一件可喜的事情。

三

西方人善逻辑，东方人讲求顿悟，这是早成定律的事。观东方历史，少体系逻辑大书者，多的是顿悟旁注者，实乃天然性格使然的，强求不得。作为文字创造者的作家，积极汲取各派之长，补己之短，潜心修道，是成正果的正道。却也每每可以看出一点问题来。

譬如余华，其好的小说我以为是《在细雨中呼喊》与《活着》。《许三观卖血记》则可看成其对话写作训练之过程。而读其轰动一时的短篇《现实一种》，每每看到副词"嘹亮的""灿烂的"高频出现，不免生出作家词汇贫乏的感觉，心下想想总是不舒服的。另外，余华谈音乐的一些随笔，让人怎么看都有一些米兰·昆德拉随笔集《被背叛的遗嘱》的影子，其对音乐的感悟平平，对音乐家生平资料的大量引用愈益突显了这一点。而这是否表明，他类似的随笔写作，过多偏离东方人真正喜欢的顿悟方式？或则只是我个人的爱好的偏执？

看余华的一些短文，其在文中明显流露某某出版社推出自己作品集的喜悦，大谈一个作家是可以把市场抓得很紧的，也激情地指点了当下文坛中一些作家作品的出版情况。不知何故，我读了心中总有不快，感到写作《在细雨中呼喊》的先锋余华、严谨余华，正在远去，而一个有点自得（内含狭隘的自信）的余华浮上眼前，其夸饰浮糜的心态确让我一时不能忍受。而与此同时，我对格非、残雪这样的作家投去了更多的尊敬。

这是否又一次证明，心境的宏阔决定了文字的功力？

四

中国的作家中，我对格非倾注了越来越多的敬佩。他的几乎所有出版了的作品，被我囊入书房之中。从江苏文艺出版社的三卷本《树与石》《眺望》《寂静的声音》，到“中国小说五十强”的《傻瓜的诗篇》（时代文艺出版社），从中国社会科学出版社的《敌人》，到北岳文艺出版社的《欲望的旗帜》，到春风文艺出版社的《人面桃花》，再加上华东师范大学出版社的《卡夫卡的钟摆》，足足八本。它们在我的书架上被排列在一起，成为我心境欣悦的一部分。

所悦为何？乃是从中看到一个不变的格非，一个一直精进的格非。从其长篇《敌人》《边缘》开始，到近作《人面桃花》，其叙事一直保持力度。窃以为，要做到一部作品好不是难事，而要使每一部作品都达到一个相当高的层次，则绝非易事，没有峭然于名利之外的心境，没有探索不止的心力……殊难到达！

格非，曾以扰乱心志为由，断然拒绝把自己的作品改编成影视剧作。这与当下作家纷纷以跻身影视圈为荣形成鲜明反差。正是因为他对自我品位的坚持，使众多的读者在他的作品中，找到持续不断的阅读快感。仅以笔者身边为例，许多文友表态鲜明：因为格非，他们找到了阅读的美妙，以及对小说的渴望与期待。

格非的语言优雅、古典、沉静，散文诗一样地流泻，愉悦了阅读者的眼睛。格非在接受记者张英采访时曾说：“当作家的笔拿起来时，写作就没有任何陈规陋习的限制，对现实本身，我在写作时首先考虑的是语言文体，想象力是第二位，发现寻找前人没有写过的东西。”（《文学的力量》）

格非，优雅地实践着汉语，在小说中滑行！

五

对语言进行极端实验的作家中，海男是其中引人注目的一位。她用一种近乎疯狂、执拗的方式，保持对语言及文体的热情，其虔诚，以及我行我素的姿态，是让人感佩的。

她之语言实验，并非刻意地闭门造车，生造成玄乎的仪表的。其独特语词的背后，有着一长串的名字，他们是：普鲁斯特、伍尔夫、博尔赫斯、克洛德·西蒙、罗伯·葛利叶、尤瑟纳尔等。这些名字，在文学的源流长河中，代表的是一个新的文学流派的开端；或者通俗一点说，这些名字在他们所处的时代，代表着文学的先锋，其进行的文字书写，有着区别于当时当世的异质的。海男对上述作家的着迷与喜爱，在《作家》杂志上《我的阅读及语词回顾》一文中有着清晰的交代。

这样我们就不难理解海男作品那些使人发烫的异域气质，因为这样的特质，评论家冠之以“私人化写作”的代表者。

从语词的角度来看一个作家，我们可以很轻易地下结论说：海男是一个诗人。事实确乎如此。海男创作的小说，实质是体现她内心的诗学符号。在她的表白中，我发现了海男与格非在对待语言的态度上的一些相同的地方。

考察作家的日常生活，语词是一个占日常生活很大份额的存在，这亦是作家与常人在生活中的区别所在。作家对语词的倾心关注，使他忽略生活消费的用心，从而保持了对逝去时间的敏感及天真梦想的眺望，进入到一个纯粹的艺术世界中去。一个深于世故的人可以成为事业家、政治家，可是成不了真正的艺术家。由此，我对海男表示应有的尊敬，尽管有搞评论的朋友在我面前表示了对海男的不喜欢。何况，任何一部作品的价值，只有时间这个评论家才能给予准确的定位。

（原载《山花》2006年第2期）

2006年

刘照进

空鸟巢

一

一只鸟巢，两只鸟巢，更多的鸟巢，仿佛用旧了的过时的荷包，邈远的时光中，满载落寂和空荡，让我们回首时窥见了一些曾经被忽视的细节。

春天，总是在繁花绿叶间看到一些被遗弃的空鸟巢，像是村子的角落里失去烟火气的破败茅屋，房檐上蛛网密布，主人已不知去向。枝丫间斜挂着一面丝织的锣，椭圆形的表面暗藏杀机。精明的杀手总能在瞬间抓住某些细节，来完成他的周密部署。此刻的宁静不过是一种伪装，小小杀手早已隐身暗处，侧耳聆听猎物踏向险境的信号——来自蛛网任何一处轻微的震动。除了阴谋得逞，不幸似乎还在加深，一只空荡的鸟巢再也无力承载昨日的温馨和爱情。

屋檐下同样挂着一只旧时的泥巢，回归的主人却失去洒扫的兴致。似乎，一切都有必要重新开始，昨天的故事永远不能被今天重复。早出晚归，燕子用小巧的嘴啄来点点滴滴新泥，墙壁上的工程在不断完善，直到精巧的房子做成。一对情侣住进了它们的新房，美妙的婚姻终于拉开序幕……

大多数鸟儿并不选择去年的旧巢孵蛋育雏。一棵树，一处房檐，石壁间长满荒草的缝隙，都有可能成为鸟儿暂时栖身的村庄。它们在这块地域上衔草筑巢，构筑临时的家园，培育孩子，然后又匆匆地搬迁——这成了鸟儿世界难解的一道谜。

或许有一个词能够解开这样的谜团：安全感。飞翔在空中的鸟儿，早已洞悉了脚下的危险。一棵树似乎总是逃不开这样的宿命：风摧，雨打，雷劈，火烧，砍伐……倾巢之下，岂有完卵！树的命运的不确定性让鸟儿失去准确而明智的判断，逃离是唯一的选择。灾难来临，飞翔的姿势已无所谓优不优美，像战乱时期的难民，鸟儿匆匆从一棵树逃离到另一棵树，卑小的命运里饱含许多沧桑和流浪感。

细小的鸟巢依附树身，凌空危悬，仿佛警惕的眼睛。

二

几乎无人知晓鸟儿的仇恨，它们内心的悲恸与哀怨常常被暗藏花香的语言忽略。

小时候，总喜欢上山去寻找树丛中藏着的新鲜鸟窝，这几乎是整个童年的乐趣和向往。小小年纪，隐含许多成年的狡黠。拇指大的几枚鸟蛋，颜色雪白，或者暗褐中夹杂着斑纹，婴儿一般地安睡在巢里。一对幸福的夫妻携手在林间觅食，全然不知灾祸濒临。

一双幼嫩的小手取走了鸟蛋，仿佛偷摘邻家未成熟的瓜果一样随心所欲。

肇事者并不逃逸，仿佛有意滞留现场，观看伤心欲绝的父母怎样扯开喉咙怒骂。强者的霸道遮掩了制度和道德的约束，弱者只有通过一张相对自由的嘴巴远距离地发泄愤慨。

“大林鸟”的体型肥硕，嗓门宽大，有一股孙二娘似的泼辣悍风。它的骂声使人想起村寨里那些勤勤恳恳的、日子过得清苦但泼辣强悍的农妇，面对凭空而降的灾难和恶作剧，她们总是气得又哭又骂，顿足捶胸，粗鄙恶毒的语言让人心惊肉跳，却又隐隐生出几分同情。

作为人类的朋友，燕子的亲近是一种假象，亲密里渗入了可疑的成分。春日里借助你家的屋檐，啄几嘴清香的田泥，仿佛，燕子就要安居乐业了。但是，屋檐下依旧有这样一双觊觎的眼睛，暗中蓄满了不怀好意。有一天，孩子避开母亲的监视，举起一根扁长的竹竿，轻而易举就捅掉了头顶的泥巢，幼小的生命在纷飞的落尘中坠地而死。

恶毒的举止来源于对未知事件的好奇，对悲惨结局的出现毫不在意，人类的心灵永远无法装下对弱小生命的尊重。

家毁子亡，一春的希望瞬间化为乌有，燕子的伤心不亚于丧子老人的恸哭，凄楚的哀叫电线一般绵长地划过那无边旷野……

但是，燕子深谙与人相处的哲学。燕在屋檐下，不得不低头；谁的屋檐都是屋檐，低头才是出路。燕子很快就从悲痛中醒来（或者说隐忍了内心的仇恨和悲哀），重新衔泥筑巢。燕子的行动更加小心翼翼，试图用婉转的歌唱来取悦主人。

于是，人们渐渐忽视了燕子的伤悼，举首抬目之间，原谅了它的靠近，并且被它的殷殷之情打动。他们试图从年关开始，期望燕子早早到来，屋檐下的蛛网和尘灰被打扫干净，破损的旧巢仿佛某一级文物，依旧安置于被仰视的角度。

然而，燕子从不相信人类的大度与承诺。在完成一季的传宗接代任务后，燕子举家远迁了，只是把一只毫无意义的旧巢抛给幻想的主人，仿佛行军途中布下的一只迷惑敌人的土灶。

燕子的形态常被人比喻成剪刀。的确如此，精明的燕子就是凭藉这种巧旋和颇具黑色幽默感的本领，张手剪开了人们内心深处的企图与欲望。

三

小小少年总是醉心一只弹弓。

一截正在成长的树杈被人掐断，大树失去完整。修饰之后，树杈成了另外一双手里的工具和把柄。精巧的木杈两角朝上，握在手里，仿佛一个倒立的小小的人字，欲望通过暗中施放的力量抵达不远处的目标。

橡皮来源于那些破旧的胶鞋、废弃轮胎。作为远征者的同伴，它们最终厌倦了行走，对远方失去信赖，灰头土脸地退回起跑线，把剩余的几丝力气交给弹弓。

借助木杈的稳定，橡皮的张力得以充分展现。一颗欲望的石子在掌心紧紧相握。人的目光被规范在两角之间寻找最佳射击角度。蒙在鼓里的鸟儿对身后的潜伏一无所知。欲望，霸权，目标，当三者被扯在某一条直线上，简洁明了的几何原理便促成了悲剧事件的产生。

年轻的表叔是一位乡村补鞋匠，一只木质挎箱里面总是装满各式各样的橡皮。那些橡皮已经不再属于纯粹意义上的胶鞋底子或圆形轮胎，它们被锋利的补鞋刀剔去了边缘的废料和臃肿，薄薄地摊成几块，或被削成面条似的长丝。嵌进灰尘和深部的力量得到挖掘，不再受腐朽部分遮掩，更加灵巧而张扬。

中午时分，补鞋匠在村口的老皂角树下摆开了摊子。一只旧木箱，依旧藏着许多不为人知的秘密：污腻的表面叠加许多掌纹，细密而清晰的纹理已被风尘盖住，铁锁上的锈迹渐渐加深开启生活的难度，因为干燥和磨损的缘故，木质的个体之间不再配合默契，彼此加宽猜忌的缝隙。

补鞋匠的出现让闷热的村子生出一丝鲜活。孩子们听见吆喝，小鸟一样地飞向村口，迅速围住鞋匠。那个时代，一角钱一副、被切成面条一样细长的橡皮是做弹弓的材料，成了孩子内心最强烈的奢望。需要修补的永远是那些贫困的家庭，一大堆过度残损的旧物，哪怕是目不忍睹，依旧不肯轻易抛弃——并非一味体现对旧物的热爱，日子的确需要一种力量来支撑。补鞋匠让一双鞋从绝望的边沿转身，重新找回行走的信心。

年轻的补鞋匠还是一位捕鸟的高手。冬天，他来到我们家里，在厚厚的雪地里扫出一块，用竹片支起旧竹筛，竹片上绑一截细绳，远远站着，看鸟雀走进底下，一拉绳子，贪食的东西就被罩住了。悲剧的根源在于地上的秕谷，天下没有免费的午餐，欲望的一头总拴着危险。补鞋匠的绝活是省去绳子，用一根短短的竹筒制成捕鸟的机关，离开现场，躲在暗中静观，等待收获。最终，那些无法逃避的鸟儿被捉住褪去外衣，露出婴儿似的细小身体，穿上一根铁丝，抹了食盐，在熊熊的烈火上炙烤，成为饕餮者嘴里的一道佳肴。

火铳总是喜欢在夜间偷袭。这种传统的捕猎工具浑身充满了粗暴激情，不需要太多精确的瞄准、计算，与简单实在的乡村生活理念保持一致。

竹林高处的窝里住着一对斑鸠，它们是一对恩爱的夫妻，白天的飞翔已经走远，黑色夜晚成了它们的床幔。一只欲望的枪管贴着夜色悄悄靠近，“砰”的一声枪响，子弹擦身而过，空气中弥散着火药灼烧的焦味。沉醉在爱情之中的一对鸟儿，仿佛黑夜里陡然遭到土匪的袭击，惊恐中弹起瘦小的身体，朝着漆黑的夜空逃窜。但茫茫夜色遮掩了安全的方向，彼此再已无法呼应和照料。“夫妻本是同林鸟，大难来临各自飞。”求生的本能使鸟儿在陡起变故中别无选择，与爱情的忠贞、至死不渝、海誓山盟无关。

村子里有一位打鸟的老者，斑驳的土墙上常年挂着两支乌黑的火铳，弯月形的牛角里装满火药、铁砂。老人一生嗜酒如命，许多鸟儿成了杯中的下酒物。栖息树上的红锦鸡总要在黄昏上树前高声鸣叫，老人正是通过叫声找到了它们的落脚点。

死于非命的红锦鸡，身子下了油锅，最后连骨带肉成为老人嘴里的美味。红羽绒毛则被小心褪下，妇女们拿它做成了孩子帽顶上的装饰。当年，这种帽子成了乡村衣物的一绝。

四

再次见到鸟巢的时间是今年三月。阳台的花盆间不知什么时候悄悄筑起了一只鸟巢，妻子发现它的时候已经完全成型。饭碗大的体积依旧做工精巧，仿佛记忆中某只鸟儿的手艺。已经无法确切叫出这只鸟儿的姓名了。玲珑小巧的身体，擅长飞翔，灰褐的羽毛，两翼有一抹雪白，像流线型的飞机，每天升降于我的生活周围。惊喜之余，居然没敢告诉女儿，担心女儿毁了它的家。幼时掏鸟蛋的一幕，依旧历历在目。每一天，怀着期待暗中观察鸟儿下蛋、孵化小鸟、嘴对嘴地喂孩子们虫子，直到它们长大，把身体完全交给飞翔。

一只鸟儿从旷野迁徙到喧嚷的城市，是不是对高楼如林的城市的误读？空荡荡的鸟巢并不能给予答案。好在，它依旧置于我家阳台，作为怀旧时抵达疼痛的路径。

每次回到老家都要惊叹故乡的变化，只是屋檐下再没见到燕子的新巢，地里迷惑鸟兽的稻草人也不见踪迹，曾经被祖母用来驱赶麻雀的竹制响器早已变成灰烬。房脊上挂着几滴细微的鸟鸣，但那声音与儿时听到的鸟声大合唱简直无法相提并论……

尚记着许多鸟儿的俗名：红肚儿，水鸦雀，啄木官（啄木鸟），地麻雀，夜老鼠（蝙蝠），牛屎雁，鬼鬼阳（阳雀），薅草苞谷（布谷鸟），扁茶罐（脚鸡）……像幼时一同玩耍过的伙伴，多年之后，依旧能够轻易喊出他们的乳名。

五

是人的欲望打断了鸟儿的飞翔。那么多的鸟儿已被死亡收藏。那么多的鸟儿，像宝贵的眼泪，被我们随意挥霍。

天空是一只倒悬的巨巢，衔着地球这枚鸟蛋——一枚病变的鸟蛋，正在加深天空的空度。

（原载《散文》2006年第3期）

龙　艳

古城凤凰

一、夕阳边墙

我是读沈从文的文章知道湘西、凤凰的。沈老把他的故乡以及他故乡的人和事描写得像一首诗、一幅画、一首忧伤的歌谣。

作为一个苗族的文学爱好者，不知道沈从文是不应该的，不知道沈从文的故乡也是一件令人遗憾的事情。因此，多年以来，我一直想到凤凰去看一看，却总是由于种种原因不能如愿。今天，终于有时间、有机会到凤凰去了，我心里真是说不出的高兴。尽管正值炎炎夏日，酷暑难当，而我的兴致仍然很高，一路上，我都在心里悄悄地想着凤凰，想象着与它相见时的种种情景，那种心情，真有点像千里迢迢地赶去见一个爱慕多年的心上人。

进入凤凰境后不久，前面的车在一道峡谷下面停下，我以为到了，急切地问车上的人。他们说还没有，这里是南方长城，是凤凰的一个旅游景点。于是，我跟着大伙下车。一抬头，便看到高高的城墙从远处的山脊绵延而来，各个山头上雕楼高耸，其间垛口列开。残阳血一样的昏红，从垛口处投射过来的暗红的光像蛇的身上被切割的道道伤口在流血。几个人从雕楼下懒懒散散地下来，在夕阳下仿佛败阵的士兵。我的心情旋即莫名其妙地揪紧，然后沉重起来。

有人提议上去看看，我拒绝了。我说我不喜欢长城，就像不喜欢铁门和铁窗一样。铁门和铁窗与强盗和小偷有关，而长城则与战争牵连。设铁门铁窗只为了防止小偷，而修筑长城则是为了抵御少数民族的进攻。

据我粗浅掌握的历史知识，从秦始皇开始便开始修筑长城，以后历代都有续修，但“功劳”最大的是明朝。可以说，万里长城这项浩大的工程，是到明朝才最后完成的。在历来对万里长城的理解中，除明朝完成的干线以外，还有汉代以前各诸侯国修造的长城，现在考证的有七处遗址。这些长城长的有几百公里，短的也有几十公里。南方长城也是明代修筑的，但史料却少有提及，乃至几百年以后还不被外界知晓，仿佛它只是一条绳索，不经意被遗弃于苗疆荒野里。不知道是因为北方长城的工程特别浩大，抵御功能特别坚固，而遗忘了南方长城，还是因为南方苗民的反抗历史和规模相对西北民族来说不值一提？直至1993年，凤凰的文史学专家吴曦云先生才第一次系统地整理南方长城的历史资料，并著文公开发表，披露有关湘西长城的存在和史料。后来被一些媒体接连炒作，吸引了许多文史学专家、民族学家、人类学家和一些旅行者纷至沓来，南方长城才逐步被世人所知，并一度成为热门话题。因此，史称为“边墙”的南方长城才又提起了人们关于那场血雨腥风的历史记忆。南方长城也才从早已坍圮于荒山野岭中和淹没于岁月废墟里又一次突现出来。

长城，除了战争以外没有别的含义。所不同的是北方万里长城是为了抵御北方的少数民族进入中原，而南方的边墙却是将苗族生分的专利。

历代统治者，对西南山地是不太注目的，但由于苗族战败以后大量南迁然后西移，因此追杀接踵而来。明朝为了开辟苗疆，长城也就尾随到了这里。从此，高高的边墙像一条贪婪的巨蟒，逶迤横亘在苗疆大地的山脉与河谷之间。我在伍略先生给李文明先生《远去的风情》散文集写的序里读到这样一段文字：“长城的出现揭露了一切，权力的用处是可以使自己成为正统而使他人成为非法，就是可以明目张胆地以私欲为出发点去诠释一切。一方千秋霸业意味着另一方的流离失所，一方的捷报意味着另一方的噩耗。”普天之下莫非王土，成者为王败者为寇，这是历来的规律。而南方长城还有一个特殊的作用，就是把苗族生分为“生苗”与“熟苗”。一道用巨石堆砌拼接而成的高墙从此将骨肉同胞分离，将亲情隔断，成了良民与蛮匪的分界线，也成了苗族定居与漂泊、生与死的分水岭。被同化的“熟苗”被安顿下来，在长城以东耕种着朝廷分给他们的土地，而不服王化的“生苗”则被赶出边墙以西更遥远的地方。迁徙的史诗和逃难的歌谣便唱得更加地沉痛和忧伤，兄弟情仇、世事恩怨更是深扎于那些被迫漂泊的苗民的骨髓里。

长城学者罗哲文教授说：“明王朝在它存在的二百多年中，差不多一直没有停止过长城的修筑。”几乎把所有的精力和财物都花在修筑长城上了。但尽管如此，明王朝并没有因为修筑了南北万里长城而得以一劳永逸和长治久安。在一个农民出身的李自成的率领下，农民起义军攻入了北京，北方的万里长城并没有能够抵御义军的南下，而南方长城也在李自成起义之时，湘西苗瑶各族人民联合反明，将它夷为平地，明王朝也随着万里长城的倒塌而灰飞烟灭了。

但是，由于贵州和湘西的苗族、尤其是“红苗”的长期反抗，清朝不得不又续修边墙，连一向反对修长城的康熙，接到奏折时，眉毛紧锁，手托下巴略思片刻后说那就修吧，否则难以“阻遏”边荒之地的“苗疆”。于是修复了明长城。如今我们所见到的边墙遗址其实是清朝留下的。

有长城就有战争，就有杀戮和死亡，就有噩梦的诅咒，明清两代都在湘西至贵州铜仁甚至到黔东南州的镇远一带修筑几百公里的长城，足见朝廷开发“苗疆”之难和苗民抗争之剧。

事实也是如此，明清两代也是杀戮和镇压苗民最残忍的两个朝代。据吴曦云先生统计，自明洪武十四年（1381年）至崇祯十六年（1643年）的二百六十二年，大规模征剿湘西苗疆的军事行动就有三十三次，平均不到十年一次。如果把清朝的军事行动以及把对湘西毗邻地区的铜仁和黔东南的军事行动加在一起统计的话，那将是更加惊人的数字。特别是在镇压湘西的吴八月、石柳邓和黔东南的张秀眉起义时，真是杀人如麻，血流遍野，大批村寨被斩尽杀绝。在黔东南的许多山区里有许多村寨的屋基遗址就是那时候被斩尽杀绝后留下的。哪怕到了清末民初了，这里的苗民仍然被镇压和杀戮，沈从文先生小时候都还到沙滩上看杀苗民，还数挂在城头上的苗民人头的个数，足见边墙下的阴影是何等地惨烈。

如今的南方长城当然已经早就失去了当年的意义，修复的部分也仅仅作为旅游景观而已。但边墙的阴影仍然是一根非常敏感的神经，还不时触及先民们历史的精神伤痛。我有一位朋友讲述一个发生在当今现实生活中的一则故事，说在湘西与贵州接界的一个地方，边墙内外，有两个村寨，一个是苗寨，一个是汉寨。苗寨好不容易培养出一个大学生，汉寨知道了，要千方百计阻拦，但苗寨通往出外的路必须经过汉寨。为了保护这位大学生走出山外，苗寨举寨男丁护送，结果在汉寨被强制阻拦，于是发生了械斗，大学生倒是历尽艰险出去了，但护送他的人却伤者无数。苗寨的人向远去的大学生说，去吧孩子，但你不要再回来，大有“壮士一去兮不复还”的悲壮。这就是边墙阻隔出的阴影，不知道将来这位大学生怎么回望他故乡的长城?

二、静静的沱江

我一直沉浸在低沉的思绪里，直至车子开进了凤凰城，小吃一条街上飘来各式各样的滋味，刺激着我的食欲时，咕噜直叫的饥肠告诉我回到现实中来。如果不是凤凰的朋友在等候，我一定在小吃街上品尝一下苗家的各式风味。可是，我们来时已晚，朋友已等候多时，不能驻足。

我们的住地是武装部招待所，距离虹桥只有几步之遥。晚饭过后，已是九点钟了。凤凰的朋友说要带我们去看一看凤凰的夜景。领队婉拒了，说：“让你们久等已非常过意不去，而且时间已晚，各自休息了吧。”

但我怎么也不甘心就此回招待所闲坐，我是来品味凤凰、解读凤凰的，不是找个地方休息，于是约一位朋友走进夜色缤纷的凤凰。

出门便是夜市一条街，街上人流如织，虹桥上人影穿梭。我们挤出人群，穿过虹桥，走上对面的街，对面街上的行人明显比夜市稀少了，但各家店铺仍然开着，外面还开着窗子，有人在靠窗边地方喝着酒，说着话。那里是不是伸出江面的那部分悬楼？在那里听沱江流水，品味人生，是不是有一种别样的感觉？我想进里面去坐一坐，但朋友说：“我们又不是去喝酒的，别人问起怎么说？”于是作罢。

在我们正找下江边的路时，有几个小姑娘迎面走来，每个人手上都捧着一只小簸箕，里面装着一些纸花，纸花中间安放一支小蜡烛。“买心愿灯吗？”一个扎着小辫子的大眼睛姑娘把五彩缤纷的纸花捧到我的眼前，我说：“这心愿灯买了怎么用？”回答说：“拿到江边，点上蜡烛，许上心愿放入江中，让它漂到远方去，你的心愿就能够实现。”“多少钱一个？”“两元钱一簸箕。”我说我只要买两只，但给了她两元钱，她大大的眼睛望着我们良久，然后收下钱，甩开两只小辫子走了，跟上了她的伙伴们。她转身的一刹那，我突然想，是不是翠翠呢？《边城》里的那个翠翠？差一点叫出声来。等到明白过来她并不是翠翠时，我竟然有一丝失望和惆怅。可后来又忍不住这样想：谁说她不是翠翠呢？她生在凤凰，长在凤凰，沱江的水哺育着她，又怎不是沈老笔下的那个翠翠呢？

问得路以后，我们沿着曲折的小巷下到江边。码头上许多游人在上下船，还有许多人在点放心愿灯。我们也把心愿灯点上，放入水中，还来不及许什么心愿，灯就漂远了，融入众多的心愿灯中，顺水远去，江面上倒星星点点，煞是可人，令人愉快。

正想着如果此时坐着木船，到江中荡漾那是一件多么惬意的事。那划着敞篷燕尾木船的小伙好像明白了我们的心思似的，把船停靠在我的跟前：“坐船吗？”“坐！”也不问人家的价钱或条件就坐到了船的中间，这一船除了船夫就我们两个人，而且夜已深，江面上没有其他游船，只有我们静静地享受这一江清流一江的清爽，享受这迷人的夜色，醉人的美景。上得船后，刚才岸上的褥热已顿时消去，江风让我们通体清凉起来，真有一种说不出的快意。

沱江的夜色真美。沿江两岸建筑的飞檐翘角伸进迷蒙的夜色里，成串成排的灯笼与吊脚楼一起倒映水中，虹桥高耸，灯景温柔，将整个凤凰古城映衬出宁静和温馨，如梦如幻，像一位刚刚出浴入睡的美人，令我们不忍惊扰。我们谁都不出声，任船顺水漂去。我斜靠在靠椅上，仿佛靠在爱人的臂弯里，伸出头去，没有月光的星空更显得深邃和遥远。

此时此景，我又想起了《边城》，想起了翠翠，想起了翠翠在《边城》里的情节：在湘西风光秀丽，人情质朴的边远小城，生活着靠摆渡为生的祖孙二人。祖父年逾古稀，仍很健壮；孙女翠翠十五岁，情窦初开。他们热情助人，纯朴善良，在两年前的端午龙舟盛会上，翠翠邂逅了当地船总的二儿子傩送，从此二人结下情缘，而傩送的哥哥天保也爱上美丽清纯的翠翠，托人向翠翠的祖父求亲。与此同时，地方上的王团总看上了傩送，情愿以碾坊作陪嫁把女儿嫁给他，但傩送不要碾坊，愿娶翠翠为妻，宁愿做个摆渡人。于是兄弟俩相约寨歌求婚，让翠翠选择。天保知道翠翠喜欢傩送，为了成全弟弟，外出闯滩，遇意外而死。傩送觉得自己对哥哥的死负有责任，于是抛下翠翠出走他乡。祖父为翠翠的婚事担忧，在风雨之夜死去，留下翠翠孤独地守着渡船，痴心地等待着傩送归来。刚才那渡口是不是傩送出走的地方？翠翠能否等来心上人？真让人揪心。

三、凤凰古城

走在凤凰古城的小巷子里，特别让人感到一种历史感和沧桑感。古城大街小巷都是用或青或红的石板铺成，这些石板方块硕大厚重，一块接一块稳扎地拼接，拼接成幽深的巷子。那些石块已经过不知多少代人脚掌与鞋履的踩磨，印痕深深，在那里发着幽幽的青光，折射出一种历史的厚重。

古巷两边，大多是木质结构或砖木结构的矮房。有一种说法：楼房起得越高，人离开龙脉地气越远，对人体健康以及命运吉凶有着很大的影响。凤凰人是不是也这样认为才把房屋修得尽量与龙脉地气接近？从封火墙上已脱落松弛或缺损了的翘角和飞檐以及枋柱门楣和雕镂的窗花的成色看来，这些房屋是经过不知多少岁月和风雨的洗刷了。

古巷子里游人穿梭，却听不到喧闹声，街道两旁旅游小商品店琳琅满目，姜糖作坊的牌子一块接着一块，却听不到吆喝叫卖声。店主看见你进门，只是微笑："买吗？"不买，你摇摇头，店主也只是笑笑。要买，一问价，你知道这价开出已经不忍心再讨价还价，付了钱，店主仍然一脸笑容送你："走好。"就连那些靠划船讨些油盐钱的进城农民，他们认定你是游客也只是慢慢走到你的跟前，小声问你："坐船吗？"如果不坐，你摇摇头，他们便走开了，绝对没有像其他一些旅游景区强买强卖和强行拉客、宰客。街巷里软语依依，仿佛担心吵醒了屋里熟睡的老人。我们的脚步也放轻了，不忍心破坏了这里的宁静与安详。

你完全可以不请导游。因为凤凰人会告诉你，古城古巷纵横交错，但四通八达，你慢慢游过去就是了，也不担心迷路或者走失。

随着一道古城墙的墙根走过去，中段部位有个城门洞开，外面就是沱江了。

站在江堤上，只见江中舟楫上下，繁忙如织，船篙点石，咄咄有声。游人欢声笑语一浪高过一浪，回荡在古城的上空。对岸吊脚楼沿石壁修建，千脚虫般的吊脚落入江中，伸进水里，有的则干脆杵在江壁的石窝上，看上去真让人为它们能否支重而担心。其实这样的担心是多余的，这些吊脚楼有哪一栋不是经上百年风雨淘洗过来的呢？

同伴们经不住沱江美景诱惑，纷纷争着排队上船。船到江心才感觉到此时更是另一番感受。夜里泛舟沱江，感觉到凤凰亦真亦幻，仿若笼罩在轻纱柔帛里的摇篮，是一种意境的美。而白天来游则给人一种真切的美，除沿江两岸的建筑令人惊羡不已以外，沱江的水亦分外迷人，舒缓的清流下面长满了水草，水草顺水飘摇，好像凤凰人在漂洗一江锦绣。凤凰美就美在沱江的水以及与山水融为一体的建筑艺术上了吧！

有位作家说："守着世间最美的江河，过着世上最苦难、最受压迫和欺凌的日子，这是凤凰苗民的宿命。然而，就是这种宿命，焕发了苗人对生命的原始激情，造就了他们具有审美精神的神巫文化和生命态度。当山脉和城墙成为分割种族的分界线时，江河滋养着他们灵异的思想、灵动的感觉和灵活飞扬的四肢。当命运试图将一切从苗民这里剥夺的时候，江河却将它所能给予的一切，赐给苦难斯民。"因此，凤凰古城的美具有一种沧桑的美，苦难的美。在中国生活将近六十年的新西兰作家艾黎说："中国有两个最美丽的小城，第一是湖南的凤凰，第二是福建的长汀。"我想他指的凤凰之美，除了山水以外，还应该包含人性的美和历史的厚重之美。

四、凤凰名人

传说当年阴阳先生对凤凰的风水进行了一番指点说："双龙来治水，五马来朝阳。凤凰会百鸟，金盆摆中央，谁以拥得此地在，又出将军又出王。"果然如此，方圆不过半公里的弹丸之地，历史上数得出有名有姓的三品以上的文官武将就有一百八十八人。这些人中有政治家、有军事家、有学者、有文坛巨匠、有爱国将领、有著名的画家等等。而最负盛名的是沈从文、熊希龄和黄永玉。

黄永玉。1924年出生于凤凰城，土家族人。一个没有念完小学，没有经过系统美术训练的人，却凭着自己的天生才情和后天的努力，成为出色的木刻家、图画家、雕塑家、作家和诗人，被称为一代"鬼才"。他设计的猴票和酒鬼酒包装家喻户晓，有多本画册行世，另著有《永玉六记》《太阳下的风景》《无愁河的浪荡汉子》等书。在多个国家办过私人画展，其美术成就曾获意大利总司令奖。听向导说，黄永玉有非常深重的故土情结，他经常回老家度假，夺翠楼是他经常凭栏深思的地方。他说："我有时候不免奇怪，一个人怎么会把故乡忘了呢？凭什么把它忘了呢？不怀念那些河流，那些山冈上的森林，那些植物覆盖着的水井，那些透过嫩绿树叶的雾中的阳光，你小时候的游伴、唱过的歌、嫁在乡下的妹妹……故乡是祖国在观念和情感上最具体的表现。你是放在天上的风筝，线的另一端是牵系着心灵的故乡的一切影子。唯愿是因为风而不是你自己把这根线割断啊！”对于他，故乡已经不只是记忆，不只是人到他乡之后的对故土的留恋，而是一种艺术上必不可少的想象，一种能够不断地提供创造力的能源，故乡是他的根，故乡是他的源，故乡是他永远也书画不尽的热土。

熊希龄，1873年生。他是一个凤凰书香传统熏染出来的才子。在没有来凤凰之前，我只知道他是民国内阁总理，直到参观了他的故居，才对这位亦官亦文的显赫人物有所了解。他于光绪十七年（1891年）应乡试，中举人，次年中贡士。光绪二十年（1894年）中进士、授庶吉士。中日甲午战争后，清廷与日本签订了《马关条约》，熊希龄多次上书反对，因此触怒了慈禧太后被革职回到湖南。后参加戊戌变法运动，失败后被“革职永不叙用”。他悲愤至极，回到故乡，闭门读书。

光绪二十九年（1903年），应常德知府朱其懿之聘，主办常德师范讲习所，常德西路师范和常德中学。后随端方等五大臣出洋考察宪政，任参赞，次年回国，仍返湖南办他的学堂。宣统元年（1909年）出任三省财政监理官，次年作奉天盐运使。辛亥革命以后，拥戴共和，先后参加统一党、共和党，为进步党负责人之一。袁世凯窃居大总统后，熊历任财务总长、热河都统。民国二年（1913年），经国民大会选举任内阁总理。在政治上，贯彻资产阶级法治，建立一“真正共和国”；在经济上，提出改善财政、繁荣经济的一系列计划。这与袁世凯专制统治背道而驰，熊袁矛盾日益尖锐。于是于民国三年（1914年）二月愤然辞职，从此不问政治，但却以社会名流的身份从事社会各种公益事业，并著有《香山集》《熊希龄集》《双清集》等著作流传于世。他的一生是救亡济世的一生，是忧国忧民的一生。一个人的一生不在于他的官有多大，位有多显，经历多丰富，而在于有没有民族精神气节，有没有爱民之心。熊希龄正因为后者而被后人敬仰和赞扬。

沈从文，苗族，中国现代著名作家、学者。20世纪30年代就被视为“京派”作家年轻一代领袖。著有短篇小说二百余篇，中长篇小说十余部近三百万字，其中以湘黔边境少数民族生活为题材的作品最具特色。出版有《沈从文小说选》和《沈从文文集》十二卷本行世。现在凤凰的大街小巷都有书摊，所有的书摊都在卖沈从文的书和研究沈从文及沈从文故乡的书籍，仅此即可安顿许多人的生活，沈从文对故乡的影响既宏观而又具体。有人提出他与鲁迅齐名，还有人说如果沈从文晚死几年，诺贝尔文学奖或许就由他摘取。

说实在话，到凤凰，我是冲着对沈老的钦佩和崇敬而来的，想来看一看他笔下的山水和风土人情，拜访一下他的老家，感受他作品里所给我的快乐与忧伤。因此，沈老的故居是我必须去的地方。

想象中，沈从文的故居应该是经长长石板巷子一番寻觅以后才到达的深宅大院，却没有想到就在一条粗纹红砂石铺就的小巷转弯处，向导说："沈从文的故居到了。"我感觉到有些突然，但猛一抬头，"沈从文故居"大匾已经出现在我仰视的目光中了。

它虽然不是深宅大院，让人处处昂头，但它封火山墙式的四合院与我的老家极其相似，倍感亲切。房屋虽小，没有雕龙画栋，但却别致，古色古香，特别是雕花的木窗，具有一种地域文化特色和古老的气息。

故居堂屋正中，悬挂着沈老晚年的头像，头像和颜悦色，满脸慈祥，那饱经沧桑之后的微笑，是对世事的宽容和对苦难生活的理解。

我在老人的头像面前鞠了三个躬。然后久久凝望。

九十多年前，一个十五岁的孩童，因家道中落，尚未读完小学就被迫侧身行伍了。我仿佛看到他那幼小的身躯，沿着沱江孤独地漂出山外，然后参加湘西的土著部队，进而漂游在湘西沅水流域一带，开始坎坷的人生旅途，在刀光剑影和血雨腥风中谋求生存。十九岁闯入北京，走向一所社会的大学，去学习生存的本领。此后，他以一种执着的方式去爱多难的国家和他的故里，用自然的美和人性的美和古代的文明编织着一个朴实的梦和单纯的理想。他想用自己的声音唤醒百病缠身的民族的健康记忆和健康追求而默默地工作，将自己毕生的精力和智慧奉献给了他的祖国和他的民族。

回过神来，已日过中天，我该回去了，沈老。

结语

凤凰是风水宝地，怎能不人才辈出？除了以上提到的名人以外，还有抗英名将郑国鸿、贵州提督田兴恕、光复凤凰唐世钧、护国将领田应诏、中将军长陈渠珍、爱国诗人田星六、"钢铁博士"肖继美、革命音乐家易扬等等。一方水土养一方人。凤凰的山水养育出了一代又一代的精英，而这些名人巨匠又回过头来给故乡增光添彩。因此，如今的凤凰已是名满天下的历史文化名城了，地球上各个角落的人都到凤凰来，有的来寻根，有的来访古，有的拜谒英雄，有的瞻仰名人，有的来观看山水，有的则来寻找翠翠……无论人们出于什么样的原因和目的，但到凤凰来都会让你感到此行不虚，没有白来。

（原载《民族文学》2006年第3期）

酉蕾宁

杜重远的悲剧

中国现代史上，有个算不上叱咤风云但颇有影响的人物，他叫杜重远。

只要打开1980年版《辞海》第一千二百五十五页，便能基本认识杜重远：早年留学日本，归国后创办实业并任辽宁商务总会会长；九一八以后在上海参加抗日救亡运动；1935年主编《新生》周刊，因签发《闲话皇帝》一文而妨害了"邦交"，身陷囹圄；1939年出任新疆学院院长，1943年被督办盛世才毒杀。这样一位自始至终涌流报国热血，从头到尾保持革命精神的男子汉，其无声无息、不明不白的死，叫人悲叹又迷惑：事情怎么会是这样？

翻开《杜重远文集》，多少能拂去些历史谜团。

杜重远生于1897年，在半封建半殖民地的阴影中长大，其第一个重大人生抉择是，赴东瀛学习机械制陶。在他看来，陶瓷不如人，使得中国样样不如人了——这个现状必须改变。"到日本后所最触目惊心的，便是在他们国家里找不出一块无用的荒地，或一条不能行船的河道，更找不到一个不学无术的人……"这段描述显示出杜重远敏锐之观察力，也暴露了他内心的焦躁——人一焦躁，就有些缺乏理智，竟然把日本人都视为精英。不幸的是，由于吾国内忧外患，杜重远长时间无法气定神闲。

家乡一沦陷，杜重远过人的专业才华无地施展，只好四处流亡，如此，他对中国的落后及满身疮痍更有了直观认识。在瓷都景德镇，工人们虽知识低浅，却绝不教外人窥见自己丁点技法，以为那即是鬼斧神工——伐倒一片森林，烧出千年不变的成品，大家也就实现了人生意义：真可谓"一班无知的工人，一班无知的窑户，合拢在一起做这件世界驰名的工业"；瓷业以外情况更令人沮丧，如广东的豪赌，重庆的豪吸（鸦片），逃难陕西的女子待价而沽（以二十岁为限，每增一岁减一元）；立法院通过的刑法修正案第二百三十九条，规定有夫之妇犯奸淫处一年以下徒刑，有妇之夫犯此罪不加处罚；热河省务操在省主席儿子手里；军队大多不认得国家单效忠官长……处处让人恶心，一切让人窒息，难怪杜重远要与报人邹韬奋共勉：“望兄紧握你的秃笔，弟愿喊破了我的喉咙，来向这个冥顽不灵的社会猛攻！”

即便制出精灵一样的瓷器，也救不了中国——焦躁的杜重远遂选择了报业。

作为亡省亡家的东北人，杜重远百般关注白山黑水。马占山将军在江桥抗击敌寇了，土匪用鬼子授予之枪弹杀鬼子了，后方各界踊跃捐助了……此类消息令他非常不安，其满腹焦虑流于笔尖：“国人……之捐款，……足以证明国人之热心国事与崇敬忠贞之心理。然同时在另一方面，似亦证明国人思想单纯，自己缺乏责任心”——在国统区，持这种见解的无异新新人类，可惜不能闪亮登场，一不小心就被判进大牢了：政府无法容忍对民众心智的启迪。

出狱后杜重远继续找寻救国之道，把目光投向遥远的西部边疆，说明他已经心急如焚：偌大一片国土，哪里才有公正、清明和平等啊？

由老乡盛世才治理的新疆，除天山以北气候恶劣外，基本算得上是富饶之乡；更因远离内地并与苏联接壤，并无战争之忧。所以，曾留学日本的盛督办可以专心致志修几条宽阔马路、宴请几次少数民族代表、欣赏几部来自社会主义国家的电影，尤其是将“畏武儿”改称“维吾尔”以示民族平等，把“买买提”“阿拉木汗”们感动得热泪盈眶，由衷喊出“盛督办万寿无疆”的口号——于是杜重远热血沸腾，一口气写下系列“见闻”，篇篇颂扬盛世才，其笔下的督办先生俨然今生尧舜！后来有人哀叹，此人做出系列进步举动，是为了谋求苏联援助，杜重远怎么就识不破这颗险恶军阀心呢？

一切均失误于他的着急：国破家亡政败人腐之时，太需要为四万万民众竖一面醒目之旗——乌鸦阵里，只盛督办还想着披一件孔雀外衣——急不可待间，杜重远选择了他。

这种与智力无关的选择错误，最具悲剧性。

（原载《杂文选刊》2006年第4期）

安汶华

回家从此是一种忧伤

回家，一个多么温情的词语啊。以往每一个春节，在妈妈殷切的呼唤声中，我和妹妹都会在放假的第二天就急急地赶回家去。一回到家，那份温馨、那份浓浓的亲情，就会将你紧紧地包裹其中。早晨，一起床，饭厅里，擦得锃亮的红色的铁炉子里就已燃起旺旺的炉火，你只要在炉边一坐下，小保姆马上就会为你端来热气腾腾的早餐。吃饭的时候，丰盛的餐桌边是热热闹闹的一大家人。常常是中午饭才刚吃完，妈妈就开始给保姆安排下午的食谱了，她简直是迫不及待地把为我们精心准备的食物排着队一样样地为我们献上。不吃饭的时间，大人们在饭厅里围着火炉，一边吃着零食，一边天南海北地闲聊。孩子们则在客厅里看电视，打游戏。安静了将近一年的家，由于我们姐妹两家的到来，煞是热闹。如今，随着妈妈的离去，这些发生在乌江边小城里那个温暖的家里的温馨场景就永远定格在了记忆的深处，再也不复上演，不复上演了。

眼下，时间的脚步正一步步向春节迈近，这匆匆的脚步仿佛就踏在我心坎上，我的心一阵紧似一阵地疼。往年，时间才进入12月份，妈妈的电话里就增添了这样的内容：你们什么时候放假？什么时候回来？你爱吃的腊肉、香肠都已开始做了。时间越靠近春节，妈妈的呼唤越殷切。而如今春节正一天天逼近，我似乎也闻到了那鞭炮炸响在空中的火药味，可那声声殷切的呼唤在哪里？在哪里？

妈妈啊，今年春节谁还唤我回家？

去年春节前夕，妈妈一个接一个的电话问我什么时候回家，问话里充满了殷殷的期盼。当时家中的保姆因为结婚已走了，一时请不到保姆，妈妈每天孤独地面对四壁，由于身体虚弱被医生断言不能做手术的白内障使她已不能靠电视解闷。多病的身体让她已不能自由地出入，孤独的妈妈当时该是怎样一天天地数着日子期盼着春节我和妹妹的到来啊。现在脑海里常常浮现起春节前夕，妈妈坐在火炉旁，望着窗外灰蒙蒙的天空期盼着我和妹妹的情景。可不孝的我为了修改准备参加省作协文学投标的剧本《堤岸》，在回家后的第五天就不顾妈妈的挽留，又义无反顾地踏上了返回贵阳的汽车。任身后的目光是如何地难舍、如何地依恋！

3月21日，那个刻骨铭心的漆黑的日子啊！

晚上将近八点钟的时候，电话铃响了。我拿起话筒，是妹妹的声音，声音低沉："姐，刚刚爸爸打电话来，妈妈昏迷不醒，送医院抢救了。"话筒在我手中滑落了，我呆呆地看着面前的电视屏幕，心里明白，妈妈要走了。

八点钟。电话铃再次响起，我伸手去拿话筒，可手抖得厉害。终于话筒握在手中了，电话那一端传来爸爸的声音："小华，你妈妈走了，八点钟走的。"

其实妈妈究竟是什么时候走的，谁也说不准，妈妈啊！

21日中午，妈妈喝了一点肉汤，就上床睡了，几天来，她就一直这样昏昏沉沉地在床上躺着。到七点多钟，表哥把中药端到她床前去，却喊不应她了。

往常妈妈只要病重都要召唤我和妹妹回去，她担心临别这个世界之际没有我和妹妹在身旁。可这次，妈妈病得如此严重却没给我和妹妹打电话，我明白，这是因为我曾抱怨她春节要我和妹妹回家，耽误了我们。在妈妈临走之际，她该是如何想念她的女儿却又不敢去打扰她们啊。妈妈，你是带着怎样的一种心情走的？我不敢深想。

"妈妈，我们回来了，来看你来了。"我和妹妹跪在妈妈的灵柩前，妈妈却再也听不见，再也看不见了，妈妈啊！

妈妈走了。没有亲人的送行，怀揣着孤独和寂寞就上路了，把无尽的伤悲留给了女儿。

在办公室我的伤心常常会无端地惹得同事也泪水涟涟。走到讲台上，看着窗外明媚的阳光，我也会一下悲从中来。妈妈说过天气好了就来贵阳，现在春天正向纵深处走去，温情脉脉的阳光正一天比一天温暖，可妈妈却永远也不会来了。那天面对着七十来个学生，我竟然控制不住自己，站在讲台上任泪水在脸上恣意流淌。那一刻，教室里变得很静、很静，几个懂事的学生跑上讲台，递给我纸巾，他们用这种方式安慰着他们的老师。下班回家，路过文昌阁，那一个个在文昌阁休息、锻炼的老人，又会让我想起妈妈，我告诉自己这是在大街上，不能哭，不能哭，我加紧脚步，强忍着就要夺眶而出的泪水，小跑般地回到家，抱着妈妈的照片放声痛哭。寒冷的冬夜，靠在床头，读一篇散文，读到这样一句"走在都市的夜幕里，感受你的孤单"，不由又放下书，听着窗帘后淅沥的雨声，想那荒凉的山坡上，在这漆黑有雨的夜晚，妈妈那孤独的坟茔，心里一阵阵地疼。天气一天比一天冷，听着电视里的天气预报，心里又会漫起悲伤，以往天气一冷，妈妈就会打电话来：“天气冷了，要注意多穿衣服。要让嵩嵩多穿点。”现在，再也不会有这样的电话打过来了，再也不会有了。

妈妈走了，还没等到五月春暖花开和女儿共享天伦之乐，就满怀着对女儿的挂念孑然远行了，把无尽的悔恨留给了女儿。

妈妈走了，我才幡然醒悟当时只想到等妈妈请到保姆了，天气暖和了再接她来贵阳，为什么就没想到在老家请不到保姆，也可把妈妈接来，在我们上班的时候请钟点工看护她呢？

妹妹给我打电话说她看见报纸上说初春时节天气乍暖还寒，老年人要注意吸氧，妹妹两年前就为妈妈买了吸氧机，在话筒的那端，妹妹哽咽着悔恨没督促妈妈坚持吸氧。

我后悔在妈妈病重之际没有赶回家去。

妹妹后悔因为忙于申请出国学习的事，春节没能在家多陪妈妈几天。

我后悔头一年暑假因忙于修改剧本《别让眼泪流过夜》而没回家去接妈妈。

如今妹妹去英国学习即将成行，我修改的《别让眼泪流过夜》已拍摄完毕，我们该有时间陪陪妈妈了，可哪里有妈妈慈祥的容颜？哪里是妈妈亲切的身影？谁说“别让眼泪流过夜”，对妈妈愧疚悔恨的泪水啊，从此将伴随我一生一世！

试问苍天，何处可觅后悔药？

前些天无意间读到毕淑敏的《孝心无价》，我觉得其中一段文字简直就是为我而写：我相信每一个赤诚忠厚的孩子，都曾在心底向父母许下“孝”的宏愿，相信来日方长，相信水到渠成，相信自己必有功成名就衣锦还乡的那一天，可以从容尽孝。可惜人们忘了，忘了时间的残酷，忘了人生的短暂，忘了世上有永远无法报答的恩情，忘了生命的本身有不堪一击的脆弱。父母走了，带着对我们深深的挂念。父母走了，遗留给我们永无偿还的心情。你就永远无以言孝。

是啊，我们总是忘了时间的残酷、人生的短暂，总是有太多的来不及，就像我老想着忙完自己的事情后，五月，春暖花开时节再把母亲接来。来不及，来不及了，那许许多多的孝心还深埋心底，还没来得及向母亲释放，母亲就永远地不再给我释放孝心的机会了。于是多少回梦里，妈妈啊，我急急地奔回家，奔到你身边；多少次梦里，妈妈啊，我尽心尽力地侍奉着你，可醒来，妈妈你在哪里？追悼会上，妹妹声泪俱下地发言：“妈妈啊，你常教育我们滴水之恩当涌泉相报，你对我们姐妹可谓情深似海，我们却无以回报。妈妈啊，如果有来世，就让我们姐妹再与你做一回母女吧！”妈妈，没有了你，我们才发现我们是多么地渴望着孝敬母亲，我们为自己没能尽孝是如此痛彻心扉，于是只有寄情于梦境，寄希望于来世。可是真有来世吗？

（原载《山花》2006年第5期）

2006年

孟学祥

麻山村的守望

麻山和瑶山这两个少数民族聚居地，在我们这个地方就是贫穷和落后的代名词，人居环境恶劣，自然条件差，生存条件十分困难。第一次去麻山村，是去看那里的穷，那个时候麻山还没有通公路，我是走路去的，从乡政府往麻山村走，我整整走了十六个小时。这一次去麻山，就是去看麻山人是怎样拔掉穷根走上致富路的，这一次是坐车去，通往麻山村的公路去年就修通了，是麻山村的群众自己集资请人来修的，而且修的还是柏油路，这就更激起了我一定要到麻山去看的欲望。然而在走之前我却听到了另外一种说法，说是麻山村的青壮年这几年都外出打工去了，整个村只留下一些老人和孩子，很多耕地没有人去管，都被迫撂荒了，这个问题我一到乡政府就得到了证实。

月亮山是麻山一带最高的大山，去麻山村的公路，要从月亮山的山顶经过，爬到月亮山顶上再往下看，通向山外的那条公路，在起伏的山腰连成一条长长的往前扯动的白线，一直地，一直地，扯向遥远的山外，到它扯出了视力所看不见的地方时，突然才看到月亮山是多么的广阔和雄伟。这种广阔和雄伟就是使从山脚到山顶的这一段距离在公路的盘绕中一步一步地拉长，以至于我们乘坐的汽车在山间穿行，沿着山腰绕着圈一圈一圈地往上爬，在一个直线距离只有不到两千米的地方爬了近两个小时才到达山顶。公路虽说是柏油路，但是在这样高大险峻而又连绵起伏的月亮山中，这条路就显得是那样地险峻和狭窄，很多地方纯粹就是在陡峭的山崖上凿出一条仅能供一辆车通行的小道，车子经过时驾驶员都是小心翼翼地把着方向盘，而坐在车上的人更是大气都不敢出。

车走得很慢，从山脚下的乡政府出发，走了近三个小时我们才到达山顶，车刚拐出山顶，我一眼就看到了那群孩子，驻村干部老黄告诉我的天天黄昏到山顶上来守望打工父母的孩子。我们的车一到山顶，孩子们就向我们跑了过来，车子刚停稳，老黄就拉开车门走到了孩子们的中间，我下车跟过去时，正好听到有几个孩子问老黄看没看到他们的父母。老黄没有回答孩子们的问题，而是从口袋里掏出一大把糖，分给了孩子们，几位在路边地里劳动的老人来到我们的车子边，同老黄打着招呼并叫孩子们回家。也许是糖的作用转移了孩子们的注意力，使他们暂时忘记了刚才的问题，在老人们的催促下，他们一边津津有味地吃着糖，一边叽叽喳喳沿着公路向山下走去。

站在山顶上一眼就望到了坐落在山对面的麻山村，这是一个依山而建的小村，由于要将就山势，建筑很不规范，建筑物既有平顶的楼房也有斜顶的瓦房，高矮不一，参差不齐。现在正是上山干活的人和牛马返家的时间，从月亮山顶上往下看，只有这一条出山的公路上稍显热闹外，村子里却显得很苍凉。那些零落的分散着参差不齐的房屋，都是傍着山坡和树林修建起来的，因为不是很高，往往都是被树木遮得我们在车上都很难看得到。由于村子里的中青年人都外出打工去了，家中留下的只有老弱病残和小孩。当我们的车子从山顶下到山脚的时候，那个留着一丝夕阳余辉的村落，仍然还沉浸在一种无奈的冷寂中，没有显出生气来。

公路越往下越狭窄，我们的车下到山脚后就钻进了一条树木织成的深沟，沟的两边，大树、翠竹、青藤、灌木相互交缠，难分彼此，就像一座天成的天棚，从车窗玻璃望出去，只看到一条长长的深邃的黑洞。几分钟后车子就钻出了树沟，豁然明亮起来的光线里我们看到了几株高大的枫树，在黄昏的夕阳映射下，枫树上的叶红得很耀眼。从沟里爬出来时还没有看到人家，我以为还得要拐弯上坡，可是，当车子拐过那几株枫树时，我一眼就看到了竹林中露出来的房屋轮廓，往前走穿过竹林，我们终于见到了一排一排呈梯形往山坡上延伸的房屋，最下一排是村小学的教室和教师宿舍，教室门前是一个大大的操场，操场边没有围墙，我们的车直接开进了操场上，还没有停稳，几只狗就狂吠着向我们围了过来。

刚才在山上碰到的孩子们此刻都还聚在学校的操场上玩耍，见狗对着我们狂吠，他们立即发出了“嘘”的口哨声，狗立即向孩子们跑过去，并围在他们的旁边摇起了尾巴。很显然，狗很害怕这些孩子，有一只叫得很猛的黑狗在孩子们发出警告时还在一个劲地对着我们叫唤，一个孩子上来狠狠地给了它一脚，它也仅仅只是张开嘴嚎叫一声，不但不发怒，还围着踢它的孩子很殷勤地摇起了尾巴。

为了印证驻村干部老黄的话，我在晚饭前走了几户人家，在这几户人家中，我的确没有看到一个当家做主的青壮年人，而且相当一部分人家都是一个稍大点的孩子带着几个小孩自己在家中做饭吃。天已经黑尽了，从树林中透出来的斑驳的灯光仿佛一下子点燃了山村的希望，使小村显得比白天更有活力和生气。老黄把我带进李大爷家，李大爷一家还正在吃晚饭，除了李大爷老两口，围着他们坐着的还有大大小小高高矮矮的八个小孩，李大爷说这些小孩都是他的家孙和外孙，儿子媳妇、女儿女婿外出打工后，就把这些孩子全部丢给了二位老人。李大爷一家住的还是那种老式的木瓦房，一楼一底，一长溜五间，占地两百平方米以上，这五间房又被隔成十小间，除了一间厨房、一间安放祖宗牌位的大厅、一间被当地人称作“火坑边”的供全家人吃饭和冬天烤火取暖的客厅外，其余的都是全家人的卧室，同许多人家一样，火坑边的楼板上则是放粮食的仓库。李大爷和老伴都已接近七十岁，一开口说话虽显得有几分无奈但中气还是很足，李大爷说开始只是两个儿子去打工，去了一年后，就回家把媳妇也带去了，不久以后，女儿和女婿也去了，他们走后，不光把这个家甩给他们，把坡上的活甩给他们，也还把这一大群孩子甩给了他们。说着他叹了一口气：“你看这一大家，每天我们的大部分光阴就是服侍他们，我们一边服侍他们一边还得要去种地，虽然孩子们都叫我们不要种地了，但又找不到人来做，我们总不能就这样让土地撂荒吧。唉，人说老来福，老来就有福，我看我们到死的那天都还不知道福在哪里？”李大爷说本来不想让儿女们出去打工，可是一想到在家光是种地，一样要钱的出处也没有，就只好放他们走了。最后李大爷的声音降了下来，几乎就有了几分感伤，从始至终，他一直都是一边抽着辛辣的叶子烟一边说话，他说话的语调总是那么随意得平缓，平缓得几乎无力。讲到儿女们去打工找工作的艰难，且为了不丢失好不容易找到的工作，春节放假他们都不敢回家过年，几年了都没有回家来看望老人和孩子时，他更是如同在自言自语，仿佛一点力气都没有了，话语小得我们几乎都听不见。不知是对子女的埋怨还是累成这样，他想对我们笑一笑，但却挤不出笑声来。

李大爷虚岁六十九，在农村，像他这样儿孙满堂的老人正是安享晚年的时候，然而为了养活同他一起生活的一大群孩子，他却还得起早摸黑地干着，丝毫一刻都没有放松。儿女们虽说也给两位老人和孩子们汇来了生活费，但李大爷和老伴是断断不会用这些钱来买粮食的，除了缴孩子们的书学费和帮孩子们买衣服鞋袜，剩下的钱李大爷都用儿女的名字存进了乡上的信用社。他说儿女们在外打工找几个钱也不容易，他现在和老伴都还能做活，还能自己养活自己，还花不到儿女们的钱。也许是这里的土太瘦了，把这里的人养得也同这里的土地一样都不是很出众，李大爷长得瘦瘦小小，皮肤黝黑，脸上布满了岁月的风风雨雨留下的烙印，胡须粗硬，蓬松的头发像散开来的芒刺，黑中透黄，黄中透白。而且我注意到，从吃好晚饭跟我们一起坐下来谈话开始，一根烟杆总是不离他的口，他一杆接一杆地抽烟，烟雾就一直笼罩在他的四周，就像同我们说话一定要有那一团烟雾支撑一样，如果一旦没有那一团烟雾的支撑，他也许就不会说话或者还会从所坐的凳子上摔下来。已经是冬天了，但我注意到李大爷却还穿着一条单裤，脚上穿了一双解放鞋，没有穿袜子。从这个家的境况和这一大群孩子的穿着情况来看，李大爷应该不是缺穿的那种人。我提出这个问题时，李大爷说他就是习惯这样，这是多年劳动养成的习惯，忙于干活，忙于生计，就无心在穿着上了。但是，他那双裸露青筋的手，我认为一定是很有力的，不然何以能够让一个年近七十的老人，既养活了自己，还养活了八个孩子。

从李大爷家出来，我和老黄又去了张小芬家。张小芬今年十六岁，在乡中学上初三，父母去打工后在乡里租了一间房，她就带着两个弟弟在那里上学，一边读书一边负责照顾弟弟，如今放假了，她带着弟弟们又回到了村里。张小芬家住的是一幢占地一百二十多平方米的两楼一底的平房，房子修得很漂亮，在整个麻山村都是首屈一指的。房子的正面和傍公路的那一头都贴上了洁白的瓷砖，大门是两扇大大的防盗铁门，虽很厚很重，但推开时却感到毫不费力，门被推开时响动的声音也很小，窗子是铝合金窗，一楼还安上了防盗的钢筋网，但屋内摆设的家具却很陈旧，大都是20世纪80年代农村家庭中的摆设，装粮食的大木柜，装衣服的大立柜和一些木箱。一间屋子里堆满了各种各样的农具，好多农具都是锈迹斑斑，表明已经好久没有被使用过了。一台二十五寸的彩电、一个VCD影碟机和一个电视接收器应该是这个家最现代也是最值钱的东西了，这些东西都被装在一个特制的橱柜里，橱柜外有一个门，不用的时候可以从外边把门锁上，要不是碰到张小芬和她的弟弟们在看电视，我们决不会发现这个橱柜里装的就是这个家比较贵重的东西。张小芬长得很瘦小，看上去顶多也就十二三岁，一点都不像十六岁的姑娘，要不是来前老黄介绍过这个家的情况，我决不会相信就是这么一个小姑娘，在父母外出打工后，独自一人在家管家并带着两个弟弟上学读书已经有五年之久了。张小芬很少说话，我们问一句她就答一句，整个对话的过程她都显得很被动，也很无奈。从张小芬的口中，我们得知她的父母每年过春节时都要有一人回家，但多数情况下都只是母亲回来，他们已经有三年多没有见过父亲了，今年他们的父母亲都要回家来过年，一是拿钱回家来还建房时所借的贷款，顺便带张小芬同她的两个弟弟一起带到他们打工的地方去读书，二是把老家的事安排一下，找一个人来帮他们看家和耕种他们承包的土地。说到去外地读书，张小芬表现得很无奈，她说她和两个弟弟的成绩一直都不好，在班上时时受到老师的批评，她早就不想上学了，这次跟父母亲出去，她也不想再上学了，她要跟他们一道去打工找钱。一说到打工，张小芬的眼中就露出了少有的天真和兴奋。我很想劝她暂时不要去想打工的事情，先把书读下来再说，但是等我张开嘴时，才知道这些话却不知从何说起。

张小芬家的住房是她的父母这么多年打工的收获，两个人把打工五年所得的积蓄全部投入在建房上，房子修好了，钱也花光了，于是还没有住进新屋他们又踏上了南下的打工路。他们原来就把张小芬姐弟带到南边去上了一段时间的学，但只去了三个月，因语言不通，只好又把他们送回了老家。由于没有大人的管教，张小芬和她弟弟的学习自觉性都比较差，学习成绩也不是很好，所以不光张小芬不想上学，连她的两个弟弟（一个十四岁，一个十一岁）都流露出了不想上学读书的思想。从张小芬家出来，驻村干部老黄还带着我走了好多家，在这些人家中，我们所见到的不是老人就是小孩。一提到这种残缺的家庭结构，很多老人都表现得很无奈，他们说他们一天天老了，已经是心有余而力不足了。现在他们最担心的是这些留在家的孩子，担心没有父母的管教孩子不成器，会学坏。孩子和他们虽有血缘关系，但毕竟不是他们亲生，管起来也有许多不方便，再说孩子一天天长大了，现在的社会又很复杂，他们想管也是力不从心，他们唯一能做的只能是保证这些孩子有吃的，有穿的，有住的，至于今后能不能成器，他们的心中都没有底。对那些留在家的孩子来说，没有父母的日子他们觉得无所谓，有的孩子甚至说没有父母在身边，他们认为会更加自由，对老人们担心的问题，很多孩子都说没想过那么多，更不会去想那么多。

麻山村的经济是打工者的经济，这里的每一幢房屋的每一块砖、每一片瓦，都是打工者用打工所得的钱贴上去的，就连通向山外的那条柏油路，也是打工者用汗水铺成的，可以说，没有“打工”这个词，就没有麻山今天的变化。麻山的青壮年外出打工，多则八年，少的也在两年以上。由于土质和气候的原因，麻山村的土地一直都很贫瘠，就是经常有人在家侍弄，庄稼的收成也好不到哪里去，所以很多人家外出打工后，把土地白送给别人去种都没有人愿意，只有一些留守的老人，一直割舍不掉长期与土地结下的那份情结，仍拖着衰老的躯体一年四季坚持不懈地在那些贫瘠的土地中奔劳着，而那些光有孩子留守的人家，土地就被撂荒了。老黄说现在麻山村的问题，不是有没有人种地的问题，也不是种不种出粮食的问题，更不是有没有钱用的问题，而是孩子的教育问题。他说据他了解，父母出去打工而家中又没有老人管教的那些孩子，在校学习的成绩都很差，大多又都不服老师的管教，长此下去还不知会发展到什么程度。乡里面也曾做过动员，叫每家每户至少要留一个人在家管教孩子，但是很多人家夫妻双方都不愿留在家，都想出去打工，打工不光能找钱，还可出去看地方，增长见识。

山里的风很大，特别是冬天，刮起来就“呼呼”地鸣响，尽管我们住的地方也是砖砌的楼房，但还是感觉到风就像是要将墙体撕裂一样，一个劲地击打在墙壁上，屋门上。风声本不是催眠曲，它所卷起的交响豪壮繁复的旋律，是思绪翻腾的催化剂，一天的奔波，我本来已经是很困了，但却一直都是迷迷糊糊的，这夜，我失眠了。

天亮后，我早早地就走出了房间，信步漫游在村道上，村子里还没有人走出来，只有几只狗在寒风中相邀漫步，见到生人后，立即发出几声吼叫，才显出了这个山村的活力和生气。在黎明即将到来的似明似暗的朦胧天地间，对面的月亮山就像一道看不见的屏障，无边无际地遮挡着麻山村的视野，让人想看都看不远。天亮明了，村子里响起了一些人家开门的声音，老人和孩子们都起床了，麻山村一天的生活又要开始了。

（原载《民族文学》2006年第5期）

2006年

司马玉琴

村子里的物事

老师

村里的老师是民师，姓邹。村里就一间学校，学校里就他一个老师。虽然老师自己读的书不多，但十分地尽责。村子里比我年长的到比我小十岁的，凡识字的都是他的学生。因而，老师在村子里是个人物，有酒席什么的，坐上席是自然的事。

老师很看重老师这名分。他说，不当老师了我干什么。说这话的时候正教我们这一批。那时候，民师的报酬由大队提留，那两年，不知何故，他与大队的支书有矛盾，报酬就没了。但他依然认真地教着书，于是就有人劝他别教了，于是他就那么说。其实，别说没报酬的时候，就是有报酬的时候，一回到家里，地里的活他什么都干，他家人口多，光靠教书是养不住的。报酬的事后来惊动了区里才得以解决。

当然，他看重的不仅是名分，重要的是教书这职事。他说，变不成牛莫误了人家的阳春。我们读书的那几年，运动挺多，但他总有办法不让学生参加，正常上课。老师一年四季都穿劳动布的工作服，那衣服有很大的口袋，口袋里常年有一本《新华字典》。在我的印象中，他从不乱教乱答一个字，哪怕当着学生的面翻字典有点那个。

老师到老也没能转正，但老师十分满足，因为退休后政府能按时发放三百多元的退休金，比教着书的时候百多元的民师工资高多了。

退了休的老师喜欢喝酒，很有节制而又仔细地喝，极少喝醉。前不久，我专程去看望他，他特地请我喝酒，边喝酒边细数从村子里走出来的人，也就是他的得意的学生们。数到二十几个的时候，他满面红光，酒兴大作。

已然是醉了。

渔事

山塬上的村子，以种植粮食为生。但村子临水，一条叫洪渡河的河流日夜不停地奔流，也日夜不停地养育着鱼们。

那场渔事空前绝后。

先说它的空前。也还是大集体的年代，春天里，公社给每个村子配发了三百斤六六粉，用于防治农作物的病虫害。许是生活的艰辛让村人们急红了眼，去领六六粉的那天，村里的劳动力全部上了山，他们去采一种苦坛子的植物的叶子，这种植物的叶子碾碎后，是“闹鱼”的好材料。那天夜里，村人们趁黑在上游七八里的河段将三百斤六六粉和几十背苦坛子放进了洪渡河。这表明，那场渔事是有计划有预谋的。

村人们回到村子下面的河段备好了渔具，耐心地等着。或许是河水太大了，也或许是六六粉和苦坛子都不是剧毒，苦等了一夜，河里无鱼。村人们失望地回到村子里。

第二天下午，大约四五点钟，不知是谁惊呼了一声：大家快看，河里什么东西。村人们朝河下看去，只见河水上面，白瓦瓦的一层，是浮起来的鱼。

从放药的地点开始，到村子下游十多里，整整二十几里的河段，全是同样的情状。

这一河段两岸的人们，无论会不会水，懂不懂渔事，都捞足了鱼。

据说，这一场渔事中，最大的鱼有一百七十六斤一条的，最多的一户，捞了五六百斤。

那场渔事就像一次艳遇，长久地留在村人的记忆中，至今，说起那场渔事，村人们仍然两眼放光。

其实，绝后的事不用说。那以后直到五年前河段承包管护，每年里，大小的渔事不断，方法也各异，但效果却天壤之别。

那场渔事发生后，先是公社说要追究，领头的村人们着实紧张了几天，后来，就什么事也没有发生，也不知道为什么。

那场渔事一直在我心里盘桓着，至今想来，恍如昨日。

我想，世间的物事，是不是在漫长的聚集之后，都一定要遭遇惨景呢？

我们破坏和毁灭，我们重又努力地恢复，这是人类面对自然的一定之规吗？不敢细想的是，我们猎取的，仅仅就是自然中的物事吗？难道，我们没有被我们自己猎取吗？

福女

村子里的人进城，说福女死了，在娘家生第三个小孩的时候死的。

福女是村子里的媳妇，福女读过书，甚至还当过教师代过课。福女是有书名的，山塬上的人不喜欢叫书名，因而大家都叫她福女。

福女的娘家是山下的，靠河边的寨子。那年，她嫁到山塬上，就是因为眼界高了，错过了比较好的机缘。快三十的时候，她决定嫁到山塬上。男人小她五岁，很标准的小伙子，只是有些不够勤快，读过初中的，在山塬上也算是有文化的了。

福女的第一个小孩是女孩。男人想生男孩，劝她别教书了，她想教书，不想生。这么拖着，又过了四五年，眼看就快熬到转正了。但男人想生男孩的愿望很强烈，先是婆家的父母劝，后来，娘家的父母也劝她别教了，生娃儿当紧。咬咬牙，她就不教书了。

不教书的福女日子很紧，男人不勤快，自己又不熟悉农事。日子很紧的福女脾气不大好，但村子里的人都不以为然，大家都这么过着。

福女的第二个小孩仍然是女孩。务农的福女不想节育，要生男孩。

福女的第三个小孩果然是男孩。她死了，产后大流血，男孩活着。

清明节的时候，我回老家去给父亲挂亲。村人说起福女，都说福女无福，费尽心力生了个男孩，又无福消受。

听不出是惘惜还是感慨，或许，只是话题。

（原载《散文》2006年第5期）

与伍略交谈一下午

2003年秋天的一个夜晚，因为一本书的写作，我拨通了伍略老师家的电话。我在遥远的松桃首先祝福他身体健康，然后恳请他为我的一本文集写一篇序言。事实上，早在1990年的时候，他就为我的一本取名为《正果》的诗集作过序。只是因为种种原因，诗集一直没有出版发行。为此，我一直不好意思面对他的热情和关爱。所以，我总觉得欠他点什么。很多时候，无论是在电话里，还是在他的家中，每一次面对，我都像一个乖孩子在犯了错误之后，突然被叫到了严厉的父亲的面前，表现出来的是不思进取的羞涩和悔恨，同时还有意志沦陷后的窘迫和慌乱。好在我一直没有放弃。也许是因为我的坚持，也许是因为他与生俱来的厚道和善良，当我再一次请求他为我的书作序的时候，他依然爽快地答应了，并在约定的时间内把那篇洋溢着关爱和希望的序言交给了我。

现在，这本由伍略老师作序的《错误的暖色》一书已经由中国文史出版社公开出版，她就像一个刚刚诞生的婴儿躺在了我的面前。这是2006年3月。寒冬已过，但我们依然没有感觉到初春的温暖。这不祥之兆似乎意味着这一年会发生些什么。在我刚收到我的文集不久，一个噩耗从省城贵阳传来，说2006年3月27日，我最敬爱的伍略老师开始了他孤独的天堂之旅。在繁杂的尘世间漂泊了几十年，经历了那么多文学革命的凄风苦雨，他似乎已经感觉到非常疲惫了。他希望回到故乡，回到那个教会他学习与思考的苗语世界。在这个世界中，他可以在那些美丽的山水间漫步，可以敞开胸怀迎着故乡吹来的风。因为这一切，对一位历尽了文学苦旅的人来说，显得是多么温暖与亲切。而故乡，沉寂了许久的故乡，会因为这位老人的到来呈现出一片辉煌。

伍略老师的突然离去，是我没有想到的。在前不久的一次通话中，我说我的书已经出版了，过两天给他寄两本过去。可是，我还没来得及把我的书寄给他，他就匆匆忙忙地走了，像是去赴一次千年的约会。我想，今生今世他是无法读到我的书了，同时，他也无法看到他亲手栽培的小草是如何在阳春三月茂盛地生长。

早在十多年前，因为涉世不深，所以我的许多作品都是长于抒情而弱于叙述。很多时候，我喜欢用别致的比喻，以便更好地展示信马由缰的想象力，但同时也暴露出了一个重大的语言缺陷：我对本体说明不详，当面对外部环境时，我的文笔是局促的，我甚至连山水游记都难以完成。为此，伍略老师就一针见血地指出了我文章的症结所在。在他看来，自然景观的存在是无可挑剔的，如果用缺乏灵性的文字去描摹它们，无异于一种强奸。他认为一个好的作家不应该成为罐头文章的制造商，灭绝生命原有的新鲜风味，而对于内部世界的挖掘，又常常建立于作家丰厚的阅历与经验之上。他希望我对生命的认识能在广度、深度和力度上都有所突破，在文字中要有自觉性的流浪精神。而事实上，十多年过去了，我却仍然没有做到这一点。

这应该是1990年的夏天，伍略老师刚刚从俄罗斯访问回来。作为第三届全国苗族文学创作研讨会的组织者，他还来不及在贵阳的家中作短暂的休息，就马不停蹄地来到了松桃，开始了会议的各项准备。作为承办方的一名工作人员，我几乎天天和他生活在一起。在此之前，我与他只是神交。在他那些散发着苗家风情意趣的小说中，我读到了一份对养育过自己的民族和边远山寨独具特色的生活的热爱，读到了一份对普通劳动者的深情厚谊，同时也感受到了作为小说家对现实世界思索的深邃和观察的细腻，感受到了作为小说家照亮生活的浪漫巧思和丰盈想象。作为苗族文学园地的开拓者和先行者，他坚实的创作和诚恳认真的劳动态度一直在激励着我和鼓舞着我，使我对文学心有所动，并一任情感的潮水泛滥开去。我就这样在他构筑的字里行间中开始了与他的神交。直到现在，我一直坚信，正是这样的神交使我至今仍把文学视为终极理想，甚至视为生命。我想，这样的神交之于我，意义的深刻应该是不容置疑的。

伍略老师是我所见过的苗族作家中最不失苗家本色，最随意而散淡的著名作家之一，他对本民族文学新人的扶持和鼓励可谓是费尽了心思。在来松桃不久，他便把松桃的文学青年召集来，在招待所一间简陋的房间里，开始了对苗族文学的大讨论。他首先把话题引入苗族文学的地域性与边缘性思考。在他看来，人类整体文化与民族、地域文化总是在多元竞争与多元互补的过程中发展的。任何一个地区文明的发展都是世界文明的成果，不同民族、地域之间的文化和文学存在相互借鉴和融通，但一个自我意识生成的民族或地域的声音是不可替代的。开掘自身文化资源，是每一个关注本土文化发展的人的责任和使命，也是对人类整体文明的贡献。作为身处文化和地域双重边缘的写作者，我们必须沉潜下去，深深开拓我们脚下这片多灾多难的土地，从而开采出独有的宝藏，使这片土地绽放出艳丽夺目的花朵。故土永远是我们对世界的感受中心，它毫无疑问构成了我们对世界的认识和价值。我们只有将自己对故土最深切的热爱和阐释表达出来，才能够找回我们丧失已久的内心宁静。

而我和伍略老师的促膝交谈是在一个良好的下午。我陪同他从他下榻的招待所出来，穿过小城最热闹的十字街头，向东走，沿着坑坑洼洼的麻阳街，我们在白河边的一块干净的草皮上坐了下来。我们的前面就是被松桃人津津乐道的昔日的“松江晚渡”，作为松桃著名的八大景点之一，可惜它已经被钢筋水泥所代替。展现在我们面前的只是一片残存的风景。我们就是在这片消失了的风景中开始了我渴望已久的交谈。

我们的交谈融入天的苍茫和苗族苦难恢宏的历史之中。我们在交谈中时时幻想自己是一片无所畏惧的薄云，超脱于凡世的喧嚣与拥挤，像幽灵一样穿梭于苗族的过去与未来。从容不迫，充满着无限的热望。

于是，隐埋在历史深层中的那些慈祥的面孔便在我们的交谈中显露出来。他们匆忙的表情是在追寻什么？他们让我们想起那些传奇的故事和忧郁的古歌。那些洋溢着悲伤与苦难的古歌就像一扇扇门，为我们打开了封存已久的记忆，也像一盏盏灯，照亮了我们的前世今生，照亮了我们来时的道路。

我：在前几次的交谈中，你曾多次提到苗族诗人何小竹，作为中国先锋诗歌的代表，他的诗的民族性从何谈起，尤其是苗族性？

伍略：我之所以要在松桃的苗族青年中提及何小竹，就是因为我从他的诗集《梦见苹果和鱼的安》中发现了他的诗歌得益于民族文化或者说得益于《苗族古歌》的精义，并用现代意识加以参照，从而闯出了一条属于自己的创作路子。在他的诗中，你可以发现天地鬼神、日月星辰、虫鱼花鸟，物我一体。它们都可以和作者交往，和作者对话，同时，虫鱼花鸟也可以互相交往和互相对话。这种神秘、梦幻、荒诞的意象和氛围，会使你不明白到底是何小竹变成了鱼和苹果，或者是鱼和苹果本身就是何小竹。他的诗好像不在抒情，而在叙事。他用最口语化的诗句，向你叙说着一个神奇的故事，传达出他对人生社会独特的感受，让你穿透历史的迷雾和人生的纷繁去思索问题，从而得到一种美感享受。比如这样的诗句，“祖母像一弯新月，坐在枫树上”，这不由使人想到《苗族古歌》中的《枫木歌》，想到蝴蝶妈妈。所以，我一直认为，何小竹是最早从苗族文化中获得营养的苗族诗人。

我：在中华五十六个兄弟民族中，苗族和华夏民族的纠葛比别的民族与华夏民族的纠葛不大一样，或者说很不一样。别的民族与华夏民族的纠葛只局限在某一片地域或某一道长廊，或者只局限在某一段历史时期内，甚至有的民族与华夏民族在交锋了一两个回合之后，就被大胃口、强消化的华夏民族所融化了，其民族特色丧失殆尽，最后只在历史上留下了一个符号。然而，我们苗族与华夏民族的纠葛却源远流长。从空间上说，这两个民族的纠葛最早是在黄河中下游，之后，从黄河中下游又纠葛到长江中下游，在“三苗”被“分北”时，一部分被“窜”到三危，即史籍所说的“窜三苗于三危”。从时间上说，这种纠葛竟长达五千多年。我们知道，每一次大纠葛之后便会有一次大的振荡或大的整合，同时也就被迫大的扩张和壮烈地返回，这就必然会造成文化上的大失落。那么，我们的苗族文学将如何继承和发扬本民族悠久的文化？

伍略：这种文化上的失落，史籍中有记载，同时也被苗族的口头文学传承了下来。比如在《苗族古歌》和苗族理词中都有这样一段叙述：苗族祖先和汉族祖先在相扶相携过黑小河浑水河的时候，两人来到河中间，由于浪急波涌，苗族祖先为了帮助汉族祖先过河，就把自己的文字交与汉族祖先，然后腾出手来背汉族祖先过河。在另一种版本中：苗族祖先为了腾出手来背汉族祖先过河，就把自己的文字吃下肚里，只留下汉族祖先的文字。从此，汉族才用笔来记事，苗族便用心来记事。两种版本的叙述尽管大同小异，但都透出这么一个信息：苗族文化的失落或苗族文化的易手。这种失落了的苗族文化并不是灭迹，而是和华夏文化搅和在一起，被华夏文化承接之后加以弘扬和发展。

正是因为华夏民族与苗族有过如此跨时空，如此复杂的纠葛，从而使苗族文化处在了这样的两种境地之中：一部分是被我们顽强地保存下来，并在世世代代的承传中得到丰富和发展；一部分被华夏民族拿过去或者说被掺和在华夏民族的文化中。这样，今天我们来发掘、继承、研究和弘扬我们的文化传统，就会面临着比别的民族更为艰巨的双重任务。

那么，要继承和弘扬我们的民族文化，首先就必须要挖掘出千百年来一直影响着我们和激励着我们的民族精神。纵观历史长河，从蚩尤始创用葛水之金制造兵器而威震天下；到三苗被“窜”到“三危”，又参与建立许多古羌国；从楚先民“劈之荆山，筚路蓝缕”的艰苦创业；从大扩张到大返回，再到开发武陵山区和苗岭山区等等的奋斗历程。五千多年的上下求索，往返游思，这正是我们民族自强自立，忍辱负重，不屈不挠和勇于开拓的伟大的民族精神之所在。

总的来说，我们苗族的传统文化历来就是呈多元状态，从内容到形式，从色彩到手法等等，都很丰富。一切日月星辰，山川鬼神都可以纳入创作者的交感之中，无拘无束。这就是我们今天的苗族文学所要继承的民族文化传统。

我：你在我们松桃已经待了一段时间了，想必对松桃的风土人情已有一定的了解和感悟。有人说松桃是个山清水秀，人杰地灵的地方。在此，我要问的是，你对松桃未来的文学之路有一个什么样的预期？或者说你想对松桃的文学青年们说点什么？

伍略：文学创作实在是一种颇具独创性的劳动，从某种意义来说，这是一种不断发现的过程，既要不断地发现生活，也要不断地发现自己。这样，我们是否可以用现实主义作为我们总的创作思想，同时又兼收并蓄，闯出自己的路子，从而使我们的苗族文学百花似锦。这就要求我们要努力提高自身的素质。在我国现代众多的作家中，有两个人备受海内外称誉和崇敬：一个是鲁迅，一个是沈从文。他们之所以有如此高的地位，除了他们各人的辛勤劳动，为后世留下了数百万字的著作外，其中还有一个很重要的因素就是他们有着崇高的人格。因此，当我们一旦被作家这个字眼所诱惑的时候，除了我们勤奋写作之外，我们还要不断地磨砺自己的品格，不断地提高和完善自己的品格。在文学创作道路上，坎坷甚多，所以我们更要沉毅，要目光远大，不浮躁，不要为一时的利害得失所左右，要经得起风雨，也能甘于寂寞，在逆境中显示出自己的人格力量。

我：我们今天下午的交谈使我受益匪浅，这样的交谈唤起了我的地域意识和本土文化，为我日后的写作道路指明了方向。我会认真思考你话语中的精神要义，牢记你的教诲。太阳已经下山了，我们回去吧。

就这样，我们伫立于白河边，看着最后一束太阳的余晖在西边被抽了回去，苍穹下的我们一如白河中的鱼群，亲密无间地在暗处攒动。夜幕开始降临。不远处的点点灯火，让人感觉到一些温暖一点感动。的确，黄昏时分是容易被感动的。更何况我们在这个时候的交谈轻松而又美好而又充满了思想与情绪。就像一段萨克斯的独奏，使得我们的心犹如浸泡在轻软柔暖的音乐里。我们对生活心存感激，我们对自己的民族心存梦想。

我一直以为，那天下午的交谈扩张了我对未来生活的想象，它让我感受到了一种人生的凄美与文学的深邃。直到今天，我尚不能将自己在那个下午的交谈所获得的丰富感受完全传达给别人。交谈于我，犹如观看一场怀旧电影，既想投入其中同悲同泣，又怕陷入太深无法自拔。这般表达恐怕仍是不能反映出我当时的心境。许多如涌的情感往往只能成为心灵的暗流汩汩而过。

交谈中的苗族的苦难史最是令我迷醉而惶惑，其中的凄美让我在西风落叶中为之心颤。此时所有的感觉便是悲苦太悲苦。先人的脚步因此而愈加地慌乱，仿佛赶回家去就能守住人生的安稳，就能享受永远的光亮。可是，对于一个不断扩张与返回的民族，家又在哪里？带着这样的疑问，我无法自制地倾听着他的叙述，试图用他的忧伤的话语来填补我生理和心理双重的虚空。在我看来，他的凝重的话语其实是一道用作伤感回忆的天幕，让我无法拒绝。

并非所有的交谈都是这样令我激动和振奋。回想起来，在那个下午的交谈还没有到来之前，我正将自己从心狱和自闭中释放出来，走向自然走向朋友走向人群，甚至走向一个民族的历史。我和我的朋友们曾经无数次地在白河边走来走去，探讨着人生的价值和意义，并对身旁的河流、青山、沉默的石头和低泣的小草写诗作画，倾诉衷肠。其实这一切都是极端个人的，那只不过是黄昏中的一个童话故事，是封存在心底深处的一帧风景照。

而现在置身于这样的交谈中，我开始放逐自己于生活的匆忙凌乱之中，放任脚步放任思绪，迟迟不肯回家打开那扇关满了黑暗的窗子。

在那次愉快的交谈成为历史之后，在困惑、迷茫、寂寞和忧伤包围着我的日子里，那天下午的交谈时时还会像风声一样在我的耳边回响，在我的心中摇荡出一个民族苦难的背影和我对他们的热爱之情，也让我联想起他们的浮生梦影。此后，我开始在我的文章中关注他们的生活和命运。我试图用我最喜爱的写作方式来表达对一个曾经滋养过我的心灵，曾经抚慰过我的伤痛的民族所怀有的尊重与热爱。我想，在我乐观主义的展望中，一个古老民族的梦想，在不远的将来必定会成为现实。

写到这里，我突然发现自己已经陷于纪念与缅怀的泥潭。我清楚地感觉到，纪念和缅怀现在带给我的心理负荷，已经远远大于生活所给我的愉快诱惑。然而，因为曾经爱护过我、关心过我、温暖过我的伍略老师的悄然离去，我必须承受怀念造成的伤痛。此时此刻，我像卖火柴的小女孩坐在圣诞的夜晚，手指冰凉地敲打着电脑的键盘，写下的每句话都像一根燃亮的火柴，照耀着我的忧伤，我的怀念——也许，当火柴用完的时候，我将进入透彻心骨的寒冷。

我知道自己在做什么。“怀念，它使我疼痛，也使我坚强，它使我不幸，并由此而高尚。”

（原载《民族文学》2006年第7期）

2006年

刘照进

陶或易碎的片段（节选）

飘逝的灯焰

一

老式的、高脚的油灯被人遗弃到灶角，椭圆形的灯盏失去能量的来源，细小卷曲的灯芯耷拉在边缘，它的微弱光亮被连根拔起。有什么比这更难堪的谢幕？好像真的可以忽略往事的存在。从某种意义上说，一盏灯和一个人的命运何其相似：他们可能有过类似的青春和辉煌，内心蓄满燃烧的激情，一双手在黑暗中温暖而恭谦地相握，成为他们终身忍辱释放的信仰；同样也经历坎坷和曲折，在通往晚年的道路上，额头的皱纹被时光雕刻，彼此映照生命的沧桑。许多时候，人们太过于迷恋自身的经验和审美，以为自己的目光照彻了一切，对潜伏的阴影、微小事物暗中的诋毁毫不在意；以为一条路走下去就是远方。事实上，灯光一直在默默审视人们的阴郁，以它微弱的膂力尽可能打开幽闭的场所。一盏灯曾经固执地向我们做出这样的提示。

现在，白炽的灯泡来到屋子中央，重新点亮我们的生活。在高处，它试图取代旧有的经验和秩序，重新建立一个明晰的世界，把人们仰望的视角提升到更加明确的中心。显然，一切正在沿着预想的方向发展。墙体上预设便于操作的开关，似乎不需要再在暗中进行过多的摸索，通达理想的道路就变得简洁而明了。一束光从高处垂下修长的手臂，抓住满屋子的黑暗，它是武功高强的游侠。源源不断的光挤在细长的通道上，体现着另一股力量的坚韧和博大。白天被拖得越来越长，夜晚的寿命缩短。简单途径换来的成功快感，使人们渐渐对旧物失去兴致。

灶台边同样置于这样的弃物：破碗，空瓶，废电池，断瓦的残片，卷刃的刀子，安慰病痛的黑褐药罐……高脚的油灯依旧不能绝弃，它与身边的旧物需要偶尔承担生活陡起的变故。表面的宽容掩盖了内心的机巧算计，对未来的险恶和不测早有预留，体现主人娴熟的操纵和掌控技巧。偶尔得到启用，旧物再次回到熟悉的舞台，内心增添了振作的希冀。关键时刻，它们的经验和忠诚稳住了恐慌的阵脚——突然停电的夜晚，有人点亮灶台边的油灯，骚乱在一瞬间得到控制。对旧物的能力依旧不能轻易低估。

木质板壁粘满霉变的污物，无数简单生活的结局在它脸上叠加许多残汤剩羹，斑痕毕显，仿佛一块多年未洗的抹布。肮脏大多来自对他物的过分放纵和接纳，失去自省，内在的潜质被一点点剥蚀。灶壁间逐渐加厚的烟尘除了印证时间的衰老，同时供出本体的懒散和堕落，它们轻易排斥彼此之间的巧合，让几只蟑螂抓到了可乘良机——壁间留下它们随意排放的污物，进出的通道变得容易而宽敞。已经没有能力再对失望的结局做出拯救，一盏废弃的油灯终日保持沉默，欲望退抵暗处，它和墙壁上的阴影共同举证了灶台边的落拓。

二

姨祖坐在灶镬间。

岁月一把抓住他的头发，他的反抗只能使自己越来越变得颓废和苍老。他的面目呈现了乡间大多数老人的阴悒和一路走过的沧桑，头发蓬乱、肮脏，眼窝深陷，牙齿脱落，一张皱巴巴的脸埋在岁月深处，似乎不愿抬头。头顶灰尘厚积，堆叠时光的斑点，细小的颗粒在空中肆意呈现它们的幽暗。他的双脚已经有些浮肿，迈不开步伐。一条路的背影越来越模糊。那些远征的脚印成了时光中的幻象，像一些散落的珠子，只有在某些阳光暖照的午后，才会被他的记忆弯腰捡拾。

生活已经在某种程度上做了一些变更和修改。墙壁上卷边的旧皇历远远落在时间的后面，失去了对未来的正确指引。春联的深红色彩变得暗淡，那些对仗工整的理想描绘逐渐消隐在时光暗处。对土地彻底失去信任的儿子远走他乡，木门上加了新锁。几千年未曾偷懒的锄头、镰刀、犁耙，散乱地弃在屋子的角落，失去开拓的亮度，力量收藏在弯曲的弧线里，与一双手长久失去联络……

灶台边落寞的油灯曾经忠实地照耀着姨祖的生活，并且一度将他黯淡的人生映出一丝希望的亮色。但是，作为一个勤劳憨朴的农民，他的努力并没有换来半许成功。榨了大半辈子桐油的姨祖，除了那件黏着厚厚桐油铠甲一般坚硬的粗布褂衣能够作为永久珍藏的纪念以外，他的人生几乎一无所获——爱情和婚姻同样半途而废——现在，他只能通过偶尔的回忆来换取那些逝去的温馨和浪漫。墙壁上挂着一幅女人的照片，那是他的女人，多少年前，她就撇下他一个人走进了窄小的黑色相框。她的面容没有多少改变，还是那样带着羞涩和浅浅的笑，眉宇间挂着一丝忧郁，只是泛黄的表情有些僵硬。他多少有些遗憾和幽怨。过早地将生活的重担和苦难抛给他，一个人躲到暗处，或许她才是真正的智者。她在村庄上他们熟悉的那块土地里安上自己的新家，开始有别于他们的生活。但她并没有走远，这个世界还有她抛舍不下的人事，尤其是她的男人和一双儿女。她时常回到他们的生活中来，他的梦境里曾经多次重复她的影子，她的笑和那一丝忧郁在女儿的脸上得到复制，儿子的掌心里也握着她的温暖的气息。

他已经习惯了简单暗淡的日子，一个人躲在幽闭的角落，对外面发生的一切毫不在意。多少年来，一些人世的沧桑和突变填进他渐渐苍老的灵魂，像深夜飘落的一场大雪，茫茫地覆盖，然后又慢慢地消融。他习惯了雪花飘落的节奏。一些和他年纪相仿的老人离开人世，一些新生的婴儿又来到人间，他们制造着这个世界的喜怒哀乐和生命轮转。他已经为自己准备了棺木，等待离去的那一天到来。儿女们走后，他就很少使用墙壁上电灯的开关，白天和夜晚对他来说已经没有多大区别。人生的精彩部分已经结束，现在，他只能作为一个符号停留在那间昏暗的屋子里。

灶台边那盏失去火焰的油灯，与他彼此形成晚年的暗喻。

三

姨祖是在那间老式的油榨坊里开始他的人生理想的。十五岁，他就成了油榨坊最年轻的背油工。他夹杂在一群老背油工中间，每天往返于一条三十公里的崎岖山路，细嫩的脚皮和漫长山路形成强烈的反比关系，单薄的肩膀和沉重的油桶画出一幅极不规范的人生几何图形。

他在晨光熹微中随年壮的背油工一同出发，往山外的收购站背运桐油。道路逶迤，群山莽莽。他们唱起了缠绵悱恻的山歌：

桐子开花一朵朵，好比妹儿小酒窝。哪年哪月摘得花儿来，小心别在哥的胸口窝……

那时，桐子花开了。漫山遍野的桐花，举着洁白细嫩的花瓣，挂在矮矮的桐树上，嘴里含着粉红的花针，仿佛娇羞的女子脸上粉白的酒窝。

“桐子花开倒春寒。”正是春夏交接的时令，百花零落，在微寒的晨光中，他甚至听到了那些落红哀叹的声音，以及萌芽在枝头上的果实的胎动。

又一个桐子花开的季节，一个女人走进了他的春天。那时他已经成了一名真正的榨油工，整天在油坊里忙碌，胸膛上隆起大块的肌肉，男人的雄性与活力在榨床上得到充分张扬。

山村是民歌的故乡，情歌一开口，爱情就萌芽了。他们是在背油路上相识的，她在泉边浣衣，他从道上经过，歌声成了他们的月下老人。那时，他已是乡村有名的歌手，看见泉边的女子，歌声就大胆递出去：

好久没到这山来，访问这山好人才。访问这山人才好，等我回去请媒人来。

但他碰到的也是对歌的高手，对方似乎有意要给他九磨十难的考验：

小兄弟哎你莫忙，等我回去问爹娘。爹娘许配（同意）我许配，我们慢慢相交需九场。

到底经历了多少场爱情的磨难和考验呢？没有人知晓，这成了他们心中的一道谜语。

女人最终还是唱着哭嫁歌来到了他简陋的家庭。那一天，他的人生被涂抹了鲜亮的色彩。大花轿在通往婚姻的道路上被抬轿的汉子故意晃得颠来倒去，唢呐的乐音翻过一弯又一弯。他的肩上挂着红绸，走在迎亲队伍的前面，笑容在他脸上开成春天的桐花。他的心里又飘起了背油路上的情歌，那些散落的调子重新回到山路上来和他打着招呼。他在歌声中看见了那些远去的脚印的影子，它们穿着草鞋的衣裳，在汗水淋下的大雨中匍匐。他的脚踏在怀念的琴键上，仿佛整个山谷都在吟唱。

夜晚，一盏油灯将墙头的大红喜字映照得特别鲜红。闹洞房的人们已经散去，属于他们两个人的世界安静下来。他用粗糙的双手小心翼翼地揭开红盖头，一张羞涩而略显忧悒的脸出现在他面前。那张脸像粉红的桃花，在灯光下羞涩地开放。他从此知道这个人是他的女人，将和他共同生活在一盏并不明亮的油灯下。

他从此喜欢上了红色，尤其是灯光下的红色。他开始留意与红色有关的东西，红色是映照在他心中的阳光。他的床边摆着各种红色语录本的塑料外壳，烟袋上吊着从废旧电池上取下来的红色圆盖，破旧的门楣总是挂着他向往的春联，墙壁上那些大红的标语成了他长久注目的对象。在晚年，他甚至不顾乡俗的忌讳和儿女们的反对，坚持要将自己的棺木漆上大红的油漆。事实上，他并不识字，对红色勾绘的文字和图案一无所知。他对大红色彩的偏爱纯粹来自忠贞的爱情。

没有过多的修饰，生活就像一段简单的句子。作为家庭的主语，他总是走在前面，承担着苦难生活的种种质询和考验。妻子是谓语，紧跟其后，用她柔韧的耐性向命运做出最大限度的解释。一双儿女先后出世，那是他们的定语，使他们的家庭更加趋于完美和稳定。

似乎不需要更多的索求，一盏油灯的光焰画出有限的半径，将他们的幸福映照在满足的范围。油榨房里依旧整天飘出男人刚猛的榨歌，女人则像那头被蒙住眼睛的黄牛，不知疲倦地在碾盘上转着圆圈。日子被简单打理后搬上生活的榨床，在力与力的撞击中挤出一滴滴希望。宁静的村庄被淡淡的油香包围，欢乐覆盖在粗砺日子的表面。白天过去，漫长的夜晚来临，人们并不急于安睡，而是在油灯下进行一些琐事的修补。女人粗糙的手指又重新拿起了针线，面对一大堆废旧的布料或破烂衣物，她要设计出简单耐用的式样，一些遗憾同样需要补缀。她像高明的设计师，一双布鞋或者小孩的褂衣在她的剪刀下渐渐成型。

这时他就坐在旁边看她飞针走线。他的目光变得异常柔和，嘴里吸着旱烟，仿佛一尊静默的雕塑，脸上的沧桑和疲倦被爱情微缩。火塘里燃着细小的火苗，一只茶罐发出咕咕的欢叫。偶尔，房檐上会有老鼠的叫声，像手指错搭在琴弦上碰出的颤音，孩子的鼾声被窗外的犬吠扯向杳渺的夜空。属于他们两个人的夜晚温馨而静谧。

那时她刚步入中年，过度的劳累使她患上了痨病。他没有医治病痛的本钱，整个村庄都没有这种本钱，他们与听诊器、X光、专家门诊、医保……隔着遥远的距离。在通往病痛的道路上，他们只能借助草药甚至巫医的力量来获取一丝慰藉，希望以此延绵生命的长度。从此，一只廉价的土陶药罐和巫医的神秘吟唱成了他们生活里的一部分。

那只土陶药罐取代了火塘里茶罐的咕咕欢叫。很多时候，它的灰暗和神秘使灶壁间充斥着一种莫名的病痛。泛黄的药渣堆积在房檐周围，仿佛一堆霉烂的词汇，丝毫不能表达康复的信心。

巫医的神秘在夜幕下笼罩了整个村庄。他穿着与神接近的外衣，被当作至高的圣人，他的咒语成了驱赶病魔的灵丹妙药。没有人怀疑他的虚伪，就像没有人怀疑神的存在一样。那些病痛是鬼神的影子，它们错误地贴在病人身上，巫医企图用他的祈祷和咒语劝降它们，让它们回到原来的位置。他的伎俩在凡间与冥界左右逢源，在一缕虚无缥缈的烟雾里升腾。

当又一个白天来临，人们在村庄的十字路口看见了纸钱燃过的灰烬，一只竹筛被烧去半边圆形。在人鬼通行的路上，巫医留下谎言离开了是非之地。

属于她的病痛依旧在加深。

最终，她单薄的身子背负了太多深长的夜晚，日渐消瘦，抵挡不住岁月的销蚀，走在了一盏灯熄灭的前面。

人们在她的灵柩下点燃了一盏长明灯，那盏油灯一直要照亮七天七夜，微弱的光焰是她的灵魂通达另外一处归宿的火把。随着灯焰一同照彻的还有法师的超度。匆匆赶制的花花绿绿的纸宫殿、纸仆纸马、纸床纸轿，摆满灵堂，最后化作一缕青烟。生活不能给予她的优裕和幸福，被人们善意地寄往天堂。但这是一封没有回执的死信，没有人知道，它从乡村苦难日子的一端出发，需要多久才能抵达愿望的邮筒。

一盏灯曾无数次将她拖进夜晚的深处，使她见到了太多的黑、苦难、哀伤。面对再也无法开口说话的女人，陪伴她的灯盏彻夜失眠。

许多人围着她哭。人们又像迎娶她时吹起了唢呐，但是曲调却由欢快变成了呜咽。他没有哭，一个人默默地手持长明灯走在送葬队伍的前面。两个孩子还幼小，根本不懂得生命的脆弱。他的前面还有很长一条道路，那是她留下来的空白，他必须隐忍痛苦和泪水，用坚强和担当去将那条路上的愿望填满。

她把整个世界都甩在了身后，欢乐和悲伤已与她彻底决绝。命运用一张薄纸遮盖她的脸，隔住她与这个世界的见面。她不知道背后的哭声，有些是哭给她本人倾听的，悲戚的成分很浓郁，仿佛硬物在石头上撞出的破碎声响；有些只是哭给活着的人聆听，死者成了他（她）表演的道具，仿佛必须经过一场并不严肃的考试来获取某种资格的认定。

整个世界都与她无关。当病痛消逝的时候，不是重生，就是死亡。

四

我在姨祖的村庄见到那间老式榨油房时，它已成了生产队堆放杂物的场所。那是20世纪80年代的初期，我在姨祖所在的公社读初中，姨祖的家成了我歇脚的中点。每个星期有五天的时间，我的书包就挂在他家的墙上。事实上，我也乐意将一周的五天存放在姨祖家里。从我家到学校，中间要穿过一条省际线。我小学毕业后，校长在接受了父亲的二十个鸡蛋的同时，也给我发放了行走的线路牌。在姨祖家，我可以避开父亲的唠叨和叹息，将快乐的玩耍进行到底。

油榨房已变得冷清而寂寥，面目全非，房顶的青瓦从岁月的弧线上往下掉落，生命的漏洞越来越大。已经没有一双手再愿意捡拾这些失去价值的碎片，人们在另一片土地上匆匆翻找新的希望，犁铧翻过时盖住了时间的面容。屋子中央卧着黑黝黝的榨床，仿佛一具棺材，蓄满死亡和衰败的气息。房檐上悬吊的榨杆被人取走，作为曾经撞击生活的重要成员，它努力送出的力量被历史抽空。一群少不更事的孩子来到油榨房，模仿大人们当年撞击榨床的情景，一道虚拟的影子在空中和尘埃一起舞蹈。榨房外斜卧着硕大的石碾，薄薄的圆圈被荒草包围。作为实现人的理想的帮手，当年那头不知疲惫地转着圆圈的老牛也一同失去踪影。

多年之后的村庄已经物是人非，许多生活的细节已被新的故事取代。废弃的油榨房被人拆走，那块土地重新获得耕种的权利，新鲜的麦苗排挤了往日萧条的部分。一种更加简便而省力的机器代替了老式的榨床，钢铁文明对农耕文明的有力撞击，使得那些极富韵律的榨歌越飘越远，最终消逝在岁月的深处。

人们不再借助油灯的微光来点亮夜晚，村庄已经通了电，他们通过电视看到了一个更加精彩和宽广的世界。许多人纷纷外出打工，油灯点亮的村庄半径已经无限延伸。生活只是进行了一下简单的过渡，落在油榨房土地上的种子又被人重新抛弃。

也许，再也没有人想到，那块荒草丛生、落寂而荒疏的土地，曾经是怎样地辉煌过、喧闹过。作为村庄的中心，油榨房整天飘出的油香，榨杆与榨床猛烈撞出的雄性与阳刚，榨工们用力吼出的生猛榨歌，在时间的深部撞出一簇又一簇火花，使这片乡村的土地有了一些书写历史的内容。

油榨房，一个村庄的时代的缩影已经消隐。

散落的碎屑

一

是春天或者冬天，也可能是夏天和秋天的某些比邻地区，记忆收留了那些忧郁的碎屑。时间流淌着时间，沿途已成历史。关于四荣公、才表叔、拣瓦匠老何的故事，庞杂的腰身也许早就顺水漂流，而在我笔端扎根下来的不过是一些简明的线条，仿佛纸面上扼要的构图，但它们同样身背可疑的“成分”。

我们家与四荣公、才表叔家连成的直角三角形，多年之后，我运用几何学的原理，轻而易举得出这样的结论：处在边缘的才表叔家是一个三十度角的顶点，它所对应的边是我家到四荣公家的距离，大约十分钟的路程。事实证明，四荣公给我的民歌启蒙远比才表叔提前了根号三倍长的时间。他们共同构筑的面积盛满我的整个童年时光。作为游离不定的一个点，拣瓦匠老何的家始终充满虚飘、未知、难测的气息。

二

四荣公的土屋没有倒塌之前，顺着童稚的目光望过去，我看见一支唢呐在土褐色的墙头开成倒立的喇叭花。花茎上缠着红绸，那是某个春天一场喜事的馈赠，爱情的余韵依旧埋藏花朵深处。

一棵酸枣树胡乱站在他的院子里，年年开花，但不结果。乡俗验明正身的结论是一棵公树（对它的性别命名是否暗示了一场爱情的长久缺席？）。作为名义上的果树，酸枣树在孩子们眼里已经失去了向往的价值，它的存在只是为我们预留了攀爬的方便。

时间多半是在某些闲散的下午，四荣公一个人躲在屋子里睡懒觉。屋檐下的大花狗被阳光捆住了手脚，慵散的形态使我想起“蜷缩”的词汇，但它这时的身体一点也没包含疲态。是什么勾起了四荣公梦中的怀想，唢呐声忽然从土屋里飘出，带着呜咽和缠绵的相思。村庄被他的吹奏淋湿。但是嵌进土墙的木门未曾开启，额头落满尘埃，它的另一面背抵现实，保护了一个幽闭场所的全部隐秘。我们就在这时爬上了酸枣树的丫枝，试图依靠树枝来提高目光的海拔。土墙裂开的缝隙提供了窥探的道路，一个秘密最终恍惚出现。

土屋是他的父亲开龙老祖留下的唯一遗产。开龙老祖当过国民党的保长，1949年后判了枪毙。传闻枪毙他的前夕，上级已经有了宽大的政策，开龙老祖也在宽大的范畴（据说他没有一桩恶案，他用自己的身份保护了一方百姓的平安，更重要的是我们村没有一个人被拉壮丁，他的正义和胆识赢得了乡亲们的尊重）。然而因为通讯落后的缘故，1950年的某天下午，在大西南边僻的山村，一颗毫不知情的子弹怀抱过期的政策，划出一道仇恨的弧线，将山墙般健壮的开龙老祖削为平地。四荣公的母亲已经去世，那一天的枪声删减了年幼的四荣公生活中重要的部分，将他的未来道路引向不可预知的沼泽。族谱记载他生于1948年（也可能是1949年），自幼父母双亡，吃百家饭长大，终身未娶……

一条河在他这里断流。

四荣公是一位唢呐高手，民间的音乐在他的嘴里野草一样疯长。多少个日夜，他用唢呐探触爱情，表达欲望，释放心怀，消解郁闷。唢呐成了他的知己，他的红颜，他抵抗寂寞的武器。他的一生不知道替别人吹奏过多少迎亲曲，但是至今依旧没有一支唢呐愿意为他吹奏爱情的乐章。大红喜字挂在别人的洞房，每一次开放都充满了对他的打击。在欢乐和幸福面前，他无数次成了陪衬的音符。

四荣公天生有一副好嗓，他的山歌和唢呐一样远近闻名。他没有进过学校，那些民歌是他在山路上捡拾的，带着牛粪的气味和露珠的清香，充满十足的野性，与教科书保持着毫无关联的距离。年轻时他是我们村的歌手，他和拣瓦匠老何联唱的《薅草锣鼓》曾使一个乡村充满了理想主义和浪漫主义的色彩。

是锣也不要打也，鼓也不要敲，听我歌郎上前说口号。口号，口号，是随口就到；口才，口才，是随口就来。师傅说过不成口，我来说过端起走。弯刀斗木头，听我说个转角楼，弯刀斗木把，听我说句老实话。有三十斤的鱼也，四十斤的鳃，滚下万丈深塘，是半天都爬不起来。请各位男女老少齐得力，我们喊句号子扯起来哟，喂——！

咚哐，咚哐，咚咚哐！（注：锣鼓声）

四荣公提着一面铜锣，亢奋的激情在圆面上扩散，拣瓦匠老何胸前的半边皮鼓棒槌翩舞。他们站在劳动队伍的前列，歌之，舞之，唱之，蹈之，一场锣鼓伴奏的民歌大雨顿时倾盆而泻。那歌声飘荡在20世纪70年代的乡野，带着明显的抒情和憧憬，撞击着一个时代的神经，让兴奋的锄头和劳动的汗水忘记了偷懒。

然而，当岁月在他的头顶逐渐结成白色蓬乱的蛛网，粉碎了他对爱情的展望，土墙上的花朵终于枯萎，预示他的人生遭到了彻底失败。

晚年的四荣公门牙脱落，佝偻着腰在村庄上行走，他像一阵无关痛痒的风，徐徐停在一些人家的门外。但他是沉默的，他几乎关闭了所有声音的开关。他戴着一顶旧毡帽，肮脏的帽檐遮住两只浑浊的老眼，泪液堆积的黄色尘垢封住了他对命运的最后瞭望。

当我试图从他嘴里撬开那些久违的民歌，他摇了摇头，连说“不能唱了，不能唱了”。不知什么时候，民歌已从他洞开的牙缝里悄悄溜走，成了失散多年的游子，回家的路已被时间记错。

三

很长一段时间，拣瓦匠老何一直在他的五个女儿中间为养老送终的人选举棋不定（他的大女儿长秀因为先天性痴呆而被排除）。老何是我们寨上唯一的外来户，他的籍贯和他晚年的行踪一样始终充满可变的因素。他以拣瓦匠的身份首次到达我们村寨时，一位刚死去丈夫的赵姓女人为他提供了填空的条件。从此，他在一个简陋的括弧里定居，结束了漂泊生涯。

除了拣瓦，老何还懂得一些驱神送鬼占卦算命的小邪术。也许正是因为对神秘世界的盲目敬畏，加深了他对现实的猜忌，他把人生的失落完全归咎于宅基的错误选择（所谓“人穷怪屋基”），为此，他搬过三四次家。但他显然缺乏对人生的正确判定，事实也远不如他在房檐上面对每一块瓦片时那么从容。

他以为疯狂地挖坑就可以填补前面的漏洞，但是，一个新的深坑随即产生，并最终迫使他的双脚远离现实的地面。他选择的第一个错误答案是被游手好闲的三女婿骗光了家产。在紧急情况下修改的方案却更加糟糕，他从亲戚家收养的义子一开始就与他水火不容，并鸠占鹊巢。他和年迈的妻子不得不过上了居无定所的流浪生活。恍惚听人说起，他在附近一个县城捡垃圾，偶尔也到农村重操旧业。

他在我们村的拣瓦史到此结束。

现在我要叙述的是另外一条直角边的顶点，它在距离我家大概五里的山坡停下来，并最终浓缩为外祖婆家一间土墙与木屋混杂的农家小院。整个童年时期，这里成为我频繁活跃的一个点。我在这条根号三倍长的直角边上往复行走，除了外祖婆十分疼爱的缘故，很大程度要归功于才表叔的笛子和他那些充满野性的山歌。那时我已经上了小学，之前不止一次听过四荣公和拣瓦匠老何合唱的《薅草锣鼓》，对民歌多少有些浅薄的印象，譬如拣瓦匠老何喜欢犁地时独唱，听众是空旷的山野和一头老牛，或者干脆就是他自己。他的唱腔悠扬婉转，赋有极强的韵律和节奏感。

如果才表叔的求学之路不是因为公社临时初中的停办而断折，我敢肯定，他的音乐天赋还会得到更大程度的发挥。几乎没有学过什么乐理，他的笛子吹奏全凭自我摸索，依然达到乡村高级乐手的水平。

才表叔很快就成为一名年轻的补鞋匠，他的摊子在离家十里的乡场上每隔三天重复一遍。若干次，我在乡场上看见，通过他的两手，一双双憔悴的旧鞋得到拯救。空闲时他也背着旧式的木箱，走村串寨地招揽生意。木箱的隔层还装着一支竹笛，小小七孔暗藏许多乐谱。

没有鞋补的时候，才表叔就取出笛子，蒙上竹膜，小心地横在嘴边，试着开始吹奏。从新鲜竹节里取出的竹膜依旧带着竹子的体温，纤柔，灰蒙，薄如蝉翼，像一段敏感而忧伤的情绪，似乎，风一吹就要香销玉碎。但被修长的竹笛留住。乡村简拙的舞台，此时笛音漫漶。

其实我比较痴迷才表叔在自家木楼上的吹奏，笛声在幽暗狭促的房间自由起伏，几乎不受外界的干扰。房顶上的瓦总是这样遮蔽时光的流逝，外祖婆的责备也不在院子的某个角落响起，属于我们两人的世界宁静而单独。他吹《刘三姐》，吹《梁祝》，也吹《正月赌钱》。后来，我在他的歌词本上发现很多歪歪扭扭的文字，依稀觉得是一些男欢女恋的对歌：

男：这山望去（耶）那山平（喽歪），对门有两个（耶）好女人（喽歪）。大的就是（那个）大姨子耶，细的就是（那个）管家人哟。

女：小兄弟（耶）你莫聊白（注：扯淡），你的家庭我晓得。那年那月往你门槛前过，你瓢瓢铲铲都没（注：音mao）得。

但是，对于“走到竹林头，皮背两石头，哪个龟儿怎忍手”之类的歌词，我就有些不甚了了，只是清楚地记得那接下来的一段：

下河去吃水，遭盘海（注：螃蟹）夹一嘴，这回哟这回，打失悔！

四

我必须要做这样一点补充说明，大舅公的左脚踝和大舅婆的右脚踝先后在一次事故中骨折，它们在接受农村医疗的简单处理之后，最终成为一种变形的符号拽住了他们的正常行走，夫妻间共同的苦难在他们的左右脚上形成严密的对称。

作为长子，才表叔需要在父母倾斜的身影下及时成为家庭有力的支撑。他于是不得不尽早结束闲散的补鞋生涯，摞上一副崭新的担子。他的肩膀一头挑着艰辛，一头挑着沉重。作为闲暇时翻阅的经卷，笛子和山歌则被精简，留在了生活的后方。在大舅公的张罗下，才表叔很快就结了婚。一位素不相识的女人打乱了他对爱情的计划，之前，他抄写在算术本上的那些优美情歌一句也没有派上用场。

没过多久，大舅公的愿望就遭遇落空，他亲自选定的另一根支撑木很快就坍塌。才表叔的女人在一次大病之后精神失常，胡言乱语，又唱又跳。她把黑夜当成游走的道路，她的内心世界变得神秘而可怕。按照民间的诊断，她是“撞了鬼”，身上附有鬼魂，需要巫师的驱赶。那段时间，巫师在大舅公家里频繁往来，半夜，时常响起法器的敲击声和阴阳怪气的唱诵。通往他们家的道路上撒满了新鲜鸡毛，像一场骗局的零星线索。事实上，那些敷衍鬼神的祭物一开始就充满了悲剧色彩，它们经过一番徒劳的挣扎之后不明不白成了刀下鬼。

后来她的病情有所好转，只是表情变得痴呆。那些丢失的东西，巫师并没有从神灵的手里给她讨回。欠了债的才表叔离开村庄去了外地，多年没有音讯。不知道他是否带着那些缠绵的山歌一同上路？还有那只修长的竹笛，它们在城市的屋檐下有没有暂住的户口？

五

若干年后，我以一位文化工作者的身份试图寻找民歌的去向，我希望在那些历史瓦砾中翻找出它们的一点蛛丝马迹。但是结局令人失望。四荣公自是忘记了《薅草锣鼓》的唱词，捡瓦匠老何已下落不明，才表叔早就隐身滚滚的打工洪流……民歌，带着它们可疑的身份隐匿生活的某个角落。时间使它们面目全非，加深了寻找的难度。

曾经以为那些野生的民歌会停留于我生命的某些场景，成为寂寞时与之怀旧叙谈的邻居，至少，能够成为我身边暗香残留的某些恍惚的影子。事实并非如此。摆满柜台的“经典民歌”带着虚假的身份，它们的灿烂笑容同样令人生疑。而离我最近的“民歌手”——一位文化馆的退休老头，他唱的《望牛山歌》也总是被当作招待客宾的果品。像事先灌制的唱片，一次又一次地反复播放，充满复制和雕饰。

在灯光朦胧的舞台，民歌，远离了牛羊、牧草、山川、河流、阳光、风雨，直抵生活的部分已被连根拔起。

终究无法打捞那些沉没于时光中的岛屿，那些遥远而忧郁的碎屑，它们翻飞、飘逝、散落，仿佛伤感的流浪，它们将去向哪里，又停驻何方……

（选自《陶或易碎的片段》，贵州人民出版社，2006年8月；
《陶或易碎的片段》获第四届贵州省文艺奖、首届贵州少数民族文学创作金贵奖）

2006年

孟学祥

风吹起来的石头

火石坡距村子不到两公里，在四周大山的衬托和包围下，它看上去一点都不起眼，就像几个隆起的大石堆，绵延横亘在两条洼地的中间。其实火石坡是一个很大的山坡，但因为它并不像旁边的那些山一样尖顶耸立，看起来它就比别的高坡要矮小得多。火石坡上与别的山坡不同的是山上没有大树，但却遍长着密密的矮树丛。也许是由于土层薄的缘故，很多树在火石坡上都长不高，有的树已经在火石坡上长了十多年，看上去都还没有别的山坡上刚长出来两年都不到的小树高，特别是那些松树和柏树，一丛丛枝繁叶茂，形态各异，仿如一个个美丽的盆景。有一些外地人在见到了火石坡的这种奇景后就想把这些树挖去做盆景，但是离开了火石坡后，那些被挖去的树大多就会干枯死亡，也有一些存活下来的，却不再像在火石坡那样小巧玲珑，而是一天一个样地猛长起来，长得高大，长得不再让人喜爱。村子里的人常骄傲地说，火石坡的美景是专门给村子里的人看的，而不是给外人看的。火石坡上除了一丛丛美丽的小树外，草也长得特别茂盛，小树、小草覆盖在火石坡那些泛红的石头上，连着一层薄薄的泥土，将很多石头覆盖起来。泥土下的石头，开始并不是红色的，只有在失去泥土的覆盖，裸露在太阳下以后石头才会变成淡红色。火石坡上盛长着一种细小尖长，叶片泛白，被当地人称为白草的野草，这种春夏秋冬一年四季都在生长着的草牛特别喜欢吃，牛在吃这种草时不管老嫩都是一口吞下。儿时我们放牛除了冬天放火烧山的时间外，基本上都是把牛放到火石坡，牛只要一到火石坡上，用不着看守，它们都不会轻易走出火石坡。

火石坡的矮树丛里经常有着兔子之类的小动物出没，放牛在坡上时常看到它们的身影。还有一些狐狸（我们当地人称为野狗）也经常在草丛中出没，狐狸虽很怕人但却不怕牛，有时我们看到它们就出没在牛群的旁边，但只要人的身影一出现，它们就早早地跑开了。儿时在火石坡放牛时，我们常常结伴去追兔子，但十有八九都是空手而归。兔子很灵敏，就连我们家养的狗都很难逮到它们。除了狐狸、兔子，火石坡上最多的动物就是蛇类了，在火石坡两个山峰之间一个叫蛇窝的地方，一块不到二十平方米的洼地仿佛就是蛇族的家园，一到春夏季节，大大小小的蛇就经常在那里出没，看上去很怕人。放牛时我们都尽量远离那个地方，找草吃的牛也很少到那里去。

火石坡上的石头虽然很坚硬，但却极易风化，在火石坡放牛时，我们就常看到那些没有被土层覆盖的石头表面上浮着一层细细的粉红色的细沙，手摸上去很软和而又不会粘手。我们在放牛时常会把这些细沙收集起来，带回家用来炒瓜子或葵花籽吃。在炒瓜子或葵花籽时，把这些沙掺进去，炒出来的瓜子或葵花籽既香脆而又不会很过火，且还有一种淡淡的清香味，这种味道用别的沙子掺着炒是不会闻得到的。火石坡上的石头虽然极易风化，但风化的地方并不是很多，多数石头都被薄薄的泥土覆盖着，泥土上面又长着很茂盛的草，即使有一些石头被风化了风沙也刮不起来。

为了目睹火石坡的风沙是怎样刮起来的，我在侄子的陪同下往火石坡走去，一路上只见粉红色的沙粒被风扬起，撒得到处都是，路上、路边的石头上、路边的小树上、草从等我们所经过和看到的地方，看上去都变成了粉红的一片，特别是我们走过的路上，粉红色的沙粒已经铺了厚厚的一层，脚踩上去就会扬起一股灰尘，然后地上就会留下一个大大的脚印，越追近火石坡，地上所囤积的灰尘就越厚。翻过小山坳，我突然被目力所捕捉到的景象惊呆了：这还是火石坡吗？这和城市郊区上那些大大小小的采石场有什么区别？火石坡的千疮百孔更是我无法想象得到的，火石坡已经被挖去了一大半，有四个山头已经被挖掉了，山上的小树不见了，那些牛喜欢吃的白草不见了，狐狸、兔子的身影更是看不到了，蛇窝所在位置的石头也被挖出来搬走了，那些让人害怕的蛇也难逃丧家失地的厄运。现在的火石坡，就像一个被剥了皮、开膛破肚后被曝晒在阳光下的一具死尸，不光丑陋难看，而且还让人心寒。

通过侄儿的口我了解到火石坡的石头原来是一种含量很丰富的硅铁矿。自从发现火石坡的石头是矿石以来，火石坡就一直没有得到宁静，开始只是村民们零星地开采，用自家的马车或是雇农用车把矿石拉到二十六公里外的镇上去，卖给一个招商引资来的硅铁厂，换取点盐巴钱和零用钱。那时候，村民们谁也没有把开矿当成一个主业，所以投入并不是很大，很多开采都是原始和落后的开采方式，这种开采方式破坏性不是很大，挖了三年多将近四年，也仅只是挖去火石坡的一个小角。没想到从前年开始，一个外地来的老板以十万元的价格向村里买断了火石坡的采矿权，于是将铲车、大汽车等很多现代化的采矿工具开进了火石坡，两年多一点还不到三年，火石坡就已经被挖去了一大半。

村子里很多人都在这个矿上干活，帮老板挖矿，干一天可以拿到二十至三十元钱。

有很多人家都是全家人在这里打工，男人开矿，妇女、老人和孩子就拣矿敲矿，干一天就能领到一天的工钱，很实惠，特别是农闲时，到矿上来干活的人很多。现在是春节期间，采矿工地上除了两个帮老板守机器的村里人外，工人们都回家过春节还没有来上班。我跟随守矿山的人向他们所在的工棚走去，一路上我们留下的脚印清晰可见。以前我一直以为火石坡很矮小，但是今天当我站到已经被削去了一半的岩壁下时，才感觉到火石坡其实也很高大，高大得我现在都无法仰视到它的山顶。我问守矿山的人火石坡的矿还能够挖几年，守矿的人说最多三年，也就是说，三年以后，火石坡就会从人们的视线里彻底地消失了，到那时，它所留下的就只有一个地名，几十年上百年以后，这个地名也会被后人遗忘掉，后人更不会知道这里曾经也是一个大坡。

（选自《山中那一个家园》，中国文联出版社，2006年11月；
《山中那一个家园》获第九届全国少数民族文学创作骏马奖）

丁海波

昨夜有雨

一

几天前父亲就对我说了他的决定：他退休，让我顶替。在父亲看来，这是我就业的最后机会了。

按照当时的政策规定，以后地质部门的干部退休，子女就不能顶替了。父亲才五十三岁，离六十岁正式退休还早。何况，父亲是医生，几十年的从医经历，积累了丰富的经验，得到很多病人的信任，而且，他还是单位医务室的主任。可是，面对自己的残疾儿子，父亲没别的选择。我去年就高中毕业了，因为双腿的残疾，虽然高考上了大学本科录取线，还是落选了。待在家里，真不知以后该怎么办。

小时候，父亲常常背我，去上学或是出去玩。路上人们看到了就有些感慨，对父亲说："你的这个包袱要背到哪一天啊！"父亲回答："到时候会有办法的，车到山前必有路！"

我那时还小，不知道父亲的信心来自哪儿。可是今天，车真抵到山前了，没有路。父亲要给我让出一条路来。

那天父亲下班回来，情绪不是很好，我看得出。

他有些故作轻松地对我说："我们做好准备，明天一早到开阳去体检。"开阳是县城，离我们单位住地六七十里路。

母亲正在厨房做晚饭，听到父亲的声音，走出来，会心地问父亲："就这么定了？"

"定了！"说完，父亲长长舒了口气。

“范毅也要去的。”父亲在饭桌上说，“明天是最后一天期限了，体检结果要直接送到局里，要不就过期了。”

“刘华去不？”我这是没话找话，说出来就想起了，刘华的父亲已经退休几年了，是他妹妹顶替的。

“他爸爸早就退休了。”母亲说。

饭桌上再没有话。我想父亲提前退休这件事，父母是商量了很久的，做出这个决定也不容易。

二

“小波，该起了，快六点了。”父亲的声音低低地传来。我早就听到了，甚至他走过来的“嚓嚓”的脚步声。但是我没有立刻反应。

窗外见不到一点光。下了一夜的雨，屋檐水“嘀嘀嗒嗒”响成一片。一整夜，我都迷迷糊糊的，就像是漂在水面上的一片枯树叶，辗转起伏。在父亲叫第三声，而且声音提高了一点，我才慢慢爬起身的。用手揉揉眼睛，想把一夜的失眠掩饰过去。父亲手上托着一根蜡烛，有风，小小的火苗扑闪着，父亲的脸在灯影里时明时暗，像是在风中飘动。

“晓得范毅会来不？”我问。

“会的，昨晚上我给他说了的。”父亲说得很肯定。他手上的蜡烛偏了偏，滴了一些烛油在床头的木箱上，马上把蜡烛戳在油上小心放稳，好照着我穿衣。母亲从黑黑的门洞里闪出身来，问：“搞点什么吃？”母亲的目光切切地盯着我。

“什么也不想吃！”我说着，心里突然涌出一点激动来，赶紧抑制住了。

“要吃！不吃东西怎么行？要坐车，还要检查身体。”父亲说。

我这身体还用检查吗？这话我没说出来，说出来就像是在埋怨父母了。听着母亲到厨房捅火的声音。外面的雨滴滴答答的，还是没有停下的意思。

“你给范毅咋个说的嘛？”我低声咕哝着，还是不放心。我想范毅昨晚应该来找我的，却没来。这让我很不放心。昨晚上刘华和我在一起，我说了要去体检的事，刘华好半天没说话，有些失落。最后他说用不用他来背我下去，我说不用了，范毅会来背我的。

穿好衣裤，摸着了斜靠在床边的双拐。父亲看着我做好一切，一掰立着的蜡烛，侧身端着，照我出屋。

面条热腾腾地摆在桌子上，满满的两碗，上面还卧着两个荷包蛋。我实在没胃口：“妈，我吃不了这么多。”

母亲说："没……没多少的，汤多。"

父亲说："快吃。"就端起碗，"呼噜"吃了一大口。我只好端起碗，吃一口，很难下咽。见母亲还站在哪儿望着，问："妈，你不吃？"

"你们先吃，好走。我什么时候吃都可以。"母亲目光游移了几下，看看父亲，又看看我。父亲吃得差不多了，我的下得很慢。

"多吃点，等会儿要坐车。实在吃不了，就只把鸡蛋吃了，面条搁碗里。"母亲的语气有些央求了。

吃过面，雨似乎小了些，可范毅还没有来。远处有狗叫声，好像有人走动，却并没有走近来。

父亲到门口看了看，雨还没停，就到里屋门后拿出挂着的黄色帆布雨衣。好久没用，积了不少灰尘。

三

夏天的黄昏，凉风有些吝啬，吹不到山腰我家房前，有些闷热。

刘华说我们到山顶上去吧。范毅说好啊。我还有些犹豫，他们说走吧走吧。

出门一段平路，我拄着双拐自己走。到处都是人，我不太愿意刘华和范毅背我时让别人看见。其实除了刘华和范毅，还有许多同学和朋友都背过我，去上学，或是到山下队部去看电影。不管谁背我，父母、哥哥姐姐或者是同学，小时候我会兴高采烈，挥着手，扬一根小树枝什么的，真像是骑着马似的。慢慢大了，就不那样了。我压在别人身上，他们却压在我的心上。

我们往山上走，走过平路，爬山了，他们开始轮换着背我。范毅喘息流汗了，就换刘华背，刘华喘息流汗了，又换范毅背。并不太长也并不太陡的一段路程，要在平时，他们玩一样就跑上去了，可今天加上我，大家都感到路途的艰难。

山顶上是一片茶地，长到齐腰高的茶树顺着山形排列成行，蜡质的叶片正辉映着夕阳美丽的光彩。茶地中间辟出一块空地，建有一个电视差转台。一间小水泥房，房顶高高树立一根柱子，顶端是一盏时时闪烁的红灯。红灯亮着，差转机在工作，山下就可以收到电视节目了，尽管只有一套节目。站在我家门前，隐隐约约可以看到那红灯。漫天大雾的日子，山被遮住了，山间的路被遮住了，山上的树也被遮住了，只有那盏红灯有极强的穿透力，把一个遥远的信息传递到我的眼睛里。很多个迷茫的夜晚，我站在门前张望，并不知道望什么，心里空空的。终于看到红色的灯在闪烁，眼泪一下子涌出来……

我坐在土坎上，茂盛的青草柔软着我。夕阳让我眯起了眼，看着眼前熟悉又陌生的一切，思绪随着清凉的风飘得很远。

刘华和范毅的疲惫被凉风一吹就消散了，他们在差转台旁的空地上开始“练武”。他们一定没有我的感觉，但我的感觉是他们带给我的。

刘华在学校高我两级。

他没有顶替父亲的工作，是因为学习成绩还不错，可以考学校，就把机会让给了妹妹。高中毕业那年情况还不错，高考成绩差一点就到本科录取线了，如果降低点标准，大专也许可以上，上中专是一定的。可是他没有。没想到，复读一年他的高考成绩没升多少，录取线却涨了几十分，而且取消了一条龙录取方式，这样一来，刘华从大学大专落选下来，连中专技校也没希望了。刘华高中时学的文科，而中专和技校是没有文科的。家里人都埋怨刘华，说他是心比天高，命如纸薄，不该放弃第一年的大专或是中专的录取。

有一天刘华到家里找到我，说有一些数学和英语的问题请教。我说，谈不上请教，一起学吧。我们就常常在一起学习了，一张方木桌，我坐这头，他坐那头。我静心看了一章书，抬眼看见刘华又在挠头了。一定是数学题卡了壳。刘华是属于学习很刻苦的一类人，复习历史地理时，他把书中的内容解析为一道道的题目，全部抄写下来。复习完一本书，他实际上是又抄了一遍书。我不太赞同他抄书似的复习方式。刘华的弱点就是数学和英语，他那套抄书的方法也许在这不太适应。几次高考砸锅，可能都是源于此。

学习累了，就放松一下。刘华“嘿”“哈”地，又是一套花拳绣腿。刘华是比较爱好武术的，照着书上画的示意图模仿几招，学学李连杰，海灯法师什么的，电影《少林寺》就看过很多遍。我没办法“嘿”“哈”，就挥笔胡乱地画着些什么，大多都是些美女头像。

在我们放松的时候，范毅会来和我们一起玩。看看我的画，和刘华切磋切磋“武功”。

“范毅——”范毅妈妈川味十足的呼唤传过来，范毅就打开窗户，高声地应和一声。

通常只要范毅的声音在我家，他妈妈就不再呼唤了，算是同意他和我一起玩。范毅妈妈做过一年多我的小学语文老师，她老人家认为我爱学习爱动脑，所以范毅和我玩会受到好的影响。范毅比我矮一级，我们在一起学习的时间并不多。我们许多爱好相同，看小说、集邮、吹口琴。范毅送过我一套《西厢记》的邮票，还给我买了一把半音阶口琴。我在学习上对范毅的影响并不大，他初中毕业没有考上重点高中，最后也没有考上高一级的学校。

四

等不到范毅，父亲决定自己背我，下山到队部去。

高大魁伟的父亲是我生命中的一棵大树，可以遮风挡雨，可以躲避灾难。上小学的时候，突然下大雨了，放学的孩子都被堵在教室门口。父亲高大的身影出现了，他穿着黑色的高筒雨靴，披着黄色的帆布雨衣，大脚溅起一串美丽的水花。我从焦急的等待中一下子兴奋起来。父亲象匹高大的骆驼在儿子跟前屈下身来，我伏在他的背上，外面套上雨衣，我的骄傲就在骆驼一样的父亲背上产生了。不管风雨再大，父亲带我回家。

队部在山下，沿着山势有一条石阶路和山上家属区相通。因为学校在山上，我们家就选择住在山上，方便我上学。父亲每天都要走过这条长长的青石阶路，到队部医务室上班。

现在，父亲的鞋踩在下山的石阶上，“叽咕、叽咕”的很响，地上有些积水，有几步还打滑了。我仍然在父亲的背上，脸挨着父亲的后脖颈，呼吸着父亲依然浓烈的油汗味儿。耳边是雨声的嘈杂，心里是止不住的愧疚。在十八岁的儿子面前，五十几岁的父亲已经不太高大了，在十八岁的儿子的重压下，父亲的脚步已经有些僵硬、迟缓。

天还是一片漆黑，下雨的夜晚格外地黑，手电昏黄的光斑在前面跳动着。路上没有其他的人，难道别人早已下来了？范毅怎么会不叫我呢？我着急没有说出声，父亲着急就想走快一点，可是他的脚步更加滞重了，呼吸也急促起来。

到了山下的队部车库，居然还没有一个人！

我们真是来早了，范毅肯定还没有下来，刚才的狗叫也不知道是怎么回事。雨暂时停了，只有楼上的落水管还在往下滴水，打破黑黑的寂静。车库旁电杆上的路灯光湿漉漉的，照着墙边一条木工马凳。

父亲把我放在凳上，自己站在一边喘气。好一会儿，路口才有手电光和人声。有个人匆匆朝我们走来，老远就说：

“丁伯，海波，你们这么早就下来啦？怎么不等我？”

“我还说你们早就下来啦。”父亲说。

“我也听到狗叫，猜是你们，就说来背海波，我妈非说还在下雨，你们不会走的，让我等一下……”

我对走近了的范毅笑了笑，手使劲捏了一把他的肩膀。

五

那是上个世纪的事，距今有二十余年了，可在我的意识里，就像是昨夜发生的事情一样。

那一夜是1982年3月25日的夜晚。时令在初春，那一夜的雨应该是带来无限生机的春雨，是一场喜雨。我的感觉却似乎有些相反了。

体检结果按时报到了主管局，但退休顶替最终没有办下来。因为突击办退休的太多了，影响了不少单位工作的正常进行，被叫停了。

刘华的父亲在1983年因病去世。那一年，刘华技校都没有考取。接下来的一年，我们在一起复习，他把扔了两年的文科又捡起来，我呢，从理科改为文科。我在数学和英语可以帮他一下，历史、地理，他就是我的老师。1984年高考，刘华终于考取大学了——师范专科。那时我家已经搬到队部，分别前，刘华特意背我，沿着长长的山间石阶，到山上他家吃了一顿饭。

在刘华上大学之后，我又孤独地奋斗了四年，直到1988年才艰难地跨进大学的校门。

范毅最终还是顶替了父亲的工作。他父亲是工人，直到1984年还能退休顶替。范毅干过钻工、机修工，现在他工作籍挂靠在单位出去做事了。他不常回家，回来也没来找过我。路上遇到了，当然是要寒暄几句的。不过我们互相似乎都有些感到陌生了。他女儿很乖巧，遇到我，都会礼貌地叫“丁伯伯”。我知道，这一定是范毅给她的影响。一个小姑娘看到个残疾人，每次都有礼貌地打招呼，让她的同学看了十分奇怪。我的心有些热乎，我把这当作和范毅友谊的延续了。

（选自《收获感动》，华夏出版社，2006年12月；
《昨夜有雨》获贵州省第八届“新长征”职工文艺创作一等奖）